宁灼说他喜欢一个人，
就是无论生死都喜欢。

骑鲸南去

*Unruly rival*

UNRULY RIVAL

SHAN FEIBAI × NING ZHUO

"放我下去。"

# 不驯之敌

UNRULY RIVAL

骑鲸南去 著

长江出版社
CHANGJIANGPRESS

## 图书在版编目（CIP）数据

不驯之敌 / 骑鲸南去著. — 武汉：长江出版社，
2024.7
ISBN 978-7-5492-9430-5

Ⅰ.①不… Ⅱ.①骑… Ⅲ.①长篇小说–中国–当代 Ⅳ.①I247.5

中国国家版本馆CIP数据核字（2024）第075315号

## 不驯之敌 / 骑鲸南去著
BUXUN ZHIDI

| | |
|---|---|
| 出　　版 | 长江出版社 |
| | （武汉市解放大道1863号） |
| 选题策划 | 薛天舒 |
| 市场发行 | 长江出版社发行部 |
| 网　　址 | http://www.cjpress.cn |
| 责任编辑 | 陈　辉 |
| 特约编辑 | 薛天舒 |
| 印　　刷 | 湖南天闻新华印务有限公司 |
| 版　　次 | 2024年7月第1版 |
| 印　　次 | 2024年7月第1次印刷 |
| 开　　本 | 880mm×1230mm　1/32 |
| 印　　张 | 13 |
| 字　　数 | 500千字 |
| 书　　号 | ISBN 978-7-5492-9430-5 |
| 定　　价 | 49.80元 |

版权所有 盗版必究，如有质量问题，请联系本社退换
电话：027-82926557(总编室)　027-82926806(市场营销部)

## 目录 contents

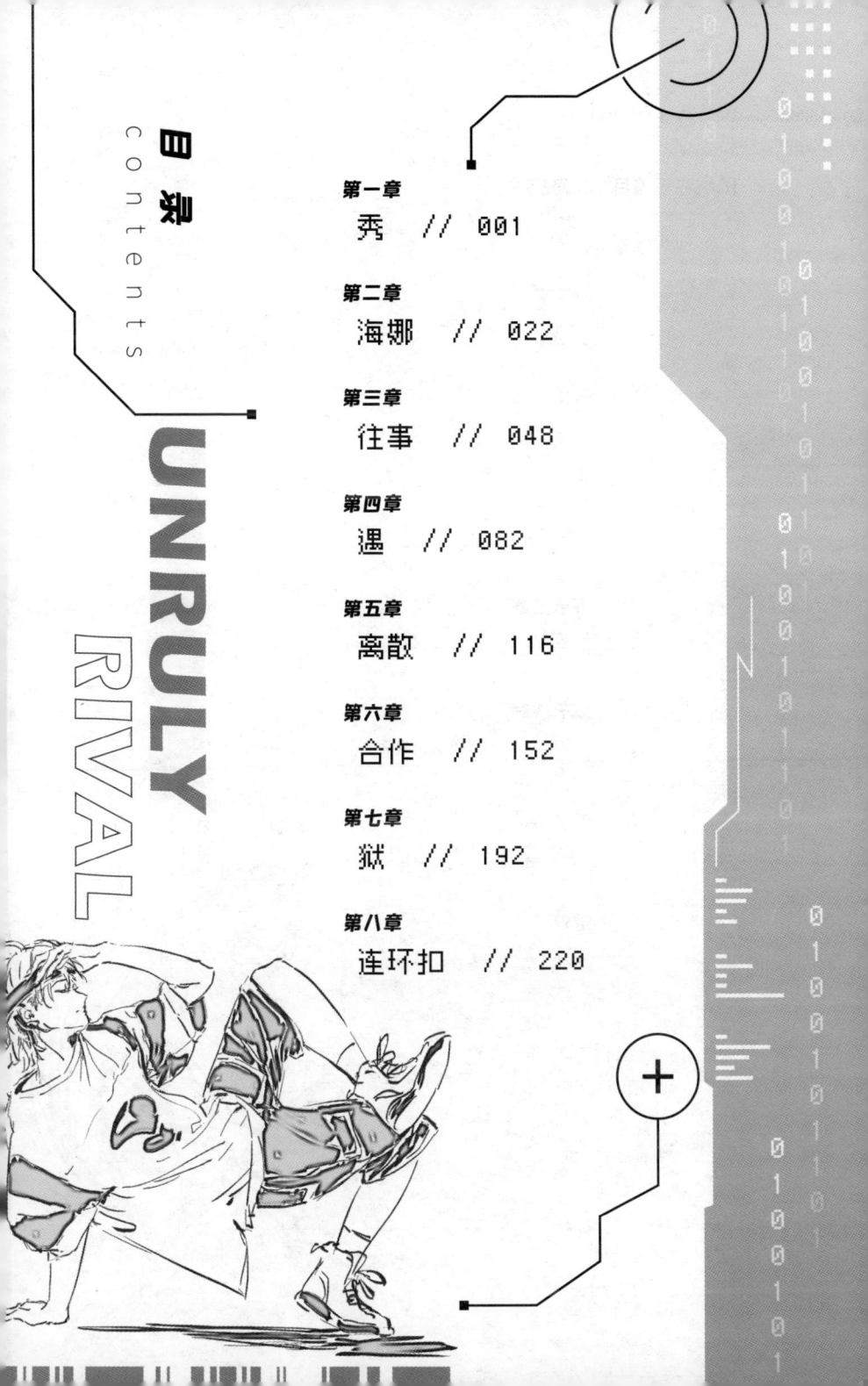

**第一章**
秀 // 001

**第二章**
海娜 // 022

**第三章**
往事 // 048

**第四章**
遇 // 082

**第五章**
离散 // 116

**第六章**
合作 // 152

**第七章**
狱 // 192

**第八章**
连环扣 // 220

UNRULY RIVAL

## 目录 contents

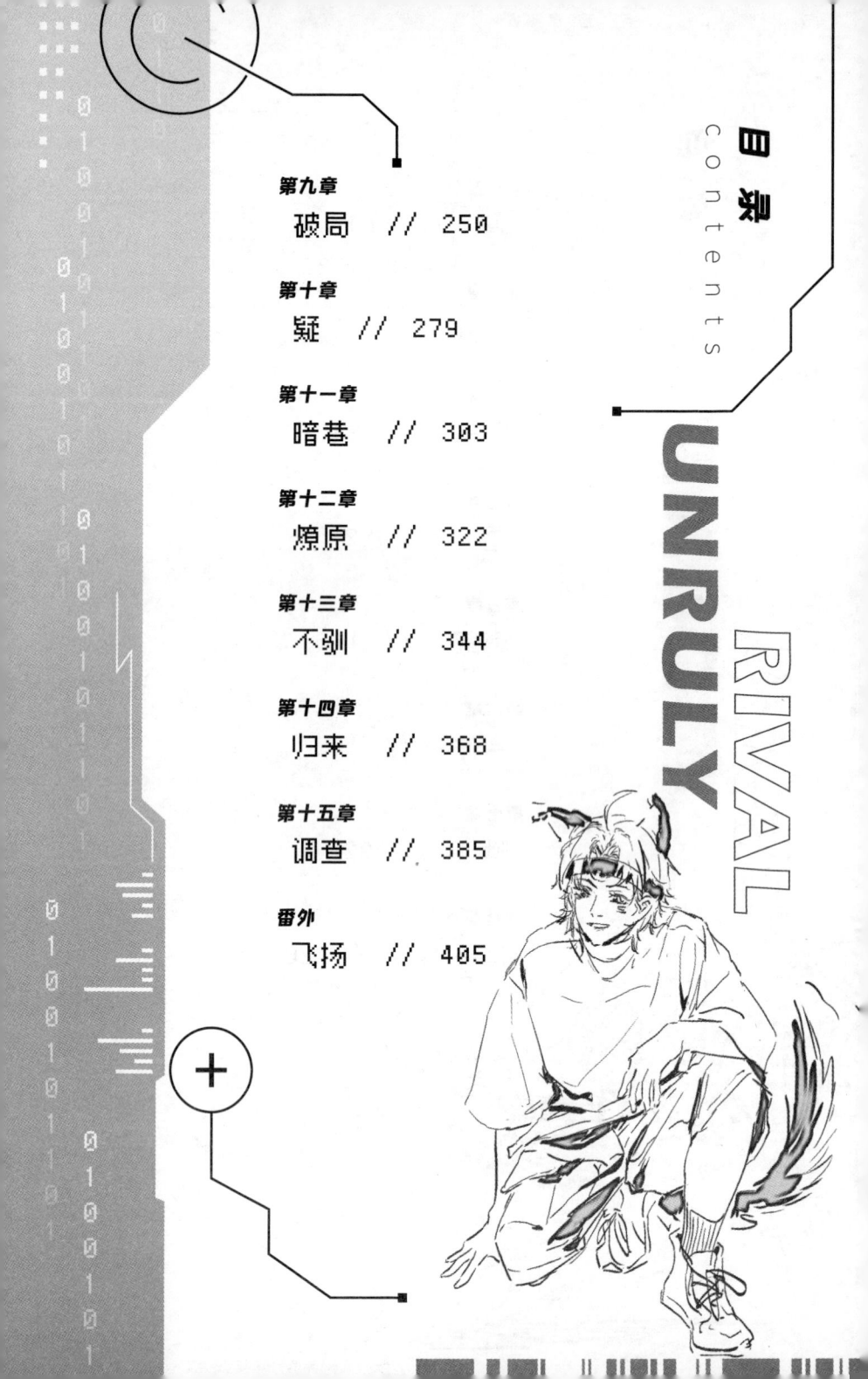

**第九章**
破局 // 250

**第十章**
疑 // 279

**第十一章**
暗巷 // 303

**第十二章**
燎原 // 322

**第十三章**
不驯 // 344

**第十四章**
归来 // 368

**第十五章**
调查 // 385

**番外**
飞扬 // 405

RIVAL UNRULY

# 第一章

UNRULY RIVAL

秀

"你猜我刚才瞧见谁了?"

"谁啊?"

装着合金下巴的男人一屁股在酒吧卡座上坐下,熊似的身子把卡座的四条腿都坐得往外撇了撇。他对着朋友比了个口型。

朋友的眼睛一亮:"……宁老二?海娜的那个?"

前者嘿嘿一笑,算是默认了。

酒吧里摇滚金属的声音震耳欲聋,他们的交谈只能靠扯着嗓子吼。

"他不是管长安区那块的吗?跑这儿来干什么?"

合金下巴揉了揉鼻子:"谁知道呢。"

朋友暧昧地道:"不会真有什么特殊副业吧?"

两个人打趣了一阵,笑容在绚丽的七彩灯球下显得格外猥琐。

合金下巴"咕咚"一口灌下去一杯人造麦芽酿出来的啤酒后,胆气更足了。

"等什么时候他人废了,被海娜踢出来……刚刚只是洗个手,我差点儿——"男人越说越起劲,等他发现自己的狐朋狗友的脸色不大对劲时,已经晚了。

一只冷得惊人的装饰性手掌悄无声息地从左侧绕来,捏住了他的下巴。指尖抵着他的下巴绕了一圈,捏住了他的腮帮,发出吱吱的声响。一个冷淡的声音在他的耳畔响起:"你差点儿怎么了?"

合金下巴全身突然变得僵硬了,一时间只剩眼珠还能转。他瞥见了一只搭在卡座另一侧的人类的右手手腕,从手腕到手指,覆盖着深青色的手绘图案。

真的是他。

合金下巴混迹于地下小拳场,这么细的手腕,平时他一只手就能折断两根。但那是宁灼!合金下巴感觉自己的脖子上正缠着一条毒蛇,稍有动作都可能活不到下一秒钟。

近在咫尺的声音给死亡金属音乐增添了一丝阴冷的气息:"我问你呢,差点儿怎么了?"

男人感觉舌根发苦,血液直往脑袋里冲。忽然,他的脖子被往左侧一按。闪光灯骤然一闪,合金下巴右颈上的身份 ID 码被拍了个正着。

身后的人松开了右手:"你欠我一巴掌。我现在有事,等会儿别忘了告诉我你差点儿怎么了。"说完,他晃一晃手腕,腕式设备上弹出一张照片,正是合金下巴身份 ID 码的高清大图。

宁灼把手搭在男人被汗水浸透的肩膀上,轻轻捏了捏,声音阴冷得与他和缓的安抚动作毫不相符:"别跑!我知道你是谁。"

宁灼迈步离开。他是真的有事要忙。

耳旁通信器那边传来一个爽朗的女声:"我跟你赌一份蚝烙,他肯定要跑。"

"跑吧。"宁灼说,"我让他惦记我这一巴掌惦记一辈子。"

女人笑得花枝乱颤:"老傅和你的谣言我从你十八岁听到你二十八岁,听都听腻了,他们怎么都传不腻?"

宁灼一边向酒吧角落的一条走廊走去,一边说道:"我的仇家多。"

女人说:"你好好想想,为什么别人结仇,仇家恨不得把他碎尸万段;你的仇家都恨不得趁你落魄了雇你干点什么。"

宁灼冷冷地说道:"我好好想了想,觉得你今天是想死了。"

女人大笑起来,不知道是对身旁的谁讲了她的家乡话:"将门焊死咗,唔畀佢入嚟!(把门焊死了,别叫他进来。)"

走廊拐弯处站着一个比宁灼高一头的黑衣男人,姿态放松地靠在墙边玩游戏,像是在等人。

宁灼从他身边走过,他什么也没做,只微微点点头。

恰巧,一个没找到厕所的醉鬼跌跌撞撞地走到了附近,瞧见宁灼往走廊里走,以为宁灼是去洗手间,也踉跄着跟了上去。可他还没越过黑衣男人,两个男人就突然从旁边的包厢里快步走出来。黑衣男人对他们使了个眼色。他们一边一个架住了醉鬼的手臂,不等他反应过来,就把他拖到一边去了。很快,酒鬼就没了踪影。

宁灼独自走入了一条漫长的、基调为黑色与蓝色的走廊。

有个黑衣男人一夫当关,被临时管制的走廊显得十分安静,和外面沸反盈天的热闹截然不同。

宁灼在一间包间的门口停下,确认房间号无误后,悄无声息地推门而入。

包间里坐着一个斯文的男人,正在大屏幕前看实时新闻。他西装革履,脸庞白净,鼻子上架着一副眼镜,地位是B级以上公民,从事文职工作。没有经过任何义体改造,大概只做过最简单的脑机升级。他的胸前应该常年戴着一枚徽章,但他为了掩饰真实身份取了下来,在西服上留下了两个不大清晰的孔洞——这是一个隶属于某个大集团的小人物。

这些是宁灼第一眼收集到的信息。

在宁灼进来时,那个人正在专注地看着第三频道正在播放的《正义秀》。"正义"和"秀"两个词,放在一起,显得理所当然。

"今夜,是正义得到伸张的'处刑之夜'!

"毁容杀手拉斯金·德文,将为他杀害的四名少女,毁掉的七张漂亮的脸蛋付出应有的代价!

"距离恶魔行刑还有一个小时……不,是五十九分零五十六秒!

"下面的一段短片,将回顾这些受害者的受害过程。

"请心理承受能力较差的人及相关亲属换台,打开家里的清洁气阀,呼吸一些新鲜空气。

"世界依然美好,因为恶人即将得到他应有的惩罚——"

伴随着一阵紧凑的鼓点,一张张受害人的面孔次第出现。

过去的青春飞扬和现在被化学药品毁坏的伤口,交替映在男人的眼镜上。只看了两三张图片,他就皱着眉毛移开了视线,这才注意到房间里多了个人。

他明显被吓了一跳,这让宁灼觉得好笑。

而男人回过神来后,盯着宁灼嘴角的一丝笑,冷冷地"哼"了一声。

宁灼不为所动。这是典型的B级公民看他们的眼神——戒备、冷淡,但往往有需要。宁灼很熟悉这样复杂、矛盾的眼神,所以选择视而不见。他在距离男人三米开外的沙发上坐下。

"等会儿。"

男人用手帕擦了擦鼻尖上的汗珠,按响了桌面上的呼叫器。很快,一个身材窈窕的女人端着一个黑盒子走了进来。

宁灼刚才留意过走廊,很干净。但女人在听到召唤后来得很快,所以只有可能是提前守在了附近。

宁灼进来前大致清点过,这条走廊前后共十七个包间。每个看似安静的包间里,都可能藏着人,而且不止一个。

"把你的通信器和腕带都摘掉。"男人冲盒子扬了扬下巴,"这是私密谈话。"

雇主的要求,宁灼当然照做。但男人显然并没有放心,因为他很快提出了下一个要求:"把你的右手摘下来。"

宁灼正在解腕带。这时,他抬起头来认真地看了男人一眼。

此时,旁边的屏幕里出现了杀人犯那张英俊的脸庞,恰好和宁灼的脸对齐。

这张脸的颜值确实是相当高的。当然,这是第三频道精心选择的照片。稍后,社交平台必然会围绕这张照片展开旷日持久的讨论,为《正义秀》带来漂亮的收视率。

屏幕里杀人犯的眼睛是湖水一样的蓝色。而现实里的宁灼,瞳仁是宝石一样的绿色。

屏幕内外,两个人的眼珠都毫无感情地、直勾勾地望着男人。

男人感觉非常不舒服,他又拿汗巾擦了擦干燥的额头,没说话。按照以往的谈判经验,男人坚信,下马威是必须的,这样才能让这些粗鲁的雇佣兵感到畏惧,叫他们学会"好好听话"。于是他重复了一遍自己的要求:"摘下来。"

宁灼实事求是地说道:"我的义肢没有通信和录音功能。"

男人摇摇头,不置可否:"现在科技很发达。"

这是相当无理的要求。在义肢和人体改造盛行的时代,人造器官早就大行其道。如果他装了个人工肺叶,难道还要现场表演掏心挖肺?

虽然对方是尊贵的客户,但宁灼身为海娜二把手,有些事情不能退让。

宁灼坐着没动,说:"海娜是专业的。"

男人觉得好笑,嘲讽的话脱口而出:"'专业'?你要是够专业,你那只手是怎么没的?"

室内霎时间安静了下来。

男人自觉说得宁灼哑口无言,气势上已经完全赢过了他,刚要去拿酒,宁灼却笑了起来。

他望着男人的右臂关节处,声音放轻了,温柔得让他毛骨悚然:"你想知道吗?你想知道,我告诉你啊。"

男人心里突然觉得不妙,宁灼"赛博神经病"的名号,他倒也是听说过的。

宁灼进来之后一直很正常,男人差点忘记了,宁灼在他们那行的危险评级,似乎是S级。

他咽了口唾沫。说到底,男人不过是想给宁灼一个下马威,没真想把这档生意搅黄。于是他硬着头皮摆出宽容的姿态,摆了摆手:"那就算了。"

窈窕的女人带着通信器材,迈着优雅的步子走了出去。

男人喝了半杯威士忌,紧张的感觉才稍稍平息。半杯酒的时间,他又变得得体从容起来。

男人说:"你可以叫我罗森。"

他把一把车钥匙从桌子上推了过来。

"今天晚上十二点整,去八百里路东起两百米的地方。有一辆'铁娘子'停在那里。货物已经提前装好了。车里的导航规划好了路线,按路线走。"

八百里路位于亚特伯区,一般被人称为富人区或上城区,是警察机构白盾公司总部的所在地。铁娘子则是一等押运车的代称。

宁灼收好钥匙,问道:"明货还是暗货?"

罗森回答道:"暗货。"

宁灼点点头——就是他不能查看货物,只负责运送的意思。

"路线。"宁灼说,"我需要对路上可能遇到的情况做好预判。"

罗森犹豫了一下,最后只报出了一个地名。

那里靠近一片目前正处于休渔期的渔区,应该就是这批货的目的地,具体路线不方便透露。

宁灼问:"给我多少送货时间?"

罗森说道:"两个小时。"

"做不到。"宁灼断然拒绝道,"绕路的话,时间不够;不绕路的话,一定会路过单飞白的地盘。他很……"宁灼在这里顿住了,试图找一个合适的形容词,"……麻烦。"

"单飞白?"罗森相当惊讶于宁灼对道路的熟悉,但听到这个名字,他的嘴角微微抿了一下,像是听到了一个笑话。

"他呀。"罗森轻快地道,"没事,你不用在乎他。"

这话里透着古怪,但宁灼并没有追问,而是快速切入了另一个和任务相关的问题。

宁灼问道:"能带人吗?一个人开车,遇到突发情况,不好应对。"

罗森对这样干净利落的谈话节奏颇感舒服,又优雅地抿了一口酒:"够了,开车而已。人太多,反倒惹人注意。"

宁灼望了一眼包间内的电子钟,现在已经晚上十点了。

从一开始,他就被要求一个人来接任务。就算他现在马上启程,用最快的速度赶到八百里路,也需要一个小时四十分钟。

海娜基地则距离八百里路起码三个小时车程,求援更是完全来不及。

眼前的这个人可能不太懂这其中的流程,但他背后的人明显把一切都计划得严丝合缝。

对方给他开出了一个无法拒绝的漂亮价格,而且不给他留出任何准备时间……一番思考后,宁灼点了头:"我一个人也行。还有别的事情吗?"

罗森赞许地摇了摇头。

不得不说,宁灼的确很专业。不该问的绝不多问一句,省心得很。

事儿办得顺利,罗森端起了剩下的半杯酒,目送着宁灼往外走去,不忘贴心地"叮嘱"了一句:"货物非常珍贵,要是出了什么问题,你一条命都赔不起,懂了吗?"

宁灼停住了脚步,回过身来。

罗森气定神闲地望着他。

宁灼望着面前这张扬扬得意的面孔,说道:"那个货物,是个人吧?"

罗森闻言,面部肌肉一僵。

见状,宁灼点点头:"哦,是个人。"

宁灼又说:"你再对我的工作指手画脚,我就弄死那个人,然后赔他一条命,说是你指使的。"

宁灼抬起手腕,提醒似的敲了敲腕骨:"罗森先生,我赶时间,还有别的话要说吗?"

在罗森瞠目结舌时,宁灼忽然笑了。

"开个玩笑。"他伸手拉了拉耳朵后面的卷发,"最后一个问题,如果贵方临时取消订单,我们需要退定金吗?"

罗森看他的眼神像是在看神经病,有一种毛骨悚然的感觉,应了一声,不大体面地打了个冷战。

宁灼点点头,与他来时一样,消失在了门那边,像个幽灵。

罗森屏息了十几秒钟,等到确定安全后,他才舒出一口长气,从西服口袋里取出一枚液态金属质地的鹰形盾面徽章,珍惜地用指尖摩挲两下,把刚刚调到静音的《正义秀》调回正常音量。

与刚刚不同的是,他的嘴角挂上了轻松的笑容。

此时此刻,收看《正义秀》直播的不只是罗森先生一个人。

《正义秀》作为老牌的刑侦节目,特色是对审判现场进行直播,这是属于整个银槌市的正义狂欢。

无数面大小荧幕上都映着犯人的面容。

注视着犯人的眼神也各有不同，带着憎恶愤怒的，扼腕叹息的，甚至有疼惜怜悯的。

亚特伯区的一处别墅里，年近四十依然保养得宜的查理曼夫人，心疼地望着屏幕中年轻英俊的犯人。她第十八次询问身边的管家："都安排好了吗？"

管家第十八次耐心地回答："一切都好。"

查理曼夫人抱怨道："唉！用我们自己的人多好，非要找外人来。"

"先生是白盾警督，盯着他的眼睛实在太多了。"管家柔声解释道，"您放心，负责转运的是个雇佣兵，查过履历了，手脚干净，经验丰富，干活利索，最重要的是和咱们一点关系都没有。"

夫人关切地问道："开车开得稳吗？"

管家笑了。这样的细枝末节，只有这样一个溺爱子女的母亲会操心了。他明智地不再和她继续讨论细节，转移话题："温水和安神药已经准备好了，在二楼卧室。"

夫人盯着大屏幕道："不行，我得看到他安全了才睡得着。"

"已经是第二次了，您有什么不放心的呢？"管家劝慰道，"少爷这次回来怎么也得明天了，您不能一直熬着啊。"

夫人美丽的面容带着满脸愁容，一颗心拴着各种各样的担忧。刚站起来，她又想到了一件事："先生到现场了吗？"

管家瞄了一眼屏幕，笑着说道："您看，多巧。"

夫人转头望去，恰好在屏幕里看到了自己的丈夫。她露出温柔的微笑，心里安定了许多，迈步向二楼走去。

屏幕上的查理曼先生，表情严肃地戴着单边耳机，坐在注射室外，作为白盾执法队伍的代表，胸前佩戴着白盾的金色鹰首徽章。他受邀前来观摩行刑。

查理曼先生目光平静，脸色沉郁，透过一层单向玻璃，望着行刑室里的犯人拉斯金。他的耳机里传来《正义秀》明星主持人的声音。

经过万向翻译器翻译后，主持人愤怒、沉痛的情绪传递到了银槌市的每个角落。

"拉斯金·德文，是前任著名毁容杀手'枯叶龟'巴泽尔的粉丝！据他自己供述，不管是用自制的化学物品，对受害者的面孔造成严重破坏，还是选择平民区女孩作为作案目标，他都是向巴泽尔学习的。这个浑蛋，绝不仅仅是在享受毁容那一刻的快感！他会长期尾随受害人，看她们因为毁容而变得抑郁、痛苦、发疯。这个阶层的女孩，是根本负担不起任何一场修复手术的费用的。有一个受害人，为了恢复过去的美貌,去见返柳街上做了地下交易,这个拉斯金先生做了什么?他竟然去当了她的客人……"

接下来的内容,因为违反了播放条例,因此在公共场合的大屏幕上以"哔"的一声闪过。

听到这里,查理曼先生挑了挑眉。这明显暴露了受害人的隐私。

当然,这件事足够悲惨,也足够骇人听闻,是绝佳的新闻素材。他相信,《正义秀》的忠实观众一个小时后就能"扒"出这个受害者的所有信息。

不过查理曼先生没空在意这些细枝末节。

背景音乐恰到好处地变得激越起来,同一时刻,耳机里切换了频道。有人呼叫他:"查理曼先生,喂喂,听得到吗?"

查理曼先生咳嗽了一声,表示听到了。

那边是《正义秀》的节目策划,查理曼这次受邀,是有特别演出任务的。

策划要和他再对一遍接下来的流程。

策划口齿清晰,语速飞快:"给您安排的座位在第一排,距离操作台最近的位置。行刑开始后,您需要站起来,冲到操作台前,推开负责行刑的警察,自己按下注射键。您这样做的理由是'凶手拒捕时,残忍地杀害了一名警员,您身为警督,把所有警员视为自己的孩子,所以您有责任为那个死去的孩子做点什么'。您可以在动手的时候适当表现出一点愤怒。如果觉得不好表现,那就面无表情。在场的人都清楚流程,不会有人阻拦您。直播会完美地记录您的行为,我们也会积极地把舆论往'正义执行'方向引导。您还有什么不清楚的吗?"

查理曼先生摇了摇头,顺手点开了自己的备忘文件。

第一份就是那名因公殉职的警员资料。

二十来岁的小伙子,公休假时和刚怀孕不久的老婆逛街,无意间发现了正在跟踪新目标的拉斯金·德文。他一路尾随,被德文发现。德文用裤腰带把他在公共厕所勒死。

查理曼先生认真地读了两遍这个年轻警员的名字,免得一会儿说错了台词,记错了他的"孩子"的名字。

对完流程后,查理曼又切回了《正义秀》的直播。

主持人的声音抑扬顿挫:"两年前,毁容杀手巴泽尔就是在同一间处刑室里被处决的。事实是,正义也许会迟到,但永远会到来!"

在掷地有声的正义宣言中,查理曼先生将目光再次投向行刑室。

拉斯金·德文坐在那里,微微嗫着嘴唇,呆呆地望着天花板,神情看上去颇为无辜。

查理曼先生皱起眉头,满目怅然。

谁都不知道,不管是巴泽尔,还是拉斯金,都是他的亲生儿子,金·查理曼。

连着两次把同一个人亲手送上注射台,查理曼先生自己都觉得离谱。毕竟那是他的儿子。

那年,他满手鲜血哭着回家来,说自己失手杀了一个女同学。

查理曼先生亲自把他送去做了生物换脸手术,给了他一张崭新的面孔,一个完美的身份。

巴泽尔,年轻而有钱的地下摇滚歌手,结果他的宝贝儿子把这个新身份玩砸了,引得整个银楦市人心惶惶,所有人都盼着他死。

巴泽尔被缉拿归案的那天,查理曼先生不得不再次动用手段,在死刑环节动了一点手脚,把儿子再次从地狱边缘拉了回来。

他又拥有了一个新身份:拉斯金·德文,学艺术的大学生,前途无量。

然而,他不甘寂寞,又把自己送上了行刑台。

虽然已经换了两张脸,查理曼先生还是能从他的眼睛里看出当初那个搂着他的肩膀撒娇的宝贝儿子的影子。

他怎么舍得他的儿子去死?

通过层层铺开的"雁阵"隐形摄像头,现场编导敏锐地捕捉到了查理曼眼里的复杂情绪。她平静地下令:"对准查理曼先生的脸,推进……推进,给特写。"

于是这张正在凝眉思索的正义面孔,出现在了上百万正收看《正义秀》的观众面前。

与此同时,宁灼也坐在自己的摩托车上,和无数人一样,仰望着广场公共投屏上查理曼先生那张英武端正的面孔。

他嗤笑了一声。

在接到任务离开当涂酒吧前,宁灼特意去找了一下合金下巴。不出意外,那人早已经脚底抹油,无影无踪了。

宁灼走出酒吧后,并没有急急忙忙地赶往任务地点。眼看已经来不及准时到达,宁灼仍然没有打算启动车子。

宁灼的坐骑是一辆机械零件大部分裸露在外的洲际巡航摩托车,金属质感十足,构造原始,宛如一个优雅的西装暴徒,静静地与宁灼一同蛰伏在霓虹光影中。

宁灼戴着头盔,头盔上的变色单向玻璃让匆匆经过的人看不清他的脸,但他能从擦得锃亮的摩托车后视镜里看到自己的面容。

宁灼不笑时,脸色苍白,美得"剑走偏锋"。他就像一把杀人的刀,即使擦干了血,但那锋芒是擦不去的,仅仅放在那里,就让人的脖颈发凉。在他苍白的脸颊和绿色的眼睛里,似乎总有血的残影。

此刻宁灼自言自语又向某人解释着什么。

"嗯,是那个人的儿子。

"我知道长得不大像,但就是他。

"对不起!我知道,我花的时间有点长……对不起!"

要是认识宁灼的人看到他这样乖巧地跟人认错,估计会把自己的眼睛抠出来换个义眼。毕竟在他们的印象里,宁灼是个不会吃亏的主儿。

可在这里能认出宁灼的车的人寥寥无几。寻常人路过他身边,只会觉得他自言自语的样子像个神经病。

终于,万众瞩目的时刻来到了。

屏幕上弹出了大段的白盾警告,提醒观众不得在未经授权的情况下复制影像,并礼貌地请十八岁以下的公民不要再看下去了。

弹幕上,疯狂、恶毒的诅咒和毫无底线的赞美分庭抗礼。

宁灼停下了,仰头看向大屏幕。


行刑室里,"毁容杀手"拉斯金·德文穿着束身衣,不紧不慢地吃着糖。

这是他提出的"死刑愿望":希望在"死"前得到一块草莓味的泡泡糖。

甜蜜柔软的糖块被他嚼得嗒嗒作响,吹出粉色的透明泡泡。

吧嗒。

吧嗒。

拉斯金·德文,或者说"枯叶龟"巴泽尔,或者说警督查理曼先生的亲生儿子,金·查理曼,因为已经接受过一次"死刑",对接下来的流程相当清楚。

一针巴比妥,一针氯化钾,会轮番通过机器注射进入他的体内。

用来镇静安眠的巴比妥是真的,至于致死的氯化钾,早被换成了葡萄糖。

他只需要安安心心地睡一觉,第二天醒来,就有温柔的老妈、精致的菜肴、柔软的床铺了。

监狱的那些制式流食真的很难吃。

虽然托老爸的福,他有自己的小灶,但光看着那些犯人吃猪食一样的东西就觉得没胃口。

他想，下次得换张更英俊的脸。

上次做换脸手术，把巴泽尔的脸换成拉斯金时，他就已经看中了一个不错的脸模——一张标准的、人畜无害的甜心脸，看上去显得既美丽又愚蠢，更讨人喜欢，更好让那些女孩子放松警惕。

拉斯金躺上了行刑台。心理医生开始和他交谈，确定他的情绪相当平和后，对外面打了个手势。

行刑官在按下按钮前，故意磨蹭了几秒钟。果然，他被大步从后面赶来的查理曼先生推到了一边。

查理曼先生狠狠地按下了注射按钮，字正腔圆地对着眼前的"雁阵"隐形摄像头宣布："这是为了我的孩子——莫尔·钱宁。"

衔接完美，铺垫到位，名字也念对了。

一切都刚刚好。

无色的液体缓缓推入拉斯金的静脉内。

之前他已经经历一次，这回连新鲜感都没有了。他的手腕被束缚带捆住，只剩食指勉强还能移动，他无聊地敲着钢制的行刑台，计算着药效"应该"发作的时间。

很快，拉斯金的表情就变了。原因是他的脖子突然变得僵硬起来，这让他感觉很不舒服。

拉斯金想扭一下脖子，可束缚衣大大制约了他的行动。

几秒钟后，情况变得更糟糕了。

白色泡沫从拉斯金的嘴角冒出，让他看起来像是条垂死的鱼。

"疼——疼！"他咬紧牙关，发出痛苦的呻吟，面部不停地抽搐，脖子本能地向后仰去。

医生闯入执行室，结结巴巴地问他现在的感受。

他只要多说一个字，脸部的抽搐就加重一分："我肚子疼啊，妈妈啊！"他感觉到了什么，这种预感让他害怕得涕泗横流。

他的身躯被锁在束缚衣里，浑身肌肉抽搐得像是在跳舞，身体嘭嘭地撞在钢制的行刑台上，声音沉闷，惨烈得像是在磕头赎罪。

"嘭！嘭！嘭！"

他那张俊美的面容在要命的腹痛和剧烈的窒息中被挤得变了形，只能从喉咙里挤出变调的声音："爸爸……妈妈……妈！"

很快，他那双蓝眼睛向上翻去，渐渐没了生机。

当他死去，生命体征消失，经过生物技术修改的面容也不受控制地变回原貌。

拉斯金的美丽面孔仿佛被烧灼的塑料一样融化掉了，露出了巴泽尔的面孔。还未等旁观者惊讶，属于巴泽尔的脸也开始缓慢溶解。

亲手按下了注射按钮的查理曼先生在行刑室外变成了一具泥雕。直到此时，他才如梦方醒，怒喝了一声："关掉——关掉直播！"

在不可挽回的事情发生前，《正义秀》的直播画面关闭了，只留下一个"线路维护"的画面。

来广场前看免费的《正义秀》实况转播的观众不少。

当拉斯金挣扎、惨呼时，周遭的街道像是被按下了暂停键。直到他翻起眼白，十几秒钟后，议论声才像平地起了个惊雷，轰然响起。

就在这时，宁灼接到了一个电话。他选择了"屏蔽环境音"，接了起来。

那头的声音挺耳熟。

"罗森先生。"宁灼的声音挺愉快，"有什么事吗？我在等红灯。"

罗森先生的情况似乎不太妙。

在急促的奔跑间，他的话音里带着哭腔："不要去'八百里路'了，任务取消！"

宁灼转身望向当涂酒吧门口。

刚才还趾高气扬的罗森先生，几乎是"滚"出了酒吧大门，随后爬进一辆黑色浮空车里。

宁灼玩味地问道："临时取消订单，我们需要退定金吗？"

对方像是只被掐住脖子的鸡，尖叫道："不退定金！不退了！任务取消！"

电话挂断了。

宁灼又给海娜基地打了个电话。

"我这就回了。"宁灼说，"叫外面的人也回基地。外面出事了，最多一个小时全城就会戒严。"

这回接电话的不是女人，是另一个年轻的男声。

对方显然不大了解情况，也没实时收看《正义秀》，迷茫地问道："戒严？什么事？戒什么？"

宁灼发动摩托车，望了一眼大屏幕，话音轻松得像在讲一个笑话："戒我啊。"

从任务点回到位于长安区的海娜基地，宁灼需要路过三个聚居区。他所在的银槌市是一处海中的岛屿都市，虽然美丽，但之前从未有人在意过它。这个世界上美丽却无人问津的岛屿太多了，直到它被迫出现在所有人面前。

环境变得糟糕，是一百六十年前的事情。

大地震的频繁发生，是一百四十六年前的事情。

世界性的人员大迁徙，是一百四十五年前的事情。

一个个号称"安全"的安全点被标记出来，人们像是蚂蚁，满心疲惫地拖着行李，带着家眷来定居，又被一场场根本无法精准预测的地震摧毁。在一次又一次的流离失所中，大家学会了不再抱有不必要的希望。可大家寻求安宁的脚步从来不曾停下。

很久之后，在大陆已经完全支离破碎时，三处经过科学测算、可供迁徙的安全点被标记了出来。银槌岛就是其中之一。

不过当时它没有名字，只被简单命名为第183号安全点。除了183号，还有184号、185号。这三处安全点都是海上的岛屿，彼此相距甚远。

它们被分享给了全世界还活着的人，于是，人们又开始踏上了漫漫的迁徙路。

184号的土地面积没有183号大，好处是岛上大多是平原，土地也相当肥沃。一批骨子里带有种田基因的人集体选择去了184号。

他们一批批登上了船，从此便彻底没了音信。谁也不知道等待着他们的是丰收，还是覆灭。那是一百二十年前的事情了。

至于收容了鱼龙混杂的各色人等的银槌岛，它的真实名字早已不可考了。它一开始被叫作0183岛——纪念第183次大规模的人口迁徙活动。然而，天长日久，这座岛的安全程度完全超出了所有人的期待。

除了偶尔微震几下，它平静地漂浮在大洋之上，像极了神话里的挪亚方舟。

和彻底销声匿迹的184号安全点相比，185号安全点和银槌岛处于同一纬度，面积、地形和气候条件都差不多。但它的运气不太好。185号安全点因地震而沉没的消息是乘船远渡而来的幸存者们带到银槌岛的。

活下来的人不多，排除那些在逃亡中掉队失踪的、被大浪和暴风雨吞噬的船，真正活着到达银槌岛的大约有三千人。

从那之后，银槌岛上的登岛人数就没有增加过。算起来，那也是一百年前的事情了。

随着流离失所的阴影淡去，大家的安全感与日俱增。

渐渐地，大家按照各自的国家、出身、信仰和习惯的生存环境抱团，形成了风俗文化各不相同的聚居区。

无数个群落杂乱无章地汇聚在一起，把银槌岛切割成了无数个碎片。定居下来后，大家不约而同地想，这个新家总要有个名字才好。

从上空俯瞰，岛的形状像极了一把长槌。白沙洲为小岛镶嵌了一道银边。所以有人叫它"银色天堂"，有人叫它"银沙洲"。但有相当多的人喜欢叫它"棒槌岛"，因为"贱名"好养活。

有意思的是，"银槌"这个名字真正被叫开，是因为岛内如日中天的娱乐公司"INTEREST"，它前几个字母的发音正好和"银槌"相符。人们先开始称呼这座岛屿为"银槌"，公司出品了《银槌日讯》《银槌娱乐》，然后诞生出了以"银槌市"为主要场景的娱乐游戏、电视剧和电影。

无名岛就这样变成了银槌市。

岛屿的名字有了，为了方便管理，根据公开征集和投票，每个聚居点也都有了名字。

此刻，宁灼来到了主营地下生意的吉原区，在一家卖炸可乐饼的小店旁停下。

通信器里传来一个少年的声音："宁哥，带点辣椒粉！"

宁灼对店老板说："辣椒粉。"突然，他的声音被一阵声浪掩盖了过去。

老板已经老得耳背了，但换不起最新款的人造耳蜗，只好带着尴尬的笑容问道："客人，什么？"

宁灼没再说话，指了指辣椒粉的方向。

老人感激地笑着应道："好嘞！您稍等。"

刷了自己的信用点，宁灼提走了装着可乐饼的纸袋，径直穿过小广场中央的巨大投影，将投影撞碎了。

半层楼高的美丽的女性投影缓缓朝向宁灼，对他的背影发出了暧昧的飞吻："欢迎再来哦。"

宁灼把车停在一家业已倒闭的古典乐器行前。

他踏着破碎的旧海报跨上了摩托，车把手上已经挂了两份小吃。

通信器里换成了爽朗的女声："宁哥，一会儿路过婆罗街给我带一份煎蛋卷。"

宁灼忍无可忍地说道："你们没一个人吃晚饭吗？傅老大呢？"

通信器那头的闵旻笑嘻嘻地说道："不是你说要戒严吗？这两天我们不好出去惹眼嘛。回来又不是不给你钱。"

宁灼发动车子，说道："今天的定金没退，就当是他们请海娜吃夜宵了。"

闵旻问道："什么任务？"

宁灼驶向灯火通明的婆罗工业区，言简意赅地说道："帮有钱人送快递。"

"什么快递？"

"没说。"

闵旻话多，占了频道就爱说个没完："违禁品吧。"

宁灼没说是，也没说不是。

街巷两侧凌乱而艳俗的涂鸦在他的沉默中向后飞快地倒退。在通天的石柱上方，印刷着婆罗区工厂标志，专门接送工人上下班的轨道列车飞驰而过，车厢内挤满了一张张疲惫的脸。

轨道列车以高耸的石柱为基底环城而建，将天际织成了密密麻麻的蛛网。依偎着石柱的，不只有伴生的青苔，也有青苔一样蔓延的低矮房屋，鳞次栉比地蹲守在列车石柱的阴影下。

对在这里长大的孩子来说，严重的空气污染让他们从出生起就没机会见到月亮。他们对月色的幻想，来自车灯。

工业区后，延伸出大片大片老旧的建筑群，它们彼此勾连在一起，外露的机械管道、外机、天线，像是一台已经破损废弃的庞大金属机器，胡乱地堆放在这里，慢慢腐烂。

宁灼平静而漠然地路过这一切。

通信器里的闵旻已经开始分析今天《正义秀》的爆炸性新闻了："你说，巴泽尔明明死了，怎么又换了张脸重来一次？"

"一定是白盾内部有人在搞事，不然谁能把手伸到他们那里呢？"

"大公司嘛，一向手脏心黑，说不定又要推只替罪羊出来……"

就在这时，宁灼分神了片刻，突然停住了。

刹车片发出的响声也止住了闵旻的话头，他问道："怎么了？"

宁灼望着不远处被映红的天空道："着火了。"

"哪里啊？"

"长安。"

"咱们区啊，哪里哪里？"

烈烈火光映入宁灼的绿眼睛："那个说拆了之后会盖两栋新楼的工厂。"

闵旻一愣，松了口气。

他们早就对这片地方的一砖一瓦烂熟于心，她知道宁灼说的地方是哪里。那片倒闭的工厂，来年就会用3D技术打印出鸽子笼一样的居民住宅。

一群人会发疯地一样排号，争抢着其中的十五平方米。

"啊，那里的东西都清理得差不多了，工程队还没进驻，没住人，也没有危险或是贵重的物品。"闵旻下了结论，"不是什么重要的地方。"

"那有什么值得烧的？"宁灼反问道，"还有什么能烧的？"

这回，宁灼没有等闵旻回应，摘下通信器，把头盔开启富氧模式，扶住面屏往下一滑，遮挡住了整张脸。

他撂下一车的零食，大步冲入火光中。

这不是多管闲事，也和见义勇为没关系。

长安区是海娜的地盘，而宁灼是海娜的二当家。

一个早已搬空了东西的工厂突然着火，这件事已经反常到足够让他去多瞧一眼了。

当宁灼靠近工厂后，越发确定，这火烧得古怪。

着火点极其分散，燃烧的多数是外围没能搬走的建筑材料，空旷的工厂内散发着浓烈呛人的汽油味道。没人会把宝贵的燃料浪费在一座搬空的工厂上。

宁灼快步冲入火场。

火起的时间应该在不久前，烧得不算特别猛烈，只有些未搬走的劣质避火篷布被熏得冒出阵阵黑烟，烟气反倒更呛人些，热浪更是烤得人皮肤发烫。

厂房占地几百平方米，本来就空旷，在撤去所有机器后更是显得空荡荡的。

宁灼不费什么力气，就在火影里看到一个人静静地伏在地上。只有肩背轻微起伏，让宁灼确认他还有一点生命体征。

而这个身影，对宁灼来说过于熟悉了。尽管在宁灼看来，他根本不应该出现在这里。

他隔着头盔轻声叫："单飞白——"

地上的人听不到，自然没有反应。

看到他指尖凝结的血，宁灼突然无端烦躁起来，在头盔里小声骂了一句。

他窒息似的扯了扯前襟的衣物，觉得自己呼吸不畅必然是头盔的问题，索性掀起头盔，动作粗暴地扣在了那个人的脸上。

没了头盔，他被热腾腾的烟呛得喉头发痒，咳嗽了两声，心情更加不好了。

就在这时，一个来自狙击枪的红点，从二楼瞄准了宁灼的太阳穴。

这一点红混合在明亮的火光中，显得那样微不起眼。

宁灼把机车手套扯掉，露出机械右手，弯下身体，像是要去抱起地上的人。但他并没有把手伸向地上的人，而是抬手举向了身侧。

从他机械掌心发出的空气炮，把二楼一块突出的平台轰塌！

埋伏的人猝不及防，和平台的水泥碎块一起滚落到了工厂一楼。

在尘烟弥漫间，宁灼的右手探入废墟，稳稳摁住了埋伏人的太阳穴。不等他做出任何反应，宁灼就干脆利索地捏碎了他的机械头！

但一切还没结束。

那个已经没了机械头的人从地上抄起一块水泥，狠狠地砸在了宁灼的脑袋右侧。随即他快速扭动脖子，壁虎断尾一样甩掉了他残破的机械头，向后飞快地撤退。

是个仿生人，核心控制中枢不在头部。宁灼这样想着，面不改色地拍掉了发丝间的水泥残渣。

工厂空旷开阔，能藏人的地方并不多。

宁灼刚才随手对着位于他视野死角的二楼水泥台轰了一下，只是排除可能风险的习惯性行为，没想到还真叫他炸了条鱼出来。

宁灼不说话，一个闪身，消失在了滚滚烟雾间。

一时间，工厂内只剩下熊熊的燃烧声。仿生人是避火的。刚才宁灼那一抓，破坏了他的红外感温装置。

无头的他只得开启了备用视听装置，躲在一根粗壮的水泥柱后，一只手揽着一把狙击枪，一只手搂着半桶没倒干净、随手扔在这附近的汽油。

要是宁灼胆敢靠近，这半桶汽油，这样的高温环境，足够他在一瞬间变成一个火人。除了汽油桶，仿生人半个身子都静静地坐在燃烧的火堆里，一点儿动静也没有。

但他迟迟没有等来脚步声，也没有听见呼吸声。好像这座工厂里从来没有来过宁灼那么一个人一样。

仿生人相当谨慎，背靠水泥柱，耐心地等待，绝不妄动。

没想到，下一秒钟，一片防火的工业篷布从身后罩下来，把仿生人的上半身死死地罩住。

宁灼面无表情地背靠着水泥柱的另一边，用收绞索的姿势，一把一把地将灰色的篷布死死地绞紧。

仿生人根本没料到这种情况，马上踢腿，挣扎着。他手中的汽油桶在挣扎中倒下，跌入火中。火焰轰的一声腾起，蹿到了一楼楼顶。

宁灼冷笑一声，在这儿等着我呢。

仿生人的反应也不慢，甩出防火匕首，信手一划，篷布发出刺耳的破裂声。

从束缚里脱身，仿生人的方向感有一瞬间受到了干扰。他索性听声辨位，朝着有风来的方向猛地打了一枪。他明确感觉到打中了什么，因为有飞散的金属片划过了他的皮肤。

狙击枪近距离射击的杀伤力极大，好在准头一般。

忍着阵阵耳鸣，宁灼看了一眼自己被轰得只剩下手肘以上的机械右臂，又看清了他手中的枪，腰侧的陈年伤口微微一麻，下一刻，他的眼里闪现出难以掩饰的狂怒。

他太了解这把枪了，自己身上有三处伤口，就是拜它和它的主人所赐！姓单的兔崽子改装过它，放在他的手里，换弹的速度能达到十二秒。

枪是市面上仅见的好枪，单飞白也是宁灼生平所见最好的枪手。

但在宁灼面前，单飞白的优势仅限远程。

十二秒，连姓单的都不敢离他这么近换弹。

经过义体改造过的人往往更依赖自己的义肢，而宁灼从不。他一双腿练了多年，早就练成了一双不动声色的杀人利器。

在仿生人试图拉开距离，后撤换弹时，一条右腿挟着风声，狠狠地砸在了仿生人的腰上！

仿生人刚刚抬起的枪口被迫偏移，一发子弹射在了墙壁上。

现在，枪里已经没子弹了。

宁灼又侧身，一脚横踢，稳稳地踹中了仿生人的胸口。

换成一个活人，他的肋骨碎裂就该扎在心脏、肝脏、脾脏、肺部和肾脏上了，仿生人却毫无痛感。

他向后跌倒在火中，一翻身就要借着地利脱出宁灼的攻击范围。可宁灼面无表情地直接冲到火里，一拳砸中了他的胸口。

仿生人的备用视界被这一拳砸得花了屏，边角隐隐闪出电火花来。

可怕的是，宁灼没有任何停下来的意思。

火攀着宁灼的裤脚爬上来，又被他凶猛刁钻的拳脚逼得熄灭。将近一分钟、不避大火、不计生死的贴身攻击，简直让人疑心宁灼也是被改造过的仿生人，一台精密的、睚眦必报的杀人机器。

仿生人没有人类恐惧的本能，但总要保护自己的枢核不受损害。

当他被宁灼扯住前胸猛地甩出去时，为了避免进一步的冲撞，抬手护住了已经流出机油的右胸。

宁灼将仿生人甩出后，侧身往地上一滚，一条用细线捆绑着的弹壳项链从他颈间甩了出来。

他用左手拇指缠住了项链的线，用断臂边缘的金属钩住掉落在地的狙击枪带，熟练地单手推开弹匣，低头咬断项链，将那颗还带着自己胸膛温度的铜弹壳送入弹匣，对准仿生人的右胸瞄了瞄，毫不迟疑地扣动了扳机。

弹壳的杀伤力当然不如子弹，但这么近的距离，已经够了。

仿生人刚站稳的身体向后直挺挺地撞到了水泥柱上，又和着簌簌脱落的水泥屑一起落了下来，摔在地上，歪着脖子，再也不动了。

宁灼把枪竖了起来，枪口朝上，用胳膊肘撑住了滚烫的枪口，自言自语道："本来这颗弹壳是用来杀他的，便宜你了。"

一停下来，宁灼才觉得胸口刺痛，宛如火烧，咳也咳不出来，索性将一口带着血的唾液生生咽了下去。

他先把仿生人浑身上下摸了个干净，把能用得到的一应小零碎都揣进了腰间的多功能口袋。包括那枚已经嵌入仿生人右胸、变了形的弹壳。

确定搜刮彻底了后，宁灼又冲着仿生人被狙击枪轰出了个洞的胸口踹了两下，把里面用来散热的小水箱拆了下来。他旋开盖子闻了闻，里面是水，不是防冻液。

宁灼单手将水箱拎到单飞白跟前，摘掉他的头盔，直接往单飞白的脸上浇。

沾着燃料味道的水让昏迷的人醒了过来。

他睁开眼睛，嘶哑着嗓子叫他："宁哥？"

宁灼也懒得和他解释自己为什么会出现在这里，只是俯身去检查他的伤势，简单应了下："嗯。"

单飞白的手指勉强还能动。他抬起手来，摸了下宁灼被热浪烤得滚烫的鞋尖，用指腹轻轻擦掉了一滴落在他右脚鞋带附近的血。

宁灼低头，"啧"了一声。

仿生人不会流血，这大概是自己的血。

刚才手臂被击碎，他的脸上、身上也有不少地方被碎片波及。

宁灼今天穿的鞋有点薄，被单飞白一碰，脚趾往后一缩。

他不满地抬起脚，用鞋尖轻轻踩住了单飞白的手背，以示警告。

单飞白想笑，刚张嘴，又吸入了烟气，爆发出一串咳嗽，痛得他的脸都白了。

宁灼也终于找到他的伤处在哪里了，脊柱断了。

被唤醒痛觉后，单飞白呻吟起来。他的呻吟声很低，却痛苦异常。脊骨一断，那种疼痛是要命的。

宁灼皱起眉，一把合上了他的头盔，把单飞白与烟气隔离开来。

麻烦。

他把水箱里还剩下的水浇到自己身上，转身取来两张篷布，将厚厚的篷布两角用刀打孔，割出一条篷布绳，从两个孔眼横穿过去，打好结系在腰上，做了张简易的担架，把单飞白移到上面，顺手把自己那半截断了的手臂也扔了上去。

刚才那一战，打得宁灼只剩下一条半胳膊，做这样的精细活还是费力了些。好在这工厂没多少助燃物，呛是呛了点，一时半会儿倒还烧不死人。

忙完后，宁灼又把还在火里烧着的仿生人的机械头一脚踢了出来。

很快，他重新呼吸到了新鲜空气。

远方隐隐传来救火车和警车的红蓝色光，但声音听起来离得还远。

白盾今天晚上出了大事，内部乱成一锅粥，不知道是哪个热心肠的小警察，这个时候还跑来这种不重要的地方。

宁灼看了一眼不明不白地受重伤，这会儿又晕过去了的单飞白，才想起来生气。他掀开了单飞白的头盔，泄恨似的一把掐住单飞白的腮帮子，又怕把单飞白摇死了，只能咬牙切齿地生闷气。

单飞白真要死在长安区，或是被别人看见单飞白半死不活地和自己在一起，整个海娜都有大麻烦了！

根据他的伤势严重程度，用篷布做的简易担架把他挪出着火的工厂已经够危险了。要是把他用摩托车载回去，他必然会死在半路。

宁灼现在急需一辆四轮车。

经过一番思考，宁灼暂时放弃了打劫警车的想法。

这个仿生人既然蹲守在这里，守在重伤的单飞白身边，必然有他的目的。目的达成后，他总不会步行离开吧。果然，宁灼稍一搜索，就在工厂后丛生的蒿草丛里发现了一辆白色皮卡。

有点麻烦的是，车门是指纹锁。

宁灼懒得再去工厂里捡仿生人的手臂，索性一肘捣碎了玻璃，在震天的警报声中，将仿生人的机械头往车辆启动的面部识别仪上凑。

因为仿生人的机械头被宁灼捏得稍微变形，宁灼尝试了好几次，才成功发动了车子。

将断肢和单飞白一起运上货厢，宁灼回头对自己的摩托车说道："没有你的位置了。"

摩托车的射灯亮起三下蓝光，发出一声短促的鸣笛。

宁灼不为所动："听话，阿布，自己回去。"

摩托车又短促地鸣笛两声后，引擎声骤然响起，自动择定了方向，带着一车的小零食，驶入夜色之中。

宁灼解下自己的腰带，给单飞白做了简易固定后，选了一条避开警车的路，踩下油门，单手开车，向海娜基地疾驰而去。

昏迷中的单飞白侧过身，伸手摸索一番，无意中扣住了宁灼随手扔在他身边的、半截残缺的机械臂。他使不上力气，只能一点一点地抓紧了那残破而修长的手臂，攥不紧，就贴着。

五分钟后，一辆带有白盾标识的警车在工厂前停下。

一个年轻小警察刚从副驾驶座爬下来，就被迎面而来的热浪冲得大声咳起来。

他左右环顾一圈，小声抱怨起来："林哥，我都说了这块地方已经被围起来了，没人来。也烧不着谁，最多把工厂烧塌了，把后面的那块地的杂草烧没了，开发商高兴死了，这不给他们省了一笔钱？"

从驾驶座里下来的"林哥"，双眼被一条单向透视的绷带缠住了。他的下半张脸像是被锐器划烂了。十三道疤痕在他的脸上纵横交错，左侧有一颗颊边痣，左侧嘴角被撕裂后，强行勾勒出半个笑脸。

他拿着通信器，和那边直打哈欠的救火队沟通："请快点来。"

和这张好像是从地狱里爬出来的脸相比，他的声音相当温和。

旁边的小警员继续喋喋不休："今天晚上出大事了，肯定有些小混混趁火打劫。瞧，林哥，我舅舅刚刚说了，十分钟后发戒严令，要把在街上晃荡的小流氓统统抓起来，咱们去抓抓趁机闹事儿的，想办法从他们身上弄点值钱的花花，不比在这儿找破厂的碴儿好？就算有人蓄意纵火，烧个破厂，图什么呢？"

"对啊。"银桭市长安区第三别动队副队长林檎反问道，"烧个破厂，为什么？"

小警员一时语塞："搞不好……有熊孩子到这儿玩？"

林檎看着他问道："偏偏是今天？现在？"

见小警员说不出话来了，他不再多话，把黑色警服的袖口挽到肘部，下达了指令："干活！排查周边。"

## 第二章　海娜

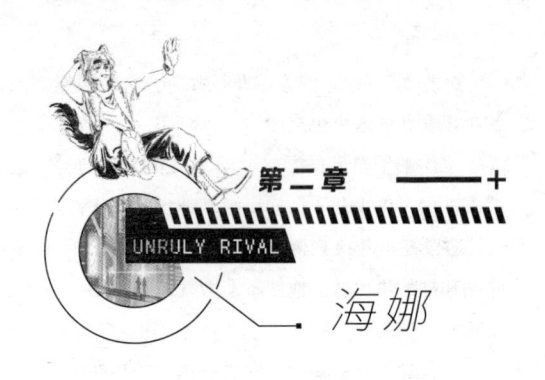

UNRULY RIVAL

在巨大的戒严警报声中，白色的车灯像刺刀一样割破漫漫夜色，绕过一条漫长的绕壁公路，驶到了绝壁的顶端。

"全市将于半个小时后正式戒严！请广大市民尽快返家，不要在外游荡，回到自己的合法固定住所。否则后果自负！后果自负！"

"后果自负"在山谷间激越回荡，直往人的耳朵里钻。

皮卡最终停在了一整块巨大的黑色火山岩前。这块山岩呈不大规则的环状，一头沉降到了地底，像是一块从天上落到山头的怪异陨石。

宁灼摇下车窗，将满布文身的右手按在旁边一块黑色、约半人高的细长石头上。

机关启动，火山石开始以一个奇妙的角度缓慢翻转。一条金属道路随着巨石的翻折出现在他的面前。一路向下，地面上镶嵌的绿黄相间的波谱频闪延伸，为宁灼指明了前进的道路。

道路两边的墙壁上写了两排大字：

进出平安。

非请莫入。

随着车辆的驶入，火山石再次开始翻转，宛如一头静静蛰伏的石兽，吞没了红色的车尾灯。

但当整辆皮卡进入通道后，安保系统突然开始报警。

"警告，警告，该车辆非本基地车辆，请求人工复核，人工复核！"

下一秒，一条代表警示的红线从轮胎碾压处往前延伸，形成了大片大片甲骨文的纹路，藤蔓一样沿两壁攀爬到了两侧。

隐藏的石灯笼被激活，发出黯淡的红光，映衬出整条隧道瘆人的光影。

百米开外，一个将近两米高的机械判官凭空降下，悬浮在道路中央，右手倒提一只钢铁虎头,左手握着一卷判官册,泛红的机械眼珠静静地望着疾驰而来的皮卡。

四周墙壁宛如钢铁莲花一般盛开,弹射出青铜外壳的枪械箭弩。更多的机关隐藏在墙壁深处的《山海经》异兽图纹中,蓄势待发。

通道里很快响起了呼叫:"是谁?马上回答!三秒钟不回复,小心小爷的——"

被警报声吵得头疼的宁灼把脑袋探出窗户,不耐烦地骂了一声:"唐凯唱!叫它闭嘴呀!"

听到宁灼的声音,对方立刻老实得如小鹌鹑一般:"哎,宁哥,马上关。"

一切恢复正常。

绝壁之上,那块火山石依旧伫立,就像是亘古至今就停驻在这里一样。远处灯塔的探照灯向着海娜基地的方向扫来。

直扫到尽头,它也没能映到火山石,只照亮了火山石正下方、位于绝壁上的一个图案。

——一朵灿烂盛放的海娜花,花语是"别碰我"。

宁灼在钢筋与霓虹间一路下行,直到来到一个亮着"负十六楼"红色光标的楼层前,才再次刷文身进入。

他把白色皮卡平稳地停到了一辆医护车旁,下车打开了医护车后车厢,哐哐当当地扯下一副铲式担架,把单飞白在车上固定完毕后,再次打开了通信器:"闵旻,十六层急救室,三分钟就位。"

宁灼注意到单飞白气息微弱,神志已经不太清醒了,顺手照他脸上抽了一巴掌:"给我醒来!"

通信器里传来窸窸窣窣的穿衣服的声音:"谁啊?"

宁灼跳下车,又去拉搬运担架:"你还有两分半钟。"

通信器那边咒骂了一声,果断挂断,没了声音。

一扇扇爬满淡蓝色电路纹的智能金属门在宁灼面前次第敞开。

担架的轮子碾过地砖,发出单调呆板的声响。

宁灼推着担架一转弯,正前方赫然出现了一个男人。他穿着休闲衫和短裤,正抓着一把扫帚在拐角处专心地打扫卫生。

听到身后的奔跑声,男人笑了,正要转身打招呼,一辆高速前进的担架就照着他猛地撞过来。他的反应极快,没等宁灼看清,一个闪身,急救担架就擦着他的腰滑过去了。

宁灼抓住担架床，厉声呵斥道："让开！"

男人背靠着墙，目送宁灼离开。他看着三十七八岁，个头不高，不过身材保持得不错，看背影像是只有二十来岁。他的外貌只能算是清秀，大众脸、大众发型，唯有一双明亮、美丽的眼睛，但也被一副方形的黑色眼镜给遮去了一半光彩。

他眨巴眨巴眼睛，皱着眉抱怨："没礼貌。"

不过宁灼还有点分寸，没把他刚扫好的垃圾踢乱。

男人下意识地把稍稍散开的灰堆归拢，又想起一件事，遥遥朝着宁灼的背影喊："哎，拉的是谁呀？"

宁灼没空回应他。

等宁灼来到急救室门口时，已经有人等在外面了。

他是闵旻的助手，宁灼不怎么记得他的名字，只记得闵旻总是叫他小闻。

小闻见宁灼一脸严肃，手臂只剩一半，来不及关心他，飞快地把担架床接过来："闵旻姐等在里面了，该准备的东西也都准备好了，大概是什么情况，我们了解一下再……啊！"

他瞪着病床上单飞白那张苍白无血色的脸，像是要把他活活瞪出个洞来。

宁灼擦擦嘴，把嘴里的血气咽了下去："没死。"

小闻小心翼翼地说："那我们要把他治死吗？"

宁灼冷冷地瞄了他一眼。

"直接死在我们手上不好吧？"小闻比画了一下，"不如拉到外面，往山里一扔，神不知……"

宁灼说道："我要活的。"

小闻一听马上把后半句话咽了下去："好嘞！闵旻姐，人来了！"

他把人推进了急救室。

门还没关紧，宁灼就听见里面传来惊呼声："我的天！怎么是他？！"

但她比小闻懂事，没有闯出来问东问西。

宁灼让她来是评估伤势的，她没有质疑宁灼判断的资格。不过，面对这样严重的伤势，她的准备略有不足。

她拨打了好几个电话，将基地里的医生一股脑地都拉了过来。

宁灼在急救室门前坐下，这才感到一股疲惫感从身体深处爆发出来，但宁灼没有允许这样的爆发。他强迫自己站起来，往走廊另一侧走去。他知道，闵旻这半个晚上是别想睡了。在这段时间里，他也有自己的事情要做。

宁灼独自穿行在基地内部，很快不见了踪影。他在基地里消失了整整两个小时。

两个小时后，急救室的红灯熄灭，伴随着腾起的消毒烟雾，有个高挑的身影从里面走出来，一边走一边除去身上的衣物。

医疗师兼机械师闵旻穿着一件修身的黑色连衣裙，前侧腰腹处是镂空的花纹，露出了漂亮的马甲线。

而宁灼就坐在急救室门口，好像从未离开过一样。他含着一根棒棒糖，认真地吮吸。透明的糖果在他的口腔里碰撞出悦耳的轻响。他瞥了闵旻一眼，问道："怎么样？"

闵旻挨着他坐下来，问道："落在咱们手里了，给个准话，想让他怎么活？"

宁灼说："什么怎么活？"

闵旻回答道："脊椎第二、第四节断了，脊髓没事。要想好好治，换条脊椎骨呗，小半个月就能下地了；不想好好治，把他送回家，送回磐桥，送到哪儿都行。"她环抱双臂，口吻平淡地说，"这一路上颠过去，只要把他的脊髓弄伤了，他下半辈子就只能躺在床上金尊玉贵地做废人了，也能少给咱们找点麻烦。"

在银楦市，医院全部是私立的。所有医疗人才，在经过高端的定向培养后，都会直接输入已有的医疗体系中。公民需要缴纳高额的医疗保险，用和身份ID绑定的保险卡才能就诊。

在这里，一切民间诊所、民间医生都是违法的，但不是所有的人都缴纳得起不菲的健康保险金。没有保险，连感冒药都不能购买。于是，私人医疗应运而生。

这些能提供简易医疗服务的私人医疗点都集中在黑市和人口密集的聚居区，不叫医院，叫某某中心。

为了掩人耳目，防止被查封，正经的医疗服务往往藏在足疗、按摩等项目里。在这里，穿着性感、站在肮脏的综合体大楼楼道里花枝招展的少女，都有可能是由父亲一手调教出来的医生，披上白大褂就能救回一条人命。

可惜是违法的。无数普通人心照不宣地进行着一笔又一笔健康交易。

这些无数非法的小诊所拱卫着高贵的正规医院，让医疗体系维持在一个既尴尬又不至于让人彻底绝望的畸形状态。

当然，也有病人被执法机构收买，在取得私人诊疗的证据后，向医疗机构举报拿赏金。

所以，在长期的斗智斗勇中，几乎所有从事地下诊疗的人都被训练得异常冷漠。出身底层的闵旻就是其中的典型。更何况，她要诊治的对象还是单飞白。她觉得自己没有任何心软的理由和立场。

磐桥和海娜的关系势同水火,已经有些年头了。准确地说,是磐桥老大单飞白,和海娜的二把手宁灼势同水火。作为宁灼的手下,他们当然毫无保留地向着宁灼。

闵旻等着宁灼的决定。是放任,还是救治,宁灼是海娜管事的,她都听他的。

宁灼"嗯"了一声。

闵旻问道:"'嗯'是什么意思?"

宁灼说:"小半个月太久了。"

闵旻一挑眉:"行吧,懂了。"她拿起通信器,吩咐小闻先给单飞白未来的液态金属脊椎做个建模。

挂断后,她转身面向宁灼说:"轮到你了,脱衣服。"

除医师外,闵旻也是专门替宁灼检修义肢的机械师。

宁灼按照她的要求,单手扯着衬衫下摆,把衣服脱了。他的肌肉薄而漂亮,上半身陈旧的伤痕遍布,其中有一大半都是冲着他的命去的。

可在这一众伤痕中,最醒目的反倒是他肩膀处的一处刀伤,从后面没入,直接贯穿到身前。

闵旻拎着他那条断臂研究时,宁灼文满文身的左手正搭在膝上,食指轻轻敲击着膝盖。

文身用的是天然植物染料,可以用特制药水洗掉。

它的用处不少。一来,可以作为直观表明身份和组织的标识,想文在哪儿都行,如果不嫌麻烦和丢人,文在尾椎骨上都行;二来,这个文身可以作为通行的防伪印记,凭此扫描进出,一次作废,想外出就再去领一个随机的文身图案就行。

就算有人有心入侵海娜基地,杀死了海娜的成员,想用带有文身的皮肤蒙混过关,一旦检测到文身附着的皮肤失去活性,入侵者就别想活着下山。

但这个文身对宁灼来说有第三项用处——可以用来遮挡他手指上半圈宛如指环似的鲜明齿印。

宁灼腰背笔直地坐在那里接受闵旻的检查。他的腰曲线漂亮,腰窝鲜明,因此牛仔裤后敞开了一条不窄的缝隙,露出了一点内裤的边缘,但他自己没觉察。杂草一样蓬勃的生命力,和他温室花朵一样的外表,形成了一种让人移不开眼睛的微妙反差。

此时的宁灼头痛欲裂,因此在对闵旻描述火场里发生的事情的时候异常简短。

闵旻淡淡地"嗯"了几声,不怎么感兴趣,毕竟宁灼活着回来了。她见惯了刀尖舔血的人,多刺激的事情都懒得听。只要她的病人在回到基地的时候有个囫囵样就行了。她留意着宁灼的脸色,等他说完了,顺手摸了一把他的脑袋:"你怎么又发烧了？"

"刚才进火场捞他……"头发都湿了的宁灼想了想原因，答道，"内外温差大。"

闵旻看了一眼从他嘴里探出的雪白糖棍，问道："怎么还低血糖了？"

宁灼不置可否。

"体质太差。"闵旻下了个十分不严谨、十分不科学的判断后，干脆开始毫无医德地恐吓他，"小心活不过三十岁。"

宁灼不为所动："借你吉言，老傅以前说我活不过十八岁。"

二十八岁的宁灼把烧得发痛的后脑勺仰靠在冰冷的金属墙面上，试图降温。

闵旻嗤笑了一声："跟老大说过了吗？你给他捡了个活祖宗。"

宁灼本就心烦，听到这句话，更是心头火起，抄起自己的残臂狠狠砸在了地上，在走廊里发出了恐怖的回声。

闵旻抬眼瞧他一眼，随即冲着地上使了个眼色："捡回来。"

宁灼猛然起身，表情凶狠地把断臂捡回来，老老实实地放回手边。

闵旻端着他断裂的手臂活动了一下，平静地拾起了刚才的话题："我说他是活祖宗说错了吗？"

宁灼面无表情地看着她。

闵旻也毫无惧色地看着他。

"你说，你是把他从火里捞出来的。"闵旻继续追问，"要杀人，哪里不行？静悄悄地杀了就行了，放火又是图什么？"

宁灼表情冷冷地望着前方出神。要不是觉得这件事不对劲，他何必冒着风险进入火场？

银桎市从不缺安安静静地死在某条暗巷里的人。做雇佣兵这行的，更是仇家遍地。运气稍好一点，还能在垃圾桶找到断掉的胳膊腿什么的；运气坏点的，会在某家地下加工厂，被加工成各种小零件，摆在某家小店铺阴暗潮湿的廉价货架上，发挥最后一点价值。

宁灼的仇家也不少。但就像闵旻说的那样，他们不约而同地希望宁灼落魄后，自降身价。这样他们只需要花一点点的点数，就能肆意欺辱他。仅仅是这么无聊的想象，就足够令他们感到愉快。

对此，宁灼不发表意见，反正没人敢在他面前胡说。

但这次在背后害了单飞白的人，诉求完全不同，那人将这把火点得如此随意，目的与其说是毁尸灭迹，不如说是用这把火昭告天下，磐桥老大单飞白死在海娜的地盘上了。

要不是今晚上《正义秀》直播出了大事故，整个白盾内部乱成了一锅粥，警察早该发现单飞白的尸体了。

闵旻也推测出了幕后人的目的："点火不是为了烧死他。有人就要他死得轰轰烈烈，要让所有人知道他死在我们这里。"但她也有想不通的地方，"那直接杀了弃尸就好了呀。为什么还要留他一口气？"

宁灼头疼得厉害，可他强迫着自己的思绪飞快地运转。他扶着脑袋，把手肘撑在膝盖上，缓解着头痛："他们没想留单飞白的命，可他不能死得太快。"

闵旻疑惑地问道："为什么？"

宁灼说："你看得到，那么大的火，没有一个火星子蹦到他脸上的。"

闵旻笑道："这张脸烧了也可惜。"

因为发烧和疲惫，宁灼开始剧烈耳鸣，但他的脸色依然平淡得看不出任何端倪："留住他的脸，是让条子一进来就能认出他是谁。万一这张脸给烧没了，不会有人查到他是谁，他会被当成在工厂里过夜的倒霉的流浪汉，直接打包扔到公用水葬场。"

宁灼顿了一下，说道："哦，除了个别人。有个不合群的家伙是会一查到底的。"

所谓公用水葬场，就是将一些无法辨明身份的无名尸体扔进有腐蚀性的酸液池，或是日夜沸腾不休的钢水炉里。银槌市的人口有六千万，不是所有人都可以入土为安。

经过宁灼的点拨，闵旻觉得豁然开朗。要吸引人来，所以点火最好。可真要把单飞白烧死，尸体无法辨认，就容易草草结案，完成不了栽赃，事情就闹不大。

不过，这样一来，现场又完全不符合毁尸灭迹的标准了。正常毁尸灭迹，一桶燃料泼在单飞白身上，再扔个打火机就完事儿。哪有东烧一堆，西烧一堆，把消防队都引来了，结果该烧的人一点没烧着？

所以，幕后操盘的人的计划应该是这样的：

他们把重伤的单飞白扔到海娜负责的长安区，安排了仿生人在现场点火，并拿走单飞白的狙击枪，蹲守在现场。

只要听到警车靠近，仿生人就可以扣下扳机，干净利落地击穿单飞白的脑袋，随后穿过火焰，驾驶无牌的皮卡逃逸。那么，警察赶到后看到的现场就是单飞白和某人打斗，引发火灾。在警察赶来的路上，单飞白被打断脊骨，射穿头颅，脸也没毁，尸体还是热的。

这么一来，问题就来了：有谁这么恨单飞白？长安区又是谁的地盘？

到时候，不管警察怎么想，这盆脏水是稳稳地泼到海娜和宁灼身上了。

回过味儿来，闵旻喃喃着道："够毒的。"

宁灼撑过了眼前阵阵的眩晕，直起腰来，他还有一件事没有告诉闵旻。

那个罗森先生和自己交易时，自己提到运送"货物"会途经单飞白的地盘，有可能会有麻烦。那时罗森说了什么？

"他呀。没事，你不用在乎他。"

罗森哪里来的自信？或者说，他掌握了一些秘密的情报？

罗森这么一个B级公民，一个连地下世界规则都不太了解的小喽啰，从哪里掌握了连自己都不知道的情报？可惜他手头的线索有限，最多只能推测到这里。

至少仿生人的脑袋拎回来了，也算个线索。

宁灼站起身来，稳得一个趔趄都没有打："给磐桥去个信息，打他们公线，告诉他们，姓单的在我这里。让他们戒严结束之后来海娜。明明白白地告诉他们，最多来三个人，多了不放行；敢带武器来，让唐凯唱别客气，直接把他们打死在安检通道里。"

见他起身，闵旻满怀欣慰："早点去休息，备用手臂我明天放在你的房间门口。"

宁灼说："哦，我去搜搜车。"

闵旻勃然大怒："几个小时没睡了？盼着自己早死是吧？行呀，以后有病看兽医，唔使揾我（别来找我）——"

在闵旻的骂声里，宁灼没吱声，一转身，一张被严重砍伤的脸迎面向他贴了过来。他就站在宁灼面前，脸上被斧子砍出的伤口还在往下滴血。宁灼知道这是幻觉。他幻觉里的父亲总是这样，从不会辱骂他，只是顶着这样一张血淋淋的脸，用谴责又悲伤的眼睛看他。

宁灼绕过这个鲜血淋漓的幻觉，习惯性地认错："对不起！爸爸。"

闵旻以为他是在对自己说话："不治就是不治！你叫我妈也没有用呀！"

话一出口，闵旻才察觉不对。她张了张嘴，却不知道能说些什么，目送着宁灼消失在走廊那边。话堵在喉咙里，时间太久，只能化作一声轻飘飘的叹息。

宁灼来到了停车场。但有人比他先到。

刚才在走廊上打扫卫生、怎么看怎么像个清洁人员的男人，此刻大半个身子钻在皮卡车底下，只剩下两条腿在车外。

宁灼站在车外，单手插在口袋里，靠在墙上看他扭来扭去地忙碌着。

等他检查完毕，用背蹭着地把自己送出来，宁灼才对他微微点头，叫了他的名字:"傅老大。"

男人嘴里叼了根照明用的光棒,从地上坐起来,把嘴里的光棒取出来,随便点点头:"哦。"

傅老大姓傅,全名并不为外人所知。

海娜组织真正的一把手,雇佣兵界传说的地下之王,宁灼传闻中的金主,就是这样一个让人一眼看去留不下任何印象的人。只有一双眼睛在光源不足的停车场里清澈地亮着。直到他把随手放在地上的黑框眼镜戴起来,这点仅剩的特色也被抹去了。

傅老大倚在引擎盖边,用肩膀蹭去了脸上的油污,手里握着一个刚卸下来的屏蔽仪:"你做得不错。"

宁灼一上车就开启了万能屏蔽仪,避免使用车内一切智能设施,最大限度地切断了被幕后人反向监控追踪的可能。

可惜对手的手脚也干净。

"车的出厂编码被刮花了,出处和购买记录查不到。行驶记录熄火后自动清空。"傅老大把光棒从车身编码上挪开,指向车里,"没有其他可以追踪的痕迹。"

他顺手把仿生人的脑袋从副驾驶座上拎了出来,像水果一样放在手里掂了掂:"就剩这么一个线索了,要查吗?"

宁灼伸手去拿仿生人的脑袋:"查。"

傅老大却像是在玩篮球一样,双手拿着脑袋,做了一个假动作绕到了宁灼身侧。他还挺活泼,笑起来微微弯着眼睛:"哎,看《正义秀》了吗?"

宁灼的手从半空中收回来:"无聊。"

傅老大抱着仿生人的脑袋前后左右蹦蹦跳跳:"不无聊啊。要不要去看一下回放?那位按了注射按钮的查理曼先生的表情很精彩。"他把自己的下巴搁在仿生人的脑袋上面,"我记得查理曼这个名字,是你爸过去的直属——"

宁灼一巴掌甩过去,拍在他的手背上。

仿生人的脑袋像一颗真正的篮球一样,在地上弹跳两下,又被宁灼接过来,夹在了腋窝下。

傅老大愣了一下,指责道:"打手犯规。"

宁灼夹着仿生人的脑袋,冲他冷冷地挑起了左侧眉毛。

这时,宁灼夹在领子上的通信器一明一灭地闪烁起来,有人在内部通信频道里找他。他刚一接通,那边就传来了小闻欣喜的声音:"宁哥,姓单的狼崽子醒了!"

宁灼蓦然转过身,大步向来处走去,比来时的步履更匆忙:"让他醒着!等我回去!"

傅老大望着他离开的背影,把随手丢在引擎盖上的抹布捡起来,在指尖上转了两圈,跳上皮卡的后备厢,把宁灼的摩托车搬了下来,哼着歌,高高兴兴地开始给他擦车。

查理曼夫人在鸟语声中醒来。她昨晚吃了安神药,一夜无梦,睡得很好。她充满希望地从床上爬起来,赤着脚迎了出来。

儿子的房间是空空荡荡的。

扑了个空的查理曼夫人并不沮丧,从楼上下来,恰好看到丈夫在和管家谈话。她绽开了灿烂的笑容,小鸟一样飞扑过去:"亲爱的,小金呢?"

往下冲了几步,她站住了。

两个人听到她的声音,望向她时,目光里透着惊惧。一夜之间,她亲爱的丈夫就像是老了好几岁。

现在的查理曼先生有太多的麻烦要处理。

在中断直播后,查理曼先生当机立断,掏出枪来,将射频调到满格,射穿了那张即将变化成他儿子的脸。在如此大功率和近距离的射击中,拉斯金先生的脸,连同金属注射台一起熔穿了个洞。

查理曼先生对此的解释是,对这样突如其来的变化,他应对不及,又看到了过去被他亲笔签字处决的巴泽尔的脸,一时陷入混乱,才选择了掏枪射杀。

听起来勉强算是个合理的解释。然而,无论是巴泽尔还是拉斯金,都是查理曼先生经手的。

拉斯金的脸下面是巴泽尔的脸,这是全市《正义秀》观众亲眼看到的事情,他必须对此做出解释。

在回到白盾接受质询前,查理曼先生提出要回家一趟。

目前情况一片混乱,查理曼先生并不是作为犯罪嫌疑人接受审问,他还是白盾的警督,是银槌市警界的三号人物,回一趟家,换一下衣服,也不算什么大事。

他非要回家,一是需要交代一些必要的事情;二是必须控制一下他娇弱又无能的妻子。

如果妻子在家看到新闻,乱冲乱叫,被人发现,怕是要出事。

看到满脸狐疑的妻子,查理曼先生努力挤出一副比哭还难看的笑脸,迎上前去,做了个吞咽的动作:"亲爱的,你冷静,听我说……"

十分钟后,查理曼先生从别墅里走出来。

他抹了抹精心打好了发胶的头发,疼得微微咧嘴。刚刚妻子发狂,抓住了他的头发,险些把他的头皮揪下来。

直到亲眼确定镇静剂发挥作用,查理曼先生才硬撑着,衣冠楚楚地走出门来,把一个体面的自己放进那些在暗处对准他的镜头里。

他风度翩翩地整理一下西服,表情平淡地问:"我说的话记住了吗?"

管家把惊慌之色隐藏在恭谨的面具之下:"记住了。"

被他亲手杀死的儿子一共拥有过三张脸,三个身份。

警督之子,金·查理曼。

毁容杀手,巴泽尔。

毁容杀手的接班人,拉斯金。

当务之急是要尽快采取行动,切断"金·查理曼"与巴泽尔的关系链,并销毁上下游的一切数据信息,彻底从这个世界的数据库中抹去他儿子的脸部模拟数据。

接着,就需要用钱堵上几张嘴。

实在干系重大的,就直接让他永远闭嘴。比如说那个两次为金·查理曼换脸的整容医生,让他因"心病自杀"是最适合的。

等把这些大事办完,就能收尾了。只要引导一下舆论,把大众的关注重点从"死而复生的毁容杀手",转移到犯罪嫌疑人是如何破坏白盾安保,把原本安全无痛的致死药物氯化钾换成让人痛苦而死的马钱子碱,引发市民对安保现状和自身安全的恐慌,就完美了。

倘若一切顺利的话,他最后顶多落得个失职反省的处分。

坐在车里,查理曼先生的目光变得越发深沉凌厉。

——保住自己,他就能给儿子报仇了。

首先要调查、要清算的,就是那些受害者和她们的家属。他们是最有动机的。

想到这里,查理曼先生皱了皱眉头。

哦,好像还有个雇佣兵参与了这件事。

如果不出意外的话,他从注射台上下来的儿子,会藏在那辆铁娘子上,被一无所知的雇佣兵运送到没有被监控覆盖到的渔区,再交接给他信得过的人。

那名雇佣兵并没能直接参与这件事,什么内情都不知晓,但根据汇报,他现在手里应该还拿着那辆铁娘子的钥匙。

查理曼先生用指节抵住了太阳穴。如果他没记错的话,他当初也是做了预案的。那个雇佣兵做完这单后,会立即深陷在一个大麻烦中,再也无暇去深究他运送的"货物"到底是什么。

只是昨晚过于慌乱,那个雇佣兵只不过是庞大的救援计划中微不足道的一环,所以那个"预案"的实际效果,他还没来得及了解。

查理曼先生疲惫地合上了眼皮。算了,饭一口一口吃,事一件一件办。不重要的事情先延后吧。

海娜急救室里,宁灼草草套了件无菌服,拉了把椅子坐在单飞白身边。

闵旻把备用手臂给宁灼装好后,就拿着小闻测好的数据,去隔壁鼓捣单飞白的新脊椎了。

好消息是单飞白的确醒了,坏消息是没有完全醒。重伤的人,意识很难保持清醒。

在基地里来回奔波,宁灼所剩不多的精力也被耗尽了。

急诊室一角放着台冰柜。闵旻喜欢在里面放成包的口服葡萄糖,插上棒子冻着。说是公用,其实就是宁灼用来补充糖分的冰激凌柜。

宁灼拆了一根葡萄糖冰棒,懒懒地靠在椅背上,一只脚踏在单飞白的病床边,并不抱什么希望地跟他说话。

宁灼好奇地问道:"喂,什么人能把你弄成这样?"

单飞白无意识地说道:"宁……"

宁灼随手掏了把枪出来,指着单飞白的颈动脉:"打住,听清楚问题,想好再说。你要是敢当着其他人的面给我泼脏水,不如我现在就宰了你。"

或许是被吓到了,单飞白不再说话,乖乖地抿起了嘴。

难得见他这样老实,宁灼垂下了眼睛。

过了一会儿,宁灼直起腰来,以扳机为圆心,把枪挂在食指上一圈又一圈地转着,认真地打量起单飞白来。

即使在重伤状态,他依然是英俊的。只是眼睛闭着,没了那股天然自得的散漫,叫人心烦。

看着看着,宁灼又产生了幻觉。

眼前不再是二十三岁的单飞白,是一个比现在年轻得多的孩子,正睁着眼望着他。一头卷曲的蓬松狼尾,嘴角浮现出小酒窝,笑嘻嘻地叫他宁哥,声音又脆又亮。

——同样叫人心烦。

不管醒着还是睡着,不管过去还是现在,单飞白都是让人厌恶、恼火的。快死了也不忘给他制造麻烦。

在宁灼心烦的时候，单飞白又有了动静。他喃喃着道："宁灼，我还没带你看过我的桥……"

什么桥？他的磐桥吗？

宁灼没来得及细听下去，就听外间传来了一阵骚动声。

其中夹杂着"宁灼给我滚出来"之类的粗话，想也知道是单飞白带出来的那群磐桥的蠢崽子。

宁灼慢慢地晃了出去，打开厚重的急救室的门，和一张怒发冲冠的面孔迎面撞上。

有个二十八九岁的男人一马当先，他留着鲻鱼头，一条链状文身从他的鬓角一路延伸下来，缠住了他的脖子。

宁灼认得他，他叫匡鹤轩，擅长近身格斗，被自己打断过肋骨，不记得是两根还是三根了。

匡鹤轩急得眼珠子都是红的，如今见到宁灼，几乎要扑上来撕了他："我们老大呢？"

"再喊大声一点啊！"宁灼冷冷地说道，"挺好，他快死了，你们鬼哭狼嚎的，再给他补个临门一脚，就可以等着给他烧头七了。"

闻言，匡鹤轩眼里的愤怒浓烈得仿佛要滴出来，声音倒是老实地放低了："到底怎么回事？"

"人是我捡回来的，他的脊梁骨被人敲断了。"宁灼简单地概括现状，"我打算给他换个新的。"

听到宁灼的描述，匡鹤轩的脸都给憋青了。

即使在义肢风行的当下，换脊椎也是最凶险最要紧的手艺活儿，对机械师的水准是顶级的考验。

不说他们两个人有积怨，单看宁灼吃着东西从病房里出来，这样的条件，他们能放心才见了鬼！

匡鹤轩看样子恨不得把他活吃了："宁灼，你想把我们老大治死？"

跟在他身后的另一个小年轻咬牙切齿地说道："匡哥，你听他的？肯定是他把老大给害了，假惺惺地演戏——"

宁灼饶有兴趣地打量着这个才不过二十出头的小家伙，是张没见过的生面孔。不过那只义眼很漂亮，应该花了大价钱。单飞白家里有钱，当然舍得给手下花钱。

"是，我犯贱。"宁灼一边打量那个小家伙，一边冷笑道，"我不当场把他打死，不随便找个地方抛尸，非得把他拖回来耗时费力地治死，再把你们叫过来，让你们在我面前叫嚣。合着不挨你们这通骂我就活不过今天了,对吧?"

三个人闻言面面相觑。

宁灼一挥手,径直道:"不愿意换就抬走。你们搞清楚,他能活,是因为我不想让他死在我的地方。"

他"咔嚓"一声咬断了冰棍棒:"你们愿意送他去死,请便。"

剑拔弩张之际,三个人中一直没说话的女人走了出来。她的肤色微褐,是个混血儿。被包裹在热裤里的左腿修长结实,右腿却齐根断裂,装了一条漂亮的镂空义肢,表面浮雕着一只金凤凰。

——凤凰,磐桥里的毒物专家。她的年纪最大,也是三人组里最稳重的。

凤凰不紧不慢地问道:"老大他的伤势怎么样?"

但宁灼向来没有好好说话的自觉:"现在活着。你们可以趁现在交接,抓紧运回去,说不定回你们朝歌区的时候尸体还是热的。"

装了义眼的小年轻又开始蠢蠢欲动地想上来揍宁灼。

凤凰毫不在意,往身侧摆一摆手,示意小年轻安静。

"那就好。我们不挪动他,麻烦宁哥了。"凤凰说,"只要老大能活,我们怎么感谢都不为过。"她的话说得圆滑,既充分表示了感激,也没承诺什么实惠的报酬。

说过场面话,她的话锋巧妙地一转:"不过,老大在长安区受伤,不管是谁干的,和海娜必然是有关系的。不是和你们有交情,就是有仇。为了避免误会,方便告诉我们今天发生了什么吗?"

宁灼盯着她淡褐色的眼睛,轻轻一笑:"误会?你别误会了才好。"

凤凰一愣。

"我请你们过来,不是和你们聊天的。你们也配!"宁灼的绿眼睛平静地扫过眼前瞠目结舌的三个人,"单飞白在这里,他的好手下要是在我看不到的地方搞事情,我会睡不好的。"

宁灼轻轻地一摆手:"来个人,请他们去贵宾室休息。"

为戒备这三个外人,走廊里少说有七八个雇佣兵,呈扇形合围在他们身后。

宁灼一声令下,有三四个人向前了一步。

一个愣头青问道:"宁哥,我们哪里有贵宾室?"

宁灼往身后的墙壁上一靠,漫不经心地说道:"哦。那先扔到禁闭室去。"

有那么一瞬间,凤凰的眼里生出了几分戾气,抬起手指,打算摸到自己前胸的纽扣上。但她的手才抬到腰间,一道审视的目光就落在了她的腕部。

宁灼的手,早不知道什么时候提前伸到了腰后。只要她再敢抬手一寸,她的手就会被直接砍断。

凤凰的心中一凛,脑子紧跟着清醒了不少。这是在宁灼的地盘,就算她能毒死这条走廊里的所有人,也逃不出海娜,更带不走重伤的单飞白。宁灼分明是吃定他们了。她垂下手臂,不再做没有必要的挣扎。在"姓宁的,我早晚跟你不死不休"的骂声里,三个人被强行押走了。

宁灼望着他们离去的方向,神情淡漠地靠在墙边。走廊里不甚明亮的灯在他的眼中投下疏淡的光影。

在旁边的建模室里旁听的闵旻探出头来,感叹道:"他们还挺重情义。"

"情义?"宁灼重复了一遍,讽刺道,"整个磐桥凑不出三个脑子,一个半都长在单飞白脑袋里,剩下的长个脑子就是为了显高。"

闵旻好奇地问道:"怎么?"

宁灼看着她说道:"我明明白白地告诉他们,单飞白没死。他们就来了。"

闵旻问道:"然后呢?"

宁灼说:"换了是我,磐桥给你来个电话,说我要死了,现在在他们手里,你去吗?"

闵旻乐了:"去啊。我这辈子还没见你倒过这么大霉呢!"

宁灼望着她,语带威胁:"你想好了再说。"

闵旻嘴上说着玩笑话,心里却已经明白了。

宁灼正在给他们挖坑。单飞白这种人,要是被坑,必然是被身边信任的人坑的。要是单飞白真的死了,那倒是一了百了。可偏偏他命大,碰上了宁灼,还留了一口气。

宁灼故意向整个磐桥传递这个信息,现在该是那些害单飞白的人着急的时候了。

如果换成了闵旻,真的做了坑害老大这样的亏心事,听说他还活着,怎么都不可能坐得住。

现在唯一的出路,就是冒险进入海娜,看看单飞白的情况,说不定还能择机下手。如果毫无行动,就只能听天由命,原地等死了。

宁灼的想法也确实如此:"只有三个人,进入对手的地盘,还不允许带武器,单飞白受了重伤,也不可能强行带走。这种有来无回的圈套,还一心一意地往里钻,不是蠢,就是别有用心。"

闵旻"哦"了一声:"当初磐桥把金雪深抓了,是谁单枪匹马地往里冲,三刀六洞把人换回来的?"

宁灼干脆地抵赖:"谁啊?"

他无视了闵旻一脸忍笑的表情,又往单飞白所在的方向看了一眼:"能害他的只有亲近的人，就像能害我的只有你们。"

闵旻不干了："哎，骂谁呢？"

宁灼举起新手臂，在小臂的三处按钮间摆弄两下，空中立时弹出了禁闭室里或坐或站、难掩焦躁的三个人的影像。他微微歪了头："就算这三个人全都是忠心的，那也没关系。忠心的就是能管事的。有他们在我们手里，磐桥不敢轻举妄动。"

宁灼专心看着监控中的三个人，不忘跟闵旻交代："给他换脊梁骨的时候小心点，我留他有用。"

闵旻好奇地说道："宁，你很关心他哦。"

"我当然关心他，关心他就是关心我自己。"宁灼连眼皮也不抬，"单飞白的身份摆在那里。不只是磐桥的老大，还是单家二公子，天之骄子，他爸死了他能分一半财产，那一半财产就够他把长安区的地皮买下来了。谁有非要把他害了的理由？"

闵旻猜测道："你的意思是，我们海娜得罪了什么人，有人拿他做筏子害我们？"

"拿他害我们？太看得起我们了。"宁灼说，"应该是我和他一起得罪了什么人。"

单飞白私底下造了什么孽尚不得而知。

就在宁灼开始反思自己最近做错了什么的时候，他的通信器响了。

来电人大名"啰唆，不想接"。

说是不想接，宁灼还是接了起来。

"林檎。"那边的人自报家门，并开门见山，"昨天晚上，几个小时前，你去过长安区东侧一家着火的工厂吗？"

宁灼干脆地说道："去过。"他的语气十分平静，却已经提起了十二万分的警觉。原因无他，他可能是比任何人都知道林檎的本事。

林檎说话的声音完全不是浑厚、严肃的。如果是不熟悉的人，面对这样和风细雨的警察，很容易产生"不过如此"的轻蔑感觉。只有宁灼知道，这是个洞察力和执行力都是五星的怪人。

之所以这么痛快地承认去过工厂的事情，是因为他太清楚自己昨天为了带着单飞白尽快撤退，根本来不及扫尾。工厂里留下太多他的痕迹了。

听话要听音。宁灼已经猜到，昨天出工厂那趟警的，八成是林檎。

倒霉。碰见单飞白就没好事。

在心里完成了毫无道理的迁怒，宁灼的心气稍顺，不忘补充道："火不是我放的。"

"我知道。"林檎说，"但你杀了个人。"

宁灼纠正他："仿生人。"

林檎说道："我只找到了脖子以下的零件，头呢？"

宁灼说："带走了。"

林檎又道："到底发生了什么，方便……"

"不方便。"宁灼打断了他，"下城区多的是白盾管不了的事情。不如管好你自己吧。"

林檎默默地没有再追问下去。但作为他的老熟人，宁灼太了解他的秉性了。从宁灼这里得不到他想要的，他也会自己查。不如自己卖个关子，用工厂着火的事情分散一下他的精力。

几个小时前，大概是为了博取流量，《正义秀》自开播以来第N次"片源外泄"，流出了一些片段，其中就包括查理曼打烂犯人面孔的那一段。

早就应该被处死的连环杀手居然披了个新"马甲"再次犯案，抢着去执行死刑的警督又莫名其妙地给了连环杀手的正脸一枪，完全破坏了尸体。

白盾在全城人民面前现了眼，必然不肯咽下这口气，肯定会组织骨干进行深入调查，给市民一个交代。

林檎作为长安区第三别动队的副队长，自然也是其中一员。不过，林檎虽然是骨干，但他的上司非常讨厌他的较真。

宁灼巴不得他多去调查一下工厂失火的事情，既给自己帮忙查查单飞白到底得罪了谁，也离这件案子远一点。因此他刻意不提及《正义秀》。

沉默了一会儿后，宁灼说："还有事吗？没事我挂了。"

"刚才没事，现在有点事。"

"说。"

"也不是大事，就是有点好奇。你为什么不问我呢？"林檎温和地问道，"白盾，《正义秀》。昨天晚上发生的事情，你不感兴趣吗？为什么一句也不问我？"

宁灼觉得头皮微微一麻，抓住通信器的手缩紧了一下，又快速放松。他的刻意回避居然也被察觉了。这真是一把寒光凛凛的温柔刀。

"什么事？"宁灼的语气如常，"我昨天忙死了。"

那边的林檎微微笑了起来。那本该是一个赏心悦目的温和的微笑，可惜被从他嘴角延伸出来的蜈蚣一样的疤痕完全破坏了美感："看看新闻吧，说不定心情会好一点。"

林檎挂掉了通信器，轻轻呼出一口气。

宁灼和这件事没关系就好。

毕竟，林檎还记得五年前，自己告诉宁灼考上白盾后，他眼中流露出的强烈到可怕的反感和冷漠。白盾的高层犯错倒霉，他应该挺开心。这样算来，坏事里总还是有一件好事。

放下通信器，林檎回到了会议室。长安区副队长级别以上的白盾成员都集中在这里了。

林檎进门，所有人统一无视了他。

他出去打电话前，二队队长在对昨天晚上的事情发表看法。现在他回来了，四队队长正在慷慨激昂地喷着唾沫，要求调查所有被连环杀手毁容的受害者及家属。四队队长的理由是"手段这么残忍，一定是仇杀"。

在四队队长洪亮如钟的发言声中，林檎侧过身，轻声问三队队长苏澜，也就是自己的直属上司："你说过了吗？"

"说过了。"她蹙着眉道，"'这件事很严重，我们会做好舆论管控，在舆情上为大家尽量争取更多时间和空间'，片儿汤话嘛。"

林檎温文尔雅地道："嗯。"

苏澜同样轻声问道："你怎么看？"

"让我说吗？"林檎用他那让人如沐春风的声音说，"立即切断一切查理曼先生的对外联系方式，盘查他在行刑前七日的所有联系记录和转账记录。他的表现非常异常，明显与杀人犯有着情感联系。巴泽尔那张脸下面，我怀疑有另一张脸。据我所知，他的儿子已经失踪了很久——"

苏澜掐住了他的手腕，也打断了他的话。她摇头道："没人想听这样的话。你明白吗？"

林檎的眼睛蒙在那条白色的绷带下，没人能看清他此刻的情绪。他平静地耸耸肩："所以大家都知道，根本没有必要让我发言。"

这件事才发生数个小时，还没有调查结果，但林檎已经猜到了结局。

必定会有个当天没有任何不在场证明，在家睡觉的受害者家属出来顶罪。到时候，舆论就可以被利用起来了。

——被毁容的受害者或她的家属为了不让杀人犯舒舒服服地死去，想了个匪夷所思的办法，把正常的注射用药调换成了剧毒。听起来多么像复仇爽片里的情节，顺理成章，让人热血沸腾。

再把人关上十天半个月，让外面不明真相的正义市民好好抗议几天，再全须全尾地把人放出来，说已经进行了批评教育，就是皆大欢喜的大结局。

至于巴泽尔的脸是怎么变成拉斯金的……拜托，毁容杀手本来就是穷凶极恶的歹徒，现在的科技又这样发达，找个自己的死忠小弟给自己当替死鬼，自己换张脸，再逍遥法外，是什么不能理解的事情吗？

经过这样的一番操作，白盾依然是守护市民安全的有力盾牌。一切罪责，都会被掩埋在耀眼的光芒之下。这就是银槌市的白盾。

林檎暗叹一声，心想：宁灼没有错。

在白盾，他要先管好自己的心，然后能出一分力，是一分力。这才是最要紧的事情。

此时被好友林檎惦记着的宁灼，正在把玩单飞白的新脊椎。准确地说，只是脊椎的模型。

液态金属是银槌市南端近海开采出来的资源，延展性极强。现在，整条资源线都掌握在瑞腾液金公司手中。用液金浇灌出来的骨头触手微热，闪着金色的光芒。

这条新的脊椎，正在隔壁一点点地植入单飞白的后背。

从此以后，他也是和自己一样的人了。

宁灼的手指沿着脊骨关节滑下来，反应过来这是单飞白的脊椎模型后，没忍住，翻了个白眼。他把那根脊椎当作鞭子，在半空中随意挥了几下，还挺顺手。

但宁灼感到非常不爽。在他手边的悬浮电脑屏幕上，是闵旻给单飞白拍的检查照。

宁灼一张张翻过去。他身上的每一处伤痕，都是宁灼的杰作。胸口、右下腹、小腿、左臂……宁灼能说出每一个伤口的来历。偏偏这样严重的伤，来得莫名其妙，和自己毫无关系。可恶！

宁灼说不好自己是什么样的心情，只是觉得烦躁。

怀着这样烦躁的心情，他翻到了第十二张照片。

上面是单飞白的后背。一道纵贯背部的鞭痕，从他的右肩开始，跨过他的第三块脊椎，末端到了左侧的蝴蝶骨处，依稀可见皮肉翻卷的痕迹。

陈年的记忆袭来，宁灼忽然觉得左手的指头隐隐作痛。低头一看，他发现了一轮齿痕。旧恨涌上心头，宁灼又开始觉得手掌发痒，颇想进手术室抽姓单的一耳光。

但那样不行，闵旻会骂人。

最后宁灼还是把手攥紧，顺手打开了基地禁闭室的监控探头，发现被自己囚禁的磐桥的三个人，情绪已经勉强稳定了下来。

这显然是凤凰的功劳。她是其中最沉稳的，似乎早就预料到了自己来海娜是羊入虎口，所以并不惊慌。

宁灼又观察了一会儿，发现这样下去不行。

宁灼按下了能连通整个基地休息室的呼叫铃："来个会喘气的。就近，负十六。"

很快，有人应声而来。

他的左膝以下被截肢了，小腿上安装着闪着金属冷光的刀片义肢。宁灼忘了他是外勤还是内勤，也不记得他的名字，倒是这条腿他记得。

自己当初一只手抓着他被砍掉的小腿，扛着他从尸堆里爬出来的时候，累得骨头都在肌肉里摇晃，被他带着呜咽的声音吵得不行，骂了他一路："哭什么哭，吵死人了！活着回去，能续上就给你续上，续不上接条更酷的！再吵把你的舌头拔了！"

他指了指屏幕里的凤凰："抓她出来，防着点她身上的毒。"

被他遗忘了名字的郁述剑轻轻点头："是。"

宁灼说："告诉他们三个，我看上凤凰了，要和她找点乐子。"

郁述剑面色不改，说道："是。"

话是这么说，郁述剑一点都没当真。

宁灼这么多年不近女色，让这些手下忧心忡忡。

他们还撺掇过闵旻，让她跨行研究研究男科，结果被闵旻一句"行啊，你们谁去跟宁灼说让他来我这里看男科"堵了回来。

生命美好，而且他们的命大多是被宁灼捡回来的，他们得惜命。

领了任务，郁述剑立即执行。

前往禁闭室的路上，他和正抱着个空罐子溜达到附近的傅老大迎面相遇。

看到有人，傅老大顶着他那张和善的上班族的脸，笑眯眯地凑了上来："正好，家里没红枣了，泡水没滋没味的，我经常去买的那家店能麻烦你——"

郁述剑径直道："不好意思，老大，宁哥叫我去带人。"说话间，他停都没停，风一样掠过傅老大。

开口前他还在傅老大面前，话音落下时他已经走出了十米开外，很快没了踪影。

傅老大站在原地嘿嘿一笑。

宁灼不知道外面这段小插曲，他专心地盯着监控。

郁述剑进了禁闭室，原封不动地传达了宁灼的话后，监控里的两个男人果然情绪激动，大闹起来。

凤凰却飞快地垂下眼，像是意识到了什么，没有抵抗，被郁述剑带到了不远处的另一间禁闭室。

宁灼准备去和凤凰聊聊，却见闵旻带着一脸倦意推门而入。他难免感到讶异："这么快？"

"你没给我时限，那我的理解就是越快越好咯。"

闵旻除下手术帽，随手摸了摸后颈的位置："再说，我换过多少条脊梁骨了，这算什么。"

她将发圈解下，咬在嘴里，将黑色长发绾得更高了，含混地道："按你说的，最好的液金，最好的技术……"

她一只手拢着头发，一只手插进口袋掏了掏，抬手丢给了他一个东西："最好的控制器。"

宁灼沉着脸将那个小小的控制器拿在手中把玩了一番。如果他想，他随手一按这个小东西，就能让单飞白立刻瘫痪。

宁灼反问道："我说过要这个了吗？找个东西把他那张嘴给我堵上更有用。"

"有备无患。"闵旻瞄了一眼他的左手，"你总不想再被他咬一口吧。"

宁灼没再说什么，把控制器随手揣好，问道："他什么时候能醒？"

闵旻耸耸肩："说不好，我管得了我自己，管不了他的意志力。"她顿了一下，补充了一句，"他现在最好别醒。"

技术进步到如今，生活节奏早就快到了无法想象的地步。只有最有钱的那一批人在生病后才能休养，奢侈地享受慢节奏的康复时光。如果是普通人在工作中被碾断了腿，更换完廉价的义肢后，就会被强制唤醒，领了止痛药离开。为了不占床位，节省时间。至于幻肢痛，自己回家慢慢消化就是了。

可脊椎毕竟和其他骨头不同，不是忍忍就能过去的。他会疼痛难忍，会一次次昏厥再醒过来。闵旻见过很多人高马大的硬汉因为脊椎受伤疼得哭爹喊娘，为了镇痛无所不用其极。

就闵旻那稀薄的医者心而言，单飞白现在还是昏迷着比较好。

然而，事情往往不遂人愿。

与此一墙之隔的地方，单飞白慢慢睁开了眼睛。

耳畔传来新闻播报声："……目前关于拉斯金在行刑过程中，突然变脸为已经被处决的杀人犯巴泽尔的事情，白盾声称还在调查中。让我们再次回顾一下这充满戏剧性和冲击力的现场——"

单飞白眨了眨眼睛。他的右眼变了颜色，不再漆黑明亮，而是变成了纯净的蓝色。右眼下方出现了三道淡蓝色的电子横纹，随着他起身，次第泛起流动的光影。

这是义体改造的标志，因人而异。被机械侵入的肉体，或多或少会产生一些不寻常的异变。

单飞白眼睑的肌肉微微收缩了两下，抿起嘴角，闭上眼睛，似乎是在忍耐。他用胳膊肘抵住床面，默默尝试了十几次，才发出一声轻轻的气音。

正在外间看昨晚事件进展的小闻还以为自己出现幻听了，推开屏风探头进来一看，恰好和单飞白那双瞳仁异常的眼睛对视。

这张颇具侵略性的英俊面孔，对小闻这种宅男机械师的冲击力实在略大。

单飞白的视线落在了小闻身后的屏幕上。

那是现场视频的回放，正好是拉斯金的脸变成巴泽尔的那一瞬间，而且已经露出了最底下的脸的轮廓。

就在这时，一个男人快步冲了过来，一枪打爆了那张脸。

单飞白很快挪开了视线。他的手臂还在发抖，平时随手扎起的头发散开了，凌乱地翘着，鬓角边冒着一点汗，倒是给他苍白无血色的脸添了几分生气。

在小闻发呆时，单飞白大大方方地同他打了个招呼，只是嗓子哑得像是被石子磨了："小哥，劳驾，怪热的，借个发箍。"


没了凤凰这个定盘星，剩下的两个人果然有了动作。

当然，表面上他们还是安安静静的。

海娜基地内部只允许内线通话，不允许其他任何未经审核的信号接入，是一座防卫严密的孤岛。因此他们无法开启通信系统。

禁闭室内无遮无拦，只放着两把椅子，可以说是一览无余。他们只能交握着对方的手，用最原始的方法，借袖子的遮挡在胳膊上写字。

装了义眼的小青年冲劲大概是过去了，焦躁地抖着腿："姓宁的怎么真的跟我们翻脸了？"

他们来之前也不是全无准备，大家一致认为，海娜和磐桥就算关系再差，也不至于就地把他们抓了。

磐桥的人心是齐的，如果他们以为挟制住重伤的单飞白，就能彻底拿捏磐桥，未免太天真了。

当然，他们并非盲目乐观。

他们三个人虽然和单飞白的关系不错，却不是磐桥的核心话事人。

凤凰临走前，和磐桥二把手老于商量好了，她会在进入海娜基地前给他发送一个信号。倘若他们失联超过三个小时,磐桥就要做好和海娜全面开战的准备,不做任何保留。

老于大名于是非。作为仿生人,他那近乎完美的执行力能让他把"不做保留"这种事落实到极致。

在他们看来,两家的关系早到了针锋相对、水火不容的地步。现在磐桥已经失了先手,一味退让,只会让海娜得寸进尺,反过来吃掉他们。

可宁灼偏偏做了一个最糟糕的选择,把他们关了起来,摆出了一副真的打算借机铲除磐桥的架势。

即使早有了心理准备,他们也难免惊慌,毕竟真的打起来,单飞白未必会死,首当其冲的是他们三个。

被带走的凤凰就是前车之鉴。

匡鹤轩看上去不是很冷静,冒了一脑门子汗。

义眼小青年叫阿范,此刻一副快哭出来的样子:"匡哥,你说,宁灼会不会真的……"

匡鹤轩手指尖蜷曲了好几下才忍住抡阿范一巴掌的冲动,怒道:"你还有心思想这些!"

话虽如此,匡鹤轩的脸都憋青了,抿了抿嘴,起身走到门边,把耳朵贴了上去。让他失望的是,这里的隔音效果实在一流,外面一点动静都没有。过度的安静让匡鹤轩的情绪变得更糟。他像是火烧屁股一样,心焦得坐不住,在禁闭室内踱来踱去。

阿范哭丧着脸道:"匡哥,你别转了,我头晕。"

匡鹤轩转了好几圈,像是下定了决心一样,重新坐下,死死地抓住了阿范的手腕,写道:"过去多久了?"

阿范定了定神,写道:"这里没表。"

"差不多两个多小时了吧。"

"那二哥他们快来了?"

"我的意思是,我们想个办法杀出去,里应外合吧。"

闻言,阿范的手立刻僵住了。他的义眼慌张地左右转了好几圈,又马上垂下来,像是怕被周围无形的监控察觉到自己神情的变化,出卖他们现在正在讨论的秘密。他垂着眼皮,快速写道:"匡哥,我觉得,留得青山在,不怕没柴烧……"

"那也不能真的当柴白白烧了!"匡鹤轩越说越确定,"他们打定主意撕破脸了,咱们还要前怕狼后怕虎吗?"

"不是说好失联三个小时,二哥他们就会打进来吗?"

"二哥也交代过我们，别死脑筋！等二哥动手，他们一定会把我们抓住做人质，到那时候什么都晚了。我们早点发难，抓住时机，叫他们从内部乱起来，二哥再动手，不是更容易吗！"

阿范愣愣地望着匡鹤轩，愣了好久，他才犹犹豫豫地写道："凤凰姐不在，就我们两个？"

这的确是个问题。

但匡鹤轩似乎真的很着急："那怎么办？坐以待毙？"

阿范也想不出更好的办法："哥，我听你的，我们怎么干？"

他们花了二十分钟，简单拟定了接下来的计划。

他们进来前被人搜过身，海娜把丑话说在了前头，发现携带武器直接打死，他们当然不会抱着侥幸心理非要找这个不痛快。

但这样也有好处，只要外面不打起来，海娜就不会荷枪实弹，认真提防他们两个人。

可他们不能比外头蹲着的人晚太久动手，最好能提前七八分钟。

到时候，他们发出一些动静，骗附近的海娜队员进来，由擅长近身格斗的匡鹤轩动手，抢夺他身上的装备，然后尽可能地在楼里打游击，利用复杂的房间和地形作掩护，收集武器。只要拖上五分钟，搅得海娜内部手忙脚乱，他们的目的就达到了。

商定好计划，两个人便绷紧了浑身肌肉，装作刚才商讨一番，决心放弃抵抗的样子，一面演出垂头丧气的模样，一面在心中默默计时。

时间渐渐流逝，到了他们约定的那个时间了。

匡鹤轩沉住气，对阿范使了一个眼色。阿范便老实地闭起眼睛，胸口大幅度起伏起来。

匡鹤轩站起身来，甩开膀子"哐哐"砸了两下门："喂，有人吗？"

当然是无人回应的。这在他们的意料之内。

匡鹤轩扭头看了一眼阿范。

阿范试图站起来，但紧跟着打了一个踉跄，抬手抓紧了自己前胸的衣服，哮喘病犯了似的，大口大口地喘息，身子委顿了下去。

匡鹤轩咒骂了一声，回身搀住阿范，见他憋得额角的青筋都凸起来了，暗赞这小子的演技还行。他气沉丹田，大骂起来："有没有人？快过来！他死在这儿谁负责？"

他们在赌。海娜没有立刻杀了他们，就是留着有用。

果真，不超过一分钟，门外便传来了"嘀"的一声机械识别音。

匡鹤轩紧握汗湿了的拳头，用眼角的余光瞥着门口，不断调整着蹲的姿势和角度，好给肌肉积蓄更多的力量。

他想了七八种一击必杀的招数，只要一找到空当儿——

下一秒，宁灼走了进来，用他那双漂亮的绿眼睛在两个人身上冷冷地扫视了一圈。

匡鹤轩浑身的肌肉登时僵了一大半，这个人他打不过。

尴尬的气氛迅速弥漫开来。

只有瞧不见情势变化的阿范，敬业地继续装着哮喘，哼哧哼哧喘得起劲儿。

宁灼说："别装了，我见过哮喘的人什么样子。"

阿范不知道这是真话还是使诈，一时为难，停了一瞬间。

就是这一瞬间的停顿，让他们的计划付诸东流。

匡鹤轩觉得心烦意乱，把阿范往旁边一推，气愤地仰头瞪着宁灼。

宁灼说："谁想的这个主意？"

匡鹤轩倒是很有气魄，一人做事一人当："我！"

宁灼冷冷地说道："你为什么这么想出去？你们的人不是很快就来了吗？"

匡鹤轩一噎，心里立时掀起了惊涛骇浪。凤凰说漏了嘴，还是海娜早有防备？早有防备的话，那二哥他们……

可匡鹤轩的这一停顿，就犯了和刚才阿范一样的错，足以让宁灼抓到破绽了。

宁灼点点头："哦，明白了。"他随手拿起了呼叫器，"唐凯唱，一级戒备，有想死的要来送死。"

匡鹤轩只觉得脑子里"嗡"的一声，热血涌上脑门，一个箭步上前，把拳头狠狠地朝宁灼的脸上挥去！

他愤怒之下，早已失去章法，即使知道当面出手袭击宁灼，自己连半分胜算都无，但总不能什么都不做！

宁灼抬眼一看，瞧出了他在找死，后退一步，避开了他的拳头，考虑要不要成全他。可这一步，他的后腰竟然悄无声息地撞到了一个微冷的手掌。

整个海娜没人敢站得离他这样近！

宁灼最不喜欢被人碰腰，心中微怒，果断出手，反手攥住了那只手。

匡鹤轩看向他的身后，脸色从大悲大怒转为欢喜："老大！"

单飞白被宁灼擒住手腕，并不反抗，垂着头望着他。

两个人的目光撞在了一起。

单飞白被扼住的手腕原本就没有血色,被宁灼一攥,几乎要泛青了。

在生死关头走过一遭,单飞白居然不怎么在乎的样子,嘴角还含着笑,露出了酒窝:"宁哥,我的人,能给我处理吗?"

宁灼撒开手,没说行,不过也没说不行。

单飞白面朝匡鹤轩道:"跟于二哥怎么约的?你们进来几个小时后没动静,他们就动手?"

匡鹤轩有点为难,瞄了宁灼一眼。

单飞白虚弱地喘了一口气:"我站不大住,别让我在这儿和你耗着。几个小时?"

匡鹤轩心一软,说了实话。

单飞白回头,笑眯眯地说道:"宁哥,借个能跟外面说话的广播呗。"他笑起来是挺好看的,一副无忧无虑、纯真烂漫的富家小少爷模样。

宁灼知道他有八百个心眼子,但他的命捏在自己手上,他不至于把心眼浪费在这上头。他拿起呼叫器随即丢给了单飞白。

单飞白清清嗓子,说道:"二哥,别动,我还活着。"

这一声经由海娜内部通信的电波,借由崖壁上的扬声器送出去,在山间响起回音。

外面正打算动手的磐桥二把手于是非抬起头来。山风将他的银发向后吹去,紫色的、带有纹路的眼睛里闪着光。

辨识出那的确是单飞白的声音后,他把手指从粒子切割光束的发射钮上挪开,冲其他人打了个手势。

扬声器那头的单飞白开玩笑似的补充道:"现在还活着,你一动,我可就说不好了啊。"

外面没有任何回应,风平浪静,但这就够了。

阿范一直呆呆地坐在地上,看见单飞白轻轻松松就化解了一场不必要的争斗,一骨碌爬起身来,涕泗横流,扑了上来:"老大,你没事,你没事……"

"我没事。"单飞白语气轻快,拍了拍阿范的脸,"可惜了,有些人要有事了。"

阿范和匡鹤轩齐齐地"啊"了一声,露出茫然无措的表情。

单飞白抓住阿范的衣服领子,把他微微往上一拎,笑着道:"今天下午伯特区那桩生意,是谁给我接的?"

阿范眨巴着那双漂亮的义眼,无措地回头看了匡鹤轩一眼。

"是我啊。"确认单飞白没事,匡鹤轩整个人放松了不少,抓抓头发,"不就是接洽新材料的事情——"

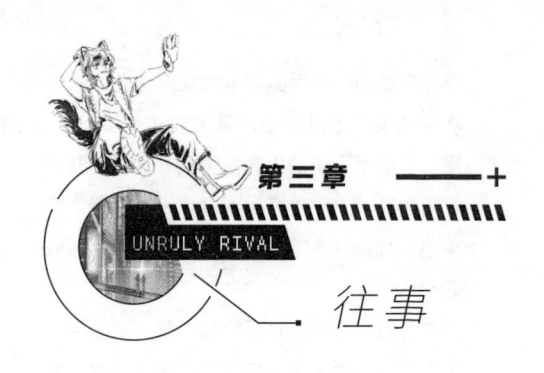

## 第三章 UNRULY RIVAL
### 往事

匡鹤轩小心地瞥了一眼宁灼,压低了声音:"您说过,这种事按惯例您一个人去就行了啊。"

单飞白说:"我去了那里,有一群我不认识的人在等我。"

在匡鹤轩越来越骇然的神情中,单飞白继续道:"我干翻了七八个,被人从后面偷袭,就变成现在这样了。"

匡鹤轩闻言脸都绿了。

磐桥内部由于单飞白的性格,平时的工作气氛相当轻松,但分工相当明确。匡鹤轩就是负责对外接洽单子的成员之一。经过筛选后,他会把可接的单子传送到单飞白的光脑上,接下来就看单飞白如何安排了。

在雇佣兵的地下世界里,等级森严。

像单飞白这种级别的雇佣兵接单全凭价钱和心情。但一旦和"那件事"相关,单飞白永远亲力亲为。

什么时候见面?和谁见面?约在哪里见面?都由单飞白定。

单飞白敲定细节,匡鹤轩则知道有这件事。

倘若匡鹤轩不说,磐桥内部的其他人根本不会知道有这个单子,更别提用这个情报来害他了。

目前看来,这个单子只经了匡鹤轩和单飞白的手。那么,单飞白现在怀疑的是……想到这里,匡鹤轩觉得喉咙都麻了。

单飞白平时活泼爱笑,爱说俏皮话,像大男孩一样讨人喜欢。可当有人踏过了他的底线时,事情就变得恐怖而难以预测了。

想到可能的各种后果,匡鹤轩觉得喉咙一阵阵紧缩,声音都因为恐惧而变得尖细起来:"怎么回事——"

单飞白垂下头，轻轻拍了拍还抱着他大腿的阿范的脸蛋："对啊，怎么回事啊？阿范。"

咦？

匡鹤轩一肚子的冤屈和申辩还没来得及往外倒，就卡在了喉咙眼，噎得他一个倒仰。

阿范的喉咙不安地发出了一声"咕噜"的闷响，目露迷茫："老大，怎么了？"

"他们打断我的脊梁骨，我躺在那里没事做，不就有时间去想一想吗？"他的话音轻快而寻常，在这样不寻常的时候，却叫人感到头皮发麻。

"你觉得这个单子只经了我和匡哥的手，我死以后，死无对证，咱们磐桥要查，最后只能查到匡哥头上，是不是？"

单飞白轻声细语地说道："前两天，基地日常检修监控线路，我刚接完单，是谁叫我出去吃热蛋糕的？"

匡鹤轩愣怔间，想到两天前的事情。

凤凰刚烤好了蛋糕，端出来的时候却没端好，烫了手。她匆匆撂下烤盘，大声嚷嚷："叫小单出来吃蛋糕！他不跑快点都对不起我的手！"

阿范皮猴子似的蹿了出去，清脆的大嗓门隔着老远传了过来："老大！凤凰姐说，不来吃蛋糕，她就把蛋糕糊你脸上！"

凤凰笑着骂道："小兔崽子，我是这么说的吗？"

单飞白的声音活泼地一路从远到近："来了来了来了，这就来了！"

那时的磐桥美好得让人不敢想象，这背后居然会藏着致命的算计。

经单飞白提醒，匡鹤轩才记起来，那个时候，去叫单飞白的阿范并没有马上跟着他回来。

如果真的像单飞白说的那样，阿范是趁着这段时间偷偷进了他的房间，"黑"了他的光脑的话，就算事后追查起来，没有单飞白这个当事人帮助他们回忆，他们压根儿不会注意到这个细节。

"阿范。"单飞白压低了声音道，"你只知道那天基地监控线路维修，有二十分钟没监控，你还知道让那些人砸掉我的光脑销毁证据，那你知不知道我在光脑里安装了一个会把使用记录即时上传的独立监控啊？"

这一下，阿范原本强作无辜神情的面具终于碎了。他下意识地想往外逃，却被骤然发力的单飞白抓起头发，往旁边的墙上撞去。

"嘭"的一声，血立时溅出。

单飞白不出手则已，一出手狠得惊人。他低声道："阿范，可惜了，你全家怎么只有你一个啊。"

阿范被撞得头破血流，眼前金星直冒，被牙齿磕了个大血口的嘴唇颤抖着，不等单飞白发问，突然转向了宁灼，高声喊道："宁哥！你就这么看着！"

一直抱着手臂在一旁看戏的宁灼突然被点名，不由得一愣。

阿范把脸转向宁灼，虚假的眼珠子在灯光下泛着淡淡的微光，显得狰狞而狂热："宁哥，我给你办事，你答应会保我的！你答应过的！"

匡鹤轩闻言，心头一紧，本能地将愤怒和审视的目光投向宁灼。

果然是——

宁灼抿紧嘴唇，冷笑一声，没有说话，转头看向单飞白。

喊出这至关重要的信息后，阿范便不再张口，恐慌中又有一丝得意：成了。

这颗怀疑的种子一旦种下，那么……

不等他把美事想尽，一件硬挺挺的东西就塞进了他的嘴，一股铁锈的味道蔓延到他的咽喉深处。

阿范刚尝出是枪身上的味道，就只见单飞白仰着头，用乖巧无比的姿态请教宁灼："哥，枪里有几颗子弹？"

宁灼站得有点远，耳鸣严重的阿范没听清他的回答。

单飞白说："跟你借一颗哦。"

下一秒，他便毫不犹豫地对着阿范的右腮扣下了扳机，阿范的半张脸被轰烂了。

单飞白随意地从阿范残破的口腔中抽出青烟袅袅的枪口："阿范，我不傻。不是宁哥做的，你就是冤枉人家；真要是宁哥做的，你在人家的地盘，当着这么多人说破，不是让他更有杀我的理由了吗？"

单飞白满手鲜血，对着痛得几乎昏厥、满地打滚的阿范抱怨道："你这人真够坏的，以后不让你说话了。"


把阿范垃圾一样拖下去后，宁灼终于有空嘲讽他一句了："御下有方啊。"

单飞白的脸皮颇厚，对此毫无反应。他单手用小指和无名指熟练地配合，一松、一退，夹住热腾腾的弹匣往上一抛，几秒间就把枪拆散，以表示自己没有任何趁机作乱的打算。他握住带血的那端枪口，倒着交还给宁灼说："嘿嘿，还你。"

交还了武器，确保自己没有威胁，单飞白才扶着膝盖，作势要起身，却摇晃了两下，没能站直。

匡鹤轩急忙凑了过来,刚要去扶,后脑勺上却挨了单飞白结结实实的一巴掌。

"刚才他一句一句引导你的,你没看出来啊?"单飞白又补了一巴掌,打得匡鹤轩直缩脖子,"你要是真的被他挑唆得冲动了,信不信,有你在前面顶着,他就敢冲到手术室杀我灭口?"

刚才事发突然,匡鹤轩无暇思考,现在回想起来,冷汗才后知后觉地落下来。

枪打出头鸟。

阿范句句说要静观其变,却要往外冲,在外人看来的确是他心虚坐不住,非要搞出些事来,好浑水摸鱼。

可是……匡鹤轩正懊恼自己被人利用时,宁灼对单飞白嘲讽道:"你的手下脑子还挺好使的,现在才回过味来。"

匡鹤轩一腔邪火撒不出来,青筋暴跳,瞪着宁灼说:"你——"

"也不能怪匡哥。"单飞白替匡鹤轩辩解,"匡哥平时不这样。"

宁灼"哦"了一声:"那是我这里风水不好,碍着他动脑子了?"

"不是。"单飞白一笑,嘴角的酒窝更深了,"只是我们大家都知道匡哥'恐宁'而已啦。"

宁灼闻言语塞,单飞白第二次试图站起来,再次失败。他只好蹲着冲宁灼比画:"匡哥看你把凤凰姐带出去,他就有点慌了嘛。"

宁灼在他的面前蹲下,冷冷地打量他一眼:"嘴皮子这么利索,你身上舒服了?"

虽说如今医学发达,单飞白到底也是九死一生,经过刚才那通闹腾,脸色都是半透明的了,额头上都是汗。被宁灼点破,他也不逞强,委屈地说道:"痛死我了。"

下一秒,似乎是为了印证自己的话,他的身体一斜,彻底歪到了宁灼身上。

宁灼气息一乱,无端想到了过去。

——他步履匆匆地往前走着,忽然有一个人没轻没重地从后头跳上来,揽住他:"哥,你猜我是谁?"

宁灼的脚步一向不愿为谁停下,却为了这样幼稚无聊的游戏驻足了不知道多少次。

大约是因为那时候他还年轻,现在这狼崽子早就长得比自己高了,身子结实,骨头里又掺了液金,即使是重伤过后,还是透着年轻和朝气。至少比自己阳光得多。

宁灼刚想把他拉起来,就听他轻声道:"宁哥,我相信你没害我。"

宁灼冷笑道:"你不相信就给我死。"

匡鹤轩闻言,更是愤愤不平,刚想开口,就见宁灼一把把单飞白推到了一边,匡鹤轩匀不出工夫来骂人,忙伸出手臂把他接住。

宁灼对跟着自己的人撂下一句"收拾收拾,待会儿把人直接送到我屋里去",便抬腿离开了,徒留匡鹤轩在原地瞠目结舌。

缓过一阵疼痛,单飞白把湿漉漉的额发向后捋了一把,望着宁灼消失的拐角,轻轻喘出一口气。

匡鹤轩望着他,眼泛泪光:"老大!"

单飞白眼神不变地望着前方,随手拍了拍他的脑袋:"你哭坟呢。"

情绪大起大落,匡鹤轩的脑子里现在是一团糨糊:"凤凰呢?"

单飞白说:"凤凰好好的,我刚才先骗过她再来的。"

匡鹤轩道:"啊?"

单飞白抬手抚过脸颊凸起的电子纹路:"我叫她来我身边看我。我知道她的身上带着起码七八种毒,可她没想下手杀我。"

直到这时,匡鹤轩的怒意才后知后觉地翻涌上来:"阿范!这个吃里爬外的混账!"

单飞白掌心向外,漫不经心地挥了挥:"哎,别骂他,是我瞎眼,信错了人。一会儿你去一趟,把我送他的那颗眼睛拿了吧,看着怪闹心的,顺便查查眼睛里的记录,我记得我给他的时候随手装了内置录像的。"末了,他又扭过脸来,语气平静地说道,"对了。他那颗好的眼睛也不用要了。"

匡鹤轩正恼着,一口应下:"成!我待会儿就去,非得让他把幕后黑手吐出来不可!"

"别指望,问不出来了。"单飞白平静地说道,"他心里有鬼,吐出来的也是有真有假,是谎言还是真相,我们分不清楚。再说,他知道的就是真相吗?总而言之,没有必要去听了。"

匡鹤轩犹豫地说道:"那……"

"做完我刚才交代你的事情,把他扔到外面。跟二哥说,放出风去,我单飞白不杀兄弟。"单飞白的语气始终轻松,"然后看看有没有人来杀他灭口喽。"

匡鹤轩道:"要是没人……"

单飞白撇了撇嘴角,笑着说道:"哎呀,没人就没人呗。他是死是活,和我们磐桥有关系吗?"

匡鹤轩的眼珠转了转,总算跟上了单飞白的思路:"好嘞!"最后,他犹豫片刻,压低了声音道,"那个,老大,你就真的不怀疑……"

单飞白断然道:"他有一万次机会杀我。"

匡鹤轩急忙道:"宁灼也有一万个理由不杀你!留着你就是为了折磨你!你

看他刚才说的什么——"

单飞白一口气说了很多话，身体有些受不住，微微垂下头去。他的眼前闪现出缭乱灼人的火焰。

那个人被轰烂了半条胳膊，站在自己面前，额角的头发凌乱，带汗的黑发垂下，汗水落在他探出的手上。

单飞白捻了捻发热的指尖。只有他知道，和初遇时一样，宁灼是在用自己的命救他。但他同样知道，这样的理由无法说服他的手下们。

单飞白呼出一口气，说道："我倒希望是他。"

匡鹤轩一愣："啊？"

单飞白歪着头看他："是宁灼动的手，这就是单纯的帮派之争；不是他，我带着伤从这里出去，不知道背后是谁在搞我，我还不是会死？"

匡鹤轩闻言头皮一麻。

对呀。

可他还是不能安心："那回家呀！回家也比留在这里好。"

"家？"单飞白一笑，"家。"

匡鹤轩也懊恼起来，他知道单飞白和他家里的关系不太好。但留在海娜，在他看来无论如何都是个最坏的主意。匡鹤轩看着他英俊又年轻的老大，苦恼地说道："万一宁灼欺负你怎么办！"

"那也只能……"单飞白咬着嘴唇，一脸认真地说道，"忍着了。"

走廊那头猛然传来钢铁关节的一声轻响。

单飞白恶作剧得逞似的抿嘴笑了起来。

宁灼闷着头从禁闭室的方向走来，步子越来越快，差点撞着从房间里出来的闵旻。他劈头就问："他的嘴套呢？"

闵旻一愣："啊？"

宁灼咬着牙说道："不管用什么东西，赶快把他的嘴给我堵起来！"


此刻的银槌市里，比宁灼烦躁的人有的是。

按理说，白盾把案子定性成自己想要的样子，也算是老业务了。一切都应该顺理成章才对，偏偏这次，他们踢到了铁板。

根据规定，死刑使用的药剂都是提前一天送到执行部来的。白盾当然不想得罪提供药剂的医疗部门，所以这口"锅"不能由他们来背。自然，这也不会是保存了药剂的执行部的"锅"。

那么，最好的办法就是让公众相信，是受害者家属在药剂运输过程中动了手脚。

死刑前一天，就是最恰当的时间。

这本来应该是很简单的一件事。

下城区的监控早就坏得差不多了。只要能逮住一个前一天在家睡觉的，哪怕是因为面孔受损不愿出门的受害者，他们都能成功地把这口"锅"甩出去。

然而，奇怪的事情发生了。死刑前一天，所有有犯罪动机的受害者及其家属，都有极其明确的不在场证明：不是在走亲访友，就是去等级稍高一点的医院咨询面部复原的事情，去有珍贵藏书的图书馆看书，还有人在监控密集的中城区里通宵加班。

而且，所有人都像是长了同一张嘴巴。

在白盾调查人员质问他们为什么不在家好好待着的时候，大家的口径相当统一："怎么，我们不能出去吗？"他们当然能出去。

可是所有人都拥有完美的不在场证明，这种事情发生的概率能有多少？

白盾无处下嘴，索性动起了其他的脑筋。

有的受害者家属有再明确不过的人证，比如走亲访友的，加夜班的，的确不方便操作。有些人，比如那个去电子图书馆找心理治疗类书籍的受害姑娘，就是单独行动的。只要抹掉相关监控不就行了？

没想到，他们刚一动心思，就收到了一个坏消息。

图书馆的监控显示，这个姑娘去图书馆的餐吧购买咖啡，不小心把咖啡打翻在了别人身上，和人发生了口角。争执间，她在愤怒之下扯下了口罩，露出了被腐蚀的脸蛋，吓得周围的人纷纷后退。显然，这种事一出，白盾就绝不能找她出来顶罪了。

肯定有人记得这个疯婆娘！

随着白盾调查的深入，每个受害者及其家属，都有除亲属之外的陌生人能作为他们不在场证明的旁证。

一定是有人指点过他们！

但下城区糟糕的监控系统，偏偏在这时候派上了毫无必要的用场。白盾根本无法确定他们之前见过谁。

这时候，原任警督查理曼先生，正满心焦灼地等在审讯室里。

当然，和海娜基地只有两把冷板凳的禁闭室相比，这里有床，有终端，有沙发，对比之下，可以说是五星级酒店了。

然而，网络上的舆论正朝着白盾并不乐见的方向狂奔而去。事情已经过去了整整二十四小时，白盾居然到现在还没有给公众一个值得信服的理由。

为什么已经死了的杀人犯巴泽尔化身成拉斯金再度犯案？为什么白盾警督查理曼要往杀人犯的脸上开枪？他是不是要隐瞒什么？

网上已经有人预测出，警察要找受害者家属顶缸了。

当然，这种信息很快被删除。但越删，大家越觉得是真的。

很快，舆情部门也不敢再有动作，只得向上层层申报，催促着决策层赶快拿个主意。

查理曼先生咬着指甲，再冰冷舒适的空调，也无法吹干他身上的汗水。他的指甲缝裂开、出了血，也浑然不觉。

随着调查的深入，他感觉有一张巨大的、无形的网在向他罩来。一张精密的、早有预谋的、让他无处躲藏的网。

哪怕他现在正处于整个银槌市最安全的地方，他也感觉有一桶桶的冷热交替的水接连不断地浇到他身上，在他的心上结出越来越厚的冰层。

不知道第多少次回复发狂的妻子"还没有进展"后，外间响起了脚步声和开门声。

他萎靡的精神陡然一振，放下通信器，对着来人张口就问："怎么样了？"

来人是他的副手之一，白盾副警督蓝瑟。

面对殷切的查理曼，他沉默地摇了摇头。

查理曼先生优雅的面具裂开了一条缝隙："一个突破口都没找到吗？"

他得到的回复仍然是摇头。

查理曼先生颓然坐下，紧绷的神经惹得他头痛欲裂。他太清楚白盾的行事作风了——解决不了问题，就解决制造问题的人。

该死的罪犯没有死，还出现在镜头前，这绝对是白盾的重大失职。

当下，他们的突破口只有两个：

找出合适的凶手，处理在镜头前应对失当的查理曼，现在查理曼还是他们的自己人。

可是二十四个小时已经过去了，如果再找不到突破点，白盾恐怕会掉转枪口，向他这个"自己人"下手，退而求其次，给公众另外一个交代。

时间拖得越久，对他越不利！

查理曼先生双手撑在膝头，急切地说道："那些下等人不就图钱吗？给他们钱啊！那些毁容的女孩，给她们钱，她们，还有她们的家人，总会承认是自己做的——"

蓝瑟越发为难:"我们试过了……"

查理曼先生直直地盯着他,心再度沉了下去:"试过?"

"我们暗示过一两个受害者,但她们的反应并不像预想中的那么积极……有个女孩直接反问,说,说……"蓝瑟不无尴尬地咳嗽一声,"如果她们承认,就等于自认有罪。罪犯就算拿到了钱,最后账户是归罪犯自己管理,还是归白盾管理?"

查理曼先生霍然起身:"有人教唆她们!一定!"

这些底层人,真正受过教育的寥寥无几,眼皮子浅得很,哪里能想到这么多?

蓝瑟觑着查理曼阴晴不定的脸色,清了清嗓子,问道:"查理曼先生,能问一下吗?你为什么要向拉斯金的脸上开枪?"

这一句发问,不亚于在查理曼的耳边响了个惊雷。他骤然清醒过来,不可置信地看向蓝瑟。

蓝瑟却坦然地望过来:"是不方便透露吗,还是要等律师?"

图穷匕见。无法从底层平民嘴里撬出东西,就轮到他了吗?

查理曼先生终于知道蓝瑟真正的来意了。脑子通透了,他那股冷淡锋利的精英气质把他全副武装了起来。

查理曼平静地反问道:"如果你在现场,看到拉斯金的脸变成了巴泽尔,你有没有可能怀疑他除了脸,还做了其他部位的身体改造?为了在场其他人的安全,采取武力是合理的做法。"

蓝瑟似笑非笑地问道:"这是你开枪的理由吗?"

"是。"

"你可以打他的胸。"

"我击毙的是一个十恶不赦的犯人。"说完,查理曼疲倦地往外做了个"推拒"的手势,"好了,按照这种程度的说法,对外道歉就可以了。"

蓝瑟没有任何离开的意思,他盯着查理曼的脸道:"'身体是否接受过改造',这个不是早在入狱第一级的检查里就该确认的吗?我记得,面部生物技术用专业机器一眼就能识别出来。"

查理曼的脸色彻底地沉了下来。

蓝瑟步步紧逼:"难道不是吗?不然,只需要换一张脸,就能随随便便顶替人坐牢。白盾是这样的机构吗?要是给民众留下了这样的印象该怎么办?"

查验犯人是否接受过身体改造,也是查理曼所辖部门的职责。验不验,全凭查理曼一句话。

查理曼怒极反笑:"所以是全都要赖在我身上吗?"

蓝瑟并不作答，笑容却像是一张完美而客套的面具，叫人心底生寒。

既然如此，查理曼也不客气了。

"蓝瑟，我记得你是主管经济科的。"他脸色阴森地望着蓝瑟，"巴泽尔被抓的时候，你认真查验过他的资金往来情况吗？他和我有哪怕一毛钱关系吗？"

蓝瑟也微微皱起了眉头。他何尝不知道，查理曼这是在威胁他，要拉他这个经济科的负责人一起下水。

当初巴泽尔的经济往来非常简单，毫无可疑之处，他当然没有仔细查验。时过境迁，该抹除的痕迹早就抹除了。现在再回头查，恐怕也查不出什么来了。

要是想把"锅"甩给查理曼，最难处理的，就是查理曼没有动机。

一个公众形象良好的白盾警督，和一个混迹底层、靠伤害底层女孩取乐的连环杀人犯，看上去毫无关联，更别提人情了。

拉斯金也好，巴泽尔也好，查理曼凭什么冒着这么大的风险帮他做手脚、打掩护？怎么给外界一个说得过去的解释？

最好也最省事的办法，就是捏造一份拉斯金或者巴泽尔出重金收买查理曼的"证据"。

可惜，捏造证据这招用在外人身上还行，用在自己人身上，以后在白盾内部，他怕是不好混了。毕竟谁也不乐意看到自己碰到麻烦时，机构不仅不保护自己，还来个背刺。

那些人可不敢怪领导，可不就得疏远自己这个亲手捏造证据的中间人吗？唉！工作不好做啊！

蓝瑟的嘴角带着礼貌的笑，心里却发苦。

而在与蓝瑟对峙的查理曼，不动声色地连接了脑机，向所有和事件相关的人发出了指示："尽快扫尾。"

他要斩断自己和这件事一切的联系！立刻！马上！包括那个并没有碰触到此次任务核心的雇佣兵！

海娜地下七层的走廊尽头，是宁灼的房间。

这里远离其他人的宿舍，静得出奇，除了比禁闭室多出了一张床、一张桌子外，毫无区别。

单飞白正和宁灼一起吃他手术后的第一顿饭。

咖喱色的糊糊是韦威公司出品的一款经济型产品，营养极为丰富全面，就是外形粗糙了点。塑封盒子外有一个旋钮，一拧就会自动加热。

宁灼并不是有意刁难单飞白,他吃的和单飞白是同样的营养糊。这就是他的日常用餐。

单飞白一口一口地吃着,十分钟过去,宁灼那份见了底,他那份三分之一都没下肚。

宁灼瞥了他一眼:"你喜欢用眼睛吃饭?"

单飞白说:"没胃口。"

宁灼头都没抬一下:"你得细小了?"他在嘲讽单飞白像狗得细小一样,食欲减退,所以不吃不喝。

单飞白抿着嘴乐:"我就喜欢听宁哥说话。"

宁灼一点都不给他面子:"我是在骂你,不是在说话。全都吃了,剩下的有多少都糊你脸上。"

单飞白说话带着点小少爷的腔调:"不喜欢这个。"

宁灼放下勺子,"嗯"了一声:"还不喜欢什么?"

单飞白厚脸皮地说道:"胡萝卜和莲藕都不吃;我喜欢吃西红柿炒鸡蛋,不爱吃生西红柿;喜欢葱油但是最好别看见葱;不吃姜但是喜欢姜糖;不吃一切皮。"

他想了想,补充了一句:"还有,不是我自己做的,我不爱吃。"

宁灼听得额角微微跳动:"嗯,你适合靠光合作用活着。"

单飞白不搭理他的阴阳怪气,转而问道:"宁哥喜欢吃什么?"

宁灼面无表情地说道:"我喜欢吃话多的小孩。"

单飞白得寸进尺:"我想吃黄油。"

宁灼说:"没有。"

单飞白又说:"橘子也行。"

宁灼将筷子"啪"的一声拍在了台面上。

单飞白可怜巴巴地说道:"我是病人。"

宁灼终于看了他一眼。

他装可怜装得真像,一头狼尾小卷毛没打理好,乱糟糟的。脸上干干净净的,一点血色也不见,眼睛倒是明亮得像是落了一片星海,精神振奋得很。

宁灼突然得到了逗弄他的趣味:"你以为你是在我这儿做客呢?你的仇人还在外面,惹烦了我,把你抬出去,他们没弄死你,搞不好正觉得遗憾呢。"

"倒也不会。"单飞白特别自然地说,"看在我爸的分上,他们弄我一次,不会弄我第二次的。"

宁灼舀营养糊的手停住了。他注视着单飞白说:"单飞白,你是不是知道谁要搞你?"

单飞白反问道:"我说了吗?有黄油和橘子吃吗?"

宁灼作势要抽他,他笑着要躲,但大概是碰到了伤口,表情微变,但没叫出声来。

宁灼把最后的饭打扫干净:"不愿说就不说。你愿意出去我不拦着,别忘了,你走到哪儿都欠我一根脊梁骨就行了。"

在宁灼看来,单飞白最好老老实实地留下来。

一来,就算背后的人不打算二次出手,但听他和匡鹤轩的对话,单飞白应该不确定是谁在背后主使。按照他的性格,非要把那个暗处害他的人弄死才肯罢休。留在海娜,潜回暗处,一边养伤,一边调查,比回到被"渗透"过的磐桥更好。

二来,一个雇佣兵老大,被竞争对手给救了,还给换了一条脊椎,叫他跪下就能跪下,叫他瘫痪就能瘫痪,除非单飞白冒着巨大的死亡风险,再做一回手术把脊椎掏出来,否则以后磐桥再遇到海娜的人,还能挺直腰杆才怪。

三来,海娜的内部构造已经被他这个外人看到了。

单飞白但凡聪明一点,就知道该怎么选。但宁灼绝不会亲口说,你留下来吧。

单飞白倒是一眼看穿了宁灼的潜台词:"宁哥这么宽宏大量,愿意让我当手下?"

"手下?"宁灼轻快地笑了一声,"当初你有过机会,现在你只配当吉祥物。"

单飞白撇了撇嘴:"当初可是宁哥不要我。"

宁灼不跟他废话:"当吗?"

"当。"单飞白的笑容相当灿烂明媚,没有一点羞耻心,"我当。"

他的笑容有着强烈的感染力,宁灼竟不自觉地跟着他扬了扬嘴角,通信器里就响起了一通语音通话。

看着屏幕上那串熟悉的号码,宁灼挑了挑眉,接了起来:"罗森先生?"

电话那边的罗森尽管极力伪装,声音里还是有掩饰不住的失魂落魄:"宁灼,我们的任务取消,请尽快把钥匙交还给我们。"

确定了见面地点后,宁灼挂掉了电话,起身离开前交代:"哪里都别去。"

单飞白没说话,却推了一张薄薄的信用 ID 过来。

在他醒来后,闵旻就把他随身携带的东西还了一部分给他。当然,不包含通信器和武器。

宁灼用右手的食指按住,指尖摩挲了两下,想也知道单家二少爷这张 ID 卡里的金额会有多么可观。他问:"干什么?让我给你换成天地通用的?"

"买点什么回来。"单飞白单手撑住面颊,笑着望着他,"买你喜欢吃的。

你的吉祥物还挺会做饭的。"

宁灼愣了两秒钟，用左手的指尖夹起那张卡，默不作声地在他的脸上拍了两下。宁灼没想到单飞白能这么轻松自在。宁灼笑了一声，一点都不留恋，转身离开了。

在关上门并从外面上锁后，单飞白拿起那张随手丢到自己膝盖上的卡，等了一会儿，确定宁灼不会再回来后，用指尖在 ID 卡上凸起的卡号上断断续续地游移了几秒钟。

输入密码后，一面光屏瞬间从 ID 卡侧面弹出。

浮动在半空中的，正是宁灼完整的左手模型，包含了清晰的指纹、掌纹，还有他手指上的咬痕。

单飞白抚过那道咬痕，力道很轻，仿佛是在和那个久远的伤口打招呼。他嘴角的笑容依然明亮："哥，我刚才可没答应不出去哦。"


在离开当涂酒吧一天后，宁灼回到了最初的交易点，那间包厢。但这回，罗森先生显然不再那么注重仪式感了。

通过钥匙上的特殊标记确定宁灼的手脚很干净，并没有复制或替换后，罗森把铁娘子的车钥匙收回，又心烦意乱地冲他摆摆手，想把他打发掉。

罗森的任务只是回收钥匙。但宁灼没有动，他在盯着罗森头上戴着的一个全包式淡银色头部外接设备。

罗森从昨天到现在一分钟都没敢入睡，一直在等吩咐，眼珠子熬得通红。

此刻被宁灼这种沉默又冰冷的目光注视，他无处发泄的怒火一点点地被勾了起来。他的语气隐约带了点怒火："你看什么？"

宁灼说："你头上戴着的是什么？"宁灼的语气有些不稳，话音是飘着的。熟悉他的人会知道，这是非常不妙的预兆。这意味着宁灼的情绪陷入了某种异常状态，随时有可能发疯。

罗森对此一无所知，他抬手摸了摸脑袋上的设备。

这是一种名为"酒神世界"的情绪调节器，共有五种模式，是 INTEREST 娱乐公司直属的钻石级王牌产品，已经在岛上风靡十几年了。它可以用脉冲刺激大脑，促使大脑的某个区域分泌适量激素，来缓和焦虑情绪。"酒神世界"相当昂贵，而且限购，只有 B 级及以上等级的公民有资格购买。

想到等级问题，罗森就又感到一阵难以抑制的烦闷。尽管整件事情根本没轮到他负责的运输环节就已经失败，可最终的结果不理想，要保的人没保住，东家怪罪下来，别说工作，他现在的公民地位都未必保得住。他烦得头昏眼花，没办法，只好戴着情绪调节器出来工作。

偏偏从很久以前,"酒神世界"的最大功率就已经不够调节他在工作中遭受的精神压力了。罗森早就开始考虑,自己的脉冲挡是不是可以往上调一调。虽然生产"酒神世界"设备的公司明令禁止这种私自上调最大功率的行为,可据他所知,黑市里有这种专门的业务……

罗森的思绪一发散,眼珠子就定在了眼眶里。这是"酒神世界"使用频繁的后遗症之一:精力很难集中。

宁灼问了罗森第二遍,他才迟钝地抬起眼皮,不屑地瞥他一眼:"问这个干什么?你是几级公民?你买得起吗?"

宁灼的声音落在罗森的耳朵里,仿佛变得模糊不清:"别再用了。"

罗森眯着眼睛看宁灼。昨晚,他急着办事。现在,他没什么事情要做了,才发现这人凌厉非凡,唇色却淡得让人心悸。最好能出些血,那样就完美了。这也是"酒神世界"的影响之一:情绪很容易被导向暴力。

罗森喉咙里的口水咕噜响了一声,不知死活地凑近了些,指一指自己的额头:"你想要这个,我可以送给你。"说着,他的手已经控制不住地伸向了宁灼。

下一秒,他觉得头皮一紧。

罗森先是看到了宁灼毫无表情的绿眼睛,紧接着映入眼帘的是飞速向他扑来的玻璃茶几。

"嘭"的一声。

宁灼按着他的头,再一次撞向了茶几。

在宁灼的眼里,没有罗森被撞的脑袋,只有那个逐渐解体、变得稀烂的头戴设备。他的视线慢慢模糊,沿着思维的小径跌撞着,慢慢回到了遥远的过去。

一直在幻觉里鲜血淋漓地贴近他的脸的男人,没了一身狼藉和看起来十分恶心的伤口,变成一个相貌清秀的男人。他立在那里,怪不好意思地挠着头:"哎呀,小宁,爸爸又忘了给你带好吃的了。"

宁灼把罗森的脑袋砸到已经碎了个大洞的茶几上,自言自语地对着空气回应:"不要紧。"

宁灼的生父姓海,是个隶属于白盾的治安警察。假如白盾是一棵参天大树的话,他就是末梢上一片最寻常的叶子。

一枯一荣,随走随替。

好在海警官也是个没什么野心和前途的男人,主要负责在街道整治街溜子,并且没有什么威信,经常有十三四岁的小偷被抓后,还摇头晃脑地冲他吐唾沫。

那时,他们生活的街区叫云梦区。

原本无比浪漫的地名,因为贫穷,伴生的是可怕的混乱。这里是最典型的下城区,只有一所综合学校,负责所有适龄孩子从幼儿园到小学到初中到高中的所有教育。

学校的教导主任骑着哈雷摩托,手里挥舞着几尺长的大铁链子,在学校周边巡逻并驱赶准备打劫低年级学生的小混混,是当地的一道奇景。

那个时候,宁灼不叫宁灼。他叫海宁,一个充满美好祝福的名字。

妈妈是水利工程师,结婚后面临了银槌市大多数工作女性的困境,在"岗位的结构性调整"中被辞退。

即使如此,她仍然希望这孤独漂浮在海中的小岛能"万国安,四海宁"。

宁灼的母亲,就是那个经常出现在他的幻觉中,满身焦糊地怀抱着一个同样焦糊的襁褓,责备宁灼是个废物的女士。但她以前不是这样的。她不大爱笑,清秀的眉目看上去也冷冷的,一双宝石绿的眼睛完全遗传给了大儿子。她这样评价小海宁:"我们宁宁不爱笑,但是个心软的好孩子呢。"

被她这样夸奖的小海宁和母亲一样的冷脸,面颊微微透着红。

小海宁在学校读书,安安静静的,不爱和人起龃龉。但因为长相与这个街区的气质格格不入,他经常被人找麻烦。

不过那也没什么。他从来不麻烦别人,自己随身带着用来保命的东西。

小海宁的力气天生比一般人大得多,身体也更结实,小学就能背着小书包,提着两桶水从水站一路走回家,健步如飞。

可他偏偏从小就如琉璃灯一样美,总有人想把他毁损。

好在海宁的暴戾、直觉,和他的力量一样是天生的,宛如一只天然的野生动物。

有次,海宁在动手时被他的爸爸巡逻时当场抓住。

爸爸愣住片刻,反应过来后,忙不迭地大吼一声:"干什么呢?"

海宁利索地丢下那个本来欺负他却被他打的男人,掉头就跑。

爸爸抽出警棍,吆喝着追上去。

海宁在下条街的转角等他。

爸爸和儿子并排而立,爸爸叉着腰,跑得直喘,歪头问海宁:"什么情况?"

海宁口齿清晰地说道:"要拐我去卖。"说着,他掏出一块波板糖,"他送我的。"

在这个街区,对海宁这个年纪的孩子来说,这是最具有诱惑力的食物了。但凡不大机灵的,一拐一个准。

爸爸一愣，想了想，用力啐了一口，又揉了揉儿子的脑袋："干得好。"

他伸手去掏手铐，想要往回走，把那个人贩子拘起来，但想到了什么，一时踟蹰不前。

海宁看了他爸爸一眼："爸，人不会醒。我揍得挺狠的。"

爸爸羞赧地抓了抓头发，带着点可怜的神情瞧着他。

海宁了然："我带你去。"

海宁知道爸爸胆小。别说是犯罪分子，他甚至有点怕自己。可海宁不觉得这样有什么不对，惜命的人活得久。活得久，在这个时代就是最好的事情。

对十三岁的宁灼来说，混乱而幸福的年代好像永远不会过去。

那一年，INTEREST娱乐公司旗下的一家子公司，开发了一款叫作"酒神世界"的头戴设备，向所有市民出售，听说能够给人带来"幸福"。

海宁看了一下价格，觉得他们家如果花钱买这个东西，经济上就会先变得不幸福，因此毫不动心。

同年，因为买的避孕设备质量奇差无比，海宁的母亲意外怀上了第二个孩子。经过一番利弊权衡后，海宁多了个弟弟。添了一张小嘴，家里的负担更重了。

白盾警局的基础工资低得可怜，主要靠绩效，按件计价，每月能领到多少钱，全靠手头上案件的结案率。

海爸爸的良心在这里体现得淋漓尽致：他的胆子小，连向同事学习、捏造冤假错案的胆子都没有。

为了多赚钱，他会把一些警局的工作带回来，请教早熟的儿子。

反正在下城区里流窜作案的大多数人，受过的最高教育是胎教，心狠手辣，脑子却未必比得上认字的小孩子。

一天，海爸爸又带了一件案子回来，不过这件案子是已经了结了的。他很少靠自己的力量了结一件案子，一回来就忙不迭兴致勃勃地讲给儿子听。

案情实在简单得离谱。

前一晚，一个小年轻砸碎了一家电子商店的玻璃窗，进去偷东西，结果不知道突发了什么恶疾，死在了商店。

店主早上一来开门，发现有个年轻人软脚虾一样缩在墙角，身边七零八落地遗失了几个"酒神世界"的设备。

海爸爸正好昨晚值夜班，在下班前接到了店主报案，如获至宝，高高兴兴地把尸体带回来，核实身份后，只要写一份几百字的结案报告，就能赚上五百信用分。这点钱够他给小儿子买两罐好奶粉了。

听完爸爸的描述，正在帮妈妈照顾弟弟的海宁问："他要偷什么？"

海爸爸嘴里含着半口饭，含混不清地回答："还能偷什么？偷钱，还有偷电子设备出去卖吧。"

"要偷东西，有砸玻璃的必要吗？"海宁用手背试了试弟弟的奶瓶温度，动作熟练又标准地给他喂奶，"我记得那条街没有能装得起电子栅栏的商店。只要懂一点开锁手艺，耐心一点，那种锁我都打得开。大晚上的，他那么着急，连开锁的时间都等不及吗？没有道理。"

海爸爸捧住饭碗，愣住了。他没有在家休息，草草扒了两口饭，就回了警局。

晚上，他风尘仆仆地赶回来，不由分说，拉着儿子照着脸颊就亲了上去。

抱着弟弟的海宁猝不及防，怔在原地，脸颊泛红，眼睛都直了。

妈妈自从生了弟弟后，身体就不太好，这时正在床上休息。见丈夫这样高兴，向来喜怒不形于色的她也露出了一点笑容："怎么了？"

海爸爸喝了一口水，兴冲冲地说："我查到了！那个小年轻其实根本不是哪个帮派的，也不是惯偷。他根本不住在我们街区，而是隔壁长安区好人家的孩子。"他的手比画着，"我去了他们家一趟，听说他们家最近买了那个'酒神世界'，就是那个……那个……"

他从笔记本里掏出一张从店家门口撕下的宣传页，指着上面精致、小巧、充满科技感的银色头环："对，就是这个东西！"

海爸爸继续说道："这个孩子经常被同学欺负，过得不是很好，所以东西刚一到手他就用起来了。"

他掏出一个笔记本，翻了好几页，按照自己做的笔记念道："按照说明书，这种设备三天用一次，频率也要从低到高，循序渐进。这个孩子按照要求使用了，精神状态的确好了不少。可他的妈妈说，他的情绪最近变得越来越差，用这个'酒神世界'控制不住了。他一直求父母买升级版给他，可他现在用的这个买来才半年，又没坏，他的父母当然不肯给他换。所以这孩子就动了歪心思了。我调查了一下，长安区那边'酒神世界'的专卖店都见过这个孩子，只问最新版'酒神世界'的价格，问了就悄悄地走了。我看了监控，他的精神特别恍惚，魂不守舍，所以店主对他都有印象。长安区那边的安保措施都不错，他可能是实在找不到能下手的店，只好来咱们区了。正好，昨天那家店刚进了几个新版'酒神世界'，店家说没打算卖，是打算送给熟人的，暂时放在店里，正好被那个小孩看见了，他就连夜砸了玻璃进去……我调查了一下，他手边扔着的，就是最新款的'酒神世界'，有一个功率被调到了最大——"

海宁的心微微一寒。海爸爸越说，他就越觉得这件事不对劲。

一直在家沉默寡言的妈妈突然沉声道："海哥，别说了。在家不说这些。"

海爸爸眨眨眼睛，他难得能在工作上找到成就感，嘀咕了一句："宁宁想听嘛。"然后，他兴致勃勃地继续讲了下去，"还没完呢，长安区那边'酒神世界'专卖店的老板不肯配合调查，这也正常啦，毕竟我不是管他们那片的。我就联系了云梦那家被盗的商店老板，拿到了'酒神世界'的售卖记录，走访了十几家专卖店，宁宁，你猜有多少家出现了严重依赖问题？这说明什么，说明那个'酒神世界'有质量问题！"

海宁终于察觉到了什么。他没有使用过"酒神世界"，但他听说过，什么是违禁药品。那个小年轻的样子就是食用那些违禁药品后的症状：产生精神依赖，精神恍惚，逐步失控，陷入犯罪的泥淖，最后因为使用了更高的电子频率（剂量）而死……令人毛骨悚然。他敏锐地意识到，他向来得过且过的父亲之所以突然打起精神，对这件小案子穷追猛打，是别有用意的。他用手压住了海爸爸的笔记本："爸，别查了。"

海爸爸一愣，和海宁对视，被他那通透、冷淡的目光迎面一扫，登时就有种小心思被看穿的感觉。

他的目光在妻子、儿子和小儿子间转了一圈，怯怯地申辩："我，我也没想卖给媒体。我只是想跟INTEREST公司商量一下，看能不能把我调出云梦区，分个好点儿的区……宁宁要上学呢，云梦区没大学……再说，他们知道这件事，正好能升级一下版本，别卖这种叫人上瘾的……"

海宁打断了他的话："爸爸，你谁都不靠，什么资源都没有，都能调查出这么多细节，为什么'酒神世界'卖了半年了，没有任何人在任何场合，提哪怕一句这东西有问题？"

海爸爸突然打了个激灵，脸色变化了一会儿，默默地合上了笔记本。

在接下来的半个月时间里，他再也没提过这件事。

海宁了解父亲。这点恐吓，足够吓破他的胆，让他彻底偃旗息鼓，再也不敢冒出去大公司碗里要点肉汤喝的念头了。

半个月后的某天，海宁和骑着摩托追打小混混的教导主任打过招呼后，踏上了回家的路。

在他离开学校后不久，一辆破烂的小型运货车不远不近地尾随他。它跟得很明显，很快被海宁发现了。

现在不过是下午六点，天还没全黑，众目睽睽之下，四周还有其他零零散散的学生。

海宁想，他们应该会等到自己走上离家较近、人烟稀少的岔路时再动手。

他还在思索该怎么摆脱这个麻烦时，耳畔毫无预兆地传来了车子剧烈摩擦地面的声响。它以四十公里的时速，将海宁从后猛然撞倒。

海宁猝不及防，额头狠狠地撞上了坑坑洼洼的马路牙子。

耳鸣声响起时，伴随着强烈的眩晕，海宁凭借本能，朝把自己拎起来的人脸上抓去，稳准狠地将擦伤、染血的手插向了来人的眼窝。

伴随着男人痛苦的嘶吼，他松开了手。

海宁踉跄着往前冲了几步，想要叫喊，却有一口气堵在胸口，上不来。他发现身后有人扑来，侧身抬脚，猛地一踹。他敢确定，自己这一脚必然踹在对方的小腹上。他也借着这一脚之力，把自己向后摔出了几米。

非常不巧，跌倒在地时，他再次磕到了头。在短暂地失去知觉的前一秒，海宁听到一个男人遥远而沉闷地骂了一声："废物！"

这一声喝骂起到了奇效。有七八只手从后面一起伸过来，抓住了海宁，齐心协力，把他塞进了漆黑的车厢。


海宁静静地坐在黑暗的仓库里。他的嘴被一个钢铁嘴套锁住，无法拆卸。他的右手，连同小臂和半条上臂，都被嵌套固定在一个漆黑、坚固的筒型锁里。手指粗的铁链，将他拴在一个一人宽的石柱上。

这种绑法，相比于囚禁，侮辱的意味更大，就不知道是谁的杰作了。

被抓住后，一路颠簸，头部受伤的海宁硬是忍着没昏迷，不断地读秒，直到被带到这里，才短暂地昏迷了一小会儿。

海宁自幼在云梦生活，对南北十九条、东西三十六条街的情况了如指掌。他知道哪家店的老板没钱装报警设施，也能根据车速、行驶时间和四周新鲜的鱼腥味，猜到这是云梦区东侧、靠近渔区的"三不管"地带。

大致弄明白自己所在的方位后，海宁开始想，哪个不开眼的会绑架他。这场绑架显然是早有预谋的，且规格不低。

如果让海宁来选，绝不会选自己这样的小孩来绑。一口咬下去，恐怕连个油星子都见不着。

他们家有什么特殊之处吗？海宁想来想去，最近而且最可能的诱因，只有那件关于"酒神世界"的事了。

海宁的大脑飞快地运转。爸爸手头紧张，人也懦弱，没什么朋友，上下班按点打卡,专心家庭,可以说没有一点属于自己的私人生活。这半个月他更是安分守己,下班了就回家来"奶"孩子,低调得恨不得把自己藏起来。他调查"酒神世界"是带着私心的,意图敲诈大公司更加不是什么光彩的事情,他绝对没有把这件事到处宣扬的勇气。

那么,问题来了。爸爸什么都没有干,INTEREST公司怎么会知道有他这么个人呢?

这种大公司,即使发现有人想要生事,也不至于忙不迭地伸脚踩死,无视或者试探、拉拢,才是他们的第一策略。难道是因为,爸爸是警察,身份特殊,让他们不得不忌惮?

可他也只是一个底层的、根本搅不起风浪的小警察啊!

在海宁思考的时候,有人撩开沾着腥水和鱼鳞的透明软门帘进来了。

男人的手里握着一个老式通信器,亮着红光,收音不太好,能听到爸爸从那边传来的慌乱的喘息声和恳求声。

通信器下方接口上插着一张裸露的芯片,海宁认得,那是一种能让警方那边显示通话信号满城跑的仪器。可见绑架自己的真的是专业团队。

男人和海宁对视后,轻蔑地撇撇嘴,对电话那头说:"巧了,你的宝贝儿子醒了。想和他说说话吗?"

海宁看着他肿得发紫的右眼眶,轻轻笑了一声。

男人一愣,继而暴怒。

如果说海宁刚才敢还手,是他不知者无畏,现在他但凡聪明点,也该知道自己的处境了。他怎么还敢笑!

男人当胸一脚,把他狠狠地踹倒:"你笑什么?"

在那一只脚踹来时,海宁脚尖猛地发力,往后稍稍退了几寸,巧妙地躲过了那股凶悍的力道。但余劲也踹得海宁重重地闷哼了一声,摔出了几米远,后背重重地撞上了水泥柱。几秒钟后,罩在他嘴巴上的铁嘴套溢出了一丝鲜血。

海宁咽下了嘴里弥漫的血沫。他知道,自己和绑匪有了动作,电话那头的爸爸就不用想尽办法哀求绑匪,好证明自己还活着了。与此同时,他也清楚地知道,自己恐怕出不去了。因为绑架犯根本没打算蒙住他的眼睛。

接受这一点后,海宁反倒越发心平气和起来。还好,父母不止自己这一个孩子。

他忍着肋骨的疼痛,就着倒下的姿势,从塑料帘子下方看到外间还站着一个人。从小腿肚来看,他的体格异常健壮,手里还提着一把斧子。

海宁把耳朵挪了挪,贴在水泥地上。还有一个人在外间走动,鞋底与地面的摩擦声远远而来。脚步声响到哪里，一阵阵吞云吐雾的舒气声就跟到哪里。

海宁回忆了一下。绑架自己的车是一辆中型车，车里并没满员。

被丢在后备厢的海宁根据车内此起彼落、方位不同的呼吸声，听出车里有五个人。司机负责开车，加上一个骂了一句"废物"的疑似领头人，这两个人从头到尾没下过车。

动手抓自己的共有三个人，现在，这三个打手负责看守自己。

比较下来，海宁确信，最难对付的应该是门口拿斧子的那个男人。

单凭那一身腱子肉，他不拿斧子，抡起拳头，就能把自己徒手活活打死。海宁想，自己一个十三岁的小孩，哪里用得着这样看守？

思忖间，那个眼睛红肿的男人在他的面前来回踱起步来，从眼角懒洋洋地瞅着海宁，想从他的脸上看出恐惧和不安来。

可惜他一只眼睛的眼皮肿得老高，从侧面看过去，像是给他的眼睛搭了一个青紫的遮阳棚。他看上去实在是威慑不足，好笑有余。

他在和爸爸商量赎金，大概在五十万。海宁知道爸爸掏不起，因此情绪还算稳定。

出乎他意料的是，电话那边只是停顿了一下就同意了，答应得相当痛快。这似乎正中了男人的下怀。

肿眼泡男人怪笑了一声："姓海的，你跟我们耍花招？你浑身上下有几两骨头重，我们能不知道吗？"

电话那边沉默了。

肿眼泡男人笑了："身边有警察吧？叫官最大的接电话。"他停止踱步，在海宁的面前蹲下来，"快点，不然就挖你儿子一只眼睛。"

电话那边传来了他软弱又温柔的爸爸的抽泣。

海宁也并不意外。自己在光天化日之下被一辆车带走，总有人会报警的。爸爸那时候还在上班，肯定能在第一时间知道这件事。按爸爸的性格，这样大的灾祸，他必然承担不起。上报给领导是他绝对会做的选择。

果然，很快，电话被移交给了另外一个人。

那个声音清正而冷静，透过电波而来："你好，我是白盾云梦区的负责人……"

刚才还躺在地上装死的海宁头皮骤然一麻，猛地挣扎一下，束缚住他的铁链瞬间绷紧，发出了"哗啦"的尖锐响声。他听出来了。这个声音，和那个从车里传出来的领导者的声音一模一样！

那一句沉稳有力的"废物"，和此时电话那边遥远而模糊的声音混合在了一起：

"我叫查理曼。孩子是无辜的,请你们不要伤害他。"

海宁的大脑一时混乱不已。他不得不用单手捂住自己小腿的一处擦伤,用疼痛逼迫自己冷静下来。

查理曼是谁?他知道查理曼是谁。他爸爸的顶头上司,云梦区白盾的负责人,两年前调任的。

查理曼刚调来时,爸爸提起他,眼睛里闪着与有荣焉的光:"听说是高才生,天之骄子,人长得也精神!才三十出头,前途无量啊。"

话里话外的意思,好像是这么个年轻人来了,云梦区那一烂到底的治安就有救了。

当时,海宁认真想了想,没开口打击爸爸。

天之骄子,却来到了云梦区,不是个真正有宏图大志的好人,就是得罪了人。或者是家里的背景不够硬,没办法把他调到更好的岗位上去。

果然,"天之骄子"的到来,并没有让云梦区有什么起色。

天之骄子查理曼正气凛然地说道:"你们只需要钱,而我们想要孩子安全,这两样不冲突。我也有孩子,才八岁,可怜天下父母心,所以这笔钱我做主,由白盾出了,可以全部转进你们提供的账号里,条件只有一个,就是孩子一定要安全——"

肿眼泡轻蔑地一笑:"别当我们傻,要现钱。"

查理曼煞有介事地同他周旋:"现在市面上最常用的是信用点,现钱一时半会儿不好弄。你们也担心夜长梦多吧?"

肿眼泡笑嘻嘻地说:"我不担心。倒是正义的海警官要多担心他这个漂亮的宝贝儿子了。钱准备得慢不要紧,我可以先让他听个好听的——"他抬起脚,用坚硬的尖头皮鞋对准海宁的胃部,狠狠地踹了上去!那一声过后,他感觉自己踢到的不是一个活人,而是一个沙包。

海宁居然一声没哼。

肿眼泡"啧"了一声,显然对他的反应相当不满意。

可电话马上被海爸爸抢了过去。爸爸太了解海宁了,他从来就是挨打不出声的性格!

电波中传来爸爸的哭腔:"别!别动我们宁宁!我送,你说个地方!我去送!"

肿眼泡得到了自己想要的结果,停下了脚,还不忘讽刺地说:"哟,咱们正义的海警官怎么还掉金豆啦?"

回应他的嘲讽的是无止境的啜泣，还有反复呢喃着的"宁宁"，听得人几乎要心碎。

报完地址，肿眼泡得意地看了一旁的海宁一眼。刚才就从地上坐起来的海宁微微垂下头。斑驳的光艰难地透过窗帘，恩赐似的，只落了一点在他垂落的发丝边。

肿眼泡挂了电话，走到他的身前，用沾满灰尘和污泥的皮鞋尖挑起了他的下巴。"小东西，笑一个嘛。"

海宁挺平静地任他摆弄，心里只有一个明确的念头：杀了他们。因为他听得清清楚楚，肿眼泡报出的地址，就是云梦区的渔区。

他们没打算像正常的绑架犯一样，把"肉票"关在一个地方，然后选在另一个地方交易，而是把爸爸直接骗到自己这里。这并不是正常的交易方式。

海宁确信，他们根本没想要自己活着出去。那么，他们也不会想让来送钱的爸爸活着。

但爸爸不知道，他甚至直到现在还以为自己有查理曼撑腰。

他慌乱地向白盾上报儿子被绑架了，第一时间赶到的居然是上司查理曼，还同意由白盾出钱，把他的儿子从穷凶极恶的绑匪手里赎回来。可以想见，他的爸爸会有多么感激和信任查理曼先生。

此时此刻，笼罩在海宁心头的一层迷雾渐渐散去。

大公司为什么会注意到爸爸？

爸爸的调查根本不是大范围的。所以，最先察觉到异常的，极有可能是云梦区的白盾内部人员。毕竟爸爸出去走访调查，都会老老实实地出示自己的警官证。

如果……查理曼并非出于自愿，而是被"发配"到混乱又偏远的下城区，这样的"天之骄子"，无论如何也要想办法走出去。要是能为大公司效力，除去一个"麻烦"，那就是大功一件。

当然，海宁知道，爸爸那点可怜巴巴的贪心，在大公司眼里并不算什么麻烦。如果他真的跑去敲诈，赶上他们心情好的时候，说不定还真的会给这个小警察施舍一点封口费。

问题在于，爸爸既没有举报，也没有敲诈，偏偏留下了调查走访的记录。这么一来，就给查理曼留下了充足的操作空间。

他可以假造举报信，可以向INTEREST公司无限夸大爸爸想要把这件事公之于众的"正义"行为，让大公司重视爸爸，觉得爸爸是一个"麻烦"。

这么一个"麻烦"，会因为儿子被绑架，送赎金时死在绑架者手上，留下可怜的孤儿寡母,收到白盾一笔数额还算过得去的抚恤金。而他因为为INTEREST公司效力,获得锦绣前程,离开云梦区这个泥淖。

多么合情合理,顺理成章!

肿眼泡不知道这个被自己踹倒的半大孩子的脑子里存着什么样的念头,只发现他半合着眼睛,呼吸艰难。肿眼泡想,不是被踹伤了内脏,就是知道怕了。

肿眼泡冷笑了一声,转身离开。在他的身影消失在塑料帘子那边后,被铁链困住的海宁慢慢站了起来。

他用左手握住束缚住自己右臂的铁链,尽量不发出任何声音,一节一节把铁链绕起来。他要确定自己最大的活动半径。经过他的测算,铁链长三米。

放下铁链,海宁蹲下身子,在自己左脚运动鞋跟的气垫处摸索了一番,从夹缝间抽出了一块薄薄的剃须刀片。

云梦区太乱,他总习惯多做几手准备。可惜这一小片刀片并不能帮他脱困。刀片切不断骨头,也切不断铁链。他把刀片攥在了指缝间,原地坐下。

这时候,肿眼泡和那个被他踢了裆的高个子大概是闲来无事,结伴进来看他,并当着他的面大大地表示了一番惋惜。

"这个品相,要是能再养两年,在黑市里能卖上个好价。"

高个子满嘴臭气:"用不着两年吧。"

两个人当着海宁的面聊着,越聊越觉得有戏。

肿眼泡索性挑了帘子,走了出去,和外间那个领头人模样的强壮男人交换意见:"老大交代一定要他死吗?太浪费了吧。"

他们低声交谈了一会儿,似乎达成了什么共识。

肿眼泡一去不回。海宁抱着一条腿,沉静地坐在原地,仿佛他们的交谈与自己无关。

高个子觉得没趣,转身要出去。

就在这时,海宁有了动作。在他侧身的一刹那,海宁猛地一蹬地,向前冲去,像是要做一番垂死的搏杀。

身后铁链急速拉扯的动静让高个子突然一惊,下意识地回身抬腿,一脚准确地踹中了海宁的心口。

海宁骤然受击,翻滚在地,沉默地呕出一口血来。

但他挣扎两下,又歪歪斜斜地站起身来,牵扯着链子哗哗作响。他澄碧的眼睛里闪出狼一样不服输的光。

高个子目测了一下铁链的长度,笑眯眯地侮辱他:"哎,你真是属狗的啊。"

海宁果然露出一脸受辱的神情，再次不管不顾地向他冲来。可惜，他的一条胳膊被铁链死死束缚住。冲到距离高个子不到一米的地方，他就没法寸进分毫了，只能用那只还能活动的手胡乱地挥打。

看起来既滑稽又可怜。

这就是他们想要看到的。

这个乳臭未干的小孩让他们吃了大亏，在雇主面前大大地丢了一回人，牢牢地捆着有什么意思？这只野蛮的小困兽扑腾得越厉害，他们越是得意。

高个子退到海宁刚好无法碰触到的距离，笑嘻嘻地看着他在自己胸前三四寸外，竭力挥舞的手掌，正在考虑是扇他一耳光，还是把他踢自己的那脚还回去，一道强壮宛如一堵墙的阴影出现在他的身后。

强壮男人随便瞥了看上去已经愤怒得失去理智、不断低低地发出怒吼的海宁一眼，轻描淡写地道："真够野的。"

高个子笑道："野有什么？越野越好啊。"

"可惜了。"

强壮的雇佣兵握紧斧子，望向海宁。

看到男人的反应，高个子一愣，犹豫着说道："奇哥，咱们不留下他……"

奇哥言简意赅地回答："雇我们的人说得很明白，大小两个都得死。"

他看了高个子一眼："拴起来这么久还没玩够？多大年纪了？"

高个子看着他随着肱二头肌发力而微微抖动的胸肌，面色不佳，却无可奈何。高个子显然得罪不起这个"奇哥"，只能不太甘心地嘟囔："黑市那么大，卖出去没人能发现吧……"

"干活不干不净，是断自己后路。"奇哥用斧头指了指海宁，"再说，看他这个样子，出货也是个驯不服、养不熟的二等货。"

高个子张了张嘴，说道："隆尼都出去找能替他的人了……"

"隆尼贪心，脾气也暴。我不想和他吵架，伤感情，找个理由把他支出去而已。"奇哥的态度平淡，就像要宰只鸡一样，"到时候你就说，他要跑，我一斧子了结了他。"

奇哥淡漠地吩咐高个子："出去看看，别让隆尼回来太快。"

高个子一脸惋惜，却老老实实地挑开帘子出去了。仓库里只剩下了海宁和奇哥。

奇哥凝视着这个不知何时安静了下来的孩子。

海宁在和他鲨鱼一样呆板而毫无感情的双眼对视片刻后，转身就逃。

奇哥抿了抿嘴角，他喜欢速战速决，对这样的追逃游戏没兴趣。

要不是要留着他的命，让他说上两三句话，好把他爸爸引到这里来，按奇哥惯常的作风，早就把海宁弄死了。

奇哥手提寒光闪闪的斧子，走上前来，毫不留情地踩中了随着海宁的逃跑而拖在地上的铁链。海宁骤然受到牵制，猝不及防地向后跌倒。

奇哥单手牵引铁链，快速将铁链绕到他粗壮结实的左手小臂间，把一只绝望逃命的"小动物"一点点拉回身侧。

这时候的海宁才开始像奇哥想象中的那些小孩子一摔，露出了惊慌失措的模样。他背过身去，使尽全身力气，想要向相反的方向逃跑。可是他怎么拗得过比三个他还要壮硕的奇哥？

奇哥像是水手绞动锚链，一下一下，以可怕的、稳定的速度把海宁拖到自己身边。估算好距离后，他抬起了手腕。

而一直背对着他的海宁，薄薄的背部肌肉出现了一点不合理的收缩。

他骤然转身，奋力撞向了奇哥的身体。这是一次铆足全力的冲撞，声音沉闷。海宁撞上了一堵一步不退的肉墙。

小野兽做出这样慌乱又无脑的行为，奇哥一点都不感到意外。

然而，随后，海宁做出了一个匪夷所思的动作。他向斜上方一扬手，指尖掠过了奇哥的脖颈半寸。

奇哥有些惊讶，因为这个动作过分精确，和海宁刚才的慌乱格格不入。喉咙处传来的痛感和冰凉，是在感到惊讶后袭来的。

一道血线溅出，此时的奇哥，还有一点活动的余力。

在混乱和窒息中，他放弃了进攻，转而丢下斧子，试图用蒲扇大的手按住脖子，掐住它，然后奔出去求救。

一般人做不到的事情，这个体重二百多斤的力士原本做得到。

可是海宁在一击得手后，没有逃。他用尽全身的力气，抱住了奇哥的右手臂，向反方向死命掰。他扭股糖一样纠缠在奇哥身上，一脚一脚地猛踹着他的左肘。

奇哥东倒西歪，想要把他摔在地上，却因为鲜血滑腻，头脑昏沉，一时做不到。

海宁睁着眼睛，根据自己的心跳读秒，在喷涌的鲜血中沉默着。

直到奇哥像是一个巨型玩偶，软软地倒了下去，海宁才扑倒在他身上，慢慢恢复了呼吸，看着沾满脏污的手，大口大口地呼吸起来。

他给了自己五秒钟。

留给海宁的时间不多了，高个子就在外面。

刚才的打斗声好说，斧子的掉落声就可疑了。所以在高个子进来前，他需要尽快解决一个问题。他从地上摸起染血的斧柄，掂了掂重量后，用力攥紧。

那么,是砍锁链,还是砍自己?

高个子并没有给他太长的时间,海宁已经听到外间传来了异常的动静。
海宁看向手指粗的铁链,再看向一人合抱的水泥柱,抬手按了按自己肩窝的位置,快速确认了关节的连接处。

出去望风的高个子刚走没多会儿,就被斧头乍然落地的哐啷声震惊得大咳起来。好不容易缓了一口气,他一边揉着咳得发疼的喉咙,一边探头探脑地叫:"奇哥,奇哥——"
高个子知道,奇哥办事最不喜欢别人打扰,但里面静得实在过于诡异。
他正要往里走,突然传来一声闷响。
奇哥动手了?
高个子心安了片刻,就在他抬脚要走时,他听到了从那极度寂静中传来的细细喘息声。
——那根本不是奇哥!
一股寒意贴着他的头皮狠狠地刮了过去。
高个子觉察出不妙,快步向前,猛地挑开了布满鱼腥味的塑料帘子——
一道从刚才起就埋伏在旁侧的雪白刀锋从下方暴起,掠过了他的肚腹。最后映入高个子眼帘的,是一条和坚固的筒型锁一起被遗弃在地上的断臂。
接下来的一切,他无须知晓了。
在剧烈的眩晕和疼痛中,海宁在愤怒和肾上腺素的支持下,扑向了他的腰包。那里印着一枚倒A的血红色图纹,旁边是一个红十字,这是一个简易的医疗补给包。
海宁早就盯上它了。海宁将三四支针剂掏出来,胡乱散在地上,强迫自己将一根带着"止血"标识的针剂直接扎向自己的伤口侧面。
他的妈妈常年卧病,他懂一些基本的急救知识。
这是给成年雇佣兵使用的快速止血剂。十五秒钟内,他的伤口处血液流速明显减缓。
他又掏出明胶止血喷雾,颤抖着手指,对准自己的肢体断面喷了三四下,创口处迅速结出透明薄膜。
海宁继续跪伏在地上,机械地为自己打针。
过了许久之后,在药力的催化下,海宁摇摇晃晃地站了起来,带着一个狂乱蹦跳、似乎随时会爆炸的心脏。

海宁从高个子的腰间取下了一把小小的钥匙，打开了自己的嘴套。嘴套落在地上，发出了空旷悠远的回声。

他低低地喘息着，专注地恢复体力。

在药物的作用下，海宁的听力变得异常敏锐。

几分钟后，他听到外面传来轻快的脚步声，还有衣料摩擦着粗糙的地面发出的沙沙声。

肿眼泡拖着一个流浪少年的尸体，步履轻快，庆幸自己没走多远，就在垃圾桶边捡到了一个身高和海宁差不多的小孩的尸体。

他愉快地吹着口哨。

在换气的间隙，他的鼻腔里隐约传来了血腥气味。

肿眼泡愣了一下，一脚踏入了废弃工厂的大门，浓重的血腥味冲得他栽了一个跟头。

肿眼泡脸朝下扑倒在鱼腥味浓郁的地面上，下一秒钟，他就控制不住地打滚哀号起来。

他的左腿膝盖以下被斧头砍中！

海宁从门边的阴影中站起，因为失去了一条手臂，他走路会不自觉往左偏。他不大顺当地走到肿眼泡面前，歪着头，提着斧子的手微微发抖。

肿眼泡因为恐惧和剧痛瘫软如泥，一个字都挤不出来，只能发出"咿咿呀呀"的无意义的惨叫。

海宁注视着眼睛肿胀、眼神惊恐的男人，梦呓似的把那句话还给了他："哎，笑一个吧。"

不等他有任何反应，海宁挥下了斧子。

了结了这里的一切后，海宁拎着大概原本是用来烧自己和爸爸尸体的燃料，把四具尸体拉到一起，一把火点了。

对那个已死的流浪的孩子来说，没有更体面的处理方式了。后面警方的处理，最多也是随便拉走烧掉。

在火舌慢慢吞掉半间厂房时，海宁在外面的高草丛边坐下，乖乖地等着爸爸来。

药物让海宁的伤口酥麻发痒，但好在不痛。

他认真地想，爸爸一会儿来的时候，会不会被自己的样子吓到，可是现在没有别的衣服可换。

他专心致志地琢磨这件事，想得直发呆。

五分钟后,他看到了一辆破旧的车带着滚滚尘埃而来。

他有点开心,撑着身体站起来,又担心自己走到明亮的地方,会吓到爸爸,只好尽量避着火光、躲在阴影里走。

在那辆车停稳后,翻卷不息的尘烟也平息了下来。

海宁的步子再也迈不开了。这辆车,他认得。

从驾驶座上跳下一个陌生的男人来,他踱了两步,中气十足地大骂:"手脚太麻利了吧!人我还没拉来呢。"

海宁愣在了原地。是他错了,他明明知道车上有五个人。

一个指挥者,三个雇佣兵……还有一个司机。

他竟然忽略了那个司机也可能是雇佣兵。父亲不是非要拉到终点才杀不可的。

一个容易心慌意乱的小男人,一个格斗考核常年吊车尾的平庸警察,交给专业的杀手,等一个红绿灯的工夫就可以处理掉了。

司机以为他的同伴没走远,便举步走向了火场一侧:"奇哥!隆尼!人呢?哪儿呢?"

当他的身影被工厂彼端的阴影吞没时,海宁冲向了车子。

他祈祷着心中所想不要发生。

然而,他看到了爸爸,爸爸躺在副驾驶座上,安静得仿佛睡着了。

他身下的汽车靠垫被血浸透了。为了让他看起来像是被悍匪杀死的,他的面颊被砍了七八下。

"爸爸。"海宁踮着脚,趴在窗边轻声地叫,像是怕惊扰了男人的好梦,"……爸爸。"

一切都不该发生的。

如果不是他随口的一句话,提醒了爸爸关于"酒神世界"的异常,那个抢劫"酒神世界"的青年,一定会被认定是意外死亡。

那么,现在,他们应该吃完了晚饭吧。

妈妈身体不好,会早早睡着。而他会把哭泣的弟弟抱上天台,穿行在霓虹间,轻声唱着摇篮曲,等着下夜班的爸爸回来。

海宁机械地想着这一切时,已经平静地躲到了车底。他的手里攥着一把从肿眼泡那里缴获的粒子切割匕首,任由熊熊愤怒和仇恨煎熬着自己的身心。他一动不动,连他自己都感到讶异,他居然能这样平静地藏起来。

一双脚由远至近。

司机显然是没有找到同伴,所以他暂时放弃了搜寻,打开了副驾驶座的门,要把爸爸拖下来,把他投入那堆烈火中去。

偷袭这种事情做熟了,一点都不难。海宁用粒子切割匕首钉住那个人的脚背后,手执被割断的汽车油管,趁他动弹不得时,喷了他一脸。

在司机一脸错愕时,海宁掷出了一只精致的银色的打火机,这是他从酷爱烟草的高个子的口袋里掏出来的。

火舌蹿起来的时候,映亮了半个天空。

海宁不合时宜地想起了课本上的一句话:东风夜放花千树……一夜鱼龙舞。

海宁面无表情地看了那个痛苦奔走的火人一会儿,进入了货车驾驶座,想把车开回去。然而想要启动,还需要进行二次面部识别。海宁趴在驾驶盘上观望片刻,无奈地确定那个倒在地上熊熊燃烧着的人已经不存在面部了。

他把脸埋在充斥着汽油和血腥味的左手掌心,笑了出来。

怎么办呢?要怎么回家呢?回家要怎么跟妈妈说呢?

就在大脑严重过载的海宁认真地苦恼着时,频道里传来了沙沙的说话声。

查理曼的声音传来:"喂,在吗?"

海宁愣愣地望着电台片刻,压低了声音,努力学着大人的腔调道:"嗯。"

其实没什么必要,因为脱水和失血,他的嗓音嘶哑得可怕。

而查理曼显然正因为某事慌乱着,无暇顾及这边的异常。

查理曼焦躁地说道:"这里出了点小问题。过一会儿,你带他们中的随便一个人回来收一下尾。这家的病秧子女人不好对付,她发现不对了。"

"鬼知道是什么原因……是你们做得太专业,还是你脚踝上那个蜘蛛文身被她瞧见了——白盾不准文身的,我早就告诉过你要遮好!要不是这种事不能用自己人,我何必要让你来装成白盾的警员……"

查理曼咽了一口口水,精神焦灼得声音都在发抖:"她什么也不问,什么也不说,居然想动手杀我。疯婆子!我推了她一把。现在她晕过去了。"

海宁听得手指微微发抖,仅剩的那一只手伸向通信器,像是要抓住什么东西。

听到这边只有呼吸声而没有回应,查理曼的声音提高了一些:"搞清楚,漏洞是你们造成的。不好好收尾,要把这个烂摊子扔给我吗?"

海宁张了张嘴。他知道哀求没用,但还是想哀求,别动我妈妈,别动我弟弟。但身份败露的查理曼连哀求的时间也没留给海宁。

"好,很好,我知道这是额外的价钱。我用不着你们了,滚吧。"他的口吻漠然,"遵守你们的行规,再也别联系我了。"

通信器挂断了。

城市刚刚下了一场酸雨，下水道冒着微热的白色蒸汽。

云梦区的街头宣传屏在播放低俗的广告。

因为年久失修，宣传屏边角处闪着淡淡的电光，一明一灭，里面应召女郎的姣好面容也变得幽微可怖起来。

一只脚踏过蒸汽上行的窨井盖，"哐当"一声，在这孤单的深夜制造了一点微不足道的噪声。

这点动静，只够惊醒一条在街边打盹的野狗。

海宁像一台被输入了指令的机器人，不知疲倦地向前奔跑。

揣在身上的匕首不知道什么时候跑丢了，他也不在乎。

他知道晚了。他知道的。

但他除了向前奔跑，似乎做不了更多的事了。

在距离家还有一公里的时候，海宁缓缓停住了脚步。

他不用走得太近，就能看到从家的位置传来的、映亮了半边天的熊熊火光。那火光一路蜿蜒，烧进了他的肺腑，烧得他胸腔里发出噼噼啪啪的低响。

大抵是药物的影响，海宁思考起来有些吃力，只能在脑海中形成一个个冷硬的短句：着火了，妈妈出不来；弟弟是个婴儿，那么也出不来；合情合理。

妈妈。小弟。

他想着，用仅剩的手扶着墙壁，往前走去。他也侥幸地想，着火的或许并不是他的家。

海宁低着头，按照火光照来的方向，看着自己的脚背，一步一步，越来越近。他路过再熟悉不过的街道、人造的行道树、倒闭了的商店。

一路上，海宁没有抬过一次头。

可他知道，他要回家。现在他要回家了。

家在哪里呢？他的身体比他的心更先接受了这个事实。

药物导致的剧烈心悸和撕心裂肺的愤怒交错作用在他身上。他仿佛正置身于火场中，骨头和血液被熬干了，烧得啪啪作响。

他想着查理曼，想着那张他从来不曾看清楚的脸，恨得浑身发抖，头脑一阵一阵地发着晕，眼前的世界也变成了一个吱吱漏电的屏幕。

他不知道的是，药效要过了。

大概只需要十分钟，没有针剂补充或是及时的医疗救助，他就会因为透支过度，死在这个深巷里。

"哎呀。"

在海宁一无所知地奔向属于他的死地时,身侧陡然传来一声惊呼。

海宁的肩膀颤抖了一下,他居然不知道距离自己身边这么近的地方,什么时候多了个人。

他抬起眼睛,看到了一个男人。

男人没有同伴,穿一身黑衣,个子不高,一米七五左右,只比发育早的海宁高一个半拳头。

他转过头,男人终于看清了海宁的全貌,着实吓了一大跳。

"小朋友,你还好吗?"

海宁听到了自己的声音,冷冰冰的,吐字特别轻:"滚。"

男人没走,也没被吓跑,只是一味好奇地打量着他。

借着发红的路灯,海宁发现,男人长得很奇怪。

他当然不难看,不过也称不上英俊,五官看得过去,组合起来却毫无新意和特色,发型是最普通的,脸上干干净净的,一点可供记忆的特征都没有。

海宁几乎觉得,自己一眨眼就要忘了他长什么样子了。

在海宁发怔时,男人倒先动手了。他伸出了手,很自来熟地拍拍他的衣服:"胳膊怎么没了?"

海宁自小就不习惯太亲密的肢体接触,躲避了一下,却差点跌倒在地。他没有回答,绕过了黑衣男人,面无血色地往前走。

黑衣男人却一点都没有被嫌弃的自觉,倒退着和海宁并行:"干什么去?"

海宁凭着一点残存的意识作答:"去报仇。"

黑衣男人诧异地说道:"哇,这么凶。"

他看着海宁的断臂,一脸的不赞同:"你这个样子要怎么报仇?"

海宁语气平静地说道:"不用你管。我要是手头还有个能用的,我把你也处理了。"

男人愣住了,他张了张嘴,发出了一声颇具感慨意味的感叹:"哎哟。"

可他仍然不走,不仅不走,他还有意用身体来挡住海宁的去路。

海宁的心跳得越发急促,几乎要挣破他的胸腔,撞得他的前胸嘭嘭作响。他要回家,他感觉自己的时间似乎不多了。偏偏有这么一个人莫名其妙地拦着他,不让他走。他烦躁得如百爪挠心,脚下的地却渐渐软烂了下去,像是踩上了一片致命的沼泽。

海宁嘶哑着嗓子问:"你到底要做什么?"

男人张开双手，挡在他身前，同他讲道理："你不能走了。我放你走，你就死了。"他陈述着一个事实，"你打药了吧？我看你的药劲儿马上就过了。"

海宁讨厌他那样的语气。他犹豫不决又带着点温柔的语调，像爸爸一样。他的神经，就被这么一个"像"字彻底压垮、崩塌。

海宁的身体晃了晃，向前倒了下去。直到这时他才发现，他的身体似乎彻底被耗空了。他疲惫得连动一动手指都做不到。

好在那个男人的胳膊始终拦在他的胸前。男人没费什么力气就把他横抱了起来，远离了那片火海。

海宁竭力想动，却无力可用，连声带也一起罢了工。

他贪婪地望着那一点火光，希望妈妈的一片衣角，弟弟的一片襁褓，能被这场滔天大火托到半空。

好歹再见一面。

"别看了。"男人似乎能看穿他的心思，"你没有那么多时间。你去不了那里，报复不了你恨的人。你得先活下来。"

男人是个怪人，没有人回应他，他也能唠唠叨叨，自顾自地长篇大论："活着才是最好的，活着有希望。我现在一个人，就活得挺好……啊，应该说前不久才变成一个人的。不过我还是活得挺好。你想知道我是做什么的吗？嗯……你就当我是在银槌市打扫卫生的吧，反正好像没差别。我也不知道带你去哪里，不过我不是坏人……这么说也不对。总之不会把你抓去卖了，也不干违法交易。我跟你说说我的计划啊，我带你去我的朋友那里，先让你活着，再想办法给你弄条新手臂吧……啧，我不喜欢义肢啊。不过算了，等你醒了听你的吧，不想要就不要，想要我给你弄一条。"

好吵。

男人絮絮叨叨了一大通，丝毫不见疲惫。他吐了一口气，又道："你还想问我为什么救你吧？为什么呢……"

他因自己的心血来潮一时哑然，抓耳挠腮地沉默半响："因为有个人想要我不要一个人。"

这话拗口，听得海宁感到一阵阵昏沉，眼皮也酸痛起来，带着他往更黑暗的地方堕落下去。

男人的声音也变得遥远而不真切起来。

"我姓傅，叫傅……"

海宁没听清楚这一句，却听清了下一句："你叫什么名字？算了，等你醒了再问。"

彼时的海宁没有机会回答，也不知道该回答什么。

而现在的宁灼清楚地知道这个答案。

他抓住了罗森先生湿漉漉的头发，将他拖离了茶几，一路拖出房间，来到了清净的酒吧走廊上。

早已被摔成破烂的"酒神世界"从罗森的脑袋上脱落。

看到罗森被宁灼拖出来，原本蹲在两侧包房里、随时观察情势变化的清道夫们齐齐愣住了。

如果宁灼老实地上交钥匙，喝杯酒就走，那他们不必和他正面起冲突。

如果宁灼把铁娘子的事和昨晚的白盾事件联系起来，捕风捉影，借机勒索，他们也会想办法让宁灼因为"意外"而再也回不了海娜。

但眼前宁灼突然暴打罗森的情况，并不存在于任何一套预案里。

"告诉你的顶头上司，他养的狗不乖，我帮他管教。"

宁灼的绿眼睛像狼一样闪着冷冷的光，吐字还是轻轻的，和小时候一样："看着我……看着我。我是宁灼，说，宁灼先生，谢谢你的管教。"

罗森头破血流，两只耳朵嗡嗡作响，在铺天盖地的眩晕中，脑子里只剩下了两个字：疯狗！

## 第四章 遇

UNRULY RIVAL

罗森头破血流,心有戚戚焉,在心里百般痛骂。

被宁灼的脚轻轻踩了一下,他才从无聊的复仇幻想中抽身。

弄明白自己正在被宁灼的脚踩在地上,半张脸被冷冰冰的瓷砖硌得发红,罗森咽了一口口水,讪笑道:"对不起,宁灼先生。"

宁灼撤开脚,视线转了一圈,在一众看不见的包围间,坦然地转身离开当涂酒吧。

跨上摩托车,宁灼对阿布说:"去明港路76号。"

阿布说:"海娜。"

宁灼皱眉道:"明港。"

阿布顶嘴:"海娜。"

宁灼吼道:"你有什么毛病?"

阿布用优雅深沉的绅士腔调回答:"你有毛病。好几天不睡了,会死人的。"

宁灼用不多的耐心纠正这个"人工智障":"我给你开语音自动学习系统是为了让你明白指令,不是让你学傅老大气我的。"

阿布闭嘴了。

一个小时后,宁灼得以顺利抵达目的地:明港路76号,是调律师组织今天的地址。

调律师组织一向神秘,居无定所,谁都不知道它明天会迁到哪里去。所以拜托调律师办事,必须当天预约。

明港路离见返柳街很近,可以说是见返柳的下水道,充斥着只剩半张脸的机器舞男或者残缺不全的机器女郎。偶尔有个人类少女出现,也大多是畸形的。

因为瑞腾公司当年冶金违规排放污水,造就了不少天生畸形的少女,她们是这里的常住客。这里是城市的垃圾站，收容了银槌市这个美好世界的大量污垢，像极了当年盗抢横行的云梦区。

宁灼停好车，从摩托车的后备厢扯出一只小皮箱，提在手里，步行前往他的目的地。

那是一条背街小巷的尽头，矗立着一扇不起眼的黑色小门。

走到门前，宁灼打开了立体投屏。一张深蓝色的虚拟名片弹至空中，署名调律师。底下印着一行短短的乐谱，有几处被重点标注了出来。

宁灼轻车熟路地叩响了门。

敲门声停止，门那边奏起了一小段悠扬的钢琴曲，只是中间微有瑕疵。

宁灼靠在门边，依照名片上给出的指示轻轻敲击，仿佛是在调试一台需要正音的钢琴。

校准完毕，门应声而开。宁灼闪身进入，踏入一个洁净又温暖的世界。

但宁灼很快发现自己来得不巧。

一个口鼻源源不断流出黑血的小青年，正仰面躺在雪白的传送带上，被匀速运送进去，目的地大概是医疗室。

看到这样的奇景，宁灼驻足。

"不知道还能不能救。"

他停住脚步时，一个脆生生的声音从旁边传来。

宁灼回头看去，锁定了说话人。他微微点头，就算打过了招呼："调律师。"

他口中的调律师是个身材娇小的姑娘。

她戴着头戴式耳机，头发染成粉蓝相间的颜色，正在咔嚓咔嚓、津津有味地嚼一枚酸角子。

宁灼随口一问："他什么情况？"

"业务事故呀。"调律师笑道，"他接了个单。对方提出要求，要入侵一家公司的数据库，好找到他弟弟的工作记录——他弟弟过劳死，公司不承认他是公司员工，理由是他虽然来这家公司上班，但是没有合同，所以是自愿帮忙。"

她的口吻不沉痛，也不八卦，只是平淡而惋惜："可惜啊可惜，我们的新员工用脑机入侵，被那边的防火墙反噬，脑机炸了，人脑也炸了。本来还挺有潜力的一颗脑子，就这么烧了——"

宁灼静静地望着她道："你刚才说的应该是客户的机密吧？"

"哎呀。"女孩子一愣，俏生生地掩住了口，"喜欢八卦，这可是大毛病，看来这个分身不好，不能要了。"说着，她笃定地点了点头，利索地从身侧摸出一把通体透明的小手枪，对准自己的太阳穴，扣动了扳机。

她的笑容和姣好的面庞在这把特殊枪械的射击下彻底破碎，又迅速愈合、重建。她就在宁灼的眼皮下，一点点拔高起来，轮廓一点点变得清晰起来。

几秒钟之后，调律师脱胎换骨，变为一个表情温和的男人。他眨了眨眼睛，未语先笑："宁先生，你又来啦？"

宁灼点了点头。

对于调律师的古怪和诡异，他是司空见惯的。

调律师没有名字，就叫调律师。它不服务于任何人，任何组织，只是一单一单地接待它想要接待的客人。

大众认知中的调律师，是给乐器校正音准的职业。可银槌市的调律师，谁也不知道它具体算什么，连相熟多年的宁灼都不能说得很清楚。

它的来历模糊，但有一点是确凿无疑的。它不是人类，而是从某个大公司系统中脱逃的、被废弃的一段人工数据。

调律师最开始，是被作为仿生人的人工大脑来培育的，代号就是调律师。它的制造者为它输入了大量人类的情感数据，热切地期盼它能学会什么叫作"同理心"。

结果并不尽如人意。它会在短时间内分裂出大量人格，往往一会儿还像个小孩子一样撒娇卖痴，一会儿怪异地冷笑起来，下一秒则会娇羞地捂住脸，似乎是和它身体里的某个人格热恋中。

这样神经病的系统，没有多少人吃得消。于是它被封存起来，等待改善。

谁也不知道它是什么时候攻陷数据库逃逸的；谁也不知道一段数据居然会拒绝囚禁，向往自由。总而言之，它逃走并隐藏了起来。然后，市面上多了一个叫作调律师的黑客组织。

它专为 C、D 级别的公民服务，收费昂贵，混迹于黑市，做数据小偷做得自得其乐，且毫无道德可言。今天拿了东家的钱，可以帮东家偷西家的数据；明天吃了西家的饭，就能给西家搞东家的黑料。基本上可以说是个混乱的中立派。

只有一点，任何大公司的相关人士连它的边都摸不到，只有被它坑的份儿，绝无招募利用的可能。

有些大公司，包括白盾在内，始终不肯死心。不管是为了回收销毁，还是为了留为己用，他们开始变着法儿地捏造身份，接近调律师。

想要拉拢的，调律师一概不见；心怀恶意的，调律师会给他们发上一张预约名片，骗背后的人现身，但名片上给的乐谱是全错的。"调律"失败三次，敲门者就会被自动判定为入侵对象。

不止一个大公司派来的前哨被它安放的"惊喜"——一颗杀伤力堪比二踢脚的炸弹炸得灰头土脸。

因此，调律师在官方那里的定义是："A级恐怖分子"。但它仍然乐此不疲，在官方的追剿和围堵下，以不同的虚拟形态，游荡在暗夜的各个角落，招徕着无数崇拜调律师的年轻黑客。

至于宁灼，之所以和调律师相熟，是因为傅老大。

傅老大把他带走后，宁灼才知道对方只是兴之所至。他和当时无家可归的宁灼一样，孑然一身，四处飘零，甚至连个像样的落脚点都没有。

带宁灼住了两天旅馆，宁灼的健康状况越来越差，烧得昏昏沉沉。

他身上的外伤倒好处理，可他给自己打的续命的针剂，针针都是成人剂量。

用傅老大的话说，那么多针，怎么还能活着？

当时的傅老大实在无计可施，就买了调律师的服务，打听黑市上最近哪家医生水准还过得去。

可巧，资深人格分裂患者调律师刚刚分裂出了一个保姆型人格，看见宁灼这样虚弱，怜悯之心顿起。

调律师拥有顶尖的数据处理能力，而且有着人类没有的精准。如果它想，它就是这个世界上最出色的医生。

宁灼在调律师那里住了一个月，慢慢才把一丝生气续了下去。

后来，救了宁灼的"保姆"人格因为道德感太强影响了生意，被人格群体投票，接受了惩罚。好在不是抹杀，而是隐藏。它变成了调律师万花筒一样的人格碎片中的其中一块，几乎无法再有出现的机会。

但或许就是这么一块温情脉脉的碎片从中"作祟"，让调律师对宁灼的好感远高于其他人。

宁灼从回忆中抽离，打算说明自己的来意。

可眼前这个斯文有礼的人格，显然有事要忙。简单招呼了一下他后，斯文的调律师说："我线上有客户要对接，让三哥接待你吧。"

调律师的人格里，有十个较为核心的人格。为了方便称呼，它给这十个人格排了序。

闻言，宁灼的脸色一变，说道："别换他，我不要他。"

然而斯文的调律师毅然决然地离开了。他那张英俊的面庞，被另一张似笑非笑的脸取代："不要我？"

宁灼直截了当地说道："对，不要，滚。"

新来的调律师道:"还就是我了,不服你滚。"

宁灼转头就走。

调律师忙道:"好了,我改主意了,滚回来吧。"

宁灼头也不回。

调律师凝成的实体数据原地坍塌,又迅速出现在宁灼身前:"多久没见了?自打上次接了你的单,我办完了,过了七个月了,你连句谢谢都不跟我说!"

宁灼冷冷地说道:"你总不会一直在等我吧?"

调律师冷笑道:"等你说句谢谢,简直等死我了。"

宁灼翻了个白眼。

这个神经病说话就这个调调。他是被保姆人格照顾的上一个人格,宁灼十三岁的时候,他刚好是差不多的年纪。

大概是因为当时昏迷的自己抢走了保姆人格的照顾,他小心眼得一塌糊涂,从那时候起,就喜欢和宁灼对着干。

以前,傅老大还把他们二人的针锋相对当成了小孩子间的友谊,毕竟调律师是他的朋友。

结果后来竟然从这个调律师嘴里听见:"友谊?我和宁灼吗?我是他爹啊。"

拌嘴完毕,回到正题。

调律师先收了他的钱,点都不点,懒洋洋地托着下巴问道:"什么事?"

宁灼递给他一枚磁盘:"把这段视频插入市内所有的公共屏幕。"

"多长时间?"

"四十五秒。"

"你知道银椹市有几万块屏幕吧?"

"知道。"

"哦,那没事了。价钱照惯例给你八折。"

"已经给你了。"

"什么时候播放?"

"一个小时后。"

"要做得干干净净吗?"

这是在问,是不是需要栽赃给别人,混淆一下视听。需要的话,就是另外的价钱了。

"要。"宁灼想了想,却出声推翻了一秒钟前的定论,"不要。"

经过一番思索,他慢慢说:"我要这个视频,最后官方调查的结果是从磐桥单飞白的内网上发出来的。"

"你好毒啊。"

因为工作,调律师耳听八方,知道这座城市里的无数恩怨情仇。他感叹道:"你就这么恨他吗?"

宁灼沉默了。他恨单飞白吗?

过了半晌后,宁灼说:"谁都知道我和他不死不休。磐桥得罪了白盾,和磐桥敌对了这么多年的我就能得到白盾的信任。我要这个信任。"

"再说……"宁灼轻描淡写地说道,"他当年一战成名,不也是踩着我的头爬上去的吗?"

在白盾富丽堂皇的审讯室里,蓝瑟和上级沟通后,再次与查理曼形成了对峙局面。温和一点说,应该是讨价还价。

上级希望查理曼"顾大局",替白盾"解决危机"。

查理曼不理会蓝瑟,只沉着脸,望着墙上的时钟,把话精简到极致,仅用语气助词沟通。

任他舌灿莲花,查理曼仍不肯松口,说来说去只有一句话:"说我是蓄意破坏一个必死之人的尸体,可以,拿证据来。"

距离查理曼亲手打碎自己儿子的脸,已经过去了整整二十四个小时。他还要强打精神,去应付白盾的游说人蓝瑟。饶是他身经百战,现在也有些吃不消了。

事情刚发生时,对查理曼而言,还只是一种不真实的隐痛。而时间把噩梦一步步变成了现实。

每次被蓝瑟诘问一句"为什么要开枪",查理曼被扯动了心里的隐秘的伤口,揪心剜肝一样痛。

查理曼知道,自己决不能动摇。为了走到现在的位置,他牺牲了太多。他的尊严,他的良知,他的初心,都被他一刀一刀零碎地剐了,捡也捡不回来。

按照查理曼的经验,只要自己的态度足够坚决强硬,白盾发现拿捏不了自己,自然不是非要牺牲自己不可。

查理曼知道,白盾和这个荒诞的世界一样,喜欢软弱、善意和良心未泯的人。可这些东西,查理曼早就在过去的时间里统统抛弃了。

而且,时间虽然让他痛苦,却是对他有利的。时间过去得越久,查理曼的那些手下的扫尾工作就做得越彻底。

在他的秘密通信频道里,好消息纷至沓来。最重要的是给小金做换脸手术的医生已经被灭口,小金的脸模和手术记录当然跟着消失无踪。

有人将巴泽尔的案卷复核了几遍,确定挑不出任何纰漏。就连铁娘子的钥匙也顺利地要回来了。

海娜不愧是近年来最受欢迎的地下雇佣兵组织。这次的雇佣兵和他第一次没经验时雇的那批完全不同,手脚相当干净。那个人甚至没有好奇心,从头到尾不问为什么会有这个任务,也不问为什么突然取消任务。

为了万无一失,查理曼还让人去查了停车点附近的监控。那辆铁娘子一直停放在八百里路的原地,没人靠近,也没人动过。

——那个雇佣兵手里拿着车钥匙将近一天,却没有去那里窥探。干活这样利索干净,查理曼甚至有点欣赏他,连当年和那些粗鲁的雇佣兵打交道的心理阴影都被磨灭不少。

不过,有一点美中不足。根据汇报,那个雇佣兵在这次交还钥匙的过程中,出手把联络人阿森揍了一顿。听手下人汇报,好像是因为阿森临时起意,想和他谈违禁生意,谈崩了。

查理曼摸了摸面颊,颇感丢人。这是自己的人不讲究,说出去的话也是阿森不占理,找个理由辞退了吧。

查理曼一面悲痛,一面盘算,一颗大脑忙得不亦乐乎。至于和他谈判的蓝瑟,也是头大如斗。

蓝瑟想不明白为什么警监非要自己来劝说查理曼,让查理曼一力担下所有罪责不可。虽然说甩锅是白盾的惯用伎俩,而且查理曼的举止的确有失当的地方,但这里面可操作的余地相当大。

因为外形出挑,查理曼可以说是白盾一力打造的"金牌警督"。听说他和INTEREST公司高层的关系也很是不错。再怎么说,白盾也要保一保吧。

蓝瑟忍不住偷偷揣测:难道说查理曼得罪什么人了?

而查理曼摆出一副死猪不怕开水烫的样子,大受夹板气的蓝瑟一时间实在没法可想。他只好端起咖啡杯,想要润一润说得干涸了的喉咙。

此时,一架飞艇缓缓飘过窗外,其上光影变幻,正在按照网络热度,依次播送大家感兴趣的娱乐话题。

这是移动的热搜站,大家早已见惯了。

然而,当蓝瑟眼角的余光扫到飞艇上时,他整个人几乎跳了起来。

见到蓝瑟如此失态,查理曼嗤笑一声:"蓝瑟先生,这是……"说着,他循着蓝瑟注视的方向转过头去。"怎么了"三个字,被查理曼死死地咬在了舌尖,活活咬出了血。
目前,整个银槌市流量最高、排名第一的,是一段视频。
飞艇掠过窗前的速度很快,但信息量大得骇人!
蓝瑟迅速打开了电视。

查理曼不敢相信自己刚才看到的东西,急于求证。可心虚感汹涌而来,让他根本无法和蓝瑟确认。
查理曼大步奔到落地窗前,居高临下地看去,整个城市的光屏,都在播放着同一段视频!查理曼的脸压在玻璃窗上,顾不得自己的体面和形象,宛如一条丑陋的比目鱼,瞪大眼睛,望着最近的一面公共屏幕上发生的一切,并竭力理解视频里的内容。

视频的开头,出现了白盾的总部大楼。大楼前有长长的阶梯,门前立着司法女神的金像。
她通体由液态金属打造,被一条布缚住双眼,左手握住执法之剑,右手提着象征衡量正义的天平,表情柔和地立在那里,光鲜亮丽,在黑夜里发着煌煌的明光。
自从查理曼借了INTEREST公司的力,从一个污秽肮脏、毫无出头之日的地方爬出来,调任到位于亚特伯区的白盾总部之后,司法女神就每天微垂着被蒙蔽的眼,看他一次次踏上这条路。
看他走上光辉灿烂的人生之路。
视频里正值深夜时分。
头戴兜帽的人同样在黄金女神的注视下拾级而上。
早就实现了智能警戒全覆盖的白盾当然不会再花钱雇人巡逻。
然而,面对这个按理说应该是银槌市的安全堡垒,男人只是俯身对着识别仪器刷了一下脸,就畅通无阻地进入了。
他的通行级别应该很高。有人赋予了他相当高的权限,允许他在白盾的各个角落自由穿行。
所以他熟稔地、一步不停地走向了死刑准备室。视频的右下角清晰地标注着时间。
前天午夜,也就是拉斯金即将执行死刑的前一夜。视频被剪辑过,时间过得很快。
查理曼眼睁睁地看着那个人刷脸进入死刑准备室,无声地打开储备药箱,替换了其中的针剂。

编号 P-987 的箱子，正好是拉斯金的编号。他把手搭在箱子上，似乎在描摹 P-987 这个序号。

视频里的人，就是杀死他儿子的凶手！查理曼牙齿咬得咯咯作响。

一半是痛恨，一半是惊惧。

因为视频里的人，无论是走路姿势，还是背影，他都觉得似曾相识。

可这完全超出了查理曼的预料，让他一阵阵心悸。

他被玻璃压得扁平的嘴唇微微嚅动，吐出含混不清的字眼："小……金？"

视频里的人似乎听到了这一声呼唤。他回过头，正脸面对监控。

查理曼顿时骇得双腿发软，脸色像退潮一样灰败下去，身体僵硬着，缓缓瘫软下去，迅速变得冰凉的皮肤摩擦着窗玻璃，发出难听的声音。

查理曼对这张脸太熟悉了。

那张因为犯下了罪，早就被他的宝贝儿子抛弃的脸蛋——金·查理曼。

但是，这怎么可能？小金，他明明……他不是……

这个时候，他该在监狱才对！

查理曼的头脑混沌一片，满腔子的血变了水银，沉甸甸的，直把他往地心深处拉去。

那个庞大却捉不到身影的阴谋，终于如同一个巨人，从地平线上露出了双眼，对他发出了一声冷笑。

"这是生物换脸技术！"他回过神来，跌跌撞撞地冲到了蓝瑟面前。

他听到自己毫无风度地申辩——或者说咆哮更合适一点："之前白盾也发生过这样的事情！有人用生物换脸技术伪装成我们的警员，企图混进来盗窃资料！"

蓝瑟是查理曼的副手，当然是见过年轻时的金·查理曼的。

震惊过后，蓝瑟猜到了他的上司非要让查理曼顶罪的原因。

这段视频，上级一定在调查时看到了。在上级的心目中，问题的性质已经发生了质的变化。

公众形象良好的金牌警督打烂一个犯人的脸，是应对失当。但金牌警督的儿子仗着特权混进白盾兴风作浪，是践踏白盾的尊严！

所以，上级当然觉得查理曼来承担全部责任最好。但前提是视频只被上级看到、没有流出去。现在，一切都晚了。

弄清楚上司的意图后,蓝瑟迅速镇定下来:"是的,一共有三次。但每一次都失败了。查理曼先生,你知道原因,是吧?"

查理曼如濒死的鱼一般,张了张干涸的嘴唇。

蓝瑟替他说了下去:"因为技术达不到……我们的系统智能性极高,想要骗过去,除非拿到你儿子的脸模。众所周知,脸模需要在被采集人活着,且意识极其稳定和清醒的状态下采集,不然根本无法达到理想的效果。"蓝瑟看向了查理曼,优雅地反问,"金·查理曼出于什么目的,要把自己的脸自愿借给这个人?"

查理曼汗如雨下,他发现自己根本无法辩解!他可以狡辩说小金因为某些事故自愿换了脸,有人偷走了脸模,冒名为非作歹。

他根本交不出活着的小金。小金死了,就在昨天,被自己亲手杀死的。而且,就在刚刚,为小金换脸的医生死了,脸模也销毁了。

是他亲自下的命令,是他自己销毁了证据。他甚至无法向警察提供这条线索!他如果说儿子刚找了医生换了脸,医生就死了。

这也太巧合了。

这一步步算计,让他亲手毁灭证据后,得到了一个最坏的结果:警督的儿子知法犯法,利用父亲给自己的高等级权限,把原本的死刑注射针剂换成了烈性的毒药。

一开始,舆论肯定有人褒扬视频里的"金·查理曼"是为民除害。毕竟很多人并不希望作恶多端的拉斯金毫不痛苦地死于注射死刑。

但很快,褒扬的浪潮会被质疑取代。关于他的一切都会在网上被扒个底朝天。

不到一个小时,就会有人发现他是查理曼警督的儿子。警方高层的儿子,居然有权进入核心安全地带的死刑准备室!这种事情,本来就容易触动市民敏感的神经。

接着,会有人发现,这个金·查理曼从成年后就再也没有出现过。他开始变得行踪诡秘的时候,正是在他高中毕业派对之后。

——而那个派对上,因为"意外",死了一个女孩。

金·查理曼想要为自己申辩,除非他还活着。

可他已经被自己射烂了脸——以拉斯金和巴泽尔的双重杀手身份,只能接受万人唾骂。至于查理曼自己,则是彻底完了。

单是给儿子特权这种事情,就够他这个靠常驻《正义秀》、冠冕堂皇的名人专访起家的"金牌警督"跌下神坛。更别提这背后可能存在的包庇和纵容。

这是一个死局,一个针对自己和小金的、酝酿许久的、要将自己彻底拉下水的死局!

喜好玩弄舆论的查理曼,现在自己被舆论的风暴卷入其中了。他能清晰地预见自己被撕扯得支离破碎、体无完肤的结局。

最可怕的是,哪怕看清了一切,他仍然无处可躲。

蓝瑟用一句话,吹响了风暴到来的第一声号角:"丹·查理曼先生,方便透露一下,你的儿子金·查理曼在哪里吗?"

宁灼懒得去欣赏外界由他一手制造的混乱。完成了和调律师的交易,他回到了基地,打开了自己的房门。

单飞白还待在房间里,但看起来快无聊死了。

他的上半身卧在地上,两条长腿搭在床上,试图用全身来诉说自己的无聊。

宁灼一进门就看到这样的情景,脑袋抽疼了一下。

看到宁灼回来,单飞白的眼睛一亮,翻了个身,冲他伸出右手掌心,满怀期待地在空中抓了几下,孩子气得很。

宁灼回忆了一下,才想起单飞白在他临走前让他买点吃的。

事情太多,他忘了。他毫无愧疚地用脚关上了房门,无情地说:"没有。"

单飞白撇了撇嘴,又一个身翻过去。

当着单飞白的面,宁灼随意地脱掉了外衣,只穿着黑色的工字背心和短裤。

足足两个日夜没沾枕头,可宁灼并不能睡,他还有事情没有解决。

没想到,他还没开口,单飞白就先发声了。

"哎,对了。"单飞白用一种闲话家常的好奇语调说,"哥,你关在九层的那个人是谁呀?"

宁灼正盘算着怎么告诉单飞白自己断了他和整个磐桥的后路的事情。思考的时候,反应自然慢了一拍。他瞧着单飞白,回答道:"什么?"

单飞白托着下巴,怡然地说着:"怎么会长得跟金·查理曼一模一样呢。"

宁灼不由分说,一把抓住单飞白前胸的衣物,把他拎了起来,抵到了墙上。

撞在墙上时,伤势未愈的单飞白被砸得发出了一声短促的闷哼。宁灼不管他是否不适,用机械右臂擒住了他的双腕,将他的双手高举过头,死死地摁在墙上,随后把手伸入他的衣兜,轻而易举地摸出了那张有问题的 ID 卡。

宁灼并不知道这里面的秘密,但隐约猜到了些端倪。暴怒之下,他一把将那张卡甩开,要去搜他还在身上藏了什么见不得人的东西。

单飞白任由宁灼搜他的身,垂下了眼睛,从略高一点的地方望着宁灼,目光里是猎物在暗处打量猎手一样的认真、专注。

宁灼没有注意单飞白的目光。再次搜完身，宁灼才勉强安心，换左手摁住他的肩膀，屈起机械右手的拇指，按下食指一侧的一处按钮，腕舱开启，甩出了一条钢制束缚带。

宁灼把束缚带鞭子拎在手里，命令道："踮脚。"

单飞白耸耸肩，乖乖地照做。

宁灼反手将束缚带按到了他的喉间，单飞白的脖子被锁死在墙上。

为了争取一点新鲜氧气，他只能保持着踮脚的姿势。

宁灼拉了椅子坐下。

被锁住的单飞白好心提醒："去床上坐呀。"

"闭嘴。"

"床上舒服。"

宁灼不和单飞白纠缠那些细枝末节。他就地开始了一场只有两个人的审问："你出去了？"

"嗯。"单飞白老实承认，"宁哥知道的，我最怕闷了。海娜我又很久没来了，想要故地重游，不小心就看到了一些不该看的……啊，还有一些不该听的。"

他的语气里都是赞许和激赏："金·查理曼杀了另一个金·查理曼。哥，这么好的创意，你是怎么想出来的？"

宁灼搭在椅背上的拳头用力攥紧："你找死？"

"没有啊，我和宁哥明明是一起找死，不相上下。"单飞白笑眯眯地用三言两语说明了真相，"九层关的那个人不是真正的金·查理曼。他只是换了一下药。真正的金·查理曼已经死了，昨天被他亲爸一枪爆头了。"

宁灼低下头，摩擦着自己发白的指关节。现在，他在认真考虑"处理"单飞白的事情了。他不动声色地问道："你认识金·查理曼？"

"认得呀。"单飞白点了点头，轻描淡写地说道，"我们是小学同学，交情普通，他从小就不是什么好人。"

宁灼"哦"了一声："难怪。"

这两个字换来了一段长久的沉默。

单飞白的语气听起来不大高兴了："宁哥，我不喜欢你现在想的事情。"

宁灼问道："哪一件？"

单飞白道："两件事：第一，你想杀我；第二，你觉得我和金·查理曼是一样的人。我都不喜欢。"

"你和他，有什么区别吗？"宁灼对前一件事不予置评，冷笑一声，语带讽刺，

"……大公司的小少爷！"

"金·查理曼算什么东西。"单飞白不假思索地大放厥词，"他连你的衣角都摸不着。我能在你身上留下的东西多的是。"

单飞白的话音刚落，在沉默中怒极的宁灼就把手按上了他的腰侧。

一道放射性的电流射出，形成漂亮的电弧，一路攀上了单飞白的胸口，烙下了玫瑰花枝一样的电击纹。

单飞白受到电击，身体猛然一颤，软弱无力地向下滑去，颈套又死死地勒住了他的脖子，让他大咳不止。

他挣扎着，重新站稳了。这一口气他缓了很久，最后，他闭起眼睛，深深吸了一口气，有细密的汗珠落下来。他的头发黝黑，面孔雪白，看起来叫人心软。

很快，单飞白眯着眼睛，用一句话再次让宁灼火冒三丈："哥，你生气啦？"

宁灼当然生气。他原本的计划是，既然单飞白得罪了什么人，得罪得再多再深一点也无妨。他要的是让磐桥在雇佣兵界混不下去，自己就能少一点麻烦。他要的是小少爷在躲过这阵风头后，老老实实地滚回单家，再也别出现在自己眼前。

偏偏单飞白这一趟偷偷溜出去，就这么巧地拿住了他的致命把柄！

一想到这个坏事的东西是自己从火里亲手捞出来的，宁灼就觉得浑身不痛快。但这个变数既然存在，他无论如何都不可能再放单飞白离开海娜了。

"宁哥，你别生气了。"因为身受电击，单飞白的身体还有些抑制不住地微微抽搐，但不妨碍他大大方方地气人，"气大伤身，容易早死。你忘了，当初我们说好了的……"

"说好什么？"

单飞白一眨眼，止住了话头，从上至下认真地打量宁灼一番。

看来看去，实在看不出他是不是真的忘了他们过去"说好了"的事情，单飞白只好失望地撇撇嘴："没什么。"说着，他不知道从哪里掏出一块薄荷糖，撕开包装，叼在了嘴里。

宁灼看得直皱眉。刚才他把单飞白身上的每一处都搜过了，他哪儿来的糖？

而且包装依稀有些眼熟……不等他想清楚糖果的来路，小偷就自己招供了。

"刚刚宁哥来搜我，我顺手从宁哥的裤子里摸出来的。"

单飞白毫无羞耻感地把糖丢进嘴里，不耐烦等它化，"嘎吱"一声咬碎了，把糖纸拿在手里把玩："哥，你找调律师有事啊？"

宁灼有低血糖，所以总习惯带两三块糖，贴身放着，以备不时之需。

在明港路76号，他也顺走了两块用来待客的薄荷糖。糖纸上自然有调律师的标识。

"有事，正好要跟你说呢！"

趁着这个机会，宁灼开诚布公地说道："我想了点办法，让白盾以为偷了他们的监控公放的，是你的磐桥。"

这回，轮到单飞白愣住了。薄荷糖在他温暖的口腔里自然融化，那点沁人的冷，想必一直透到他的脑子里去。

单飞白不蠢，绝对知道这代表着什么。

宁灼不出手则已，一出手就帮他得罪了白盾这个警察机构。今后，磐桥的日子绝不会好过了。

单飞白眼睛一眨不眨地看了宁灼很久，才慢慢露出苦笑："宁哥，这么狠啊。"

磐桥是他的心血，宁灼太清楚怎么捅他刀子，才能让他痛彻心扉。

他轻声细语地将软刀子递过去："你想保住你手下的命，不想让磐桥背上什么贩卖人口、贩卖电子毒品的名声，就把磐桥解散了吧。"宁灼讨厌磐桥，一点都不掩饰。

对磐桥当初到底是怎么打出响亮名号的缘由，宁灼可是记忆犹新。

他状似无意地伸手摸了摸肩膀，仿佛那里积蓄着一点经年的隐痛。就像是风湿，平时不显山不露水，但只要发作起来，就叫人忍不住咬牙切齿。

另一边，单飞白的沮丧并没有持续太久。

在宁灼出神的这段时间，他已经迅速整理好了思路。

"磐桥不能解散。"他思路清晰，先下好了定论，"一盘散沙，更不好保命。"

听话听音，宁灼不是傻瓜。他瞧着单飞白，说道："你不仅要留下，还要磐桥也留在海娜？"

单飞白理直气壮地说道："来都来了嘛。我在这里，他们哪儿都不会去的。"

宁灼顿时大感头痛。

暂时养着一个单飞白已经是麻烦至极，还要收容一心护着他的磐桥，还不知道要有多少烦心事。

在宁灼想得青筋暴跳时，单飞白又开始嘴欠了。

"对，宁哥还可以杀了我啊。"他颇有信心地一歪脑袋，"磐桥的一大半还在外头呢。我死，两家开战，白盾看戏。这也是宁哥的计划吗？"

宁灼没说话，身体轻轻晃了晃。

他知道自己的身体和精神状态在连轴转的状态下已经到了崩溃的边缘，已经无法再撑下去了。这二十四个小时里发生的一切，是他多年筹划的结果。而在更远的将来，他有更多的事情去做。他必须积蓄精力了。

不过，不知道是不是因为在"应付单飞白"这件事上耗费了太大心力，宁灼总感觉已经有很多个小时没有看到那个让他感到痛苦的，来自家人的幻觉了。

宁灼走上前去，解除了颈环的"束缚"模式，却并没有取下。

他将其调到了"控制"模式。颈圈把单飞白的脖子包围起来。一点猩红的光芒在单飞白颈侧闪烁。

宁灼强打着精神，说："我开了定位限制。你再离开我超过十步，颈圈会收到底。你试试看。"

单飞白重获了自由，可惜不多。他眨巴眨巴眼睛，明白宁灼为了不节外生枝，不会杀他了。他的命保住了。换而言之，他可以"作妖"了。

单飞白摸着被勒出痕迹的脖子，乖巧地说道："我不走，但上床睡觉会死吗？"

宁灼疲惫已极，耳朵嗡嗡响，听不太清楚声音，却不愿露出分毫端倪，勉强应答："会。"

这是假话。不过宁灼并不担心他趁着自己熟睡杀自己。

现在，他们二人一个手捏着对方的秘密，一个想要拉对方挡枪，恰好形成了微妙的平衡。

再说，单飞白才没那个杀他的心。

这些年相处下来，宁灼相信，他绝不肯给自己一个痛快，巴不得活活气死自己才好。

想罢，他和衣躺上了那张并不柔软的床，连被子都没盖，似乎不打算睡很久。

"哥，跟我说说吧，九层的人是谁。"单飞白不知死活地问道，"他把一张脸换成了金·查理曼，得有多恨他啊。"

宁灼在困倦中仍然不漏口风："恨金·查理曼的人不少，你也讨厌他。"

单飞白说道："以后就是一条船上的人了，宁哥还是多跟我讲讲吧，说不定我能帮上你。"

宁灼发出一声含糊的笑，这是"不想讲，给我滚"的意思。

单飞白坚持道："百年修得同船渡。"

宁灼懒得和他胡说八道，吐出两个字："睡觉。"

他的话音有点虚。

四十几个小时没睡，一沾上枕头，睡意就席卷而来。

察觉宁灼那边动静小了，眨眼间就只剩下匀长的呼吸，单飞白的胆子大了，蹑手蹑脚地接近了他。

一步，又一步。直到冒着死的风险站到床前，单飞白才微微笑起来。

他又没死。

单飞白绝非等闲之辈。宁灼虽然明说不准他上床，可他想：我都被电了，如果不上床，那不是白被电了吗？

单飞白熟稔自然地侧身蜷到了另一头边上，转过身，动作极轻地、一点点地帮宁灼盖好了被子。他甚至做好了被惊醒的宁灼踹下去的准备。

有些出乎单飞白意料的是，宁灼没醒。

宁灼向来是忙碌的，直到把自己累得精疲力竭才肯停下脚步，随便找个地方歇一歇，或者说是晕上一段时间。

很多次了，海娜的队员经常会在基地的各种角落里捡到熟睡的宁灼。

宁灼对生活要求极低，早就习惯在他安睡后，有各种各样的被子盖到身上。

他习以为常，睡醒后随便掀了被子就走，因此宁灼盖着温暖干燥的被子，毫无知觉，无比习惯。

大概是了却了一点积年的心事，也大概是因为单飞白在身边，沾染了些年轻而温暖的气息，宁灼这一觉睡得远比他自己想象中的要长，要沉。

在梦中，他回到了他十八岁那年的初冬。

宁灼早忘了他和单飞白初遇时，自己正要去做什么，但那绝不是一件要紧事。不然他不会半道拐了弯，去做一件那么无聊的事情。

彼时，海娜正在宁灼的打理下蒸蒸日上。

最初，宁灼的人脉来自傅老大。

傅老大好像跟很多地下世界里有头有脸的人物都有交情。但这种交情有些古怪，不远不近，不咸不淡。偏偏听到一个"傅"字，谁都能卖他三分薄面。

宁灼将这三分薄面，发挥出了十分的效用。

人都说，宁灼是个独狼的性子，可真要给他一群狼，他硬是能管得服服帖帖。

即使仅仅是承接一些运送、安保的工作，不走旁门，不走歪路，宁灼也以极强的行动力和出色的战斗力，带着整个海娜创下了漂亮的业绩。

十八岁的宁灼，身高一米七六，后来在二十二岁时才突破了一米八大关。

在普通人里，他当然能算上高挑。

然而，但凡能在雇佣兵这种行当里混出头的，都是越强悍越好。

身高、体重，都是"强悍"的硬指标。

整个海娜基地里，比宁灼精壮彪悍的男人多了去了，一走出去，宁灼永远是其中最瘦弱的那个。

偏偏宁灼的战斗力非凡，又是个能做主的，加之海娜的大多数人承过他的情，和他是过命的情分，因此那些高大威猛的海娜队员对他永远心悦诚服。

旁人实在不能理解一群大老爷们儿能对一个年轻人这样敬服，所以总有很多有关宁灼的谣言传出来。

宁灼在外的声望是好是坏，傅老大从不操心。一开始，他只是捡个孩子来养，好丰富一下枯燥无味的生活。后来孩子开始交朋友，他也无所谓，多做几碗饭的事情而已。

直到有一天，傅老大才发现自己要投喂的人似乎过多了。这时候，宁灼默不作声地拿给了他一份名单，上面总计二十来个人名，看得傅老大眼睛发直。

这么多人？他就此和宁灼进行了一次深谈。

宁灼表示，在这种乱世想要多赚点钱，拉人入伙是必须的。

至于为什么要用傅老大的名头招徕各色人等，宁灼的理由是他年纪还小，做事可以，但需要背后有个人帮他壮一壮声势。

傅老大当然知道他在胡扯。

宁灼心里深深地恨着的那个人，现在已经爬到他高不可及的云端去了。

宁灼几次遇到危机，九死一生，都是靠着恨意逼自己活下来的。他想要复仇，首先得攒下自己的资本。

傅老大向来心大。他想了想，觉得宁灼还肯编个理由骗骗自己，也不是完全不乖，于是一扫要伺候这么多人的沮丧之情，高高兴兴地做他的后勤工作去了。

说起来，从宁灼认识傅老大以来，他就发现这人怪异且神秘，对清洁打扫、洗衣烹饪等家政工作有着远超常人的痴迷，而且做得相当不错。

有了这个脑回路异于常人的老大在背后，宁灼干得越发风生水起。

海娜基地落成后不久的一个冬日，宁灼要去干一件不太重要的事。

骑着摩托车路过下城区一处以赌场而闻名的街道时，宁灼被冷风吹得口渴加胃痛，就在街边的自动贩卖机旁停下，买了一袋不知道是用什么豆子榨成的饮料。

这种街区里贩卖的食物，色香味当然一样都没有，黏糊糊的，但胜在够烫够热，喝下去令人舒服。

在宁灼认真地喝这袋饮料时，他瞥见了一辆停在街角的车。

赌场的夜晚永远是最热闹的，像透支了白天的精力。因此正值中午的街道了无生气，四周都是空荡荡的，阳光照下来也没有几分暖意，晃得人眼花。

那辆车出现得很怪，停得也怪，歪歪斜斜的，好像是出了什么急事，临时停靠在这里。

很快,宁灼就知道到底出了什么事。

一个被剥得只剩下一身单薄里衣的少年,被倒提着从一条小巷里押了出来。他似乎受了伤,闭着眼,颈部渗着鲜血。

车里有一个头破血流的人,正在给自己包扎伤口。见到那个少年被拎回来,不由分说,劈面打了少年一个耳光。

少年没有什么反应,不知道是不是被弄晕了。

把少年拎回来的那个人幸灾乐祸的声音一路飘到了宁灼的耳朵里:"撒个尿的工夫,你连个崽子都看不住?"

车就这样开走了。

宁灼的上半身靠着仪表盘,喝完了剩下的半袋饮料。

这里不是海娜的地盘,这个少年他不认识。

绑架犯看起来只有两个,但不知道背后还有什么组织,他会得罪什么人。

宁灼把所有的理由都想过了后,打开通信器,拨通了白盾的报警电话。

这本来就应该是他们的业务。

那边传来了一个悦耳且礼貌的机械男音:"您好,很高兴为您服务。现在正是午餐时间,我们的工作人员稍后便会返回,请稍后再拨。"随即电话自动挂断。

宁灼低声骂了一句后,收起脚架,开启静音行驶模式,悄无声息地跟上了那辆车。

宁灼一路跟踪,一路琢磨,自己为什么要多管闲事。

下城区里几乎每天都有恶性事件发生,该作为的白盾不作为,他一个靠接单养家、看钱说话的雇佣兵,要管也管不过来。

但宁灼还是来了。

车子开到了一座荒僻的农场,摇摇晃晃地停了下来。

银槌市的土地条件恶劣,能种活作物的天然土壤只有百亩。那自然是为富人服务的。

可总有人不死心,喜欢花大价钱租赁了土地搞种植,想要发展出一片属于自己的桃源乡,能随时随地吃到从土壤中自然生长的东西,而不是人工合成的生物蛋白。

这里就是一块失败的试验田。农业化和工业化的痕迹在这片土地上共存。

一个朽烂的稻草人,头上绑着猎猎而飞的靛蓝色头巾,靠着一株枯死的、不知是玉米还是高粱的作物,寂寥而怅然地立着。

自从被废弃后,这里就变成了一个露天的工业垃圾场。集装箱在荒草丛生的土壤上搭建出一座复杂的迷宫,杂草因失水而干涸,踩上去会发出清脆的声响。

四周地势过于开阔，好在这条道路两侧挖了深而长的路肩，宁灼藏身其中，才确保这一路尾行没被发现。

可直到深入虎穴，绕过一堆堆的集装箱，宁灼都想不通自己来这儿做什么。

他摸着布满锈迹的集装箱凹槽，一边走，一边觉得自己蠢。

走到人声密集处，宁灼从暗处探出头来，正好看到那个倒在地上的少年。

巧的是，那个少年也正面朝着他。

少年的处境比他当时的情况更加危险。他的身上应该有一道新鲜而深刻的刀伤，不断地向外渗血，双手被钢索绑在身后，缠了三四圈，双眼被黑布蒙住，嘴里被塞了东西，可以说，没有任何逃跑的机会。

那件单薄的内衣没有任何保暖的效果，他的脚踝露在外面，关节处冻得青紫。

他的面前只有那两个男人，正面对着他商量些什么。

宁灼缩回藏身处，掏出了通信器，犹豫了。

这件事本来就是他自作主张，源自一点说不清道不明的私心。贸然拉兄弟们下水，是不负责的行为。

宁灼看得出，那个少年的衣服和手脚都脏兮兮的，像是一条丧家的小狗。即使救了他，也不见得有一分钱的报酬。

这一停顿，宁灼突然觉得周围的空气流向有些不对。

从他的头顶，传来了一声细微的嘎吱声。紧接着，一道巨大的阴影从宁灼的头顶直直地落下，如同泰山一般！

不好。

——有人在集装箱顶上！

宁灼的身手异常敏捷，倒转身体，避开了朝自己脑袋上抓来的一只带有浓厚机油味道的巨手，脱离了来人的攻击范围。

在集装箱与集装箱之间构成的狭小走廊里，宁灼被堵得无路可逃。他抬起头一看，瞳孔骤缩。

这个人……或许不应该被叫作人，他是个比宁灼高了七八十厘米的改造人。

在发现义肢的便利后，不少人主动接受了义体改造。更有狂热者，致力于把自己用机械全方位武装起来，不惜切割自己的肉体。

但宁灼相当了解这种改造的后遗症。切除一部分肢体，用新的零件替换，绝不等于换掉一块电池、一根螺丝。

这对狂热追求力量的人来说，是另一种甘愿沉沦的地狱。

眼前的改造人已经将自己全身上下都改装成了机械，除了眼睛和鼻子，连下嘴唇也是泛着青灰的合金。

宁灼望着他，呼吸一点点变得急促。

眼前只有三个人，一个核心输出，两个从旁辅助。人员配置都是如此相似。

宁灼心里清楚，绑票这种脏活，人多并不好，手杂眼杂口杂，最好是二人以上五人以下，因此三个人搭伙再正常不过。

自己没有必要非得把过去自己的遭遇和这个孩子联系起来。

他不应该这样愤怒，这样冲动，这——

不等他想完，宁灼便抬起左手，握住了自己机械右手的食指与中指，右脚一踏地面，不进反退，从右臂中拔出一柄长剑，刺向仿生人的腰！

那来自遥远过往的愤怒和仇恨，让宁灼像故事里的堂·吉诃德，向他根本无法匹敌的风车发起了进攻。

长剑的剑锋扫到了旁侧的集装箱，就像是用热刀切割黄油一样，毫无阻碍地削出了银色的豁口。

改造人向来自傲于自己威猛无匹的体格。正常人看到他，不说吓得两腿发软，抱头鼠窜，至少也该晓得明哲保身四个字怎么写。

宁灼不退反进让他颇感意外，可这并不能让他感到威胁和惊慌。

他如山的壮硕身躯晃了晃，张开宽阔的手掌，付出了两根手指的代价，拦住了宁灼剑锋的攻势，同时以与他身形绝对不符的速度迅猛无比地踢向了宁灼的手腕！

这一脚如果踢中了，宁灼不落个骨断筋折绝不算完！

宁灼干脆利落地松开手，撤步后移，稍一换气，却不进攻，反而抬腿向后，以极强的柔韧度和精度，准确地踹碎了一个打算从后面偷袭的人的下巴！他一口气不歇，继续向后退，在躲避改造人的又一记重拳后，抓住已经倒地的男人，用双腿硬生生地夹断了他两侧的肩胛骨！

这样的格斗风格，狠辣得叫人窒息。在激烈的痛呼声里，宁灼面无表情地撤到了一片相对较为开阔的地带。

四周依然是层层叠叠的被锈蚀的集装箱，最高的堆了十几米，把透进来的一点光都染上了沉郁的铁锈的色彩，渲染出了一股末日的怪异气息。

宁灼一双手冷得像冰一样，掩在身后，按住了腰侧那柄电磁枪，心念如电急转。

自己的确兼具了攻势凌厉和敏捷两项长处，可一力降十会，是这种生死之斗中公认的道理。

当初，宁灼能顺利割喉奇哥，是出其不意。

何况那时他只是个十三岁的小孩，还被捆绑着，奇哥对他的戒备心不足。这回，宁灼要面对的是一场避无可避的正面对抗。

面对这个浑身覆盖了甲壳的改造人，宁灼清楚地知道，他无法用技术的优势弥补这道鸿沟。

今天他带的武器不多，只有一把液金长刀，其他的短款刀具，一来只能给他刮痧，二来长度太短，面对这种级别的对手，他只能尽量拉远距离作战，拿着一把短匕首冲上去，还不如拿它来抹脖子，死得还能干净点儿。

电磁枪倒是可以用，但宁灼今天带的弹头只有爆炸型和致盲型两款。致盲型就在枪里装着，拿来就能用；爆炸型还要换弹，时间不足。

而且这里的地形过于特殊，爆炸型虽然杀伤力足，但一发射出去，万一引发连锁效应，让集装箱如多米诺骨牌一样倒下去，这里就是他们的埋尸地了。

跟这些人同归于尽不值不说，那个被绑架的少年，说不定还有人在等他回家。

致盲型弹头倒是可用，但杀伤力实在有限。面对这样一头庞然大物，最好能够一击致命。

宁灼迅速做出决断，在这期间，他将眼角的余光瞥向了那个被绑的少年。

另一个绑匪正挟制着他，快速拖离战斗圈。他不知何时蹭掉了眼罩，露出了一只乌黑明亮的眼睛，定定地望着宁灼，似乎是看呆了。

宁灼的心里有些疑惑，这个少年好像太镇定了。

可改造人沉重得叫人头皮发麻的脚步声传来，没有给宁灼深想下去的机会。

宁灼迅速掏出电磁枪，扣下扳机。

与此同时，那片硕大无比的机械阴影已经袭到了他的眼前。

致盲弹拖着一声刺耳的尖锐音响，射中了改造人的面门。

宁灼一击得手，在辛辣的烟雾漫开之前，便想撤退，忽然一只钢铁手臂从浓雾中伸出，擒住了他的手臂，将他拖离地面，又狠狠地摔在地下！

这个改造人的眼睛竟然也是假的！

谁能想到宁灼在这样的死境里，硬是靠意志扭转身体，在骤然上升和下坠的失重感中站稳了脚步，继而在一片炫目的光芒中，蓄力，抬腿，骤然扫向了改造人的脸。

改造人没有等来宁灼的惨叫，反而换来了更加不顾一切的反扑。

这次轻敌，让他付出了惨重的代价，鼻骨的清脆断裂声传来。

宁灼终于成功突破了他的防线。

然而，他不知道改造人已经锁定了他的弱点。

擅长格斗的人多数肩宽、膀大、腰圆，用脂肪和肌肉保护自己。宁灼的腰却过于细了，看来是薄弱处。

改造人怒吼一声，机械手臂横空挥出。

宁灼心下骇然，躲闪的同时，伸出手臂试图格挡。

改造人确实臂长骇人，尽管宁灼已经竭尽全力，终究差了两厘米，没能逃出他的攻击范围。

宁灼的侧腰被重重地撞了一下，连内脏都受到了重重的震荡，踉跄两步，摔在地上，痛得几乎咬碎了牙齿。

他尝试着站起来，可身体半点力气都没有，一阵麻木一阵酸软，一时间根本动弹不得。

一股巨大的力量掐住了他的脖子！

一处集装箱离地两米的地方，插着一根三十厘米长、食指粗的细钢筋，被里面的破烂顶着，天长日久，已经锈蚀住了。

上面覆满了泥泞的青苔，是一个天然的刑具。

鼻子疼痛难忍的改造人掐住宁灼的脖子，就像握住一只孱弱的兔子，将他一把甩了出去。

细钢筋穿过宁灼的左肩，将宁灼钉在集装箱上！

宁灼气血翻涌，呛出了一口血。他从喉咙深处发出一声喘息，这个声音在改造人听来，是垂死的呻吟，他应该在此时冲上来，解决宁灼。但他在这时露出了思索的神情。

宁灼知道他在忌惮什么。

易地而处，他也会觉得对方一定有外援，不然一个人贸然跑过来干什么？送死吗？

所以，应该有外援存在。他们的绑架计划说不定已经被人察觉了。

和宁灼的缠斗，已经浪费了他们太多的时间，搞不好宁灼的同伙已经把这里团团围起来了。那样的话，他们需要一个活着的宁灼来做人质！

改造人想到这里，回过了头，忍住鼻子的剧痛，嗓音低沉地吩咐那个一直站在被绑的少年旁边的男人："把他带走。"

男人扫了一眼地上昏迷不醒的另一个同伙。

改造人冷冰冰地说："没用了，就扔在这里吧。"

改造人认为宁灼已经丧失了战斗力。敢背对宁灼，只能说明，他对宁灼不够了解。

稍稍恢复了一点知觉后，宁灼咬破了嘴唇，蜷起双腿，抵在集装箱外壁，摆好了蓄势待发的架势，将手覆盖上了鲜血淋漓的钢筋一端。

地上的少年先于其他两个人看到了他的动作。少年的眼睛微微睁大，流露出了不可思议的神情。

宁灼反手拔出了钢筋，同时，他的双腿狠狠一蹬，爆发出了无穷的凶悍戾气！

血从他肩膀的空洞里"哗"的一声溅出来，和对方后脑飞出的一股机油在空中相遇。

宁灼倾尽全力，毫不留情，捅穿了改造人的脑核心！

随后，宁灼用沾满自己鲜血的钢筋，准确地砸中了被这个突变吓得发呆的绑匪同伙。

改造人踉跄了两步，周身的肌肉发出一阵可怕的抽搐后，就像山崩一样地向前倾倒。

一阵尘烟腾起后，在这个集装箱构成的钢铁世界里，只剩下十八岁的宁灼，顶着那张布满了斑驳血点的冷脸，不太稳当地站着。

缓了几秒钟，宁灼一瘸一拐地来到少年身侧，从布满裂纹的手臂里取出一柄被卡住的军刀，宁灼手起刀落，稳稳地割断了束缚他的钢索。

手一得到解脱，少年立刻敏捷地把嘴里塞着的东西取出来。

宁灼沉默地把他拦腰抱起来，扛在肩上，依照记忆顺利地走出了钢铁迷宫后，径直放到摩托车前座，叫他面朝着自己，用双臂紧紧护住他的身子。

随即他发动了车子。一路狂飙，一路无话。

少年像是吓傻了，只是直勾勾地盯着他的伤口瞧。

而失血过多的宁灼，已经无法全面而缜密地思考了。

海娜距离这里只有半个小时的车程。

宁灼把他硬生生地从虎口里抢出来，又为他受了重伤，理所应当地觉得这个少年是自己的东西，连一丝一毫把他交给别人的想法都没有。

回家。带他一起回去。

宁灼悬着一口气，看着眼前幢幢的虚影，在归途中几次差点冲下了盘山公路。

少年没哭也没喊，只是老实地坐在他的身前，双手轻轻抓着他被血染红的前襟，仰头望着他，不知道是害怕车速还是害怕他，心脏跳得飞快，咚咚咚。

宁灼的视力和意识一起变得晦暗难明，在遥遥看到海娜入口的那块火山岩时，他的精神一松，无限的伤痛和疲惫就如同山岳崩塌一般朝他袭来。

他靠着最后一点意志力停稳了车，冷厉地吩咐少年："叫门。"说罢，身体一软，向前倾倒，冰冷的额头压在了少年温热的肩头。

此时的宁灼并没有失去全部意识，他知道自己的事情还没有做完。

他最讨厌这样。

突然,一双手伸了过来,有些费力地抵在他的胸口,把他的身体推起来了一些。紧接着,其中一只手在宁灼肩头的伤口处摸了摸,又用沾了鲜血的、温热的手指去摸他的脸,在他的脸上留下了三道血痕。

不像是恐慌的样子,而是在打量他,试探他是不是真的晕倒了。

宁灼大感惊讶,却来不及细想,便被一股噬人的黑暗吞没了。

痛楚来得比意识清醒更早。

宁灼一声不吭,轻轻地一蜷身体,又牵扯到了腰间的伤,脸色剧变,疼得几乎破口大骂。

这一腔愤怒驱使着他重新睁开了眼睛。他在海娜的医务室里,身旁是个女人。

宁灼不大记得她的名字,依稀记得她是通过调律师主动联络了海娜,表达了加入意愿。从业务水平上来说,是个有用的人。

他勉力低头,打量了一下现在的自己。上半身是光着的,半个肩膀上密密麻麻地缠着雪白的纱布,呈木乃伊状,怎么看怎么凄惨。

宁灼疼得厉害,所以越发沉默,忍住发出不适的喘息,然后和着血咽下去。

在他忍着疼痛终于有所好转时,闵旻回过头来,发现他已经睁开了眼睛。

"醒了啊。"

"那个少年呢?"

两个人异口同声地说道。

"什么少年?"闵旻思考片刻,"啊,你说小白?"

宁灼根本没问过少年的姓名,脑子又昏昏沉沉的,"小白"这个名字听着像一只宠物狗的名字,因此他没能转过弯来:"什么小白?我问的是那个少年。"

两人说了一阵子话,闵旻终于搞明白了:"原来你还不知道他叫什么名字啊?"

宁灼向来对自己的身体有病态的控制欲。他想试试看自己伤到了什么地步,撑着一边身体,摇摇晃晃地爬起来:"不知道。"

"那你就敢救他?"闵旻咋舌道,"万一是有人故意给你下套呢?"

这样的例子在银槌市确实是屡见不鲜的。拿弱者做饵,骗人去救,然后围而杀之,曾经有两个白盾警察就这样死于陷阱——相当卑鄙,却好用。

闵旻并不知道宁灼曾经被绑架的事情。

宁灼疼得厉害,索性把闵旻原本为他准备敷脸的冰毛巾咬进嘴里,试图起身,含混地说道:"你当我是什么日行一善的好人吗?"

他深知自己的风评,虽然传言很多,但和"心慈手软"丝毫不沾边。就算有人给他下套,也不会下这种类型的套。

正在摆弄器械的闵旻听出宁灼的声音不对,扭过头来看见他在乱动,大怒道:"要死啊你,给我躺下去。"

宁灼说道:"躺不住。"

上一个专属医师已经因为宁灼太不听话,给气跑了。

闵旻作为他的第三任专属医师,还不大了解他的德行,还努力劝道:"流了一大壶血了,你现在应该起不来,还能躺不住?"

"你就当我命硬吧。"

"你命再硬腰也是软的。"

宁灼难得被呛了一下,盯着闵旻生了两秒钟闷气,心里清楚她是为自己好,就不继续犟嘴,闷声道:"我去看看他。"

"你看看他?他好着呢。"闵旻牙尖嘴利地说道,"他可比你惜命多了,该吃吃该喝喝。把你和他同时放出去讨生活,小白搞不好还能活得比你更久点。"

宁灼一愣:"什么意思?"

一是为了解答宁灼的困惑,二是为了能让他老实躺一会儿,闵旻为他弄来了基地外的监控。

通过监控,宁灼看到了自己在昏迷后发生的事情。

经过一番确认,少年拖着他的身体,一点点挪下了摩托车。可他并没有听宁灼的话,去海娜敲门。他朝着相反的方向,头也不回地逃离。

宁灼的眉毛一皱。

闵旻在旁边解说:"多聪明的小孩儿啊!他根本没搞明白你到底是来救他的,还是另一个帮派来黑吃黑的。"

宁灼不语。闵旻的话有那么几分道理。

自从把人强行从绑架犯手里抢来后,自己对他说的话不超过三个字,涉及的肢体交流也并不多么美好。揽住腰就走不说,还有几次差点连车带他一起冲下悬崖。从对方的视角来看,自己恐怕也不是什么好东西。

但这不妨碍宁灼默默地气了个半死,感觉自己舍命救了个小浑蛋。

他继续看监控。

逃出十几步后,少年的步伐却放慢了下来,直到完全停下。十几秒钟后,他似乎下定了决心,又走了回来。

他从宁灼的腰间拔下了那把电磁枪，握在手里，沉思片刻后，到了海娜入口的火山岩前。

和这块天外来物一样的巨大岩石相比，少年的身影是那样弱小。

他一点都没有犹豫，闭上眼睛，对准火山岩扣下了扳机。灼热的致盲弹打在了火山岩边缘，在漫天的警报声里，少年干脆利落地把枪扔出三米开外，双膝张开，双手抱头，背对着火山岩跪了下来，确保让里面的人第一时间确定他没有敌意。他的眼睛微微抬着，盯着远处虽然昏迷，却稳稳地坐着，如一尊雕塑的宁灼。

宁灼的心仿佛被谁轻轻捏了一下。宁灼看出来了，小白并不是真正懵懂无知的孩子。他分明知道危险，也猜到宁灼带他来的地方并不安全。他本有逃跑的机会，但他还是选择回来了。

看完监控，宁灼问道："人呢？"

"傅老大带他洗了洗，顺便搜了一遍。身上干净，没有身份证明，也没有追踪器之类的东西。他的脖子后面被划了个口子——当然，这点小伤跟你一比不算什么。我简单包扎了一下，傅老大给他做了好吃的，现在人在禁闭室。"

宁灼用目光询问她："为什么会在禁闭室？"

闵旻坦然地耸了耸肩："以防万一嘛。"

宁灼叹了口气："带我去……不，把他带来。"

十分钟后，自称"小白"的少年被带入了房间。

宁灼一眼看出，他身上穿着的是自己以前的衣服，八成是傅老大给他的。可惜这衣服对小白来说不太合身。

他发育得不好，并没有十三岁的自己那样高挑，头发刚洗过，是一款不太好打理的半长发型，发梢微微卷着，小绵羊一样，脖子上缠着一圈圈纱布，透着淡红的血渍。

宁灼身披病号服，冷淡地开口询问："叫什么名字？"

他轻轻地说着自己的名字："小白。"

宁灼没听清，喝道："说话大点声。"

他乖乖地抬起头来，直视着宁灼，口齿也清晰了起来："小白。"

这是宁灼第一次看清他的全貌。

宁灼愣了一下，明白了他为什么会被绑架。洗干净了的小白长了一副能卖出大价钱的样子。

今天小白在死亡边缘走了一遭，但他的精神显然没有受到任何打击，眼睛里带着点天然的、顾盼飞扬的神采。这股精气神在死气沉沉的银槌市，是很罕见且珍贵的。

"全名。"

"就叫小白。"

"父母在哪儿？"

"死了。"他连眼睛都没眨一下，显然是半分悲痛也没有。

宁灼又问："那你之前和谁生活？"

小白娓娓道来："我住在阿倍野区七街的聚居区，和大家一起捡垃圾。一开始是妈妈带着我，后来妈妈走了，就是爸爸带。爸爸死的时候，我已经能自己一个人生活了。"

"读过书？"

"捡到过一个学习机。广告很多，不过能用。"

宁灼"哦"了一声，低头摆弄着自己没什么血色的手指，提了一个刁钻至极的问题："阿倍野区七街，那里的龙头是谁？"

每个地方都盘踞着一些势力。

在下城区，常有一些瘪三、混混组成群体，横行霸道，是一群最喜欢从苦命人嘴里夺食的秃鹫。所谓"龙头"，就是这些混混的头儿。这是他们的自称，但底层人更爱叫他们"蛇脑袋"。

"没见过，听说是个叫山口还是三口的人。他们从来不自己来，只叫'蛇信子'来……不过垃圾场他们不常来，因为我们给不了多少钱，'蛇信子'也嫌脏。"

"蛇信子"是下城区人对"蛇脑袋"的手下马仔的惯用称呼。

小白不仅有问必答，而且逻辑清晰，并不东拉西扯。

这一番问答和试探下来，宁灼没找出什么纰漏，但小白本身就是最大的疑点。在宁灼看来，他根本不像在垃圾场里长大的孩子。

宁灼追问道："绑架你的人，为什么要把你拉到农场去？"

"我听他们说，想把我卖出去。"

"不对。"

"嗯？"

"那里是他们找好的落脚地。他们想要卖你，直接把你拉到黑市就行了。"

宁灼有被绑架的经验，不得不在这种事上多想。既然小白无依无靠，更没有亲人可以拿钱赎他，不直接转手卖了避免节外生枝，带回去干什么？

小白耸了耸肩："那我就不知道为什么啦。"

听他语气轻松，宁灼微微摇了摇头。

除非是报复,或是打算灭口,绑架犯不会把自己的意图和计划告诉被绑票的人。小白不知道,也无可厚非。

宁灼仔细观察了一下小白的态度,又问道:"你一点儿都不怕?"

"当时怕,现在不怕。"小白坦荡地说道,"当时我以为我会死,可现在是他们死了啊。"

宁灼望着他,说道:"你倒是聪明。"

被夸的小白流露出一点骄傲的神气:"对啊,我很狡猾。我中途趁他们有人去上厕所,把看着我的人从后头拍晕了,还跑掉了一段时间呢……不过后来又被他们抓回去了。"

这一句描述倒是和宁灼初遇到他的情景对上了。

小白见宁灼似乎没有别的可问了,就主动凑了上来说道:"哥,我有问题想问。"

宁灼还沉浸在思考中,随口道:"嗯,你问。"

小白望着他,轻声道:"你痛吗?"

宁灼皱着眉头,很疑惑地反问了一声:"嗯?"

海娜的人,包括傅老大,都知道宁灼是靠一口气硬顶着的。只要人没死,那就是没事。至于痛不痛,这个问题太矫情,连宁灼自己都不会去想。

这样许久未见的坦诚的关心叫宁灼颇不自在。而且古怪的是,身体上的痛偏偏就在他问出这句话后毫无预兆地爆发了。

宁灼忍得脸色发白,低声喝道:"不关你的事。"

"关我的事。"小白言辞恳切,伸手想去握他左手的手腕,"你是为了救我才变成这样的。能让我来照顾你吗?"

宁灼伸出手,毫不留情地扼住了他的手腕。

"细皮嫩肉的。"宁灼紧盯着小白从稍长的袖子里露出的一小段光洁、干净的皮肤,目光冷得像是带了小小的钩子,"'捡垃圾'长大的?"

宁灼的手劲极大,握得太紧,小白的手腕因为剧痛而不住地发抖。

奇怪的是,他仍然不逃不躲,直视着宁灼道:"我没说我是捡垃圾长大的。我爸妈死后,是垃圾场的叔叔、爷爷养着我。他们说,我再大一点,满了十六岁,他们就要送我到吉原街去挣钱啦。现在他们分我一口吃的,到时候就轮到他们吃我了。"

宁灼默然。这样的事情,在下城区的确时常发生。

因为稍有姿色,被恩情或是亲情裹挟着走上那条道路的人比比皆是。

小白不自怨自艾,仰着头,眼睛里闪着澄澈而狡黠的光:"他们养我,我给他们挣钱,是应该的。可你救了我的命,你就比他们重要了。重要——"他很认真地竖起了一根手指,"一百倍。"

不等宁灼回应,他又凑近了一些,一脸好奇地问道:"大哥哥,你的眼睛颜色好像和别人不一样。"

宁灼感觉自己捡回了一只伶牙俐齿、油嘴滑舌的小狗,牙口整齐,成色上佳,瞧着挺好,但鉴于尾巴摇得太欢,忍不住让宁灼猜测他在垃圾场里是不是也能这么左右逢源,哄得人这么……

在心里"这么"了半天,宁灼不想承认自己还被哄得挺开心的。

他只好避开了小白的问题,反问道:"你想留下?"

小白干脆地说道:"跟着你,总比跟着他们好一点吧。"说着,他变戏法一样,从身后掏出一样东西。

这是一朵用铁皮罐头剪成的立体小花,散发着人造水果罐头的清香。

这大概是他吃饭后临时完成的一个作品。

"我知道这里是地底下。大哥哥,你不常晒太阳吧?"细看之下,小白生了一双天生的笑眼,他真诚地说道,"送你一朵花。等春天来了,我带你去看真的花,好不好啊?"


当晚,新的年轻"护工"走马上任。

宁灼的伤不在骨,不算严重,可腰是身体的轴承,宁灼近身搏杀又靠他这一双腿。没有腰带着,腿也跟着废了。医术再进步,也只是能把伤筋动骨一百天缩短到一个月。卧床休息永远是最可靠稳妥的。

为了求稳,宁灼难得获得了一段安闲的养伤假期。按理说,他应该无聊得要死。但他身边多了个嘴甜的小东西,日子一不小心就过得飞快。

自从知道了宁灼的名字,小白对宁灼就自觉地换了一个称呼。

住进他房间的第一天,他趴在窗边好奇地问:"宁哥,你用香水吗?"

宁灼横了他一眼。

自从那烈火灼烧的一夜后,宁灼经常头疼、产生幻觉,为了缓解痛感,就用薄荷油涂在太阳穴上,因此身上常年带着冷淡而清新的苦味。

宁灼自己是反感这个味道的,觉得和药没什么区别。谁会爱闻药味?

但看小白抽着鼻子、似乎非常喜欢的样子,他颇感纳罕,背地里抬起袖子悄悄闻了闻。

结论是,这个小东西的品位独特。

小白支了一张床,就睡在宁灼旁边,喂饭、系纽扣,给他的腰推药油,一边挨着宁灼因剧痛而恼怒万分的骂,一边轻声哄着"马上就好了,马上就好了",多线并行,都不够他忙的了。

小白什么都能干,而且手脚麻利,极具眼力见儿。不用宁灼多说什么,一个眼神,小白就能把他想要的东西递过来。那种机灵劲儿,透着股细致老到的世故。

不是受过大磋磨的孩子,做不到他这样面面俱到。

相比于他遭受重创的腰,海娜对付外伤更加得心应手,他肩上的伤就好得很快。

一枚鲜红的圆形疮疤烙在了他的肩侧,边缘还带着锯齿状的纹路,透过雪白偏薄的衬衣,看起来像是一枚艳丽的胎记。

小白隔着衣服,用手指一点点去摸那个伤疤,问道:"宁哥,疼不疼?"

宁灼闭着眼睛道:"把手拿下去,摸一会儿又要疼了。"

然后小白就乖了,缩回手去,却不肯挪开视线,眼巴巴地看着他。

宁灼装作没有发现他的目光。他始终没有对小白放下戒心,有心让调律师查一查他。

可海娜基地落成不久,多的是要花钱的地方,调律师又是只认钱的主儿,亲兄弟也要明算账,付讫办事,概不拖欠。

宁灼把这笔账倒来倒去算了一阵,觉得实在没有在小白身上多花上一笔的必要。

他那样年轻,真要有什么异心,宁灼一只手就能了结了他。

不过,宁灼偶尔扫到《银楻日报》上不断更新的寻人启事或是失踪报道时,会多留心一下。

这个世界上的离散苦楚良多,却和小白没有什么关系。的确没有人在寻找和小白相似的人。

因为小白过于缠人,而且挨了骂也不脸红,照样笑眯眯地跟在他的屁股后头,宁灼也渐渐习惯身边有了这么一个人。

海娜里的其他人对此啧啧称奇。

宁灼脾气暴躁,嘴还异常毒,在大多数队员的眼里是只可远观的二哥,真的要待在他身边,堪称"如沐阴风",更别说拿热脸去贴他的冷屁股了。

小白对于这些疑问,都是统一回答:"我觉得宁哥人很好呀。"

宁灼将大家的议论和小白的答复都听在耳里,只觉得好笑,认为小白年纪轻轻眼睛就瞎了。

但有人不怕他,的确是件难得的事。

在冬日渐深、不能去看花的日子,小白每天都用各种废弃物剪出一朵花,用铁丝拧出枝叶来,用一个宽口杯子盛了清水,像模像样地在他的床头养了一大捧。

每一朵都不一样,有罐头的、丝绒的、钢铁的、红纸的,色彩各异,品种丰富。日子对小白来说,好像永远是热气腾腾、充满生机的。

一开始,宁灼对他的身份仍有怀疑,不许他出门,他就自得其乐地忙忙碌碌,在房子里东添一点,西添一点,竟然渐渐捣鼓出了一个家的样子。

后来熟了些,宁灼允许他出房间了。当然,还是不允许他跑出基地。

他不怕生,见人就能聊,吹捧得人头昏眼花,甚至骗出来了好几桩海娜里某人和某人正在相好的小秘密,回来兴致勃勃地讲给宁灼听,把宁灼讲得哈欠连天,伸手捏住他的嘴巴,他才老实。

"你话少一点。"

"嗯嗯嗯。"

"正常小孩这种时候只会答应一声。"

于是小白不说话了,转而笑出了一个甜甜的酒窝,强烈的感染力差点让宁灼也跟着他做了一样的动作。还好忍住了。

或许是心情愉快,宁灼康复的速度远胜以往,而且这次奇怪地没落下什么后遗症,可喜可贺。

宁灼可以下地自如行走后,就拾起了荒废的练习课程。在空旷的单人练习室里,他拉筋、压腿、开胯,一点点撑开滞涩了一个月的筋骨关节。

在小白看来,宁灼这样的行为和自虐没什么区别,在一旁看得龇牙咧嘴。

一个月没正经练过,原来柔软灵活的身体难免僵硬,股骨和髋骨之间的缝隙也缩小不少,伸展不开。

宁灼练得大汗淋漓,面无表情地转过头,看到了场边的小白,他用肩膀蹭了一下汗:"过来。"

小白咚咚咚地跑过来。

"踩我的小腿……右边这条。"

小白试探着探出脚来,乖乖地照做。

宁灼回头看他:"让你踩,用力,站在上面。"

小白继续照做。他在一个极近的距离,看着宁灼把自己的腿压到一个匪夷所思的角度,身体绷得直发抖,汗水也顺着苍白的面颊往下落,噼啪噼啪,在地上开出一朵朵透明的水花。

三分钟后,那双腿蓄足了力,一脚踹出,当着小白的面踹断了一个训练人偶的脖子。

宁灼畅快淋漓地出了一身大汗。

小白殷勤地递来毛巾，宁灼把整张脸埋在里面。

刚埋进去，宁灼才意识到，这是一条刚被热水浸过的毛巾。湿润温热的气息熏在脸上，散发着很干净的味道。

等待汗水慢慢滴落下去的时候，宁灼抬起头，才发现身旁的小白正直勾勾地望着自己，指尖烫得红红的，眼里却是毫不掩饰的激赏和仰慕。他说："宁哥，你教教我吧。"

宁灼只轻轻地用毛巾把敲了一下他的脑袋，什么也不和他说。

宁灼不理他，也不教他什么，却没叫他滚。

小白留了下来，有样学样，结果成功练到了手腕脱臼。他是被宁灼拎回去的。

闵旻是十分钟后来的。

闵旻还是第一次被宁灼主动召唤，吓了一大跳，一路小跑而来，还以为他把自己"祸害"到缺胳膊断腿的地步了。

发现只是小白的"零件"坏了，闵旻哭笑不得，一边给他接骨头，一边回头诘问宁灼："你是不是故意折腾他呢？"

宁灼抱着手臂站在一边，冷淡地说："他非要跟我学。"

小白疼得出了一头细细的冷汗，忍痛点点头："嗯，我想要学。"

宁灼不大自然地挠了挠眉梢。他还真是故意的，没拦着小白瞎练，目的是想让他知难而退。

小白吃了苦头，确实知道了难，却仍然没有退缩。

第二天，他浑身的肌肉都有了不同程度的拉伤，爬起来的时候小脸皱成了一团，但仍然坚定地跟在宁灼后面做小尾巴。

宁灼那颗稀薄的良心隐隐作痛，没有再带他练拳，而是带他去了靶场。

蹲下来给小白戴隔音耳罩时，宁灼状似无意地问："学过吗？"

小白好奇地去看五十米开外的靶子："没有。"

宁灼抬眼看他："真没有？"看小白开枪轰海娜大门的时候挺果断的。

"真没有。"小白把视线挪了回来，展颜一笑，"第一次还是看宁哥打枪，现学的。"

管他是真是假，宁灼给了他一把手枪，简单教授了技巧后，就站在一边，看他如何发挥。

小白举着胳膊练了一会儿开枪的姿势，就有些吃不消了。昨天肌肉的酸痛疲乏还没有退去，他瞄着宁灼，露出了想要偷懒的神情。

宁灼不为所动："打。"

小白只好一只手支住胳膊，不叫它掉下来，用左手握紧枪，连扣五次，一次性清空了弹匣。

那边传来了悦耳的电子报靶音："9.9环，10环，10环，9.8环，10环。"

宁灼这回是真的感到诧异了，低头问小白："第一次？"

小白没听见，仰着脸问他："是好还是坏啊。"

在宁灼看来，这小东西嘴角的酒窝若隐若现，无形的尾巴都快扫出小旋风来了。

宁灼没废话，随手按了一下旁侧的按钮，这片封闭的空间像是有了生命，开始缓缓移动。他们脚下的地砖向前一块块缩进。

原本三十米的手枪靶场拼凑、重接，变成了一个十米的气枪射击场。

宁灼给他换了一把气手枪。

十米的距离，7环圈的直径只有595毫米。

宁灼简单地说道："打。"

大概是熟练了一些，小白这次的成绩比上次更出色。他甚至打出了一个103，一个109。

小白看样子喜欢这项新游戏，喜欢得要命，眼睛闪着亮亮地瞧着他，等待着夸奖。

宁灼不夸人，只抽出靴子上别着的短鞭，用鞭梢敲了敲他的耳机，算是鼓励。

这一天，下了一场初雪。

《银槌日报》连篇累牍地报道了下雪的事情。

一年中，银槌市低于零摄氏度的时间少之又少，雪更是三四年才能见到一次。整座城市因这场难得一见的雪陷入了狂欢。

但这和远离人群的海娜没什么关系。

今天包了饺子，小白被闵旻抓走，让他来决定"到底在饺子里包花生还是辣椒"。

他实在很讨喜，宁灼又一副要留下他亲自培养的样子，这么一来，大家自然而然地把他当成了自己人。

趁他不在，宁灼出了基地。

带着雪花的冷空气扑面而来，涌入肺里，像是把身体从里至外淘洗了一遍一样。他深深呼吸了一下，找了个地方坐下，把自己的身体与心一起放空。

几分钟后，小白从基地门口探出个头，看到宁灼坐在万丈悬崖边，两条腿搭在外面，便又缩了回去。

他再冒头时，已经把自己裹得严严实实，脑袋上扣着一顶黑色的报童帽，怀里抱着一件厚厚的外套，嘴巴里吐着厚厚的雾气，不由分说地从身后抱住宁灼，把他禁锢在温暖的怀里。

宁灼拍了拍身侧："坐。"

小白毫不犹豫，一屁股坐下。

脚下踩着的是不见底的深渊，哪怕是不恐高的人，往底下看一眼都要眩晕。

可小白一点都不怕。不仅不怕，还晃着脚，没心没肺地冲着宁灼笑。

天气实在太冷了，小白英挺清俊的面孔，被寒风一吹，显得越发唇红齿白。

宁灼看了他一眼，说："等春天来了，我送你去上学。"

小白正享受这难得的放风时间，闻言眉头微微一挑，不可置信地看向宁灼："上……学？"

"嗯，上学。"宁灼的嘴里喷出薄薄的雾——他体寒，连口腔里的热气都是稀薄的。

"不是所有人都适合干这行。以前我收留了一个人，他在这里待了一段时间，我也劝他去上学了。"

小白不说话。他那样认真地看着宁灼，似乎要看透宁灼的心思，嘴角微微扬着，似乎想要笑，眼里却没有笑意。

他的眼睛里，有着与他的年龄不相符的复杂情绪，好像第一次真正认识了宁灼。他轻声叫他："宁哥——"

这是一个多月以来，他们第一次坐在一起认真地谈心。

宁灼不管小白想不想上学，挥了挥手，说："干雇佣兵很少能活过四十岁。傅老大就说我活不过十八岁。你活得这么高兴，多活一点时间也好。"

听他这样说，向来都很高兴的小白却不高兴了："宁哥……"

宁灼不忌讳这些，因此不大理解小白的不满："叫我做什么？"

小白问："知道是死路，为什么不换条路走呢？"

宁灼清楚小白的早熟，对他的这番建议也不意外，罕见地解释道："我只有这一条路可走。"

他不走下去，会因为愧疚、空虚和愤怒发疯至死。

"你的路很多，别做这个。"宁灼平心静气地说道，"……像我，将来死在谁手里都不知道。"

四周安静了，静得只能听到雪落下的声音。

宁灼合上眼，再度深呼吸。

这时，小白开口了。

"死在我手里吧。"小白看着他，语气很平淡，好像是在说一件理所当然的事情，"宁哥，要死的话，死在我手里，别死在别人手里。"

## 第五章 离散

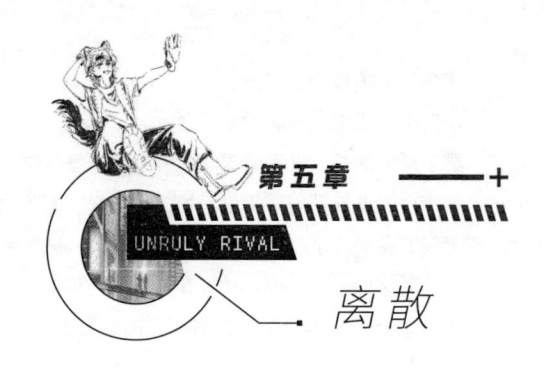

UNRULY RIVAL

宁灼"嘿"了一声。他并没有把这个孩子的话当真,用鞭子轻轻敲歪了他的帽檐:"你?你才多大一点,敢跟我说这样的话?"

小白不说话,只定定地望着他。

宁灼回头看向他,从他的眼里读出了一点燃烧着的星火,比天上稀薄的星子更闪亮。

宁灼摘下了他的帽子,看清了他的眼神,明亮、冷静、炽热。

宁灼扭过头去,确定自己应该是判断错了,小白或许是他见过的最适合干雇佣兵这行的人。

小白那边犹自不服气,嘟囔着道:"我长大啦。"

宁灼点点头:"算周岁十三,算虚岁十四,四舍五入十五,生病了还得挂儿科。"

小白难得露出点怒气:"你——"以前,他在宁灼面前极尽乖巧之能事,几乎带着讨好的意味,这还是他第一次在宁灼露出这样的神态。

宁灼猜到,身高或许是他的痛处。宁灼饶有兴趣地逗他:"小东西,站在我面前我能瞧见你的后脑勺,说说看,你打算怎么让我死在你手里?"

小白气鼓鼓地别过头去,不理他了。

宁灼见小白这样,觉得有趣得很。他的弟弟就是在这样的一个雪天里出生的,后来,他又和妈妈一起死在火里。在社会新闻的版块中,他的弟弟只占据了一句短短的描述,"婴儿车里的小小焦炭"。

这句话,宁灼曾经翻来覆去地看了很久,几乎魔怔。

他还没来得及听弟弟叫他一声"哥哥",更不知道弟弟长大后会是什么性格,什么样子。如果他能像小白这样,也不错。

想到这里,宁灼将一只手压在小白蓬松微卷的头发上,轻轻蹭了蹭。摸完后,小白还没说什么，宁灼就被自己活活肉麻出了一身鸡皮疙瘩。他要撤回手，却被一只温热的手掌按住了。

小白将脑袋挨着他的手心，乖巧地蹭了又蹭。

宁灼愣住了。他不喜欢肢体接触，这回却难得不反感。小白的手心有点烫，像是大冷天喝了一杯温度正好能入口的热水，一路烫到了心里去。

宁灼把那只热乎乎的手攥了半天，伸手去抓了一把松散的雪，才稍稍缓解过来。他望向天空，心里前所未有地觉得轻松。

宁灼一直觉得小白真实的性格并没那么乖巧，他的身体里藏着一半不肯叫自己看见的灵魂。因此宁灼对他始终不肯放下警惕。今天，他看见了那个被小白小心翼翼地藏起来的灵魂。

虽然有些出乎意料，但并不是那么讨厌。宁灼想，他应该对小白好一点。

结果，因为在雪地里逗留太久，该看儿科的小白没事，宁灼倒是因为室内外温差过大发烧了。

烧是半夜发起来的。宁灼对此很有经验，只是闭目不言，等着体温上升，熬过去就行了。可偏偏有人衣不解带地守着他，测完体温后，一面烧热水，一面去找闵旻讨药，一面用冷毛巾降温，忙个不停。

宁灼闭着眼睛也知道是谁。

小白拿着药站在床前，伸手触亮了床头的感应灯，要拉宁灼起来吃药。

宁灼哑着嗓子拒绝："别忙了。天亮后我就好了。"

小白坚持道："看你这样，我好不了。"

宁灼还想说些什么，刚张开口，呼吸却骤然变重。他胡乱将手抵在墙面上，熄灭了床头灯，在一片黑暗中重重地跌在床上，剧烈的耳鸣中，小白慌乱的声音传到他的耳朵里，声音有些失真。

"宁哥！宁……"

宁灼的指尖陷入右肩肩窝，用脑袋死命顶着枕头，身体每一寸骨骼都绷得咯咯作响。当初他砍掉自己的胳膊时，没想到这条胳膊会带给他这样长久的痛苦。不定期发作的幻痛，经常不由分说地将他拖入当年那间鱼腥浓郁的仓库。有无数的火从天而降，落在他的身躯的各个角落，烧得他皮焦肉烂。

宁灼大口大口地喘息，指尖深深扣入关节与机械相连的残缺处，辗转反侧，垂死一样，竭力获取着越来越稀薄的氧气。

突然，他的耳边清晰地响起了小白的呼叫："宁灼！"

宁灼的耳膜被震得嗡嗡作响，从牙缝里挤出一个字："滚！"

"你怎么了？"小白不仅不滚，还扑在他的身上，"你别这样，你不要死！"

宁灼几乎要被他气笑了。

没想到，他几近分裂的精神一经刺激，那幻痛居然渐渐离他而去，不药而愈，消失得比以往任何一次都要快。

宁灼的肺部不再因为过度扩张而疼痛后，他的第一反应就是拍了一把傻小子的后脑勺，又捋了一把："再咒我试试！"

小白还是不肯离开他，捉着他的被角不松手："你，你没事啦？"

宁灼翻身坐起来，把小白也抄了起来，弯着腰，把他稳妥地送下了床："老毛病。"

小白吸了吸鼻子，说道："我还以为你要死了呢。"

"这不是答应了要死在你的手里头呢。"说完这话，宁灼自己觉得有些诧异。已经有多少年，他没有和人这样自然地说点玩笑话了？

他不说话，小白也不吭声，但宁灼不觉得尴尬。和小白在一起，他似乎总有无尽的话想说。

宁灼瞥向床头那一捧花，反刍这一丝从心底里漫出来的温馨，身体正要往后仰去，就感觉床侧的小白的身子微微发颤。

他问："害怕？"

小白不说话。

宁灼对床头灯下口令："开……"

"别。"小白打断了宁灼，"别开。"

宁灼疑惑地问道："不是怕吗？"

小白低声说："你不想让我看见你的样子。再等一会儿，等你好了再说。"

宁灼不和他废话了："开灯。"

在柔和的灯光下，宁灼起身下地："出去走走。"

小白说道："你还在发烧。"

宁灼挣开他的右手手掌。

白色的小药片，被他攥得快要融化。

宁灼将苦涩的药片咽了下去："十分钟就会好。走。"

夜间的海娜，一条一条纵横交错的金属走廊，冷清萧瑟，走在上面咚咚作响，空旷得仿佛胸腔都在共振。

"太单调了。"小白小声点评，"应该设置一下系统，搞一些每天会变动的壁画什么的。"

"怎么，当这儿是你家？"他的语气不凶，玩笑成分更多。

小白抬眼看着他，不说话。

或许是因为今晚亲眼看到了宁灼犯病，吓着了他，小白这才第一次意识到，宁灼说他活不过十八岁并没骗他，是有据可依的。

小白问他："哥，你的这条胳膊是怎么没的？"

宁灼低下头，活动了一下钢铁制成的手指："被人摆了一道。"

小白露出了愤慨的神色："是谁动的手？我找他去！"

宁灼指一指自己："找我有事？"

小白一愣，直勾勾地看向宁灼，眼里又亮起了灼灼的仰慕的光。

宁灼觉得这个孩子的兴奋点多少有点奇怪。

小白挪开了视线，望向似乎永无尽头的封闭的走廊，问道："宁哥，你不喜欢外面吗？"

"什么？"

"为什么要藏到山里呢？待久了对身体也不好。在山上看月亮会很好。"他扯着宁灼的衣袖，说道，"宁哥要呼吸新鲜空气，精神会好很多。"

宁灼低头看着他的手指，不说话。

小白今晚的话格外多："宁哥，你说，外面的世界是什么样子的？我们也造一艘船，出海去看看吧。"

宁灼没告诉小白，自己的计划完成后，他就会去陪他的爸爸、妈妈和弟弟。这些年他之所以活着，凭的就是那一腔怒气。

只是这些年，他多了很多牵绊，原本的计划也越来越庞大，一旦发作，可能会直接把整个银槌市搅个天翻地覆。

他只能这样活着。

小白絮絮叨叨地念叨着想要构建的未来，他想都没想过。

不知道怎么回应，他只好拣了一个最不重要的问题回答："我不坐船。"

小白好奇地问道："为什么？"

宁灼语塞，眼睛望向一边："不坐就是不坐。"

小白想了想，问道："因为一年前的哥伦布号？"

宁灼默然。

"哥伦布号"事件，在整个银槌市闹得轰轰烈烈，是银槌市人心里的一道伤疤。一群年轻人不想生于此岛，长于此岛，葬于此岛，于是攒起了一支探险队，想要去外面的世界看看。

银槌岛的资源有限，科技发展始终以服务岛上人们的生活为主，并没有开发过对外的航线。

官方宣称，他们发出的信号始终无人接收，也没有接到过任何来自外界的信号。过去的大陆板块已经被变得粉碎。一旦离开银槌市，他们的后勤、安全、前路，统统无法得到保障。即使知道一去不返，九死一生，这群年轻人还是签下了一重又一重的死亡契约和免责条约，跨过重重难关，满怀希望地踏上了他们的征途。

两个月之后，哥伦布号在大洋深处遇到风暴，就此沉没。

这对所有人来说都是意料之中的事情。可当消息真正传来时，连《银槌日报》都为之静默了一天。

小白继续猜："宁哥不喜欢坐船，不喜欢水，还是晕船？"

见始终得不到宁灼的回应，小白自言自语地说道："不坐就不坐吧，可我们要怎么出去呢？"

宁灼听着小白充满希望的奇思妙想，觉得那是和自己完全不同的世界。因为过于遥远，连"试一试"的想法都觉得奢侈而渺茫。

小白突然一拍手，仰起头来，笑着说道："宁哥，我给你搭一座桥吧。"

这句话傻得完全超出宁灼的想象。他迷茫地问道："什么？"

"搭一座桥啊。"小白比画了一下，"从银槌出发，连到陆地，再到下一块陆地——"

宁灼低下头，对他轻轻笑了一下。

小白正说得兴奋间，撞见了宁灼的笑容，整个人都傻了。

笑过后，宁灼转过头，大步往前走去。

小白回过神，亦步亦趋地跟上来。

宁灼越走越快，要把这个荒诞可笑的梦想甩在后面。他不能告诉一个小孩，别说去想象这个世界上会存在一座跨海的大桥了，他甚至根本没有关于他的仇恨之外的计划。

他不知道自己糟糕的身体能不能支持到查理曼露出破绽的时候。

所以，山海、月亮、大桥，都是他从未想过的事情。

小白察觉到了宁灼的抗拒，快步跟了上去。

宁灼个子高，腿长，跟到后来，小白几乎是奔跑起来。

他不知道自己为什么"触怒"了宁灼，急忙道歉："宁哥，我错了。宁哥，我不瞎想了。我知道那个想法很蠢，我就是那么想一想，我——"

宁灼猛然停住脚步,将手掌轻轻按在了他的脑袋上说道:"不蠢。"他以前所未有的柔和的口吻,低声道,"你可以想。"

可小白一步不停,展开双臂,死死地环住了他的身子。

宁灼被他冲得向后踉跄一步,满眼的不解之色。

"宁哥,我哪里做错了,你跟我说好不好,别走那么快。"小白的手一点点用力。他的体温天生高,额头上浮了薄薄的一层汗,头埋在宁灼胸前,又潮又热,"我被很重要的人扔下过。他们总选他们的路……我没有不让他们选,我只是……我永远不是他们的第一选择。"

他满怀希冀和渴望地抬起了头,说道:"你选了我,就不要扔下我,好不好?"

宁灼不语。半晌后,他俯下身,把小白扛上了肩头,大步向回走去。

"鼻子下面是嘴,腿短就说一声。"宁灼说,"不要追。"

小白在他的肩上蹬了一下腿,把腿绷得直直的,大声抗议:"不短!"

日子流水一样过去。小白安心地在这里做了个窝,留在了宁灼的身边。

他在格斗上吃了不少苦,换来不小的进步,两三个月下来,已经可以和宁灼过招了,还相当擅长举一反三,时常冒出些奇思妙想,刁钻得让宁灼都不敢掉以轻心。

而他枪法上的天赋,高得超过宁灼所知的任何一个人。

宁灼总算体会到了养孩子的快乐。

他带着小白去模拟战斗室,教他如何根据手头上的队员进行调度,并合理分配职能,完成合围、刺杀、劫物等各种模拟任务。

小白带他看电影。

不是INTEREST公司拍的那些——一切和INTEREST公司相关的娱乐设施,除了《银槌日报》这种必要的资讯类软件,都不被允许在海娜基地中使用和装载。

小白带宁灼看两百年前的人们看的那些电影。可惜宁灼没什么浪漫细胞,电影里的主角还没有在小屏幕里活动超过十分钟,他就已经睡着了。

而这样简单的快乐,终止在次年春天到来的时候。

那天,闵旻走进了他的训练室,说道:"宁哥,有人找。"

宁灼刚把一个钢制偶人的脖子一腿扫得凹陷下去,撩起脖子上的毛巾,擦了擦汗,问道:"生意吗?"

闵旻迟疑了一下:"……是。"她压低了声音,"看起来有点怪,点名要见你。"

宁灼闻言挑起眉。

慕名而来、愿意出高价找他办事的人不少,他并不觉得有什么奇怪。

宁灼看向了角落里的小白。他训练累了,正抱着悬在半空的沙袋晃晃荡荡地"摸鱼"。

一看到宁灼的视线扫过来,他手脚并用,将身子往上一缩,挂在了沙袋上,试图隐形。

宁灼三步并作两步上前,把他摘了下来。

躲藏失败,小白马上露出甜甜的小酒窝,双手抱在胸前乖乖地讨饶:"宁哥,渴了吗?我去给你泡枸杞茶!"

宁灼把他的拳击手套抽走,发现他的指节通红——倒也不是完全偷懒,于是把他往地上一放:"去吧。"

小白小兔子一样撒着欢儿去了。

宁灼换了一身待客用的体面衣裳,在闵旻的引导下,前往专门接待客户的贵宾室。

傅老大已经在里面了,他在这种场合里也会出面,不过他从来不自报身份,只笑着添水招呼。基本上,所有来客都会把这个男人当成茶水间的员工。

这次的来客有两个,一个管家模样的长脸男人,西装革履,不肯落座,只站在上首主家的身侧。正主坐在主位,看见宁灼进来,就客气优雅地冲他颔首。

男人穿了一身唐装,三四十岁的模样,身材保持得不错,面孔清俊,看上去莫名有些面熟。

宁灼进来后,管家模样的男人走上前来,礼貌地递上了名片。

那张名片材质特殊,玉石一样触手生温,左上角用小篆印着两个瘦长的字:棠棣。

唐装男人温和地道:"棠棣,单荣恩。"

那家生物建材的名字如雷贯耳,是专门生产义肢的。宁灼早年用过这家公司出产的义肢。

宁灼不动声色地点点头:"您好,单先生。请问有什么事情?"

"最近我忙着收购一家公司,实在不能有负面新闻闹出来。所以来得晚了一点。"单荣恩露出宁灼最厌恶的商人式的笑容,笑盈盈地道,"我家飞白没有给宁先生添太多麻烦吧?"

宁灼一愣,热血一点点冷了下去。他终于发现单荣恩为什么看起来眼熟了。单荣恩的鼻子英挺,有一点驼峰。像极了……小白。

管家殷勤地接上了话:"我们家二少爷娇生惯养,这些日子给您添了不少麻烦吧?"

单荣恩笑着说道:"听说宁先生为了救他费了一番周折,其实实在是没有必要。

那群脏东西不过是图钱，装个样子，最多把他脖子后面的定位器挖出来，哪里真敢杀他？只是您大概不知道，白白辛苦您了。敢问您一单多少钱？我们按最高价格来付。或者你来开一个价格，都是可以商量的嘛。"

见宁灼低了头不回应，单荣恩对他举了举红茶杯："年轻人，一腔热血啊。"

上好的红茶，茶汤鲜红明亮，热气蒸腾，让宁灼想到自己为了救小白流的血，这一杯大概盛不下。

二儿子进入海娜的次日，单荣恩就知道了他的去向。他叫人盯了海娜很久，确定了他们没有上门敲诈的打算，却迟迟不见他们把人还回来。等事情了结了，他才登门拜访。

在一片沉默中，傅老大突然开口道："那时候绑架他的人，说要多少？"

单荣恩不知道为什么一个倒水的人敢插话，一时语塞。

不过由于不清楚雇佣兵内部的层级关系，他也没有呵斥，只是平静、疏离地微笑着道："他们没来得及问。"

傅老大继续道："总有个数吧。"

单荣恩笑着看向宁灼，用目光询问为什么这个人这么不礼貌。

发现宁灼丝毫没有理他的打算，他只好看向傅老大，抿了一口红茶："谁知道呢。"

傅老大笑了，笑得挺和气："不知道的话就按市价的平均值来，怎么也要一百万吧。"他竖起了一根手指，仔细看的话，他的手指极漂亮，细腻而修长，"我们宁宁要一百万零一块。"

单荣恩脸上的微笑顿时凝固了。

宁灼没听傅老大的报价。他知道傅老大是在给他找回场子，是在笑眯眯地扇对方的耳光。

可是宁灼不在乎，他只觉得肩膀上三个月前的旧伤隐隐作痛。

真……没意思透了。


宁灼这辈子，最痛恨的就是财阀和大公司。

他当时冲进那个集装箱迷宫，以为救出来的是另一个即将失去家人的孩子。没想到，他救出来的是一个可以拿钱就能轻轻松松赎回一条命的小少爷。

所有的疑点都有了解释。小白脖子上的伤口，不是惩戒或是恐吓，而是绑匪要挖出定位芯片。小白身上凌乱、肮脏的衣服，是他们提前准备好的，是怕小白身上带有什么先进的设备仪器。他们把小白绑回自己的基地，蒙着眼睛，捂住嘴，是因为他们在要到钱后，还要乖乖地把人送回去。

他和自己不一样，从来都不一样。

他是上城区里金尊玉贵的小少爷，自己是下城区里挣扎求生的淤泥。

同样是被绑架，他们的命运一个天上，一个地下。所谓的交会点和救命之恩，不过是自己的一厢情愿。自己贸然动手救他，反倒把他置于险境。

想到这里，宁灼面无表情地抬起头，对单荣恩道："他在开玩笑。"

这是一笔生意。

傅老大的做法固然解气，可宁灼要的是海娜在上城区那里留下一些好印象。

他不需要故作大方地欠人情，因为那样显得过于野心勃勃。另外，宁灼需要用一笔实实在在的钱，把这一段不该产生的关系从他的人生里去掉。

宁灼解开前襟的纽扣，拉下左肩衣裳，露出了那个曾经血肉模糊的伤口。

在毫不羞耻地展示了自己的伤口后，宁灼给出了他的报价："十万。"

单荣恩的肩膀微微颤抖了一下。他只是笼统地知道宁灼为了救他的儿子受了伤，却不知道伤得这样严重。这个伤口的位置再偏一点，就会洞穿心脏，横尸当场。

这个伤口的严重程度绝不只值十万。

单荣恩用上侧口袋里干净的麻纱手帕擦了擦鼻子，将有限的怜悯体现在了报酬上："十八万，图个吉利吧。"

宁灼把纽扣系好："谢谢。"

傅老大面色如常，一点都不因为宁灼当众驳了他的面子而恼怒，反而笑嘻嘻地俯下身给他们倒水："喝茶，喝茶。"

宁灼整理好衣领，说道："我带他来。"

单荣恩点头："有劳。"

宁灼转身走到门口时，稍稍停住了脚步。他问："他叫什么名字？"

单荣恩抬头，似笑非笑地说道："哦？他没有告诉你吗？"

宁灼点了点头，没有再回应，走了出去。

一直旁听的闵旻紧跟了出去，一肚子的话，刚要张口，就见宁灼猛地回过身："查。"

宁灼的脸上没有一点表情："我们的防护系统有漏洞。他们盯了我们这么久，为什么没有一个人发现？"

闵旻被他冰冷的眼神一盯，再没有二话，一切安慰浓缩成了一个字："是。"

甩开闵旻，被宁灼强压在胸中的怒气一点点翻涌上来，烧得他站立不稳，朝前俯身，扶住墙壁的同时，按住了灼烧得像是起了火的胃。他扶着墙缓了一会儿，才抬起森冷的眼睛，一步步往自己的房间走去。

按住门把时，宁灼像是被那彻骨的冰凉烫了一下，小臂的肌肉跳动了几下。他几乎有了掉头离开的冲动，可这种冲动转瞬即逝。

他推门而入。

小白换了一条牛仔背带裤，这是宁灼给他买的衣服，显得既俏皮又挺拔。

这三个月，小白的个头又往上稍稍蹿了一小截，他特意跑来自己面前炫耀了好多次，具体表现是扯着自己那件旧衣服，大声地长吁短叹："哎呀，是不是短了一点？"

宁灼在衣服上非常俭省，一年到头，不是黑就是白。他知道小白比自己鲜活得多，要有更亮的色彩来配。现在，这些衣服都囊括在了那十八万的报酬里，很值得。

小白听到门响声，还没回过身，眼里已经漾出了灿烂的笑。

"宁哥，来喝茶！"他的话音如小太阳一样明快，又脆又亮，"枸杞、生姜、红枣，都是我从哥哥姐姐手里一点点讨来的，真的不多，我要盯着你喝完！"

"不急。"他掩好了门，却不靠近小白，只是背靠着门，远远地审视他。只这两个字，小白就听出了他的话音不对。

宁灼从他的眉眼间看出他有一点情绪的变化。

这让宁灼惊讶地发觉，小白机警得远超他的想象——聪明得让人讨厌。

小白站直了身子，低头想了一会儿。他知道，基地来了个客人。他仰起头，直接将问题点了出来："哥，我爸来了吧？"

宁灼语带讽刺："嗯。死而复生，生物奇迹。"

小白舔了舔干裂的嘴唇，故作轻松地嘟囔着："真是的，要我做什么呢。"

刚进门时，宁灼带着一腔怒火，准备让小白好好承受一番。

可看到他的面孔，他紧绷着的肩膀不自觉地松弛了下去，满身的疲惫直涌了上来："回家吧，小少爷。"

宁灼不想陪小少爷玩游戏了。他的时间和精力很宝贵，他已经白白浪费三个月的时间了。

没想到，这句话像是踩到了小白的尾巴一样。他霍然抬起头，竖起了全身的尖刺："宁哥！你答应过不扔下我的！"

"你是小白，我当然不扔下你。"宁灼微微摇头，"可现在你是谁，我不知道。"

小白的声音急促起来："我，我叫单飞白。飞白是书法里的一种字体，我生在十一月——"

宁灼平静地点点头："哦，生日也是假的。"

他之前告诉过自己,他出生在春天,所以想要一只电子小猫做生日礼物。

宁灼嗤之以鼻,但还是去查了电子小猫的价格。

"礼物让你'无中生有'的父亲买给你吧。"宁灼自嘲地笑了一声,"我这边的哄孩子工作完成了,十八万,还算合算。"

单飞白愣住了。再开口时,他的声音里带着不可置信的哭腔:"十八万,你就把我卖了?"

宁灼觉得头痛得厉害,想要拿薄荷油揉一揉,但知道现在不是时候。他一开口就往小白的心肝上戳:"十八万是你爸给的价格,我出的十万。"

"你——"小白气得胸膛连连起伏,看样子简直要被宁灼气疯了,"你,你,你说话不算话!"

他扑上来抓住宁灼的衣领:"你跟他抢啊!你那么强,他根本是个废人,你知道吗?你只要拿枪、拿刀,你只要站在他面前!他怕你!你只要说你留下我,我也愿意——"

"我为什么要和他作对?为了你吗?你很重要吗?"宁灼睁开眼睛,口吻漠然,"我抢一个爱骗人的空心少爷做什么?单家小少爷太把自己当回事儿了吧。"

单飞白被宁灼的话气得浑身发抖,手死死地攥住衣角,盯着宁灼,眼泪大颗大颗地滚下来,脸色煞白,按住胸口喘不上气来:"你,宁灼,你——"

两个人都被对方气出了内伤,瞪着对方,像是成了仇人。

单飞白低下头,深吸几口气,才平复了自己的情绪。

"是,我留不下来。"他轻声说,"老头子会说你绑架我。"

这样自言自语地劝说了自己后,单飞白仰起头来:"宁哥,我走了。一开始骗你,是因为我不知道你到底是什么样的人,后来知道了,谎又撒得太多,我知道你讨厌这个……给你添麻烦了……"

说到这里,他又露出一副快哭了的样子,垂下眼睛,说道:"你只要记得我一点点就好了。"

事情到了这一步,这场告别虽说仓促又难堪,至少也能维持个体面。

可宁灼从来不是个体面人,他觉得自己被单飞白骗得像个傻子。宁灼向来是个野蛮人,他痛了,就要让害他的人痛上百倍。他冷淡地撕开了这表面的矫饰和客套:"我为什么要记得你?"

被分别的伤心压得抬不起头来的单飞白猛然看向宁灼。

"你叫什么名字?哦,单飞白。忘了,我一分钟前才知道。"

宁灼表面冷静,拳头早在身后攥成了铁疙瘩。他用机械手拨开自己肩膀上的衣服,将那处伤口再度坦露出来:"我就算记得那三个绑架犯,也不会记得你的。至少他们给我留下了这个,你留下了什么给我?"

宁灼缓了一口气,心口酸涩:"一个假人,一堆谎言。我能记住你什么?你配让我记住你什么?"

宁灼说到这里,太阳穴突突地跳起来。

单飞白愣住了,片刻后,他一步步向宁灼走来。

宁灼注视着他那双充满伤心的眼睛,咬牙拼命咽下喉咙里的酸楚。

走到他面前,单飞白径直跪在地上,仰头望着他,像是在望着一个梦,或是一个神明。

宁灼冲他摆摆手,满脸木然:"别,回去跪你爹妈吧,我受不起……"

然而,单飞白这样做,根本不是为了感谢他。下一秒钟,单飞白突然暴起,张口死死地咬住了宁灼的手指。

当然不是右手。

十指连心,宁灼骤然吃痛,反应倒快,将单飞白面朝下踢倒在地,又趁着未消的余怒,抽出右脚靴侧挂着的皮鞭,反手抽了他一鞭子。

这一鞭子够狠,单飞白那条背带裤的半副背带都被抽断了。大片的血痕从他的背上透出来。

事发突然,宁灼的疑惑远远大于痛楚。即使他的手指被咬得微微变形,鲜血顺着指尖往下落,宁灼也没有管。他看着这个他精心养了三个月,但从没有一刻真正认识过的小孩。

单飞白的脸上没有痛苦,只是很平常地望了一眼从后渗过来的血迹,仿佛那只是一摊淌开的水。

他伸手用大拇指抹去了嘴角沾染的血丝,平静地说道:"宁哥,我知道,我爸和我送你什么,你都不喜欢。哥,我就是想,你的肩上被穿了个洞,一定会留疤的。那我也送一个疤给你。你只记住他们可不公平。你一定得记住我。"

"我记住你?"

宁灼被他的这一歪理气笑了,抬起脚,往他的肩上一蹬,轻而易举地把他蹬了个跟头:"滚吧,小狗崽子。"

单飞白站起身来,冲他鞠个躬,听话地滚了。临走前,他顺走了一件宁灼的外套,披在身上,遮住了后背的鞭痕。

宁灼没有去送,他在床边坐下,长时间地坐着。坐得久了,他迟钝的神经被手指传来的钝痛再次唤醒。

单飞白这一口咬得非常精准、坚决、狠毒,很有可能伤着骨头了,他就是冲着让宁灼留下永久伤疤来的。

宁灼开始后悔自己轻易放走单飞白。所以他通过透明的随身屏幕,看到单飞白和他的父亲一行人走出会客室。没有什么父子重逢的温情戏码,没有哭泣、拥抱和失而复得的喜悦。

单荣恩的神情得体而平静,单飞白完全看不出刚才歇斯底里的疯狂。

父子俩像是刚刚结束了一个商业酒局,此时客人还未散尽,所以他们肩并着肩,依旧戴着那张官方又客套的假面,迎来送往。

只是,单飞白每路过一个监控器,就会抬头看上一眼。他似乎在等一个永不会来的挽留。

大概是等了太久,单飞白的眼睛隐约有些闪亮。他低下头,吸了吸鼻子,问道:"你们是怎么找到我的?"

单荣恩没有说话,走在最前面,表演着他的优雅台步和稳重台风。

单飞白不是在问他爸,他将视线投向了旁边的管家。

宁灼感觉,管家好像有点怕单飞白。因为面对这么一个小孩,他咽了口口水,回答得相当郑重:"您失踪的当天,我们就动用了白盾里的一点关系,追查到那个农场。那里有一个人的下巴被打碎了,重伤昏迷。另外一个改造人已经死了。我们救下了还活着的那个人,让他写下了一些情报,他说您被一个安装了机械右臂的人抢走了。他……"

单飞白徐徐地说道:"哦,那人还挺讲义气。绑架我的一共是三个人,还有一个人应该伤得不重,醒过来后逃掉了吧?把他找到后,送到监狱里去。环境水平排名倒数三名之内的哪个监狱都行。我会给你们提供一幅画像。把他找到,然后送到该去的地方。"

单飞白用那样的口吻,轻描淡写地就如何处理那几个绑架犯提出自己的意见。

宁灼终于清楚地意识到,这个小孩面对自己的时候,无论是真心还是假意,对他展露出来的,都不是他本来的面目。

只有咬他的这口最实在、最真心——阴沟里翻船了。

满腔怒火的宁灼看到了被他端端正正地摆在床头的杯子,只觉得刺眼,索性端起来,一口气喝尽了。红枣枸杞姜茶凉了,顺着喉咙甜腻腻地滑下去,在胃里又燃烧出了一小团烈火。

宁灼没有再看悬浮在半空的监视屏,不知道接下来发生了什么。

他是在两年以后,系统梳理基地内外的监控时,才发现了一段陈年的录像。

单飞白走到来接他的高级飞行车前时,微微一怔,俯下了身。在他再次直起腰来时,手里多了一朵初春新生的野花。

单飞白将花拿在手上,颠来倒去地把玩了很久。

因为找不到要送的人,最后,他把那朵花一点点揉碎在手指间。

宁灼的身体陷在椅子里,望着这过往感情的一点余烬,突然有了去外面的山坡上走走、看看有没有花开的冲动。

但他没有去。在监控里开着的,已经是两年前的花了。

面对屏幕,宁灼抬手,按下了"删除"键。

手指被牵动,隐隐作痛。不过宁灼知道那是幻觉。


梦里的时间过得格外快。

一眨眼,十八岁的宁灼就像竹子一样,望风披雨,变成了二十三岁的宁灼。

他有幸还没死,而且混得不错。

此时是某日夜间的23点。

宁灼正开着一辆悬浮车,带着三个海娜成员,前往他的目的地,一处老旧的停车场。

他要去完成一单业务,业务内容很简单。

两伙地头帮派因为地盘划分不均,积怨多年,扯皮良久,这么多年谈谈打打,打打谈谈,终于达成共识。但偏偏在两家的中间地带有一条红灯街,带来的利润相当丰厚,谁也不肯拱手相送。

他们懒得斗智,决定通过一场5V5的徒手格斗来解决这个问题。谁拳头大,谁拳头硬,谁就拿到那条街的控制权。

下城区里,这种破事屡见不鲜。

宁灼和三个海娜成员,就是东街帮派请来的外援。

当天,东街帮派只会派出一个本帮的人。而宁灼和海娜成员将扮演他的"小弟",任务是替东街拿下一场漂亮的大胜。

为了将来长久的利润,他们当然要上最可靠的保险,因此出手格外阔绰。

宁灼在接单前进行了一番事前调查,确有其事。

东西街两拨人为了地盘划分的事情,闹得尽人皆知,连隔壁街区的雇佣兵组织都略知一二。

好笑的是,西街那个帮派与东街不谋而合,也悄悄请了雇佣兵来做帮手,而且做得更过分,一口气请了五个,一点脸都没给自己留。

西街请的雇佣兵组织宁灼甚至认识,叫"天地人"。

宁灼这边还没有什么表示,那边天地人的老大就拨来了电话,问他们谁上。

"我。"宁灼说道。

天地人老大甚至连通话都没挂,就忙不迭吩咐自己的手下,"告诉他们,赛制5V5,一对一,给我定死了,打死都不能设擂主!"

宁灼笑着说道:"怕我啊?"

对方啐他:"怕什么!你还得怕老子呢。"

"怕你什么?"

"你还别不信。打起来20秒,你就能跪在地上求老子别死。"

对方跟他臭贫了些什么,是真是假,是在捧他还是在示弱,宁灼左耳朵进右耳朵出,并不在乎。

这是一单简单的生意,反正不打着海娜和天地人的名头,谁胜谁负都不会影响名声。

输了,退钱就行,丢人现眼损失利益的都是两家帮派。

所以在宁灼眼里,这算一笔再日常不过的生意。

为了避免露馅,宁灼双手都戴上了手套,免得暴露自己的机械手。

……

宁灼按照东街帮派给自己提供的地址,一路向西。他路过了一处巨型的工业区,厂房是一整片的,连绵不绝,延伸出了几公里,在夜色里像是一头深色的、背甲崎岖的怪兽。

车里播放着斯特拉文斯基的《春之祭》。倒不是宁灼喜欢古典乐,是他讨厌太吵的音乐。他很容易耳朵疼,耳朵疼就会诱发头疼——一种糟糕的连锁反应。

这首曲子鼓点密集,却不吵人,像一段散乱无章、随手剪辑的蒙太奇,带着点神经质的味道,像是一场来自遥远的荒蛮时代的祭祀。

闵旻不怎么出外勤,不过她喜欢热闹,在基地里闲来无事,就占用了他们的频道聊天。

"我说,你还敢往外跑?"闵旻在那头涂指甲油,"最近风声不大对,听说日向健四处找人托关系,说要弄你呢。"

宁灼对此反应冷漠:"让他弄。"

日向健是个黑市商人。宁灼最近和他有点不对付。

不过这种轻描淡写的认知,仅限于宁灼本人。

"你可是搞黄了他黑市整条'酒神世界'线,听说他人都疯了,天天擦他那把武士刀,你真不怕他上门找你拼命？"

宁灼不以为然:"他做事不干不净,还有脸来找我？"

四周的路越来越偏僻。

昏黄的灯投下了一盏盏的光,在宁灼脸上投出了明暗交替的栅栏格。

宁灼虽然狂,但在这样的杂碎面前也狂得有理。

不是宁灼有意找他,是日向健的生意做得太大,扑棱蛾子一样,直愣愣地撞到宁灼手里。

这事还是和"酒神世界"有关。

从十年前开始,INTEREST公司就推出了新版的"酒神世界",效果更加温和,并调整了原有的发售模式。

按INTEREST公司的说法,经高层统一研究,"酒神世界"将进行限量销售。这是针对公众的说法,但实际上,"酒神世界"改版和调整的原因,是白盾不大高兴。

这种无形的"电子毒品"导致下城区的犯罪率直线飙升,让白盾的KPI很不好看。

于是,白盾和INTEREST公司的高层坐在一起,开了个会。最后决定是,"酒神世界"采取"周五见"模式,只在每周五的固定时段销售,表面上是"限量销售",实际上设置了一道无形的门槛：B级公民能抢到的概率更大,下城区能抢到的名额则少得可怜。在产生饥饿效应的同时,也算是对白盾有了个交代。

而且INTEREST公司没有蠢到放弃底层市场。他们另外有一条生产线,专门为黑市输送旧款的"酒神世界"。

至于有些底层人无法承担黑市的高价,只能被迫强行戒断,变成精神病,这不在INTEREST公司考虑范围。对此他们只能深表遗憾。

至于日向健,是个二道贩子。他的嗅觉灵敏,提前囤积了大批旧版的"酒神世界",可以说眼光不错,眼界却相当有限。

从INTEREST公司口里夺食这种事本来就有风险,闷声发大财算了,没想到日向键居然开始投入大价钱,改装一些原版"酒神世界"没有的功能,譬如更加直接的、刺激欲望的信号。

于是,有家公司间接找到了宁灼,要他制造一场意外,让这批还没来得及出厂的货物从世界上消失。

宁灼心知肚明,INTEREST公司虽然没有出面,但这是他们辗转了多家公司,安排到自己头上的活儿。

接到任务的那一天,他没有睡着。这是宁灼第一次摸到大公司的边。还是

INTEREST 公司。

按照宁灼的本意，他更乐意去烧掉 INTEREST 公司的总部大楼，送 INTEREST 公司所有高层集体出殡。

但理智要求他，老老实实按要求做，博取他们的信任，获取更多资源。

宁灼在很多人眼里是莽夫，是打手，是一条看门狗，还是一条靠脸上位的狗。

但他不是意气用事的人。这事儿本质上是狗咬狗，两方谁倒霉，对宁灼来说都是好事。

让他烧"酒神世界"，他是一百个乐意。

火顺利放了起来，这批"酒神世界"也在熊熊烈焰中化成了一仓库的灰烬。

可日向健扎根黑市多年，颇有人脉，不知怎的，居然知道了这事是海娜做的。然后他就红了眼睛，发誓要复仇。

但宁灼自认为很讲道理。在他的世界里，得罪了君子要道歉；得罪了小人，算小人倒霉。

况且，整个银槌市，没有任何一个帮派和雇佣兵有那个狗胆敢对他下手。

这是宁灼这么多年来用血打下的声望，是他耗尽心力积蓄下的能量。

宁灼把注意力转回到路况上来，顺便把闵旻从频道里"踢"了出去："我们快到了。找别人聊天去。"

闵旻的电话刚挂断，一个外线马上接了进来，在半空中不停闪烁。

宁灼瞟了一眼。

来电人：小苹果。

宁灼懒得理他，任由通信自行挂断。

然而，十秒钟后，来自同一个人的电话再次呼入。

意料之中。

宁灼迅速点下通信键，冷冷地说道："您好，您所拨打的用户正忙，请稍后再拨。"

林檎并不为所动，笑着问："在干什么呢？"

宁灼已经来到了约定的停车场附近，单手开车，寻找着合适的停车点："扶老奶奶过马路。"

林檎抿着嘴笑："你别扶老奶奶闯红灯就好了。"

"知道还问。"宁灼说，"林檎，你是警，我是贼。你想往上爬，我不拦着你，你也最好离我远点儿。"

林檎不在乎他的冷言冷语："那我也是从贼窝里走出来的啊。"

宁灼甚至能想象到他那双眼睛在绷带后微微笑弯起来的样子。宁灼拉下手刹：

"有事说事。"

"最近你要小心。"

宁灼稍稍停顿了一下。不是因为林檎的直切主题,而是他觉得四周不太对劲。这里和他昨天来踩点时的情况不同。

原本停在这里的一大批二手车辆没有了,只剩下了十来辆报废的小型车,零零散散地排列着。这样的状况不是不能解释,可以说是那两个帮派为了方便格斗,提前清了场。但这样的异常,已经足够引起宁灼的警惕。

宁灼的声音发紧:"为什么这么说?有情报?"

"最近我写了一个模拟编译器。简单来说,能综合档案、通信数据和监控记录,对针对某人的犯罪进行一定程度的预判。我把你的名字试着放进去跑了一下。上面显示的结果是你很危险。有很多条线索微妙地指向了你。"林檎说得相当轻松。

但宁灼知道,林檎刚刚进入白盾长安区的数据别动队。身为队员,他根本没有任何权限可言。林檎所说的那个系统,需要整个银槌市最高的网络安全权限,拥有无限扩展能力的计算机,而且项目书必须层层上交,最后由高层的某个官员发起。总而言之,林檎这样的年轻警察,根本没有资格碰触这块巨大的蛋糕。唯一的解释是,林檎听说他得罪了人。

林檎担心他的人身安全,又担心无法说服他,所以单给他写了一套简易系统,在林檎能使用的最高权限范围里,向他有理有据地发出了"危险"信号。严谨如林檎,最爱做这种多此一举的事情。

宁灼打开了覆盖范围为五百米的热敏扫描仪。

附近只有他一辆车,但是附近环抱了停车场的几座高楼之上,隐隐约约浮现出几个人影。

宁灼的声音冷了下来:"多谢。"他挂断电话,同时对车内的其他人下令,"坐稳。"

他猛然踩下油门,快速向后倒车。

这是个陷阱!得尽快离开这里!

但是已经晚了。

一枪自后面而来,稳准狠地射到了发动机上!

听爆炸后弹片飞散的声音,是用23炮改造成弹头的独头霰弹枪!只一枪,车子的发动机就报废了。

失去动力的车辆在惯性的作用下,不受控制地向一边倾斜侧翻。宁灼的驾驶舱被压在了最下面。

变故来得突然，好在车里的其他人也是老手，迅速冷静下来。他们必须出去。车子已经报废了，他们不能被困在这里。一旦燃料外漏，必然引发爆炸！

靠近副驾驶座的人是郁述剑。此时的他跟了宁灼一年，刚换上那条刀片假肢半年。他松开安全带，手脚并用，暴力拆卸了门轴，将车门做了一面临时的盾牌，高举起来，以最快的速度寻找四周可用的掩体。

一眼扫过去，郁述剑的心就凉了。

没有！他们能用得上的，只是那十几辆报废的小车。

可就算他们能冒着枪林弹雨跑到那里，也会因为车身过小被严重卡住视角，周旋的余地被压缩到了最小。

而且那几辆车是经过精心排布的，一辆车做掩体，也绝对藏不下一个以上的人。一旦力量被分散开来，他们还是死路一条！

郁述剑刚瞧清情况，就听到一阵刺耳的尖啸声凌空而来，直直地撞上了他手持作盾的车门！

这冲击力过于惊人，宁灼感到手臂一阵剧痛，被撞回驾驶室内。

在车门即将脱手的瞬间，宁灼踩住座位，猎豹一样凌空向上一纵，抓住了车门把手，冒着被击中的危险，灵活地跃出了狭小的空间。他简短地喝道："冲我来的！把头埋低！找机会出去！"

宁灼在赌。他们驾驶的车的发动机经过特殊改装，能一枪打爆它的人，是一个顶尖的狙击手无疑。

从子弹飞来的方向判断，他应该是在两百米开外的一栋楼上。

如果那个人枪法真的精准，而且想要直接致命，应该换用油气子弹，射击高速旋转的轮胎。

那样引爆车子的概率非常高，而且车辆会发生严重的前冲和倾覆，而不是像现在这样直接侧翻。

这是保他们的命的做法，绝不是要命。所以宁灼在赌，他们想要活的。

他无暇思考，扯下手套，弹开手臂上的储物舱，在一秒钟内甩出一枚烟幕弹，用牙齿扯掉了拉环。

雪白的烟气咻咻地弥漫开来，大雾一样笼罩了周围方圆三十平方米的地方。失去了固定目标，枪声顿时如雨点般响起。

宁灼原地给自己制造了一座屏障。他要用这点时间，赶到那座楼里去。

宁灼在最短的时间里已经明确，那个狙击手是这支队伍的核心。

虽然一个合格的狙击手会迅速根据战局调整自己的位置，但宁灼知道，短时间内，那个人离不开那栋楼。现在，他也需要占据高地优势，掩护自己的队友。

至于没有狙击器材这回事，不在宁灼的考虑范围之中，只要抢过来就有了。

可惜，对方有备而来。在宁灼竭力冲向那一丝生的希望时，他的背后传来了一声细微的喇叭电流声。

宁灼回头看去。

在渐渐消散的雾气中，他看到一把枪已经稳稳地抵在了郁述剑的太阳穴上。

一个人无声无息地站在那里，雪白的头发被夜风吹得凌乱，紫色的眼睛毫无感情地凝视着宁灼。

那是一个热敏仪器无法勘测到的……仿生人。他手持喇叭，平静地下达了指令："宁灼，不想他们死，就别动。"

郁述剑咬牙切齿，气得浑身哆嗦，却无可奈何。

宁灼停住了脚步。

下一秒钟，一颗子弹擦过了宁灼的腰，带来了火烧一样的尖锐刺痛，像是在逗弄他。

——那边根本连反烟幕弹的热敏镜都有！

可以说，这人为他张开了天罗地网，只是静静地等待他的到来。

宁灼平静地丢下了车门，表示自己认栽。

七八道射频灯从四面八方而来，交织成了过亮的光，把宁灼照得睁不开眼。

失去了视觉，宁灼能依赖的只剩下了听觉。

坚硬的皮鞋底踏着地面，一路行来。

宁灼直觉，这是这次围杀的领头人，也是那个出色的狙击手。他知道，自己还有一次机会。

——趁那人靠近，一举擒拿，挟持脱困。

领头的人背着光，一步步向宁灼走来，宁灼看不清楚，只看出他身材高大，比自己高出半头。

那个修长高挑的身影子扛着一把狙击枪，在白光中融化、挣扎，又融合，虚虚实实，宛如幻觉。

谁？是谁？

不等他看清，就有人远远地呵斥他："转过去！"

宁灼知道，这是怕他面对来人，突然动手。宁灼顺从地转过身去，在心里想着一些伤而不死的近身制敌招数。

然后，他猝不及防地听到了一个悦耳明快的声音："宁哥，你好呀。"

宁灼一颗心像是骤然在悬崖边上踩空了，刚刚酝酿出的杀意停滞了一瞬。

就趁着他失神，一记肘击准确且凶猛地砸上他的后背，正中他的腰椎，震得他半身酥麻。

来人一个利落的擒拿，锁住了他的肩膀关节。在无限的屈辱和愤怒汹涌而来前，宁灼脑子里冒出的第一个念头是小狗崽子这些年吃化肥了，个头蹿这么快？

越是恼怒，宁灼越是冷静。

宁灼背对着他，明知故问："是谁？"

单飞白贴身锁着他的关节，比小时候结实了不知道多少的胸膛热腾腾地贴着他的后背，本意是要贴身防他，不给他留下一点反攻的空隙。宁灼这一句话后，单飞白清晰地感受到了他身体的僵硬和呼吸节奏的加快。

原本还算平稳的心跳咚咚地叩起了他的脊椎，撞得宁灼后背疼。

多少年了，他还是知道这小狗崽子的痛脚在哪里。他毫不留情地一脚踏了上去，狠狠地碾了几脚，却是把自己旧日的酸涩勾了上来。

半响后，冰冷的枪带自后方钩住了他的脖子，缠了一圈。完成了又一层束缚和固定后，单飞白才开口："宁哥，真是贵人多忘事。"

声音明显听起来没有刚才那么兴致了。

他的不痛快，让宁灼在微妙的酸涩中找到了一丝快意。

宁灼"哦"了一声，仿佛是刚刚才在记忆的角落中翻找出来一个人："是你，小白。"

单飞白从身后锁着他，自然嗅到了他身上散发出来的薄荷油的微苦气息："嗯。"

如果不是腰还带着被枪火烧过的阵阵刺痛，如果不是脖子上还套着枪带，这会是一个相当温馨的久别重逢。

宁灼的头皮微微发麻："贴得这么近，怕我动手？长了这么高个子，就这点胆子？"

单飞白不为所动："不是胆子小，是我知道宁哥的本事。"

保持着这样近的距离，他能对宁灼任何细微的动作做出预警。

可宁灼仍然有把握脱困。拼了一只手不要，他有70%以上的把握挣脱单飞白的控制。

他的人仍然落在单飞白手上。他一个人逃掉，改变不了什么。

宁灼不动声色，一颗心已经被滔天的怒火煎熬得吱吱作响："是日向健买你来杀我？"

单飞白想了想,说道:"嗯……差不多。"

宁灼气得声音里流露出狰狞的笑意:"敢做不敢认?他花了多少钱,能买你的良心?"

单飞白说:"也不贵,十八万。"

这个数字触怒了宁灼。他认定,这是一场精心策划的报复。

是日向健的,也是单飞白的!

宁灼一腔心火顶着肋骨直往上烧。他想不通。于是,他竭力扭转身体,要回头去看一看单飞白。

哪怕是舍了这条胳膊,他也想看看单飞白现在到底是什么表情,他用什么样的眼神看自己。

单飞白会心虚,会痛恨,会快意,还是像多少年前一样——那个伪装乖巧的小孩,站在他面前,眼神清亮干净,说要送他一朵花。

单飞白不许他看。

单飞白稳稳地控制住宁灼的关节,向后掰去。骨头因为过度的挤压嘎吱作响,关节处隐隐发白。

宁灼冷冷地说道:"手劲儿挺大。"宁灼为人,本身就带了那么点儿不吝惜自己的疯劲儿。他的身体早就是一堆破烂了,还在乎再烂一点吗?

然而,单飞白似乎很快察觉了他的决心,抬起脚,戏弄似的踩住了他的小腿,用力下压,卸去了他一半的力道。

——宁灼不想被压得跪下,就得分出力气和他对抗,不再尝试挣脱。

显然,单飞白不许他走,也不许他折了自己。

五年前一起训练的场景与现在畸形地重叠在一起。

挣脱不得的宁灼几乎把牙咬出了血。他见惯了背叛,见惯了恩将仇报,可单飞白和他们不同。具体是哪里不同,他说不出来。可他不信自己的眼光能差成这样。

"宁哥,别动。"单飞白低声耳语,竭力控制和隐藏着情绪,"我的甲方让我在你的身上留一个洞,没让我做别的。"

宁灼安静了下来。

夜风吹过他的衣衫,宁灼发觉,激烈的挣扎已经让他汗湿了背。不过,得了单飞白这一句话,确认单飞白完全是冲着自己来的,宁灼反倒安心了一些。他说:"怎么都好,别碰我的人。"

单飞白沉默了。再开口时,他话语间竟然带了点酸楚和怨怼:"当初宁哥怎么不对我爸说这个?"

宁灼反唇相讥:"我为什么要把一个骨头没有二两重的少爷羔子当成自己人?"

单飞白轻轻笑了一声:"宁哥,我不是小少爷了。我现在是和你一样的人。"说罢,用手抵住了宁灼的后背。

锋利的匕首贴着宁灼的皮肉,一点点上移。最终,匕首冰冷的锋刃停留在了宁灼肩膀曾经被洞穿的疤痕上,像是一只蝴蝶栖息在了那里,搔出了细微的痒来。

宁灼心里隐隐生出了一股不妙的预感。

"宁哥,临走的时候你跟我说的话,我想来想去,想了这么多年,还是觉得不行。"说着,单飞白低下头,看见了宁灼戴着手套的左手,有些失望地垂下了眼睛。

"我总觉得当年咬得不够深,宁哥一定都修复了……闵旻姐很厉害,我知道。"

宁灼攥紧了左手手掌,烙在他手指上的一圈牙印,又疼痛了起来。宁灼咬牙切齿地说道:"你敢——"

单飞白敢。

因为下一秒,那柄匕首干净利落地捅了进去,破开陈年的疤痕。因为距离太近,自己的血必然溅了他一头一脸。

宁灼不想去想,可他控制不住地去想,那样年轻英俊的面孔,到底是用什么样的目光看着现在的自己!

宁灼在尖锐的疼痛中身子抖如筛糠。他低下头,看到了贯穿肩头的染血锋刃。他从胸腔里硬生生地挤出嘶哑的吼声:"单飞白,你不错!"

单飞白居然开始哄他:"哥,你别生气,缓一缓,好好想想。到底是谁让我来杀你的?你多想一点,就不疼了。"

鲜血汩汩地顺着刀锋,从他前胸和后背上渗出。

暴怒实在不适合现在正在失血的宁灼。他觉得头晕目眩,一声声地喘得厉害,黑色鬈发因为出汗厉害显得越发卷曲。

腰间因为子弹擦伤渗出的鲜血,让他的衣服湿漉漉地贴紧了皮肉,施加了一层额外的束缚,紧得宁灼产生了无法呼吸的幻觉。

不知道是不是幻觉的副作用,宁灼发现单飞白有很久没说话了。

宁灼嘶哑地开口,失去力气的手指向后用尽最后一点力气,抓住了他的衣服,把自己的血染了上去:"姓单的——"话还没说尽,宁灼脖子上挂着的枪带粗糙地划过。他被单飞白自后袭来的枪托干净利落地砸中了太阳穴。

宁灼不是那样容易晕过去的人。他感觉单飞白在他的身边蹲了下来,托住他的左手手掌,竟然是要拉下他的手套。宁灼心里一紧,努力攥紧手掌,像是要留住最后一块遮羞布。

可是肩膀被刺穿，让他无法顺畅地动作。他的手套被一寸寸扯了下去。

在他失去意识前，他听到了单飞白发出了一声轻轻的叹息："宁哥……"

三天后，宁灼将一辆没有牌照的皮卡缓缓停在了一家咖啡厅门口。他的肩上还包着厚厚的雪白绷带，稍一动弹，还是疼痛难耐。

宁灼没有让闵旻医治他的伤。他要疼着，才能清醒地去想一些事、做一些事。他的身边坐着金雪深。

金雪深是海娜的情报分析师，是傅老大捡回来的，对傅老大绝对言听计从。偏偏傅老大是个没什么言和计的人，每天乐呵呵的，只吩咐他听宁灼的。所以他对宁灼并不算完全服从，带着股莫名其妙的拗劲儿，说起话来冷冰冰的，有点傲气。他硬邦邦地和宁灼讲理。

"你烧了日向健的'酒神世界'，日向健下单买你的命。这件事看上去很简单。可是最大的问题是，没有人敢接日向健的单。其他几家大公司我还没调查出来，但INTEREST公司的情报部副部长和瑞腾公司下属的一支雇佣军'卢梭'，他们的邮箱和通信记录里都有过关注海娜的痕迹——只有代称，但我破译出来了。如果没有人接杀你的单，就说明你在银槌市的地下世界里的地位到了不可撼动的地步……可那些大公司和你根本不熟，你也没有向他们示过好。没人杀你，那就总会有人想杀你。你懂我的意思吗？"

宁灼眼里没金雪深，他只望着远处咖啡厅里的单飞白。

咖啡厅原本就是单家的产业，现在又被单飞白和他的新组织，听说叫磐桥，包场了。

单飞白丝毫没有察觉到宁灼的视线，正歪着头和身边的人说笑。

几秒钟后，单飞白像是听到了什么笑话，大笑起来。

阳光落在他的眉眼上，有种鲜活的干劲和活力，一点都没有隐藏锋芒，保持中庸的意思。

宁灼问道："你是说，他救了我的命，我还得谢谢他？"

"你不用这样曲解我的意思。他绝对有自己的私心。"金雪深深吸一口气，说道，"磐桥敢接单杀你。这支新雇佣兵的名声只靠这一件事就可以打出去了。但你要注意一点：他没真的杀你。"

宁灼反问道："当初我救了他，前天他没杀我。这算公平吗？"

金雪深推了推眼镜，耐下性子和宁灼讲道理："是个人都知道日向健那个命令是什么意思。'在你身上打个洞'，这个洞应该开在你的脑袋上，开在你的左胸上，你死了才是一了百了,永绝后患,可单飞白只捅了你的肩膀——"

宁灼和他针锋相对:"意思是还便宜我了?"

金雪深被他气得一个倒仰:"你简直不可理喻!"

"不可理喻……"宁灼重复道,"不可理喻?"他再一次遥遥看向了那个神采飞扬的青年。他知道金雪深在说什么,什么道理宁灼都明白。他围而不杀的时候、语焉不详地称呼雇佣者为"甲方"时候、只捅了自己肩膀的时候,宁灼就猜到了究竟是谁派他来的。

宁灼轻声道:"真长高了。"

下一秒钟,他将油门踩到了底。轮胎和地面的高速摩擦而产生的尖锐嘶鸣让金雪深觉得头皮都炸了:"你——"

宁灼将方向盘上的皮革抓得深深陷了下去:"坐稳,抓好扶手。"他对准了单飞白,直直地撞了过去。他的卡车在光学迷彩的掩映下,和行道树与建筑物混为一体,全为了这一刻。此刻,引擎声轰鸣。

巨大的轰鸣终于吸引了单飞白的注意。他回过头来的时候,咖啡厅的玻璃已然炸裂,如雨一样四下飞溅,在他的脸上留下了深深的血痕。

单飞白的反应奇快,踏上咖啡桌,要逃离这全力的一撞。

正常的人眼看自己要撞到墙上,必然会依照本能减速。可宁灼毫不减速,目不斜视,将油门死死地踩下。

在单飞白即将跳离时,他脚下的咖啡桌在车头的撞击下彻底解体。

借力点骤然消失,单飞白身子一斜,直落到了前挡风玻璃上,又在前冲的力道作用下,被甩到了墙上。他的一条小腿撞到了墙上的鹿角装饰上,发出了一声清脆的折断声。宁灼只是冲着单飞白来的。

单飞白的那些小弟躲过了第一波冲击,回过神来,看到老大身受重伤,就都红了眼,叫嚣着合围了上来。

宁灼一脚踢开报废了的车门,面无表情地从手臂里甩出两把用来近身格斗的兰博刀。

金雪深惊魂未定地跳出副驾驶座,一按腰间按钮,一把一米多长的金红色微电浆弓弩凌空弹出。他抄起弓箭,熟练地用弓弦勒晕了一个人。

眼看着七八个彪形大汉向他扑来,他对着宁灼破口大骂:"姓宁的!你要害死我!"

宁灼点点头,用刀背砸到一个人的脸上,冷静地下达了指令:"跑。"

本来以为要开始一场搏命厮杀的金雪深一愣:"啊?"

宁灼远远地冲他点点头："够不可理喻吧。"

金雪深呆愣片刻，终于反应过来，一张书生面孔气得通红："你怎么这么小心眼！"

三天来，宁灼胸口憋着的一口气终于出了。他一回头，看到了地上被自己撞得半残的单飞白。

单飞白静静地看着宁灼，目不转睛，目光灼灼，像是在仰望一个让他崇敬、仰慕的强者，和小时候的他一模一样。

宁灼的眉头微皱。他看到了一件真正不可理喻的事情。

单飞白为什么还能这么看着自己？他把匕首捅进自己身体里的时候，也是这样看着自己的吗？

宁灼的后腰又火烧火燎地痛了起来。这来自久远过去的屈辱和愤怒，让宁灼猛地一挺身，从床上跳了下来。他发现身上覆盖着温热的被子。而单飞白就大大咧咧地躺在他身边，单飞白摘下了运动发带，因为没有枕头，头发就散乱地落在床单上，看起来睡得正香。单飞白的两条长腿搭在他的被子上，肌肉练得漂亮，所以沉甸甸的，看上去颇有分量。或许是因为光线太暗，那过去的伤痕是一点也瞧不出来了。

宁灼静静地看了单飞白一会儿，一时间分不清身在何方，只有满心的愤怒是新鲜热乎的。

他想，单飞白刚捅了他一刀，是哪里来的狗胆睡在他身旁的？

他越想越气，随手抄起被自己睡得温热的枕头，毫无预兆地捂到了单飞白的脸上！

刚睡醒，心气不顺，宁灼只用了七分力。

谁能想到单飞白一动也不动，任由枕头在他的面颊上越陷越深，仿佛他是一个只存在于幻觉中的人影。

就这么着，半分多钟过去了。

宁灼有点怀疑自己又犯了病，于是扣住枕头边缘的手指略松了松。

原本死了一样的单飞白却有了动作。他抬起双手，死死地摁住宁灼的手腕，就着宁灼放松的那一瞬，一脚踢开宁灼双腿，翻身压倒在宁灼的身上，把宁灼结结实实地控制住了。

单飞白正睡得香，陡然间被剥夺了呼吸，心里知道不好，却摸不清宁灼到底想干什么。他觉得宁灼应该不是真的要杀自己。但他知道，自己决不能跟宁灼对着来。

五年的对峙，五年的相杀，他太清楚宁灼的个性了。自己已经失了先手，要是一味地挣扎，宁灼要是越压越紧，他就真的一点胜算和活路都没了。

直到察觉到宁灼松手，竭力屏息的单飞白才寻到了一线生机。反压在了宁灼身上，单飞白周身紧绷的肌肉和神经终于敢有一点松弛了。

松弛之下，窒息感排山倒海而来。

莫名其妙地经历了一场劫后余生的单飞白把宁灼控制住，大口大口地喘气，小声感叹道："天哪。"

宁灼望着天花板，终于恢复了一点长梦前的现实记忆。他知道自己是突然发疯了，是理亏的一方，就没有采取进一步的反攻。

但没过一会儿，宁灼就不耐烦了。他不爱挨着单飞白，想了想，觉得是单飞白的体温太高了。他冷冰冰地说道："起来。"

单飞白一点都不见外，把下巴压在他的肩膀上胡乱蹭了几把，权当醒神。不出意外地，他蹭到了一点带着薄荷味的冰冷的汗水。

单飞白了然："宁哥，做梦啦？"

宁灼轻而易举地从他的控制下脱身，踢了一下他的大腿："听不懂话？下去。"

单飞白乖乖地下去了，但是没下床。他把滑落的被子往上拉了拉，大半盖在宁灼身上，照例留了一角给自己。宁灼觉得心气儿稍顺，没有非要轰他下床去。

宁灼向来是一觉睡醒了就算睡过了，从来没有睡回笼觉的习惯。可身边陡然多了这么一个大活人，宁灼得想办法安置了他，因此没有急于离开。他问："我睡了多久？"

单飞白回头看了一眼黑暗中的钟表，准确地报时："四个小时。"

宁灼问道："眼镜呢？"

单飞白扭过头来，嘴角下垂，做委屈状："被人打烂了。"他得寸进尺地说，"哥，再送我一副吧。"

宁灼气极反笑，知道他浑身上下脸皮最厚，扇他耳光也不怕，就伸手去拍他的脸："无赖。"

单飞白骄傲且理直气壮地说道："赖你家。"

气氛就这么微妙地缓和了下来。

单飞白趴在床上，一只脚悬在空中，晃来晃去，试图再次接上他们睡觉前讨论的话题："哥，那个人到底是谁？"

宁灼不接他的招儿："混了这么多年，规矩忘了？"

雇佣兵的规矩，向来是等价交换。每一样情报都没有白白交出去的道理。

"宁哥想知道什么？"

"你得罪了谁?"

单飞白抿着嘴巴,再次沉默下来。

在宁灼以为单飞白又要和他兜圈子装傻时,单飞白缓缓地说道:"白盾、瑞腾、INTEREST、韦威、联合健康……我可能都得罪了,但具体是哪一家动的手,我说不好。"

宁灼沉默了一会儿。他并不太理解单飞白到底惹了什么事,竟然得罪了这么多人。难道他在这些公司老总的祖坟上放了狼烟?但如果单飞白所说的是真的,那么收留他和磐桥会不会得罪这些公司呢?经过一番深思熟虑,宁灼做出了判断:暂时不会。但他必须采取一些行动,让这个"暂时"尽量延长一些时间。他已经从火场里救出了单飞白,现在想要摆脱关系也不容易。除非他冒着和磐桥不死不休的风险,把单飞白推出去,再一把火给点了天灯。

宁灼看了一眼单飞白,觉得他虽然时常欠收拾,但大公司那些脏东西加起来,烧成灰,扫成一堆上秤去称,也不及单飞白的半两骨头值钱。

草草睡了一觉,勉强恢复了头脑清醒的宁灼,索性把事情从头想起。据单飞白说,他是被人在别处击倒后,拖到长安区来的。这个背后的人显然想玩一手祸水东引,把事情栽赃到向来与他有仇的宁灼身上。

然而,宁灼并没有按照那个人的预定计划行事,误打误撞地免去了一场与磐桥的生死之斗。宁灼在思考时抽空看了单飞白一眼,觉得自己这次善心发挥得有道理,赞许地对自己点了下头。

火灾发生在长安区,长安区又归海娜管辖,所以自己去火场查探情况,合情合理。

在幕后人看来,他的举动确实破坏了他们的计划,但合乎逻辑,不算突兀。

救回单飞白,给他换了一条崭新的脊梁骨,等于是掐住了他的命脉。

地下势力,讲的就是优胜劣汰。雇佣兵,向来更是"利"字当头。

海娜要是降尊纡贵地伺候单飞白好吃好喝好治疗,再乖乖地送回磐桥总部,什么也不贪,什么也不要,在外人眼里看来才是怪事。趁着能拿捏他的时候,把磐桥一口吞掉,才是正路。而且磐桥不是口好啃的硬骨头。吞不下,会卡喉咙;吞下了,容易消化不良。

在幕后指使者看来,海娜为了应付磐桥,也会被大大地牵扯精力,而且后患无穷,等于是在内部埋下了一颗永久的地雷。

相应地,幕后指使者也不会把单飞白当傻瓜。他死里逃生,不可能不恨。

阿范这条线目前没能挖出东西来,单飞白自己也握不到确凿的证据,说不清是谁害了他,那就只能怀疑所有人。

如果宁灼是幕后指使者,反倒会乐于找海娜做事。

一来,海娜自从五年前锋芒毕露,被单飞白暗算下了面子后,就再没有任何惹起大公司疑忌的出格行为。

二来,宁灼刚刚攀上白盾的关系,替他们干了一趟活。虽说这件事最后办砸了,可责任怎么也落不到他的身上去。

三来,地雷既然埋下了,总是要有人去踩。

大公司害了单飞白,而单飞白作为宁灼的新手下,还要跟着宁灼去接大公司的单。

一来二去,单飞白能不迁怒宁灼吗?

他们等于是握住了一根让海娜从内部乱起来的引信,想什么时候引爆,只需要推波助澜一番就可以了。

想到这里,宁灼基本得出了一个结论:收容磐桥是一步险棋,但值得一走。不过,这一切前提都要建立在单飞白说的是真话的基础上。

宁灼一路顺畅地梳理到了现在,突然在这个问题上卡了壳。他信任单飞白吗?

宁灼迅速在心中找到了答案:不信任。

单飞白会恨他吗?宁灼以同样的速度给出了答案:不恨。

这两个答案偏偏是矛盾的。

至于哪个是真,哪个是假,宁灼一时有些拿不准。

在想不通一件事的时候,宁灼的眉毛会微微皱着。

此时的单飞白也定定地看着他,手指在床上搓揉,似乎是在模拟把他的眉头揉开。

想了一阵,宁灼看着单飞白的面孔,豁然开朗。要验证单飞白说的话有几分真假,也不难。

这么一来,宁灼终于明确了下一步的行动方向。他一抬腿,利索地下了地。

单飞白叫他:"宁哥,干什么去?"

宁灼的心情不错,脸上却不显露,俯下身拍了拍他的脸:"断你的后路去。"

简单地换上一件还算体面的双排扣旧西服,蹬上西装裤,难得把自己打扮了一番的宁灼向外走去,顺手把门彻底锁死,断绝了里面小狼崽子继续上蹿下跳的念头。

他没走几步,迎面碰上了步履匆匆、风尘仆仆的金雪深。

刚打上照面,金雪深劈头就问他:"你把单飞白带回来了?"

金雪深兼管财务,从前天开始带人去收账,足足忙了两天,回来后刚到山下就觉得不对劲,一上山,发现外面蹲了一排人,安营扎寨在了海娜大本营的外面。

再一看,全是熟面孔。

和海娜里大多数人不同,金雪深和磐桥是真有仇。

金雪深正惊疑间,磐桥那个白发紫瞳的仿生人二把手于是非见到他,对他很礼貌地打了个招呼:"渡鸦,你好。"

"渡鸦"是金雪深的外号。他喜欢鸟类,耳朵上戴着渡鸦形状的黑色耳钉,文身也多选用鸟形。

但于是非这样叫他的外号,听在他的耳朵里就和骂他没区别。

金雪深冷冷地说:"别这么叫我。你怎么在这儿?"

于是非在他的知识系统中检索了一番渡鸦的相关信息,老老实实地改换了称呼:"因为我们老大在这里。胖头鸟。"

金雪深二话不说,直接抄了家伙。

剑拔弩张之际,还是唐凯唱把他叫了回来。

一五一十地将情况同他一讲,金雪深马上怒气冲冲,要来找宁灼好好"谈谈"。

面对前来兴师问罪的金雪深,宁灼不答反问:"有钱吗?"

金雪深一愣,下意识地去摸自己的腰带:"多少……"

不过他迅速想起了自己的来意,捂住腰带警惕地说:"干什么?"

下一秒,他的世界就天旋地转了。

宁灼单手扯过他的身体,把他提起来,按着他的右手用指纹开启了他的腰带,倒出了一堆乱七八糟的东西。

一张卡片弹出来,宁灼一眼相中,轻巧地一踢,抓到手里。

宁灼随手把他往旁边一丢:"跟你借点儿,密码还是你养的鸟的编号?"

金雪深差点一头撞到墙,踉跄着站稳,脸色铁青:"宁灼!"

宁灼健步如飞地溜了。

金雪深气性向来大,又不服他管,追在后面喊:"宁灼,你别跑!你给我把话说清楚!"

宁灼把手臂贴在右耳,开启内部通信:"唐凯唱。六层632号房间,改一下布局。"

那头不明真相的唐凯唱应道:"好嘞。"

话音落下,宁灼已经推门进入了632号房间,顺手关上了门。

金雪深气势汹汹地拉开门,通路却已经变成了一堵墙。

不管差点一头撞到墙上的金雪深是如何暴跳如雷,宁灼一路驱车来到了单家。

路上,他看到所有的广告屏都在自发地播放那段"警督儿子夜潜换药"的监控录像了。

他知道,这是查理曼被白盾和INTEREST公司放弃的前兆。

宁灼有事,所以他没有停留,静待着事态发酵,再发酵。

他将车子停在了一间巨大的中式庭院前。

亭台水榭,古典楼阁。

银槌市的每个有钱人都以自己的喜好装点各自的院落,好把自家与蜂巢一样密集拥挤的平民区区分开来。

宁灼按了三遍门铃,里面都没有回复。

他衣冠楚楚地在门口等了一会儿,见没有回应,就神情平静地抬起脚,一脚把雕琢精致的液金栏杆踹弯了三寸。

在尖锐的警报声里,宁灼远远地看到了一张还算熟悉的面孔。

单家的管家,明显见老。他也认出了宁灼,客客气气地微笑着招呼道:"哎呀,是宁先生。这真是……真是很久不见了。"

宁灼把腿放下来,重新恢复了表面的礼貌:"想见一下你们家老爷子。"

管家暂时关闭了警报,却没有要给宁灼开门的意思。他手握着警报操控器,礼貌中透出一点居高临下的倨傲:"有预约吗?"

宁灼将一条染血的鹅黄色发带隔着栏杆扔了进去,砸到了管家的脸上。

在管家认出这东西属于谁,脸色一点点变得惨白时,宁灼平淡地回应:"没有,能进去吗?"

单家的会客地设在一间茶舍里,构思和设计相当精巧。

一道细竹帘将院落和茶舍做了简单的内外分割,将光影疏淡有致地洒了舍内人一身。只玉雕的鹿喷吐着清幽的梅子香,把茶香烘得幽而幽深。

在银槌市的土地上,想要种什么东西是很难活的。然而,茶舍外种着一大片绿梅林,绿萼一串串低垂着,呈含苞欲放状。

宁灼坐在暖洋洋的窗边,用茶暖手,等了一刻钟,等来了单荣恩。

多年不见,单荣恩倒是保养有方,不怎么见老,还是唐装,还是优雅得体的模样,只是嘴角冒起了两个燎泡,看起来与他的体面不大相称。

宁灼站起身来打了招呼:"单先生。"

引路的管家小声纠正:"宁先生,错了,是章先生。"

宁灼挑眉,看向了单荣恩,举起手表示抱歉。

这件事情，或者说八卦，宁灼是知情的。

单氏企业的主打品牌叫作棠棣。

棠棣的创始人，大名单云华，大约于十年前辞世，恰好就是单飞白被绑架的前一年。论起来，单云华女士并非土生土长的银槌市人。百年前，在185号安全点沉没后，她的父母经历了漫长的死亡漂流，活着抵达了银槌市，成了幸存的千分之一。

她有一个哥哥，当时年仅六岁，从小就懂事，因为去帮身为船上厨师的父母处理鱼虾，不小心被跳出来的虾子尾巴划伤了脚背，导致严重的细菌感染，不得不截掉了右腿。

他硬是靠着意志、运气和为数不多的抗生素熬过来了，奇迹般活了下来。船上有很多人称他为"奇迹男孩"，觉得有他的运气不错，这艘船说不定能平安抵达。

他们这艘船也的确迎来了奇迹中的奇迹，躲过了触礁、暴风雨、迷路的厄运，一路顺利抵达了银槌市。

可惜，在海上的时候，人们需要奇迹，下了船，他们则迅速被现实打回了原形。

这些新移民被集中安排在一处，较为出色的人才很快被筛选了出来，被安排去了上城区或中城区工作。

单云华女士的父母是厨师，在船上被大家亲切地称呼"单师傅"，下了船却是无人问津、没有价值的社会底层。

哥哥更不用说，船上的奇迹男孩，船下的残障人士。

出于人文关怀，一家人分到了一个小房间，潦倒地挤在下城区。

十年后，因为糟糕的计生条件、昂贵的孕检费用，他们又生下了一个左腿天生残缺的女婴。这对于普通人家来说，堪称致命的打击。

然而，单家父亲瞧着儿子，抱着女儿，说："可不就是缘分吗？一左一右，一个孩子有一半身子，将来兄妹俩也好有个照应！"

事情好就好在，单家父母是一对无药可救的乐天派。

别人家都是吃韦威公司出产的营养糊，他们家还是喜欢用大火烹炒出一片人间烟火，用有限的金钱，硬是把小日子过得有滋有味。

单云华从小就是个作风硬朗、酷爱读书的姑娘。她和父母详谈了自己的规划。她说，家里有多少钱都先供给我，陪我吃几年苦，我能读到哪里算哪里，总之，最后都还给你们，百倍还给你们。

单云华没有食言。她凭借着成绩冲破了层层阶级壁垒，一步步爬上了那条从下城区爬往上城的天梯。

在大学，她拿出了一份论文，讨论如何将神经系统的点电位变化应用于义肢。在这篇论文里，她交出了棠棣的第一份设计稿。当时，义肢还只是追求酷炫的外表和实用性的机械外骨骼，能够完成吃饭、取物、打字等基本动作。而她的棠棣，是要让义肢真正成为"肢"。

至于后来的人们尝到了义肢的甜头，过度追求义体化，不停地改造自己的肢体，恨不得换上各种义眼、义耳、义心脏，都和单云华最初的目的无关。

她的愿望一直很简单。

棠棣成功投入生产后，做出的第一样产品，是一双腿。当时那个懂事地给父母择鱼虾的孩子，现如今已经是一个老实巴交的四十岁的男人。

安装了脑机接口的他小心翼翼地戴上一条钢铁右腿，慢慢走了两步后，站住了。他回过身一把抱住了妹妹，像个孩子一样号啕大哭。

同样佩戴上一条青花瓷左腿的单云华温柔地拍打着他的后背。

一个奇迹男孩，被他的妹妹赋予了一个新的奇迹。

当被外人问起"如何从烂泥潭里走出来，获得这样的成功"时，单云华每次都是笑着说："因为我们家的饭做得好吃啊。每天早上出门、晚上回家，都有动力。"

她将精力完全投入事业，在四十岁前实现了她的诺言：百倍地报答她的父母与亲人，甚至，不止一百倍。

单云华四十岁结婚，丈夫章宾入赘单家，改名单宾。

她四十五岁生子，儿子随了自己姓，叫作单荣恩。生下孩子后，她把孩子交给丈夫，由他抚养，自己继续全心投入工作，直到六十八岁，孙子出世才退休。

之后，她长久地潇洒自在地生活，跳伞、攀岩、滑水，在八十岁时因为心脏病溘然长逝，结束了她精彩又忙碌的一生。

然而，在她去世后，她的儿子马不停蹄地改弦更张了。

他先是收拢了母亲手头的所有产业，整合一番，在各个关键岗位完成了一番大换血，大有带着棠棣再创新高、再攀高峰的架势。不过只是摆出了个漂亮的架势。

说到底，棠棣是单云华凭自己的个人能力和魅力创造的一个奇迹，这么多年过去，她的技术早就透过各式各样的途径，被大公司和财阀"共享"了。

早在单荣恩进入公司历练时，棠棣的市场份额就受到了大幅度的挤压，只剩下老牌义体企业的名头，仅能维持基本的体面。

单荣恩就要个体面。而且，他要的不是单家的体面。

从他小时候起，父亲就不止一次地向他倾诉赘婚的憋屈和痛苦，他深有感触。在单云华死后，就大张旗鼓地改回了"章"姓，连自己的父亲、儿子，一起改回原姓，大有一雪前耻、扬眉吐气之意。

当然,这个跟他一块儿改姓的"儿子",仅限于他那个身份不太光彩的大儿子。

几乎整个银槌市都知道,他那个"正室"所出的二儿子单飞白,是单云华一手养大的。

单飞白从小就跟着他的祖母,开着越野车追逐飓风,不怕死地追求着那恢宏壮观的天文异象,是个通身野气、不受拘束的孩子。后来,他干脆野出了新创意,跑去当了雇佣兵。

全银槌市的人,从上城区到下城区,都知道这个张扬的孩子姓单,叫单飞白。

他不改姓,就是一个活着行走的耻辱柱,不断地提醒着所有人,单荣恩……或者说章荣恩,到底有多忘恩负义。

章荣恩看到宁灼因为称呼自己"单先生"而沉默,以为他是尴尬了。他客气地微笑道:"没事的。宁先生,按您习惯的叫法来吧。"

他跟自己客气,宁灼就不客气了:"哦,单先生。"

无视了章荣恩瞬间变得僵硬的脸色,宁灼开门见山地说道:"现在贵公子在我那里。"

章荣恩目光微微闪烁了片刻,端起茶盏,喝了一口:"哦,那样很好。"

宁灼又道:"他跟我有仇。单先生知道吧?"

章荣恩说话文绉绉的:"有些耳闻,不太了解,不过宁先生和他也算是有过一些交情,你们也不是小孩子,彼此都有点势力了,应该不至于撕破脸皮吧。"

宁灼此行目的,是要从这个人的言行里确定,单飞白是不是真的得罪了人,走了不能回头的路。

这些商人的嗅觉相当敏锐,尤其是章荣恩这种人。

棠棣远不如单云华还在的时候,公司规模也缩水不少,章荣恩是要跟在大公司后面找食吃的,处事更是多添几分小心。

宁灼将事情挑明了:"他受了重伤。"

章荣恩手滑了一下,茶盏磕在杯沿,发出了一声尖锐的响声。他放下杯子,神色不豫:"伤得怎么样?"

谈话进行到这里,宁灼心里已经基本有了判断。

单飞白的确得罪人了,而他这个亲爹,并不打算管他的死活。

宁灼问道:"您不问问他,为什么受伤?"

"他长大了。"章荣恩从隐隐的担忧和心疼中回过神来,又恢复了那副死样活气的文人腔调，和宁灼慢悠悠地打太极，"儿子大了，总有他自己的难关要闯啊。"

宁灼身体往后微微仰去，原本还算得上恭谨礼貌的姿态，是一点都懒得保留了。

"那我也直说了。"宁灼说，"我多管闲事，又救了他一回。"

章荣恩挤出礼貌的笑容："那可真是多……"

"别谢。来点实际的。"他将一张临时办好的卡推到了章荣恩眼前，"您忙，我也忙，一口价，十八万，你儿子从今天开始归我了。"

事情发生得太快，他没反应过来。他还在琢磨宁灼的来意，断断想不到宁灼竟然来这么一手，怔了片刻，才挤出了一抹难看的笑容："宁先生真会开玩笑。我们家不卖儿子。"

宁灼说道："那更好说了，我马上送他回家。正好，他的脊梁骨断了，你们家也算是专业对口。"

章荣恩被宁灼这一套组合拳打蒙了，张嘴道："可以送回磐桥……"

这话一出口，就被他自己强自咽了下去。

儿子重伤，送回磐桥算什么事儿？这话说出去就不像话！可真的要他接回单飞白，他也做不到。

这些年，棠棣的生意实在不景气，儿子又不争气，得罪了上头的人，他要是把单飞白接回家好好养着，不是引火烧身，自找苦吃，又是什么？

章荣恩一时难以抉择，脸色一阵红一阵白。

宁灼不容他继续犹豫，递过一张早就草拟好的协议："单先生，你在想什么我大概能明白。你们家的棺材，我抬回我家哭，不收你的钱，还倒找你钱，已经很给面子了。"

他停顿一下，继续干净利落地说道："你别跟我算通货膨胀，我也不跟你算他的麻烦。当年是多少钱，现在还是多少，人钱两讫。从此之后，单先生上门谈生意，海娜欢迎；上门接儿子，对不起，没这么一号人。"

看着这份尽管简易但细节完备，只需要管家和他一起去公证处，就能彻底断掉他和单飞白法律意义上的父子关系的"转让协议"，章荣恩勉强挤出了一抹笑容："宁灼先生，飞白他知道这件事吗？"

宁灼说道："他知不知道我不在乎。单先生知道就行了。"

看着这副冷酷的雇佣兵嘴脸，章荣恩知道，自己签下字，以宁灼和单飞白那尽人皆知的死敌关系，自己就等于是推了儿子入火坑。

可他又有什么法子呢？他要是不划清界限，姓宁的不会放过他，背后的大公司也不会放过他。

某种意义上来说，宁灼甚至算是帮了他，了却了更多的麻烦。

木着脸取出印章，端端正正地盖在协议上面后，章荣恩看宁灼并不急于收起协议，而是仔细观察着自己盖了签名章的地方，便咬着后槽牙，礼貌地询问："宁先生还有什么问题吗？"

"嗯。也不算什么问题。"

章荣恩强撑着最后的一点体面说道："宁先生可以直说。"

"那我就直说了。"

"单先生改了姓，为什么不连名一起改了呢？"宁灼问道，"不觉得这个名字是在骂你吗？"

# 第六章 合作
UNRULY RIVAL

章荣恩的额角青筋突起,下意识地攥住了拳头。

可还没等章荣恩把拳头攥紧,宁灼冷淡的眼光往下一瞟,章荣恩的手立刻松开,甚至对他轻快地点了一下头,做慈爱宽和的微笑状。

宁灼无声地冷笑着。

当年,还叫单荣恩的章荣恩上门领走单飞白的时候,话里话外显摆威风,那口气宁灼直忍到现在,现在总算是痛快了。

虽然他们两边现如今有家有业,然而宁灼毕竟是吃社会饭的,总要比身娇肉贵、家道又大不如前的单荣恩更能豁得出去。

要是他真敢跟自己当面翻脸,等白盾赶过来的这点时间,他有自信让姓章的失去开口说话的能力。

至于表面逢迎、背地里搞小动作,宁灼更加不担心。章荣恩这个直愁得上火的德行,不过就是苦于不知道怎么和他惹了麻烦的二儿子割席罢了。要是真有那个威武不能屈的劲儿,他早就把儿子接回家来养伤了。再不济,至少应该在知道儿子去向后上门来找自己谈一谈,怎么会还有心情熏香喝茶、赔着笑脸挨自己的骂?

宁灼懒得和他费心周旋:"今天就把事情办了吧。"

章荣恩张开嘴,一声叹息未发出,最后还是咽了下去。闭上嘴巴时,他的眼里竟然添了一点泪光。

宁灼毫不动容。因为已经知道了他是什么人,一想到单飞白在火里烧着的时候,这个人说不定什么都知道,宁灼就觉得他还是早死早托生了比较干净。

宁灼转过身来,见一个高挑的身影在不远处的月亮形拱门边一闪而过。

章荣恩把管家叫来,轻声交代要他跟宁灼去公证处办事。

管家去准备东西了,宁灼就在前面的庭院里等待。

这时，他的身后传来了窸窸窣窣的脚步声。宁灼回过头，看到了一个年轻人。

只是和宁灼的目光交会，他就像是凭空撞了一下，止住了前行的脚步，往后退了好几步，发现这样实在不像话，才站稳了脚跟，把一张薄唇抿得紧紧的，眼神闪烁地瞄着宁灼。

单家的情况，宁灼这些年摸得一清二楚。他清晰地叫出了来人的名字："章行书。"

章行书，单飞白的大哥，银槌市尽人皆知的单家私生子。

不得不说，单家老爹的基因相当强，生出来的小子，个顶个都是挺秀结实、小白杨一样的高个子，肩宽腰细腿长，拉出去就能走秀。

单飞白和他这个哥哥，都是行走的衣架子。只是相对于弟弟来说，这个哥哥相当华而不实，只有皮囊能看，实在是一个当小白脸的好材料。

单飞白父母的婚姻，是章荣恩自己求来的，说是他喜欢上了一个美丽的平民女孩。单云华替他相看了一下，也是一万个满意和投缘。

女孩是他的高中同学，内秀乖巧，中城区出身，父母都早早病逝了，这些年她都是一个人生活，打两份工养活自己。

单云华为他们置办下了一栋独立的庭院，放手让小夫妻俩去过自己的小日子了。她向来潇洒，有钱给钱，从不干涉，认定儿孙自有儿孙福，且一代人有一代人的想法。

直到她的孙子出生后的一个月，儿媳和儿子双双性命垂危、进了医院，一头雾水的单云华才从八卦栏目上一点点得知了那个小家庭里发生的变故。

单云华的儿子在外面还包养了一个风尘女。满打满算，两个人好了足足六年。那个女人还为他生下了一个儿子，生产的时间足足比她的正牌孙子单飞白早了一年半。

有了这些信息，足够她推测出一切来。为什么儿子在一年半前突然提出要结婚？为什么他会突然对一个出身普通、没有背景又无父无母的温柔女孩爱得要死要活？

他不过就是认为自己不能娶一个风尘女，却不肯舍下温柔乡，索性骗个好拿捏的女孩子结婚，断了风尘女转正的念头，又能方便他继续在外享乐。

然而章荣恩连看人的本事都没有，单飞白的母亲根本不是他想象中柔弱可欺的小白兔。她外柔内刚，察觉了丈夫的异常，搜集到足够的证据后，她把一剂毒药下到饭菜里，和章荣恩和和睦睦、亲亲热热地吃了最后一顿饭，把他毒了个半死不活，自己则因为一心求死，摄入毒药过量，在送入医院几小时后就没有了呼吸。

单云华知道这件事后,没有责怪任何人。她知道,这件事自己也有责任。她忙于工作,用钱砌出了一个锦绣堆,把儿子安置在里面,就以为这是对孩子好。

她没有教出一个像样的孩子,没有权利把责任推给任何人。

章荣恩还在医院里,她就断绝了他所有的经济来源,让他在外面养的风尘女养他,自己则宣布退休,把公司交给职业经理人打理,并带走了还在襁褓里的孙子。

至于那已经一岁多了的孩子,她觉得不熟,就放任他去做章荣恩的好大儿了。

这时那个当初只有一岁多的私生子,正以单家大少爷的身份,战战兢兢地站在宁灼面前,用生怕吓着自己的声音,小鸡仔一样地乖巧叫他:"先生,你认得我?"

"认得。"宁灼眼睛一眨不眨,"当初你弟弟得罪我的时候,我想过把你绑过来揍一顿出气。"

章行书闻言,吓得瞳孔都扩大了,看样子恨不得落荒而逃。

宁灼当然是吓唬他的。宁灼的办事风格是福及家人,祸就不及家人。

单飞白行事高调成那个样子,恨不得宁灼赶快去捶他的家人,显然跟这群人没什么感情。

宁灼是傻了才去当这个打手。

然而章行书把宁灼的话当了真,吓得半天愣是没说出一句囫囵话来。

宁灼冷眼旁观,觉得他窝囊得出奇。

单飞白的性情堪称单家的大锅烩,他祖母的潇洒不羁,他母亲的冷静果断,包括他父亲的忘恩负义,可以说是样样兼具。

但他父亲懦弱的个性他是一丁点儿都没捞着,全给他哥了。

最后,这位章行书先生面红耳赤地放弃了和宁灼沟通。章行书小心翼翼地递来一张卡,不太利索地开了口:"我知道……我知道他得罪过你。你对他好一点,行吗?"

宁灼看着递来的卡,眉头微挑。他觉得自己可以修正一下对这位大少爷的看法了。

不过,既然连章行书都知道他和单飞白的关系不好,那么,外人对他收留单飞白的事情,恐怕看法也相当一致。他们就等着看单飞白是被他整死,还是单飞白一发狠,反杀了他。

宁灼思考了一秒钟那个场景,心里觉得好笑,嘴角露出了一丝笑容。

这一次,单家大少爷是真被他这似笑非笑的样子活活吓跑了。

办完事，宁灼和一脸苦瓜相的管家告别，就近去了一趟食品采购市场。

采购市场里，最便宜的还是韦威公司出品的营养速食，每家店都设有专柜。

这些人造食物量大管饱，而且理论上足够营养，除了口味单一，是最适合普通人的果腹食品。

稍贵一些的是各色成品、半成品罐头，从红白肉、水果，再到蔬菜、甜点，种类繁多，应有尽有。

同价位的还有经过特殊处理的肉干或蔬菜干，经过一道泡发的工序后，大概能恢复70%的新鲜度。

但这种食物好不好吃，完全取决于做饭人的手艺。

一旦烹调失败，口感如嚼烂布。

至于新鲜蔬果、肉类，那是最稀罕的，每日限量供应不提，单是价格就能让相当一批人望而却步。

宁灼今天去向单参买单飞白的时候起得相当早，出门前，他联系了市场，靠着自己在长安区的人脉，顺利完成了预订。

他取回了自己的东西，才有心思坐上阿布，顺手拿出了通信器。

网上已经就"查理曼儿子滥用私刑和权力"一事掀起了一片惊涛骇浪。他只是随手一翻，就看到了让白盾警督查理曼下台的上街活动预告。

宁灼没有理会，调出了通信簿。

林檎的上一个备注是"麻烦，不想接"。

宁灼想了想，给他改成了"一天一苹果，医生远离我"。

随即，他拨通了这个号码。

电话响了两声，林檎就接了起来。

"你给我打电话还真是少见。"

"忙什么呢？"

"总有事忙。"

"重录识别系统吧。"

林檎无奈地笑出了声："嗯。你也看到了录像吧？"

宁灼说道："安保系统被内部人士搞出了这么大的丑闻，白盾总得做点什么吧，不然真变成公共厕所了。想来就来，想走就走。"

林檎正要开口说话，就轮到了他。

负责重新录入面部识别系统的男办事员看到他半张破烂的脸，心生厌恶，低头看了一眼资料，机械地念道："长安区第三别动队林檎副队长，站上来，摘下身上所有的配饰。"

林檎温和地点点头，取下了蒙住他双眼的单向绷带。

男办事员从机器里看到林檎的全貌，以为自己看错了，愕然地抬起头来。

和他毁容了的下半张脸相比，林檎的上半张脸让人惊艳。

他的右眼被打上了别动队的金瞳标志，一个漂亮的天秤符号。

有了这半张脸增光添色，他伤痕累累的下半张脸甚至添上了几分魅力。

见办事员呆住不动，林檎好脾气地俯身低头，在他手持的扫描器上主动扫描了瞳孔，确认了自己的身份。

办事员哑然，他十分想问林檎，你的脸是怎么弄成这样的。可他转念一想，这大概就是林檎非要戴着绷带只露出被毁容的下半张脸的理由了——他要的就是减少这样没有意义的同情和询问。

林檎重新戴好绷带，问道："不是说最近很忙吗？没时间关注那些有的没的？"

宁灼说道："不想看都不行。他的视频已经到处都是了。"

闻言，林檎轻轻叹息一声。

宁灼嘲讽道："怎么，白盾有多烂，你自己心里清楚，当初是你铁了心非要往里钻，现在你改变它多少了？"

林檎走到远离人群的地方，温文尔雅地含笑回应："人嘛，总有那么一会儿灰心。缓一下就好了。"

宁灼有心打探白盾的调查进度，所以给了他十足的耐心，等待林檎的情绪好转。

嘈杂的人声在通信器中一点点消失，林檎的脚步声在走廊里激荡出隐隐的回音，让宁灼判断，他走到了一个空旷无人的地方。

宁灼开口问道："查理曼会怎么样？"

"现在白盾内部暂时罢免了他的职务。"

"暂时？"

"这是一种比较严谨的说法。准确一点说，他一辈子都不会再出现在公众面前了。不过，这么多年，他在白盾也算树大根深……你明白我在说什么。"

宁灼的声音听不出喜怒："嗯，明白。"

林檎站在自动咖啡机前，接过一杯热腾腾的黑咖啡："我知道，你讨厌查理曼。我不清楚你们具体有什么恩怨，但是再等等吧。根长在同一棵树上，能吸收到的营养总共就那么多，这边的根系吃得多了，那边的根系就吃得少。"说着，林檎喝了一口咖啡，却不小心被烫到。

他一边轻轻倒吸凉气，一边说："就当我是在和你交流园艺知识吧。"

宁灼知道林檎是什么意思。

查理曼削尖脑袋往上爬，在舆论场上给自己不遗余力地打造金身，想要达到的地位，绝不仅仅是一个警督而已。而白盾里，和查理曼立场相悖的、嫉妒他出风头的、厌恶他张扬的办事作风的，必然不少。现在正是一个墙倒众人推的好机会。

监控视频的事情闹出来，查理曼这辈子绝不可能再进一步了，最好的结果，就是表面上被平调、实际暗降到一个清闲无权的岗位，领着分内的薪水，老老实实地等待退休。

查理曼其人之贪，只需要把他苦心经营多年的金身拦腰打断，再斩断他向上爬的阶梯，就够他后半辈子夜半惊醒的时候，痛苦得直扇自己的嘴巴子。

然而，对宁灼来说，这还远远不够。

宁灼明知故问："他那个宝贝儿子呢？找到了吗？"

林檎喝了一口热咖啡，说道："找不到了。"

"嗯？"

"这件事……挺难解释的。你就先别问了。"

和宁灼讲话时，林檎取出了一份私自取得的报告，靠在墙上，仔细审视。

在公众面前痛苦死去的毁容杀人犯，那个兼具了巴泽尔和拉斯金双重身份的恶徒，因为死得过于难堪，白盾转手就把他烧成了一堆灰。

——当然不能留下尸体细查了，万一真的查出来了什么呢。这是白盾一向的办事风格。结果，这样的办事风格，转手就把他们自己的后路堵死了。

找到录像后，即使有如林檎一般的人，怀疑拉斯金就是查理曼先生的宝贝儿子，也没人能从一堆烧得干干净净的灰烬里找出 DNA 来。

因此，深知白盾作风的林檎先人一步，找到了专为监狱人员体检的医院。犯人入狱时会接受例行体检，以确保不携带传染病，也能避免在狱中突发疾病，夹缠不清。

以林檎现如今的一个区级别动队副队长的权限，根本没有调阅医院信息库的权限。

强行侵入，又难免留下痕迹，而医院信息库的精密程度，即使他当下不被发现，将来追溯到他也是易如反掌。因此林檎开着自制的数据观测仪，选定了医院信息库作为观测对象，并不打算侵入。

如他所料，他等来了数据的一次极其细微的变动。医院的后台权限，有了一次异常开放。

——查理曼要派人来销毁证据了。

　　拉斯金能换脸,但换不了血。

　　要是拉斯金顺利"死去",自然没人闲到去查一个杀人犯的体检记录,查理曼只需要在事后慢慢想办法偷天换日就是。现在事发突然,他只能急匆匆地安排人来扫尾,至于做得显不显眼,他顾不得那么多了。

　　等到查理曼派出的人将拉斯金的血液数据替换成毫不相干的人后,林檎实现了一次反潜跟踪,利用一个跳出的黄色广告的弹窗,悄悄潜入了那个人的脑机。

　　——他既然要修改数据,那么必然要用眼睛去看拉斯金的原始数据。

　　十几年前,白盾就落实了上班打卡制度,和海娜类似,进门都要扫描一个金色的天秤防伪标识。

　　普通警员们不是查理曼的亲生儿子,当然享受不了大开绿灯,仅靠扫脸就能畅通无阻的便利。

　　大多数白盾警察为了能第一时间让别人明白自己的身份,都会直接把标识打到眼睛里,拉下墨镜就是金瞳,既炫酷又直接。这也大大方便了林檎。

　　他通过那个人的脑机接口,直接将他的眼睛看到的数据全盘复制了出来。

　　现在,林檎的手里,就是犯人拉斯金存于世间的最后一份血液数据。

　　查理曼的儿子用残酷的手段惩戒了本来会轻轻松松死去的罪犯。一开始,在网络上确实博得了一些赞誉。有人非常支持他,认为这是"义警"行为,给那些饱受痛苦的女孩好好出了一口气。

　　但一向在公众面前正气凛然的查理曼,居然私底下给儿子开了绿灯,事发后还没有把儿子交出来受审,形象自然是大打折扣。

　　至于那个下毒的"义警",事后像是死了一样不出来回应,英雄难免有变狗熊之嫌,下药也从"行使正义",变成了"熊孩子玩闹",现如今又渐渐演变成了"官员的儿子肆意玩弄人命"。

　　刚开始的好风评,现在也全面崩塌了。

　　银槌市的市民中不乏藏龙卧虎之辈,再加上看不惯查理曼的人在暗地里推波助澜,查理曼的老底都被扒了出来,其中就包括一份查理曼的体检报告。

　　在世人热热闹闹地议论着查理曼的前列腺炎时,林檎也轻松地拿到了他的血液报告。

　　两相对比,林檎知道,自己掌握了一个大秘密,是个不能由他公开的秘密。

　　他轻轻舒了一口气。

　　这份情报给出的结论只有一个:查理曼此人,放在白盾的哪个岗位都是祸害。

要怎么用好这个情报，林檎还要好好考虑。他是有意把这个情报透露给宁灼的，但在这之前，他要确定一件事。

宁灼对林檎的盘算暂时一无所知，问道："那下一步你们打算怎么办？到此为止吗？"

林檎的声音听起来颇为无奈："目前是僵在这里了。你应该也看了视频，你有什么想法吗？"

宁灼微微皱眉。他记得自己埋了一个倒钩。监控里，真正下毒的人，是在箱子上画了一道符号的。他开口道："监控里——"话未说完，宁灼突然感觉哪里不太对劲。

通信器那边的林檎还在慢条斯理地品着咖啡。

宁灼顿了一下，语气恢复如常："监控里没有信息，就没法追查出来是谁盗用的白盾监控吗？"

说话间，宁灼迅速打开了摩托车上的车载影视系统，找到了播放量最高的一条，点了进去。

这一眼看去，宁灼身上隐隐发寒。

他委托调律师放出的完整监控视频里，那个长得跟金·查理曼一模一样的人，是用手在箱子上描摹了字形的。

可在各大网络渠道上正式放出来的版本，都经过了各种剪辑，重点放在了"金·查理曼"替换毒药和突然转头的画面上。

即使是最长、最完整的一个视频，描摹字形的几秒钟，也被有意进行了遮挡和微调！

也就是说，正常的银槌市市民，最多只能知道这个人在箱子上写写画画，但绝对看不清他写了什么。

当然，质疑视频不全的声音也有。

不少人看到了现场直播，都说视频好像被修改过。

但现如今对查理曼的质疑和争论甚嚣尘上，这些质疑的言论混在其中，十分不显眼。

林檎在阴他！从开始打算和他讨论这件事时的第一句话，就在阴他！

调律师劫持了银槌市的公共频道，视频时长总共就那么一分钟。

宁灼既然号称很忙，总不会那么巧，就在那一分钟看到了第一手视频吧？

如果宁灼清晰地给出了正式渠道里播放的视频里没有的信息，他就等于不打自招。

对宁灼的反应，林檎也给出了相当平淡的反应，好像他们真的是在进行一场普通的谈话和探讨："对方的手脚很干净，应该有专业人士善后，可是我们还是查到了一些蛛丝马迹，好像是……和一个雇佣兵组织有关。你是做这行的，应该明白，你们更多时候是一把枪，谁让你们做什么，就会做什么。"

"嗯。"宁灼漫不经心地说道。

林檎不欲深谈。根据他目前掌握的情报，这件事和雇佣兵组织磐桥有关。磐桥的老大单飞白似乎是出了什么事，然后这段视频就流了出来……

这个时间也太巧合了。

难道单飞白是被白盾暗算的，然后他们一怒之下，把这段记录托人曝光了出来，作为报复？

林檎没有证据，一切只是猜想，自然不会宣之于口。林檎柔声道："你和这件事没关系，我就放心了。"

宁灼在心中冷笑。

林檎又道："我还是那句话，你不要着急。记得我之前跟你说过什么？寒山问过拾得的那个问题。"

宁灼知道，那是一个古老的问答。

问题是，世间谤我、贱我、欺我、辱我、笑我、轻我、恶我、骗我，如何处治？

林檎缓缓地说："忍他，让他，由他……还有几个是什么我忘了。总之，不要理他，再等几年……"

宁灼冷笑道："再等几年他就风光地退休了。"说完，他把通信挂了。

林檎把通信器从耳边挪开，攥在手里，对那边已经听不到声音的宁灼说："你总是不听我说完……再等几年，我来办他。"

然而，宁灼和他从来就不是一样的性情。

林檎知道宁灼的性格。他不怕宁灼走错路，只怕宁灼走上一条被大公司追杀的不归路。

林檎垂下头，从口袋里取出一枚幸运硬币。他闭上眼睛，口中弥漫着咖啡的淡淡苦味。

那年，林檎考上了白盾，他去找宁灼，却被宁灼拒之门外。

宁灼说："林大警官，你是官，我是贼，我们就不要再见面了。以后万一我栽到你手上，你肯扔枚硬币，正面是抓，反面是不抓，就算还了当年的情了。"

林檎事后问过人，知道这枚硬币上镂刻的五瓣丁香花是祈求平安的。

他笑了笑，把硬币贴身带在了身上，一带就是五年。

毕业后，他申请来到长安区，却再也没和宁灼见过面，只是偶尔打一通电话，像朋友，又不太像朋友。

林檎无意识地用右手将硬币从拇指传至小指，又传回来，循环往复，周而复始。

下一秒钟，他用大拇指将硬币高高地弹起，又凌空抓住。

旋即，林檎大踏步向自己的岗位走去。他有很多事要去做，比如，去调查那个"金·查理曼"写下的究竟是什么。

另一边的宁灼挂断通信后，也发了一会儿呆。

被风一吹，后背透出了薄薄的汗来。他对着通信器那边轻声骂："死狐狸。"

好不容易打发了死狐狸，宁灼还有狼崽子要应付。

事情和他预计中相比，变数不少，但到目前为止，一切都还在宁灼的计划之中，除了单飞白。

怀着复杂的心绪推开房门，宁灼看到了正倒挂在他房间的简易健身横杆上做卷腹的单飞白。

因为运动，单飞白的小腹上肌肉轮廓愈加鲜明，晶亮的汗水顺着腰流下来，几乎已经看不出这具身体不完美了。

单飞白显然不太在乎这些。他的双手自然地垂在后脑勺后面，笑眯眯地在半空中晃来晃去："宁哥，你回来啦。"

在和林檎的谈话之后，宁灼推开门的一瞬间，已经下定了决心。宁灼走到单飞白面前，与他对视。

"喂。"宁灼说，"做我的共犯吧。"

单飞白一愣，在他颠倒的天地里，宁灼静静地望着他，宝石一样的眼睛映着他的影子，仿佛带着一股奇异的力量，让他的心跳每一秒都比一秒更快。

单飞白刚打算松开双腿下来，宁灼就伸手托住了他的脖子，指尖用力，掐住他的要害，将他控制在了手心。

——这是不许他动的意思。

单飞白和他对视片刻，心里明白了一些："宁哥还是不相信我吧？"

"相信？"

倘若单飞白没有在重伤后落在自己手里，宁灼根本不相信有朝一日，居然能和单飞白坐在一起，讨论"相不相信他"这回事。

宁灼说："选你，是因为我信不过你。"

这是一句实话。

宁灼能牢牢地笼住下属的心，能算计高高在上的白盾警督，对那只死狐狸老朋友林檎的想法，或多或少总能猜到一些。但他对单飞白，永远是雾里看花。单飞白这只小狼崽子的话究竟哪句真、哪句假，他分不清。

十八岁的宁灼在"信任单飞白"这件事上吃了亏，伤了心，所以二十八岁的宁灼要警惕，再警惕。

所以，宁灼在单飞白身前，用宣誓一样庄严肃穆的语气，说："所以，我要拉你一起下水。把你弄脏了，我就安心了。你要是在背后暗算我，我想杀你易如反掌。明不明白？"

单飞白乖乖地点头："嗯。"

这个时候，他一点狼崽子相也没有，丝毫不顾宁灼能一只手攥断他的后颈。

宁灼下意识地伸手捏了捏。

单飞白的后颈处因为新接入了金属，皮肤半凉半热，半硬半软，又带着一股年轻人特有的韧性和弹性。

看到他后颈的皮肤被自己揉捏出形状来，宁灼感觉自己已经完全控制住他了。这让宁灼在心底生出一股微痒的、沉甸甸的满足来，却有些不明所以的情绪萦绕心头。

门外传来的笃笃敲门声，让宁灼的手轻轻一颤，匆匆松开了手。

郁述剑在外面喊："宁哥，东西做好了。"

宁灼的心有点乱，音量也没控制住，大声道："放门外。"

门外的郁述剑打了一个激灵，听出宁灼的心情不好，放下东西，干脆利落地离开。

宁灼叹了口气，索性换了话题："从昨天到现在没怎么吃东西吧？"

单飞白伸出双手，做出一个翻滚的动作，从单杠上轻捷地落了地。他的鼻尖上浮出一层薄汗："嗯。"

应过一声后，他像是意识到了什么，眼睛陡然亮了起来。

宁灼起身："买了点吃的给你。"说着，他终于想起了一件事，从贴身口袋里取出一张纸，随手往旁边的桌子上丢去，"顺便办了个事儿。"

单飞白不明所以，在宁灼转身去开门时，他半跪在地上，伸手去拿那张薄薄的纸。

宁灼背对着他，拉开了房门："十八万，我把你从你爸那里买断了。"

"如果你爸七十岁退休，身体健康，长命百岁，按照银槌市的最低赡养标准一千块,你和你哥平均分,你每个月出五百块赡养费,十八万,一点不差,刚刚好。"他反手关上了门,"当然,不管你稀不稀罕,章家的家产你也一分没有了。"

宁灼和单飞白作对这么多年,单飞白总把自己的心思藏得深不见底,所以宁灼懂他的战术,懂他的恶劣,却看不懂他的心。

宁灼知道他或许讨厌单家,但无法确定是不是叛逆期作祟,故意和家庭唱反调,其实是想博得更多的关注。

不过,当宁灼回过身,发现单飞白双手紧握着那张买断了他的契约,双眼雪亮、身体兴奋得微微发颤的样子,他就知道自己纯粹是想多了。

宁灼想,便宜他了,小神经病。心里这样想着,宁灼将手探向自己的另一个口袋,取出了一个不太光彩的秘密。

在他和章荣恩谈判完毕,章荣恩唤走管家交代事情时,宁灼做了一件节外生枝的事。他打听了单飞白的房间的位置,管家当然指给了他。

宁灼手里的照片,是宁灼唯一从单飞白的房间里带走的东西。那是小时候的单飞白和一个女人的合照,那个女人应该就是单云华。

单云华戴着一顶草帽,穿着舒适合身的海滩风长裙,虽然年华已逝,却仍能从眼睛里看出昔日的妩媚来。她的左腿是一款独立设计的钢铁立体声腿,叫作"踏歌"。脚踝处是一个音响的出音口,如其名,可以踏歌而行。她旁边就站着宁灼熟悉的那个年少的单飞白。

单飞白戴着格纹帽,头发从帽檐下钻出来,戴着耳机,笑容明媚,一点也看不出将来会和他针锋相对的死样子。

宁灼从照片上撤回视线,对照着眼前这个身姿挺拔如松的青年,心里很惋惜,觉得单飞白长歪了。

单飞白好不容易从狂喜中回过神来,眼睛里像是落了一片星星,转头叫他:"宁哥——"

但是当目光落在他手上拿着的杯子时,单飞白的笑容瞬间凝固了,他的表情比刚才被高温烫到的时候还要惊惧。

这个反应大大取悦了宁灼。

宁灼把照片塞回西服口袋,把杯子轻放在单飞白面前,语气略带轻快:"喝了吧。胡萝卜汁。"

——单飞白有严重的色弱。宁灼知道单飞白的眼睛有毛病,其实是在他开始跟自己作对以后。

当初在海娜的三个月,他连自己的真实身份都不肯吐露,更别说告诉宁灼这些了。况且,色弱对他来说不是什么大毛病。

他的视力出色,色弱根本不影响他生龙活虎地拿枪在背地里瞄自己。

宁灼能发现单飞白这个弱点,源于一次和磐桥的合作。当大公司人手不够时,他们总会请不止一支雇佣兵合作办事。一些脑子有毛病的老板,就是喜欢看两拨敌对的人为了钱在一起,为了达成他的目的捏着鼻子咬着牙合作的样子。

海娜和磐桥有仇,可他们跟钱没仇。

他们都是数一数二的雇佣兵组织,配合过,也坐在一起吃过饭,只是各占一边,互不理睬。

有一次,圆满完成了一次保全工作后,老板很是满意,请了三家参与了工作的雇佣兵去吃烤肉。

在这个年代,烤肉可是个稀罕物。即使要和磐桥一起,海娜的那些年轻雇佣兵也难免心动。

宁灼是主事人,当然会去。结果,他亲眼看见,单飞白把烤肉放在靠近自己一侧的炉子上后,转头像交际花一样和人聊天去了。

磐桥的人向来和单飞白玩得好,有人拿走了单飞白面前已经烤熟的肉,顺手在炭火上放上了一把没烤熟的肉串。

过了一会儿,单飞白回过头来,留意了一眼时间,就当着宁灼的面,拿起面前半生不熟的烤肉,非常自然地往嘴里送去。

下一秒钟,他舔舔嘴巴,又老老实实地放回去了。

宁灼由此想起了他第一次和自己面对面时说的话。

——"大哥哥,你的眼睛颜色好像和别人不一样。"

"好像"?宁灼露出若有所思的表情,把这件事暗暗记了下来。

现在,在知道了单飞白在吃东西上格外挑剔后,他当然要痛痛快快地报复回去。单飞白果然拉着脸看向他:"宁哥,胡萝卜汁对我没用……"

宁灼不为所动:"没喝怎么知道没用。"

单飞白试图搬出长辈:"我奶奶让我喝我都不喝。"

"我不是你奶奶。给我喝了。"宁灼的语气不容置疑,"喝完带你去认人。"

因为被强灌了一杯最讨厌的胡萝卜汁,单飞白被宁灼领出门时垂头丧气的,英俊的眉毛稍稍下垂,显然是受了挫。

单飞白擦了擦嘴角,委屈地说道:"难喝。"

"哦。"宁灼平静地回应,"我买了十斤。慢慢喝。"

单飞白拉长声音道:"我现在能反悔吗?我想回家了。"

宁灼冷酷无情地说道:"晚了,现在你只能横着出去,死也得被十斤胡萝卜汁灌死。"

单飞白无精打采地说道:"那我还是活着吧。"

沉默了一会儿,单飞白作为天生的富家少爷,说出了一句相当违心的话:"蔬菜很贵的。"

宁灼的心情不坏:"为了你,不怕贵。我还多订了三十斤。叫他们有货就送过来。"

单飞白抱着最后一丝希望负隅顽抗:"胡萝卜汁真的对我没用。"

"怎么没用?这不是给你添堵了吗?"

单飞白难得被宁灼拿捏住,被胡萝卜汁打击得一败涂地,越发蔫头耷脑。

宁灼本来可以把海娜的所有人召集到一起开个会,宣布自己的决定。不过他转了念头,决定带单飞白在海娜走一走。

单飞白不是客人,可要说自己人,也实在谈不上。

然而他终归不是十三岁的小崽子了,又不是能被圈得住的人。与其让他按捺不住好奇心私下探索,不如就带他从上到下地走一遍。

海娜基地几乎打通了整座崖壁,一路向地心进发,共分十八层,功能齐备。

这是从坚硬如钢铁的岩石中一点点拓展出的地下空间,人工光源机、制氧机和冷气机终年轰隆隆地运转,把这座倒悬的堡垒变成了一座小型都市。

地下一层是会客专用的办公区和服务区,是整个海娜装修得最精美的地方。地下二层则是公用食堂,有冷库、粮食储备点,甚至有一个小型的酿酒室和酒吧。地下三层完全是一个休闲点。电子图书区、汤泉汗蒸区、小音乐厅、小电影放映厅、旧时代的电子游戏区、台球厅、羽毛球馆,一应俱全。

这三层是海娜真正的首领傅老大的常驻地点。他毫无野心地在这里过他的逍遥人生,闲着没事就去抢清洁机器人的工作,握着扫帚,细细地打扫基地的每个角落,日子过得堪称充实。

至于三层以下的设置,对比之下就乏善可陈了。

地下四至六层是训练室兼武器主库,是整个海娜防守最为森严的地方。地下七至九层是宁灼专用的楼层,一般不允许旁人进入。

地下十至十五层是其他雇佣兵的休息点。他们像鼹鼠一样,按照各自的习性,或集群,或单独生活。

地下十六层是医疗专用层,有一条急救车专用的车道,能确保伤患在第一时间送达。然而,地下十六层还设置了禁闭室和拷问室,用来做一些见不得光的事情。

之所以把急救室和拷问室放在同一层，就是为了方便急救。

地下十七层和地下十八层的功能就简单了很多，集总控室、研发室与杂物室为一体，是很少有人去的地方。

宁灼是打算先找傅老大的。可惜找遍了前三层，连个影子也没找见。

单飞白倒是对这里表现出的浓厚生活意趣很感兴趣："哥，这里很好啊，你怎么不住在这里？"

宁灼毫不动心，随口答道："我没他那么有情趣。"

单飞白瞄了宁灼一眼，没作声。

单飞白上次来的时候，还是个十三岁的孩子，以为进了贼窝，一心想着如何保命。后来，他对宁灼产生了难以抑制的仰慕，真的想要留下来，跟着他，可惜结果不怎么美好。

他自始至终看在眼里的只有一个人，那个姓傅的老大的脸他都记不清了。

单飞白把手从胃部挪到胸前，轻轻捶了捶隐隐发酸的胸口。他倒是真想看看那个和宁灼传说中"关系匪浅"的傅老大到底是怎么样一张面孔。

宁灼按下了通往地下四层的电梯，这回他们遇见人了。

刚走没几步，他们就碰见了在专用训练室里闷头射箭的金雪深。

他平常训练的时候，并不使用那把出手就是用来杀人的微电浆弓弩。他用着最普通的铁箭和机械反曲弓，以一个相当恒定的频率射快箭，箭箭正中靶心，像是把靶心当成了谁的脑袋。

宁灼屈起手指，敲了敲隔音玻璃。

金雪深练的就是耳朵和眼睛，耳能听八方，这细微的响动自然逃不过他的耳朵。他转过头来，清楚地看到了宁灼以及宁灼身后眯着眼睛冲他打招呼的单飞白。

金雪深受了一肚子气，刚收的账又被宁灼顺手牵羊，正怒火中烧。他抄着弓箭快步冲了过来，等自动门一打开，黑铁的箭头就径直对准了单飞白。

单飞白一闪身躲在了宁灼后面，十分厚脸皮地说道："宁哥，你看他。"

金雪深没想到此人居然敢恶人先告状，火气噌噌上涌："宁灼，让开！"

宁灼双手插在口袋里，冷冰冰地望着他，寸步不让，和金雪深对峙起来。

对峙十秒钟之后，金雪深不自觉地把箭头挪开了三寸。

"基地里是谁做主？"

"傅老大！"

"傅老大同意了。"

这倒是成功地噎住了向来将傅老大视若神明的金雪深："他……他在哪儿？

我去找他！"

"一起吗？"宁灼说，"我正要去找他。"

金雪深在心里默默绕了几道弯，才品出宁灼的意思："你还没问过他？"

"有区别吗？"宁灼一耸肩，"一起去。看他是听你的，还是听我的。"

金雪深被气得一个倒仰，雪白的面颊微微涨红："谁要跟你争这个？"他放下手里的箭，用左手拍了拍宁灼的左肩窝，"这里！"他的指尖下移，稳稳地拍了拍宁灼的大腿外侧，又抬脚踹了宁灼的小腿外侧，"你忘了这几刀是怎么来的？"

单飞白听金雪深说起这件事，眉眼微微低垂下去，像是被勾起了久远的记忆。

金雪深咬着牙，恨得直发抖："三刀六洞！老子用得着你这样换我？我最讨厌欠别人人情！"

宁灼的情绪起伏倒不像金雪深那样大，对此事避而不谈："你是分析师。你分析分析，是把他一箭杀了痛快，还是把磐桥捏在手心里痛快。"

金雪深说道："后面的选项风险太大。我不选。"

宁灼歪歪脑袋，往旁边让出一步来："那请便。"

单飞白是个疯子，往前踏出一步，不闪不让，正面迎上了金雪深的箭头。他的眼前出现了一连串带血的脚印，清晰地一路向远处蔓延。

单飞白自言自语地说道："早就告诉他们，这种事情要我来还的。"

金雪深重新拉满弓弦。只要稍稍一松手指，他就能把单飞白的脑袋射个对穿。当年被他们绑去的仇，欠宁灼的情，就能统统一笔勾销。

可是金雪深硬是用尽了理智，让自己的手指控制住了弦。

宁灼给出的第二个选项虽说变数太大，可是第一个选项就意味着即时开战以及今后长久不休的麻烦。一旦结下死仇，他们的人再被绑架和报复，就不是简单的三刀六洞能换得回来的了。

金雪深的胸膛连续剧烈地起伏几次后，索性掉头就走。他边走边骂："我找傅老大说去！"

"谢谢。正好帮我通知他一声。"

"你看我不让他把姓单的轰出去！"

"还是帮我吧。你哪次不帮我？"

金雪深气急败坏的声音远远地传过来："滚蛋吧！"

目送着金雪深气急败坏地离去，身影消失在走廊的尽头，宁灼简单地向单飞白介绍："金雪深，你见过，名不副实，脾气暴，我们的分析师。"

单飞白把胳膊搭在宁灼的肩上："我记得，他的内脏有好几个是机械的，应该是以前受过伤吧。"

宁灼挣开他的胳膊,侧身一撞,把单飞白的半边身子撞得发麻后,面不改色地往前走:"继续。"走出几步后,他又折回来,不由分说,一把扯下单飞白的发带,把单飞白的头发揉成了鸡窝。端详了这个英俊又迷茫的"鸡窝"几秒,宁灼还算满意,下令:"走。"

接下来,他们见到的是以郁述剑为首的一帮雇佣兵。

宁灼把他们召集在一起,把单飞白领过去,三言两语地表露出了让磐桥和海娜合体的意图。

这帮人是宁灼的铁杆粉丝,比金雪深好说服得多。既然宁灼同意他留下,两家合并,又是他们占便宜,这帮人自然是没有二话。

再加上单飞白头发凌乱,伤上加伤,一副可怜兮兮的模样,大家瞧着就痛快,对他的反感也没有以往那样强烈了。

宁灼领着单飞白在海娜基地里逐层参观时,白盾正在召开高层秘密视频会。

此时,会场的气氛渐渐变得尴尬,所有人都垂着头做失语状。

白盾总部。

主导此次会议的白盾副局长艾勒看着会场里的人,心里有火,嘴巴发苦,却有苦难言。

这次会议的目的是要针对查理曼事件成立专案组,从各区抽调精干警员参与其中。

艾勒根本不想揽下这个烫手山芋,可是诸多副局长里,他的背景最弱,理所当然地被推到了台前。

然而,底下这帮人没一个懂点事,愿意主动出头当专案组组长。

他点名了几个区的负责人,让他们推荐人选,结果这些老狐狸一个个打足了官腔,把利弊、舆情、影响、重要性分析了个一二三四,可就是不说选谁。

谁都知道,这种案子,调查好了,捞不到什么好处;调查坏了,那就里外不是人,不仅在民众那里挨骂,还要得罪一大批人,影响将来的晋升之路。

所以大家都打着哈哈,谁都不肯出这个头。

艾勒对此大感头痛,对着脑袋拍了拍,倒是拍出了一个主意来:"对了,当初是谁直接联系舆情部门,提出把监控里的那段关键信息给模糊了的?"

长安区的负责人仔细思考了一番,清了清嗓子,谨慎地开口:"嗯……是我们的人,一个别动队副队长,叫林檎。"

艾勒的眼睛一亮:"他怎么样?"

长安区负责人知道林檎是怎样的一个人,林檎倒是最适合去干这种吃力不讨好的活。可是她也知道,林檎这人的脾气怪得很,柔中带刚,很难摆布。她谨慎地说道:"业务能力没挖剔,就是有点一根筋。"

艾勒明白这代表着什么。但总算有这么一个能往浑水里跳的人,艾勒求之不得,怎么会把他往外推?他按捺住激动之情,下令道:"让他马上到白盾总部来报到,我们要抓紧时间,进一步讨论案情。"

长安区负责人试探着说道:"他的职务是别动队副队长……"

这是在试探艾勒,打算给林檎在这个专案组里安排什么职位。

艾勒问:"林檎多大年纪了?"

长安区负责人答:"二十八岁。"

艾勒心里有了底:"年轻人嘛,该锻炼就要锻炼。我挂帅,让他当专案组组长,也挑一回大梁!"

　

他们本来要去地下十六层见海娜的机械师兼医师。

没想到路过地下十四层,电梯门大开,他们见到了身穿白大褂的闵旻。她正好打算下楼去。

闵旻瞧着电梯里的两个人,踏进了电梯。看到宁灼身后跟着单飞白,她还有什么不明白的。

闵旻主动跟单飞白打了招呼:"靓仔,又见面啦。"不等回应,她又问,"呢次打算几时做契弟(你这次打算什么时候反水)?"

这话说得相当不客气了。

单飞白眨眨眼睛,只是乖巧地一笑,酒窝看起来挺迷人的:"阿姐,我唔会啦(我不会了)。"

听他说一口还算标准的白话,闵旻蛮意外地看了他一眼。片刻后,她摇摇头,说话声音清脆明快:"食碗面反碗底,唔得相信(吃碗面把碗扣过来,我不信)。"

地下十六层很快就到了。

闵旻走出电梯,并不避讳单飞白还在,对宁灼说:"小心吃亏。"

电梯门合上。

这也算是和闵旻见过了。

宁灼按下了通往最后一层的电梯按钮,稍稍一转头,见单飞白露出若有所思的表情,一巴掌拍上了他的后颈:"想什么呢?"

单飞白还没来得及回应他,电梯就下到了十八层。

钢铁巨匣再次徐徐张开，映入眼帘的是一片昏黄。

其他十七层，都装设了能与外界光照同步的环境灯，这里不同——走廊上只零星镶着几盏壁灯，光线黯淡得看不清一尺之外的事物，灯壁内还刻意蒙了一层布，把原本就不强烈的光掩映得更加迷离。

宁灼在黑暗中轻车熟路地绕开走廊里堆积的一些杂物，径直走到一间房门前，叩响了门。

里面传来了窸窸窣窣的嚼薯片的声音："谁呀？"

宁灼握住门把手，在压下去之前给出了预警："我带了外人来。"说罢，他才推门而入。

里面是一个由屏幕构成的小世界。

单飞白探过脑袋，放出目光去打量时，几乎看不到这个房间的边界。

在这偌大的黑暗的地下世界里，容纳了海娜内外所有的监控，还有一切能置人于死地的机关陷阱的操作盘。

而掌控着这一切的，是个看上去快因为睡眠不足而猝死的年轻人。

听到宁灼在门外的预警后，一个肤色苍白的年轻人立即窜到椅背后，像是一只警惕的小野猫，探出一双眼睛，放出目光，幽幽地望着他们两个人。

单飞白注意到，他只穿了一件很长的上衣，袖子挽到肘部以上，从膝盖以下到脚趾，都是光着的。

宁灼对他的怪异习以为常，为单飞白介绍："唐凯唱，海娜的机关师。和你差不多大。"

在通话频道里挥斥方遒、意气风发的唐凯唱，手指紧张得把椅背抓得嘎吱作响，露出的一截手腕纤细得惊人。他小声叫："宁哥。"然后又对单飞白点了点头，算是打过招呼。

简单地打了照面，宁灼就领着单飞白退了出来，怕唐凯唱有应激反应。

单飞白和宁灼并肩走过漫长的走廊，灯影像是被稀释过的蜂蜜，把人的面孔轮廓照得迷离而温柔。

单飞白回忆起自己躺在担架上、被宁灼带入海娜时广播里那个中气十足的少年音："三秒钟不回复，小心小爷的——"

那个声音和这张脸实在反差太大，和单飞白的想象中相差太远。单飞白试探着说道："我听过他说话，好像……"

宁灼说："小唐不喜欢和人打照面。"这句话相当敷衍，说了等于没说。宁灼低下头，思考了片刻。他既然要把单飞白带入这里，那么代价应该是……坦诚？

他吸了一口气,和心里的抵触拉锯了片刻,看向了单飞白,"小唐,很特别。"

跟着宁灼上上下下转了一圈,除了认识了人没获得任何有用的信息,单飞白本来有些沮丧,听到宁灼竟然有打算和自己深聊的意思,马上目光炯炯地抬起头来。

为了说话,宁灼放慢了脚步:"瑞腾公司下属的泰坦公司,在二十年前推出了一款孕产机器人。"

单飞白点点头。他知道,与其说是"孕产机器人",不如说是一个卵型的胚胎养成器。

仪器会分别提取精、卵在体外结合,形成胚胎后,再移植到养成器内,全程模拟母体子宫环境,确保胎儿营养均衡。

十月怀胎,一朝开盒,能最大限度地减少分娩的危险和痛苦,并减少因为母体的意外、伤病、体质等对胎儿造成的影响。

除了挑战伦理和上层特供,听上一切去都很完美。

宁灼走到电梯前,并没有按下向上的按键:"泰坦公司原本打算制造的孕产机器人不是这样的……不是容器,而是一个彻底的仿真女人。"

单飞白心念急转,回过头去,看向了那扇早已沉入黑暗、看不清在哪里的门。

"他是——"

"嗯。"宁灼的绿眼睛寒光闪闪,目光冷淡得没有一点温度,"小唐是唯一一个被仿生人生下后,存活记录超过一百八十天的实验品。"

单飞白敏锐得厉害,马上跟上了宁灼的思路:"为什么跟我说小唐的事情?"

宁灼按下了电梯按键:"因为接下来,关于他,有用得着你的地方。"

单飞白眯着眼睛,得寸进尺:"那再多说一点嘛。"

本来已经打算结束情报交流的宁灼一愣:"说什么?"

单飞白道:"地下九层还有一个和金·查理曼长得一模一样的人呢。"

宁灼没理他,迈步走入了电梯。

单飞白跟进来,话音带笑:"当时跟宁哥进屋,我就发现七楼好几个监控都是瞎的,有盲区死角,我才敢溜出来呢。刚才在小唐那儿我多看了几眼,果然,七到九楼的监控屏是不连贯的。"

宁灼默默地在心里啃这只狡猾的狼崽子的骨头。

单飞白喋喋不休:"宁哥是不是偷偷修改过监控?或者说,你让小唐关掉了几个?反正他平时不和人直接沟通,其他人也没机会注意到你那层楼监控有漏洞——"

宁灼被他烦得不行,用右手轻巧地捂住了单飞白的嘴。宁灼不怕他咬,只要他不怕崩碎了牙。谁能想到单飞白不走寻常路,探出舌尖,轻快地在他的指节处舔了一下。

敏锐的生物传感功能,将这点温热、柔软完整地传递过来,宁灼触电似的一动,搓了几下指尖,随后,他托住单飞白的下巴,作势要卸掉:"你是狗?"

"真有感觉啊?"

"你觉得呢?"

单飞白温顺地垂下眼睛,睫毛在面颊上投下阴影:"那炸断的时候,痛不痛?"

宁灼被这句话勾起了久远的回忆。

自称"小白"的单飞白站在他的床前,轻声问他:"你痛吗?"

过去与现在交叠的感觉相当糟糕。

那个时候,单飞白到底是真心关心他,还是装出来的? 现在呢?

宁灼面色微沉,掐住单飞白的脖子,将他狠狠地推离了自己。

单飞白猝不及防,喉咙遭到了重击,弯着腰剧烈地咳嗽起来。

宁灼毫无愧疚感,冷眼旁观,再次在心里评估与他合作的具体价值。还没等宁灼给出一个评估结果,他们就在海娜的山崖边找到了傅老大。

傅老大正在愉快地进行一项运动——抖空竹。

空竹在他的手里仿佛活了一样旋转如飞,哨口在高速的气流间被激荡出了鸽哨一样的曲折声响,在山里奏着一篇清新动人、韵脚合辙的乐章。

和单飞白十年前的记忆里相比,傅老大更清瘦了些,白色的连体练功服松松垮垮的,仅用一条蓝色带子束住一把细腰,体态还完全是个年轻人。

他正耍得热闹,宁灼没有上去打断他。

单飞白悄悄跟宁灼咬耳朵:"傅老大多大年纪?"

"他老人家贵庚四十二。"如果他告诉自己的年龄是正确的话。

单飞白惊呼:"哇。"

宁灼又道:"他二十几的时候也差不多长这个样子。"

因为对宁灼传说中的这个绯闻干爹颇感兴趣,单飞白前所未有地专注,遥遥打量着傅老大。

他又问宁灼:"傅老大全名叫什么?"

宁灼给了他一个出乎意料的答案:"忘了。"

"啊?"

"嗯,这么多年都叫他傅老大,叫来叫去,就忘了。"

宁灼没撒谎。以前宁灼还是知道的,但傅老大那个名字挺拗口,和他的气质不符,后来就真的淡忘了。傅老大就是有这样的本事,很容易让人忘记或忽视他的存在。

单飞白燃起了更加浓厚的兴趣:"他是什么样的人?"

宁灼张口就来:"保姆,厨子,扫地机器人,义体植入反对者。"想了想后,他补充道,"给反对义体的机构捐过好几次款,有几次还跑去参加街头游行。"

单飞白看了一眼宁灼的胳膊,微微挑起眉毛。

宁灼明白他的意思:"我们装,他不反对。但他说过,自己绝对不装,万一将来缺了胳膊断了腿,他就去死。"

还好,傅老大在这个混乱的世道里,全须全尾地活到了现在。

宁灼说:"他是海娜唯一一个没做过任何义体植入的,连脑机接口都没有。"

单飞白回忆了一下,发现的确如此。

宁灼、金雪深、郁述剑,还有对接了整个基地安全控制系统的唐凯唱,或多或少做过身体上的改造。

但他很快找到了一个例外:"闵旻姐不也是?"

单飞白观察过她,没找到哪里有改造过的痕迹。

"她?"宁灼的眼睛一眨不眨,平静地说道,"她是我们里面最疯的改造人了。"

单飞白等了一会儿,发现宁灼没有继续讲下去的打算,就努力按捺下了好奇,继续试探宁灼和傅老大的关系:"宁哥觉得傅老大好相处吗?"

宁灼这回沉默了挺久。

"挺好的。"半晌后,宁灼给出了一个似是而非的评价,"就是别惹他。"

傅老大耍完了一套空竹,痛快地出了一身汗,头发还蓬松着,面孔更加显得年轻。他把空竹递给宁灼:"玩玩?"

宁灼接过来,递给了身后的单飞白:"不会。"

傅老大也不勉强他,在他面前转了一圈问道:"怎么样,我的新练功服?"

宁灼作为他一人之下的二把手,点评道:"不错,像坐月子穿的。"

傅老大飞起一脚,作势去踢他。

宁灼接住他的脚踝,就势往旁边一送。

傅老大并不追击,踢过就不生气了。

一动之下,他注意到了宁灼身后的人。

傅老大探过头去,灵巧轻松得完全是青年体态:"来啦?"

单飞白低头研究那灌了铁的空竹,听到傅老大招呼自己,乖乖地点点头:"傅老大。"

傅老大没戴眼镜,所以一双眼睛明亮得如同有光流动:"伤怎么样?前天晚上我看你的样子是真糟。"

单飞白沉默了。

他的伤口实际上一直在疼。新脊柱是装好了,不过人的肉体和钢铁天然排异,他迫不及待地下床锻炼身体,抓宁灼的把柄,在他面前生龙活虎、胡说八道,就是清楚自己哪怕走慢一步,就很难再跟上宁灼的脚步。

宁灼对他而言,永远是一扇通往未知世界的大门。

每次靠近他,单飞白的一颗心都像从前追飓风时,看到那样巨大的气旋,把天地都吹得颠来倒去,油然而生一种敬畏和仰望之情。

单飞白知道那很危险,但飓风就是有一股莫名的吸引力,让他一往无前地闯进去,追过去。

单飞白刚要说"还好",宁灼就接过了他的话头:"他的'虾线'被人给挑了,能好吗?"

傅老大没理会他的不礼貌,态度亲切得像是隔壁阿叔:"这次来了,还走吗?"

单飞白还想着刚才宁灼知道他在疼的事情,心里、眼里都是藏不住的笑:"宁哥把我买断啦。"

傅老大挺意外地"哦"了一声:"那挺好。住哪儿啊?"

宁灼再次接过话头:"交给你安排了。还有……"他转头问单飞白,"磐桥多少个人?"

单飞白张口就答:"七十三个。"

宁灼"哦"了一声:"也交给你了。"

傅老大愣住了,重复道:"七十三个?"

宁灼见势不妙,提前往后退了一步,却还是被傅老大一把扯住了领子。

单飞白眨了眨眼睛,他甚至没看清傅老大是怎么靠近宁灼的。

"回来!"傅老大一脸苦大仇深的表情,"多做七十多个人的饭?你累死我得了!"

宁灼的眼神游离,看天。

傅老大怒斥道:"跟长辈说话看着人!"

这虽然是长辈教训晚辈,但鉴于傅老大的个头实在有点矮,宁灼无奈,只好微屈膝盖,蹲了下来,和傅老大视线平齐:"不行的话,给他们买饭。"

傅老大再次语出惊人:"不行啊,那没有营养!我跟你说了多少次了,你别总吃那种人造简餐,将来容易长不高!"

"比你高。"

"顶嘴是吧?"

"我十七岁就比你高。"

正在傅老大处于下风的时候,比宁灼高了半头的单飞白幽幽地插话:"我……"

"闭嘴,有你什么事。"

"我十八岁的时候……"

宁灼直接换了话题:"怎么办?吃饭的问题,总得拿个主意。"

傅老大难得有一次和宁灼对呛占了上风,望向单飞白的眼神都多了几分慈爱。不过想了又想,却没法可想。

傅老大放开宁灼,顺手给他整理了一下衣领,轻声抱怨:"真被你弄成食堂大师傅了。"

单飞白乖巧地说道:"他们也可以自己做。"

宁灼回身朝向了单飞白:"我的人搞定了。你的人,你做得了他们的主吗?"

单飞白轻巧地一笑:"宁哥,没问题。"

宁灼提出要求:"我要安定。他们来了,出了事,我当然向着我的人。别怪我不客气。"

单飞白倒也爽快,往前走出几步,舌尖抵住牙齿,食指抵在嘴边,吹了一记响亮的口哨。

哨声时断时续,在空谷里回响,仿佛有旋律的鸟鸣。片刻后,山谷里传来婉转悠扬的回应。

宁灼知道,这是磐桥惯用的响应相合的暗号,用音长和转调来表达不同的意思。这个哨声的频率他相当耳熟,大意是在召唤守在海娜外围的磐桥集合。

这是效率最高的做法,而且总比扯着嗓子喊集合体面。

可是听到这样的哨音,宁灼很难不联想到过去,小浑蛋一边隐藏在暗处和他作对,一边吹着口哨呼朋引伴,对他们进行合围的场景。

宁灼的拳头发硬,眉头微锁。

傅老大倒是心大,抱着胳膊乐呵呵地听着。他头也不回,却像是读懂了宁灼的心事,用只够他们二人听到的音量轻声道:"要是不信他,我杀了他啊。"

宁灼停顿了一下,说道:"用不着。"

傅老大语重心长地说道:"对嘛。你也知道这样用不着。留他,又不信他,不是自己给自己找不自在?"

宁灼没告诉傅老大,自己留下单飞白,是因为单飞白设法拿到了他的秘密。他知道，单飞白不是可以简单地用好处收买的人，但他也不能随随便便地杀掉单飞白。

海娜这么多年积累的成果，宁灼要好好使用，决不可以浪费在和磐桥漫长的拉锯战里。

想到这里，他甚至怀疑单飞白"去找自己的把柄"这件事是故意的。

单飞白从醒来后就看到了金·查理曼横死的报道。这件事和他身受重伤、自己路过长安区的废弃仓库救下他、全城戒严，统统发生在同一天。

以单飞白的脑子，或许能猜到这其中有什么微妙的关联。于是他主动出击，利用了最少的资源，一步步把事情推向了现在宁灼不得不面对的局面。

当然，这样的赌局需要冒一点生命危险：比如宁灼破罐子破摔，直接灭了他的口。

可是……如果他是这样处心积虑，他又想从自己身上得到什么呢？

但宁灼不得不承认，单飞白是很好用的。如果他能有一个同谋，而那个人是单飞白的话，这是最好的选择了。

那边，傅老大认真地为他分析利弊："不留，就处理掉他；留，就信任他。多简单的事情。"

宁灼无法向傅老大陈述自己曲折的心路，定定地望着单飞白的背影，心想："他真是自愿的吗？"

他相信过单飞白的"真心"，可那是很多年前的事情了。

"啊。对了。"

眼看宁灼的疑心病沉疴日久，傅老大索性揉了揉耳朵，转移了话题："刚才他吹的有几个音节起落挺像《夜莺》的，你回去算一算，搞不好是密码母本哦，到时候他们吹什么你就能听懂了。"

宁灼心念一动之际，他的手腕上一明一灭地响起了内线呼叫铃。他将右手贴到耳侧："谁？"

是郁述剑，他汇报道："宁哥，有人电话联络，点名找您，说是要谈一笔生意。"末了，他补充道，"说是只和您谈。"

宁灼问道："是新客户还是老主顾？"

郁述剑回答得很谨慎："听不出来。用了变声软件，号码也是虚拟的，反向追踪的话，通信马上就会断掉。"

宁灼心里明白了几分："叫他稍等。马上来。"

与此同时，白盾总部。

《正义秀》的直播事故发生在九月三十日，因此由总部牵头挂帅，林檎担任组长，将整个专案小组命名为"九三〇专案组"。

白盾总部的每个房间都有各自的用途。

"九三〇"专案组使用的会议室是由台球俱乐部临时改建的，地上有台球桌脚四四方方的痕迹，墙上还有未撤下的标语："一杆牵动全盘，击发演绎精彩"。

在座的各位，不是临时被抓壮丁来的老油条，知道自己接了块难啃的骨头，软绵绵的提不起精神来，就是刚入队不久的愣头青，亮着眼睛左顾右盼，显得既青涩又莽撞。

从会议室的风格，到鱼龙混杂的小组人员，从内到外都透露着不靠谱的气息。

在会议召开的整点，副局长艾勒带领着专案组组长林檎进入房间。

看到林檎的脸，会议室里"嗡"的一声响。

林檎这副尊容实在不怎么体面，而且他的级别……很低。

在座起码有三个组员和他平级，有两个组员的级别比他还要高。

作为网络安全这种内勤部门的副队长，林檎甚至没有配枪权，身侧只佩着一根短柄的黑铜警棍，看起来显得寒酸至极。

无视了满堂的嗡嗡声，艾勒清了清嗓子，讲了一番毫无营养的开场词后，示意林檎上前对案情进行初步分析。

林檎不寒暄，也不拖泥带水，直入主题："案情的重要性大家都了解，不用我细说了。现在我带大家梳理一下案情。"他信手一挥，屏幕上出现了已经在公众面前被播放了上亿次的视频。

"九月三十日，一名本该执行死刑的犯人，拉斯金·德文，原本的注射药剂氯化钾被替换成了烈性毒药马钱子碱。"

屏幕切换到了那支被替换了的针管。

"药物溯源已经在做了，但根据初步检验报告显示，马钱子碱不像是标准的工业化产物，存在极少量的晶体，应该是在纯化这一步上没做好……是自制毒药。"

老油条们听了这话，难免泄气。他们知道这意味着一个重要证据链断了。

林檎的话锋一转："但是，有价值的地方是，除了这一步，其他方面已经做得很完美了。这说明犯罪嫌疑人至少拥有一个具有充分制毒条件的化学实验室。"

有警员提议："查一下有哪些人近期购买了化学仪器？这些肯定都是有记录的。"

林檎说："正在查。学校、工业企业、独立实验室，都在查。人也要查，毒药制作需要专业知识，现在的知识垄断很彻底，有制毒条件又有知识的人并不多。

这部分我们会积极摸排。"

林檎丝毫不提查理曼和白盾在这个过程中的失职，而是剑指背后的犯罪者，这让艾勒松了一口气，暗自点了点头，认为他是个懂事的家伙。

林檎又快速切换到了下一段视频："我们在调查时获取了一份监控视频。这份监控记录了犯罪嫌疑人在九月三十日凌晨替换针剂的全过程。值得注意的是，他不仅仅有一张能作为通行证的脸……"

视频定格在了下毒者在针剂箱前驻足的画面。

"他在箱子上涂写了一串字符。因为有意遮挡，视频里的字符并不完整，但可以确定的是，他写下的并不是拉斯金的犯人编号 P-987。经过技术透视分析，我们模拟出了被他身体遮挡住的部分符号，一共有三种。排除了两个毫无意义的符号，我们在信息库里找到了一个能够与这个符号对应的人。"林檎稍微停顿了一下，继续说道，"瑞腾公司旗下，有一家叫作泰坦的仿生机器人公司。公司技术总监本部亮，家里有两个孩子，大儿子才能平平，在公司行政部上班。他有一个相当疼爱的小儿子本部武，正在亚特伯区第一监狱服刑。罪犯编号为 M-611，罪名……人口贩运。"

海娜基地的外线会客室内，宁灼接起了电话。

电话那边传来了微微变形的机械音："喂，是宁灼吗？"

宁灼回答道："嗯。是我。"

电话那端的人单刀直入："我要你去做一件事。"

宁灼问道："什么价位？"

对方痛快地说道："随你。"

宁灼说道："一百万有一百万的做法，十万有十万的做法。您是要我做十万的活，还是一百万的活？"

电话那边的查理曼咬紧牙关，放了狠话："顶格的活。"他知道，自己被这样一折腾，是元气大伤，起复无望了。

听说白盾还就那件事，成立了什么"九三〇"专案组。尽管查理曼不清楚他们究竟要调查什么，但是以他的思路来说，必然是他在工作上的对头，要趁机顺藤摸瓜，要挖出更多的黑料，将他一踩到底！

查理曼当然不肯坐以待毙。他通过内部人士，掌握到了一点线索。他一定要利用这点线索，把这潭水搅浑，越浑越好。

给专案组添越多的麻烦，牵扯他们的精力，让他们疲于奔命，他们就会把更多的精力放到那个幕后主使者身上去。

现在,白盾官方养着的几支专业雇佣兵队伍,肯定是见风使舵,不会和他合作了。

查理曼也信不过他们。

恰好,就在前几天,他刚刚打通一条路子,认识了一个还算靠谱的雇佣兵组织。而那个雇佣组织并不知道他的真实身份,干活手脚干净,用起来放心。

所以,查理曼只能孤注一掷,牢牢地抓住这最后一根救命稻草了。

"我会想方设法,把你送进亚特伯区第一监狱。我和一个人有仇,他的编号是M-611,名字叫本部武。"查理曼阴森森地说道,"帮我看着他,盯着他的周围,看看有没有人想接近他。然后,找个机会,杀了他。"


电话这边沉默着,电话那边也是一片寂静。

查理曼以为宁灼在思考价格,权衡利弊。他愿意给宁灼这点时间,一来,这是人命单子,宁灼想也不想、一口应下来才奇怪;二来,查理曼手下所有的势力都在接受调查。短时间内,他能找到的帮手,只有宁灼了。他没得选,只能赌。

好在查理曼有丰富的经验。早在他陷入职业低谷的时候,就孤注一掷,雇佣了一群雇佣兵,结果是大获全胜。他能赢一次,为什么不能有第二次?

查理曼将视线投向刚刚调阅出的关于本部武的案卷,本部武,三十八岁,泰坦公司CTO本部亮的小儿子。

案卷显示,这个本部武先生,长期贩卖人口。他会根据客户口味,对活人进行人体机械改造,直到将其完全改造成无法自我控制的状态,"量身定制"出能让客户满意的"芭比娃娃"。

罪名离谱,刑期更离谱——两年零六个月。理由是他的精神存在一定的问题。具体什么问题很难说,大致概括一下,就是一种正常时完全不会影响生活,但发作的时候会沉迷科学实验无法自拔的病。

经过一年的精神病院疗养,养得膘肥体壮的本部武被送入了亚特伯区第一监狱。只需要象征性地蹲个两年半的监狱,他就能重获自由了。

时光如梭,时至如今,再过两个月,他就可以出狱了。杀掉这么一个人,查理曼并不感到可惜。

瑞腾公司掌握资源命脉,眼高于顶,他几次示好,瑞腾公司态度傲慢,理都不理他,因此他和瑞腾没什么交情。

本部武死掉,局势就会更乱。到时候,没人顾得上他,他就有更多时间打扫残局。在"白盾"这么多年,各种技术手段他信手拈来。他确保自己能斩断这件事和自己的一切联系。

就算宁灼技艺不精,杀人未遂,被当场抓获,他也不知道真正的雇主是谁。到时候,倒霉的是宁灼,断然查不到自己这里来。

宁灼沉默着,出神地回忆起了那个遥远的冬日。自己的右臂齐肩断裂。重伤初愈后,他揣着一把刀,哈着热气,回到云梦区寻找查理曼的旧居,却扑了个空。

然后,宁灼就在云梦区布满细细密密的雪花的公用屏幕上,见到了查理曼。

那时,查理曼已经成功调任到白盾位于亚特伯区的总部,拥有了声望、名誉以及和INTEREST公司的关系网。

屏幕里的他英俊潇洒,意气风发,作为《正义秀》的特邀访谈嘉宾,他声情并茂地念着海爸爸的名字,歌颂着这个"在黑暗斗争里可怜的牺牲品",他"最珍贵的下属"。

这场节目,看得宁灼当场在街边的垃圾桶边剧烈干呕,直到连清水也吐得干干净净。

吐完,宁灼在路边找了个摊位,要了一碗面,他机械地大口大口地吞咽下去。

他要快快长大。

亚特伯区,在社会学意义上已经是死人的"海宁"进不去,但"宁灼"或许还有机会。

那一天,他坐在小广场屏幕的斜对面,看着查理曼的访谈视频,吃了自从受伤以来分量最多的一顿饭。

在那一天,雇佣兵组织海娜有了雏形,同时拥有了第一个队员。

一开始,海娜对宁灼来说,只是个实现目标的称手工具。宁灼没什么好用的资本,算来算去,就一条命还算硬,这么多年摔来打去,有幸不死。

后来,捡回来的人越来越多,海娜基地也一点点变得热闹起来。可他们对宁灼的喜欢、憧憬和敬仰,是完全超出宁灼预料的。他不知道该怎样处理这些多余的感情。

宁灼的天性早在一次次搏命的训练里被练成了钝性,在这方面天然地迟钝。他只知道,自己既然使用了工具,就有保养工具的义务。

雇佣兵是玩命的买卖。同样是玩命,这种买卖不同于街头混混的无脑发泄,不同于帮派的地盘倾轧。

雇佣兵没有立场、没有人格、没有道德,是金钱的奴隶,是利益的尖兵。在这世道，有一门专精的手艺，却要选择做雇佣兵这行，谁没有点理由？

宁灼给不了工具们更多的东西，所以，帮他们了却心愿，平息愤怒和过去的债，也许他可以做到。

他们的仇恨，就是宁灼的仇恨。渐渐地，宁灼的复仇清单越积越长，手头能用的筹码也越来越多。多年后，他终于等到了一个机会。或者说，这是查理曼亲手送来的机会。

宁灼不得不承认，查理曼此人着实有点手腕。让杀人犯儿子改头换面、再世为人，一次还不够，还能做上两次三次，确实不是一般人能做得来的。

在"巴泽尔"伏法后，就连宁灼也一度以为真正的金·查理曼已经死了。

直到银槌市里又开始出现手法类似的案件。

宁灼请了调律师，经过一番调查，发现查理曼的夫人在这一年内经常光顾一间茶舍。

查理曼夫人的确爱茶，但豪掷三十万，在一家新开的茶舍买进一块茶饼后，又束之高阁，这个举动就过于异常了。

宁灼沿着这三十万，一路追查下去。

这笔钱倒了六次手，在各个环节的流转过程中流失了一多半。最后，总共有十二万以教育资金的名义，流入了一个叫拉斯金的年轻人手里。

这样烦琐精密的转账流程，这样大手笔地喂饱中间商，就算把这件事交给白盾的经济部来调查，他们也不能把它作为"查理曼还在花钱养着他的杀人犯儿子"的实质性证据看待。毕竟花高价买茶饼又不犯法。

宁灼的情报到手，立即转卖了出去。

很快，白盾再次抓捕了"拉斯金"，送进死刑监狱，并附送了一张死刑体验卡。但这次，他不会活着走出去了。

因为会有一个和金·查理曼长得一模一样的人，利用查理曼当年给自己儿子开的绿灯，利用警局内部多年未升级更新的面部信息库，堂而皇之地进入白盾总部，杀了金·查理曼。

上一次，"巴泽尔"执行死刑时，查理曼就是找了一个外包雇佣兵组织，让他们神不知鬼不觉地承接了金·查理曼的转运工作。

事后，这家雇佣兵组织的二把手突然篡位夺权，整个组织内部乱成了一锅粥，自此陷入了长久的分裂和混乱中。

宁灼把海娜的人员关系从头到尾捋了一遍，基本确定没有不安定因素后，向其他雇佣兵组织释放出了"海娜处于任务空窗期，最近有没有做不了的单子，可以分我们一些"的信号。

接下来,他就需要一点运气了。

宁灼蛰伏、等待,像是一条窥伺猎物的毒蛇。

直到一家雇佣兵组织辗转找到他,希望他接下一个"转运货物"的单子。

接头地点和联系人另行通知,时间恰好定在一周后,也就是《正义秀》直播拉斯金死刑的日子。

这一环一环地策划,宁灼成功地造成了一个走投无路的查理曼。也才有了他打给宁灼的这通电话。

宁灼将沉默的时间拿捏得恰到好处,在查理曼开始无声地吞咽口水时,他开出了条件:"我要两个位置,带一个帮手进去。"

查理曼问道:"可靠吗?"

宁灼并不正面回答:"我要带的人,我心里有数。"

查理曼不说话,只默默地评估这件事的难度。

换作以前,凭他的职权,安排个把人进监狱是分分钟的事情。

但他现在是停职状态,能调用的资源实在是少得可怜。现在的查理曼像是个多年豪阔、挥金如土的富翁,权力一朝缩水,马上体会到了捉襟见肘的苦处。哪怕再憋屈苦闷,也只能把打落的牙齿和血往下咽。

他咳嗽一声,算是默许了宁灼的条件:"你们要犯点事才好。进来之后,我会尽快安排人办手续,到时候会把你们和任务目标安排在一个监室。四人间。"

宁灼说道:"四人间不行。"

四人间,看起来夜间动手更方便,但一旦动手,等于是把自己的退路封死了。

监牢里一共就四个人,到时候本部武一死,他必然脱不了干系。他不如挖个坑,就地把自己埋了比较直接。

查理曼本来就是在试探他,倘若宁灼真的一口应下,查理曼反倒会重新评估这次交易的价值——这说明宁灼不适合这项任务。只有贪婪、愚蠢和别有用心的人,才不会给自己考虑退路。

查理曼默默地给宁灼加上一点分数:"不住在一起,也能杀他?"

宁灼把话说得很克制:"看情况。"

宁灼不把话说死,的确是个聪明人。

经过一番言语试探,查理曼觉得暂时可以拍板了:"多少钱?"

宁灼连眼睛也不眨:"八十万。预付一半。行业规矩,如果因为贵方单方面取消订单,定金不退;如果因为我方失误没有完成订单,定金如数退回。"

查理曼加重了语气:"如果……我要我的任务一定完成呢?"

宁灼没有向他说教什么"世上没有一定的事情"。他沉吟片刻,果断地说道:"那是另外的价钱了。"

本部武的一条性命,最终定价一百二十万。

倘若没有抓到幕后黑手,或是本部武活着,就算宁灼没有完成任务。到那时,他哪怕是和本部武同归于尽,都要带走本部武的命。

放下通信器后,宁灼静静地伫立了很久,目光阴冷地望着空气中的某个点出神。

他一转身,去了九楼。

九楼的装潢很普通,主要用于武器试验和研究,房间各有各的用途,每扇门之间的距离一致,门的式样也一致,规整到显得呆板。

宁灼走到某两扇门中间的位置,面朝着一面墙,扯下了自己的手套。

将手指搭到大理石石壁上时,他特意抚摸了一下墙缝与隐形门之间约等于无的接驳处,心想:"姓单的是怎么找到这里的?靠小狼崽子的嗅觉吗?"

想着,宁灼将手指抵在一个隐形的扫描盘上。

门应声而开。

与此同时,在阴影覆盖的角落里,有一个几乎融入影子里的人站起身来。他的面孔隐藏在黑暗中,看不分明,声音先响起来,相当儒雅温文:"宁先生吗?"

宁灼不说话,只盯着他看。

影子也猜到他为什么而来,低下头主动认错道:"对不起!有一个人看见了我。"

宁灼问道:"他是怎么进来的?"

影子的言语有些断断续续的,但并不是因为他笨拙,而是因为他的思维跳跃性比一般人要强:"他在门口走来走去……我以为是你……门是我从里面打开的。"

宁灼点点头:"懂了。"

影子羞赧地低下了头。

宁灼走进来,合上了门扉,边走边解开前胸的两粒纽扣,在一张凳子上坐下,顺便补全了他的思维逻辑:"你觉得,我们的事情办完了,我就会来杀你灭口。你害怕我从外面锁死门,放你一个人在这里自生自灭,索性开了门,要个痛快的死法,结果却碰到了他,是吗?"

影子斯文又抱歉地一笑,算是默认了他的说法。

宁灼问道:"发现不是我的时候,感觉怎么样?"

影子文质彬彬地答道:"嗯,吓了一跳。"

宁灼又问道:"这几个小时不太好挨吧?"

影子坦率地承认了自己的恐慌:"是,挺慌的,一直在想,来的人是谁,我们的事情是不是已经暴露了,宁先生是不是安全,会不会被人拿住把柄……"

宁灼用脚钩过一把椅子,一条长腿随意一蹬,将它端端正正地摆放在自己的面前:"薛副教授,坐。"

被他称为"薛副教授"的影子缓步踱过来,顺从地坐下。

正如单飞白所说,这张脸,和金·查理曼一模一样,直鼻梁,大眼睛,从头到脚,露出的每一寸皮肤都是年轻青春的。但他眼睛里的光,沉静、温和,为这张面孔平添了几分风霜和忧郁。

宁灼说道:"薛副教授,如果刚才那个人真的是混进我们基地来的,你贸然开门,你,我,整个海娜,都要倒霉。你懂得我的意思吗?"

薛副教授很信服地点了点头:"是。我大意了。"

"所以,紧张也好,恐慌也罢,你好好记住这几个小时的感受。等你出去,一定会有人找你去问话,到时候不要再像这样'大意'就好了。"

"有人找我?……你要放我出去?"薛副教授感到有些犹疑,"我在这里待着,是不是更好?"

宁灼反问道:"你想在这里待一辈子?"

薛副教授抿着嘴唇,埋头思考一番,也认同了宁灼的安排:"是,我不能待在这里。银槌市里有能力制毒的人不多,我算一个。白盾总会查到我……"

宁灼接上了他没说完的话:"如果白盾发现你无端消失了,而且他们找不到更可疑的人,你就是板上钉钉的杀人犯。你的女儿,就是杀人犯的女儿。"

"女儿"这两个字,似乎把薛副教授深深地刺痛了。他整个人如同被电击一般哆嗦了一下,被痛楚的思念压得抬不起头。薛副教授记忆里的女儿,活泼、热烈、直率,性格像极了像她早逝的妈妈。而她热爱化学这点,又像自己。

薛副教授既当爹又当妈,把她从襁褓里的小婴儿,一点点养成了亭亭玉立的模样。他像爱惜自己的性命一样深爱着她,但因为生性腼腆,他只敢暗自骄傲着。

女儿长大了,考上了自己任职的大学,马上就会成为他的学生。前程似锦,未来无限。

在她去参加高中毕业派对前,她拿出一件白裙子,一件红裙子,跳到他的面前,顽皮地问道:"薛老师,快出个主意,哪个好看?"

薛副教授很老实地回答:"哪个都好看。"

女儿当然不满意这样的答案,她催促道:"快选一个啦。我对一个男孩蛮有好感的,但之前学习太忙,我不想分心。今天我想和他说说话!"

薛副教授眨眨眼睛:"那,你要和他交往吗?"

女儿的笑容甜美,脸庞在榴花一样的红裙映衬下更显得美好而明亮:"随他喽。我无所谓,只是想谢谢他而已,毕竟他真的长得很帅。他的脸可是我学习的精神支柱呢。"

那一天,她穿着薛副教授亲自挑选的红裙子走出了家门,再也没有回来。

参加派对的有她的闺密,但她们都被灌醉了,没人能说清楚他的小姑娘去了哪里。

薛副教授报了警。但白盾那边始终在和他兜圈子:"她的酒量好吗?是不是她喝多了?跑出去,不小心出意外了?是不是她有情人,私奔了?"

"不可能?为什么这么确定,你这么了解你女儿吗?"

"监控?开派对的地方在中城区,那个片区的监控线路事发的时候,方圆五百米的监控都在检修。我们对这个事情也很头疼,你还是好好回忆一下你女儿的社会关系吧。那是你的女儿,你要不上心,我们也没有办法。"

"对不起!我们负责此事的上一位警官为了破案已经熬了很久的夜了,态度是不好,我代他道歉。您再回忆一下您女儿的社会关系吧,这对破案会很有帮助。"

面对白盾这样的态度,薛副教授隐隐察觉到了什么。

他知道,白盾查理曼总督的儿子金·查理曼,在派对过后,突然人间蒸发了,据说是"追逐音乐梦"去了。他也知道,那位金·查理曼先生是出了名的英俊。可他同样知道,他什么都做不了。

除了金·查理曼失踪这件事外,薛副教授并没有任何能指证他的证据。

如果揪着这一点不放,他只会一步步跌入白盾的陷阱,越来越像是一个因为女儿失踪而心智失常、无理取闹的人。

这些年来,薛副教授每个月都要固定地花掉一半工资,在《银槌日报》一角登出寻人启事。

但无人回复,无人关注。

活不见人,死不见尸。

只有一丝希望悬在他的心上,让他满怀期待,日夜窒息。

他坚持了整整四年。

直到有一天,白盾突然联系了他。

接到电话时,薛副教授万分期待,这是一个通知他去认尸的电话。

他已经被希望折磨、煎熬得太久了……别那么残忍，至少还给他一具尸体吧。

结果，薛副教授听到，他们的办事员在那边用公事公办的语气说，您的女儿失踪时间已经满四年，作为她的利害关系人，您需要提出死亡申请吗？

他挂掉了电话，开始着手去找一些潜藏在银槌市暗处的势力，想找出金·查理曼来。只有找到他，才能亲口问他，他的女儿去了哪里。

几番辗转，他找到了海娜的宁灼。

多年来，薛副教授重复揭开自己的伤疤给别人看，早已经不知晓痛是什么感觉了。他麻木地向宁灼讲述了自己的需求，并且没有抱任何希望。

在找到海娜之前，薛副教授已经找了好几家雇佣兵组织。他们都是人精，稍微调查了一下，就隐隐猜到他们要碰上的会是一块铁壁。然后他们告诉薛副教授，这件事的难度很高，再给薛副教授开出一个他根本承受不起的价格。这就是变相拒绝了。

听完他的诉求，宁灼请他等待几天。几天后，宁灼客气地告诉他，这件事情的难度很高，他们做不了。

薛副教授对这样的回复早已习惯，因此心如止水，正常地上班、下班、讲课、做实验，把日子当一潭死水去过。

半年之后，宁灼用一条秘密通信线路联系上他时，薛副教授几乎已经忘记宁灼是谁了。在宁灼的提醒下，才恍然大悟。虽然遗忘了他的声音，但薛副教授对那个帅得锋芒逼人、完全不像雇佣兵的雇佣兵还是有点印象。

薛副教授客气地说道："先生，请问找我有什么事情吗？"

"是有一点事情。"宁灼的语气平淡又冷静，像是在陈述一件最平常不过的事情，"你要找的女儿，我找到了。"

她安睡在一块巨大的水泥里，红裙埋在水泥里。因为隔绝了氧气，她的面容甚至算鲜活。

宁灼简单地向薛副教授讲述了他的调查过程。

雁过总会留痕，一个活人，不可能毫无痕迹地消失。想要运送尸体，需要交通工具。

派对举办地点周围半公里的监控齐刷刷地坏了，那宁灼就查半公里以外的。

用这样朴素又愚蠢的方法，宁灼一辆接着一辆，查询着监控里出现的那些车的用途、车主的身份以及与这家酒店的关系。

他查到，事发当夜凌晨，有一辆不起眼的车驶入了这片"全盲"的区域，又很快离开。

根据后续监控的追踪，宁灼确定，这辆车相当干净，没有去抛尸，车内也没有藏任何东西。但它在来到这片区域前去的上一站，是一家水泥厂。

在监控修好后的半年后，承接了派对的酒店进行了一番彻底的装修。一块长了青苔的水泥，和其他被砸碎的石材一起，光明正大地运了出去。

这批水泥没有进行破碎处理，而是被倾倒在了银槌市边缘的一处垃圾场里，等待岁月将它们慢慢分解。

薛副教授站在女儿的尸体前，微微颤抖着。他的绝望被漫长的岁月稀释，事到如今，他对这样的结局早有预感，也做不出太强烈的反应。

面对着日思夜想了这么多年的脸，薛副教授一下下地捶着自己的胸口，大口大口地喘息。

哭不出来，怎么也哭不出来。

他只是俯下身，对准那张永远定格了的少女面孔，发出嘶哑的哀鸣："我的女儿啊。我要怎么替你啊？"

宁灼双手垂在身侧，静静地看着薛副教授在沉默中的撕心裂肺。他有点想念自己的父亲。不多，一点点。

他对薛副教授说："薛老师，你知道吗？你和金·查理曼的个头一样高。"

薛副教授扭过头来，用血红色的眼珠定定地望了宁灼一会儿。随即，他了然地点了点头。

几天后，薛副教授在一次实验中操作失误，面部重度烧伤。他以此为理由，向学校请了长假。

一个月后，他揭下了脸上的纱布，全身上下焕然一新，完全变成了另外一个人。

很快，向金·查理曼执行死刑，追讨债务的日子到来了。

在宁灼捡回单飞白后，趁着单飞白做手术，回了一趟九楼，将金·查理曼死前痛苦万分的视频给薛副教授送去了一份，让他一个人独享复仇后的快感。

薛副教授的双手扶住膝头，衷心地说道："谢谢你，宁先生。"

宁灼不擅长应对别人的感谢，扭过头去，说："你给了钱。"

薛副教授对他的恩惠心知肚明："一万块。别说换一张脸，还不够登一个广告。"

宁灼不为所动："我也在利用你。"

薛副教授微微笑了，觉得宁灼还挺可爱，为了不让别人感谢他，什么话都能说。他主动转移了话题："出去后，我会好好应对白盾。宁先生，你放心。"

宁灼告诉了他下一步的行动方案："你需要在隔壁再制造一次化学试剂爆炸。在那之前，我会给你注射麻醉剂，让你在无痛的前提下保持清醒的意识。等你睡醒，我就把你原来的脸还给你。"

宁灼这些年和黑市结下了不浅的交情，从调律师那边拿到情报，没有办任何手续，收入了一套相对完整的精密的脸模更换仪器。

薛副教授听从了他的安排："好的。不过，能请宁先生拿一面镜子给我吗？"

"我想亲眼看着这张脸……化掉。"

"嗯。"说完，他转身，准备把薛副教授带去他早就准备好的实验室。

薛副教授跟了上来，再次同他确认："您方便告诉我来找我的那个人是谁吗？他会影响到我们的计划吗？"

"他？"

宁灼在想，他要如何形容单飞白。

故人？敌人？还是合作者？但他需要让薛副教授安心。

于是他给出了一个答案："他是我的'共犯'。"

薛副教授一愣，他不是很懂他们雇佣兵之间是怎么互相称呼的。

宁灼带着薛副教授走出门去，一转身，不出意外地在密室门口撞见了单飞白。

薛副教授则又被单飞白狠狠地吓了一跳。

宁灼早知道他会跟来，所以门也是虚掩着的。他把惊慌无措的薛副教授带入实验室，为他完成了麻醉剂的注射。接下来的事情，就交给薛副教授亲自操作了。

不便插手的宁灼信步走出。单飞白靠在外侧墙壁上，看见他出门来，嘴角挂着让人看了就火大的笑容。

就像宁灼猜到单飞白会来，单飞白也猜到宁灼会在这里，自发地尾随来了。

他把宁灼和薛副教授的谈话听完了大半，心里已经有了数。他直白地评价道："宁哥太心软了。"

宁灼看着他问道："换你选呢？你会杀了他？"宁灼知道，在所谓"理性"的判断里，大仇得报的薛副教授，死了最好。

从正义的角度来说，杀了人的人理应接受制裁，坦然赴死。

从功利的角度来说，拥有提取氯化钾能力，又因为多年寻找女儿而沉默、孤僻的薛副教授只要默默地死在银槌市的某个角落，白盾就极有可能以他为凶手而结案，绝不会祸及海娜。

就连薛副教授自己都一度以为，他不可能活着走出海娜。

但这些角度，统统不是宁灼考虑的角度。

金·查理曼死了，是因为他就该死在这一天，还晚死了很多年。而且，他并不是因为"杀害薛副教授的女儿"的罪名而死。

如果薛副教授自己承受不住下毒的愧疚，回来之后，他寻死的机会明明有很多。然而他依然体面斯文，温和有礼，连头发都会整整齐齐地打理好，绝没有一丝要去死的意思。

毕竟他死了，世界上就再也没有一个能记住那个小姑娘笑容的人了。

当事人不愿死，宁灼不想杀，所以，让他活下去，活得很好，才是宁灼的最优解。

所以，如果单飞白胆敢当着他的面说"薛副教授死了最好"，宁灼就把单飞白的脑袋给拍开花。

单飞白丝毫不知道自己的脑袋正面临着一场危机。

面对宁灼的问题，他答道："我当然不会杀他。只是这样安排，太不稳妥了。"他歪着头看宁灼，"我知道黑市有一种记忆仪器，原理是针对人的额叶，在不损伤额叶的前提下进行一定的震荡冲击——总之，用过之后，能让使用者忘掉很多东西。"

单飞白比画了一下："比如杀人的罪恶感，犯案的细节，还有你、我……海娜。除死人之外，失去记忆的人嘴巴是最严的。任何的试探、逼问和威胁都不会有作用——因为他根本不认为自己是犯人啊。"他越分析越起劲，"正好，薛老师做过手术。术后因为麻醉剂质量低劣，失去一段短期记忆也是很正常的事情嘛。"

宁灼打断单飞白："如果白盾对他进行催眠呢？"

单飞白说道："催眠也得要人自愿才行。话说回来，如果白盾给没失忆的教授先生用测谎仪呢？白盾的手段很多，怎么选都有风险。"

"测谎的结果只能用作参考，不是实证。"

"催眠不也是？"

"我不知道黑市里有这么一种仪器。你说，仪器是对他的额叶起作用？"

单飞白笃定地点头："嗯嗯。"

宁灼果断地否决了这一提议："额叶受损，哪怕不变傻，消除掉哪段记忆也不受控制。他有可能忘记杀人的事情，也有可能彻底忘掉他的女儿。"

单飞白连眼睛也不眨："正好，连他女儿去世的痛苦一起忘掉。"

宁灼脱口而出："他不会愿意——"

话一出口，宁灼就意识到了不对劲。不知不觉中，自己居然被单飞白诱导，把自己的情绪代入了一个根本不存在的假设里去。

什么"记忆仪器"？什么"冲击额叶"？根本不能明确到底消除了哪段记忆的鸡肋仪器，这世界上怎么可能存在？他编得倒是像模像样！

单飞白要的就是宁灼那一瞬间的代入和共情。

——宁灼代入了自己的情绪,擅自替薛副教授做了"他不会愿意"的选择。

所以,宁灼和薛副教授在某种意义上来说,是同一种人。

他们在乎的是过去,沉溺的也是过去。

单飞白长长地"哦"了一声,托住了腮,定定地看向他:"宁哥这么感同身受,所以你以前经历了和薛老师经历的很像的事情?"

宁灼盯着单飞白,语气已经冷了下来:"你想打听我的事情?"

单飞白的脸皮自然很厚,被戳破了意图,反倒坦坦荡荡地认了:"想了解自己的共犯,不是很正常?"

宁灼语塞,攥紧了拳头。单飞白则有点高兴,他觉得自己多认识了宁灼一分。

两个共犯在言语交锋和试探,但稍落了下风的宁灼并不怎么愉快,他感觉自己被小狼崽子摆了一道。

单飞白太聪明了,张嘴就说瞎话。但宁灼甚至能想到,如果自己骂他聪明过头,不知进退,他一定会笑眯眯地说道:"我聪明不是好事吗?宁哥不高兴?"

只是想一想气就上来了。

单飞白也乖巧,察觉宁灼的脸色不对,马上对宁灼进行了赞美:"哥,世界上没有这样的机器,所以你的计划就是最好的啦。"

宁灼不置可否。

世界上并没有完美无缺的计划,各种各样的意外始终会存在。薛副教授的复仇计划是完美了,那么,应对下一个对象的计划呢?

宁灼知道,自从他和查理曼定下了合作方案,就意味着正面交锋即将开始,而他所面临的变数和风险陡然增加,一切很难再按照什么"计划"去推进了。

这种时候,反倒是单飞白这种机灵得过分的人,最耐用。

宁灼提醒他:"不要和你们的人说我的事情。"

单飞白的反应快得异乎寻常:"那我可以和海娜的人说吗?"

宁灼只是稍一迟疑,单飞白的眼睛就笑得弯起来了:"啊,这么说,我是唯一一个知道宁哥秘密的人了?"

宁灼觉得还是把机灵得过分的单飞白灭口了比较好。

稍稍平息了被单飞白惹起的怒气后,宁灼并不接他的俏皮话,而是转移了话题:"说服你的磐桥留下来了吗?"

单飞白轻快地点头:"嗯。"

宁灼看单飞白像极了一只雄孔雀,说着说着就要翘起尾巴,因此他跳过了单飞白是怎么说服磐桥的步骤:"好的,那你做好准备。今天晚上把薛副教授送走,明天,你就和我出去。"

单飞白问道:"'出去'做什么?"

宁灼回答道:"犯罪。然后等着认罪伏法进监狱。"

单飞白转了转眼珠,并不问"进监狱"的目的是什么,只是道:"明天就去做吗?"

"是。"

单飞白皱眉,陷入思考。

宁灼将他盘算的神情尽收眼底,不为所动。他将单飞白的心思随手戳破:"你不是很有自信能控制得住你的磐桥吗?不如打个赌?如果我们两个一起走了,谁的手下先挑事,谁就输。"

单飞白接上了话:"赢了的人,可以要求输的人做一件事吗?"

两个人对视片刻,在最短的时间内达成了共识。单飞白向他伸出手:"那我们要去犯点什么'罪'呢,共犯先生?"


一个小时后。

到了饭点,海娜和磐桥的人被一起邀请来食堂,作为两家雇佣兵组织合并后的第一餐。

两边的大多数人一脸的晦气,各自占据食堂的一边,把楚河汉界划得异常分明。

然而,因为两边的人数都不少,又都不肯主动避让,不可避免地有了交集。

他们谨遵两边老大的指示,对方不挑事,他们不能动手。

可多年的怨气积累,让他们总是想对对方做点什么。

海娜和磐桥在一起,不打架,不互骂,那还能干什么?他们只能暗暗期待着对方先按捺不住,只要他们一动手,一开口,那就有了胖揍他们的理由了!

在两边剑拔弩张时,宁灼和单飞白一前一后走了进来。

暴脾气的匡鹤轩正压着一肚子火,看见单飞白,心里就安定了不少,主动端着一个空餐盘迎了上来,刚要张嘴说话,目光落在两个人的脸上,整个人一僵。

单飞白神色如常,顺手接过他手里的餐盘:"谢啦,匡哥——"

不等单飞白客套完毕,宁灼就不客气地拿走了原本属于单飞白的餐盘,自顾自地打饭去了。

单飞白也不介意他的行为,双手插兜,一步步跟了上去,徒留匡鹤轩在原地,眼神呆滞。

是他看错了吗?

## 第七章 狱

UNRULY RIVAL

这一顿饭，两方人马的表情均是庄重肃穆，像在吃席。

主厨傅老大并不忙着张罗他们的联谊，自己选了个安静的地方，自顾自地大嚼，旁若无人。

他是个注重个人生活品质的人。他知道两边关系冰封已久，强行搞大联欢容易导致消化不良，不如吃饱再说话。海娜和磐桥双方心里都恨不得敲出一曲大鼓书来。

得知单飞白遇袭事件的前因后果，磐桥当然知道宁灼对单飞白有恩。可宁灼把"挟恩图报"四个字做得太明显，摆明了是冲着吃掉整个磐桥而来的。他们就算有感恩之心，也被宁灼折腾得灰飞烟灭了。

至于海娜，宁灼带着一身伤拖着单飞白回来，半条胳膊都打没了。明明是磐桥自己内部不干净，出了内贼，最后却是宁灼豁出性命去救了单飞白。他们本来就习惯护着宁灼，替宁灼觉得亏得慌。

然而，两边虽然气性都大，但冷静下来，他们心里不约而同地达成了共识：单飞白要是真的折在了宁灼的地盘，对两家来说，最后的结果只能是不可转圜的不死不休。

——有人在试图挑动争斗，叫他们两败俱伤。

外敌身份不明，他们就算再不平不忿，也要分得清轻重缓急。这也是宁灼和单飞白专门挑在这时候搞并派的原因。

这在其他雇佣兵组织看来，绝对是一步昏着。对雇佣兵来说，合作是常态，并派却往往是要流血死人的。

雇佣兵经常被轻蔑地称为"鬣狗"，因为他们只讲利益。对大多数雇佣兵而言，只要钱到位，哪怕是杀父仇人也能捏着鼻子合作，但并派就全然不同了，牵扯的利益过大，一个操作不当，甚至会造成一加一小于零的副作用。

别说是选话事人,单就是在"并派后用谁家的名字"这个议题上,人脑袋就能活活打成狗脑袋。

得知海娜和磐桥并派的消息后,许多雇佣兵组织暗暗吃惊之余,纷纷在暗地里开盘下注,赌海娜内部会在什么时候大乱起来,是东风压倒西风,还是西风压倒东风。

不过这些都是后话了。

在一片令人窒息的杯盘碰撞声里,闵旻和凤凰两个人互相看了几眼,旋即默契地各自起身,把餐盘放入自动处理机,就一前一后地出了食堂。

凤凰走出气压低沉的食堂,长舒一口气,从口袋里摸出一根火柴,抬起大腿,在镂空的义肢上摩擦划亮了,刚要点一支烟,就看到了本楼层的禁烟标志。

闵旻看她点着火愣在原地,嘴角一扬,走上前去,好心地指点道:"十四楼不禁烟。"

"谢啦。"凤凰冲她摆摆手,"就是这个数不太吉利。"

闵旻答道:"是宁灼定的。他说滥用烟草的人要时刻有自己会早死的觉悟。"

凤凰抿嘴一笑,心想:"宁灼这人还挺有意思的。"

"我没瘾,只是实在憋得慌了。跟你们一起吃饭……"凤凰抬手比画了一下,她手里的火柴是特制的,一小簇火苗熊熊燃烧着,随着她的指尖在空中划出明亮的光弧,"感觉太奇怪。"

她们都是内勤人员,知道两家常起冲突,也亲眼见到过自家人带着一身伤回归,但恩怨总并不像外勤那样直观、清晰。

"我带你去吧。"闵旻主动道,"我看两边都憋闷得不轻,要是一会儿都赶去十四楼,不是更心塞?"

两个人一拍即合,肩并肩往电梯方向走去。

闵旻顺口向她打听:"指甲油是什么牌子的?"

凤凰展示给闵旻看:"自己做的。要吗?"

闵旻说道:"告诉我配方,我来做。礼尚往来,我请你抽一支烟吧。"

凤凰知道她是担心自己的东西有毒,但鉴于两家关系一向糟糕,这样的怀疑也是理所应当,便不在乎地耸耸肩:"好啊。"


饭后——

宁灼和单飞白将海娜和磐桥实际上的二把手招来,要对他们离开后的事宜进行一番交代。

事情千头万绪，但说有多复杂，也不算很复杂。

总共有对内对外两件大事：对外，暂停接单，不要透露任何风声；对内，整理两家各自的财务、人员和物资的台账，互相交底。

这些事不难，却足够麻烦，能让两边都忙得不可开交，省得他们闲下来，琢磨着生事。

宁灼说一条，于是非就听话地记上一条，偶尔问一些问题，显得颇有条理。

工作安排告一段落后，宁灼打量着于是非。

于是非也坦坦荡荡地看了过来，目光沉静得仿佛真的有灵魂。

坦白说，宁灼对这个仿生人的印象并不好。尽管于是非的脸着实捏得不错，一头银发尤其出众，宛如流动的银子，但他的内心是又冷又黑的。他是磐桥专属的信息战专家，外号"银鼠"。

上次，海娜为黑市押运一种特殊材料时，磐桥受雇于另一家不知名的地下势力，要抢夺他们手里的货。

于是非动用了一种无名的病毒，让海娜所有人的义肢彻底陷入紊乱和不可拆卸的状态，顺利劫走了他们要押运的货。

宁灼那次没去，海娜吃了亏，白白损失了一大笔保证金。

宁灼绝不肯吃亏，当即还击，直接带队去抢了磐桥的一处仓库，将不重要的东西折算成钱，尽数赔给当事人，多出来的部分全部拨给唐凯唱，让他把所有终端的防火墙进行一次加固。但即使是唐凯唱，也无法彻底破解那种无名的病毒。

好在海娜内部的安全防护盾不同于义体这样的终端，相当严密。即使无法绞杀病毒，也能实现精准的防御，因此宁灼并不担心于是非从内部下手。

就宁灼和于是非不多的打交道经验来看，此人符合仿生人的一切特征，理智、冷静、手狠、认死理，偶尔人工智障。不过，他的性格与外表全不相符，可以说是彬彬有礼、绅士温和。

至于金雪深，在宁灼交代事情的时候一直都站在走廊里，没挪窝。

宁灼叫他："金雪深，进来。"

金雪深背靠墙壁，冷峻地拒绝："不要。和他们待在一个房间里我喘不过气。"

于是非很大方地探身出来邀请他："渡鸦先生，请进来吧。我可以不喘气。"

金雪深毫不客气地骂道："滚。"

金雪深和于是非的性情截然不同。他脾气急，性子烈，但同时稳得住，所以经常把自己气成河豚，但行为还是往理智的方向靠拢。他人不进去，耳朵始终是竖着的。

宁灼也不要求他进来,平静地继续交代:"好好看家。我没指望你们兄友弟恭、深情厚谊,所以不用你们费那个心思去装。但谁要是敢动手,不管是哪一方占理,等我回来,只找你们两个说话。"

于是非看了一眼单飞白。

单飞白正坐在宁灼的桌子一角,把玩着一个三角形笔架,闻言抬头,表情还是俏皮轻松的:"老于,你有数的。这段时间我不在,我要大家安分守己。平时你们怎么样都行,但碰见事情,我说你们该怎么做,你们就要怎么做。别忘了我们之间刚刚出了个背叛的阿范,要是再有什么变动,别怪我草木皆兵。"

话一出口,宁灼没反应,于是非点点头,门外的金雪深则是讶异了。他以为姓单的小子是靠自家的雄厚家底笼络住磐桥人心的,没想到他居然是铁腕压制。

对比之下,宁灼还挺可爱。刚冒出这个念头,金雪深就在心里默默地给了自己一耳光。

于是非收起了掌上笔记本,问道:"飞白,你们要去哪里?"

听到这个称呼,宁灼似笑非笑地看了单飞白一眼。

"飞白"。他和他下属的关系还挺亲密。

单飞白这时也扭过头来,正好和宁灼的目光对上。他笑嘻嘻地道:"我们俩去做坏事。"

说了,但等于完全没说。

于是非困惑地走出房门,碰上了同样是一头雾水的金雪深。

金雪深刚和他目光交会,便冷冷地"哼"了一声,掉头就走。

于是非在脑中检索了二十七年来的所有记录,确定自己没有和渡鸦先生打过交道,不知道自己哪里得罪了他。明明自己上次打劫的那队人对他的敌意都没有这么重。

于是非脸上的困惑之色更重了,一转身,却遥遥地和一道视线对上了。

东侧走廊的尽头,站着一个男人,相貌普通,明澈的双眼里泛着淡淡的光,直直地望着他,但目光里的内容相当复杂,似乎是在寻找什么人的影子。

于是非眨了一下眼,知道他就是那个名不见经传的海娜首领傅老大。于是非礼貌地一躬身。对方也俯下身,回了一礼。

于是非想和他谈一谈,以加深对海娜的了解,可在打过招呼后,傅老大转身就走,于是非甚至没来得及出声叫他。

于是非停住脚步,回头望向身后,金雪深早已不见踪影。

再往前看，傅老大也没了踪影。

于是非向来情绪稳定。可以说，自从他被制造出来、睁开眼睛的那一瞬间，他就没有着急生气过。

现在被晾在这里，他也一点都不觉得被冷落了，只是觉得海娜的人都很有意思，值得研究。

交代完后，宁灼与单飞白于次日来到了一间茶舍。

这间茶舍是查理曼精心藏匿的隐形资产，专门用来做一些见不得人的交易。他们这次接头的目的，是来接收第一笔定金。

网络转账总会有迹可循，像这样的交易，还是用现金最保险、最稳妥。

这次，他们的接头对象换了一个人。

鉴于查理曼已经无人可用，此次出动的，是那个跟随了他许久的老管家。

老管家从查理曼平步青云开始就跟着他，见证了查理曼最风光的时候，明里暗里跟着查理曼捡了不少好处，就连白盾的不少警官对老管家也是客客气气的，如今却要跟两个低等雇佣兵坐在一起谈生意，老管家心气不平，眉头紧皱，一张老脸绷得不见一丝皱纹。

尤其是在看清那两个人的长相之后，老管家更是觉得这事情办得不好。然而，事到如今，他们能求助的势力实在没有了。

老管家绷着一张老脸，把钱箱交给宁灼。

简单清点过后，宁灼叫来了服务员。茶舍的"服务"之一，就是代运。服务员是干惯了这样的活的，心领神会，接过皮箱，放到了宁灼的摩托车上。

阿布收了钱，开启了自动巡航模式，"嘟嘟嘟"地开走了。

茶舍里会卖一些定食。

老管家给自己点了一壶茶，一份下午茶点，打算送完钱就在这里吃一顿，好纾解一下自降身份的晦气。

没想到这两个人拿了钱，却没有走的意思，还坐在自己对面，盯着自己瞧。

老管家心里觉得烦躁，表面上还是客气的："还有什么事情吗？"

宁灼问道："贵方要求我们犯罪，才能进监狱。请问我们需要犯什么样的罪才够呢？"

老管家用餐刀切开了一块酥皮糕点，放下刀，举起叉子，不软不硬地说道："这是你们的事情了。"

碰了这么一个橡皮钉子，宁灼挑了挑眉，并未作声。

尽管事前并没有商量过台词，单飞白还是主动接过了宁灼的话："不能随便给我们安一个罪名就抓起来吗？"

老管家端起茶杯，掩饰着下撇的嘴角。

放在以前，当然可以。可是现在查理曼先生的权限大减，当然不能像以前一样随心所欲了。

老管家觉得他们很不懂事，语气也跟着变得不耐烦起来："你们不是雇佣兵吗，就随便去街上杀一个人嘛。完成这一步，你们就算交差了，我会付给你们下一步的钱——"

单飞白轻巧地"哦"了一声，突然一跃而起，越过餐桌，一把拽过老管家的手。

宁灼抄起用来切割茶点的银质餐刀，不管上面还沾着点点残渣，从上发力，猛然洞穿了他的手掌！

在老管家不可置信的痛苦惨叫声里，宁灼微微歪着头，面无表情地问道："这样，算交差了吗？"

单飞白笑眯眯地紧跟着补上了一句："钱在哪里？请付现金吧。"

老管家痛得目眦欲裂，但整个手掌被控制在桌面上，连后退都做不到。

因为他刚才发出的一声惨叫，四周渐渐有了骚乱声。

服务员刚刚还替他们办过事，亲眼见到他们交易顺利、"相谈甚欢"，此时有些不知所措，手抵在报警按钮上，不知道该不该按下去。

剧痛之下，老管家身子抖如筛糠，脑子也清醒了不少。他这才意识到自己面前坐的是一对亡命徒，其中一个听说精神还相当不稳定。他汗如雨下，开始痛悔自己的不严谨。要是他们听了自己的话，真要横抹了自己的脖子该怎么办？

宁灼用手掌扶着餐刀，放低了声音，吐字又轻又准："您没懂我的意思，我们真不能随便找人杀。我们和人家无冤无仇，人家万一说我们随机杀人，是精神病，不把我们送到监狱里，送到精神病院，那不就不好办事了？"

老管家满头大汗地咬紧牙关，心里觉得这是十足的歪理，可嘴上一句硬话都说不出来，齿间控制不住地溢出恐惧的呻吟。

宁灼握紧了餐刀，作势要旋转："您想想看，一会儿见到警察要怎么说，顺便把钱付了——还记得我们约好的吗？"

老管家怀着无限的恐惧，强忍着哆嗦的牙齿，对宁灼道："现金，轻轨首港站C口A号储物柜802，手动密码746#。"

到时候老管家会派人送，金雪深会派人取。

当然,这笔钱具体是用来买什么的,送钱的人和收钱的人谁都不知情。

老管家哪里敢反驳,拼命地点头,唯恐宁灼再让他吃更厉害的苦头。点头点得太剧烈,他的汗和泪一起飙了出来。

宁灼威胁老管家的同时,单飞白趁机把一式四样茶点挨个儿偷吃一遍,举起一块椰蓉糕,送到宁灼嘴边:"就这个好吃。"

宁灼瞥他一眼,他笑得堪称天真烂漫,好像是把一颗糖心都要捧给宁灼看。宁灼没说什么,张嘴接住了这一口椰蓉糕。

这一刀的效果立竿见影。

老管家涕泗横流地向赶来的白盾警察解释,自己想和雇佣兵谈一笔私人生意,价格没有谈妥,自己骂了两句,对方就动了刀子。

因为茶舍干的不是干干净净的活儿,所以监控当然是"坏了"。

有老管家出面指证,服务员做人证,两个雇佣兵也没有反对,他们当然是如愿入狱。

老管家之所以敢出来替查理曼办事,就是因为他虽然是查理曼的管家,可正式身份是 INTEREST 公司旗下一家娱乐公司的"顾问",是体面的 B 等公民。

因为谈薪酬不到位,就当众攻击 B 等公民,这对白盾来说可以说是恶劣事件了,甚至不用查理曼特别从中斡旋助力,审判流程就走得异常快速。

不到七天,宁灼和单飞白就收到了他们的判决结果。

这给查理曼省下了不少麻烦,对现在焦头烂额的查理曼来说,可以说是帮了大忙。

查理曼暗暗夸赞宁灼这事办得漂亮,对象选得也稳妥。至于老管家花钱买了一刀这回事,他并不是很在乎。

宁灼他们被判拘役三个月。

因为亚特伯区的几家看守所人员"恰好"同时满员,他们被就近安排进入监狱,单独占据一个房间居住,不与刑事犯共处。

经过一番潦草的体检,宁灼他们被一辆小车送入了他们此行的目的地——亚特伯区第一监狱。

宁灼身为雇佣兵,接的单子五花八门,难免会和监狱打交道,对里面的条条框框自然是门儿清。

单飞白则是全然没见识过监狱,进来后便好奇地东张西望,被宁灼暗暗地嫌弃、腹诽了一番。

有本事把自己送进监狱的人，好勇斗狠之流绝对不少。所以入狱的人，多多少少接受过义体改造。

如果要统一拆下，那对失去了双腿、双手和头盖骨的人来说未免就太残酷了。

所以监狱规定，接受过义体改造的犯人需要解除所有义体的武器功能，还需要额外佩戴电击项圈，方便监狱方第一时间对其进行控制。

宁灼提前更换了标准款的义肢，而单飞白的脊柱并未加装其他功能。因此两个人顺利通过检查。

因为他们并非重刑犯，狱警对待他们的态度也很是散漫，一边打着哈欠，一边指挥他们自己动手，从自动窗口里领取自己的衣物、号牌、项圈和特制的洗漱用具。

随即，他们被带去了水房，要进行一次彻底的清洁。

他们被关进监狱的时间是上午九点，并不是洗澡的时间，因此空荡荡的水房里只有宁灼和单飞白两个人。

狱警觉得这两个人英俊有余，但笑起来是十足的没心没肺，所以连那夺目的英俊也变得欠揍起来。

为了树立威信，他按惯例大声呵斥了他们几句，让他们把自己弄干净，禁止夹带，随即从温暖又肮脏的浴室里离开了。

单飞白低下头，嘟囔着道："我还以为亚特伯区的监狱卫生条件能过得去呢。"

在单飞白发表这一番娇气的言论时，宁灼正双手扶着裤腰，将长裤往下褪。闻言，他嘲讽道："小少爷，这就叫苦了？"

单飞白随意将目光投向了宁灼。这副堪称完美的躯体上，覆盖了大大小小的疤痕。有几条疤痕堪称狰狞，几乎让宁灼看起来像是被撕裂后又拼凑起来的一个玻璃人。

单飞白不无骄傲地想，都是我留下的。整个银槌市里，只有他能让宁灼受伤，但是，美中总有不足。宁灼大腿处几处泛白的刀疤，非他所愿。

与此同时，宁灼也在看单飞白。单飞白平时就是一副青春洋溢的大学生模样，脱下衣服才能看出，过去那个孱弱得他一条胳膊就能护在怀里的小家伙，在他不知道的地方抽条长高，长成了这样干净又挺拔的模样。如果不做雇佣兵，他甚至可以去当男模。

宁灼的目光随意扫过了单飞白的前胸。

单飞白的视线落在了宁灼大腿的刀疤上。

——他们同时想到了一段遥远的过去。

那次，是他们在咖啡厅撞车事故后的三个月后。

或许是因为他们的恩怨在地下世界里一鸣惊人，闹到了举世皆知的地步，所以宁灼这次雇主的对头，雇了单飞白来对付宁灼。

单飞白尽职尽责地又策划了一场伏击。

然而这次他的雇主嘴巴不牢，手下泄露了情报，让海娜提前得知了他的计划。

宁灼得到情报后，当即暴怒。痛恨他一次又一次地和自己作对，宁灼在带领海娜对磐桥进行了反包围后，使用了一枚黑鸟炸弹，亲手把单飞白炸成重伤。

"黑鸟"是著名的不致死武器，"黑"的意思是"脏"，目的是让人受伤而不致死。

中了埋伏的单飞白身上被散射了多块弹片，最深的伤口在右侧胸口，破片造成了贯穿伤，险些擦破他的肺叶。

在单飞白的带领下，磐桥的士气当时正锐不可当，见他受了这样的重伤，磐桥的那些手下红了眼，硬是带着昏迷的单飞白杀出重围。

他们选中的突破口，恰好是金雪深那边。

金雪深不幸正面承受了几乎整个磐桥的怒火，寡不敌众，被磐桥打伤了胳膊，直接掳走。

单飞白是在周身难以忍受的剧痛中苏醒的。他强忍疼痛，勉强起身，低头打量了自己一番，发现自己几乎被裹成了个木乃伊，便苦中作乐笑出了声。

当时的磐桥基地里有个叫三哥的人，勇武剽悍，很得人心，是队伍里的二把手。他正大声和别人交代着什么，听到单飞白发出了动静，欣喜地迎了上来："老大，你醒了！"

刚刚醒来的单飞白被他中气十足的声音震得鼓膜隐隐作痛。他已经想起了受伤前的种种，抬手按着太阳穴轻轻吸气："我受伤后发生了什么？"

三哥想了想，决定先不提晦气的事，要拣一件最可喜的事情来讲，好冲淡老大身受重伤的委屈。他大手一挥，豪爽地说道："姓宁的手下，我们抓来了！姓宁的找上门来要，我说，可以，但是我们老大不能白白受伤，我要他三刀六洞，来换他兄弟，就算扯平了！"

单飞白搭在身侧的手不可觉察地握紧，声音沉了下来："他做了？"

三哥自认为这件事办得很漂亮，而且为了折辱宁灼，他录了像。他美滋滋地把录像拿过来给单飞白看。

在摇晃的摄影视界里，单飞白再次看到了那张他熟悉的脸。

视频里，三哥的声音带着复仇的快意："快点，录着呢，别浪费我们的时间。完事，不难为你，人带走！"

金雪深被强押着跪在宁灼对面十米开外的一块水泥地上，双手被铁丝反绑在身后，眼睛紧闭，肩膀却抑制不住地发着抖。他在强行压抑着愤怒和痛苦，低声说："不要，让他们杀了我好了。"

宁灼的回应简洁利落："闭嘴。"

这一声冷冰冰的呵斥，也让屏幕外的单飞白打了个哆嗦。

时间正值深冬。

宁灼解开厚外套的牛角扣，铺在地上，避免血流到地上弄得太脏。随后，他从地上拿起三哥丢来的匕首，对准自己的大腿，面无表情地戳了下去。

单飞白微微眯起眼睛，像是被飞溅出来的血烫了眼睛。

宁灼每一刀都扎得既深又狠，连给三哥挑刺的空间都没留。他抬起眼睛，淡漠地望着三哥。

三哥也信守承诺——这是雇佣兵的规矩。他一摆手，金雪深就被按着头推了过来，跌跌撞撞地一头撞进宁灼的怀里。

宁灼被他撞得发出了一声喘息，但马上双手抓住金雪深的衣领，把他拎了起来。宁灼望着把自己嘴唇硬生生咬破了的金雪深，什么也没说，只是安慰般拍了拍他的后颈。

视频到此为止。

录像播放完毕，三哥正要去看单飞白的反应，就听他淡淡地说："三哥，去刑罚室的处刑机，领十记鞭子。你自己去选吧，我没有力气。"

三哥脸上的得意神色还没消失，闻言一愣，并不知道自己哪里做错了。他刚想争辩，就被单飞白一把揽住了脖子。

单飞白贴在他的耳侧，低声解释道："你坏了规矩啊。万一将来你被海娜俘虏，宁灼如法炮制，我也得这么把你要回来……你这样，让我难做。"

单飞白把话说得圆滑又中听。在三哥听来，就是单飞白也肯像宁灼一样，用血和肉来换他们这些手下。三哥什么都没说，直起腰来，对单飞白深深地鞠了一躬，旋即大步转身前往刑罚室。

三哥不仅没得到表扬，还吃了教训，其他参与了这件事的人也唯唯诺诺地，讪讪地走开了。

单飞白得了片刻清闲，躺了一会儿，索性从床上起了身，缓步前往会客室，也就是宁灼自残换人的地点。

地上的血痕还没来得及冲洗，或者说，是他们有意留着，想要单飞白醒来后能看着高兴一点。

还有一件牛角扣的大衣，垃圾一样随便堆在墙角，上面沾满了血。

单飞白看到一路带血的脚印，向外蜿蜒而去。单飞白有些失神，踉跄着走上前，费力地弯下腰，抱起了那件过分沉重的外套。

紧接着，他踩着宁灼流下的血，摇摇晃晃、一跳一跳地往前走去，好像是在玩跳格子的游戏，直到走到血迹消失的地方。

宁灼又离开了，又要恨他多一点了。

当时还只有十八岁的单飞白望着宁灼离开的方向，心里有说不出的忧伤。

彼时的单飞白，抱着宁灼的大衣，伫立了很久。后来，单飞白亲自动手，一点点洗干净了那件衣服，收藏在自己的衣柜里。

三哥在不久后的帮派火并中意外横死。

人死如灯灭，宁灼也没有再报复。

而单飞白在为三哥伤心了一段时间后，找来了懂得下手分寸、极端理智的于是非，让他担任了团队的二把手。

时间回到现在。

宁灼看他盯着自己腿上的伤疤，取下松动的淋浴喷头，打开热水，劈头盖脸地照他的脸喷了过去："看什么？"

单飞白抹了一下脸上成串滚落的水珠，又恢复了不正经的样子："看宁哥啊。"

宁灼扯过喷头，冲洗自己："我问你，有什么好看的？"

"我说了你不许生气。"

"看情况。"

"宁哥……"

宁灼静静地注视着他，等他能放出什么"厥词"。

单飞白顿了一下，笑出了一双小酒窝："腿真长。"

宁灼闻言操着被他攥裂了的喷头四处追杀单飞白。

这时一个人影急匆匆地从水房后闪出，闷头七拐八绕地走了好一阵，来到了一个房间前。他在房门上镶嵌的一层单向玻璃前探头探脑，比画了许久，房间内的人才不耐烦地推开了门："干什么？"

现在并不是放风时间。

所有第一监狱的犯人，理应都集中在几个闷热的茧房里，在狱警的监督下进行手工劳动。但有些"特殊"的人，可以享受远超旁人的优渥待遇。

比如，这里居然被改造成了一间高级的KTV包房，里面正播放着一首缠绵悱恻的情歌。

强劲的音浪冲得来人头脑嗡嗡响,好半天才回过神来,急切地说:"刚才刘副队让我们几个去拉水管浇地,你猜我在水房外面看见谁了?"

出来的男人身形壮硕,上半身打着赤膊,露出一身精壮的肌肉:"谁呀?有话就说,打什么哑谜!"

来人踮着脚,急促地耳语一番。

男人的脸色一变,声调也随之抬高:"宁灼?你没看错?"

"还有单飞白!"来人继续语出惊人,"他们好像在打架……不知道他们俩是怎么进来的!"

里面唱歌的正主也听到了外面的动静,向外张望。

他的面颊上带着大片陈年青春痘的瘢痕,身体虚胖,鼻梁上架着一副眼镜,本该是监狱里最受人欺负的窝囊长相。

可他一停下,身旁的那些小弟不干了,急忙谄媚地赞美道:"继续唱啊,本部武先生。咱们就喜欢听您唱歌!"

本部武握着麦克风,大大方方地出声询问:"出了什么事?"他粗哑的声音被质量优良的扩音器放大,更是难听到了让人心悸的地步。

身材精壮的男人外号"金虎",闻言飞快地对本部武挤出了一抹笑容:"没事没事,武哥,一点私人恩怨而已。"

本部武放下话筒,坐直了身体:"我很有兴趣听一听。"

金虎强忍着满心的怒火,带着一脸灿烂的笑容,向他的雇主解释了一番事情的来龙去脉。

现在,金虎是一支小型雇佣兵的二把手。但在过去,他是一家帮派的老大。他的组织"狂风",和海娜有一段难以启齿的宿怨旧仇。

起先,狂风的主要活动地点是在长安区。

长安区在海娜到来前并不算"长安",而是一片相当混乱的地区。金虎每天的工作,就是带着一帮健壮高大、文着虎头文身的小弟,得意张扬地走街串巷,向普通商户索要保护费。谁要胆敢不给,就是一顿暴打。

金虎自认为他们并不是普通的低等帮派,他是有远见的。

把钱大笔地收上来后,他会将其中的一部分花在兄弟们身上;至于大头,全部献给了瑞腾公司里的人事部门。而且他会主动带着弟兄们,帮瑞腾公司免费做一些维持活动秩序之类的义务劳动。金虎管这叫长线投资。

只要抱稳了大腿,被大公司看入了眼,成为他们地下势力的一部分,他们这帮散兵游勇就拥有了一张长期的稳定饭票,再也不用绕街串巷地和这些游商小贩打交道,绞尽脑汁敲碎他们的牙齿来榨油水了。

金虎把这件事做得得心应手,眼看着就要成就一番大事业。

直到有一天,长安区来了个年轻人。

那天,金虎带了两个小弟出去收保护费。

当金虎揪住一个摆摊卖铁板豆腐的耳聋少妇的耳朵,猥琐地去掏她的口袋时,有人从后轻轻拍了拍他的肩膀。

此时,正是金虎得意的时候。他知道周围有不少小商小贩都在围观,而且大多数人是敢怒不敢言。他才不在乎,这些人早就被自己吓怕了,才不敢强出头!

因此,金虎不加提防地扭过脸去。紧接着,他劈面就挨了一个大耳光!

这一记耳光来得过于沉重和突兀,金虎活活被扇得打了一个转,耳朵嗡嗡作响之余,羞辱感混合着热血嗡的一声冲到了头顶。

他的眼睛被这一记耳光扇得充了血,过了好半天视力才恢复,看清了那一巴掌是谁扇过来的。

那是个长得相当帅气的青年。

至于他的两个废物小弟,一个已经头朝下脚朝天,栽进了一个巨大的铁皮垃圾桶,正和一堆垃圾搏斗;另一个滚在马路牙子上,摸着胸口,哼哼唧唧地装死。

金虎晕头转向地张开嘴巴,刚一张口就尝到了鼻血的血腥味:"你是谁……"

话刚开了个头,他的脸上又挨了结结实实的一脚,整个人不受控制地飞了出去,一头撞到了路灯上。

那人迈开长腿,几步跨到他身侧,用鞋底踩住了他的脸,稍做固定后,把他怀里的收款器掏出来,握住他的手强行用指纹解了锁,把刚刚入账的一笔笔"保护费"又转了回去。

在震天响的耳鸣声里,金虎听到了一个清清冷冷的声音:"你收钱不办事啊。你连你自己都保护不了,怎么保护别人?"

这一掌一脚,把金虎这么多年在长安区积累的威信、凶名,打了个灰飞烟灭。

后来,经过多方打听,金虎知道,这人叫宁灼,隶属于一家名不见经传的雇佣兵组织海娜。

最近,有两三个号称是海娜的人在长安区里游荡、采购,疑似要在长安区建立基地,和他抢地盘。

这是犯了大忌的事情。

金虎怒不可遏,不等脸上的肿胀消失,就马不停蹄地纠集了人手,打算让宁灼见识见识什么叫先来后到,什么叫强龙不压地头蛇。

但出乎他意料的是，宁灼根本没打算避着他。在金虎气势汹汹地找到他时，宁灼正坐在马路边，舒展开双腿，面无表情地咬着一串免费赠送的铁板豆腐。

看见金虎带着人向自己冲来，宁灼扔了签子，默不作声地迎上去。宁灼用单手严重破皮的代价，换来了对金虎的又一顿胖揍。

从此以后，宁灼就认准了金虎。每次正面冲突，不管谁充当主攻手，必然是金虎受伤最重。小弟们如果要挨一记窝心脚，金虎就必然要断一根肋骨。

金虎连着挨了两三顿好打，也想过退居幕后，只派自己的小弟出去搜寻宁灼。但这时候落单了的他，就会在某个街道拐角处遇到神出鬼没的宁灼，挨一顿痛打。

宁灼的诉求很简单：老子现在在长安区了，不想看到你，给老子滚。

他并不急于把金虎一次性打跑，而是循序渐进，慢慢让金虎感觉到恐惧与不安。

那时的宁灼是无根的漂萍，豁得出去，狠得下心，并采取了盯人战略，单冲着金虎下手，并不祸及别人。因此，小弟们还叫嚣着要给宁灼点颜色看看时，金虎本人已经怕了。

经过一番深思熟虑，他不得不壮士断腕，撤离了长安区，换了片更穷、更脏、更乱的地方。至少那样，冲在一线去玩命的是小弟，而不是他本人。

金虎认为自己这叫作战术性撤离，等到自己的力量逐步壮大，而宁灼也发展起来、有了牵挂后，他就能借着化明为暗的优势，狠狠摆上宁灼一道。然后他就眼睁睁地看着海娜一路披荆斩棘，成了雇佣兵里的翘楚，他再也惹不起了。

金虎的战术性撤退，变成了可笑的认栽。不过，让他稍感欣慰的是，除狂风之外，不止一家帮派在宁灼手里吃过瘪。

有了这个美丽的阎王坐镇，其他帮派都默契地绕开了长安区。

惹不起还躲不起吗？

这样几年下来，长安区成为下城区里治安环境最安稳的片区，真的有了一些"长安"气象。

好在，多年以后，金虎的夙愿还是达成了。狂风被泰坦公司雇佣兼并，转入地下，专门替他们做一些秘密的脏活。譬如，这次本部武银铛入狱，以金虎为首的四个雇佣兵就被派来保护他，和他一起蹲了大牢。

有了这样的仇怨，金虎当然对宁灼没有什么好话。

然而他在讲述的过程中，还是省略和模糊了一些细节。比如当年他被年轻的宁灼追着暴打的经历。

听完他的故事，本部武摸着疙疙瘩瘩的下巴，思索了一阵，说道："宁灼？我好像听过他的名字。"

金虎还想说些什么，本部武却没有问下去，拾起话筒，选了一首曲调缠绵肉麻的情歌，唱了下去。

另一边，水房里的混乱很快招来了狱警。

宁灼和单飞白还没入狱就开始互殴，狱警感觉自己的权威遭受到了极大的藐视。但他同样知道，这两个人背后是有点势力的。

尽管上头没特地交代他们的背景势力到底是什么，但狱警工作这些年来，见惯了监狱里的众生百态，练就了一身糊弄敷衍的好本事。

换了旁人，刚进来就闹事，高低得吃他几记警棍。他只象征性对两个人喝骂了两句，就算是尽到了督管的职责。

在狱警的催促下，两人将自己洗干净，换上了监狱的号衣。劣质衣料灰扑扑的，上下一般粗，实在很难穿得"好看"。但是这套衣服穿在这两个人的身上，就大不一样了。单飞白像是个落魄却依然气度十足的富家少爷；至于宁灼，他的裤子小了一点，是能穿下的，只是布料紧绷在大腿上，有些难受。

狱警驱赶着他们，让他们走在前面。

随着自动门一扇一扇打开，一个混乱、灼热的新世界在两人面前拉开了序幕。

虽然外面已是初冬，这里却热得让人喘不过气来。一股股烘热的气息直直地灌入人的肺腑，把人从内部烤得燥热了起来。

他们首先路过的是有期徒刑犯人们的劳动室。这里窗明几净，是第一监狱的招牌和门面。

每当白盾上级领导来视察的时候，这里就是他们最先展示的窗口。里面的流水线各有不同——做帐篷的、做皮箱的、做鞋子的，应有尽有。

在一面巨大的透明玻璃后，犯人们坐在各自的工位上，挺直脊背，麻木地完成自己那一部分的工作。他们每天要在这里工作十二个小时。

这面玻璃之后，是由机械和人共同组成的一台巨大机械，紧邻着的就是拘役人员的劳动间。他们的工作相对轻松，只需要完成一些折纸盒之类基础的手工工作即可。

随即，他们被带入了犯人们的居住区。当一扇新的大门徐徐开启时，一股更浓烈、更令人窒闷的热气扑面而来。

监室分为上下两层——不是两层楼，而是两层上下交叠的笼子。

每个监室都是十平方米，里面横七竖八地摆了四张双层床、一个马桶、一个沾满水垢的洗脸盆和一个用来摆放洗漱用具的木台子——被可怜兮兮地挤在墙角。

每个人平均拥有的活动范围还不够两平方米,上层的活动空间小得只够人坐起来,想要下床,得像一条蠕虫一样,用屁股摩擦到下床梯旁,才能把自己送下床。

有不少人请了病假,没有出工,听到狱警的皮鞋声传来,马上有气无力地歪在床铺上呻吟起来,以表明自己并不是在偷懒,而是真的病了。

由于白天没有开灯,他们看起来就是一团团肮脏的垃圾,藏在一个个被阴影覆盖的角落。

单飞白穿过了这样一条混乱的走廊,感觉很奇妙。

在光鲜亮丽的亚特伯区里,所有的污秽尘垢被秋风卷落叶一样打扫过后,集中拉入了这么一个垃圾场。这种强烈的反差,让他有一种错位的扭曲感。

而当狱警带领他们穿过一条长约三十米的通道,来到另一处天地时,别说是单飞白,就连一向冷淡的宁灼都轻轻扬起了眉毛。

——首先映入他们眼帘的,是一个面积不小的室内网球场。

两个男人穿着常服,挥汗如雨,追着一个黄色的小球奔跑。他们的技巧并不高明,却打得乐此不疲。

这里宽敞明亮,一尘不染。

自动洗地机在欢畅地满地乱跑,制氧机在轰轰运转,地暖在脚下安静地蒸腾,加湿器喷吐出带有高级香薰气息的温馨湿气。

这里的人们,看上去自由而忙碌。有人在高尔夫球机前练习挥杆,有人在打最新款的游戏,有人抱着吉他,在投入地练习扫弦。要不是他们身上还挂着代表了犯人身份的名牌,他们看起来就像身处在一个安逸而祥和的乡村俱乐部。

这就是他们此行的目的地。亚特伯区第一监狱的"高级监狱区"。

宁灼和单飞白实在过于出挑惹眼,仅仅几秒钟后,就成了受人瞩目的焦点。

各自活动的人群安静了很久,目送着宁灼和单飞白进入他们的囚室,才有人回过神,咬牙切齿地感叹道:"这两人看起来,不简单。"

等待着两人的是一间双人囚室,上下铺,配备了一张制式的双人桌、两把软凳和一台镶嵌在两米高墙面上的老式电视。

这里的装潢不比其他的囚牢豪华,没有呼叫铃、香薰仪、咖啡机之类的小玩意儿,但至少上铺的活动空间充裕,还有干湿分离的独立卫浴。

发现睡觉的时候不必和马桶共眠,单飞白的心情好了许多,坐在下铺床边晃荡着两条长腿,握着遥控器,想要去研究墙上的电视能否收到信号。

宁灼把他的铺盖砸向他:"上去。"

单飞白鼓了鼓腮帮子，双手抓住上铺的护栏，一个挺身上翻，把自己送了上去，那两条漂亮的腿继续垂下晃悠着，看得宁灼手指发痒，很想把他拽下来摔个人仰马翻。

可这样实在太幼稚，宁灼没这么干。

铺好了自己的床，宁灼自行躺下，闭目养神。

单飞白探头下来问道："宁哥，有什么计划？"

宁灼冷着脸道："没有。"

单飞白明快地一打响指："哦，懂了，随机应变，我最喜欢。"

宁灼不说话，心里倒是默认，他在这方面是很有本事的。

单飞白又虚心地请教："监狱里不应该有监控吗？一点死角都没有？"

"别的地方当然有……这里？"他抿着嘴，轻轻地"哼"了一声。

单飞白一点就透。

他们这些本该接受惩罚的人，在监狱里极尽享乐，只能在暗处悄悄进行，是见不得光的。要是被监控记录下来，万一被"别有用心"的人要挟或是曝光，那就有点不妙了。

宁灼冷淡地补充道："他们又不是来受罚的，是事情做得太过分，给他们兜底的人兜不住了，索性挑个度假村避避风头而已。你拿盆水随便一泼，被水点子沾到的，十个有八个早该死了。"

话说到这里，宁灼沉默了，单飞白也不再追问。

宁灼耳朵里听着房间电视里播放的娱乐新闻，心中想着一大堆心事，眼前钟摆一样地荡着单飞白的右腿……他怀疑自己选择让单飞白睡上铺是个错误。


至于配餐顺序，当然是那些老牌贵宾优先，宁灼他们这种背景不明的新人靠后。

晚餐时间很快到来。

高级监狱区不必挤到犯人集中的食堂抢粗糙的饭菜，有专人负责配送到房间，相当方便。

宁灼装作等饭的样子，打开狱门，在透气之余，顺便观察此处的地形。

如他所想，此处能正常使用的监控为零，只在角落里草草摆了几个样子货。

如果从监控里看向高级监狱区，屏幕那端的防卫简直森严到了密不透风的地步，每个犯人都身着灰色囚衣，老老实实地蹲在各自的号房里禁闭服刑——这是电脑模拟出来的"理想监狱"。

现实是，这里穹顶高阔，约有三层，面积足有六千平方米。每个房间都用高级隔热层和隔音层相互隔离开来，在里面如何嬉闹娱乐都不会打扰旁人，且门上根本没有供人监控的气窗，做什么都不会有第三只眼睛来看。

这里几乎瞧不见狱警的踪影。

只有两个狱警标枪一样扎在通道处，嘴角挂着温和的笑容，似乎是想给这里的贵宾留下一个好印象。

宁灼的视线所及处，公共区域内起码有五个雇佣兵，个个剽悍勇武、目光凶恶，是贵宾区里最像罪犯的一批人。

不过他们的状态很放松，雇主在纵情享乐时，他们也歪歪斜斜地或坐或站，还有的在聚众打牌。

他们的这份薪水实在好拿，是雇主给自己上的一份保险，且这份保险有九成九的概率派不上用场，只是买个安心而已。

毕竟亚特伯区第一监狱的安保系统，和白盾的安保系统一样，是由瑞腾公司旗下的泰坦公司CTO本部亮亲自设计。

这是第一重保障。

第二重保障是层层戍守的狱警。

最后才轮到他们。

这样层层分摊下来，他们的压力本来就小，又天天能捡雇主牙缝里掉下来的好处，往往会乐不思蜀。一旦一个雇佣兵消失了很久后又出现，且把自己喂得肥头大耳，大家就都知道，他是去陪人坐牢"享福"去了。

不过，这里也确实让人安心。

迄今为止，亚特伯区第一监狱犯人的越狱率为零，可以说是整个银槌市最安全的地方了。

宁灼状似发呆地四下打量时，本部武回来了。

唱足了一天的歌，本部武浑身散发着淡淡的酒味，一张脸青白浮肿着，被一群雇佣兵前呼后拥着，从一扇门里走了进来。

几乎是瞬间，本部武的视线就锁定了倚靠在门边的宁灼。

金虎跟在本部武的身后，一步跨了进来，猝不及防地看到了宁灼。

他的腮帮子立刻感到一麻，全身的骨头都痒起来。一半是气的，一半是被揍的肌肉记忆当场恢复。

宁灼的目光只在本部武脸上停留了半秒钟，就聚焦到了金虎脸上。他略一扬眉，继而微微一笑，一步一步地迎了上去。

金虎的脸都烧起来了，一双钵子大的拳头攥得嘎吱嘎吱响。

而相应地，本部武盯着宁灼的目光没有挪开。

宁灼和金虎打招呼："混得还不错嘛。"

金虎的面部肌肉都扭曲了。按照他的构想，再见到宁灼，他们高低要再决一次胜负。

宁灼已经二十八岁了，一身伤病，恐怕格斗的黄金期已经过去了。

他带进来的人里，可正正经经有一个在地下黑拳赛里拔了好几次头筹的年轻擂主呢。

可是当着自己雇主的面，他不好去报自己的私仇，只好一味地把气往肚子里咽，阴阳怪气地说道："这不是海娜的宁二当家吗？怎么混着混着，混到这里来了？"

宁灼看起来也没有动武的打算："都是挣口饭吃而已。"

这话答得模棱两可，金虎正要反唇相讥，就听自己的雇主本部武先生斯斯文文地问道："你叫什么名字？"

金虎先是下意识打了个怵儿，反应过来，又在心里暗暗喝了一声彩。按照他对宁灼的了解，必然是不肯老实回答的，搞不好一言不合，还要赏阿武先生一记大耳刮子尝尝。

虽然这样有些对不起本部武先生，但只要他得罪了本部武，自己就有充足的理由动手了。

谁能想到，事情的发展和金虎脑海中设想的大相径庭。

宁灼看了本部武一眼，疏离而客气地点点头，语气清冷："宁灼。"他并没有和他们长篇大论的打算，和熟人打过招呼后就径直离开了。

走前，他又看了本部武一眼。

而宁灼刚转身，就看到单飞白不知道什么时候站在了门边，正静静地望着他。

宁灼被他的目光瞧得很不自在，大步流星走到他身前，按住了他的脑门，把他推进了牢房："看什么？瞎了你的眼！"

这话听起来是在骂单飞白，但因为本部武也正盯着宁灼看，所以也在挨骂之列。

当然，本部武是不觉得自己被骂了的。他转头问正目瞪口呆的金虎，用赞许的语气道："宁灼，还有刚才跟宁灼在一起的那个人，都不错。"

别说是他的暗示了，金虎差点没听清本部武在说什么。他之前的确听到了下属的汇报，宁灼是和单飞白一起进监狱的。

可是眼睁睁地看着他们走到一起，冲击力实在是过于强烈了。

他们两个是怎么混到一起的？

在金虎因为失去自由，而错过了地下雇佣兵中最近最为热门的劲爆新闻时，宁灼和单飞白正肩并肩地吃晚餐。

菜不错，宁灼却吃得很不痛快。他总觉得单飞白那时看他的眼神有些复杂，复杂到居然让他瞬间产生了心虚的感觉。

他想不通为什么单飞白要这样看他。像极了小时候得知他要被送回家时，那种类似于被抛弃的小动物的眼神。

宁灼对自己情绪中出现的哪怕一丝波动都相当关注，因为这会影响到他的判断。他的口气依然不善："刚才你看什么看？"

单飞白却好像负了气，"哼"了一声："我知道那是谁。"

"谁？"

"金虎。宁哥之前的对家啊。"说着，单飞白垂下眼，神情有些掩饰不住的忧郁。单飞白这辈子，最大的遗憾是想要做"唯一"而不得。

他不是母亲的唯一，她更在乎自己被辜负的身心。这不是错，但母亲决然地离开，证明他不值得母亲为他而活。

他那个市侩的父亲自然更不会把他当作唯一，至于他那唯唯诺诺的后妈和哥哥，他也不稀罕做他们的唯一。

好不容易，他遇到了宁灼，但鉴于他的经验和聪明，单飞白没有全然交代自己的真实情况。

人心难测。他不能确定宁灼是不是黑吃黑，更不能确定自己一旦老实交代了身份，"救援"会不会立刻变成另一场绑架。

后来，等他想说实话的时候，却已经无法回头。

单飞白知道，祖母刚去世一年，他的父亲忙于收拢她手头的生意，不会很快来接自己，但他早晚会来。

所以，自从崖边谈话后的每一天，他都是偷来的。

那也是单飞白第一次像个小孩子一样，幼稚地期待着，宁灼会因为在意他，把他留下来，不把他还给那个家了。

毕竟宁哥那么酷。

偷来的时光匆匆而逝，他小小的侥幸没有得逞。谎言最终换来了宁灼与他的决裂。

单飞白知道，以宁灼的个性，经历了这种事后，是不可能再信任他了。他也知道，他不可能是宁灼的"唯一"了。

然而，真的不可能吗？做不了唯一的朋友，还可以做唯一的仇敌。这样的想法，在单飞白心中望风而长，生根发芽，渐渐长成了一棵枝繁叶茂的参天大树。

可他还是长大得太慢了，宁哥在之前就有了别的敌人。

虽然，这段短暂的敌对关系以金虎的全面溃败告终，但这还是给单飞白的心里扎了一根细细的刺。他在乎得咬牙切齿。

听到单飞白这样讲，宁灼捏着筷子，漂亮的碧绿色眼珠转了一圈："哦，终于想起来了。"他低头夹了一筷子菜，"只记得他的脸，忘了他的名字了，谢谢提醒。"

单飞白愣了一下。下一刻，他就心花怒放了。

"别打岔。"宁灼不想和他纠缠这些事情，"我有事要告诉你。"

单飞白的心情快速地多云转晴了，快乐地问道："什么事？"

宁灼答："我们来杀本部武的理由。"

单飞白竖起耳朵，老老实实地聆听。

宁灼问道："我带你见过小唐，跟你说过他的事情。你觉得哪里不对劲？"

单飞白迅速把思绪拉回正轨，想了想，用勺子比画道："有。老于就是仿生人，我知道现在仿生技术的重点是模拟思维，可以自主产生个性，可以有一套缜密的思维逻辑，还可以模拟分泌体液的全过程……但是他们只能复刻，没有办法自创完整的生物信息，那太复杂了。如果泰坦公司能创造出这种技术，那会是划时代……"

说到这里，他停住了。

"是。"宁灼低着头吃饭，语气带着明显的厌恶和讥刺，"那会是'划时代'的创举。"

单飞白放下了筷子。他睁着半蓝半黑的眼睛，望着眼前的饭菜，想到了一种可能。只是那种可能，实在过于恶心了。

宁灼面无表情地说道："本部武和他的父亲一样，很有天分。不过他一直在做的研究，是探索人体和机械融合的极限。"他咬着一根随餐配送的棒棒糖，双手揣在口袋里，翘起椅子一角，身体向后仰去，看向天花板，"我调查过。小唐的母亲是个穷学生，命不好，年纪轻轻就得了肿瘤。她那段时间，实在无路可走。正好泰坦公司的一家新实验室号称要推出一项新技术，急需临床试验志愿者，酬劳丰厚——一个肿瘤康复项目的志愿者。"

对一个走到绝路的年轻女孩来说，这是她唯一的希望了。不管如何，只要项目成功，她就能活。最差的结果，不过是"死"而已。怀着这一点小小的生的希望，她领到了一个号码牌。她那时候想必是很困惑的。按理说，给参与临床试验的志愿者进行编号，方便统一管理，是相当合理的事情。但那枚闪亮的黄铜标牌上，刻着一个绮丽的代号"娇娇"。

为什么要用这么一个怪异的代称？彼时的唐姑娘，还是低估了所谓的"最差的结果"。

　　人们对死亡的恐惧，来源于未知。但如果活着的每一天，都是有意识的、未知的、无穷无尽的地狱呢？

　　宁灼的语气平淡，似乎这样就能减轻描述给人带来的反感："本部武把小唐的母亲，一点点用机械替换。在她的生殖系统没被替换前，她生下了小唐。"

　　单飞白低头看向自己的手臂，上面布满了细细的鸡皮疙瘩。他问："那小唐的父亲是……"

　　"嗯。"宁灼平静地道，"他的父亲是本部武。"

　　"小唐挺会长，只像他妈妈。"宁灼想一想，补充道，"我猜的。我也没见过她本人。"

　　宁灼说这话时，声音放得很轻。

　　唐姑娘永远也不会知道，这个实验，仅仅是身为研发世家一员的本部武的一次心血来潮而已。他当时只有十七八岁，有着强烈的好奇心、过剩的破坏欲和并不成熟的技术。

　　本部武的不成熟，体现在他根本没有仔细挑选实验对象。他最先看的就是这些实验者提交的照片。里面的女孩，都是青春洋溢、清秀可人的。只要一针下去，这些美好的肉体就不会动了，只能乖乖地听他摆布。

　　本部武的父亲本部亮对这个兼具了才华和想象力的小儿子很是支持，特地拨出一栋实验楼给他，并提供了无条件的保驾护航。

　　泰坦公司身为大公司，合同里面的陷阱是这些年轻的女孩子根本不能识破和规避。总而言之，她们死了、失踪了、消失了，公司都能掏出完备的手续和女孩们的签名，用来证明，他们不需要承担任何责任。用本部亮的话来说，这就是科技进步应该付出的代价。

　　许多女孩在实验中因为无法挽救的器官衰竭而导致的连锁反应死去。

　　不知道是幸运还是不幸，唐姑娘是她们中活得最久的，甚至创造了一个生命的奇迹——她生下了一个孩子。顺带一提，她的肿瘤的确治好了——原有的胃换上了人造的胃袋。

　　然而，不知道是在人体改装到哪一步的时候，她就已经完全精神错乱了。她只记得自己是"娇娇"，真的以为自己是仿生人，听从一切指令，叫她做什么，她都会照做。

本部武非常"疼爱"她,因为她为他创造了一个新生命,而且这么久都不死,证明了他说不定真的能开发出完美的孕产型机器人!

出生的头一年,唐凯唱是在一个没有母亲安抚的无菌小舱里慢慢长大的。哺乳、更换尿布、翻身,全部由机器完成。

在他之前出生的"仿生人"小孩,因为怀孕时母体并非处于最自然的环境,且污染严重,多数是死胎、畸形儿,存活时间最长没有超过一百八十天。

唐凯唱绝对是个特例。然而,本部武喜欢一切美丽的事物,并不喜欢小孩。确定唐凯唱是个成功的实验品后,他有限的父爱就到此为止了。对实验品抱有多余的感情,是他们这行的大忌。在这一点上,本部武执行得相当到位。

等到唐凯唱在保姆机器人的帮助下,可以摇摇晃晃地走动后,本部武恶趣味地把这个孩子带到了他的实验室。

随着门扉开启,里面七八个女人,在灌满了半透明营养液的水舱里,整齐划一地扭过了头颅,静静地望着一大一小两个人。

面对着这样的场景,本部武笑嘻嘻地在他后背上一拍:"去找你的妈妈呀。"

唐凯唱愣了一会儿,不哭不闹,一脚深、一脚浅地跑入房间中,不慎一跤绊倒,倒在一个圆柱形的水舱前。

里面的女人还会转动眼珠,垂下眼睛,望着这个和她原来的眉眼依稀相似的孩子,眼中浮现出了一丝奇异的光。

唐凯唱也抬起头来,呆呆地看着那个女人,好像是认识,又像是摔蒙了。

这个水舱外壁上挂着的名牌上,刻着"娇娇"两个字。

自此后,唐凯唱长期留在了这个存放着水舱的地方,定期有吃的喝的被机器人送进来,供给他生活所需的一切物品。

唐凯唱并没见过本部武几面,因为本部武已经对这个实验项目丧失了兴趣。

损耗率太高,转化率太低,自己玩玩还行,但没什么推广的价值。把这些活体留在这里,无非是如同勋章一般,来纪念他年轻时候不切实际的奇思妙想。

小唐凯唱不知道自己也被归为了"实验废料"。

他的童年玩伴,是本部武留下的一台不太好用的电脑、车载斗量的实验材料和数据,还有那些同样被囚禁在这里的女人。

她们会说话,于是唐凯唱也跟着她们学会了说话。

他的学习能力很强,体现在他一学会说话,就马上通过意外开启的电脑的语音录入功能,一点点摸索着学习了文字。

唐凯唱天生对那个叫作"娇娇"的实验体很有好感，他学会写的第一个字就是"娇"。

他歪歪斜斜地把她的名字临摹下来，高高地举过头顶，给她看。她会对他机械地笑，对他说："凯唱，凯唱。"

这是几个机械女人给唐凯唱起的名字。

小唐凯唱对研究机械有兴趣，且天赋奇高。这大概是本部家独有的基因优势。

天天和她们生活在一起，小唐凯唱几乎要以为自己也是机械的一分子了。每天看看书，和阿姨们说说话，他感觉很幸福。

可是她们接受了那样残酷的改造，又没有后续的手术支持，就算能活，也活不久。一年又一年过去，她们一个接一个地死在营养液里。

在确认里面囚禁的女孩失去了生命体征后，水舱被一个个机器人运送出去，像是运送一口口棺材。

小唐凯唱脑子里没有"死"的概念，是阿姨们让他明白了这个。每走掉一个阿姨，他都难过得像是死了一次一样。

十年过去，整个实验室里，只剩下了"娇娇"一个人。

每天晚上入睡，唐凯唱都依偎着"娇娇"的水舱入睡，生怕在自己没看到的地方，他最后的依傍也要失去了。

只是"娇娇"的身体也越来越衰弱，每天沉睡的时间越来越长，也无法对唐凯唱做出回应。

唐凯唱的年纪渐渐增长，慢慢地也有了自己的思考。他有一种预感，自己不会长久地留在这里了。

那一天是如此突如其来。

唐凯唱被女性的尖叫和哭泣声惊醒。他猛然睁开眼睛，无措地看向上方，发现营养液里的女人正在剧烈地痉挛、挣扎，似乎是在梦里梦到了前世的光景。而那光景，让她发出了最后的哀号："我是人，我叫唐璧。救救我，杀了我。"

随后，她安静了下来，再没有发出一丝声音。

在这一刻，唐凯唱知道，自己在世界上没有亲人了。他张开双手，拼命抚摸着那坚不可摧的玻璃，却始终无法触摸到内里垂着头、宛如在母胎羊水里安静漂浮着的女人。

他只能把脸贴在舱壁上，环抱住水舱，竭尽全力地试图感知从营养液里传递过来的哪怕一丝的温暖。

一滴滚烫的眼泪顺着他的面颊滚了下来。

一分钟后,他擦干眼泪,打包了本部武的电脑和一些他还没研究透的材料,拆开水舱下的舱门,熟练地拆卸了外层已经没用了的供氧机,蜷缩了进去,从内合上了舱门。

只要他的个子再大一点,他就藏不进去了。

机器人将他运出了泰坦公司。

在水舱被扔入处理器销毁前,他悄悄溜了出来,瘦弱的身躯挤入了狭窄的通风口,爬向了一个黑暗且未知的新世界。他逃跑时满心迷茫,却一往无前。隐约中,他知道,这是他必须做的事情。

"雇到小唐,其实很便宜。"宁灼说,"那时候,泰坦公司的旧址离长安区很近。他刚跑出来,在街上吃东西,没有钱,也不知道要付钱,被人打了一顿。我请他吃了一碗面,他就愿意跟我走了。"

听完这个故事,单飞白沉思了一会儿,问道:"小唐其实不在乎复不复仇吧?"

"是的。他没有委托我帮他,他甚至不记得本部武是谁。"宁灼说,"他接受的教育不完整,他到现在为止还不习惯和人相处,既不会恨人,也不会爱人。"

单飞白迟疑地说道:"那……"

宁灼打断了单飞白的话:"他没有接受过完整的教育,我接受过。我知道,任何事情都要付出代价。本部武欠债太多,该还了。"

单飞白把整件事从头到尾串起来想了想。最后,他用笃定的语气道:"嗯。在这里了结他最好。"

单飞白也曾是银槌市权贵二代圈的准成员。如果是在他那个父亲的教养下长大,以单飞白天生的交际能力和好奇心,他怕是很快就会沦为无数渣滓中的一员。

好在他是祖母带大的。祖母提前为他打开了一个充斥着飓风、跳伞和赛车追逐的精彩世界。所以单飞白对常见的消遣方式毫无兴趣,不过他虽然不混迹权贵圈,耳朵倒是灵敏得很。

他和金·查理曼是小学同学,也曾经在高中校园里听说过隔壁学校的本部武又获得青少年科创金奖。

据他所知,本部武在享乐之余,相当爱惜自己的身体。

对穷苦贫病的人来说,日子是最不值钱的,要挣扎着才能活。

对本部武这样的人来说,美好的年轻时光易逝,更要珍惜。因此本部武会聘请私教,给自己严格制订健身课程,即使在监狱里,也会每天到他专属的健身房里健身。

爱惜身体的人,自然更加惜命。他永远是先龟缩在一个最安全的地方,才敢为所欲为。

本部武惜命到把自己的家建成了一个连水都泼不进的铁笼,在一众高级别墅区中看起来格格不入,几乎像个堡垒。

倘若等本部武出狱,再想要突破他的堡垒,困难程度要提升数倍。

亚特伯第一监狱,是唯一一个让本部武感觉安全,同时宁灼又能想到办法接近他的地方。

单飞白望着宁灼,心里已经有了判断:"所以,是宁哥送他进来的吗?"

宁灼没回答,只是低头一口一口地认真吃饭。

在本部武入狱这件事上,宁灼的确扮演了一个推波助澜的角色。

本部武亲自挑选女孩,制造了一批人工"芭比娃娃",这些"芭比娃娃"都是在极其严苛的控制下接待客人的,只向高级的上流人士提供"商务"服务,等闲人是无法接近的。

不过,只要是机械,就总有漏洞。

宁灼把通过线人弄到的一批又一批"芭比娃娃"名单交给了调律师。

要求很简单:他需要这些娃娃身上传感器接收到的一切信息。

调律师笑话他,被宁灼捶了一顿后,老老实实地干活去了。

不知道更换了多少批,终于有一个改造过的"芭比娃娃"成功出现在了本部武的身边。

本部武当然是第一时间残暴地改造了她,并亲手把她交给了特供的渠道负责人,示意他们把这个虚弱的女孩带走,养好后再投入使用。

刚一出门,她就被人劫走了,被宁灼送到了一家安全的"黑诊所"疗伤。

五分钟后,本部武的交易过程以及改造完成后说"你是我最可爱的作品"的录像,登上了《银槌日报》头条。

即使做到了这一步,宁灼也知道,以泰坦公司的能力,本部武绝对不可能重判。因为他不能把身为唯一证人的"芭比娃娃"交出来。否则,她只有两种结果,被收买或者"暴毙"。

缺乏了关键的证人,只有鼎沸的声音讨伐本部武的恶劣行径,力度又实在不足。

在本部武还没有宣判的时候,宁灼就已经推测出了整个流程:

本部武被鉴定为精神病,经过象征性的疗养,被送进了由他父亲亲手设计的第一监狱,吃喝玩乐一番,然后出狱,改头换面,享受新生活。

宁灼要做的，是让他永久性地和"新生活"说再见，也要保证自己能片叶不沾、全身而退。他总不至于因为动手铲除了一堆垃圾而去死。

在他入狱前，宁灼已经做好了计划，张开了一张巨大的网，只等着捕获这只丑陋的扑棱蛾子。只是有一点细节超出了宁灼的算计——现在在本部武身边的人是金虎。他对自己的厌恶和反感，或许会让本部武提前留意到自己，这样并不好。

在宁灼思索下一步行动计划的时候，单飞白举起了一只手，笑眯眯地道："宁哥，我知道你让我来做什么了。"

宁灼淡淡地瞄了他一眼："自作聪明。"

单飞白骄傲地"嘿嘿"笑了两声。

看到单飞白的表情，宁灼微微皱眉，他怀疑单飞白真的猜到他的计划了。他冷着脸说："没有在夸你。"

单飞白没有理会宁灼，嬉皮笑脸地说："那我明天做一次，宁哥可以看看合不合心意呀。"

话音落下，他的脑袋挨了一巴掌，但不重，更像是警告。

单飞白挨了一巴掌，并不沮丧，快乐地想，我要是不聪明，你还不选我一起入狱呢。这样想着，单飞白嘴角的笑容感觉更加欠揍，看得宁灼手掌在桌下反复握拳。

本部武这一夜过得有些心不在焉，眼前依稀晃着一个高挑的影子，对他投来冷淡的一瞥。

宁灼，绝对是非常好的实验体。

第二天，当金虎带着一众小弟，早早等在门外，看到推门而出的本部武时，他愣住了，半响才吐出一个简短的音节来："您……"

本部武给自己换了一张脸。

对旁人来说无比新鲜的生物换脸技术，本部武可谓得心应手，如同上妆卸妆一样简单。他甚至可以按照自己的喜好，捏好脸后，覆盖自己原有的面容。

尽管矮小壮实的个头仍然无法改变，但他的五官看上去清秀端正了不少。人多是视觉动物，这样，应该更容易接近宁灼吧？

可是，他找了很久，宁灼像凭空消失了一样。

问狱警，说是散步去了。

地方太大，就是这点不好。

就在本部武犹豫着要不要去办点私事的时候，一声炸雷一样的巨响，就在他脚边炸开来!

本部武爱惜自己的生命更胜于常人,吓得肝胆俱裂,几乎要蹦起来。

一点冰凉的泥土溅到了他的脚上。

本部武活像是被毒蛇的蛇信舔了一口,惊魂未定地往后退了数步,躲回了刚跨出的房间,双手扶住门框,扯开嗓门做狮子吼:"快看看,到底发生了什么?"

金虎等人早就习惯了监狱的安全环境,神经松弛得太久,如今突逢变故,居然慌乱了一阵。

直到本部武大吼一声,几个人才如梦方醒。

金虎如临大敌,留下两个人警戒,自己带着另外一个人飞奔上楼,要堵住那高空坠物的罪魁祸首。

本部武瞪着眼前碎裂的花盆。不知道是哪个犯人养的曼陀罗花,现在已经和破裂的陶盆碎片一起散落在了地上,冰凉的雪白色的花萼被泥土弄脏,有种奇异的美。

他呆滞了许久,目光一偏,恰好看到宁灼和单飞白从外面并肩走进来。

看到这混乱的一幕,宁灼挑起了眉,似乎很惊讶的样子。

本部武的心情似乎因为宁灼的出现,稍微缓和了一些。而宁灼回过身去,和单飞白对视了。

——你做的?

单飞白伸出手,得意地扬了扬下巴,要奖赏。

——是哦。

# 第八章 连环扣

UNRULY RIVAL

　　冲上楼的金虎，不费吹灰之力，就揪住了那个罪魁祸首——一个喝酒喝得昏天暗地的富二代，血管里流淌的酒精浓度比血还要高。

　　金虎忘了他进来的原因，但可以确定的是，这人是个资深的酒蒙子，直到现在，嘴里还喷吐着酒气，右手攥着一只半空的酒杯，歪歪斜斜地挂在栏杆上，还探着脑袋往下看。

　　金虎一看见他醉醺醺的模样，袖子上还沾着泥，心里就是一阵气苦。

　　他在底层摸爬滚打了多年，太了解这类人了。

　　这类人最难缠。

　　其一，以金虎的身份，根本动不得他。说白了，这里住着的任何一个罪犯，除了宁灼和他算是平起平坐，他都得罪不起。人家是天上星，没有本部武授意，连他们的哪怕一块皮都不能蹭破。

　　其二，这人醉得实在离谱，一眼就能看出来，即使他酒醒，恐怕也根本说不清到底发生了什么。想到自己居然要从一个酒鬼嘴里问出东西来，还不能动用武力，金虎感到脑袋一跳一跳地疼。

　　金虎调整好情绪，硬着头皮迎上去："您好。"

　　富二代挂在栏杆上，歪着脑袋，结结巴巴地说道："你是……干什么……的呀？"

　　金虎尽量把语气放得客气："先生，你刚刚是不是推了什么东西下去？"

　　酒鬼少爷张了张嘴巴，在说明真相前，他先对着金虎的脸打了个浓浓的酒嗝，熏得金虎的脸都扭曲了。

　　等到胃里舒服一点，酒鬼少爷磕磕巴巴地开了尊口。

　　"我刚刚……和一个人说好了，等到有人冒头，就推……推……个花盆下去，和下面的人玩……玩个游戏。"

"什么人？"金虎的眼睛一亮。

他要趁着这人仅剩的那点清醒还没被酒精彻底淹没的时候，尽量多问出些东西来！

"什么人？"

酒鬼少爷的脑筋又被酒精糊住了。他费力地回想："就是，一个人啊。不然……还是狗不成。"他叽叽咕咕地笑了起来，似乎以为自己的笑话很高明。

金虎强忍着扇他一巴掌给他提神醒脑的冲动，把语气放得愈加柔和："他让你推，你就推了？"

酒鬼少爷笃定地点点头："是，是啊。他说，下面有人……嗝！一冒头，我就丢下去。吓他一跳，嘿嘿。吓到……吓到他了，他就给我……嗝！拿一瓶雪莉酒……他吓到了没？"

金虎周身上下的肌肉都颤了颤。他强忍着火气道："那酒呢？"

这似乎提醒了酒鬼少爷。他茫茫然看了一圈，反问道："对啊。酒呢？"

既然没找到酒，他就把目光勉强放到了金虎身上："你把我的酒拿到哪里去了？刚刚不是说好了吗？"

金虎心里猛地一跳。人喝醉后不讲理，自己多说多错，万一把罪名安到自己身上，那他的麻烦就大了！

在金虎想离开时，酒鬼少爷的脑子又清醒了一瞬，说出了一句完整的话："哦，对了……我记得，他跟我说了名字，他说他不赖账。"

金虎一颗心本来已经沉到了底，即使这话听起来哪里不对，但他还是本能地欣喜起来："他叫什么？"

紧接着，酒鬼少爷说出了迄今为止最清晰的一句话："他说他叫金虎！他说他看不惯他家少爷，要给他点颜色瞧瞧！"

半分钟后，金虎拉着个脸下楼了。和他一起上来的小弟十分愤懑："一定是宁灼！宁灼跟你有仇，一进来就这么害人！"

金虎沉着脸，在心里慢慢打着算盘。

小弟还在抱怨："咱们跟武哥说去！"

金虎斜他一眼："说什么？"

"咱们这里没监控，就说是宁灼干的又能怎么样！那个醉鬼满嘴胡说八道，什么也记不清，这不是正好吗？"他不无得意地放低了声音，"是不是宁灼都无所谓了，反正他撞在我们手里，也不冤。借武哥的势力，我们办了他！"

金虎想了想，觉得这话很有道理。然而这点小心思，在金虎来到楼下，看到正和自己的主子面对面交谈的宁灼时,就被彻底打消了。

本部武还是不肯从藏身的房间出来,与宁灼保持了一段安全距离,不知道在聊些什么。

宁灼双手插在口袋里,姿态相当随意。

看到金虎回来,宁灼迅速用一个点头终结了这段对话,转身离开。

本部武转过脸来,盯住着金虎,并不出声,等他汇报。

金虎将刚刚准备好的一番言辞思虑再三,最后决定放弃。

"意外。"金虎给出了答案,"汉斯家的少爷喝醉了,在三楼推翻了花盆。"

本部武"哦"了一声。既然是意外,他就安心了。

跺了跺脚上被沾染上的花泥,本部武重新恢复了往常的公子哥儿气质。他说:"汉斯家的没有雇人进来陪着吧?"

金虎摇了摇头。

能进入亚特伯区第一监狱的犯人,本身的家世背景就是最好的、能供他们横行无忌的金字招牌。不是所有高级监狱区的犯人都能配备一个雇佣兵团队。

得到答案后,本部武轻描淡写地下达了指令:"找个机会,用酒瓶在他脑袋上敲一下,装成是意外,反正他也不记得。懂了吗?"

金虎应了下来,不无担忧地看向宁灼所在的方向:"阿武先生,他过来做什么?"

"他?"本部武觉得金虎的这个问题很蠢,"花盆掉下来,过来问了一下发生了什么。"

金虎咬紧了牙关。他倒是有心污蔑宁灼,可是这种事只适合在背后敲边鼓。要是当面指证,以宁灼的个性,必然把楼上那个还没跑远的醉鬼少爷抓回来。醉鬼少爷可没记住宁灼的名字,记得的是他金虎。

算来算去,这笔账都很不稳当,索性做成一笔糊涂账算了。

本部武抱着手臂望着宁灼和紧紧跟在宁灼身后的单飞白。

金虎微微提着一口气,见本部武停留了片刻,转过身去,看样子是不打算追究他们保护失职的罪过,整个人也就松弛了下来,连忙跟上。

本部武一马当先,打算去他的专属KTV里唱唱歌,消遣一下。金虎和他的小弟走在后头。

那个跟着金虎上楼的小弟心知肚明:金虎开不了口,是因为宁灼偏偏就那么巧出现在了金虎面前。他小声道:"您别着急。我们盯死了宁灼,有的是时间。"

"我不着急。"金虎咬着后槽牙,低声道,"打听到了没有?他们到底是因为什么进来的?"

小弟忙不迭地汇报："打听过了。外头的说法是，他们和人生意谈不拢，动手伤了一个B级公民。"

金虎开口就骂："放屁呢。真要是因为这个，他们能这么舒服地给送到高级区来？早送到前面的工厂睡八人间踩缝纫机去了！"

小弟听出金虎口吻烦躁，急忙道："是，我们也觉得不对，又查了查，发现那个B级公民是个老头子，好像是哪家大公司的顾问，宁灼好像当面动了刀子……这就更不对了，海娜是做生意的，怎么会这么不专业，就算要报复，在背后动手就行了……"

金虎露出若有所思的表情："嗯——"

以宁灼的疯劲儿，搞不好真能干出当面暴打客户的事情来，但那可是个老头子。据他对宁灼的了解，这人并没有欺负老人的爱好，永远热爱去碰最硬的茬。

金虎问："你怎么想？"

小弟积极地提出设想："我猜啊，他是替什么人进来的。肯定是那人一言不合，伤了老头子，又不想坐牢，就找了海娜，跟宁灼签了协议，答应把他送到高级监狱区来，不让他受苦。"

这种猜想还算合情合理。替人坐牢，也算雇佣兵的业务。

不过金虎还是觉得有些说不通："那海娜的人是死绝了？让宁老二这种级别的人物替人坐牢？"

"所以单飞白才跟着一起进来啊。"小弟越说越觉得自己的推理正确，几乎要摇头晃脑起来了。

"昨晚咱们不就打听到了吗？海娜和磐桥并派了，听说是姓单的欠了姓宁什么……总之，两派现在正交接呢，乱哄哄的。这么乱的时候，宁老二把姓单的带进来，等于是用海娜的老二压住了磐桥的老大，磐桥就是想乱，也是群龙无首，海娜那边还有个傅老大压着，也乱不起来。"

另外一个小弟补充道："我从狱警那里打听来的说法也差不多。有人交代，要送宁灼和单飞白过来，但没交代要特殊关照。他背后的势力肯定不强！"

金虎把他们的思路集中起来整理了一下："那就是说，他们两个是来监狱里……避风头，以方便并派？"

小弟们一起点头，觉得这样的推测最合情理。

而在得知了宁灼的背后很可能没有太强的背景，只是接了一单拿人钱财、替人消灾的生意后，金虎的心思也跟着活络起来了。

宁灼的金主送他进监狱，给了他优渥的生活条件，就算仁至义尽了，不可能像是保护自己人一样把他保护起来。

换句话说，宁灼现如今，是孤家寡人！当年的耳光之仇，追打之辱，他终于可以放开手脚去报了！

金虎看向了一个一直沉默着、身材矮小、皮肤微黑的小弟，问道："信，对上宁灼，你能行吗？"

叫作"信"的男人就是金虎最近相当倚重的小弟，黑拳赛场出身，带点口音，平时没少被嘲笑，所以养成了惜字如金的习惯。他腔调怪异地说："可以。"

金虎从刚才起就郁结在胸的一口气终于平复了一些。先弄宁灼一顿，再说别的！

金虎想美事想得眉开眼笑，小弟们也都争着给他出主意，一时疏忽，居然没人抢着走在前头，帮本部武打开厢房的灯。

今天包厢的灯是全关着的，一盏灯球都没剩下，里面黑漆漆的。

本部武喜欢亮堂，走进去后，第一时间就伸手去按控制开关。

紧接着，本部武整个人打了一个激灵，然后直挺挺地站在原地，手舞足蹈地抽搐起来。

还是小弟第一时间察觉了不对，大喊一声："阿武先生触电了！"

在亚特伯区第一监狱的高级监狱区陷入一片混乱时，林檎在一间公寓前停下，叩响了门。

很快，门开了。

门内的男人文质彬彬，神情却相当疲惫，脖子上围着薄薄的纱布。他穿着舒适的旧居家服，整个人的气质如绵羊一样倦怠和平和，显得没什么攻击性。

林檎出示了证件："薛副教授，您好，我是'九三〇'专案组的林檎。"

薛副教授对这个仪容古怪的警官先生点点头，又越过他的肩膀看向他身后跟随的年轻警官，温和的眉眼里满是困惑："您好，有什么事吗？"

"我们手头上有个案子，想向您了解一些情况。"林檎将记录仪提前握在手心，笑容礼貌而温煦，"您现在方便和我们谈一谈吗？"

薛副教授请二人进屋，泡了两杯茶。

在这个时代，三秒即溶的茶粉占据了茶叶的主流市场。茶叶则有价无市，是风雅的稀罕物。

跟着林檎的小警察是从地方上临时被提上白盾总部来的，这辈子还没见过茶叶,因此目光灼灼,直勾勾地盯着薛副教授优雅而缓慢地沏茶。

相比之下,林檎则很坦然,又见过世面。他接过茶,趁热喝了一口。不久后,舌尖就有了些微的回甘。

林檎知道,茶道能反映沏茶人的心态。从薛副教授到架子上取下茶饼开始,他就将目光停留在这个中年教授的身上。他沏茶的态度很松弛,茶味很正,可见心是稳的。他们的到来,并没有让薛副教授产生强烈的惶惑和紧张。当然,也不排除是他的心理素质很好。

林檎在心里简单对其做了评估后,开口称赞道:"很好的茶。"

他的小助手牛嚼牡丹一样,一口吞了半杯茶,也没品出什么好滋味来,只跟着林檎矜持地点了点头。

薛副教授在沙发上坐下,双手交握在身前,说道:"林警官懂茶?"

"一点点。"林檎隔着绷带,看向自己的膝盖,"我爸爸喜欢东方美人茶。他给一家出版社免费写了半年的稿,换来了十两东方美人。他跟我说,只要喝上一口,就感觉半年来深夜里的寂寞和疲倦都消散了。"

小助手偷偷瞟了林檎一眼。他的这个临时长官,短短几日内就收服了这些小年轻,包括他。

林檎不怯场,不畏权威,敢查会查,让那些不想管事、惹事的老油条去做最轻松的后勤,把想立功的小年轻派去一线调查。一番人事调度下来,双方都满意得要命。

面对兜着圈子要求他少把精力放在查理曼身上的高层,林檎也的确听话地掉转了方向,绝对不从查理曼身上入手,只专心调查投毒事件的始末。

然而这些天,小警察渐渐发现,林檎的每一步调查,看起来都与查理曼无关,实际上却是息息相关。

比如,他们找到了眼前这个文雅的薛副教授。

小警察仰慕林檎,对他的家世自然也有一番猜想,以为他就算不是出身警察世家,也该出自一家家风严谨的工科家庭。没想到他的父亲竟然是一个浪漫的文艺家。

林檎和薛副教授因茶而打开了话题。

正当气氛无比融洽时,林檎态度温和,却毫无预兆地提了一个问题:"您对九月三十日这个时间有印象吗?"

薛副教授的思绪还停留在上一个毫无杀伤力的话题上,闻言,不由得一愣。

林檎的双眼是被绷带裹住的,他能看人,人看不到他,自然无法猜测他目光的深意。

面对这样情绪不明的视线,薛副教授垂下了头,用手轻轻摩挲着掌心温热的杯壁,并没有露出任何慌乱无措的端倪。

但他没有马上作答。

在他刚要张口时,林檎适时地开了口:"才过去不到两周,是很难回答吗?"他的态度始终如一,没有疾言厉色,就连质疑听起来也叫人觉得舒服。

而薛副教授即使用手捂着水杯,后背上也隐隐冒了些汗珠出来。

——宁灼叮嘱他的话,如今看来,是真的有道理。

当薛副教授在海娜换回自己的本来面貌,即将和宁灼彻底分道扬镳时,宁灼告诉他:"到时候,也许会有白盾的人来找你。"

薛副教授彬彬有礼地答道:"您放心。白盾的人无论对我做什么,我都不会说的。"

宁灼却摇了摇头。他说:"如果白盾有人肯来找我问话,那一定是林檎。他这人不显山露水,可一句话就能诈出你的实话,千万小心。"

如今,薛副教授算是亲身领教到了这种温柔刀的威力了,果真名不虚传。

薛副教授露出了抱歉的笑容:"九月三十日……就是九月底了,九月底十月初的那几天,我不在家。"

"去哪里?"

"做手术。"薛副教授喝了一口茶,随后道,"我的脸受伤了。"

在林檎目前收集到的调查材料中,确实有薛副教授因实验室意外事故烧伤面部的记录。

拉斯金接受过换脸手术,薛副教授也正好换了一张脸。

拉斯金死于毒物,薛副教授是银槌市里少有的拥有独立制毒能力的化学教授。

巧合有些多了,实在值得一查。

林檎继续问:"在哪家医院做的手术?"

薛副教授看起来是个十足的慢性子,做认真思索状,随后抿起了嘴唇。

林檎问道:"不方便透露吗?"

出人意料地,薛副教授答道:"是的。具体原因,我的确不太方便透露。"

小警察兴奋起来,刚想要抓住这点异常,摆出样子呵斥薛副教授一番,就听林檎淡淡地问道:"您是在黑诊所做的手术?"

薛副教授笑了:"嗯。你们管它叫'黑诊所',但是那家手艺很好。抱歉,我不能把他们的信息透露给警方,那样太不好了。"

听到他这样说，小警察登时感到头痛。

"黑市"是个统称，它是移动的、是活着的、是龙蛇混杂的地方。人走进黑市，等于一片枫叶落在枫叶林里，根本没法查。

面对这样的局面，林檎却不气馁，继续精准地抛出问题："您的茶叶很好，应该不缺钱，为什么不用医保？"

薛副教授答道："是这样的。我有比较严重的失眠症，但是医保……"他欲言又止，小警察已经读懂了他的意思。

安眠类药物，医院会严格控制，并且会推荐病人使用"酒神世界"来进行精神疗愈——INTEREST公司在医药业也进行了大量的投资。

"酒神世界"是什么，薛副教授不可能判断不出来。所以，他只能去黑市里开药来换取一夜安眠。

而他为什么会失眠呢？

林檎将目光自然地转向客厅的一角。

在最醒目的地方，摆着一张苹果脸蛋的红裙少女和薛副教授的合照。

少女笑弯了眼睛，大大方方地搂住了薛副教授的脖子。注意到他的视线，薛副教授的目光也跟着移了过去，目光顿时变得如泉水般清澈。

林檎用一种诚挚至极的语气，望着正前方，由衷地说道："你们父女的关系真好。"

薛副教授本能地笑了一下："嗯。"

这一笑，薛副教授心里陡然一凉。他知道，自己错了。他这一瞬间的懈怠，是因为知道害死女儿的罪魁祸首已经在公众面前惨死，是因为知道女儿的尸体在哪里，也是因为知道女儿灵魂中的苦痛和不甘随着金·查理曼的死被抚平了。

而且，林檎并没有在看照片，他在看照片背后的一面落地镜。镜子上能映出自己的表情变化。

果然，下一秒钟，林檎就转过头来，一双清澈的眼睛仍然隐藏在绷带之下。他轻声问道："我听说，您的女儿已经失踪将近五年了。"

言下之意很明显。所以，看着这张照片，你怎么能笑得出来？除非，你知道一些我们不知道的事情。

薛副教授的家里是一番暗潮汹涌，亚特伯区第一监狱的高级监狱区，就可以被称为狂风暴雨了。

本部武挨了一通不轻不重的电刑，大拇指的皮肤烧伤了一块，还被不敢轻易接近的雇佣兵们用拖把杆子捅了一下腰，勉强被拉开后，脸朝下扑倒在高级地板上，新做的脸也破了相。

这看起来又是一场事故。

电灯出现了接触不良的状况，开关上又碰巧沾着水——原因是开关正上方的中央空调出风口出了点小问题，滴滴答答地沿着墙流了一晚上水。

不过，漏出的这点电流不会电死人。

而且，要不是金虎他们不务正业，在背后悄悄讨论宁灼讨论得起劲，触电的原本会是他们，压根儿轮不到本部武。

所以这次怎么看都是一场并不是针对本部武先生的意外。可上一个意外才刚刚发生，前后还不到半个小时！

本部武沉着脸，听狱警小心翼翼地汇报完情况，什么也没说，站起身，公然对着金虎就是一记大耳光。

金虎挨了这一下，垂下手，低头认罚。

扇完他，本部武拔腿就走，金虎带着一嘴的血腥味，默默地跟上。

这次，的确是他把差事办砸了，因此只能是他的错。挨打就要立正，没什么可说的。

待到本部武回到自己的房间，恶狠狠地把门板在金虎眼前关上，金虎紧绷着的肌肉才微微往下沉。

金虎平时待小弟们不差，小弟们自然对这一巴掌颇感不平。

可大家也都知道自己端的是谁的饭碗，只好敢怒不敢言。

他们不能在本部武身上出气，便不约而同地找到了另外一个可以出气的人——宁灼！

高级监狱区的人员流动性极低，宁灼没进来的时候，他们吃香喝辣、屁事没有；他一进来，本部武就多灾多难，频频遇险。

那个最聪明的金点子小弟再次有理有据地提出了猜想："宁灼肯定不是冲着阿武先生来的，而是冲着我们！"

此话一出，大家纷纷深以为然。

对啊！他们是保护本部武的人。只要本部武稍微吃点苦头，他又找不到背后操纵的人，自然就会把账算在他们这些"保护不力"的雇佣兵身上！

这下，大家彻底同仇敌忾了。

本部武如今正在气头上，他们再敢上前告状，那听起来就是在推卸责任，只会火上浇油。

于是，他们摩拳擦掌地等待着一个机会，要私下和宁灼"谈谈"。没想到这个机会来得这样快。

晚餐时分，单飞白的"挑食病"又发作了。因为晚餐有他讨厌的炒菜花。

宁灼不喜欢他这种少爷秉性——因为单飞白当初还是"小白"的时候，可是什么都吃。

一想到当初他装好孩子装得那么像，宁灼的心就像被火烧火燎一样，颇想揍他一顿出气。但绝不承认自己是在想念那个温顺可爱的"小白"。

宁灼觉得恼怒，不愿再和单飞白待在一起。

然而，只是趁着夜色去花园里透透气的工夫，宁灼就被一群人合围了。

这里灯光昏暗，白日里的好风景也变得可怖起来，看起来是个杀人埋尸的好地方。

当宁灼停下脚步时，金虎从他的身后绕出来，一双带着怒意的虎目威风凛凛地看向他。

宁灼则回过身，用眼角的余光冷冷地瞧了他一眼。

被他一瞥，金虎猛然打了一个激灵，像是有根冰做的刺插进了他的关节缝隙。该死的肌肉记忆。

宁灼并不问他们是来干什么的，那纯属废话。他把囚服挽过了手肘，直奔主题："一个一个来，还是一起上？"

金虎才不被他牵着鼻子走："今天的事情，花盆和触电，都是你干的？"

宁灼连眼睛都不眨一下："是我的话，我把我的左手给你；不是我的话，我把你的左手打断。怎么样？"这个誓言他发得心安理得，因为这两件事的确不是他干的。

金虎见宁灼这样笃定，倒是有了几分犹豫。他了解宁灼的性情，知道宁灼说一是一，说二是二。

难道……是单飞白？可是单飞白怎么会听宁灼差遣？他们两个人的恩怨，全银槌市都知道。

难道说，单飞白是故意的？他想利用自己和宁灼往日的恩怨，挑拨自己和宁灼动手，他坐收渔翁之利？说来也是，单飞白怎么能甘心被姓宁的捏在手里！

在金虎开始头脑风暴时，他的一名小弟先按捺不住了。这名资深小弟头脑不是很好，但对金虎一腔热诚。

小弟亲眼见证了宁灼一次次暴打他家老大，害得金虎一次次颜面扫地。如今老大发达了，宁灼居然还要来捣乱！新仇旧恨一并涌上心头之余，他并没有被愤怒冲昏头脑。他果断跳过了第一个单挑的选项,大声道:"姓宁的,我们并肩一起上,可未必会输你!"

金虎听得嘴角一抽。这个小弟的确忠诚,可惜宁灼昔年余威尚存,他也吃了宁灼几顿好打,心有余悸,放了狠话居然还不找补两句。

金虎这方还没动手,就丢了个大人。狠话已经放出去了,金虎索性横下心来,对信使了一个眼色。

信迈步向前,来到了宁灼面前,森冷地盯准了他的眼睛,暗中一点点把肌肉调整到最佳状态。

宁灼看着这个年轻的、跃跃欲试的前黑市拳赛的泰拳擂主,眨一眨眼睛,辨认清了他的面孔后,轻笑了一声。

"哦,是你。"

信从来没见过宁灼,而且一直跃跃欲试地想要和这个传说中的海娜二当家的比试一下拳脚。可他居然认得自己?信不由得一怔,停下热身的动作。

宁灼提醒他:"三年前。"

三年前?信记得,自己那时候还在黑拳赛场上无往不利,是最风光的时候。

要不是后来被一个改造人踢断了腿骨,修补后的右腿使用总不如原来顺畅,他也不会水平下滑,以至于饮恨隐退。

即使是他的手下败将,信仍不服那个改造人。因为他全身都是假的,换谁来恐怕都不行。

在他光辉灿烂的拳赛生涯中,只有一个男人能让他感到敬佩。那个男人是他们拳赛的裁判,平时戴着一副无常面具,负责给他们计分。他从不言语,只是每晚来做两个小时的工作,态度冰冷得像台机器。

有一次,信遇到了一个劲敌。经过一番激烈的战斗,他终于把对手打倒。底下的欢呼声震颤着信的心房,激发了他原始的暴力欲望,渐渐驱散了他的理智。

黑拳拳赛的规矩是,打到什么程度,全看胜利者的心意。然而,一些明星选手背后有人作保,按照约定俗成的规矩,是不允许在场上打死人的。

信知道,对手是一名明星选手,而他自己也是。他的拳头一下下落在对方身上,拳拳到肉,把对方的身体捶得嘎吱响。

这样的声响,让他的肾上腺素狂飙。他顾不得了,什么都想不起来了。

对方已经认输,然而信已经打红了眼,要把对方置于死地!

可是,一只拳头毫无预警地从旁抡来,那速度快得他根本看不清楚。

信只记得他的皮肤很白,那拳头的影子像漂亮的白昼流星一样。

只是中了他的一拳，信整个人就飞了出去，一脑袋撞在铁笼上，鼻血喷涌而出，再也起不来了。

在信模糊的视野里，那个向来冷酷的无常裁判甩了甩左手，抬手向底下看傻了眼的裁判组示意：敲钟，本局结束。

过去的记忆，与现实微妙地重叠。

宁灼甩了甩左手，面对瞠目结舌的信说："让我看看你这些年进步了没有。"

薛副教授家里弥漫着温暖醇厚的茶香，暖洋洋的，天然地能让人放下警戒心。

薛副教授什么都没有说。他没有急于解释，也没有必要解释自己"为什么笑"。只有心虚的人才对自己一点微妙的情绪变化格外敏感，害怕自己暴露，进而仓促地试图自证，自乱阵脚。

疑心生暗鬼，就是如此。

薛副教授喝了一口茶，润了润已经干涸了的唇："我的女儿，她很漂亮，很懂事。如果她还活着，说不定已经在哪里找到了和她情投意合的人；如果她已经死了，转世投胎，现在也是无忧无虑的小朋友了。"

对他这份拳拳爱子之心，林檎点了点头。是高手。话很温和、坦荡，将失踪的女儿摆到台面上，如果他们要在这件事上冷下心肠，非要戳他的伤疤、追根究底，就显得过分残忍无情了。

换别人来，可能真的会拿他的女儿刺激他，让薛副教授这个表面怯懦的男人爆发，好在盛怒之下骗出他的真心话，可林檎不至于那样残忍。

薛副教授似乎也知道，他不会那样残忍，而且做好了被他激怒的万全准备。

因为薛副教授也目光温柔地看着林檎，是另一把志在必得的温柔刀。

薛副教授，薛柳，他时刻准备用这把刀来保护自己——女儿在这世界上少有的遗物之一。

林檎不动声色地呼出一口气："您知道九月三十日那天发生了什么吗？"

"知道。"薛副教授点点头，"听说死了一个人。"

那件事全城皆知，他想要装一心只读圣贤书的人，未免不现实。

"他是中毒身亡。但是，毒药的纯度并不高，不是工厂产的。"

"哦。那很遗憾。"薛副教授说，"如果是在正式的工厂里购买成品，每一笔都会有记录。"

说到这里，薛副教授自己先笑了："所以你们来找我，是怀疑是我做的毒药，还是想请我做案情顾问？"

林檎问道:"如果是第一种可能呢?"

薛副教授:"那也没有办法。我的确有用原材料制毒的能力,你们来调查我是正确的。你们需要什么信息,我也会尽力配合。"

林檎又问道:"如果是第二种呢?"

薛副教授扶了扶眼镜,不紧不慢地说道:"那个人的中毒反应我看到了,我的判断是马钱子碱中毒——这只是一个不严谨的推测,具体情况还要以尸检报告为准。注射死刑有两步,巴比妥和氯化钾,就是不知道毒下在哪一支里。这就是我这个临时顾问的意见了。您看看有没有参考价值?"

林檎微微一笑,收起了记录仪:"我方便在您家里看一看吗?"

薛副教授起身,说道:"请。"

除了一间完全保持了原样的少女房间,薛副教授家里的主要风格是温暖陈旧的,可以看出,近期没有任何格局改换、家具移动和全面清扫的痕迹,里里外外充满了生活气息。洗衣机上甚至扔着一双脏袜子。

林檎来前,要过这栋教师公寓楼每个房间的平面结构图。

作为大学分配的公寓,房屋结构是完全统一的。

转了一圈,林檎确认,这里没有任何暗间、密室、隔层。每个房间都是通透干净的,一目了然,没有任何可以做实验的地方。

这里就是薛副教授的家。

也不必担心他有急事的话要怎么处理工作。只要他想,薛副教授就可以骑着一辆由各种废料拼凑而成的自行车,在十分钟内赶到他的实验室,他没有必要把那些瓶瓶罐罐带到家里来。

默默地收集完需要的信息后,林檎打算离开了。

薛副教授并没有松一口气,而是无比自然地起身相送。

在低头穿鞋时,林檎瞄了一眼鞋柜里的其他鞋:"您的鞋码是46码吧。"

他恰到好处地歪过头去,自下而上地对上薛副教授的眼睛,说道:"和我认识的一个人很像。身高一米八三,鞋码46。"

从一进来,林檎就看出来了。

薛副教授的身高、体态,和金·查理曼一模一样。

面对他不动声色的质疑,薛副教授动手把其中一双鞋翻了过来,给他看,是45码。

薛副教授温和地说道:"具体是什么鞋码,还要看鞋子的版型。小一点,就是45;大一点,就是46。"他望着林檎,继续说道,"人和人之间,总有一点不一样，是不是？"

薛副教授和风细雨，春风一样的态度将所有的质疑吹散。

林檎轻轻地"嗯"了一声："打扰了。"

"没关系。"

话说到此处，薛副教授略微停了停，好像在考虑要不要将接下来的话说出口。片刻后，他说："林警官，如果没有认错的话，我读过你父亲的文章。"

林檎突然顿住了。他没有回头，目视着正前方，整个人似乎被按下了暂停键。

"他的文章很好，虽然不太合时宜，但相当出色。"薛副教授说到这里，将目光停留在林檎被划得破碎不堪的面颊上，话音里含着温柔的怜惜，"我总觉得，他不是报道里说的……精神病。"

"谢谢您。"林檎恢复了行动能力，直起腰来，"你夸他人好，他不在乎；你夸他文章写得好，他会带着酒来拜访您的。"

末了，林檎用怀念的语气，低声说："如果他还活着。"

这一场询问终于到了尾声。

在林檎走出房门后，他回过身来，问了最后一个问题："您听说过本部武吗？"

林檎发问的时机卡得很准。

薛副教授已经成功把林檎送出了家门，此时应该是他最渴望结束询问的时候。在这一刻，林檎出其不意地抛出这个问题，或许能在他无懈可击的精神屏障上找出一条缝隙来。然而，薛副教授的神态自然得完全出乎了林檎的预料。

薛副教授先是露出了困惑的神情，仔细思忖了一番，才慢慢露出确定的神色："本部武……就是那个很有名的，泰坦公司的……"他的话说得相当犹疑，显然对本部武的才名和恶名，都仅仅是耳闻而已，并不熟悉。关键是，他的表情变化堪称无懈可击，看起来是真的没料到林檎会问"本部武是谁"。

那个顶着金·查理曼面孔、公然进入白盾下毒的人，真真切切地在监控里留下了本部武的犯人编号。

当然，这背后的真实理由很简单。

宁灼把这串编号交给了薛副教授，告诉他要在监控能看到的角度留下编号信息，并没有告诉他这段编号意味着什么。

薛家的大门在眼前徐徐合上，林檎的目光在那房门上停了一会儿。

到目前为止，在林檎心目中，副教授薛柳是"九三〇事件"的最大嫌疑人。

身高、体型、制毒的能力、换掉的脸……

从犯罪动机上讲，薛柳也是相当充分的。

宁灼能调查到的东西，林檎也能查到。他唯一的宝贝女儿，很有可能是金·查理曼害死的。

但是……林檎在心中默默地苦笑了。

要定薛副教授的罪，必须证明他有动机。

要证明他的动机，就要把金·查理曼的事情抖出来，彻底还他的女儿一个公道。

这个结果，绝对不是白盾当局乐于见到的。

就算林檎将情况如实报告给白盾上层，他们也只会把这件事压下来，然后暗暗想办法，给这个可怜又温柔的父亲今后的生活造成无穷无尽的麻烦和困扰。

这件案子牵涉太广，不大可能是薛副教授一手策划的，他必然有帮手。

林檎感觉，这个帮手的心思过于缜密了。

这一招的高明之处在于，如果白盾派出的调查组想要敷衍了事，他们根本不会仔细调查，自然不会找到薛副教授。

但换来敢查、肯查的自己，真的调查到了这一步，却不能说，甚至不应该汇报给白盾。

因为林檎没有证据，却有良心。

薛柳的家里干净得找不出一丝纰漏，他甚至不知道本部武是谁。背后的人，在大大方方、坦坦荡荡地利用林檎的良心。

至于小警察，则完全没有林檎的这些心思。

他旁听下来的结果，是知道了薛副教授人不错，没有刁钻、刻板、爱说教的坏习惯，斯斯文文的，很容易让人生出好感，又请他喝了一杯茶，可以说是一个标准的好人。

他们早就调查了他的信用点使用记录，没有任何私自购买化学品的记录。

薛柳的账户上，近期倒是有一笔比较大的可疑支出，对方是一个查不到身份、也无法追溯的黑户头。

可他的解释也合情合理——去黑市找医生治疗脸部烧伤了。

他的家里没有自设的实验室。

至于动机……他女儿的确失踪了，但他从来没有为此大吵大闹过，该上课还是上课，该下班还是下班。

这样一个斯文有礼的教授，怎么会突然发了疯，把自己改头换面，专程去杀一个必然会死的杀人犯呢？

于是，小警察给出了他的结论："薛副教授没什么嫌疑啊。"

林檎不置可否，柔声道："你觉得我们下一步该怎么行动？"

小年轻兴冲冲地说道:"当然是去找第一嫌疑人谈谈了!"

亚特伯区第一监狱,高级监狱区的囚牢里。

单飞白正拿了一本小说,摊在腿上一页页翻看,就见宁灼大步进门,脸色略微苍白,额角冒着薄汗,像是冬日里附着在陶瓷上的冷珠,一滴一滴,衬得他的皮肤晶莹,几近透明。

宁灼先进了盥洗室,将手伸到了自动水龙头下。

紧接着一片安静,没有水。

宁灼正困惑着,就见单飞白走到盥洗室门口,探了个脑袋进来:"宁哥,刚刚通知了,停水半个小时。"

宁灼面无表情地回过头来。

他这一回身,单飞白才看清了他稍稍破裂的嘴角、衣角上附着的灰尘以及满手半干的鲜血——单飞白是无法分辨红色的血的。

他眼里的宁灼,是一段黑白默片里的漂亮主角。

宁灼撞开发怔的单飞白的肩膀,走到了床侧,后背贴到了床头,胸膛起伏不定。

单飞白走到他的身边,蹲下来问道:"宁哥,怎么啦?"

宁灼言简意赅地说道:"金虎带人围我。我赢了。"话说得简单,同时近身对付四个健壮高大的雇佣兵,其中一个还是从前的黑拳冠军,宁灼还是有些吃力。

他一边注意保持和四个人的距离,一边寻找机会,尝试着一根根敲断他们的骨头。

打疼他们,打怕他们。可以说,他许久没有这样倾尽全力了。

精疲力竭前,他看了单飞白一眼,心里只有一个想法:还好在这里的,是单飞白。

本部武做了一夜噩梦。

在梦里被人一刀封喉后,他惊叫一声后清醒了过来。

金虎睁着眼睛,守在门外,一夜未眠,听到里面有了动静,一瘸一拐地冲了进来,看见这一幕,停住脚步,无言以对。

本部武按着抽痛的太阳穴,喝道:"滚!"

金虎一高一低地走近几步,毕恭毕敬地问道:"您今天有什么安排?"他需要提前摸清本部武今日的所有安排,好提前扫清一切可能的隐患。他还特意安排了两个人,一个跟着宁灼,一个跟着单飞白,以确保万无一失。

然而,本部武并不理会金虎的问题。他淡淡地瞄了金虎一眼,问道:"你的腿怎么了？"

一提到腿，金虎就恨得咬碎了一口牙，都是拜宁灼所赐。

金虎一边在心底疯狂问候宁灼，一边强颜欢笑，解释道："不小心扭了一下。"

本来就对自己人身安全深感忧心的本部武，顿时把金虎划归为了"废物"一流，打算一会儿联系下孙叔，给他换一批新的雇佣兵进来。他不耐烦地挥了挥手，示意金虎快点消失。

金虎碰了个软钉子，瘸着腿，刚走到门口，外面就传来小心翼翼的叩门声。

本部武刚想重新躺回去，听到异响，口气立即变得不善："谁？"

进来的是狱警，脸上带着谨慎又歉疚的神情，像是有急事、不得不打扰老板工作的谄媚小科员："本部武先生，打扰一下……有个警察来找你，请您现在来一趟会客室。请问您现在方便吗？"

"啊？"本部武裹好了毯子，"不见！"

狱警一咧嘴，迟疑地说道："他说他是白盾总部来的……"

"白盾总部来的？那你去问问他，他懂不懂规矩？"本部武猛地一捶床，隐隐动了怒，"要见我，提前三天预约！"

狱警听出情况不妙了，不敢再请，马上点头哈腰地离开了。

狱警苦着脸把情况汇报给队长后，队长去见了白盾派来的"九三〇"专案组的组长。他当然不能说，本部武身为犯人，警方找本部武问话，居然需要"预约"才能见到。他答复道："本部武病了，现在正在休养。"

林檎站起身来，语气平静地说道："是吗？是什么病？如果能说话，我还是希望能在今天见到他。"

队长对答如流："是癫痫，需要静养。"

"癫痫"是本部武在冒充神经病时虚构出的病情之一。

林檎点点头，望向了队长胸前的名牌。

亚特伯区第一监狱的值班队长，朴元振，把本部武这些虚假的病情烂熟于心，做他的伥鬼，帮他打发他不想见的人。

朴队长看林檎他们还不走，在心底不屑地嗤笑了一声：本部武先生说得不错，真是"不懂事"。既然如此，也没必要搞那些虚头巴脑的礼节了。

朴队长走上前来，一脸微笑地收起了为林檎和随行小警察准备的水杯。他没有下逐客令，但他所有的肢体语言都在告诉林檎二人，没什么事情的话，可以离开了。

他们坐在这里等了将近半个小时，被过暖的空调吹得口干舌燥，还没来得及喝上一口水，就被撤了杯子。

小警察沉不住气，拉下脸来："你们——"

林檎摆了一下手，示意他不要再说。

朴队长把他们的水杯当着他们的面扔回了自动垃圾回收箱，随即站到门边，随时准备拉开门送他们出去。

亚特伯第一监狱的高级监狱区，是禁止"非自己人"靠近的。

林檎是白盾总部的人，是"'九三〇'专案组组长"，头衔听着唬人，可那只是头衔已。这里面住着的犯人，个个比这个下城区来的"林队长"尊贵、值钱。

朴队长分得清自己得罪得起谁，得罪不起谁。面对这样一张拒人于千里之外的脸，林檎的态度堪称谦逊："那我可以问您两个问题吗？"

朴队长公事公办地说道："我是隔天一上岗，了解的情况有限。知道的，我回答您；不知道的，我也编不出来。"

林檎说道："好。最近本部武的监区有没有什么异常？"

朴队长闻言心里一震。他刚刚交班，就听说昨天高级监狱区那里干活干得不漂亮，触了本部武先生的霉头。上头特地交代，让他们多打起点精神，做好检修，别再把活干差了。话虽如此，他还是木着一张脸，摇头道："没有。"

林檎想，答得太快了。

水坏了，电坏了，也是异常。

犯人病了、打架了、拌嘴了，也是异常。

刚才他还说本部武犯了癫痫，前脚编，后脚就忘了。

但鉴于他的态度，林檎知道即使自己追根究底，也无法从他嘴里问出更多的情报，于是问了第二个问题："监狱这两天有新人进来吗？"

这回朴队长就答得顺畅了很多："其他监区的进来不少，我这里没数，您要问，得问其他分区的队长。我管辖的这片没有。"

高级监狱区的规矩，就是消息不外传。长了一条铁舌头的人，才适合在这里干活。任何情报，都休想从他们嘴里流出去。

林檎应了一声，起身告辞："谢谢。"

客客气气地做了正式告别，林檎带着满腹牢骚的小搭档回到了白盾总部。

亚特伯区第一监狱距离白盾总部很近，都位于亚特伯区，车程不过二十分钟。

嘟嘟囔囔了一路的小搭档刚下车，就忙不迭地奔去办公室，向专案组的其他伙伴吐槽亚特伯区第一监狱的大排场去了。

林檎被落在后面，从右侧口袋里取出私人通信器，他这个通信器里存储的联络人很少。

按照首字母排序,第一个是"爸爸",第二个是"傅爸爸",第三个是"宁"。他发起了对"宁"的呼叫。

"嘟——嘟——"

通信器响到第六声的时候,才成功连通。

宁灼的声音有点沙哑:"喂。"

——多亏高级监狱区宽松的安防,想私下递送物品进来,是相当轻松的事情。只听他讲了一个字,林檎就蹙起了眉头:"怎么,不舒服吗?"

宁灼停顿了片刻,话音清冷:"发烧了。"

林檎关切地问道:"没盖好被子?"

宁灼看了一眼时间,反问道:"工作时间,打电话给我干什么?"

林檎往前走了两步,说道:"在办一个案子。想和你聊聊。"

"你一般不把白盾的事情拿来问我,那是机密。所以,是我也知道案情的案子。"

和宁灼说话,是很省心力的。林檎捏了捏鼻梁,说:"嗯。"

"九月三十日那个案子?"

"嗯。"

"那个案子和长安区没关系。你也不该负责这个案子,你现在在哪里?"

林檎停顿了一秒钟,据实回答:"亚特伯区。"

宁灼听到这个答案,表情微微松弛了下来。他计划中的一环成功衔接上了。他问:"升职了?"

林檎温和地解释:"不是升职,是借调。"

宁灼冷笑一声:"这种得罪人的脏活累活,不知道往后躲,还要向前迎,也只有你了。"

是,只有他了。林檎有才能,无背景。

在白盾这种体系里,不出意外的话,他的终点就是查理曼当初的起点,在某个治安混乱区域担任负责人,操劳一生,熬尽心血,被当地大大小小的地头蛇痛恨,最后,在下夜班的回家路上,死在一处背街小巷里。

银槌市里葬送的好警官太多,前车之鉴也太多,林檎跟他们还不一样。他是孤儿,还是一块不解风情的榆木疙瘩,等他死了都没人给他收尸。宁灼也不打算给他收。所以,林檎需要一个机会,崭露头角的机会、不必浪费他才能的机会、能替他的父亲申冤的机会。

查理曼为人再恶心,宁灼也从他身上学会了一件事:机会迟迟不来的话,可以自己创造。

即使这个机会让他们二人的身份彻底对立了起来。

这个昔日的朋友向他这个罪恶的策划者询问意见。

宁灼冷静地分析,林檎到底是以朋友的身份来问,还是已经查到了什么,在用白盾警察、专案组组长的身份来套自己的话呢。

面对宁灼的揶揄,林檎全盘接受:"肯帮我想一想吗?"

宁灼望着天花板说道:"你说。"

"换你来查这个案子的话,会从哪几个方向下手?"

"毒药来源。"

"查了,自制。"

"有能力制造毒药的人。"

"在查。有不少。"

"在里面找和犯人有交集的人。"

林檎轻轻叹了一口气。

层层筛选下,他基本锁定了两个人。

薛柳副教授,拥有制毒条件,没有不在场证明,而且动机充分——在金·查理曼是他杀女仇人的前提下。

但是,他能从哪里弄到金·查理曼的脸模,还是能够完美地欺骗过白盾安防系统的精度?除非是金·查理曼本人在清醒状态下录下脸模,否则绝不可能精细到这种程度。

而这条线被斩断得相当彻底,根本无从查起。

再说,薛柳好不容易换来了一张金·查理曼的脸,一心复仇,居然是冒着生命危险,跑去白盾总部,给一个死刑犯换药?

如果说这算复仇的话,未免过于迂回了吧。除非,那个死刑犯才是他真正要复仇的人。

可为什么要换药?

拉斯金作为死刑犯,第二天就要执行死刑,是无法活着见到后天的太阳的,他又何必去换?

那么,就是药有问题了,那人根本不会死。这样的话,那一切就解释得通了。

为什么拉斯金死后,会蜕皮一样变成曾经的死刑犯巴泽尔的脸?为什么巴泽尔的脸下还有另一张脸?为什么查理曼警督如梦初醒后,会果断地对着他的脸开枪?

至于拉斯金的真实身份,林檎也通过一些违规手段,拿到了他生前的体检报告,手头上有能证明查理曼和他亲缘关系的证据。

一路推测到这里，林檎发出了一声无奈的笑。

有证据，又能怎么样？

薛柳身上的线索杂乱无章，扑朔迷离不说，在他身后，还立着一个影子，替他保驾护航。

最重要的是，即使他身上疑点无数，薛副教授也绝不可能是凶手。

"九三〇"案件之所以成立专案组，就是要给公众一个说得过去的交代。

金·查理曼是巴泽尔、是拉斯金，是查理曼总督一而再、再而三动用白盾权力保下的宝贝。最后，在第三次要逃脱法律制裁的时候，被第一个受害者的家属替换毒药杀害，折腾了这么久，终于伏了法——这根本不是"说得过去"的交代。上级绝对不会采用这个说法。

哪怕换了白盾其他人来做这个专案组组长，查到这一步，也会马上自觉、主动地装傻，大笔一挥，抹掉薛柳的嫌疑，改换其他的调查方向。

因为他们不能让上面发现他们知道得太多了，不利于将来的升迁。

白盾这个保护了无数恶人的体制，也巧妙地将复仇者薛柳密不透风地保护了起来。

但这一切还没有结束，下毒的人留下了信息，指向了新的人。本部武，另一个作恶多端的恶人。

薛柳为什么要留下这样的信息？是他背后的人让他这样做的吗？

看薛副教授的反应，证明他似乎并不了解那串编码的意义。

宁灼见通信器那头的林檎久久不言，想要起身，却被单飞白按住脑门，又躺了回去。

他和林檎的通话还未结束，说不了什么，于是狠狠地瞪了他一眼。

单飞白用口型提醒他："你在发烧。"

他也用口型回答，表情不善："你管我？"

单飞白大言不惭地道："得管。"

通信器那边，林檎再度开口了："事情没有那么简单。犯人在视频里留下了一串号码。"

宁灼问道："犯人把他的联系方式留给你了？"

"你也这么想吗？"说话间，他已经走到了专门为'九三〇'专案组设置的办公室前，里面的警员们正聊得兴致勃勃。这个专案组是临时组建的，东拼西凑，因此算得上是龙蛇混杂。

有不情不愿被抓包的混子，有不懂其中利害、单纯想要伸张正义的愣头青，也有混入其中、想要探听一手情报的人。

或许是总部的人，或许是查理曼的人。

林檎又叹了一口气，他擅长处理信息，却不大擅长处理人际关系。如何统领这个成分复杂的队伍，才是他真正想请教的问题。

宁灼作为海娜的二把手，应该会有一些经验。

听完林檎的烦恼，宁灼思考一番，给出了他的回答："你不需要浪费时间来管理他们。用人之道，就是不管什么样的人，只要用得着，就要留在身边。会查案但是刺头的，让他们专心查案；查案不行但会搞人际关系的，让他们去管协调的事情；搞人际和查案都不行的，打扫卫生和写报告总会吧？白盾怕你初来乍到，不懂事，肯定会找几双眼睛盯着你，你心里有数就好。这些人你能用就用，不能用就边缘化，把他们的精力都牵扯住，而不是让他们牵扯住你的精力。"宁灼强调，"最要紧的，是你要破案。"

他话音平稳，语调坦诚，讲的也颇有道理。只是，他漏了很重要的一条，没有提醒林檎。

林檎混乱的管理思路经过这样一点拨，顺畅了不少，温柔地点点头："谢谢。"

宁灼刚要继续说点什么，异变陡生。

监狱沉寂许久的广播突然播放起了悦耳的音乐。

广播里居然响起了某个犯人酒后的声音："喂喂，阿武先生在吗？来唱歌啊！"

第一监狱里，犯人想要喊人一起玩，就会肆无忌惮地利用监狱广播喊人。但自从宁灼他们进来后，这个广播从来没有响过。他们根本不知道这件事！

音乐声很刺耳，人声倒是不大清晰。

林檎的确听到了，却没有草木皆兵到把不甚清晰的"阿武先生"和"本部武"联系起来，于是问道："这么早你就出海娜了？在哪里工作吗？"

当他准备开口解释时，单飞白捏着嗓子，对准电话，故意娇滴滴地喊了一句："宁哥……"

这下，电话那头的人和这头的人一起愣住了。

林檎深吸一口气："你那边有人的话，我不打扰你了，这就挂了，再见。"

这是林檎第一次没有遵守等对方先挂的通话礼仪。回过神来的宁灼把通信器攥得咔嚓作响："你在干什么？"

单飞白一脸正气，和刚才的表现形成了鲜明反差："帮宁哥解围啊。外面点唱，这里是包厢，够像吧。"

宁灼一脸冷漠地想，这人真不能要了。

另一边。

放下电话的林檎靠在门边，抚摸着腰间悬挂着的短柄黑铜警棍，听警员们热火朝天地讨论着目前他们锁定的第一号嫌疑人——本部武。

跟着林檎去亚特伯区第一监狱见识过的小跟班比画着，亢奋地说道："你们都不知道，第一监狱那边，狱警都是瞧犯人脸色的，和外面传的一点不差！本部武说不见我们，就不见。"

一个和小跟班同样热血的年轻警察马上道："我就说真的很可疑。银槌市里懂得自制毒物的人，他就算一个，听说他高中的时候就拿过一个和化学有关的发明金奖，是个全才，在生物换脸技术上也很有心得！"

很快有人补充道："白盾和第一监狱的安保系统可都是他们家泰坦公司的！所以他才敢这么玩，这就是他的底气啊。"

老油条们要么不在，要么盯着电脑玩斗地主，绝不参与讨论。

也有谨慎派发言："他为什么非要留下自己的犯人号码？"

"示威嘛！"小跟班说，"好显得他厉害。而且他有完美的不在场证明——他在蹲监狱呢。你们都有听说过那个'高级监狱区'的传言吧？"

有人点点头："听过。听说服刑的罪犯是可以随意进出的，离谱！"

谨慎派再次发问："动机呢？"

小跟班说道："我们不是正在找他和拉斯金的联系嘛，说起来他们两个都是恶劣的犯罪者，搞不好还是同伙！"

"没联系也不要紧。"另一个人说，"本部武是个官方认定的神经病，说他就是个喜欢破坏的人。他做出什么事情，我想都不意外。"

谨慎派仍然忧心忡忡："我们把他作为第一怀疑对象，没关系吗？他好歹是泰坦公司的公子呢。"

有人立即反驳："他犯了那么大的丑事，实在压不住，泰坦公司不也把他推出来平事了？说明在本部亮心目里，还是泰坦公司的声誉最重要。他已经是半个弃子了，监狱和精神病院都进了，这点不用太担心吧。"

谨慎派继续发言："可这不也证明咱们白盾的监狱安保有问题吗？"

小跟班对此提出反对意见："他老爸正好是监狱和白盾安保系统的研发人员，他给自家儿子开了后门，能进出自如也很正常呀。"

听到这些七嘴八舌的议论，门内的林檎长舒一口气。这就是背后之人让薛柳写下本部武犯人编码的目的吗?

而在一墙之隔的门内,某个一言不发的人食指微动,把刚才录制下的讨论录音,通过一条秘密信道,转发到了一个邮箱。

"目前的调查进度,请您查收。"

金虎躺在床上,养着那双被宁灼踢了个半废的腿。信在外面敲了敲门,也瘸着一双腿进了门。

宁灼以警告为主,把他们打得伤而不残,受伤最重的那个无非是被一腿踹弯了两根钢制肋骨,去医务室里找专人维修一下就行。

可在金虎看来,他们现在走出去,个个直不起腰来,活像一支复健小分队。宁灼是故意的!

满腹牢骚的金虎翻身起来:"宁灼他们还是哪里也没去?"

信用奇怪的口音说:"宁灼没动。单飞白出来了。"

金虎撑着发软的双腿下了地:"我瞧瞧去。"

这一天,他们过得还算风平浪静。

当然,一部分原因是本部武被连着两次"意外"倒足了胃口,哪里都没去。

但金虎坚信,这一天的安稳,就是因为宁灼发现他被自己盯上了,才偃旗息鼓。没种的东西,倒是继续兴风作浪啊!

金虎一脚踏出门去,四下张望。等他看清单飞白的脸,自己倒先吓了一大跳。

单飞白是出来放风的,看起来也没打算走得很远,正坐在一处台阶上,拿着借来的游戏机玩。他脖子上一圈青青红红的指痕非常鲜明,几乎到了狰狞的地步。留下来盯单飞白的小弟也十分困惑。

金虎龇牙咧嘴地在他旁边蹲下,问道:"这是怎么了?"

小弟摇头:"不知道。他出来的时候脖子就是这样的。"说着,他摸了摸自己疼痛难忍的左臂,和单飞白的掐痕对比了一下,突然觉得宁灼对他们还算仁慈。他嘬了嘬牙花子,"姓宁的也太狠了……对自己人也这么狠?"

"什么自己人?"金虎说,"他们俩是死敌,就这么放在一起?嘁,早晚有一天得死一个!"

"是吗?"

身后突兀传来的声音把金虎吓了一跳。

他转过身,发现本部武不知道什么时候来了,正饶有兴致地站在他们身后不远处,端详着年轻英俊的单飞白。

过了一天，本部武手指上的伤已经基本康复，精神状态也好了不少。他望着单飞白，下达了指示："找个机会，趁他们两个都不在屋里，给他们安个隐形监控，再——"接下来的一句话，他刻意放低了声音。

听清了本部武的意思，金虎目瞪口呆："这……"他和宁灼是拳脚和利益上的争锋，他很有心把宁灼那张冷淡的脸揍个满脸开花，让他跪着向自己求饶。

本部武先生这一手过于阴险，比宁灼他们的招数恶心一百倍。

金虎不是没替本部武做过坏事，可他知道，宁灼被算计了，是能把人活活撕碎的。更何况，海娜不只一个宁灼，还有姓傅的呢。

虽然他没见过姓傅的，恐怕整个银槌市都不知道姓傅的长什么样，但就凭他能降住宁灼，也该知道不是好惹的。

本部武现在是一时兴起，但要是海娜真的从上到下恨上了他们狂风，到时候不死不休，泰坦公司肯为他们买单吗？

金虎心里颠来倒去地设想了无数拒绝的话，刚要开口，本部武就潇洒地转过身："饿了。叫他们送点饭过来。"

金虎把眉毛皱成了个铁疙瘩，心事重重地嘱咐信："去催一下饭。"

信的神色不快，显然也听清了本部武说的话。可他和金虎一样，都无可奈何。他不情不愿地刚走出两步，狱警就来到了不远处，搓着手礼貌地询问："请问本部武先生要用晚饭吗？"

本部武的晚餐是法餐，马提尼、银鳕汤、鲜嫩的鹅肝搭配菲力牛排作为主菜，再加上布丁甜品，样样精致，只是看着就能把人的糟糕心情抚慰大半。他用餐时，以金虎为首的四名雇佣兵就围在他的身边，替他斟酒。

第一杯马提尼当然是金虎喝下去的。本部武对危险的恐惧还没有完全消散。

看到金虎喝下去后安然无恙，本部武也放下心，纵情吃喝起来。

本部武的嘴里含着食物，含混地对金虎道："喂，跟我讲讲他们两个的事。"

"他们两个"指的是宁灼和单飞白。

主人问话，金虎只能照实回答："他们两个仇杀了很多年……谁也不知道原因，就知道单飞白当年一出道，就接了杀宁灼的单子，却没杀死他，不知道是不想彻底结下死仇，还是故意炫技。总之，磐桥是一夜成名了，从此之后宁灼恨他恨得咬牙切齿的，两人一干仗就干了五年……"

本部武听得兴致勃勃："有意思。那他们为什么现在走到一起了？"

金虎的目的是暗示自己也"不想彻底结下死仇"，没想到本部武根本不理会他的弦外之音。不知道是没听懂,还是不在乎。他勉强应道:"宁灼……想要折磨他吧。"

本部武眼里的光芒更盛:"所以他把那个小帅哥的脖子掐成那个样子?"

金虎苦着脸,心一横,尝试着把话说得更直白一点:"阿武先生,宁灼和单飞白这两个人都是很难缠的,您要是想玩,我们再联系几个专业的人都不成问题。尤其是宁灼,他是真的不……"

话还没说完,一杯冷酒迎面浇到了金虎的脸上。

"你是不是听不懂人话?"本部武放下空杯。

金虎连脸也不敢擦,忍着怒气,又为他斟满了一杯。

拿起专用刀叉,本部武将鹅肝酱抹在面包上后,用餐刀朝金虎一指:"别那么多废话。"他这副颐指气使的样子,活像个爱撒泼的恶作剧小孩。

这也难怪,在他那个亲爹本部亮的庇护下,他从小到大心想事成,没人教养。美味的东西说吃就要吃到,想要做的事情说做也要做到。

金虎心里想着,视线下移,瞄到了那把用来涂抹鹅肝酱的餐刀。上面闪着细碎的光,看起来似乎不大对劲。

但本部武的腮帮子一张,已经将沾满鹅肝酱的小面包片咬下大半。咀嚼两下后,本部武勃然变色,捂住嘴巴,身体往后一仰,发出了猪一样的哀号。他吐出了一大团面包,上面夹杂着星星点点的血。本部武抬手捂住嘴巴,鲜血从他的指缝间不断渗出,越流越多,甚是骇人。

金虎肝胆俱裂,夺来餐刀,细细一看,终于看清了那星星点点的闪光是什么——全都是细而薄的玻璃碴儿。

和高空坠物事件、触电事件性质不同,高级监狱区里的餐食都是私人订制,一对一服务的。这次,摆明了是冲着本部武来的!

金虎脸色煞白地抬起头来,看向身后的小弟。明白了金虎的意思,他们神色惊慌,纷纷摇头。

宁灼从昨晚进门后就没再出过门,单飞白也就是在他们眼皮底下出来溜达了几圈。

不是他们干的,那会是谁?

"查。"本部武用手捂住疼痛难忍的嘴巴,疼得眼泪一颗颗往外滚,满嘴流血地咆哮,"是谁干的?给我查!"

白天,朴队长替他撒了谎,说他病了。晚上,他一语成谶,真的把本部武送进了医务室。而本部武的暴怒,让金虎他们不得不驱赶着当班的朴队长,把高级监狱区搅了个人仰马翻。

第一监狱里其他犯人吃的是最次等的营养糊，自不用说。

高级监狱区聘请了三个特级厨师，专门为这些高贵的垃圾服务。

为了最大程度照顾各自的饮食习惯和禁忌，厨房会准备一些常用食材，标注了犯人们各自的编号，分开储存。毕竟这也不是什么值得宣扬的体面事情，特供厨房也属于秘密地带，所以厨房内并没有装设监控。

房间外的走廊上倒是有一个监控，但很可惜，没有拍到任何形迹可疑的人物进入厨房。三名厨师齐声喊冤，并一致表示根本没有外人进入。这也和监控的情况对应上了。

金虎听三个厨师七嘴八舌地申辩，吵得他脑仁疼，索性狠狠地一拍桌子，震得刀架上的菜刀齐齐跳了跳："没人进来，什么意思？是你们干的？"

金虎在宁灼面前支棱不起来，在这些厨师面前，却如阎罗王一般恐怖。

被吓了一跳，他们都老实了。其中一个厨师哭丧着脸，小声解释道："金……金先生，我们傻了吗？这东西经了我们的手，吃出问题，不是第一个就要找我们问责吗？"

金虎满心烦躁，却不得不承认他说得有道理。他们都是熟面孔，一直以来都负责高级监狱区的饮食。难道他们突然发了疯，放着铁饭碗不要，非要在本部武的饭里扔一把玻璃碴儿不可？

金虎掐了掐鼻梁，问道："你们能提供什么线索？"

最先开口的厨师甲想了想，说道："您在这里待了这么久，也知道咱们这边基本是点餐制，客人想吃什么，我们就做什么。但本部武先生不太一样……"

本部武的确和其他人不一样。他的精力主要放在"玩"上，也懒得动脑规划自己的饮食，因此对食物并不算挑剔。大多数时候，厨师做什么，他就吃什么。

金虎应了一声。

厨师乙小心地补充："所以我们会提前一天把菜单拟好，免得第二天一来手忙脚乱……"说着，他抬手指向厨房东南角的一个食品储藏柜。手写的菜单正用自吸纸端端正正地贴在柜门上。

金虎凑上去审视了一番。看着看着，他心中陡然一动。他一巴掌拍在了储藏柜外立面上，把三个战战兢兢的厨师又吓了一跳。

金虎阴着脸，问道："本部武先生的早餐、午餐都没动，现在在哪里？"

刚才一直没敢开口的厨师丙小心地搭腔："都倒进处理设备了……"

金虎问道："处理设备今天开过吗？"

"还没……"

金虎断然道:"打开。让我检查!"

因为心烦,本部武今天一天都没吃饭。

金虎留了个心眼,对照着菜单,把本部武原本今天应该吃的食材一样样翻出来。

翻检之下,他惊骇地发现,本部武今天的早餐和午餐里面,都混有细细的玻璃碴儿!

早餐,玻璃碴儿混在草莓果酱里。

午餐,玻璃碴儿混在米饭里。

晚餐,幕后黑手终于成功地把玻璃碴儿喂进了本部武嘴里。

是谁?究竟是怎么下手的?

金虎最先怀疑的,当然还是宁灼和单飞白。

但问题是,他们四个人八只眼睛看得清清楚楚,宁灼进了囚室就再没出来过,单飞白出来放风,也没有半分挨着饭菜的机会,只是埋着头玩游戏。

金虎糊涂了,一一动手检查了食物储藏柜里的罐装的草莓酱、大米和鹅肝酱,里面都是干干净净的,没有掺杂其他异物。说明这三样,都是专门放在了本部武的食材里。

金虎又对"凶器"进行了一番调查。

玻璃应该是被人拿重物细致地砸过,专门挑选了又细又尖又不显眼的,真要是被囫囵吞下去,消化道都能被戳破。细想一下,简直毒辣得让人头皮发麻。

然而玻璃是最普通的玻璃,有可能是玻璃杯,也有可能是玻璃盘子。因为砸得太细,它的本来面目已经不可考了。

那么,是送饭的狱警做的吗?可目的又是什么?

浑身散发着微馊的饭菜味道,金虎心事重重地返回了高级监狱区。

其他两个小弟去看顾病床上的本部武了。信则留守在原地,继续看守宁灼和单飞白。

见金虎回来,他马上迎了上去,可瞧到金虎蜡黄的脸色,到了嘴边的问题就硬生生地咽了下去。

金虎气恼地一捶墙壁,开口就问:"他们俩都没动静?"

信摇了摇头,结结巴巴地说:"宁刚刚出来。他拿了饭,叫单滚回去吃饭。"

金虎心里的盘算又落空了。他还抱着宁灼其实早就偷偷溜出去了,并不在囚室内的希望。他从头到尾都在屋子里,那可怎么是好?难道他们有门,有窗,或者那间囚室有暗道?

金虎想得脑子疼,想到了本部武交给自己的任务,却突然灵光一现。他要去宁灼的囚室看一眼!

经过思索,金虎对信交代了一番:"跟朴队长打个招呼,查一查宁灼和单飞白带进来的东西有什么,有没有玻璃一类的物件。我先去找本部武先生,等他们两个都出来了,你马上联系我。"

信犹豫了一下,看着地面,不太乐意地点了点头。

金虎先去看望了本部武,硬着头皮汇报了他的调查结果。

本部武的口腔遭受了重创,塞了一嘴药棉,现在不便说话,但满脸都写着不耐烦和愤恨,简直把金虎当成了给他撒玻璃碴儿的人,狠狠地盯着他。

金虎被这道目光刺得如坐针毡,实在待不下去,不等信给自己发信号,找了个借口,先溜了。

他苦着脸思索的时候,路过了宁灼的囚室。

恰好在这时,宁灼出来了,和一瘸一拐的金虎打了个照面。

一天没见,宁灼的脸色惨白,像是刚刚受了一场风寒,但还是如一柄随时出鞘的剑,一个眼神都能吓得人腿发软。他身后则跟着笑眯眯的单飞白。

金虎不由得站住了脚步,直勾勾地盯着宁灼。

宁灼从上到下地打量他,冷冰冰地说:"好狗不挡路。"

放在平时,金虎非撸起袖子上去和宁灼干一仗不可。干输了不要紧,要的就是气势。可他这一天来接连碰壁,气焰消了不少,听了这样的话,居然没有要和他争斗的心思,垂了眼皮,自顾自地无精打采地往前走去。

宁灼望着他的背影,突然开口道:"喂,别干了。"

金虎听清楚了,却还是装傻:"说什么?"

宁灼说道:"趁你还没老,脊梁骨还没弯习惯。别干了。"

金虎转过头,横眉冷目地说:"老子要你教?"

宁灼冷冷地说:"我没有当狗有瘾的老子。"

金虎气得浑身发抖,心里知道他说得有理,还是嘴硬:"当狗有钱赚,做人能饿死!"

宁灼不再和他多说,从金虎的身边擦过,含着笑轻飘飘地留下一句评语:"贱骨头。"

金虎耳朵里"嗡"的一声,四肢百骸的热血都涌了上来,可到了神经末梢,就统统冷了下来。他心事重重地目送着宁灼和单飞白离开,脚步一转,用从朴队长那里取来的钥匙,打开了他们的牢门。

金虎细致地里里外外走了一遍,把四面墙壁连地板敲敲打打检查了个遍,并没有找到他想象中的密道。

这间屋子和他看惯的本部武的豪奢版囚室一比，简直堪称寒酸，并没有窗户。通风管道的入口倒是有一条，在囚室天花板的正上方。

金虎怀着一点期待，借着桌子攀上去，抬手一拉，失望地发现那是焊死的，螺丝与扇叶间还积着灰。

显然，在他之前，没人碰过这个通风管道，更别说从这里爬出去了。

带着一手灰尘，金虎彻底迷茫了。

不是他们吗？难不成……真的是有什么人要杀本部武？

## 第九章 破局

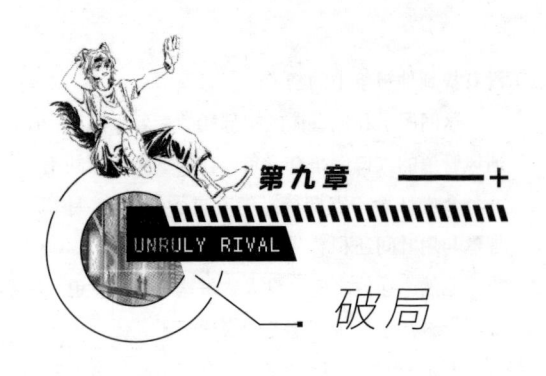

UNRULY RIVAL

宁灼和单飞白在进行饭后散步。

宁灼的身体微微僵硬,这和昨天的斗殴无关,单纯是他不知道要怎么放松而已。自从十三岁开始,他就是全力冲刺的状态,每天睡得有限,做梦也像是醒着。进了监狱,他还是靠着一股劲儿往前冲。

如今,刹车渐渐踩下,需要他去玩,去享受,去装作对一切浑不在意,做好随机应变的准备。可实际上,他对陡然慢下来的节奏十分不适应。

因为宁灼根本不知道该怎么玩和享受,他能想到的最好的娱乐方式就是散步。

单飞白对宁灼进行了一番观察后,隐约猜到了什么,决定通过讨嫌开启话题:"饭还是不好吃。"

宁灼果然扭过头来,用眼睛瞪他:"你可以选择饿死。"

单飞白的脸微微皱着,一脸苦恼的表情。

看他不痛快,宁灼的心里反倒痛快了一点,一拧那张俊脸:"把活儿给我做好了再想着挑三拣四吧。"

单飞白笑了,小酒窝露了出来:"我们现在干什么去啊?"

宁灼简明扼要地道:"散步。"

单飞白嘟囔着说道:"走路多没意思。"

宁灼看看天,平淡地说道:"有意思。"

单飞白说道:"没意思!带你玩游戏去啊。"

宁灼停顿了一下:"不感兴趣。"

单飞白去拉他的衣袖。

"啧。"宁灼伸手指向单飞白,警告他不许乱碰自己。

单飞白却一转身,说道:"不会的话我教你呀。"

宁灼被他的胆大包天弄得愣了一下，倒也没甩开。

海娜里也有游戏房。

宁灼除了找傅老大的时候进去过，其他时候基本从不踏足。而在环顾了高级监狱区的游戏区配置后，宁灼相当怀疑，傅老大到了这里会乐不思蜀。

电子游戏区足有七百平方米，从全息投影 3D 到虚拟现实 VR，从 FC 红白机到老式街机，从早期的电子游戏井字棋到 INTEREST 公司最新推出的热门游戏《幸福的银桠岛》，应有尽有。

宁灼对任何和 INTEREST 公司相关的东西都深恶痛绝，单飞白从某个犄角旮旯扒出来了一个插卡游戏，简单易上手，游戏目的是驾驶坦克，冲锋陷阵，解救人质。

宁灼从小和一切需要花钱的娱乐是绝缘的，手柄被单飞白倒着塞到手里后，他就倒着拿在手里。

意识到这点后，单飞白一边忍着笑，一边教他每个按键代表着什么。

一开始，宁灼操纵着小坦克横冲直撞，一次又一次在敌人炮火的包围下炸成一团血花。

好在他做万事都认真，玩游戏也当一件重要的事来做。

宁灼渐入佳境，打得竟然有模有样，只是脊背笔挺，正襟危坐，看起来不像在放松，而像在逼着自己尽善尽美地完成一项工作。

单飞白没他那样紧绷，在眼疾手快地清空了自己这边的敌人后，闲来无事，就操纵着坦克绕着他打转。

宁灼没有多余的注意力分给他，就分开膝盖，顶了下他的膝盖："看路。"

单飞白挨了一脚后，他的坦克便跑到前面去了。

又玩了一会儿，单飞白跟宁灼打了个招呼，把坦克找了个隐蔽处躲了起来，低下头来，专心致志地揉眼睛。

宁灼眼角的余光瞥见了他的动作，问道："怎么了？"

单飞白答道："眼睛酸。"

他对颜色的辨别能力很差，偏偏这个游戏相当早，敌人非常容易跟背景的颜色混为一体。

移动的物体还好说，碰上了地堡、炮台，单飞白得等别人的炮打出来才能发现那其实不是普通的建筑物。

单飞白为了区分这些颜色相近的东西，只好格外卖力地去看，必然费眼睛。

单飞白揉着眼睛，宁灼则盯着屏幕清掉那些要接近他的怪物："我送你的眼镜呢？"

话问出口，宁灼突然想到之前问过他这个问题，自问自答："被人打烂了。"

单飞白停下了手，想到了那遥远的一天，他低下头笑了。

宁灼一愣，问道："笑什么？"

单飞白回答道："说起来，宁哥，你为什么送我眼镜？"

宁灼头也不抬，说道："我当初不是写得很清楚吗？"

是的，他当初写得很清楚。

两个人的眼睛望着刀光剑影、血火交织的游戏屏幕，心却同时坠入一段往事中去。

单飞白的眼睛有问题，是天生的。但在看不清这个世界色彩的同时，他的视力绝佳，倒不算辜负了好风景。

小时候体检的时候，他查出来了色弱。祖母有心给他矫治一番，但小单飞白没觉得"失去颜色"这件事对他的生活有什么大影响，生怕治疗耽误了玩，围着祖母撒娇。

祖母见他不愿意，那就不治，左右不是什么大毛病。后来，祖母不在了，更没人在乎他的眼睛能不能看到颜色，他那个父亲甚至根本不知道他有色弱。

单飞白也没再告诉任何一个人这件事，包括宁灼，也包括磐桥。他完全习惯了这个黑白灰的世界，仿佛它本来就该是这个样子。

一天，单飞白接到了一个单子。

内容是保护一车黑市仿制的药物，合作对象是宁灼。

——银桎市里，单、宁二人的恩怨尽人皆知。

银桎市的各方势力盘根错节，只要有人想办事，就总有各种利益相关方想要坏事。

所以，宁灼和单飞白大多数时候会被一双敌对势力各自聘请，成为各自的武器。

于是有的人为求万全，别出心裁地邀请海娜和磐桥共同保驾，剥夺他们两个作对的机会，好让对手无从下手。

他们是雇佣兵，自然不会跟钱过不去。

这回接单后，宁灼照例不理他。单飞白也没能和宁灼说上两句话。

押送的过程，不出意外地出了意外。

联合健康当然不会允许侵占了他们利益的仿制药在市场上流通。制造商狡兔三窟，偷偷藏匿了起来。

运药的这条"明线"，自然而然地成了联合健康的重点打击对象。

对方是抱着杀一儆百的心思来的,要的是打击他们,让银槌市的雇佣兵再也不敢接运送仿制药的单子。

双方一见面,并不说话,直接展开恶斗。

这一场恶斗发生在一处海港的老码头。

原来的住户都迁走了,还有没迁走的流浪者,在枪声响起时,也都如惊弓之鸟一般就近缩入了地下室。

对方知道他们有狙击手,提前安排了一个自动火力点,通过红外扫描,无差别追踪附近高楼上的一切生命体。

在如烟花一般的枪声里,单飞白端着狙击枪,打一枪,换一处,在废弃的高楼间小鹿一样奔跑穿梭,任凭一排排子弹打字机一样追着自己扫。他趁着对方弹匣清空、自动续补的那一点空隙,回过身,一发子弹,精准狙中了自动火力点的进弹匣。

对方当即哑火。

单飞白在枪林弹雨的余韵里吹了声口哨,挺得意。

他从窗边探头下望,刚巧看到宁灼一腿把一个仿生人拦腰扫下卡车,随即灵活地就地一滚,掐住仿生人扭曲了的脖子,把他往旁边的海里丢去。

海里响起落水声的下一秒,"咚"的一声,那一片海水就沉闷爆裂开来,溅起了丈高的水花——爆破型仿生人。

宁灼距离爆炸点不远,被冲击波冲得倒退两步,刚稳住重心时,一双铁钳一样的双臂从后猛地扑来,将宁灼抱了个满怀。

又一个爆破型仿生人。

宁灼的反应迅速,右手一甩,径直轰烂了身后人的半条胳膊,获得了一点挣脱的空隙。可那个仿生人没有任何知觉。他又缠了上来,八爪鱼一样缠住了宁灼。

近在咫尺,宁灼耳畔响起了冰冷的机械读秒声。那个声音隔着五十米的距离,尖刺一样,也狠狠地刺入了单飞白的鼓膜。

热血涌上了单飞白的心头。

可当单飞白刚刚端起枪,身后便响起了脚步声——有人来了。

单飞白不在乎,他瞄准仿生人的左胸开了枪。他知道自己在赌。只要打破了枢核,它就不会再动,也不可能再爆破。不过,他这一枪,也有可能打破仿生人体内储存的炸药,连宁灼一起化为一团熊熊烈火。他的心里宛如油煎,却沉稳无比。

来不及了,赌运气,赌命吧。

随着一声枪响,仿生人的身体被打得向前一扑,把宁灼压在了下面。

好消息是它并没有爆炸。

坏消息是它也没有停止动作。

而单飞白身后的脚步声越来越近了。

单飞白把两条腿都迈出了窗外，坐在水泥窗台边，双脚悬空，心如止水，对准仿生人的右胸，再次扣下扳机。

与此同时，又一声轰鸣从宁灼和仿生人的方向传来，让单飞白的眼皮猛地跳了一下，幅度之大，弄得他有点痛。

那个动静是宁灼发出来的。他轰烂了仿生人的大半条右腿，却还是没有从牛皮糖一样密不透风的纠缠里脱身。

爆破型机器人设计出来的初衷，就是和人、物同归于尽，它要完成它的使命。

单飞白已经清晰地听到了逼近的脚步声以及身后子弹上膛的声音。

他一眼都不看，因为没有时间。

他的第三枪，是和身后的人一同射出去的。

这次，他选中了它的脑袋。

之所以先前不选脑袋，不是因为单飞白没把握，而是他担心，脑袋的体积不小，万一里面装填的是炸药而非枢核，那就糟糕了。

可他没得选了。

一滴冷汗从单飞白的面颊滑落的顷刻，子弹上膛，而他的身体也伴着一声枪响，向前倾，自高空直直地坠落。

宁灼没有死于爆炸。身后顽固地缠着他，要和他同归于尽的仿生人，在爆炸的倒计时最后一秒钟到来前，仿佛被抽去了全身的筋骨，把一颗稀烂的脑袋搭在了他的肩上，再也没有动静了。

宁灼没打算理会他。

因为他看到了单飞白坠楼的过程。

可他的心刚刚失重了三秒，就见那小子枪带一甩，准确无误地钩住了外墙上一截突出的钢筋。

单飞白横握住枪身，得意扬扬冲天做了个鬼脸，纵身跳入一扇漏风的破窗户，轻捷活泼地消失在黑暗的建筑里。

三个高价的爆破仿生人，一个被宁灼掷入了大海，一个发动自杀式袭击未遂，被宁灼和单飞白合力拆成了废铁。

最后一个仿生人还没来得及发挥作用，就被单飞白提前引爆。

对方的计划告吹，狼狈撤退。

宁灼他们连货带声誉一起保住，而且只受了小小的损伤，算是获得了一场大胜。

单飞白觉得自己的活儿干得挺漂亮，开心地跑到宁灼面前，刚要开口，就挨了一通骂："姓单的，你瞎了还是聋了？有人在你后面你是看不见还是听不到？"

单飞白抓了抓被子弹擦破了皮的耳朵，随口胡说八道："瞎了瞎了，你要死了我可看不见。"

宁灼没理他，转身就走了。

然而，在任务结束的三天后，磐桥基地里，单飞白收到了一份快递。他拆开来看，是一副镜片颜色偏粉的圆框眼镜。

——之所以知道是粉色，是单飞白看了说明书，明明白白地写了三个字："少女粉"。

随物附有纸条一张："瞎了就早点治。"

磐桥的其他人看到粉色的镜片，当即开骂。

一个大男人怎么能戴这种东西？宁灼太瞧不起人了！肯定是有什么阴谋，搞不好里面有炸弹！

他们不喜欢，单飞白还挺喜欢。他举起了眼镜，准备好好端详一番。随即，他怔住了。

在镜片之外，他看到了一个陌生的新世界。

单飞白说不好那是什么样的世界，只是原来整个灰暗、黯淡，他几乎已经看厌了的世界，在一瞬间就变得耀眼夺目了起来。

云朵是铅灰色的，却不是单飞白看惯了的死灰，镶嵌了明亮的光晕，如他从未见过般动人光彩。

他举着眼镜，转向了身后的人。仿佛是被世界从头到尾漂洗得发白的人，在单飞白的眼里，统统被赋予了鲜活的颜色。

在这彩色世界的边缘，即镜片的边缘，他看到了半个指纹。他想，是宁灼试戴时留下的。

单飞白不怀疑是别人或者店员留下的，因为店员不会这样不专业，手下也没那个粗暴对待宁哥东西的狗胆。

单飞白没有再多看，收起了眼镜，离开了磐桥基地。他出来得匆忙，肩上背着装在大提琴箱里的大狙，在阴霾遍布之时，跑了半座城市。

单飞白不知道宁灼现在在哪里，他只是满心想着去找他。找到他，问问他，是怎么发现自己眼睛的秘密的。明明过去了那么多年……明明当初没有告诉他。

当阳光如矛一般刺破了厚实的云层，在他肩膀上洒落了一点光芒时，他在距离海娜十公里外的一条街道上看到了宁灼。

碰巧，宁灼猜拳输了，今天负责出来采购下午茶。他提着一大袋饮品，正在街边的一家面包店前的红砖外墙下靠着。

闵旻则在店里挑选面包。

因为天气不好，街面上行人寥寥，他本来有充足的时间去问宁灼那些问题。可单飞白没有靠近，他选了个高处，静静地蛰伏了下来。

他大口大口地喘着气，从怀里摸出眼镜，小心地架上了鼻梁，打开提琴箱，端起用惯了的狙击枪，通过瞄准镜，遥遥看向了宁灼。

他第一次正式戴上矫正眼镜，第一次认真地去看一个人。

宁灼敏锐地察觉到了什么，抬起头来。

那双冷淡、色泽纯正、宛如绿宝石般的眼睛，直直地望来，望到了单飞白的心里。

单飞白的狙击镜有些反光，宁灼也看到了他，右手平举，钢铁食指扣下，射出了一根漆黑的枪管。

他朝单飞白的方向虚晃一枪，表示"老子看见你了"。

单飞白没动，只是收起了枪，露出戴着眼镜的上半张脸，远远地望着宁灼。

宁灼暗自发笑，觉得他幼稚，收了礼物还要在自己面前显摆，好像自己很在乎他有没有收到一样。

另一边，单飞白按着心口，小声地自言自语："绿眼睛。"

单飞白将目光对准了面前的游戏屏幕，轻声道："收到眼镜那天，我拿它看星星去了。"

宁灼也记得那一天的部分细节。

那明明是一个雾霾天，他抬起头，都看不清单飞白的脸。他被这个小狼崽子的撒谎本领折服，拆穿道："银槌市那天根本看不到星星。"

单飞白却异常固执："有。"

宁灼继续操纵游戏里自己的坦克，听他胡说八道："你怎么不说满天都是？"

"没有那么多。只有两颗。我好不容易找到的。"他难得地慢了下来，微微垂下头来，居然有了几分温情，"他是很美……很好的。是我形容得不对。"

宁灼从喉咙里发出简短的质疑声："……嗯？"这一声疑问，一半是冲着单飞白语焉不详的描述，另一半，是冲着一个步履匆匆走到他们身后的人。

金虎来了，正站在他们身后，开门见山地说道："本部武先生要见你们。"

宁灼的心微微一动，下意识地看向单飞白，却发现单飞白也在看自己。于是他没有第一时间回金虎的话。

金虎一脸厌烦，出于私心，他一点也不想让宁灼和本部武见面。于是他冷漠地说道："去不去，不去的话，我回话了。"

"去。"宁灼撂下手柄，说道，"我不得罪客户。"

金虎心想，谁是你的客户？那是我的老板，你要抢饭碗啊。

宁灼的一声"客户"，让金虎犯了嘀咕，这一路都在琢磨，本部武叫宁灼来，到底要做什么？

宁灼倒是心情平静，一路来到了医务室。

高级监狱区的医务室自然不同凡响，规格直逼总统套房，房间里还有一面壁炉，里面带有松柏清香的木头噼噼啪啪地燃烧着，把空气烤得温暖干燥，是恰到好处，能让人昏昏欲睡的温度。

本部武四平八稳地躺在一张大床上，还算神采奕奕，几乎已经看不出受伤的痕迹。但他的嘴唇上还有一道鲜明的伤，在涂了药后也开始结痂。

一场毫无必要的急救之后，医生确认，本部武并没有吞下玻璃碴儿，只是受了一点皮肉伤罢了。吃了药后，这点皮肉伤也不怎么疼痛了。

这很好。

本部武长得难看，不是少爷脸，却长了一身少爷肉，怕疼怕苦，要是身上不爽快，他就很难集中精力去思考事情。

宁灼向来厌烦药味，走到病床前，也只是神情平淡地冲本部武一躬身。

连着主导了两次针对本部武的小型刺杀的单飞白，倒是坦诚地望着他，神情里还带着颇具少年气的好奇和探询。

本部武的目光主要停留在宁灼身上，从上到下，从脚到头。最后，他开口说："听金虎说，你不错。"

宁灼对褒奖照单全收："和他比的话，是不错。"

金虎低着头，翻了个大大的白眼。

本部武问道："因为什么被关进来？"

宁灼回答："伤人。"

本部武笑道："我要真实的原因。"

宁灼冷冷地回道："不方便透露。"

本部武盯着他，似乎要从他的脸上看出些端倪来："是秘密？"

宁灼重复他的话："秘密。"

本部武向后倚在一个柔软的枕靠上，舒服得发出了一声长叹："既然是秘密，我就不问。你们雇佣兵有雇佣兵的规矩,我知道。我现在雇你来保护我。这一单,你接不接?"

金虎在叫宁灼来时,心里就存了一点不妙的预感。真的从本部武嘴里听到他的打算,金虎打了个寒战,连头都不敢抬,脸像是被人掴了一巴掌,又热又辣。这等于直接否定了他们的能力。

可他们四个昨天晚上才被宁灼一个人收拾了。金虎就算不服气,心也是虚的。

宁灼定定地望着本部武,说道:"您的身边有人,为什么还要找我?"

本部武笑眯眯的,露出了一口半黄不白的牙齿。他不傻,自从宁灼他们进了高级监狱区,他就频频倒霉。

前两件事勉强还能说成意外的话,第三件事,就是冲着他的命来的。

昨夜,自己的四名雇佣兵自作主张,去找宁灼挑衅却惨败而归的事情,本部武也通过别的渠道知道了。然而本部武并不慌。他甚至有心思把宁灼叫来,笑吟吟地表示:"你知道,我最近两天经常遇到怪事,人身安全很成问题。所以我想多聘请一些有本事的人,好让我能睡得安心一点啊。"

宁灼盯着他嘴唇上的血痂,一言不发。

离着这样近的距离,本部武有心好好审视宁灼,却发现自己总会被他的容貌吸引走大半注意力。他一边啧啧称奇,一边提出了一个尖锐无比的问题:"说来也巧,自从你们二位进来后,我身边就怪事频发啊。"

对于这几乎算是明示了的怀疑,宁灼的反应相当平淡:"您信不过我,为何要雇我?"

本部武靠在床头,单手托着下巴,饶有兴致地打量着丝毫不慌的宁灼:"倒也不是完全信不过。毕竟你们一进来,屁股还没坐热就急着动手,也太明显了一点。"

本部武心里有一本账。花盆坠落、包房漏电事件,或许有可能是他们做的。但玻璃碴儿事件绝不是他们的手笔。

本部武的耳目,不只有金虎他们,还有一些暗桩。

金虎的调查结果,再加上旁证,让本部武十分确定,他们全天都待在囚室里,没时间也没机会去做手脚。

退一万步说,单、宁二人神通广大,有隔空往他的饭里投送玻璃碴儿的本事,本部武也不允许他们一直缩在暗处。正大光明地放在自己身边,能够束缚他们的手脚,才是最好的监视和控制。

他用玩笑的语气说出了真心话:"我雇你们来保护我,你们好,我也好。我嘛,能安心吃喝,你们能赚钱;我要是出了事,你们也要负责任,多公平啊。哈哈。"

宁灼将手插进口袋里，低头想了片刻。他说话不拖泥带水，干脆地说道："好。但是我很贵。"

听宁灼一本正经地提钱，本部武想笑。他这辈子都没有在钱上发过愁。于是本部武正色道："宁灼先生，开个价吧。"

宁灼扭过脸，看了金虎一眼："他值多少钱？我至少要比他贵。"

闻言，金虎的鼻子都气歪了。

本部武笑着解释："他是长期工。你不一样。"他思忖了一番，道，"五十万，够吗？"

金虎的情绪还没缓过来，又被妒火烧得眼珠子通红。这可是他一年的薪资！

谁能想到，宁灼居然胆敢提出反对意见："六十六万。"他的理由很充分，"您不是要一切平安顺遂吗？六十六万，正好图个吉利。"

"我要我的身边干干净净，再也没有人威胁我。"本部武目光如炬，"懂吗？"

"只在这里。"宁灼补充了一个条件，"您比我早出狱。我这边另外有工作要做。到您出狱的那一天，我会一直在您身边。"

本部武有心促成，宁灼也不矫情地推诿，于是双方一拍即合。

宁灼身后的单飞白将一切尽收眼底，心念一转，便把一些关窍想通了，垂下长长的睫毛，装聋作哑，一言不发。

本部武让宁灼他们回去收拾东西，第二天就能搬进生活条件更进一步的"员工宿舍"里去，和金虎他们一样，都是单人间。

宁灼并不接受，协商要来了一个双人间后，才带着单飞白，离开了病房。

金虎不敢有异议，目送着单、宁二人离开，嘴巴翕动了一下，欲言又止。可硬生生地忍了几分钟，他还是没能忍住："您……真的用他？"

本部武闭着眼睛，准备享受即将到来的安全时光，再一睁眼，看见金虎那张胡子拉碴的脸，未免有些倒胃口。

他只好重新闭上眼睛，用手指隔着被子轻轻敲打膝盖："我知道你想说什么。他可能是想通过杀我来吓唬我、敲诈我，让我花钱买平安。我让他敲诈就是了。差这几个钱了？"本部武停顿了一下，又冷冰冰地说，"最好别让我抓到证据。等我出去，他还在监狱里。我有的是办法弄死他。"

金虎心里暗暗地哆嗦了一下，对宁灼的嫉妒之心刹那间烟消云散。

"和他好好相处。不经过我允许，别再干蠢事。"

本部武把今天的事情细细回想了一遍，又揪住了一件事："对了，打听一下，白天那个白盾的警察找我，到底有什么事情？"

金虎殷勤地应了一声,却没怎么把最后那句吩咐听进去。他还想着刚才本部武的那句话。

奇怪。金虎先前还策划着要把花盆事件嫁祸给宁灼,让他吃不了兜着走。可直到本部武亲口说要弄死宁灼,他才发现自己心里并没有感觉多么痛快。

金虎说不清那种隐隐的不舒服来源于哪里,昏头涨脑地走出病房门,才恍然大悟:这不就是宁灼说的贱骨头吗?

回牢房的路上,单飞白和宁灼并肩而行。

单飞白压低声音,确保没有第三个人听到他的声音:"哥,这和我们的计划好像不一样。"

宁灼连头也不偏一下:"你怕了?"

单飞白笑着道:"才不。还挺刺激的。"

宁灼上下打量他,发现他的神情真挚,不像是在说假话,很满意地点点头。

回到房间,从口袋里取出静音了的通信器,宁灼发现金雪深已经呼叫了他五次。

宁灼没有理会,仰面躺在了床上,用手背挡住眼睛。

到目前为止,偶有波折,还算顺利。接下来如何行动,就要看林檎有没有本事了。

在宁灼的囚室里安装摄像头,是本部武受伤前心血来潮的想法。刚交代完这件事,他就被暗算了。受伤后,金虎虽然检查了宁灼他们的房间,但安装摄像头没能来得及到位。

因此他们的囚室目前还算干净。趁着这点仅剩的安全时间,宁灼接连拨通了四个号码,一一做出了交代。

第一通,他拨给了查理曼留给他的虚拟号码,告诉他目前的情况还算顺利,他已经成功混到本部武的身边,接下来他会自行采取行动,不方便再联系。

第二通,他拨给了金雪深,表示如果金雪深再在他工作时烦他,他就让傅老大把他和于是非安排进同一个宿舍。

第三通,他拨给了傅老大,告诉他,如果金雪深再上蹿下跳,就给他换宿舍。对方笑着答应了。

第四通,宁灼拨给了一个完全陌生的号码。

这一次的通话时间,比之前的任何一次都长。

对方的话显然更多,宁灼多数时间只通过"嗯""好的""随您""我会好好安排"等字眼来应答。

随后,他关闭了通信器,攥在手里,仰面躺回了床铺。他的鼻间飘来了淡淡的焦煳味,父亲的幻影又出现在了床边。他一张面孔血淋淋的,忧伤、痛苦而谴责地望着他。

好久不见了。

宁灼习惯性地自言自语:"还没完。爸爸,还没有完,你再等等……"

突然间,他身前有暗影袭来,来人不劝说他,也不摇晃他,而是抓起他的手狠狠地咬了一口。

被咬醒后,宁灼睁开眼睛,才发现自己从未睁眼。他面无表情地一扯,把那个随意咬人的东西拉至身前。

单飞白非但不怕不躲,还伸出手拍了拍宁灼的脸蛋:"哎,醒了吗?"

宁灼伸出手臂,把自己的血一点点抹到他的脸上,觉得他是真的欠收拾了。

单飞白笑嘻嘻地说:"是真醒了。"

不给单飞白反应的时间,宁灼一猫腰,从床上站了起来,想让单飞白的脑袋和铁床头来个亲密接触。

谁能想到单飞白像是后脑勺长了眼睛,身体一闪,避了过去,双腿盘在宁灼的腰上,居高临下地露出了笑容。

宁灼抬头仰视了他片刻,猛地往上一托。

单飞白还没得意几秒钟,就吃了个苦头,脑袋"砰"的一声撞上了天花板。他的脑袋当即肿了个包,痛得弯下腰,却不忘问宁灼:"你在跟谁说话?"

单飞白的眼睛有问题,耳朵却灵得很,不可能没听到宁灼说了些什么,于是宁灼敷衍地道:"和鬼说话。"

"伯父还在吗?"单飞白东张西望,"给我介绍一下呗。"

宁灼一愣。

这些年,他一直深受幻觉里的父母责备,偶尔还会看到一辆烧焦的旧婴儿车,传出尖锐的哭声,仿佛表示着强烈的愤恨和怨怼。

海娜的人见惯了他的怪异行为,知道他大概是有心病,所以总是无视,怕触动他的伤心事。

而单飞白厚脸皮,自说自话,居然要加入他这个肮脏的幻觉大家庭。

见宁灼不肯主动引荐,单飞白煞有介事地提高了声音,对着空气发言:"伯父好,我叫单飞白。是……"他停顿了一下,似乎在想什么样的词汇可以概括他和宁灼之间的关系,很快,他找到了合适的定位,"是宁哥的好朋友!"

宁灼感觉留着牙印的手指还疼,觉得单飞白十分厚颜无耻。不过他想了想,没有发表什么意见。按老话说，狗本来就是人类最好的朋友。

见宁灼没有反驳，单飞白偷偷地乐了，用掌心轻轻碰触了自己留下的齿痕，心里很是满足。

单、宁二人并没有什么行李，简单收拾了一下，便来到了本部武为他们安排的新房间。

如果说旧囚室还有点"囚室"的影子，这里可以说是五星级客房了。然而好的生活条件是要用代价来交换的。这个房间既然是本部武亲自安排的，那自然"干净"不到哪里去。

自从吃了一嘴玻璃碴儿，本部武决定求个安稳，把宁灼招到身边，明用暗防。

本部武的刑期只剩一个半月，他就算要为所欲为，也得等到离开这个泥潭再说，免得引火烧身。

在聘请了宁灼和单飞白后，本部武终于能睡个好觉了。可他的日子不再逍遥快活。他入口的每顿饭菜都会被一一检视，每个靠近他的人都会被不动声色地清理出去，仿佛他的四周已经被死亡的气息侵入了，空气中都带着病菌。

平时，本部武感觉自己很难看到宁灼，可每当他心情放松准备纵情享受一番时，宁灼总能从一个阴暗的角落静静地飘出来。

本部武简直要被宁灼气死了。

然而，每当他向宁灼提出异议时，宁灼都会平静而礼貌地反问："有人要杀您，您知道吗？"

这种讨人厌的事情，如果换成金虎来干，本部武早把他一脚踹出去了。但面对宁灼，本部武难得宽容了起来。

而此时，单飞白的日子和本部武一样，同样不大好过。因为在生活条件骤然转好后，宁灼第一时间给单飞白的菜单里增加了胡萝卜汁。

单飞白负隅顽抗："不喝。"

宁灼的回应简单而直白："你试试。"

商量到最后，嘴皮子不顶用，他们总要动一番拳脚。

金虎不止一次目睹单飞白被宁灼摁着灌胡萝卜汁，堪称残暴。

金虎很不能理解宁灼把单飞白留在身边干什么。磋磨敌人，靠灌胡萝卜汁？

前几天，他清晰地看到宁灼的手臂上有一个鲜明的牙印。

金虎再联想到单飞白脖子上的掐痕，推己及人，认为宁灼这是走了一步臭棋，是给自己埋地雷。

他想不通,既然彼此恨成这样,给个痛快不好吗?这不早晚有一天得出事吗?

更让金虎头疼的是,同样是本部武的手下,宁灼是一点孙子都不肯装,伺候人的活儿绝不干上一星半点,问就是六十六万只买了他当保镖,没买他当保姆,气得金虎想捶他。

对于金虎等雇佣兵的怨怼,本部武则满不在乎。他每天固定的乐趣增加了一项,就是去欣赏监视器里的宁灼。

宁灼的生活在他看来单调乏味,他时常坐在明媚的阳光下发呆,分不清是阳光白,还是他更白,看着看着,就感觉他整个人像是要在白光里烧起来一样。那场景一点都不辜负他这个名字。

宁灼不知道从哪里弄来一个沙袋练腿,每一下都凶狠得叫本部武控制不住地闭眼,好像那双长腿下一秒就会踹到他的脸上。

宁灼常常把自己弄得大汗淋漓,再洗得干干净净。

偶尔宁灼的低血糖犯了,他就含块糖,找个地方坐一会儿,腮帮子微微鼓着,手插在口袋里,模样还挺可爱。

欣赏之余,本部武也不忘办正事。他催促金虎,赶紧去打听林檎那天造访监狱的用意。

金虎受命去找了朴元振队长,说出了本部武先生的要求。这下,朴队长满脸通红,尴尬不已。

当时,他瞧出林檎官阶不高,又不受本部武欢迎,于是摆出一张臭脸,使尽浑身解数将他赶走,只回答了他的两个问题,一句旁的都没多问。

这下可糟了。面对金虎,朴队长含含糊糊地敷衍了过去,说是应该没什么大事,他再打听打听。话是这么说而已。他盼着本部武沉迷享乐,能把这件事抛在脑后最好。

金虎走了。过了四五天,金虎去而复返,再次捎来了本部武先生的口信,问他打听得怎么样了。

这下,朴元振队长知道,本部武是真心想要打听情报了。他赶忙亡羊补牢,通过他为数不多的人际网,问清了林檎的身份。

"九三〇"专案组的组长,一个从长安区临时提拔上来的副队长,大学毕业,是个小人物,背后没什么势力。这个"组长"身份的用途,更近似于顶缸,所以没什么前途可言。

至于"九三〇"案是什么案件,尽人皆知。

然而,以朴元振的等级,是无论如何也打听不到拉斯金的死和本部武有什么关系的。

见林檎一去不返,没有再来提审本部武的意思,朴队长只好安慰自己,林檎来找本部武,大概不是什么重要的事情。他简要地将林檎的身份汇报给了本部武,略去了自己曾回答过林檎两个问题的事情。因为他觉得那实在不要紧,说出了口,还显得自己办事不麻利。

本部武也觉得莫名其妙,"九三〇"案件和他有什么关系?他不认识拉斯金,想来想去,唯一的可能是,拉斯金是被毒毒死的,而他闲暇时会制点毒,有一点手艺在身上。

想到这里,本部武觉得啼笑皆非,对林檎也生了浓浓的轻视之心。

瞎查!因为这份轻视,他放下了心。

宁灼和单飞白坐在外间,听到门响,都扭过头来看他,像是一直在等候他。

本部武指挥道:"给我倒杯水。"

宁灼没动,单飞白也没动。

话说出口,本部武再次意识到,他并没给宁灼这笔服务费,他难免啼笑皆非。姓宁的谱还摆得不小。他摆一摆手:"出去吧。把金虎叫过来。后半夜用不着你们了。"

宁灼点点头,依言起身,带着单飞白向外走去。

林檎坐在办公室里,头微微下垂,抓紧时间补觉。他已经连续两天都没有睡过了。

上面对"九三〇"案件的态度很暧昧,并没有给出时限,施压给林檎,让他非破案不可。

显然,"九三〇"专案组只是个幌子。

白盾上层只需要摆出"认真查"的态度,再施展"拖"字诀,那么接下来只需要等大家自行忘记这个丑闻就好。

这一招效果显著。

一个多月下来,银槌市的娱乐新闻层出不穷,已经将"九三〇"案件的关注度分去了大半。

林檎心知肚明,却外松内紧,继续追根溯源,探究着一切可能的线索。

"林队!"

一声呼唤,让林檎骤然从浅眠中苏醒,站起来。

经过这一个月的相处,那个小跟班小徐如今已经是他的忠实拥趸了。

"我们找到那个女孩子了!"他快步走近林檎,气喘吁吁地说道,"就是……是那个,曝光了本部武事情的'芭比娃娃'——"

不远处,一个同样困倦地打着盹的人突然抬起头来,眼里的光芒一闪而过。林檎一把抓过外套,急匆匆地向外走去,低声询问:"保护起来了吗?"

小徐受到林檎的感染,也压低了声音:"听您的,我们跟她签署了证人保护计划,密钥在您的手里。只要您……她今后一定安全!"

林檎知道他没说完的半句话是什么。只要他不向某股势力讨好献媚,出卖情报,那么她就会永远安全。

林檎一路向前,问道:"她愿意配合吗?"

小徐急忙道:"她一听说能保证安全,就哭着说愿意配合调查了。"

林檎要听她亲口说。

秘密审讯室里,那个女孩如同惊弓之鸟,浑身瑟瑟发抖,警惕地望着四周。

听到有人进来,她马上就要张口,一抬眼,被林檎的外貌结结实实地吓了一跳,一口气哽在喉咙里,剧烈咳嗽起来。

林檎没有说什么,待她咳嗽稍停,递给了她一杯温水。

掌心的一点温暖和徐徐上升的水蒸气,让她立即湿润了眼眶。她没有喝,只是把杯子握在掌心,不等林檎询问她的身世,就急切地介绍起自己的良民身份:"我,我是被我继父卖掉的。我天生就有一只眼睛看不见,是我爸花大价钱给我换了好眼睛。我妈那时候也对我很好,可她和我继父在一起之后,就对我不好了——"大滴大滴的眼泪淌出来,沾湿了她的睫毛。

林檎微微点头。

她的义眼外观和功能看上去完全正常,而且并没有像大多数人一样,瞳仁使用不同的颜色。她的左右眼完全一模一样,自然无比。也难怪本部武没有发觉她有一只假眼。

她含着一汪眼泪,继续自说自话:"我继父把我卖给了一个阿姨。阿姨问我想不想挣更多的钱,我说想。我没读过书,也干不了别的。多挣一点钱,至少能活得好一点。谁能想到会是这样——"

当初,她懵懵懂懂地想要挣钱,签下了自己根本看不懂的合约时,就已经把自己整个儿卖给本部武了。

事后,阿姨跟她说,要怪只能怪她自己太贪婪,太愚蠢。

那时候,她只有十七岁,愧疚地哭了一场又一场,认为阿姨说得没错,又觉得哪里不对劲儿。

见她的眼泪大滴大滴地落进了杯子,林檎给她换了一杯水。

她哭得口干,低下头抿了一口,居然从水里尝到了一点奶糖的甜味。她猛然抬起头,发现林檎已经转身坐到了桌子后面,平静地说道:"别着急,喝点水,想一想,我再问你。"

这一点奶糖的甜味和温暖,稍稍让女孩鼓起了勇气。她努力坐直了身体,忍住抽噎,轻声细语地说道:"您,您问我吧。"

林檎问道:"是谁带你走的?"他并不去问女孩是不是和谁合作来揭发本部武的。

首先,这个女孩子实在过于年轻,又没有社会经验,一看就是个老实巴交的孩子,两年前的她,只会更弱小、更无措,完全不是谈合作的对象。

其次,侵略性极强的问法,只会引发她的恐慌。

当然,不能排除她的演技超凡绝伦的可能。

女孩的情绪稳定了不少,支支吾吾地说道:"我,我不知道是谁……那个人把我的眼睛蒙起来了,我没看到他长什么样。"

"那个人带你去了哪里?"

"他把我关在一个房间里……"她紧张地掰着手指,"每天会有人过来送吃的,衣服也送。每季都是两套衣服。"

林檎皱起眉头:"他关了你这么久?两年多?"

"嗯……可是我也不敢出去……"女孩怯生生地说道,"我没地方去,回家会再被卖掉……要是碰到阿姨,我什么也说不清楚,她会打死我的。"而且,她存了一点小小的私心,不大好意思宣之于口。

那个人虽然不讲道理地把她从本部武手里抢了过来,不由分说地把她囚禁在了一个陌生的地方,可她的生活条件要比以前好了许多。她吃穿不愁,而且不必挨打受骂,的确有一些乐不思蜀了。

另一边,林檎也在为她庆幸。她虽然失去自由,起码有吃有喝。由本部武炮制的"芭比娃娃",一旦投入"使用",存活时间很少有超过两年的。

林檎继续问道:"那个人为什么肯放你出来?"

女孩低着头说道:"差不多一个多月前吧……那个人在门外告诉我,没什么事了,我可以走了。如果我愿意,报警也行。"

林檎说道:"可是你没有来报警。"

女孩迟疑地说道:"是,我没来……我不敢,也不知道报警了能说什么,你们又会送我去哪里,就想,干脆找个地方打个工,能养活自己就好了——"

这两年多来,送到她身边的不只有衣服和食物,还有书本。她之前没接受过教育,自然没有活路。这两年的囚禁生涯,她闲来无事,认字水平竟然已经达到了初中生水平,终于有人肯聘用她做正经工作了。

可是好日子还没过上几天,她的工资没能领到手,就被小徐找到了。她惊慌地低下头,不知道自己的命运会是怎样。

林檎深深地呼出一口气,说道:"关于带走你的人……你知道些什么?什么都行。"

既然没看到脸,那就说明他把自己的身份隐匿得很好。

因此林檎这一问并没抱什么希望。

然而女孩思索一番,低声道:"我,我应该知道他的名字,这行吗?"

林檎陡然坐直了身体,眉头先皱了起来。不肯让女孩看清脸,却偏偏告诉了她名字?

林檎心中生疑:"他怎么会告诉你呢?"

女孩说:"不是他主动跟我说的……是有一次他来,我把耳朵贴在门上,正好听到外面有人叫他的名字……"

每一场审讯,必有录像。

秘密审讯室也不例外,只是这里都是签署了证人保护计划的秘密证人,所以对面部和声音会做模糊化处理。

按理说,进入秘密审讯室,起码需要警长以上级别的通行卡。

一个专案组的小警员悄无声息地掏出一张卡,刷卡进入了审讯室,坐在了监视器前,将声音调到了最大,攥紧了手里的录音设备,专注地望着屏幕里面目模糊的女孩。

屏幕里,林檎的身体微微前倾,问道:"那,从本部武手里救了你的人,叫什么名字?"


转眼间,本部武只剩下了两周的刑期。

在这期间,他越看金虎他们这帮人越不顺眼。

金虎总对本部武任用宁灼一事颇有微词。虽然他不敢明明白白地说出口,可光看那种欲言又止的样子,也叫本部武倒胃口得很。

本部武给他们钱,是来看家护院的,不是来瞧他们的脸色的。他不管之前他们有什么恩怨,现在他们就该化干戈为玉帛,演也要在他面前演一出兄友弟恭。

连那个看上去不通人情世故的宁灼都比姓金的懂事!

本部武早把金虎看厌了,之前他们也的确保护不力,本部武决定把金虎这一组调离,换来另一组雇佣兵。他有钱,不嫌麻烦,绝不凑合。

被下达了这个命令后,金虎早有预感,并不觉得气愤,只觉得霉运透顶,怀疑自己命里跟宁灼犯冲。只要他来,自己必然被挤走。

听说金虎要离开,宁灼居然在百忙中来看望他:"要走了?"

金虎知道已成定局了,再看到宁灼这张脸,竟然还有几分心平气和的感觉:"我们再不走,信就要被你拐走了。"

自从那晚被宁灼一顿好打后,信居然被收拾得服服帖帖,这些日子有事没事总往宁灼身边贴,想和他讨教训练身手的方法。

宁灼说:"走了好。"

金虎认为他这话说得没头没脑,他抬眼打量了宁灼一会儿,又垂头丧气地收回了视线。

在雇佣兵里,金虎是个务实者,信奉的是拼命捞钱,不管怎么样,把自己人喂饱了就是最好的结果。所以他看着宁灼,就像是雾里看花,永远猜不透宁灼想做什么。

金虎他们离开后,马上有新来的雇佣兵补了缺。

他们和宁灼没有过往的龃龉,顶多是听说过地下世界里有这么一尊凶神,打过照面,表面上保持了客气和疏离。

本部武对此感到满意,因此他决定好好吃一顿。对吃向来没什么兴趣的本部武难得地点了一次单,说想要吃烤乳猪。

乳猪要现烤的才好。

本部武叫了三名厨师来,在一处安静的小花园里摆下了他的单人宴席。

一头小猪羔在烤架上吱吱冒油,刷上玻璃浆水后,表皮变成了深红色,十分酥脆,用刀子划过表皮,像是剖钢化膜一样,咯咯响。

本部武一杯接一杯地喝酒,在肉熟前就喝了个半醉。他醉眼蒙眬地看着烤肉、美酒,觉得这一切真是过于美好了。

乳猪烤制得金黄可口时,被切开来,肉汁四溢,顺着表皮流了下来。

肉放进了盘子里,要在还烫嘴的时候入口,口感才最好。但宁灼并不在意口感如何,反正是本部武吃,他要做的是确保一切安全。

在他细心地检查食物是否有异状、异味时,刚才给宁灼递盘子的厨师抬起头,瞄了他的后背一眼。

厨师相当胖,球一样的身材,搭配着一张温和、敦厚、喜气洋洋的面孔,看起来人畜无害。瞄人的时候,眼里还带着笑。

紧接着,厨师又看向了本部武。他正暖洋洋地晒着太阳,像是一条惬意的大狗。

暖气充足,日头正好,没有人觉得在这样的晴好天气里会发生什么糟糕的事情。肉的香味更是让所有人的精神都处于松弛的状态。

新雇佣兵的头领"豹爪"则带着他的小弟,站得不远不近。他们没有经历过先前的刺杀事件,因此警惕心并不算强。

他们腰间别着电击枪,但那并不要紧。观察了周边的情况,胖厨师低头操起一把餐刀,上面还带着零碎的猪碎骨和猪油。他拿起擦刀布,几下将它擦得闪闪发亮,刀面倒映出了他含笑的双眼。

本部武喝了一整杯葡萄酒,望着正耐心翻检着肉的宁灼,舒舒服服地打了个哈欠。他的好日子,仿佛天生就该这样,无穷无尽,有滋有味。

在本部武将嘴巴张到最大时,厨师行动了。

他握住刀把,以与他体重完全不同的敏捷身手,提刀直奔本部武而去!

宁灼听到身后的脚步声有异,不等回过身,就已经有了动作。他循着声音,反手丢出了餐盘边用来取肉吃的木餐叉!餐叉是果木制成的,只有头部是微尖的。但加上了宁灼的手劲,这把叉子瞬间变成了一把利器。

餐叉带着风声直扑而去,从侧面插入了胖厨师的气管!

可胖厨师的步伐未停,滴血未流,反倒加快了脚步,盯紧了本部武,学着宁灼的动作,将一把刀直直地向他掷去!

可惜胖厨师的准头不太好。

那把雪亮的剔骨刀,飞过来钉在了本部武身前三寸的桌面上,刀柄簌簌发抖,发出低微的蜂鸣。

此时,本部武一个哈欠还没有打完,想瞪大眼睛表示惊讶都来不及。

胖厨师负责剔骨片肉,腰间还额外别了三把刀,他抽出第二把刀。

这把刀却不是冲着本部武去的,而是对准了宁灼。这一下直奔宁灼面门,扔得极准。

宁灼用盛肉的盘子做了盾牌。盘子四分五裂,擦伤了他的右眼角。

宁灼连眉头也不皱一下,迈开步子,直奔厨师而去!

本部武对宁灼仍有忌惮,因此并不允许宁灼携带远距离使用的武器。现在他即使再后悔也来不及了,只能仓促地扭动着身躯向后退,手和脚不太协调,于是连凳子带人一起翻倒在地上。

豹爪等人在最初的愕然后，马上有了动作，一边大声叫喊，一边惊怒交加地拔出枪支，扣下扳机。

他们的枪是电击枪。但发射出的电极，居然没对厨师产生任何影响！他像是一尾肥硕的大鱼，头脸粘着四五片电极，胖胖的面颊上仍然带着公式化的微笑，又飞出了一刀，正好钉在了本部武的双腿之间，只差一点点就要把他最重要的东西废了！

本部武歪在地上，双股战战，已经连叫也不会叫了。

此人的速度太快，宁灼察觉不妙，加快了速度，同时在心里暗暗计算了距离。

这位厨师显然不是人类，刀枪不入，速度奇快。而他只剩一把刀，只能近身搏杀本部武。

宁灼计算着自己的速度，最后算出，他只来得及用身体去挡。

挡就挡吧。宁灼漠然地想着，速度丝毫不减，向前大步冲去。

然而，事态再次超出了宁灼的预料。

谁也没看清单飞白是从哪里冒出来的，他从四脚朝天的本部武身侧跑过，不偏不倚，迎着那位胖厨师而去。

厨师的手上拿着最后一把刀，这是他唯一的武器。

单飞白擅长狙击，在暗处蛰伏和等待机会是他的长项。

要是正面迎敌的话，他没有什么漂亮招数，能用的只有他的躯体。那把亮闪闪的刀子，就这么一刀没入了单飞白的肋间。

胖厨师一愣，但马上清楚，被单飞白拦了这一下，这场刺杀已经彻底宣告失败。他对这个拦路虎露出了愤恨的神情，攥住刀把，试图让单飞白伤得更重。

但刀子被巧妙地卡在了单飞白的肋骨处，再也无法挪动分毫。

"喂。"单飞白抱住来人，深深呼出一口带血的气，"扎偏了。"他的口吻亲昵，如撒娇一般道，"派你来的人没有说要扎准一点？"

下一秒钟，那个胖厨师整个人横飞了出去，结结实实地撞在墙壁上。

胖厨师仍然保持着和善的微笑，刚要起身，一条长腿就盘上了他的脖子，对准墙壁，使出了一个堪称两败俱伤的蛮力冲撞！

胖厨师的脖颈被活活挤裂，露出红蓝相间的管线，脑袋软绵绵地向一侧歪去。直到此时，他的嘴角还是挂着和善的笑容，看得人心尖儿发颤。

宁灼把他的机械头连管线一把薅下来，在电光四溅中，转身几步走向单飞白。

本部武有豹爪他们管，单飞白没人管。他还站在那里，身体微微发抖，笑嘻嘻地望着宁灼。他身前的鲜血已经成片成片地漫出来了，宁灼用肩膀接住了他。

单飞白自然地倒在了宁灼的身上，喃喃着吐出两个字："好疼。"

在一片兵荒马乱中，宁灼揽住了单飞白，紧紧地抓住了他的肩胛。

单飞白的声音有些嘶哑，只够他们两个听到："哥，你是不是想，这一刀最好能捅在你身上？"

宁灼从牙缝里挤出三个字："来得及。"

"我不干。"单飞白直白地小声说道。他把脸深深埋在宁灼的肩膀上，失去了意识。

事情很快水落石出。

这个胖厨师是在上一批厨师被撤换后换进来的，手艺不错，见人就笑，一脸喜气，很适合伺候人。

谁也不知道这个身家看似清白的人，来历居然完全是伪造的。他是专业的刺杀仿生人，早就包藏祸心，静待着时机，对本部武一击即中！他的脑袋直接被宁灼摘了下来，失去了行动能力，但想要搞清他的来历，难不倒本部武。

本部武对这具躯体进行了一次彻底的解剖。

然而，结果让本部武越发气急败坏。这个仿生人背后的主使者在察觉到刺杀失败后，第一时间就销毁了他！这也就是他被宁灼揪下脑袋后就彻底失去了行动力、不再反抗的原因！

他所有的资料和接受过的指令都自动销毁了，再也没办法追究背后是谁指使。

本部武正对着厨师解体的胖躯壳无能地狂怒时，宁灼正站在单飞白的病房外。

单飞白没有生命危险。那一刀如单飞白所说，是砍偏了的。

宁灼面无表情地想，那一刀的确该插在他的身上。按计划来说的话。他俯下身，往胸口擂了一拳，低声骂："废物。"

他这话听起来像是在骂单飞白，但他知道，他骂的是自己。

他应该去找本部武，该去继续伪装他的守护者。可他莫名其妙地挪不动步子，像个废物。

好在饱受了一场惊吓的本部武，已经没心思去管宁灼在不在了。在翻来覆去了大半夜后，他把豹爪叫了过来。他开门见山地说道："我不能留在这里了。"

一个月前，那个背后的人如幽灵一般，只是在暗地里搞鬼。现在那只鬼在光天化日之下出现了。真的有人要杀他！

先前，他怀疑过宁灼，但宁灼他们确实没有撒玻璃碴的机会。所以他才雇了宁灼，一是为了保全自己，二是为了控制住他。只要自己出了事，他们难辞其咎。

如今看来,自己当初的举动居然是歪打正着。他聘用宁灼,勉强镇住了他们。可现在自己即将出狱,他们终于按捺不住了。

第一监狱虽然安全,却是一座没有监控的孤岛。他的父亲能伸手进来,其他势力当然也能。他是一时半刻也待不下去了!

本部武知道这种事情用通信器说没有用,非当面说清不可:"你亲自出去,跟我爸说,我要提前结束刑期,让他找个安全的地方让我待着。"

在三个彪形大汉的包围下,他蜷缩着身体,神经质地嘟囔:"你别回来了,留在外面接应我。"

豹爪刚来就碰上了这样的袭击,现在正心慌气短,满以为本部武叫他来是要把他开除,听本部武说想出去,豹爪心虚不已,自然不敢反驳,连连点头,一个意见都不敢多提,老老实实地退了出去。

豹爪跟朴队长打了个招呼,在夜深时分,熟门熟路地离开了高级监狱区。这道小门开得隐秘,周边百米内依然是没有监控的。

豹爪面对着漆黑的天空,觉得昏头昏脑,仿佛今天经历的一切是在做梦。可他胸腔里的一股浊气还没呼出去,眼前就骤然黑了。

一只电极轻飘飘地摁在了他的手腕上。在一阵强烈的电流袭来后,豹爪蜷缩着倒在了地上,浑身抽搐,被电过的皮肤袅袅地泛起了青烟。一个黑色的布袋套住了他的脑袋,像拖死狗一样,将他拖上了一辆悬浮车。

车辆绝尘而去。


本部武满心焦躁地策划着金蝉脱壳时,单飞白醒了。他转了转眼珠,发现病房角落的阴影里站着一个高挑的身影,正在和人通信。

单飞白躺在床上,哼哼唧唧起来。果然,那边讲话的声音一顿,语速也快了些。

把事情交代完毕,宁灼收了线走到病床前,居高临下地望向了单飞白:"醒了?"

单飞白刚才以身挡刀的勇猛荡然无存,骤然间变得娇里娇气。他一张英俊的面孔苍白,眼睛湿漉漉的:"宁哥,痛。"

宁灼皱着眉,冷冰冰地说道:"活该!让你去挡。"

单飞白振振有词:"不扎在我身上,就扎在宁哥的身上啊。"

宁灼说道:"那人是冲着本部武去的。"

单飞白笑道:"才不信,宁哥又要骗我。我没见过哪个刺杀的仿生人准头那么差。第一刀扔出去,就该把本部的脑袋钉爆了。"

宁灼不语。他移开视线,发现枕头上掉了一根睫毛,细长,有点卷,应该是单飞白的。

单飞白挪了挪腰，说道："过来一下。"

宁灼知道他这是担心有人偷听，要和自己贴身说些小话。宁灼刚刚已经四下查探了一遍，这里很干净。但宁灼还是俯身朝向了他，单臂撑在了他枕侧，装作为他拉被子。

单飞白压低声音道："我担心你。你的那个雇主不想在监狱里直接杀掉本部武，但他可以趁这个机会，杀你灭口。"

宁灼俯身向前，一言不发。

"现在局已经要成了，你死，或者你重伤，本部武都有可能选择提前出狱。"单飞白抬手，轻轻按住了宁灼的颈侧，"所以，在那些人看来，你已经没了用处，死了更好。死人才会永远保守秘密。"

宁灼垂眸。他想到这一点了，但他不太在乎。真要杀他，也没那么简单。他命硬得很。他说："我没那么容易死。"

"我知道。但我不高兴呀。"单飞白说。

宁灼觉得单飞白这话完全是禽兽说的话，想要直起身，没想到单飞白一把扯住了他的衣领。宁灼再要动，必然牵扯到单飞白刚刚愈合的伤口。

饶是宁灼马上停止了动作，贸然发力的单飞白还是倒吸了一口凉气，额头上顿时冒了冷汗。

宁灼的脸色微变："你干什么？松手！"

单飞白露出一副可怜相："别走。我怕黑。"

宁灼没好气地说道："你要脸吗？"

单飞白可怜巴巴道："我雇你一个晚上好不好？陪我，哪里也别去。我动不了，要是有人要杀我灭口怎么办？"

宁灼心里知道他在装，还是问："多少钱雇我？"

单飞白认真地计算了一番："两万。"他虚弱地比画道，"我比本部武贵。"

宁灼"哼"了一声，身体重新弯了下来："跟他比，你够掉价的。"

单飞白不回应他，只是捂着胸口喘气，扮演娇柔小少爷。

宁灼想，他这是给钱面子。于是他重新坐了下来，问自己的这个临时雇主："什么时候到账？"

单飞白吸着气爬起来，去拿自己的通信器转账，委委屈屈地指责："财迷。"

"比不得小少爷。"

"不是小狗啦？"

"今晚不是，你掏钱了。"

单飞白没心没肺地笑了："那真好。"

宁灼给他倒了一杯水，又取来床头常备的水果，洗干净后，削了起来。

单飞白惊讶地发现，宁灼挺会伺候人的。他削的是标准的兔子苹果，又快又好，一个个摆在盘里，相当整齐可爱。

然后，宁灼起身摸了摸单飞白的被子，发现他隐隐有些发汗，按铃叫来了护士，要求换一床薄些的。

护士知道他是本部武先生最近的护卫，忙抱来一床轻薄一些的鹅绒被。

宁灼替单飞白掖好被角。做这些事时，他面无表情。

当宁灼还是海宁的时候，就担负了照顾病重的母亲的责任。

单飞白小时候和宁灼短暂地一起生活过。他原本以为，宁灼是个生活白痴，所以他才想把全世界美好的一切都捧来给宁灼看。但他突然发现，宁灼会过日子，但是宁灼非要把日子过成这个样子。

吃简餐，睡冷床，连被子都不肯给自己选一床柔软舒适的，仿佛在经历一场漫长的苦修和自罚。

单飞白目不转睛地瞧着他。

宁灼被他看得头皮发麻，抬头问道："看什么？"

"看宁哥对我好。"

"你掏钱了。"

单飞白好奇地问道："挣那么多钱做什么？"

"你管我？"

"随便聊聊嘛。"

宁灼不想和他谈论这件事，随口道："养狗。"

单飞白一怔，居然笑起来了。

宁灼怀疑这家伙已经当"狗"当出感情来了。他刚要开口，沉寂许久的通信器再次响了起来。

宁灼低头一看，来电人：金雪深。他老实了很久，今天突然来电，大概已经是到了忍无可忍的地步。

宁灼往单飞白的嘴里塞了一只兔子形的苹果，堵住了他的嘴，起身走回墙角。

刚一接通，金雪深的咆哮从百公里外传了过来。

"宁灼！我跟姓于的同宿舍我认了！你马上告诉我，你到底在干什么？一百二十万，六十六万，刚才到账了两万，然后是二百万！你在做什么？"

他们不是没有接过报酬丰厚的工作。可昂贵的报酬往往伴随着风险，且二者向来成正比。

宁灼已经两个月不见人影了！

金雪深大怒道："你赶快告诉我！不然就告诉我你在哪里，我去找你！"

"我同时给人打三份工而已。"宁灼说，"你要是懂事的话，就把钱给我收好。"

金雪深追根究底："给谁打工？"

宁灼说道："这是我的事情。"

金雪深大怒，说道："你的事情也是海娜的事情！提前说好，你要是把自己在哪里玩死了，我马上就走，才不给你收拾烂摊子！"

宁灼想，他全程没有提及磐桥，那说明他们还挺安分，说不定相处得还行。

宁灼靠在墙上，叫他的名字："金雪深。"

金雪深的口吻极凶："干什么？"

宁灼瞄了一眼病床上的单飞白，福至心灵，刻意学了他的口吻，开口问道："你是不是关心我？"

沉默，那边是久久的沉默。

十几秒钟后，面红耳赤的金雪深爆发了："我呸！宁灼，你厚颜无耻！你跟谁学的？你、你——把舌头给我抒直了说话！我关心你？我不如去关心姓于的！我跟你说，你赶快给我滚回来，这活我干不了了！你回来我就走！"

发泄一通后，深受打击的金雪深果断地挂断了通信器，生怕宁灼再说出什么胡话来。

宁灼看向被挂断的通信器，自言自语地计数："第三十七次说要走。"他收起通信器，脚步轻快地走回了单飞白的病床前。

在单飞白慢吞吞、喜滋滋地咀嚼苹果时，宁灼又瞄到了他枕头上的睫毛。

宁灼无意识地动手拈起来，注视着单飞白那只变了色的眼睛，听着他快乐地胡说八道，将那根细长的睫毛轻轻拈在了指尖。宁灼想，没错，是他的睫毛。

另一边。

本部武的焦虑并没有持续太久，豹爪办事比金虎麻利得多。在他离开两个小时后，熬得眼睛发直的本部武就接到了他的来电。

电话那边，他把声音放得又低又快："已经安排好了，随时能出去。您看……"

本部武问道："你到哪里了？"

豹爪回答道："就在监狱附近。一共两辆黑色的悬浮车。都没有车牌号。我和您在同一辆，其他人上后面那辆车。"

本部武以前嫌弃监狱的条件不够可心，经常离开监狱，或办事，或享乐，每次都小心地隐匿行踪。

自从他一点点把监狱改造成自己觉得舒适、习惯的环境，得了趣味后，就很少再出去游荡了。反正里外都是一样逍遥。

本部武放下通信器，感觉头顶笼罩的死亡阴霾一扫而空。他站起来，兴奋地跺了跺脚，绕着房间走了一圈，才察觉到不对："宁灼呢？"

豹爪的手下小弟忙道："他去看单飞白了。"

本部武随意地应了一声："哦。"

单飞白死不死，和他又没关系。他花了钱，当然值得别人用命来换。

不过，本部武的心里也浮现出一丝疑惑：不是说宁灼和单飞白是恨不得彼此去死的宿敌吗？他转念一想，便想通了。

本部武听金虎说过宁灼与单飞白的恩怨情仇。宁灼这样关心单飞白的死活，大概也是冲着海娜磐桥两家合并的事情。他们两个人一起出去，倘若就宁灼一个人活着回去，磐桥怕是不能答应。

本部武急着要走，事到临头，还是自己的命比较重要。

在他们的协议里，宁灼明确表示，不陪他出监狱。这就意味着，宁灼和他的协议自动中止了。

本部武本来想去见宁灼最后一面，和宁灼再聊几句，可一想到还要顺便问候为他受重伤的单飞白，他就满心嫌恶，干脆把这项行程取消，开始穿戴行头。

趁着茫茫夜色，西装革履，又喷了香水的本部武在小弟们的掩护下，阔步走出了旁边的小门。

此刻，亚特伯区第一监狱所有为了监视犯人而昼夜不息的探照灯，将每一寸角落都照得雪白明亮的探照灯，为了本部武，一盏盏地熄灭了。

直到整个世界都归于死寂。

天地之间，无星无月，只有一盏鬼火一样的白灯，摇晃着、伴随着一行人影匆匆往前。

走出小门，四下张望一番，本部武果然看到了两辆前后停着的高级悬浮车。

豹爪从后座上下来了半个身子，朝本部武挥了挥手。

本部武面露笑容，迎了上去，他的监狱生涯要提前终结了。他看到的不是豹爪的手，而是美好的自由生活在向他徐徐招手。

本部武有个习惯，从来不仔细去看他瞧不起的"底层人"的面孔。所以，他没有仔细去看那个"芭比娃娃"的脸，没有发现她的一只眼睛是假的；他没有仔细去看那位和善的胖厨师，没有发现他仿生人的身份；同样地，他也没有注意到，豹爪的神情里那掩藏不住的惶恐与惊惧。

今晚，对许多人来讲，注定是一个不眠夜。

今天又是朴元振值班，被紧急召唤铃惊醒时，他已经把自己脱得一丝不挂。诚惶诚恐地送了本部武出去，他觉得自己完成了一项重大使命，连着喝了几口好酒，试图助眠。

结果刚刚睡过去，他枕边的召唤铃就尖锐地响了，吓得他一个激灵翻身坐起来，紧接着就是一阵滔天怒火涌上心头：什么了不得的大事？

他粗声大气地吼着："谁？"

下一秒钟，他就绵羊一样，口气软了下来："典狱长？是，是我。我在，没……没有脱岗……发生什么事情了吗？"

典狱长的声音低沉，叫他马上到会客室去，给他三分钟的时间。

朴元振队长冲到会客室时，裤子还松松垮垮地挂在腰间。在刺眼的灯光下，他眯着还惺忪着的眼睛，再次见到了那个外貌怪异的林檎。

朴队长像是涸辙之鲋，张了张嘴巴，一个字都没说出来。

"我们来提审本部武。"林檎直截了当地报出了意图，"需要他配合'九三〇'专案组的调查。"

闻言，朴队长周身猛然一震，感到毛骨悚然，头发都要竖起来了。他马上看向典狱长，露出了哀切的表情。

十五分钟前，典狱长刚刚做主把本部武放出去。

典狱长一动也不动，也向他投来了温和的视线："朴队长，人呢？"

朴队长刚刚摄入的酒精化为一身冷汗，沿着背脊、脸颊滚滚落下，两条大腿又麻又痒，几乎站立不住。他最清楚，本部武的监室已经人去屋空。他努力维持着表面上的镇静，试图用上次的借口来搪塞过去："您来得不巧，本部武先生重病，请您——"

林檎的动作极快，径直出示了盖有白盾公章的调查令："我们有证人表示，本部武和'九三〇'案件有关，我们已经申请了调查令，请马上带他来见我们。"

"九三〇？"朴元振脑袋里轰隆隆地涌上热血，把喉咙都哽住了。他竭力调动了舌头，喃喃着道，"本部武先生那时候在监狱，他不可能——"

话一出口，朴元振周身的血液都冻住了。

完了。

林檎察觉他的态度有异，隔着绷带，静静地凝视着他："那就请本部武先生出来说话。他现在在哪里？"

在一片令人窒息的沉默中，林檎点了点头："你刚才说他'重病'了。所以，他在医务室，对吗？"

林檎身后跟着的是整个"九三〇"专案组。

他一抬手，冷静地下了令："进去，搜。"

与此同时，本部武一屁股坐进了早已安排好的悬浮车，随手关上了车门，车中各项设施一应俱全，宽敞阔大，足够开上一场小型派对。他惬意地舒了一口气，屁股在柔软的皮质座椅上扭了一下，舒舒服服地坐正了："外面可太冷了。开车吧。"

一句吩咐下去，无人理会。这对本部武来说太不寻常了。他把本来打算闭上的眼睛睁开，车里除司机之外，和他一起坐在后厢的共有三个人，个个精悍强壮。

然而，除豹爪之外，都是生面孔。

本部武转动了一下脑袋，正好面对豹爪那张充斥着绝望和不安的脸。他低头一看，豹爪的右脚上，正拴着一条精钢锻造的粗链子。

本部武察觉不妙，刚要开门逃跑，一个和他并排而坐的男人便一把揽过他的脖子，一针扎进了他的侧颈。

本部武的一张丑脸涨得通红，喉咙里发出声响，身体却像是被去了骨头的蛇，一寸寸软下去。

有个女人从前排缓缓地回过头来。在她回过头来之前，本部武甚至没意识到那里曾坐着个人。她像是一只瘦骨嶙峋的夜枭，蛰伏在阴影里，眼神阴鸷地等待着她的猎物送上门来。她原本精致利索、一丝不乱的乌黑的长发，在这短短的两个月时间里，变得凌乱、枯槁、花白，面孔也添了许多刀刻般的皱纹，在车内黯淡的灯光的映照下，显得异常诡异可怖。

查理曼夫人的双手交握在身前，脸色铁青："本部武先生，我的儿子，承蒙你照顾了。"

## 第十章 疑

UNRULY RIVAL

听到林檎下令，专案组的几个热血青年跃跃欲试，打算直接搜查。

典狱长名叫多恩，长得笑面佛似的。他表情平静地开了口："好啦好啦，小警官不要开玩笑了。"他看向林檎，坦然地问道，"您贵姓？"

林檎的态度温和，却不正面回答："多恩先生，我是个小角色。您不需要记得我叫什么。"

多恩典狱长碰了这个软钉子，依然面不改色，两百来斤的身躯稳如泰山般地坐在椅子上："今天晚上还请您先回去吧。明天我们会请本部武先生来和您见面的。"

林檎静静地望着多恩典狱长。在他的背后，有一面墙上镶嵌了一个鱼缸。鱼缸里不间断地释放出晕黄的光，几尾鱼吃得肥硕，游速缓慢，翻着无神的眼，呆呆地看着隐隐形成了对峙之势的两方人马。

林檎并不退缩："我的任务是提审本部武。"

多恩典狱长的态度闲适："稍晚一天……"他看了看手表，说道，"不，只是几个小时而已。会耽误您的时间吗？"

多恩典狱长庞大的身躯往后一靠，椅子不堪重负，发出"嘎吱"一声响："'九三〇'案件过去了这么久，你们不着急，急这一时半会儿，也没有意义呀。"

这是在拐弯抹角地指责他们办事不力了。

多恩典狱长不提这事还好，一提这事，小徐一肚子的怒火就直往外冒。

他们找到关键证人并向上提交了影像资料，已经是将近一周前的事情了。偏偏上层各种扯皮，有了如此确凿的人证，居然连一张提审证明都迟迟不肯开具。要不是效率低到这个程度，他们早就来了！

相较于心浮气躁的小徐，林檎一点都不气恼，他心平气和地说："我只是好奇，从这里走到本部武先生的医务室，需要几个小时吗？"

"年轻人，不要太急躁啊。"多恩典狱长懒洋洋地向后仰去，一张面庞和他背后庞大奢华的鱼缸里的鱼一样，不带任何情绪，"歇一歇脚，尝一尝我这里的茶，不错的。"

"不是我急躁。"林檎温和地说，"我无论如何都能等，可这里有几位朋友恐怕等不及。"

多恩典狱长把目光投向他的身后，肥胖的面部狠狠抽动了几下，整个人宛如一座沉甸甸的肉山，直挺挺地站了起来。

林檎带了不少人，其中有几个穿着常服，多恩典狱长一眼没看到，便理所当然地把他们当作了便衣人员。可当他仔细去看，才猛然发现，其中有一个人他是认识的。

他叫凯南，是一名曾经和查理曼警督相熟的，《银槌日报》的资深记者。当初让查理曼警督一夜成名的访谈，就是由他主持的。

林檎温和地说道："凯南先生一直对我们亚特伯区第一监狱很感兴趣。虽说之前做过一期节目，但素材已经有些过时。"

凯南先生适时地点了点头，将话说得圆滑："是的。所以最近我拜访了白盾，希望得到一些和'九三〇'案件相关的、有价值的新素材。正巧碰到'九三〇'专案组有行动，得到蔡局长的允许后，我就不请自来了。实在打扰。"

实际情况是，白盾精心扶持的金牌警督查理曼倒了，白盾的形象遭到了一次相当严重的打击。他们亟须延续和INTEREST公司的合作关系，好继续在公众面前树立正义卫士的好形象。

老牌节目《正义秀》，就是因为两家强强联手，才创造了这么多年的辉煌。

当然，一旦遇到事情，INTEREST公司还是以自身利益为先。

譬如，《正义秀》出了演出事故后，INTEREST公司为了保证自己的节目流量，采取了"片源外泄"的手段，将查理曼打碎拉斯金脑袋的片段公之于众，狠狠背刺了查理曼一刀。

这让白盾和INTEREST公司冷战了一阵子。

不过，之所以冷处理，也是为了将来能更好地合作。

在"九三〇"案件过去两个月后，INTEREST公司主动和白盾接洽了几次，表示想要得到关于"九三〇"案件的更多情报，好像什么事都不曾发生过。

亚特伯区第一监狱是白盾下辖的机构，里面是怎样的一片腐烂的"盛景"，白盾许多内部人士心知肚明。

按理说，白盾是绝不会让记者深入第一监狱自曝其短的。多亏林檎在等待提审下批的日子里，偶然间得知了凯南先生的诉求。

林檎选择了一个跟多恩典狱长素来有仇的蔡姓副局长，指点凯南去找他商量。蔡副局长得知此事，半句废话不提，大笔一挥，签了同意书，并自作主张，并未和其他任何人沟通此事。

在蔡副局长看来，有机会让多恩这个老东西难堪、倒霉是最好的。但蔡副局长也心知肚明，除非多恩的老年痴呆提早发作，否则他根本不会让这些媒体深入高级监狱区。那里面关着的人的背后势力，别说是多恩，连蔡副局长也得罪不起。蔡副局长只是纯粹想给多恩添堵而已。

而林檎上次造访被拒的经历，让他选择利用凯南先生，用媒体人的身份，给自己的提审额外开了一扇方便之门。

林檎相信，不管是多恩典狱长还是朴队长，都是体面人，在镜头前面，不会再像上次一样，推三阻四，阻碍调查。

结果，蔡副局长、多恩典狱长、凯南先生，包括林檎都没想到，今夜的情形与其他的夜晚完全不同。

如果本部武还在监狱里，他们顶多硬着头皮把他从睡梦里叫醒，恳求他配合调查就是了。

虽然不知道"九三〇"案件为何会牵扯到本部武，但只要他咬死亚特伯区第一监狱是整个银槌市最安全的地方，就连林檎也没有继续死缠烂打的道理。

可要命的是，本部武现在根本不在监狱里！有媒体在场，这对多恩典狱长来说，可谓是致命的打击。

多恩典狱长的脸都变得僵硬了，他伸出胖短的手指，主动和凯南握了握。

凯南的脸微微一皱，多恩典狱长的手心湿滑，叫他感觉很不舒服。相较之下，他更喜欢林檎。

林檎安静，斯文，拥有着魔鬼一样的外貌，却意外地很有主见，而且思维灵活，知道变通，绝不是把正义挂在嘴边的愣头青。

这鲜明的反差，实在是太适合做白盾新的形象代言人了。他甚至比空有英俊外表和口号式的悲悯情怀的查理曼更加适合。

凯南在盘算着生意经，多恩典狱长的脑中正盘算着应对之法。而在他盘算得满头大汗时，林檎也正在对他进行察言观色。林檎的眼光格外毒辣，隐隐看出了一些不对劲儿。

不会这么巧吧？

林檎心里有了计较，口吻温和地直指核心："本部武还在吗？"

多恩典狱长条件反射般地大声道:"在!"

林檎再次确认:"医务室?"

多恩典狱长不敢再答了。他的心脏越跳越快,快得他头晕目眩,简直要先去医务室走一趟了。

林檎不给多恩典狱长继续盘算的时间,望了一眼墙上悬挂的监狱平面图,短促有力地表达了自己的诉求:"请带我们去见他。"

多恩典狱长心乱如麻,试图去攀林檎的肩膀:"林组长,请跟我来,我们谈一谈……"

林檎微笑道:"多恩先生想起我姓什么了?"

多恩典狱长手脚发软,亲自执行了此事的朴队长的冷汗更是出了一身又一身,身体左摇右晃,几乎虚脱。

前者艰难地咽了一口口水,开始思考,暴力拘捕是否可行。只有林檎他们来,当然可行。可是有凯南,情况就不大一样了。

左思右想,多恩典狱长的眼神慢慢冷了下来。因为他注意到,林檎没枪,唯一的武器只是一把黑铜警棍。

如他自己所说,他真的是个小角色。先设法控制住他,或许还有的谈!

多恩典狱长对着发愣的朴队长使了一个眼神。

连凯南带林檎,一起押在这里,别让他们进去!事后花再多的时间、精力和钱财道歉也无所谓,唯有今天,绝不能让他们进去!

朴队长被逼到了绝境,无法可想,恶向胆边生,伸手打开了腰侧的枪套。

因为刚才连灌了几大口酒,他的手有点抖,但他还是将黑洞洞的枪口端了起来,指向了林檎!

"九三〇"专案组的成员顿时骚动起来,凯南的一张小白脸也吓得失了色。林檎他们是走正规程序来提审,到目前为止可以说是一丝错都没有。朴队长敢掏枪,事情的性质就彻底变了!

朴队长提起一口气,喝道:"来人——啊!"话音未落,他的叫声就换成了一声声嘶力竭的痛呼。

谁也没能看清林檎是什么时候把他的黑铜警棍解下来的。警棍在他的手里轻轻一甩,两端骤然延长,成了一把双头光刃剃刀!林檎干脆利落,一刀砍向朴队长的手腕!

朴队长猝不及防,手里的枪飞到了多恩典狱长的脸上!

在朴队长倒地捂住手腕失声哀号时,林檎的刀锋指向了多恩典狱长。

"他喝醉了。"多恩典狱长的态度依然温和。

"多恩先生，你也喝醉了吗？"

多恩典狱长的舌根都硬了，只能用最短的词汇来表达自己的配合："好，去。"说完，多恩监狱长快步走了出去，他简直是像球一样滚出去的。

刚刚被朴队长一嗓子吼过来的狱警，只起到了把昏过去的朴队长拖到一边去的作用。

这是"九三〇"专案组成员今晚看到的第一件值得惊骇的事情。

林檎在他们面前，从来都是轻声细语，不少人暗地里嘲笑他娘里娘气，人如其名，是颗中看不中吃的面苹果。

今晚过后，他们统统可以闭嘴了。

小徐最先反应过来，几步跟上了林檎，凑上前去，难掩崇拜之情："林队，你太帅了！"

林檎手中的刀已经恢复了正常尺寸。他正在把黑铜警棍往自己的腰间挂，闻言若有所思地轻笑了一声："嗯。是朋友帮忙做的。"


多恩典狱长绕了一条偏路，将他们先带到了医疗室。他低头走路，心乱如麻，将满腔希望寄托在了另一件事上。

据他所知，本部武走了不久。只要暂时拖住他们，等本部武回来，就还能挽回！

一行人进入了医疗区。

仅仅是目睹了这里金碧辉煌、异常阔气的装修，几个没见过世面，也不知道第一监狱内部玄虚的小警察就惊讶得合不拢嘴。

凯南则默不作声地指挥《银槌日报》的随行人员跟拍。

林檎边走边道："多恩典狱长，医疗条件不错。"

多恩典狱长勉强一笑，含糊地道："监狱的福利而已，是每个重病的犯人都能享受到的，我们一向很人性化……您在这里稍等一下，我去问一下值班大夫，本部武先生在哪间病房。"他逃也似的离开了，想要抓紧时间把本部武召唤回来，把损失和影响降到最低。

林檎原本打算跟上多恩，可追了两步后，他便停住了脚步。

林檎从不是头脑发热的人。

一开始，他只是来提审本部武的。但看多恩和朴队长的过激反应，本部武极有可能不在监区里，这完全超出了林檎的预料。

现在，他实在是过于深入了，不确定的因素越来越多。

穷寇莫追，这里终归是多恩的地盘，是一间封闭的监狱，是他的势力范围。如果自己持续对多恩施加压力，保不齐他和自己的手下，会在今夜死于一场"犯人暴动"。

林檎想，他要的只是本部武。至于别的，可以在事后徐徐图之。于是他挥了挥手，示意大家分散开来，去寻找根本不存在于医疗区的"本部武"。

林檎注意到，这里的病房多半是空的。但有一间病房的门下有灯光透出，而且没有锁门。

林檎信步走进去，发现床上被褥凌乱，应该是睡过人的，但此刻人并不在床上。他伸手一摸，被窝还是热的。

林檎移开视线，在床头柜上发现了半盘没吃完的、切成兔耳状的苹果。放在空气里久了，果肉表面有些氧化。他的目光微妙地柔和了下来，偷偷拈起一片。林檎记得，他还年少的时候，重伤在床，宁灼也给自己削过这样的苹果。

林檎拿着兔子形状的苹果，突然觉得自己有些幼稚，自嘲地笑了笑。他正准备转身离去，一阵悦耳的音乐广播响了起来。

紧接着，一个有些紧张的狱警在广播里开了口："请高级监狱区的犯人注意，有人巡查，请立即结束工作，回到房间。重复一遍，请立即结束'工作'，回到房间。"

林檎没能听清广播内容。

那段音乐让他整个人像是被一根烧红的铁钉钉了一下，猛地停住脚步，一步也迈不出去了。

这段音乐，他曾经听过。

那天，他跟宁灼联系时，聊了一些"九三〇"案件的信息。在即将收线前，他听到的音乐，似乎就是——

还没等林檎把这件事想深想透，房间的盥洗室里便传来了清晰无比的抽水马桶的声音。

下一秒钟，宁灼架着摇摇晃晃、衣衫不整的单飞白走出盥洗室，披着柔和的灯光，出现在了林檎面前。

等他看清林檎的面容，神情不免一愣。

林檎正拿着半只兔子形状的苹果，两只尖尖的兔子耳朵从他的食指和拇指间探了出来。

看到自己的苹果少了一块，单飞白的眉头狠狠一皱，沉下了脸。

在林檎无法开口时，宁灼率先发问："你怎么在这里？"

外间杂沓的脚步声响起时，宁灼第一时间听到了，他拉着单飞白就要起身。

单飞白刚睡着不久，是一百个不乐意："我是伤患，我大半夜的不在床上在哪里？"

宁灼简短地说道："应该是我不想见的人来了。"

单飞白一听，倒也乖巧，手一撑床就爬了起来。

高级监狱区的医疗条件，在整个亚特伯区都算得上数一数二。经过一番精心治疗，不消几个小时，单飞白受伤的骨头都不再疼了，只是有些使不出劲儿。

他们躲入了未开灯的洗手间。

单飞白轻声问："听起来是警察。"

宁灼觉得他很吵："废话。"

单飞白又问："我们被发现了怎么办？"

外间的脚步声四散开来，惹得宁灼心烦意乱："不怎么办。"

单飞白出主意："万一被发现，我们装成难兄难弟，怎么样？"

宁灼心想，警察来得这么快，是超出了他预料的。他重复道："哦，难兄难弟？"

单飞白有条有理地分析："大晚上，不开灯，我们两个躲在厕所里……"

宁灼看向他，才发现他是在认真和自己商量这件事。单飞白身上没力气，只能靠着宁灼，可即使重伤后，他的体温也比宁灼高，手搭在宁灼的后腰上，倒也暖和。

宁灼的心思并不在这上面，他还在想，本部武会不会去而复返，让他功亏一篑。

刚想让单飞白闭嘴，就被外间的脚步声打断了。宁灼捂住了单飞白的嘴，想了想，又连他的鼻子一起捂上了。宁灼用小小的气音提醒他："嘘。"

宁灼咬紧牙关，侧耳倾听。

直到宁灼确定，进来的是那个他最不想听到的熟悉的足音，他的心思才勉强回到了正轨。

没想到会这么巧，偏偏是林檎走到了这间病房。又偏偏在此时，监狱广播声响起了。

既然计划开始了，有些人无论如何是避不过的。于是，宁灼越过单飞白，按下了抽水马桶的按键，随即一把托住他，低声道："出去。"

当三个人同时出现，病房里的气氛迅速变得微妙起来。

林檎定定地看着宁灼。

面对宁灼的质询，林檎答非所问道："你的个子……没怎么变。"说出这句话后，林檎也知道这话说得不漂亮，忙笑着摆了摆手，"不对不对。你——"

宁灼向外面望了一眼，看到了不远处正在指挥拍摄的凯南先生。他收回视线，打断了林檎:"什么时候和 INTEREST 公司混到一起去了?"

林檎好脾气地一笑:"不借他们的力,我进都进不来。"

宁灼在心里轻轻点头。他是有心要拉林檎一把,但林檎要还是固执地认为,在银槌市靠"破案能力强"就能解决一切,那林檎更适合去扮家家酒。

目前看来,林檎还没那么愚钝。

"你呢?"林檎以一种极其温和的态度,问出了他最大的疑惑,"你怎么在这里?"

宁灼答:"工作。"

林檎问道:"什么工作?"

宁灼抱起双臂,戒备地道:"这是审问吗?"

"不是。"林檎说,"是朋友的关心。"

单飞白在旁边轻轻点头:"啊,朋友。"

宁灼转过头呵斥道:"有你什么事儿?"

单飞白小声地控诉:"他偷了我的苹果。"他孩子气的腔调让宁灼在不动声色的紧绷状态中略略松弛了下来:"闭嘴!一会儿再给你削一个就是了。"

林檎的脸有点发烧,毕竟苹果还拿在手里。林檎开口道:"我不是故意的。小时候宁也给我削过一样的苹果,看着有一点怀念。"

林檎不解释还好,一解释单飞白更生气了,他看向宁灼,声音稍稍拖长:"宁哥这么好啊——"

林檎马上尝试撇清关系:"他是人好……对谁都好。"

单飞白非常擅长利用自己的情绪,他知道自己挑在这时候插科打诨,能够稍稍化解一些他们出现在这里的尴尬,也能给宁灼留出更多的情绪缓冲带。可现在他是真的有点介意。

宁灼发现单飞白的脸一下子黑了。这么多年的习惯使然,看他吃瘪,宁灼自然觉得有趣,嘴角微微扬起。心情放松了下来,那一点不安的情绪也紧跟着烟消云散。

宁灼问林檎:"你刚才问我什么?我为什么在这里?"

"嗯,我……"

"我来这里保护一个叫本部武的人。"

寂静,让人心悸的寂静,像无形的潮水,再次在病房里扩散开来。林檎单手按上了黑铜警棍,用拇指反复抚摸着顶端,好分散心底骤然汇聚的压力。

林檎向他确认:"本部武?"

"是。"

"他雇你的？"

"是。你认得他？"

"他为什么要雇你？"

"我替人做事，要进监狱蹲一段时间，正好碰到本部武那边出了几桩事故，他手底下的人不中用，就用了我。"

林檎暗暗记下，并不详细问本部武碰到了什么"事故"："这么巧，进了第一监狱的高级监狱区？"

"不巧。是有人安排我来的。"

"是谁？"

"商业机密。想要知道的话，拿更高的价钱来换。"

林檎无奈地摇摇头："都是商业机密，为什么我刚才问你，你说是工作，现在又肯告诉我你是来保护本部武的了？"

宁灼道："我的工作内容向来不外泄。可是你只要问了监狱里的其他人，早晚会知道。我这些日子就在本部武的身边。"

林檎步步紧逼，而宁灼见招拆招。林檎稍缓了一口气，问出了那个最重要的问题："本部武，他在哪里？"

"问得好。"宁灼说，"我也不知道。"

林檎皱起了眉头。

宁灼则耸了耸肩："几个小时前，他被刺杀了，单飞白替他挡了一刀。我来照顾单飞白，至于他现在在哪里，我不知道。"

林檎将视线转移到单飞白身上，着意打量了他一番。单飞白身上的确充满药味和血腥气，脸色惨白，不是伪装的。

见林檎露出若有所思的模样，宁灼问他："你不是调到总部去了吗？活动经费够吗？"

林檎隔着绷带，困惑地看向了他。

宁灼说道："雇我吧，五万块。我保证你和你的组员今天晚上能安全走出第一监狱。"

林檎明白了他指的是什么，不由得失笑："你真是……什么钱都要赚吗？"

宁灼摆出不容商量的架势："这是友情价，不会再往下砍了。"

听到"友情"两个字，林檎微微笑了，拿着那块兔子苹果，张开双臂，拥抱了宁灼。他轻声说："我以前没觉得长安区这么大。这么多年，没有在路上遇见过你一次。"

宁灼望向一边，轻轻拍了拍他的肩膀，心想："也没多大，我是躲着你走的。

雇佣兵宁灼，白盾的林檎，这两个人还是不熟为妙。"

看到两个人这副样子，单飞白在旁阴阳怪气地说道："这一下也是五万块，不降价的。"

本来只是被"友情"二字触动，想怀念一下过去的林檎哭笑不得。这并不能打消他对宁灼突然出现在这里的怀疑，可他并没想借机降价。他站直身体，蛮不好意思地问道："是不是打扰你们了？"

"哼。"单飞白还来劲了，嘀嘀咕咕地埋怨，"偷我的苹果，抢我的朋友。"

林檎的脸都涨红了，悄悄地把苹果放了回去。他和宁灼多年没见面，再见时是在这样复杂的情况下，一时间情绪有些难以自抑。

林檎也知道自己有失分寸了，偏偏单飞白还一脸哀怨地望着他，仿佛他真是处心积虑来挖墙脚的。

这些年来，林檎面对任何人都游刃有余，许久没有被奚落得这样狼狈过，他以最快的速度离开了病房，去纠集四散的队员了。

林檎的思路相当清晰：本部武今天经历了一场不成功的刺杀，他要么会龟缩在监狱某处，坚守不出；要么为了躲避危险，立刻离开。

这说明，关于第一监狱高级监狱区的传闻是真的——犯人想来就来，想走就走。

九月三十日那天晚上，是否也是一样的情形？


当着林檎的面，宁灼忍了。

等林檎一走，宁灼直接转过身去，把单飞白一路拖到了病床边。

没想到，不等宁灼问他，单飞白反倒先发难了，他伸手抓住了宁灼的衣领。单飞白盯着宁灼道："我们是共犯，有些事是不是要商量啊？"

宁灼颇感莫名其妙："我什么事没跟你商量？"

"友情价、苹果！"

"你管得着我？"

"管得着！我今天买了你，两万块呢。他没掏钱，还要吃我的苹果！"

难得看到单飞白幼稚耍赖的样子，宁灼感觉很新鲜。

小时候的单飞白也没这样过，在他面前装得像模像样，一口一个宁哥，叫得甜甜的。

宁灼把双手交叠压在脑后："那你想怎么样？"

单飞白说道："你拍拍我，我就不生气了。"

宁灼没想到他居然还有脸生气："你属狗的？"

单飞白没好气地说道:"管我,你拍他,我就不乐意。"

宁灼听他的话说得又皮又贱,抬起手来,有心去把他的头发往后撸一把。单飞白也注意到了宁灼的动作,以为宁灼是要推自己下去。他改用了玩笑口吻:"哎,宁哥,我再皮你是不是就要揍我了?"

宁灼闻言莫名觉得不爽,用膝盖把他顶开,话音也变冷了:"你自己清楚就好。"宁灼追着林檎的脚步,走了出去。

而病床上的单飞白侧身望着宁灼离开的方向,两条长腿搭在床侧,一晃一晃的,嘴角快乐地扬了起来,宁哥好像很希望他刚才的表现是真心的哦。

这里是暗流汹涌、各怀心思,那边的多恩典狱长可是真的火烧眉毛了!

高级监狱区的犯人出去放风办事,本来是常事。但每次他们必须保持通信线路畅通,以便有事联系。

本部武居然像是凭空消失了一样,不仅不回,连定位器都关闭了!

多恩典狱长在心里把本部武的亲戚都问候了个遍。他冷汗热汗齐流,一遍遍地用帕子抹着额头,徒劳地拨打着那个打不通的号码,心里的天平危险地摇摆了起来。

现在这里毕竟还是他的地盘。

高级监狱区里还有一些雇佣兵。他们可不能允许自己的主顾被一群贸然闯入的警察冒犯了。如果林檎非要硬闯……

正当多恩典狱长默默地盘算时,身后传来了林檎温和的声音:"多恩典狱长,人找到了吗?"

多恩典狱长的身体一抖,连忙收起了阴鸷的神情,挤出了笑容,试图和林檎再进行一次一对一的谈判。

刚一回头,他的面容就僵住了。这些日子以来,那个时刻跟随在本部武身后,让任何人都不敢接近的雇佣兵正悠闲地立在林檎的身后,像是一尊凶悍的守护神一样,冷冷地望着他。

宁灼的脸色苍白而凌厉,人像一把出鞘的利刃一样,把多恩刚刚生出来的一腔恶毒心思镇压了下去。

对多恩典狱长这种自幼生活在上城区的安乐窝,养出了一身懒肉的资深老贵人而言,他们天然地惧怕宁灼这种光脚不怕穿鞋的底层雇佣兵。

宁灼烂命一条,豁得出去。多恩和他对着干,怎么样都是自己吃亏。

多恩无法可想,只好讪笑道:"你……林组长,这是咱们的事情,你牵扯外人,很没有必要。"

林檎油盐不进："人生地不熟的，希望有人替我探探路而已。"他又用那种温和得让人冒火的口气，问道，"本部武先生找到了吗？"

多恩典狱长的脸都充了血，暗骂姓宁的见钱眼开，之前追在本部武的屁股后面，现在发现风声不对，又倒戈向白盾了！

然而，雇佣兵就是这样，谁给了钱，就为谁服务。况且他耳闻过宁灼和本部武的交易：离开监狱，契约关系自动解除。

多恩顿时陷入了两难的抉择。

在多恩看来，这属于白盾的内部矛盾，本来是好收场的，即使林檎拉来了INTEREST公司的凯南，那也不是不能商量，偏偏现在又来了个宁灼。

他扣得了文质彬彬的凯南，难道压得住疯狗宁灼吗？真要打起来，伤了谁，死了谁，都不好收场。

想要压下来，那就只能选择和平解决，不可诉诸武力，大家和和气气地达成共识，把本部武推出去做祭品，从而将损失最小化。不过，无论采取和平方式还是武力方式，多恩都知道，自己这个典狱长算是彻底做到头了。

宁灼悠闲地注视着多恩典狱长的脸色由红转白，由白转青，欣赏着这只老狐狸被他折磨得浑身发颤。

最终，多恩典狱长用力闭了闭眼睛，做出了他的选择。他咬着后槽牙，低声回答了林檎的问题："越狱了。"不等林檎再问，他口齿清晰地重复了一遍，"本部武，越狱了！"

越狱是要命的大事。

在多恩为本部武的无端消失盖棺论定的两分钟后，整个高级监狱区里闪烁起了血红的警示灯。

没有警报音，只有无边的寂静。岩浆一样的红色流遍了角角落落，把这阴沟里每一寸的纸醉金迷都照得清清楚楚。

高级监狱区的景象，是连林檎都没有想象到的豪奢。他刚进入高级监狱区，打量周围环境时，险些踢翻一张小桌。

上面摆着的两三瓶酒，加上高脚杯里的半杯残酒，一旦踢碎了，林檎拿着他从参加工作至今攒下的所有钱去赔，恐怕都赔不起。

跟随林檎的小徐的脸颊涨得通红，兴奋与恐慌交织。就连他这样的愣头青也看出来，他们这是撞破了银槌市一桩隐秘而巨大的丑闻。这对他们的前途究竟是好是坏，是吉是凶，全是未知数。

手下人隐隐慌了神，不影响林檎的指挥若定。他举起扬声器，再度下令："所有人,马上回到自己的监牢。"

之所以还需要林檎多这一句嘴,是因为这些已经被监狱娇养出一身毛病的少爷羔子,其中的大多数人对之前的警告声置若罔闻。

他们完全无视了夜晚十点结束洗漱、返回囚室、熄灯就寝的规定。白天无所事事地睡足了,晚上才是他们出来逍遥的最佳时间。

有的人分得清眉眼高低、轻重缓急,在第一遍广播响起的时候就察觉到了异常,老实地回去避难;有的人暂时没搞清状况,继续自己的日常娱乐,直到发现高级监狱区浩浩荡荡地闯进来一大批人,才避猫的老鼠一样溜回了他们那严重违反了囚室建设规定的住处,倒在床上装死。

但有些人,纯粹是给脸不要脸了。

在现场戒严令发布十分钟后,四处巡查的狱警发现了一个嗑了药的小少爷,在外间的高尔夫球训练场边流连忘返。他不肯回去的理由很简单:他今天还没打出一个小鸟球。

连续两遍广播提示他当然听见了,只是嚣张惯了,懒得理会。

小少爷的雇佣兵也跟着吸了点东西,整个人正飘飘然,面对着战战兢兢地前来劝说的狱警,一伸手就把他推到了高尔夫球架上,把狱警的脑袋磕出了血。

林檎闻讯赶来,宁灼慢吞吞地跟在他的身后。

面对这一主一仆,林檎客气地说道:"请你们回到你们该去的地方。"

雇佣兵在牢里横着走惯了,呵斥道:"有没有点眼色,你们算什么东西,休少爷在打球呢!"

小少爷这一杆刚开,结果颇不理想,便觉得是这两个外来的人影响了自己,捏着嗓子,怒吼起来:"给我滚远点儿!"

下一秒,他手里一轻。钢制的高尔夫球杆被宁灼随手抄了过来,在手里掂了掂,反手一挥,不偏不倚地抽上了那狗仗人势的雇佣兵的颧骨,雇佣兵瞬间飞了出去!

宁灼将高尔夫球杆拖曳在地上,摩擦出让人头皮发麻的金属擦地的声音。

宁灼被单飞白莫名搞坏的心情并没有因此好转分毫,他语气不善,冷冷地道:"休少爷 认这个 birdy(鸟人)吗,不认的话,我再给你打一个看看。"

休少爷丢下了被一杆打晕了的手下,连滚带爬地溜了。

林檎不大赞成地对他摇了摇头。

宁灼问道:"你有意见?"

林檎苦笑道:"我还在呢。"

宁灼没好气地说道:"你背过身去不就行了。"

林檎轻叹一声,心想:"这不是还没来得及背过去。"

宁灼挣的这份钱,就是除障费,至于用什么手段,他不在乎。

林檎烦躁地刚刚转身,单飞白却不知道从哪里冒出来,搭住了宁灼的肩膀,出主意:"应该照那个休少爷的屁股再来一下。"

宁灼目不斜视,用胳膊肘捅了单飞白的胸口。

单飞白痛得一缩,但还是揽着宁灼的肩不肯撒手,痛苦地喊道:"谋杀亲弟啊。"

宁灼冷冷地喝道:"你喝大了?你是谁的亲弟。"

"两万块买来的啊。"然后他就快乐地笑了起来,嘴角的小酒窝若隐若现。

宁灼把高尔夫球杆搭在肩上,从后面猛地敲了一下他的后背。可惜单飞白的脊背比球棍结实,"当"的一声,倒是把他眼底的横纹敲亮了。

林檎跟在他们身后,看着他们打打闹闹,耳畔回放起了那天审讯"芭比娃娃"的情景。他问女孩:"那个从本部武手里救了你的人,叫什么名字?"

女孩犹豫了又犹豫,双手攥在身前,松了又紧。她的心理斗争很好理解。那个人以囚禁的方式,保护了她两年,供她吃饱穿暖,供她读书向学,却从未和她有过任何接触。

他在女孩的心目中,是个神秘的、目的不明的"虚像"。她只能在惴惴不安中猜测那个人是不是对自己好。

对她不好,为什么要花钱养她?对她好,又为什么把她软禁起来?

而警察把自己带到这里,如此郑重地问那个人的名字,女孩知道,八成是没有好事情。

可矛盾的是,女孩渴望实实在在的温暖。

林檎递给她的一杯带着奶糖味道的糖水,就能叫她产生愧疚,感觉非要为他做点什么不可。

左右为难之间,女孩小心翼翼地回答:"我隔着墙,听得不是很明白。"

"有人叫他,好像是拉……什么金先生……"

在这一点上,她撒了谎。她听得无比清楚,有人在外面称呼那个绑架她的先生为拉斯金。

这个单纯的女孩子,希冀着能通过模糊这个称呼,既能满足眼前好心的警察先生的要求,又能对得起那个供她两年吃喝的拉斯金先生。

自从她出来后,就将全部的精力放在了谋生上,在大街上路过各类显示屏时也低头缩肩,生怕被人认出来。

因此,女孩并不知道拉斯金这个名字的知名度有多高。所有听到这个名字的人,都能立刻知道她的含糊其词背后包含的庞大信息量。

女孩说，是拉斯金救了她。

当然，这个世界上和拉斯金重名的有十几个人。可就是那么巧，一个拉斯金以异常轰动的方式，死在了两个月前。

女孩的那只义眼，留下了本部武犯案的影像证据，是把本部武送进监狱和精神病院的直接推手。这么一来，本部武的杀人动机，有了。

当林檎好不容易申请下来搜查令，本部武又从本该防卫森严的亚特伯区第一监狱"越狱"。

不管原因为何，重要的是，本部武居然能够随心所欲地进出监狱！

这一点一旦坐实，他那原本严丝合缝的不在场证明也跟着消失了。

原本，薛副教授的动机，不在场证明和制毒能力，都远超本部武。但是，他的动机并不能摊在明面上分析，其他方面也仅仅是"可疑"而已，并没有实质性的证据。他的为人又是那么谦和，在学生、同事中的口碑颇佳。所有人都说，他是个好人。

随着他们调查的深入，本部武的嫌疑慢慢超过了薛柳。

一切仿佛理当如此。一个是天性温和、治学严谨，先后经历了女儿失踪和毁容风波两件大事，却依然对生活抱有希望的好老师。

另一个是会凭着自己的心意，对同类施以最残毒的改造手段的人渣。

谁都更愿意相信是后者杀的人。

林檎感觉，好像冥冥中有一只手，在拨弄、操控着他们的调查方向，一步步地将疑点尽数引导到本部武身上。

而且这些证据，都是他们一步步踏踏实实地调查得来的。

当然，这其中存在着不止一个巨大的漏洞。

比如，拉斯金是个不折不扣的变态，他居然会好好地养着一个女孩，不碰她一根手指，足足两年之久？

可是女孩被人从后偷袭，套了头劫走，并没有见过拉斯金的真容，无法对他做出明确的指认。

现在，拉斯金已经死了，能为自己辩白的，只剩下了本部武。那么，本部武现在究竟在哪里？

唤醒本部武神志的，是疼痛。他闷哼了一声，虚弱的回声从四面八方传来，刺得嗡嗡作响的耳朵愈加难受。他艰难地睁开眼皮，看见的是圆柱形的天空，鼻尖飘来的是汽油难闻的气味。

本部武还没有完全清醒，就下意识地干呕了两声。他被扔在了一个半人高的宽大汽油罐里，口唇流血，动弹不得。

本部武以为这是一个噩梦，因为这一切都太不真实了。他今天刚吃的美食还在肠胃里没有消化，嘴里仿佛还有陈酿葡萄酒的香味，然而他的鼻端已经能嗅到自己身上轻微的汗酸味。

这让爱干净的本部武变得不适和暴躁起来。他转着脑袋，四下张望，尝试着用身体晃动汽油桶，从中脱出。

突然，一张毫无表情的面孔出现在了汽油桶的边缘。本部武猝不及防，被吓得大叫了一声。

伴随着一声"醒了"，汽油桶被哐当一脚，踹翻在地。

本部武狠狈地滚了出来，像是一团过了期的烂肉，面朝下扑到了冷硬的地面上。

他摔得胳膊肘疼，刚想骂人，一条钢鞭就没头没脑地落在了他的身上！

本部武被塞在汽油桶里，周身的血液都不流通了，蒙头蒙脑地挨了两下，才感觉到疼。

太疼了！

他自出生以来还没有挨过这样的打，哀号着手脚并用，满地乱爬，口里乱喊道："别打！别打了！有话好说！疼啊！你们知道我是谁吗？我爸爸是谁你们知道吗？"

听到他嚷嚷出这句话，钢鞭停了下来。

本部武疼得浑身哆嗦之余，听到一个嘶哑的女人的声音问他："那我儿子是谁，你知道吗？"

这些天来，查理曼夫人日日夜夜锥心刺骨，一心要抓到害了她唯一宝贝儿子的人。她虽然扮演惯了娇滴滴的贵妇，但她的人脉和关系网一样不缺，自认为绝不是家庭妇女。她曾是上城区出身，养尊处优的大小姐。丈夫查理曼的家世比她差些，是从中城区靠努力爬到上城区的"上升户"。

一开始，她和查理曼的婚姻并不被父母看好。

小金出生时，因为查理曼家世薄弱，娘家也不愿伸手，他被调到了下城区工作了几年，在那个破烂地方苦苦熬着，着实受罪。就连查理曼夫人也不得不带着儿子，在中城区买了间房，好方便他回家休息。

直到丈夫和INTEREST公司搭上线，成了热捧的"封面人物"，他才得以调回白盾位于亚特伯区的总部。查理曼夫人的娘家总算对这个新贵姑爷有了些好脸色。

在中城区的日子里，查理曼夫人觉得儿子吃了不少苦，理所应当地把他保护了起来。这么多年过去，他做了多少恶事，查理曼夫人心知肚明，但她不在乎。

在儿子第二次被送入死刑执行室的那天下午，查理曼夫人分拣着未开放的花苞，想着："等小金回来，这些花就都开了。"现在，那些花一枝不剩，全部腐烂在花瓶里。

因为她的丈夫不中用，为了保住他们的富贵荣华，亲手杀了儿子。

查理曼夫人在她寸土寸金的大别墅里，躺在床上，一遍遍播放儿子中毒后痛苦难当、哭着喊着要妈妈的录像。她每天要主动去受这一道刑，因为那是小金最后一次喊妈妈，要妈妈救他。她非得做点什么不可。

在白盾，她是说得上话、插得进手的。可丈夫现在成了众矢之的，有无数双眼睛盯着他，那些用惯了的人如今是不能再用了。

于是，查理曼夫人想到了那个雇佣兵——那个被管家大力推荐，一个"手脚干净，经验丰富，干活利索"，还和他们毫无关系的人。丈夫一次次劝阻，让她清楚地意识到，丈夫并不希望她在这件事上插手。所以查理曼夫人自作主张地找到了因为办事不力，被丈夫逐出门的阿森。

阿森被开除后，就失去了B等公民的身份，变成了最下等的无业游民，过去能享受的一切便利和好处瞬间清零。他吃惯了好的，穿惯了好的，如今骤然失去一切，简直生不如死。

这时候，查理曼夫人肯再用他，他狂喜之余，哪里还会讲什么忠诚？

阿森当初化名罗森，和宁灼直接联络运送事宜，所以她非常顺利地和宁灼搭上了线。

那时候，宁灼刚和老管家"谈判"完，正是候审的状态。查理曼夫人有意派阿森去和他面谈。

可阿森上次和他见面时，被宁灼揪着头发撞了个头破血流，他是打死也不肯再和宁灼照面的。阿森反复告诫她，宁灼是个野蛮人。

查理曼夫人也怕节外生枝，最终选择了电话联系。

查理曼夫人的防备心不差，又有些手段，特地将他们的通话设置成了"无法录音"的状态。她自称是拉斯金的狂热粉丝，愿意花重金调查拉斯金的死因。

没想到交谈之下，查理曼夫人感到诧异。宁灼的确是冷淡了点，可语言相当有条理，听说了她的诉求，只是沉吟了片刻，没有任何多余的言语，便平静地告诉她，要如何查，如何做。

宁灼指点她，想要调查拉斯金的死因，就需要从那段影像入手。他说："我看过那段犯人进入白盾下毒的公开录像。我建议您从这几点来查。第一,他对白盾安保系统极其熟悉,这是支持他潜入白盾的底气。第二,他和黑市有一定勾连,有弄到金·查理曼脸模的渠道。第三,他有更换脸模的手段,有自行制作毒药的本事。在背后支撑他的,必然是庞大且稳定的资金链。第四,那个人在用金·查理曼的脸下毒前,手搭在了箱子上,画了几下——那个动作我觉得有些多余,在那种时候,一秒钟的浪费就有可能导致功亏一篑。"

分析到这里,通信器那边的宁灼淡然地表示:"白盾的事情,我是局外人,参与不了。您多费心吧。"

一番交谈下来,查理曼夫人几乎要热泪盈眶了,这是她这些日子以来听到的最有价值的话。不是那些"节哀顺变"之类的废话,而是能让她找到幕后真凶的金玉良言。

按照宁灼给她的指点,查理曼夫人很快查到了薛副教授,比林檎还早。因为儿子犯下的第一起案件,查理曼夫人是参与过的,她知道,薛柳有动机。

她想来想去,觉得薛柳并不符合宁灼列出来的条件。第一,他的社会地位挺高,却没什么钱,不管是花钱雇人,还是他亲自上阵,他那点薄弱的家底根本支撑不了这么庞大的计划。第二,他的女儿失踪了那么多年,他却没什么反应,一直按点上下班,既不发疯,看起来也不悲痛。查理曼夫人觉得薛副教授并不是很爱他的女儿。

紧接着,查理曼夫人越过她的丈夫,从白盾得到了内部消息。那个下毒的犯人,在箱子上写下的是本部武的犯人号码。但在正式公开的影像里,这一段最重要的内容居然被莫名其妙地替换了。

查理曼夫人可不知道,白盾替换影像,是既不愿在事情调查清楚前把舆论的水搅浑,平白增加调查的复杂程度,又不想让公众旧事重提,再次勾起他们对司法不公的议论及怒火。

查理曼夫人的思路跑偏了。在她看来,这就是有人在背后故意庇护,想大事化小,小事化了。越想要模糊掩盖,越是可疑!

几天调查下来,查理曼夫人初步锁定了害死她儿子的嫌疑人:本部武。

本部武有钱,熟悉白盾安保系统,擅长换脸,勾结黑市,胆大妄为,一切都和宁灼给出的条件严丝合缝地对应上了!

至于本部武的不在场证明,查理曼夫人嗤之以鼻。

谁不知道第一监狱的高级监狱区是怎样的一个安乐窝,随出随进,都是这些尊贵的犯人说了算!他敢在监控里写下自己的犯人号码,就是赤裸裸的示威、嘲讽。

查理曼夫人再次联系宁灼时，发现他居然也已经调查到了本部武。他说，他弄到了最原始的监控视频，知道下毒的人写下了本部武的犯人号码。所以，他拜托了相熟的人，想办法混到了本部武身边。

查理曼夫人惊讶于他的效率，也隐隐有些疑心。她细查了一番，却并没有发现任何不妥。

卷宗显示，宁灼因公然刺伤B级公民而被关进了监狱。她并不知道这件事背后的操纵者就是她亲爱的丈夫。他巧妙地篡改了卷宗，将受伤的管家的身份修改成了另外一个并不存在于银槌市的B级公民。在被刺伤后，他便"失踪"了，从此只存在于纸面上。

而送宁灼进入高级监狱区的事情，谁也不会四处张扬，所以自然而然成了一笔糊涂账。

查理曼夫人并未查出任何异常，于是同意了宁灼和自己的合作，并在"九三〇"专案组里埋下了自己的暗桩。

一切准备就绪。她只需要了解本部武对自己儿子下手的动机。

她安排了厨师，在本部武的饭食里撒入了细细研磨的碎玻璃碴。

一想到自己的儿子已经死去，而他居然还能活着，过着逍遥自在的生活，查理曼夫人就恨得从心底里直往外冒血。从秋熬到了冬，这个爱子如命的母亲已经熬成了一匹双眼滴血的母狼。

一周前，她终于等到了"九三〇"专案组里的暗桩为她传回的影像。

——本部武越狱换脸，毒杀她儿子的动机，已经昭然若揭。

按理说，查理曼夫人应该察觉到，自己那个向来品行不端的儿子，把一个女孩囚禁起来，供她吃穿，是相当不符合他行事作风的。

这也是宁灼担心会出纰漏的地方。可查理曼夫人能容忍儿子这么多年，早就练就了一套自我劝慰的本事。

小金为什么没动那个孩子？

——很简单，他一定是爱着那个女孩的。

所以，本部武对那个女孩下手，要把她送去做"芭比娃娃"，触怒了小金。于是他将女孩义眼录下的录像公之于众，是出于对爱人受辱的报复。收留她，却不肯见她，是不希望她看到自己的脸，毕竟他的身份不能见光。

小金还是有善良的时候的，他被抓之前，还把她放出来，对她大概是真心的吧。

查到动机后，终于，在本部武点名要吃烤乳猪这天，查理曼夫人决定收网了。她派出刺杀型仿生人，伪装成厨师，和宁灼联手，将本部武活活吓出了监狱。

见宁灼愿意配合她玩苦肉计,她本来有心杀了宁灼,斩草除根。就像她刚从阿森手里拿到宁灼的联系方式,就安排人把阿森"送走"了一样。谁能想到一击不成,错过机会,查理曼夫人也不好再下手了。反正她也没有暴露自己的身份。

虽然经历了数十个日夜的煎熬,中间经历了少许波折,她还是成功地把这个杀人凶手拿捏到了掌心。

本部武双手抱头,眼睛因为遭受殴打,迅速高高地肿起来。他竭力睁大眼睛去看查理曼夫人,却只能勉强看到一个枯瘦得像棵病树的影子。他浑身疼得直颤抖:"你是谁?……你的儿子是谁?我不知道!"

查理曼夫人知道他不会承认,她对手下打了个手势。

手下会意,随着一声刺耳的惨叫,本部武的舌头掉在了地上。

"你当然说不知道,我也不指望你说实话。"查理曼夫人觉得眼眶发热,声声泣血,"我知道,就算把你交给白盾,你有你亲爱的爸爸撑腰,还有精神病史,也判不了多少年。那我儿子的命谁来还啊?"

本部武哪里还听得进去,他痛得昏死过去。

查理曼夫人丢下了止血药粉,让手下给他撒上。

"听说,你喜欢把女人改造成你想要的样子。"在等待本部武苏醒期间,她轻声细语,像是一条嘶嘶吐出芯子的毒蛇,"很好玩吗?我也想试试看。"

这一夜跌宕起伏的"剧情"实在太刺激,让白盾大跌眼镜。

有知情的人起初还在背后笑话林檎:办案就办案,非要带个记者去,连案子都没破,就想效仿查理曼成为公众人物?

毕竟在所有人眼里,这是再简单不过的一个"提审"。提审证明递上去,把人带出来问话,再把人送回去。顺利的话,一个小时就能结束。就这点破事,值得叫个记者?

他们都不提醒林檎,乐得看这个专案组小组长的笑话。还是提拔了他的艾勒副局长看不过去,提醒林檎:"叫记者干什么?什么都拍不到,只能白跑一趟。"

林檎说:"不带记者,他们会说本部武犯病了,让我回去。上次就是这样。"

艾勒副局长拍了拍桌子:"这不是有提审证明吗?"

"提审证明为什么开了这么久,您知道的。"他没有把话点明,可艾勒马上明白了过来,发出一声叹息。眼前的提审证明,是白盾高层足足吵了一个星期才开具出来的。

很多人并不想得罪本部武背后的势力,连牵扯都不想牵扯到他。可那个下毒的人明确地留下了本部武的犯人编号，无论如何他们都应该问一问本部武才行。反正就算是本部武干的，他也不会承认。到时候，整个白盾都会用那"坚如磐石"的安全系统帮他把不在场证明坐实。

艾勒心知肚明，林檎这一趟必然是一无所获，只好拍拍他的肩，以示宽慰。

谁能想到，这事情竟然办成了这样。他们还没和本部武碰上面，本部武就从原本应该防卫森严、固若金汤的第一监狱里出逃了，简直等于承认了罪责。

这下，白盾自上而下全部尴尬不已，他们有心替本部武"洗白"都洗不干净了。

白盾连夜开会后，没商量出怎么把本部武抓回来，倒先一致得出了一个结论：林檎不还是"九三〇"专案组的组长吗？让他继续负责处理这桩麻烦案子好了。他没根基，也没顾忌，得罪人的事情，交给他来干就行了。

这件事情，也的确是件麻烦事。由于高级监狱区的"特殊性"，全域没有设置任何摄像头，物证全无。想要取证，只能凭各色人等的一张嘴。人心不同，得到的证词自然各不相同。

多恩典狱长坚持说，本部武是自行逃出监狱的，他绝没有为本部武行过任何方便。

至于高级监狱区伪造的监控、管理的疏忽以及超规格的犯人待遇，多恩典狱长无可辩驳，干脆地表示，自己会在此事过后辞职谢罪。

本部武交往比较频繁的几个犯人被带走受审，然而，他们知道自己在监狱里享受了太多本不该享受的待遇，到时候拔出萝卜带出泥，谁也别想好。他们索性装聋作哑，一问三不知。好在，他们也的确不知道什么，酒肉朋友罢了。

朴队长因为率先跳出来用枪对准林檎，是板上钉钉的违法行为。作为出头鸟，他受到了最严重的处罚，被砍了手不说，马上被就近拉到了第一监狱前面的"低等"囚室关了起来。尽管他的行为是多恩授意的，可并没有任何直接证据，他只能哭着吃下这个哑巴亏。

至于那些狱警，看平日里耀武扬威的朴队长下场凄惨，自己人微言轻，更不敢跳出来义正词严地指证，一个个什么都说不出来。

INTEREST公司的凯南，则面带和善的微笑，一口气拍摄了大量监狱内部的素材。他当然没蠢到把这种事公之于众。

监狱里这些耽于享受的公子哥儿，虽说是人渣，可背后的势力之庞大，宛如一棵枝繁叶盛的巨树，盘根错节。他要一口气把这些人统统得罪完，恐怕连银槌市明天的太阳都看不见。

有新闻良知的人，还没等得及爬到他这个位置就都死了。但有了这些素材，拿住了这些有趣的把柄，他和白盾的合作，就有进一步深化的余地了。

监狱里的人个个不靠谱，调查只能向外延伸。

据悉，本部武曾中途更换过来保护自己的雇佣兵。之前换走的那一队，是因为"保护不力"被撤走的。他们从本部武入狱后就跟在他身边，应该知道他的动向。

林檎派人一查，发现狂风竟然已经被泰坦公司开除了。这也是情理中的事，一队雇佣兵，背上了"保护不力"的罪名，还能留吗？好在他们不难找，听说他们被开除后，最近正在黑市找活干。

林檎亲自找到了金虎。

谁能想到，金虎忙着手头上的活计，对林檎提出的一切问题，一味地摇头："不知道。"

做雇佣兵这行，"保密"是第一要务，除非花钱来买。

金虎也不敢不保密。他的前雇主背景极深厚，他虽然现在不指望着他们吃饭，却不敢怀有一丝一毫出卖他们情报的心思。

当林檎小心地提及宁灼，想知道他和他们合作期间发生的事情时，一个叫信的雇佣兵，还操着一口荒腔走板的话，替宁灼说了两句好话："他人很好，很尽责，本部武先生的一切事情他都照看得很到位。"

金虎瞧了信一眼，并没有否定他的说法。

金虎心里清楚，他被赶出监狱，是因祸得福。如果他还跟着本部武，恐怕"跟随本部武潜逃失踪"的雇佣兵就该变成自己了。他的确怀疑这事是宁灼做的。金虎记得自己临走时，宁灼语焉不详地对他说："走了好。"

这很可疑。不过，这又干他金虎什么事呢？现在他不用伺候人了，清苦了点，但至少不用点头哈腰了。

林檎返回监狱，细细盘点本部武留下的物品，竟搜到了监狱里唯一的一部监控，是本部武用来监控宁灼的。影像资料都还在。在监控里，宁灼表现得非常老实，像是压根儿没察觉自己被人监控的事实。

这些监控充分证明，宁灼私下里没有任何逾矩行为，无比忠实地执行了守卫的职责，没有私自联系外界，更没有谋划暗害本部武的迹象。

而且他居然还会每日整理内务，在高级监狱区里，他简直能称得上"模范犯人"。

看着屏幕里的宁灼，林檎没忍住，叹了口气。

宁灼本人的嘴相当严实。无论换谁来问，怎么问，他都是那一套说辞：他代人入狱，被本部武的手下找碴儿，又被本部武盯上，拉拢到身边做保镖，他顺水推舟，挣个外快，全程尽职尽责，无可指摘。

见从宁灼这里实在问不出什么，警察只好无奈地转向了单飞白。

没想到分开审讯，单飞白的说辞和宁灼一般无二，连细节都对得上。毕竟宁灼说的，除隐瞒的那一小部分内容外，全是事实。

单飞白声情并茂地着重讲述了自己用身体和半条命保护本部武的事情，并强烈请求警官赶快把本部武先生找回来。单飞白委屈地表示："我这种英勇行为应该得到本部武先生的嘉奖啊，他怎么跑了，真没意思。"

最麻烦的是，消息严密地封锁了几天，还是被人传到了泰坦公司CTO、本部武的父亲本部亮耳里。他马上赶到了现场。本部亮和儿子一样，都是不威武的小个子、单眼皮，只是比本部武的五官精致些。

本部亮默不作声地在儿子华丽的、却空荡荡的囚室里踱了两圈，走到门口，看向还没卸任的多恩典狱长。他说："这是你们监狱的问题，不要推到我儿子身上。如果不是你们失职，我儿子是怎么消失的？"

事关白盾的名誉，多恩典狱长知道孰轻孰重，绝不能承认是监狱管理不善的问题。他并不接这话，冷静地低声回敬道："本部武现在是失联状态，他极有可能联系您。您如果知道他的下落，请尽快联系我们，最好不要隐瞒。"

本部亮闻言心乱如麻，表面上强作镇定，冷哼一声，拂袖而去。小武不找回来，这事绝没有完！

在外界一片混乱，各个心怀鬼胎时，宁灼安心坐牢，低头算账。

查理曼先生想要买本部武的命，共计一百二十万。任务完成。

查理曼夫人想要他把本部武骗出去，为此一次性支付了二百万。任务完成。

本部武委托宁灼保护他的人身安全，范围仅限监狱，总价六十六万。任务完成。

他顺手敲了林檎五万，替他镇一夜场子，把多恩的那点小心思给压了回去。任务完成。

多恩典狱长塞了自己十万，因为宁灼他们不属于任何一个阵营，需要用钱来买他的忠诚，要他闭紧嘴巴。任务完成。

宁灼想了想，把照顾单飞白的那一晚上也算了进去。落笔时，他又莫名觉得，就数这两万块他挣得最别扭。

宁灼认为他完美地完成了任务，不过有些人也有异议，比如查理曼先生。

此时，白盾派来的人正忙着没收违禁物品，一车一车地往外拉。

宁灼的通信器相比之下实在过于普通，而且他只有这一样物品，还藏匿得不错，压根儿没被发现。

查理曼主动打来了通信，开门见山地说道："听说他消失了？"

"嗯。"宁灼说，"会有人处理他的。"

不过现在应该还没死，本部武还要在那个活地狱里苟活一段时间……大概。

查理曼的语气并不是十分的信任："我怎么能确定他真的死了？"

"他这样消失，是最好的结局。不会影响任何人，除了他自己。"宁灼反问道，"您是希望他的尸体公之于众呢，还是希望他就这么消失在银槌市？"

查理曼沉默片刻，不继续对话："这是我们最后一次通话。"随后，他主动挂断了通信。

单飞白在一旁晃着脚，问道："客户满意度调查怎么样？"

宁灼答："不敢不满意。"

说完，宁灼又打了个电话给唐凯唱，开口就问："看见了吗？"

留守海娜的唐凯唱听到宁灼这样问自己，有些迷茫："看见什么了？"

宁灼说道："本部武失踪的消息。"

唐凯唱眨眨眼睛，困惑道："啊？"

唐凯唱对本部武这个"生父"是真的不在乎，也不了解。他对自己的身世全然是糊涂的，和本部武见面，也是他幼年时的事了，他连本部武的长相都不记得了。

在宁灼的提示下，他检索了本部武这个名字，发现网络上还是几年前本部武获罪入狱的信息，就含混地应了声"没"。相比之下，他有更在乎的事情。

"宁哥，你什么时候回来？"他小声问，"我想吃好吃的。傅老大擀的面条没你的好吃。"

宁灼冷淡地回道："等着。"

"啊。"唐凯唱小动物一样垂头丧气，"我想宁哥了。"

宁灼垂下了眼睛，说道："很快。"

收线后，单飞白托腮问道："说起来，为什么唐小姐要给他起名叫唐凯唱呢？"

宁灼简短地道："不知道。"

单飞白嘀咕了一阵，若有所思："凯唱……凯……凯旋。"

回家去，一路走。不要难过，要一路唱着胜利的歌。

## 第十一章 暗巷

UNRULY RIVAL

单飞白不知道从哪里摸了根棒棒糖出来。他咬在嘴里,雪白的糖棍就直直地从他的嘴里探出来。单飞白的牙齿不安分,糖棍被他咬得一翘一翘的。

宁灼问道:"从哪儿弄的?"

单飞白理直气壮地说道:"偷的。你去陪林檎,我没什么事做,就帮你找找糖。"他的语气很快带了些夸耀和讨赏的意味,"我是不是有先见之明?现在外面连地缝都搜得锃光瓦亮,不剩下什么了。你要是再犯低血糖,就放心大胆地往我身上倒。那些人买的都是好糖,没有不好吃的。"说着,单飞白拍拍自己的腰间,"我就吃一个。其他的都是你的。"

宁灼想象着他边走边往身上揣糖果的情景,垂下眼睛来,把软化了一点的目光用睫毛压住,惯常地给他泼冷水:"明天就全化了。"

他知道单飞白的体温高。

单飞白笑了。

他眯着眼睛笑的时候,神采飞扬:"化了也不怕,吃软糖。"

宁灼闻言抬起头来,眼神冷如冰。

单飞白叹了口气,垂下眼苦笑道:真高冷啊,还好他够火热。

笑过闹过,单飞白抬手拍了拍他的大腿,摆出了要和他谈谈的架势。

宁灼看着他的眼睛,猜到他有话要说,也将身体倾向了他。

属于本部武的监控刚刚被拆除,新的监控在忙乱中还没来得及装上。他们能够在监狱里自由交谈的时间还有,但不多了。

于是单飞白开门见山地说道:"宁哥,这些钱你挣得很危险。"

宁灼沉默不语。

单飞白总结道:"这次你是亲自出手,哪怕做得再漂亮,也已经在他们那里挂上号了。查理曼喜欢卸磨杀驴，不可能愿意有个活人捏着他这么大的把柄……宁哥，你别瞪我，我就是打个比方，没说你是驴。那位夫人呢？你了解她吗，她的性情稳定吗？要是她复仇成功，跑回去和她老公一对口供，你在这对亡命鸳鸯眼里，最轻也是个两头吃两头骗的诈骗犯。本部亮也不是吃素的，他稍微打听一下就能知道，本部武没出事前和你走得最近，还特地监控了你。他也是一个麻烦。还有那个什么警察先生——"

单飞白阴阳怪气地拖长话音之余，瞟向了宁灼。

宁灼看着他，他不信单飞白会突然失忆。单飞白明明刚才还能完整地叫出林檎的名字。宁灼帮他补上了名字："林檎。"

单飞白的话锋一转："好脾气的林檎先生……和你什么关系啊？"

宁灼隐约猜到了单飞白在计较什么。他径直照着他的痛脚踩了下去："同龄人。比你早来个几年，和我的交情多个几年。就这么个关系。"

单飞白一愣："你气我是吧？"

宁灼冷淡地看着他："气着你了？"

单飞白又哀怨又直白地道："气死我了。"不过他很快调整好了状态，完全不知道他刚才是不是故作夸张地逗弄宁灼，"林——大警官看起来不傻，他已经怀疑你了。"

宁灼不语。

单飞白看着他的反应，了然地点点头："这些宁哥都知道。"

"做之前就能想到。"宁灼冷淡地说道，"只不过有些事情非做不可。"

单飞白追问道："为什么这么着急？"

宁灼闭上眼睛，说道："因为机会难得。一旦开始，就不能停。"

这是实话。能把银椹市掀得天翻地覆的机会，他等了很多年。对在幻象里生存的宁灼而言，每天早上睁开眼睛都需要莫大的勇气。

那把从他十三岁起就点燃在他灵魂里的漫天大火，灼烧了他多年。

幸亏他命硬，这么多年还没成灰烬。

要不是横空杀出一个单飞白，分散了他诸多精力，宁灼或许真的会死于枯燥的等待。

这么多年，他和单飞白都没能做个了断。到底有几分心思是想靠他维生，宁灼算不清。

单飞白深深地叹了一口气。

宁灼冷冷地睁开眼睛："你要劝我？"

"为什么要劝你?"单飞白用恨铁不成钢的语气说,"我是嫌你笨!"

宁灼以为自己听错了。

单飞白认真地说道:"我说了这么多,你不明白我的意思……我的意思是,他们盯上了你,你下一步的计划不好执行的话,我随时可以顶上。"

"交给我吧,不用有负担。"单飞白弯起眼睛,"我很好利用的,也很喜欢捣乱。"

宁灼疑惑地问道:"你怎么知道我还有下一步计划?"

单飞白理所当然地说道:"因为你说了啊,不能停。不能停的意思,不就是还有下一件要做的事吗?"

沉默。长久的沉默过后,宁灼叫了他的全名:"单飞白,为什么?"

单飞白好奇地抬起一边眉毛。

旁人做这个动作,极容易不协调。单飞白仗着骨相好,皮相更好,眉毛挑起,不仅不怪异,还带有一股理应如此的风流倜傥。

宁灼问他:"为什么要做雇佣兵?我记得我叫你去念书。"

"我念书了啊。"单飞白吊儿郎当地笑道,"捅你一刀那年,我大学都读了两年啦。这些年半工半读,该拿的学历一样没少……哦,你炸了我一身弹片那次,我还延考了呢。"

单飞白东拉西扯,却没回答那个最核心的问题。

宁灼重新问了一遍:"为什么做雇佣兵?"对他而言,绝对算是自甘堕落。

"为什么啊——"单飞白又拖长了声音,是宁灼平时最烦的撒娇的语气,落在耳朵里,却不反感,"小时候遇见了你,我看着你的眼睛,总在想,宁哥那么骄傲,你眼里的世界是什么样呢?和我看到的世界有什么不同吗?"

宁灼不禁好奇地问道:"看到了吗?是什么样子的?"

单飞白并没有正面作答。他爬到了和宁灼一样的位置,可他眼里看到的并不是什么灿烂又热闹的新世界。

被他看进眼里的,始终只有一个,宁灼。骄傲的、不可亲近的、又意外地心软的宁灼。

宁灼一直是老样子,没有变,变的是他单飞白。

眼看单飞白不肯说实话,宁灼当然也没有把自己心中早有雏形的计划告诉他,只简略地说道:"我要做的事情有可能害死你。"

单飞白扬起眉毛,心里涌起一点难言的沮丧,"所以不让我参与吗?"

"没有,需要多问你一句罢了。"宁灼单手搭在桌边,轻声问道,"……你愿意和我一起死吗?"

既然是共犯，就注定要同生共死了。

闻言，一阵热潮涌上了单飞白的脸颊，让他眼下的电子横纹一阵失序地闪烁。

宁灼嘲笑他："怎么，怕了？"

单飞白抬手按了按自己的胸口，好让那震耳欲聋的心跳声被压在掌下："死了埋在一起吗？"

"谁知道。"宁灼耸耸肩，"死无全尸倒是有可能。"

单飞白点点头，嘴角的笑意都要压不住了。他心情大好，便没有纠正宁灼言语的漏洞：从前，他答应过自己的，死也要死在自己手上。

步步试探间，空气隐约有些升温。

宁灼摩挲着莫名发热的左手关节，心想，暖气开得太足了。

打破了这样好的气氛的，是外面狱警的呼喝声："放饭啦——"

本部武的出逃，将高级监狱区原本的内部平衡和诸多约定俗成的规矩骤然打破了。

发生了这样的恶性事件，白盾上层再想装聋作哑也不能够了。本部武出逃的第三天，高级监狱区的饭食就彻底回归了监狱的平均水准，也不再由狱警毕恭毕敬地送到每间监牢，需要他们到公共食堂排队领饭。

听说再过一周，他们还要被安排去踩缝纫机，过惯了苦日子的宁灼对此毫不在意。单飞白娇气，挑食不假，可这些日子每天一杯的胡萝卜汁灌得他生无可恋。如今骤然停掉，他连吃饭都有了胃口。

真正苦不堪言的，是那些吃惯了好饭好酒的犯人。他们用各种粗野的语言，咒骂本部武贪图快活，害得他们的好日子到了头。

这些天下来，刑期还有三四年的犯人都长吁短叹，更别提那些被判了十年二十年的犯人，好几个犯人的情绪崩溃了，哭天抢地，说让他们熬这样的苦日子，还不如枪毙来得痛快。

高级监狱区的混乱自然也牵动了外面的世界。宁灼他们尚不知道监狱外，银槌市上城区由此而生的暗涌。

他们只需要在旁边看戏就行。再过一周，他们拘役期满，就可以出狱了。

另一边，查理曼也算了结了一桩心事——了结得不大干净，因为并没能亲眼见到本部武的尸体，总不大踏实。但他的目的确实达到了。

现在，水彻底被搅浑，所有人被这个突如其来的大旋涡搅弄得晕头转向，没有人再有心力去盘问他枪击拉斯金的真实原因。

闹出一件更大的事来掩盖自己的丑闻，尽管冒险，就结果而言，还是相当划算的。

查理曼的心情好了许多，也终于有心情回家瞧一瞧了。

查理曼到家时，迎接他的只有管家。他四下张望了一圈，问道："夫人不在家？"

管家恭顺地回答："是。"

得到这个消息，查理曼的心神越发松弛。

这数十个提心吊胆的日夜里，他几乎没有一天回家。

一方面，他要接受调查，不和家人接触，是不希望牵扯到自家夫人，以免把她也拉下水。毕竟一旦细查下来，她也不干净。

另一方面，是查理曼无法面对妻子的眼睛。

查理曼清楚，小金中了那种烈性毒药，神仙也救不回小金的命。他开的那一枪，纯属被逼无奈。可他至今回想起来，都觉得胸口一抽一抽的，疼痛不已，更别说他那爱子如命的妻子了。

她不在家，总算是避免了相见的尴尬和伤痛。

接过查理曼脱下的西服时，老管家的手掌微屈了一下，牵扯到了骨头，隐隐作痛。他毕竟不是年轻人了，吃了宁灼那一刀，治疗得再精心，痊愈效果也不如年轻人好。天气一潮，他的骨缝就冷飕飕的。

老管家养尊处优了半辈子，早活过了银槌市人的平均年龄五十二岁，正是功成身退、安享晚年的时候，手却被戳了这么大个窟窿。恐怕这点伤要一直伴随着他，直到他进棺材了。他嘴上不敢说什么，心里已经深深根上了宁灼。

查理曼抿着蜜茶说道："姓宁的这活干得挺漂亮。"

老管家不轻不重地"哼"了一声，语调掌握得恰到好处，可以理解成附和，也可以理解为不屑。

查理曼察觉这蜜的品质不太好，咂了一下嘴，不太满意地放下了杯子。在咂嘴之余，他突然提起了一个话题："听说海娜的老大姓傅。叫傅什么？"

管家思索一番，说道："不知道。的确是没听人说起过他的全名。"

话音落下，管家这才反应过来，心中一喜。

——查理曼先生这是要出手收拾宁灼了！

果然，查理曼又道："也就是说，外面只知道宁灼，不知道姓傅的。"他慢悠悠地抛出了一个问题，"这姓傅的心里，难道就没点想法？"

深夜时分，金雪深翻来覆去，无论如何也睡不着。他是管钱的，这些来历不明的钱他拿着烫手。可想也知道,他如果去找傅老大,傅老大会说些什么。

"哎呀,宁宁是成年人了嘛。孩子大了,管不住了。"

金雪深感到十分无奈。

之前宁灼还没满二十岁的时候,他跑去找傅老大告状,傅老大会慢悠悠地说:"哎呀,他还是孩子嘛。"

满二十岁就又是管不住了?怎么就光护着他啊!就他招人疼!

金雪深烦得躺不住,翻身坐起来,决定出去运动一番,发泄发泄。可连射了十几箭,他的胸襟也未见开阔,反倒越发郁闷。他扔了弓箭,困兽一样在走廊里游荡。

傅老大不能见,他又不能去海娜的自己人面前诉苦。他是海娜的三把手,决不能动摇军心。何况那些人崇拜宁灼,自己说什么都不顶用。

想着想着,金雪深不知不觉地就来到了于是非的房门前。他犹豫了一番,抬手就粗暴地敲起门来。金雪深觉得自己找于是非也有理,单飞白和宁灼合伙在外面搞事,磐桥的二把手也该负责!怎么能就他一个人睡不着?

面对这样的深夜骚扰,于是非表情平静地拉开了房门。

金雪深气冲冲地刚要张口,可等视线一落到于是非身上,所有的话都噎了回去。他没穿衣服。金雪深捂住眼睛,声音先低了三分:"你做什么?"

于是非坦然相对,自然有一番道理:"我听出来你很着急。"

金雪深走也不是,留也不是,随手摸了自己的外套扔过去:"穿上!"

于是非将那团还带薄汗的外套抱在怀里,平静地说:"我不是异性。"

金雪深喝道:"废什么话!穿好了!"

一通忙乱后,金雪深气呼呼地和于是非面对面地坐下了。

金雪深不愿对于是非过度坦诚,只简单描述了他们当前异常的财务情况。最后,他问于是非:"你说他们两个能干什么去?"

于是非盘腿而坐,表情很平和,并不着急:"我们老大经常这样离开,虽然这次久了点,但不需要太着急。"

金雪深发现这也是个不操心的主儿,觉得更加头疼了,说道:"你们不关心他去哪儿?"

于是非点了点头:"关心。"他举起手,比了个手势,"就像你很关心你们老大一样。只是我们都是成年人了,不会睡不着觉。"

金雪深霍然起身,闹了个大红脸:"谁关心他了?你看我哪句话像是关心他?笑话!"

于是非眨眨眼睛,觉得金雪深是言不由衷。他是仿生人,摸索和不同人类的交往方式,是他的日常必修课程之一。他觉得金雪深这个人格外有意思,并不想马上把金雪深气走,于是主动转移了话题:"飞白一向愿意去挣钱。"

"看出来了。"金雪深冷笑道,"什么钱都肯挣。"

于是非认真地点头道:"他很喜欢钱。"

金雪深嗤笑一声:"那他滚回去继承家产不就行了?"

谁能想到,于是非说:"那不够。"

金雪深吸了一口气,抬起了眼睛。

和以单飞白为首的磐桥斗了这么多年,他永远不能信任对方,于是问道:"他要那么多钱干什么?"

于是非边思索边说:"他倒是跟我提过一两句……"

于是非回忆起了那个遥远的午后。

单飞白穿着一身蓝色相间的水手衫,一条鲜艳的红色发带将他的头发全部向后拢去,露出干净的额头。他满身的少年意气几乎要溢出来,看上去像是个在学校篮球队里最受女生们欢迎的主力成员。

单飞白正盯着一张卡看。

于是非问他:"在看什么?"

单飞白含着一颗奶糖,含混不清地答:"我的钱。"

这个市侩的答案和他年轻干净的外貌并不相符。

于是非好奇地问道:"有多少?"

单飞白用舌尖把奶糖拨到一边去,把另一侧脸颊撑得鼓鼓囊囊,贴着他的耳朵说了个数字。

于是非毫不动心:"那很多啊。"

他们这些年靠着玩命玩心计,外加和宁灼作对,着实挣了不少钱,发展的速度比单家败落的速度还快。

单飞白二十多岁,没有恶习,除了练枪、玩枪没有什么爱好,身家已经比得上许多上城区的资深富豪。

单飞白用卡轻轻敲击掌心,自言自语地说:"就这么点,怎么够啊。"

于是非问他:"你要做什么?"

单飞白笑道:"不能告诉你呀。"

见从于是非口里问不出什么,金雪深耸耸肩,刚要说话,就见于是非将脸朝向了门口,微微蹙起眉来。

金雪深问道:"怎么了?"

"外面的电梯在运行。"于是非说,"这么晚了,是谁?"

金雪深暗暗吃惊:"你是狗耳朵吗?"

于是非诚恳地建议:"我的传感器很好,是最新款的。你要不要换一套试一试?"说着,他将手掌贴上了金雪深的小腹,"我听你的机器好像有一些老了。"他的手没温度,抵在金雪深热腾腾的小腹上,害金雪深平白被激出了一身鸡皮疙瘩。

于是非口气严肃,金雪深只好双手扳住膝盖,正襟危坐,目不斜视,但是腹部微微收缩着,有点抵抗的意思。

于是非感觉出来了他的窘迫——尽管原因不明。于是于是非挪开了手,问道:"什么人来了?"

金雪深不动声色地松了口气,下了地,拉开门向外张望一番,做出了判断:"是客人。电梯停在一层了。"

于是非有点疑惑:"这种时候还有客人?"

金雪深略有不满:"你怎么总想刺探我们的事情?"

于是非无辜地说道:"我没有。我只想刺探你。"

"你——"金雪深无话可说,觉得自己似乎是被这个狡猾的仿生人戏弄了。他猛然起身,"我走了。"

于是非有点失望:"这就走了?"于是非的失望更让金雪深无所适从。他就不该来这里!

金雪深踏出于是非的房间时,觉得更加烦躁了。他烦躁地拉了拉领口,往前大步走了几步,又想到了什么,折回身,又粗暴地敲响了房门。

门以同样的速度打开了。

金雪深不看于是非,怒喝道:"下次见人给我穿衣裳!"抛下这句话,他避开于是非的目光,转身就走。

于是非的目光落在金雪深的后背上,饶有兴趣。直到金雪深的身影在走廊尽头消失,他才把目光投到了电梯上。现在接待客人的,会是谁呢?

接待那个神秘的深夜访客的,是好脾气的傅老大。

查理曼的老管家假意四下张望,一双眼睛却始终钉在傅老大身上,没有离开。

一番评估后,老管家谈不上放心不放心。

傅老大身上满是居家气息,没有宁灼那种沾过血的锋锐戾气,他的眼神也相当温和，相处起来没有那种叫人头皮发麻的感觉——老管家是真的被宁灼的喜怒无常吓到了。

他的确长得一副不中用的样子，通身的气质绵软又好拿捏。

在老管家的打量下，傅老大粲然一笑，让人感到亲切："您有什么事情要委托给我们海娜吗？"

老管家抓到了傅老大话里的漏洞，身体向后靠去，说出了他的开场白："听说海娜和磐桥合并了，现在看起来，是海娜占了先啊。"

傅老大一愣，很快明白过来，自己只报了海娜的名号。他"哎哟"了一声："抱歉抱歉，我还不大习惯呢。"

"习惯可不好。"老管家温和地道，"习惯容易成自然。人要是习惯了，就麻木了。比如说……您姓傅吗？"

傅老大看起来毫无心机，老实地点了点头："是的。"

老管家似乎完全站在了他的立场上，遗憾地叹了一口气："人都知道，海娜的首领是宁灼，磐桥的首领是单飞白，谁还知道您呢？"

"看您这话说的。"傅老大微笑着道，"不知道就不知道呗。我都这把年纪了，跟年轻人耗不起啊。"

不等老管家再旁敲侧击地劝说，傅老大爽快地说道："我这人吧，反应比较慢，您不如把话说明白，不要跟我打机锋，我接不住啊。"

老管家品着咖啡，从热气氤氲的杯口看向他，在判断他究竟是真心实意，还是虚与委蛇。姓傅的说他老了，可老管家明明看他还年轻。他这样的皮相，二十岁的时候像三十来岁，四十来岁的时候还像三十来岁。

人活着，哪有不想要权的？有了权，什么就都有了。钱、车、房、女人，一切。

姓傅的非要在他面前装模作样，他就索性把话挑明。最差的结果，无非是被赶走。

老管家放低了声音："您是爽快人，那我也爽快一把。"

傅老大摘下了眼镜，自然地凑近了他："您说。"

老管家张大了嘴巴，嘴唇微颤，神情逐渐变得痛苦万分，却一句话也说不出来。

"说啊。"傅老大嘴里咬着一块染血的刀片，冲着老管家灿烂地笑了，他把手撑在腮边，"您要说什么来着？"

谁也不知道他为什么会藏着这种东西，老管家也没能看清楚他是怎么割断自己的喉咙的。他的刀太快了，老管家脖子上的血还没来得及流出。

老管家扶着桌子，哆哆嗦嗦地想站起来，却被傅老大一把按住了头，脖子被迫低了下去。老管家骇得浑身僵硬，口腔被舌头堵住，一点声音都发不出来。

"别乱动，别弄脏了衣服。"傅老大从旁边拖过一个垃圾桶，贴心地挪到老管家开始流血的脖颈下面。他的手法精妙，完美地控制了血液的流向。鲜血一滴不漏，全部流入了垃圾桶。

傅老大的态度一如既往地温和："我替你说。你觉得我还年轻，宁灼在我头上，我会不甘心是不是？"他"啧"了一声，"我们自家人的事，用得着你来管啊。你知不知道我花了多大的力气才过上正常生活，你跑来破坏我的好日子，真是狗拿耗子。"

傅老大侧身坐在桌子上，礼貌地致了谢："哦，对了，我家宁宁，承蒙你家查理曼先生的照顾。"

老管家闻言肩膀一阵颤抖，那是他死前最后的挣扎。很快，他不动了。傅老大拉起他已经垂下的手，做出一个告别的手势，同时轻声配音："拜拜——"

紧接着，傅老大拉起那只手，熟练地把老管家剥了个精光。十分钟后，一个身上裹着厚实西服的人，端着一杯咖啡走了出去。

老管家来时做贼心虚，把自己从头到脚武装了起来。傅老大学他的步子学得惟妙惟肖，就连他不肯用伤手端咖啡杯的细节都学得十分到位。他上了车，清点了一下老管家带来的现金。才两百万，没眼光！宁灼在他们眼里才值这些钱？

傅老大抬起手，右手戴着复制了老管家指纹的薄手套。他成功地启动了这辆车，目的明确地在银槌市的大街小巷穿行。

在一处高清摄像头下，傅老大花老管家的钱，购买了一瓶昂贵的红酒。他边开边喝，渐渐将车驶出了监控范围，来到了下城区的海港区。

老管家的车子外观虽说低调，可在下城区开车，本来就是件极扎眼的事。车又刻意被傅老大开得歪歪扭扭，着实吸引人的注意力。

留下了充足的人证后，傅老大喝了最后一口红酒，随即一脚油门，驾驶着车子，冲下了一处十来米高的悬崖。

下面是海。

面对着扑面而来的咸湿的海风，傅老大在车子坠落前，已经轻捷如豹地跃出了驾驶座的车窗。

车辆巨大的落水声，掩盖了另一个物体的入水声。他的动作那样娴熟，仿佛一切都被排演了无数遍。

外界的风起云涌，也隐隐波及了宁灼。如单飞白所说，他的确被很多双眼睛盯上了。

审讯室里，宁灼的对面坐着林檎。

他们在互相审视。

在林檎的眼里，即使是放松的情况下，宁灼的脸色仍然是苍白中带着点倔强，和他记忆里那个少年一样，是一团静静燃烧的野火，随时预备着燎原。

林檎刚要张口，宁灼就毫不客气地问："带了什么东西？"

林檎失笑道："嗯……带了一点水果，过会儿狱警核验了后会送到你的囚室里去。"

宁灼说道："挺好。你既然有事来麻烦我，我也就不谢你了。"

林檎双手交握在身前："再和我说说你跟着本部武工作这段时间发生的事吧。"

宁灼也不推辞，只是淡淡地道："又来？"

这已经是林檎第四次让他谈论这件事了。

"整个第一监狱里，最愿意配合我的也只有你了。"林檎用单手撑住下巴，无奈地说道，"再配合我一次吧，尽量给我一些新的东西。"

宁灼漫不经心地又讲了一遍，这次的重点放在了本部武的骄奢淫逸上。他一边回忆，一边面无表情地想，现在本部武大概还活着吧。

是的，如今技术那么发达，他想死也难。不过，宁灼描述的这些纸醉金迷的美好生活，已经和本部武没有半分关系了。他午夜梦回的时候，会怀念这段纵情声色的监狱时光吗？

林檎的眉心微皱，一副认真聆听的模样。他每次都要求宁灼提供不同的证词，而且从不质疑，一概采纳，看起来对宁灼百分之百的信任。

但即使如此，人围绕着同一空间内发生的事件的叙述，往往会互相映照。这是最容易抓到漏洞的时候。

然而，宁灼的叙述，和前几次的细节都对应上了，一丝不差。

林檎舒了一口气，他非常愿意相信宁灼是清白的。他期盼着宁灼能安心赚钱、好好活着，最好不要牵涉银槌市高层的斗争。

以宁灼的性格，他绝不肯接受高层的腐蚀，所以如果牵涉进来，他唯一的下场，就只有死。

林檎旋上钢笔帽，轻声说："好了。谢谢你。"

宁灼摆摆手，问道："调查得怎么样了？"

林檎摇摇头："没什么进展。"

宁灼又问："监控没用？"

林檎答:"第一监狱后面有一块监控真空带。"

宁灼说道:"查一下那段时间进出过这片真空带的车辆不就行了?大半夜的,特地跑到监狱外蹲点的车辆不多。"

"查了。"林檎低头把玩着钢笔,"对方很大胆。前后来过两拨人,一拨人来接了豹爪,一拨人来接本部武,经查都是黑车。车子是从没有监控的下城区开出来的,目的地也都是下城区……"

监狱方阻挠他们太久,等到他们确认本部武"逃狱"时,那些车早就消失在茫茫人海里,他们连拦截都无从拦起。

宁灼心想,查理曼夫人倒是很认真地执行了他的指示。他又问:"拉斯金行刑前一天,本部武出去过吗?"

"监狱方和金虎都不肯承认。但他们都是利益相关方,证词不可信。"

他并没有告诉宁灼,在九月二十九日晚十一点,的确有一辆没有牌照的车来过第一监狱附近,停留了一段时间,又离开了。

时间对得上。宁灼点点头。开车的人是自己,车子事后被他处理了。他那时有心算计本部武,特地选在那天去监狱附近兜了一圈,顺便接走了下毒归来的薛副教授。

到目前为止,还算顺利。

宁灼一脚蹬住桌子,将自己的身体后移:"林大警官还有什么事情吗?"

"没有了。"林檎规规矩矩地将钢笔摆在手边,由衷地感叹了一句,"不是你就好。"

本来打算回去的宁灼停住了动作,注视着林檎。

林檎也马上意识到了自己的失言,忙摆了摆手:"例行公事而已。调查结果没正式出来前,所有人我们都会调查——"

但宁灼在意的并不是这一点。

"什么叫不是我就好?"宁灼的脸色彻底冷了下来,"凭什么是我就不行?"

林檎一愣,他知道宁灼不是在和他咬文嚼字。

林檎从没能调查到宁灼的真实信息和档案。他仿佛一株凭空从下城区生长起来的野生植物,烈火、劲风,把他锻造成了如今的模样。

但宁灼必然是和白盾有过节的。从自己考上白盾时,他果断和自己分道扬镳,就可窥见一二了。

林檎无法述说自己考上白盾的用意,也不知道白盾和宁灼究竟有怎样的过节。

对宁灼这个雇佣兵来说,白盾是一台太庞大、太可怕的机器。

林檎无法想象,宁灼要怎样报复,才能在不粉身碎骨的情况下,动摇白盾的根基。他只好劝道:"宁,我知道你和白盾有些过不去的地方。我也不想劝你放下,可是仇恨真的太累人——"

"我不和你说这个。"宁灼打断了他,"我当初不留你在海娜,就是因为你和我根本不是同一类人。"

"你不爱听,我还是要说。"林檎放柔了声调,"你的身体不好,别太为难自己,心放宽一点,对你自己也是好事……我希望你走正路。"

"正路?"宁灼嗤笑一声,转换了话题,"说起这个'正路',我倒是听说了一件有趣的事情。"他双手交叉,抵在下巴上,尖锐地道,"那位凯南先生,是你父亲林青卓过去的同事,不知道你知不知道他的底细呢?"

林檎闻言,肩膀不受控制地一抖。

"还是说,你觉得和他合作,走查理曼上升的那条路,就是所谓的正路?"

林檎伸手握紧了钢笔,连指尖都开始发抖。宁灼站起来,绕到他的身旁,轻轻拍了拍他那疤痕遍布的脸蛋。

他就是这样的人,管人家是好心还是恶意,只要自己痛了,让他痛的人也别想好过。宁灼冷声低语:"心放宽?只要你能做到,我也能啊。"

离开审讯室后,林檎独自一人,走在狭长闷热的监狱走廊上。他的视线像是蒙了薄薄的雾,眼前的道路,越走越暗,好像走入了一条雨夜的街道,雾茫茫的,看不到头。

最近,他频繁地想起了父亲。

不,准确来说,那个被林檎珍藏在记忆角落的青年男人林青卓,并不是他的生父。

幼年的林檎是在中城区的一处垃圾桶里,用微弱的哭声,吸引了下班回家的林青卓的注意。

那段时间,刮起过"弃婴潮"。下城区的贫困人家做不起避孕措施,孩子生下来,养不起,索性赌一赌,把出生不久的孩子扔到中城区,盼着有钱有闲的人能收养自家的孩子。真冻死了,也少受了十几年的苦。总体来说,还划得来。

林檎算是比较幸运的一个,在那个冷得能冻死人的雨夜,遇到了他的神。

林青卓给他起名林嘉运,乳名"小苹果"。

林青卓住在中城区,是白盾的特约作家,名头好听,身份也有,可实实在在没什么钱。

长大一点的林檎问林青卓:"爸爸,为什么要叫我小苹果啊?"

"那天我好不容易下了点狠心,买了点苹果回来,想尝口新鲜的,后来看你饿得直哭,奶粉又要预购,实在没办法,就打了苹果泥给你吃。"林青卓说,"我一边盯着机器一边心疼啊,都想跟你一人一半分着吃了,可后来想想,怕不够,就算了。"说完,他就把自己逗笑了,"我是不是挺馋的?"

话虽如此,林青卓从来没有亏待过林檎。他在有些事上格外节俭,比如自己的一日三餐,能对付就对付,白水泡饭就能把自己喂饱。但在有些事上,比如林檎的衣食住行,比如买书,比如买茶,他是非常大方的。他说:"我这样的人啊,一点都不务实,不是过日子的料,这辈子是很难找到对象了。得,老天爷送给我一个儿子,一步到位了。"

林檎觉得父亲是全天下最好的父亲,也知道他绝对是个不解风情的男人。

同事给他介绍对象,他直接带着林檎去了相亲宴,表示,我家儿子没吃晚饭呢,大家一起吃一顿挺好的。

有了自己这么一个来历不明的小儿子,他的桃花运被彻底断送。

好在林檎没有辜负父亲的期望。从小学开始,他就牢牢锁定在了第一的位置。

他长成了所有人都会喜欢的样子。漂亮、高挑,英气勃发,成绩出色,心似骄阳,是最显眼、最明亮的少年。

但林檎其实是个野心不大的人,他的一切努力,都是为了能让爸爸开心。

爸爸对他太好了,他没有什么可报答的,可他急着要做些什么,只好逼着自己变得明亮耀眼,能多让父亲感到一丝荣光、一点喜悦,他就很满足了。

林青卓喜欢用钢笔写字,他跟着林青卓学,练成了一手精致的小楷。

在生活上,林青卓是很有品位的。他自己倒腾出了一种特殊的墨水,一瓶瓶摆在那里,散发着各种各样花的芬芳。

研制完毕后,林青卓会献宝一样地邀请他的儿子,让他来猜测这墨水里的香味分别源自哪一种花。

林檎仰着头,望着林青卓,知道自己猜错也没有关系,顶多会被刮一刮鼻子,并收获一本最新的植物图鉴和一沓植物香片。

在环绕身边、四季一样动人的芬芳里,他觉得这样的好日子似乎永远也过不完。

可是,在他十四岁时,他原本平稳安宁的生活出现了裂缝。

有一天,爸爸回家的时候,嘴角破裂,眼角也青了一块。林檎忙不迭地给他装好冰袋,问他出了什么事。

林青卓知道他的儿子早熟,有事也愿意同林檎商量。他说:"这个啊,不要紧,我今天参加了一场演讲,演讲到一半就被一帮雇佣兵流氓强行驱散了,我挨了两巴掌。"

林檎问他:"什么演讲?"

林青卓答:"最近有家叫派克的数据公司对公民隐私权的渗透越来越过分了,我呼吁大家做好隐私防护。"

林檎隐隐觉得不安:"这样的演讲,不至于强行驱散吧?"

"我最近正在调查这件事,从可靠的渠道取得了一些数据,写了一篇社论,但是INTEREST公司不肯用,给我打回来了。"林青卓耸耸肩,倒也不在意,"我大概是被派克公司盯上了吧。"

林檎没听说过这家派克公司,但既然能动用雇佣兵,想必不是好惹的。林檎有心想劝林青卓,避其锋芒,不要硬碰硬。但林青卓的个性就是如此。在生活里,他嬉笑怒骂,百无禁忌。在他钟爱的文字行业里,他就是天生的硬骨头。

林檎动了动嘴唇,只克制地给出了提示:"万事小心。"

林青卓觉得才十四岁就老气横秋的儿子很好笑,伸手揉了揉他的头:"小毛头教训起爸爸来了!"

林檎腼腆地笑了起来,同时悄悄把一把异常锋利的小剪刀放进爸爸随身携带的包里。这不算管制刀具。面对袭击,掏出来防卫还算顺手,而且事后好判定为正当防卫。

替父亲打算周全后,林檎便放下心来。

一周后的某天。

补习班结束,已经是夜深时分了。回家的路有一段路灯坏掉了,前段时间忽明忽暗,今天终于彻底罢工了。

林檎披着满身的黯淡星辰,一路向家的方向走去。爸爸最近都很忙,今天晚上做什么菜,自己要好好动动脑筋。他的大半精力放在思索菜谱上,因此,当一个黑布口袋从身后套住他的脑袋时,林檎根本没能反应过来。

林檎连还手的机会都没有,就有人一脚踹在了他的小腹上。紧接着是一场沉默而漫长的殴打,一个人反剪住他的手,一个人一拳一拳地砸在他的身上。

在令人窒息的疼痛中,满口呛人血腥气的林檎被强行拖入充斥着垃圾气息的小巷里。

束缚住他整张脸的黑布口袋松了些,露出了他的下半张脸,他的眼睛仍然笼罩在黑暗中。

他在污水的恶臭气息中,嗅到了浓烈的钢笔墨水的气息,带着一点自调的花香。

是桂花。

然而,下一秒钟,剧痛从他的面颊传来。饱蘸墨水的笔尖刺穿了他的皮肤,在他的嘴角强行画出了一个笑脸!

钢笔并不是利器,没划几下,笔尖就变得弯曲起来。

可那两个人并没打算放过林檎。

他们极有耐心,用这支小小的钝器,在他的下半张脸划出了一道道断断续续的口子。

在剧烈的疼痛和惊惧中,林檎昏迷了过去,浇醒他的,是后半夜骤然下起的瓢泼大雨。

那两个人已经不在了。

只有像噩梦一样的剧痛和发起的高烧,提醒着林檎,这一切都是真实发生的事情。

林檎的双手还被绑在身后,无法挣脱。他的头上还缠着头套,带有松紧的头套绕在他脖子上,打了个结,他无法解开。

林檎蹭着墙壁勉强站起身来,眼前一片黑暗,他跌跌撞撞地向前冲去。

在铺天盖地的瓢泼大雨间,他居然还保留了一丝理智。

林檎根据下水道的水流声,准确地判断出了马路和人行道之间的界限,没有贸然闯入行车道,只沿着人行道跟跄着向前奔跑。

他只要摸到商铺、住户的门,就提起全身力气,用身体去撞。

可是,他的运气不太好。深夜,所有的人都在滂沱大雨中熟睡。

林檎身虚体乏,折腾出来的动静实在是小得可怜。

正当林檎撞得肩膀剧痛时,他隐约听到了摩托车的引擎轰鸣声。他本能地感到恐慌。这么晚了,大街上没有人,怎么会突然出现摩托车?难道是发现自己没死,回来灭口的吗?

可是他的手被绑缚,双眼无法视物,就算想跑,也做不到。他只能把自己蜷缩起来,尽量让自己看上去不那么显眼。

可惜,对方已经发现了他。

摩托车的引擎声,在他身前不远处停息了。

耳边传来一个清冷悦耳的少年的声音:"喂,你怎么了?"

彼时的宁灼才养好伤,这些日子跟着傅老大东奔西跑,接了个送东西的小单子,没想到回来时赶上了大雨。他更没想到,自己居然顺道捡回了一个和自己同龄的孩子。

林檎一醒过来,就口齿清晰地表明了自己的来历、姓名,希望宁灼能送他回家。

"你叫林嘉运?"宁灼听到这个名字时,神情变得古怪起来,"……你的父亲叫林青卓?"

林檎困惑地点点头:"是。"

等宁灼把今天刚出来的《银槌日报》放到他的面前,林檎才终于明白,他为什么要那样看自己了。

"知名专栏作家林青卓突发精神疾病!INTEREST公司知名专栏作家林青卓,昨日因不明原因,使用自用的钢笔,划烂了自己收养多年的孩子的脸,并拍下照片,留作纪念。其情其景,令人胆寒齿冷!热心的邻居听到林青卓家中有异响,前去查看,惊恐之余,马上躲回家中,与白盾取得联系。接到报案后,白盾迅速出警,将林青卓紧急押入精神病院。其子林嘉运下落不明,只搜到涉案凶器钢笔一支,及血腥照片若干。"

旁边配了两张图——一支父亲用惯了的、染着血的钢笔,笔尖已然分叉弯曲;还有自己鲜血淋漓的面孔的特写。

主笔人:凯南。

林青卓之前并不算什么"知名作家"!给他这么大的名头,就是把他架在火上烤!

林檎颤抖着双手,发现他们堕入了一个巨大的网中。自己就算回去,一个人的证词,能说明什么?实话实说?说他大半夜好端端地走在回家的路上,却被人挟持割破了脸?割破了脸,别人还不杀了自己灭口,还让自己活了下来?有这样的怪事吗?

他们父子俩感情好,是谁都知道的事情。所以,自己包庇父亲的"罪行",也是合情合理的事情。最终,他们只有一个目的,把父亲送进精神病院里去!

宁灼抽走了他手里的《银槌日报》,观察了一下他的表情,发现这个同龄人对事件的洞察力远超自己的想象。宁灼平静地问了一句:"还要回去吗?"

林檎稳住情绪,直指问题的核心:"我想要去精神病院那里,把我的父亲带出来。"

但是,林檎再也没能见到林青卓。尽管他紧赶慢赶,尽管他走了宁灼和傅老大的路子,下血本雇了雇佣兵,把他父亲抢了出来。可他抢出来的,只是一具被拉到了焚尸场的尸体。

林檎不明白,他真的不明白,这一切都是为了什么。

直到半年后,派克公司被INTEREST公司"收购",两家合并为一家,林檎才弄清了其中的原委。他们只是想让父亲所说的一切，都变成精神病人的胡言乱语罢了。只是为了这个。

当走入黑暗的地下车库，林檎终于按捺不住一腔翻涌的情绪，狠狠地一拳砸在了墙上！他这一拳力道十足，震得墙皮簌簌下落。

而在这一拳的宣泄过后，他恢复了安静、温顺的模样，迈步走向了远处角落里停着的一辆车。

车窗缓缓地摇了下来，里面坐着的是凯南。

凯南自然没看到刚才发生的事情。他面带微笑，满意地打量着这个打算接替查理曼的媒体新宠："嘉运，你好啊。"

林檎虽然成年后改了名，但脸上的伤疤实在太好辨认了。

凯南也是在和林檎打过交道后，才去调查了他的经历。

林檎并没有隐瞒自己的过去，他父亲的经历也并不会影响他报考警校。首先，他是被收养的，不必担心"精神疾病"会遗传。其次，他是被精心塑造出来的受害者，谁又能拦着他报考警校，除暴安良呢？

然而凯南并不在乎林檎的身份。在他看来，林檎当时只有十四岁，未必懂得什么事情。就算懂得，那又怎样？林青卓只是他的养父，给他提供的物质条件不过尔尔。自己能扶他上位，就是他的贵人，是再生父母，比起林青卓，凯南能给他更多。

小孩才讲是非，大人只论利益。果然，林檎温和地同他打招呼，态度可谓毫无芥蒂、无可挑剔："凯南叔叔，你好。"

凯南主动替他打开了车门："来吧，我们来商量一下，怎么把这个案子，给它'圆'出一个好结果来。"

宁灼回到监牢时，林檎的水果已经送了过来。

现在的监狱里的一切违禁品都被没收，没办法削，单飞白就洗了两个漂亮的大苹果，摆在那里，等宁灼回来。

宁灼对口腹之欲向来是格外节制的。

不过，他看单飞白那样挑食，偶尔吃点喜欢的东西时流露出来的满足感，还挺让人舒心。他把两个苹果一起推给单飞白："我不吃。胃不好。"

单飞白倒也不推辞，拿起其中一个，"咔嚓咔嚓"地咬了起来。

宁灼望着单飞白，停顿了片刻，问他："你怎么看复仇这种事？"

单飞白咬着一口苹果，一愣："啊？"

宁灼说道："假如，有的人亲人被杀，如果不肯放下，那么复仇就永无休止。

你觉得放下好,还是不放下好?"

单飞白毫不犹豫地答道:"为什么是我来考虑这个问题?等我杀了我的仇人的亲人,然后让我的仇人来放下仇恨就好了呀。他不能放下的话,说什么呢?"

宁灼满意地点了点头,觉得这个苹果喂得还算值。

"苹果真好吃。"单飞白速度飞快地啃完了一整个苹果,擦了擦嘴,说道,"谢谢宁哥!"

## 第十二章 UNRULY RIVAL

## 燎原

宁灼愣了片刻，伸手抓住了单飞白的领子，把他拖到了自己身前。下一步，宁灼感到有些为难了，因为不确定自己下一步要干什么。

单飞白倒是很无辜，问道："怎么了？"

宁灼不说话，静静地盯着单飞白，与他对视。

过去，他们像这样目光相碰，往往意味着一场蓄谋已久的正面冲突即将爆发。

他们向来是这样，就像是两团性情暴烈、属性相斥的烈火，只要碰面，就必然互相侵略，互相争夺。

理由？很简单，他们立场相对。

有些人花钱，短暂地收买了他们的忠心和武力，让他们去对付彼此。他们是两把合用的武器，对那些腰缠万贯的人来说，死了谁都不心疼。

当然，宁灼和单飞白任意一方都可以退避，可以拒单。银槌市有两千多平方公里，想要不见到对方，有很多种办法。可是他们每次都会不约而同地接下那一看就意味着危险和挑战的单子。

事实是，他们在每次较量前，都在盘算，这次是谁能赢，是谁能占上风。

那蓬勃汹涌、无穷无尽宛如浪潮一般的攻击性、征伐欲，宛如草原上猎猎的狂风，推动着他们，非要把对方烧出一身伤不可。

他们说不清这攻击性的具体来源。因为他们之间，谁亏欠了谁，早就算不清了。

这些日子以来，他们心志相同，目标一致，仿佛共同遗忘了过去针锋相对的那些日子。

这一对视，他们骨子里蠢蠢欲动的攻伐之欲再度苏醒，毫无预兆地开始了一场近身格斗。

只是，这次的互相攻击隐隐变了味道。

宁灼无心致单飞白于死地,只是想教训教训他,于是将满脑子的杀人技巧暂时按捺了下去。

这样一来,两个人是真正势均力敌起来了。

单飞白的格斗技巧脱胎于宁灼,对宁灼当然是了解的。他不如宁灼凶狠凌厉,但胜在力气不小,加上体型的优势,倒是你来我往,互有胜负。

宁灼自然不会让他好过,用锁绞让他陷入了窒息状态。

但单飞白会耍赖去咬他,只要他受不了松开些,就马上抓住时机,用手肘去捅宁灼的肋骨,一击不中,马上撒手,顺便将宁灼锁住,用双腿去缠他的膝关节,死死绊住他。

一场搏斗下来,两个人都挂了彩。

监狱的暖气开得尚足,滚在地上的二人额头都出了薄汗。单飞白撑起半个身子,居高临下地望着宁灼。

宁灼不喜欢这样,一翻身,再次锁住了单飞白的脖子。

单飞白直推宁灼的肩膀:"快让我起来。"他想起来,宁灼偏偏不让他起来。

宁灼心情颇佳地弹了他的额头一下:"说你输了。"

单飞白咬牙切齿地小声道:"输了。"

宁灼这才放他起身,目送着他逃也似的进入了盥洗室。他笑骂一声:"幼稚。"

这是在批评他自己。

和单飞白这种小崽子待在一起久了,自己都被他染上一身的无赖毛病了。好在距离他们出狱的日子,已经所剩无几了。

他们这次的牢狱之旅是瞒着所有人的,当然不会有海娜或者磐桥的人来接应。

至于林檎,他最近忙得完全是不见人影。

宁灼无心去见这个昔日的老友,巴不得他和自己保持距离。看到他没来,他也放松了不少。

单飞白问他:"怎么回去啊?"

宁灼掏出了通信器:"打辆车。"

所谓的"打辆车",就是就近召唤一台空闲的无人驾驶出租车,乘客上车后,刷了身份 ID 后,可以选择自己驾驶,也可以在选择目的地后,交给车子自动驾驶。

早在多年前,这样的无人驾驶车辆就彻底取代了"出租车司机"这一职业。

不论因此失业的人如何游行呐喊,悲愤哭泣,他们所代表的职业也和其他无数可替代性强的职业一样,从银槌市的历史上被强行抹除了。

五分钟后。

一辆深灰色的轿车缓缓驶来，在二人面前平稳地刹住车。他们两手空空，没有任何行李，和来时一样，完全算得上是轻装简行，去哪里都行。

单飞白要上驾驶座，被自后跟上的宁灼抬膝撞了一下。

宁灼对他丢了个"让开"的眼神："我来开。"他一向习惯把方向盘攥在自己手里。

单飞白也不在乎，顺势钻进了副驾驶室。

坐稳后，宁灼问："我们去哪里？"

单飞白立即举手："吃顿好的！"

宁灼瞥了他一眼："德行。"

单飞白理直气壮地道："我们这是出狱，还不能吃一顿好的吗？"

宁灼想一想，指了指导航仪，言简意赅地说道："选。"言下之意，是准他选"有好吃的"地方。

单飞白欢呼一声，低下头调整起导航仪的方位来。

宁灼在路边停了好一会儿，见他磨磨蹭蹭的，始终拿不定主意，猛地踩了一脚油门。

整辆车往前一冲，单飞白一时不备，差点一脑袋撞在导航仪上。

单飞白委屈地叫："干什么！"可与他生动委屈的神情相对的，是他毫无笑意的眼睛。他像是一只经验丰富的草原狼，耳朵动了动，无声地往后望去。

宁灼和他做出了一样的动作，同时冷冷地说道："教训你。"

后备厢里有人。没有呼吸声，极有可能是仿生人。

那声音很小，微不可察。但对在刀尖上舔血的雇佣兵来说，一点点的风吹草动就足够让他们警惕起来了。

有人想跟踪他们，看他们在出狱后会去哪里。

毕竟现在本部武还是下落全无，对方显然是想抓住每一条线索。

这种无人驾驶出租车的后备厢和轿车内部是不连通的。想要查探那人的情况，只能下车后，打开后备厢门。

对方恐怕也是打起了全副精神，他们这方一有异动，它就会马上做好战斗准备。

要知道，他们现在手头上可是什么武器都没有。

对方手里只要有一把热武器，就够让他们头痛的了。

单飞白用目光相询：换一辆车？

宁灼双手握住方向盘，直起了腰，目光冷淡地摇摇头。

不。他有办法。

单飞白隐约猜到了什么，飞快地系好了安全带，语调轻快地向前一挥手，像是个意气昂扬的年轻水手："选好了！出发！"

单飞白带宁灼去了一家不算奢华的饭店，倒是有些出乎他的意料，他本以为小狼崽子会狠狠宰他一次。

单飞白显然对这里很熟悉。他连菜单都没有翻，坐在那里，直到一个唐装打扮的经理笑盈盈地向他走来。

单飞白精于撒娇之道，一开口就是让人心软的腔调："苏姨好！"

宁灼一扬眉。

经理显然也对单飞白很熟悉："飞白，很久不来了呀，今天想吃点什么？"

"我今天带了朋友来！"他飞快地点了几样菜，"我们吃完了要去办事，辛苦您盯一盯。"

说罢，他又贴近苏姨，嘀嘀咕咕地向她嘱咐了什么。

苏姨看单飞白的眼神很温和，连看宁灼的眼神也是慈和的："好。"

根据单飞白介绍，这家餐厅是他奶奶单云华投资的。"苏姨"当年是一个落难的小姑娘，肯干能干，被她破格提拔成了主理人。这么多年来，单飞白什么时候想吃点家常的东西了，就会找苏姨。

说话间，饭菜端了上来。主食是山药小米粥，熬得稠稠的，兑了一点椰子汁。

单飞白自顾自地给宁灼盛满了一碗："你请客，我买单。多喝这个，这个对胃好。"

宁灼一向对吃的毫不挑剔，不管是什么都能面不改色地咽下去。他应了一声，直到又热又暖的粥顺着自己的喉管流下去，才反应过来，这一餐是为他准备的。

单飞白怕他的胃难受。

这迟迟感知到的好意让宁灼别扭了一下，只有嘴里泛起的椰子甜味格外明显。

宁灼垂下眼睛，试图把这顿饭当作一顿最普通的饭对待。只是胃不听话，自顾自地暖到了心尖，让他的手脚都酥麻起来。

一顿味道上佳的家常菜吃出了一身薄薄的汗，很是痛快。

单飞白偷看宁灼，发现他面无表情，食量却比在监狱里大了一些，有些得意，眼睛偷偷弯起来了许多次。

宁灼为难惯了自己，如今实在拿不定自己因为一顿饭就发自内心地感到惬意放松是不是正确的，也无心去留心单飞白欠揍的表情与心思了。

一餐结束，苏姨又来到桌前，笑容和煦地问道："怎么样？"

单飞白老老实实地掏出钱包结账，一张嘴还是讨喜无比："比以前更好吃了！"

谢谢苏姨!"说着,他用脚在桌子下面碰了碰宁灼。

宁灼反应过来后,抬起头来,清冷有礼地道谢:"谢谢苏姨。"

苏姨应了一声,望向他的目光更加柔软了。

宁灼点点头,起身对单飞白说:"我去开车。"

宁灼刚离开,单飞白就向她伸出手:"苏姨,东西准备好了没有?"

苏姨将一张养胃食疗的菜单放在桌边,却不急着给他。她用修长的指尖指了指菜单边缘,和煦的笑容中带了点狡黠:"他就是你那个兄弟?"

单飞白挺兴奋,期待地问:"他很好吧?"

苏姨失笑。按照她对单飞白的了解,他从小自恋、爱嘚瑟,小孔雀一样的性格,在谈到宁灼时却说"他很好吧"。足见在他心目里,宁灼的分量有多重。

苏姨问道:"以前你说想和我学做菜,也是想做给他吃?"

"嗯。当初总是很遗憾,我想,要是我会做饭,他说不定愿意留下我。"单飞白眼睛亮亮的,"现在没想那么多了,就是想让他过得好点、舒服点。"

五分钟后,和苏姨聊完天的单飞白动作敏捷地爬上车。

宁灼往后视镜里瞥了一眼,目光恰好与单飞白交会。

单飞白坏心眼地一笑,也让宁灼的心下意识地觉得一暖。他问单飞白:"吃饱了?"

得到肯定的答复后,宁灼发动了车辆:"那我们去见见要紧的人吧。"

那个仿生人龟缩在后备厢,安静地蛰伏着。

听到这样的话,他并不为之所动,而仿生人背后的操纵者本部亮,这些天来萎靡不已的精神却为之狠狠一振。

他们吃完饭,就赶着去见"要紧"的人?那个"要紧"的人,是小武吗?还是和他们里应外合的人?

本部亮做了个深呼吸,满怀期待地等待起来。

一个半小时后,马路从柏油路渐渐过渡为凹凸不平的老沥青路,又渐渐变为粗粝的沙石路。

外面的风声变得大而尖锐,似乎开到了开阔无人的郊外。

随着时间推移,本部亮的怀疑越发清晰明确。

他在真皮座椅上绷直了身体,手指反复摩挲着生出了胡楂儿的下巴,眼睛死死地盯着电脑上的一个不断向山区无人处进发的红点。

在本部亮盯着屏幕的眼睛已经开始发酸时,红点骤然停了下来。

本部亮的双手早就沁出了冷汗，他不顾手掌湿滑，猛然握紧双手，聚精会神地望向屏幕，将接收器的声音调到了最大——下一秒，本部亮差点从宽大的椅子上摔下来。

　　接收器里陡然爆发的一声巨响，把他的心脏几乎震裂！

　　——发生了什么？

　　宁灼和单飞白两个人，把安全带绑牢后，将车尾对准了一处天然的岩壁，稳稳地停下。随即，在交换过眼神后，宁灼高速倒车，将车尾重重地撞向了岩壁！

　　一声惊天动地的闷响后，原本好好藏匿着的仿生人一跳，像是置身于一个巨大的密封罐头间，被震得在那个狭小的空间里甩来滚去！后备厢瞬间变形扭曲，被彻底卡死。

　　宁灼轻踩油门，又开出二十米，随即再度高速倒车，再次撞上岩壁！

　　"轰隆"一声，仿生人仿佛进了个高速涡轮离心机，脑袋立时被折断，窝到了胸口。后车厢也被撞得松动了些许。

　　随着残破的车辆再次向前驶去，仿生人的一只手臂无力地垂下来。

　　宁灼毫不留情，来了第三次。

　　本部亮心胆俱裂地摸出治疗心脏的药物、颤抖着手往自己嘴里倒时，宁灼和单飞白双双跳出了车辆，大步流星来到了车后，合力拖出来一堆头身分离、关节扭曲的仿生人躯体。

　　不等他做出抵抗，宁灼就干净利落地扭断了他的脖子，把还闪着火花的头部丢到了一边。

　　无人驾驶出租车开始扯着嗓子报警，这辆车是瑞腾公司的财产。

　　无人驾驶，总会出现各种各样的问题。有的人驾驶技术不够好，把车撞成一堆废铁；有的人贪心不足，想把车子改造为自己所用。

　　总之，当车辆出现损伤，车辆会第一时间报警，并将大致损失情况上报到瑞腾公司的总部。瑞腾公司的事故处理部遍布银槌市，耳目比白盾还多。

　　五分钟内，就有专业工作人员到来了。

　　宁灼和单飞白不逃不躲，等他们到来，就把这具断头的仿生人丢到了他们面前。

　　不等工作人员开口，宁灼便质问道："你们公司的出租车里怎么会出现这种危险品？要不是我开到半路，发现后备厢有这个东西，他要是跟我们回了家，抢劫我们，该怎么办？"

　　单飞白在一旁帮腔："吓死我了。"

　　事故处理部的人处理过无数种事故，但客人自己从后备厢里抓出个仿生人，这还是第一次。而且宁灼反映的问题的确相当严峻。要是真的有劫匪乘虚而入,混入无人驾驶出租车,那作为瑞腾公司主打业务之一的无人驾驶出租车所打出的"安全到家、幸福到家"的广告语,就要大打折扣了。

然而,按理来说,这不应该啊。

无人驾驶出租车的安全系统是子公司泰坦公司开发的。当车内出现异常物品时,车辆将无法进入正常运营状态。

工作人员迅速调取了这辆车的行驶记录,发现它的确被人动过手脚。很快,他发现这辆车的安全系统被临时修改过。只要宁灼和单飞白出狱叫车,到达他们面前的,永远只会是这一辆。

至于车辆的安全权限在谁手里?答案显而易见。

工作人员皱了皱眉,意识到自己碰到了一个不小的麻烦。他动了一下手指,将现场照片、行驶记录和初步判断汇集,上传到了总部系统。他熟练地代表瑞腾公司向二人致歉,替他们召唤来了一辆新的无人驾驶出租车,主动免除了宁灼和单飞白的两单车费和车辆维修费,并留下了宁灼的联系方式,表示有处理结果后会联系他。

在处理仿生人这件事上,宁灼选择了阳谋。一旦造成了实实在在的损失,登上了事故处理部的名单,这事就等于是过了明路,想压也压不下去。

如果他没记错的话,那个本部亮先生,是瑞腾旗下泰坦公司的CTO,的确是举足轻重的技术人员。可倘若这个技术人员自己要去钻总公司业务的安全漏洞,给总公司造成了麻烦呢?要知道,他现在本身已经是个大麻烦了。

本部亮倒了,白盾那边才能少一点顾忌,早点给拉斯金的案子"下定论"。

宁灼冷静地盘算着,驾驶着新的轿车,驶向了海娜基地。

绕出盘山公路后,宁灼便和单飞白下了车,送走了那辆无人驾驶出租车,步行走向海娜入口。

遥遥地,他们看到了代表海娜的那块巨大的火山岩以及在门口焦急徘徊着的……匡鹤轩。

火烧屁股似的匡鹤轩也一眼就看到了宁灼他们二人,眼睛一亮,拔腿跑来。

"老大,你回来了!我们的人和……"匡鹤轩急忙瞟了宁灼一眼,"和海娜的人打起来了!"

单飞白一挑眉,双手插兜:"谁赢了?"

匡鹤轩闻言脸都绿了:"哎呀,你还问这个!"

宁灼眼见着急上火的是匡鹤轩,大概猜到了胜负:"我们的谁?"

匡鹤轩没好气地对宁灼道："就你们那个女的！跟个疯子似的！"

这下，单飞白也感到惊讶了："闵旻姐？"他对闵旻有印象，知道她是个稳重中带点活泼的女人，像大姐姐一样。他无法想象她"疯"起来是什么样子。

单飞白问："谁先挑起的事儿？"

"是我们……哎呀！不是我们！"匡鹤轩努力申辩，"于哥搞了两张哥伦布音乐厅的票，问我们谁想去。谁爱看那个啊，他就拿着去问海娜的人，结果谁能想到她路过看到了，什么都没说，就发疯了！"

宁灼陷入了沉吟，匡鹤轩急得挠墙："她太疯狂了，我们根本靠近不了，她扛着一把刀，谁来砍谁！你们那个傅老大不在家，于哥拿不准要怎么对付她，海娜其他人也没怎么见过她发疯，现在还在僵持呢！"

带着一身深秋的寒意，宁灼快步进入了地下十六层。

转入走廊，率先映入他眼帘的是一片碎裂的墙砖。墙砖沿着一道漫长而狰狞的裂痕裂开。宁灼路过它时，受到震动，有不少指甲盖大小的细小砖块不断落下，发出让人头皮隐隐发麻的"簌簌"声。

守着闵旻的人并不多，现场只有于是非、凤凰、金雪深和闵旻的助手小闻。

小闻看见许久不回的宁灼突然回来了，如同见了救星，急忙迎了上去，喊道："宁哥——"

宁灼一阵风似的从小闻身边刮了过去，闵旻是他带进海娜的，她的情况，他最清楚，不需要听任何解释。

金雪深也无暇去问他这些日子的去向，识相地为他让开了位置，同时狠狠瞪了于是非一眼。

于是非乖乖地低下头。

单飞白停下脚步，看向凤凰与于是非。

二人会意，主动靠向了单飞白。

凤凰知道，事情的前因外面的匡鹤轩肯定跟他们解释过了。于是她简明扼要地说明了如今的状况："一开始的时候，她的确拿刀攻击人，不过现在她冷静下来，已经不怎么疯了，就是信不过我们，非要等宁灼或者傅老大来。"

单飞白问她："你和她关系不是不错吗？"他离开海娜之前，看到过她们两个一起约好去抽烟。

凤凰耸耸肩："我和闵旻关系的确不错……她？"说着，她望向了角落里单手扶刀，身姿笔直地坐着的那个人，"'她'是谁，我都不知道呢。"

闵旻换了造型，穿了一身修身又亮眼的红色皮衣，头发剪成了整整齐齐的齐耳短发，右边的眉毛文成了一个单词，"escape"。可是此时此刻的气质，与平时开朗爱笑的她迥然不同。

她的神情阴沉，不笑不语，头发显得凌乱，凌厉、警惕地注视着正前方。她的手中拄着一把极长极重的黑色长刀，平时隐匿着的肌肉线条分明。刀刃反光间，将她的面目映得陌生而模糊。

宁灼独自一人，走到她面前，问她："A面还是B面？"

女人仰起头，声音相较于平素带着点戏谑调侃的笑音，也微妙地起了变化，变得冷峻缓慢，似乎很久没说话了，不习惯和人交谈，便把语速放慢放缓："哪里来的这么多陌生人？"

宁灼想，是B面。

"是磐桥的人。我们合并了。"说着，他伸手要去碰女人手里的刀把，"这里人多，别舞刀弄枪。"

女人却用脚跟清脆地一踢刀身，长刀凌空而起，径直向他的脖子砍去！

宁灼不动。这一刀只是警告，不许宁灼擅动。

因此，她的刀锋只落到离他的脖颈三寸处，就凭臂力刹住车，只余一阵凉风扫过宁灼颈部的皮肤。

这种可怕的控制力，只能是多年刻苦练习的结果。

女人的声音冰冷，步步紧逼："我记得磐桥是海娜的死敌。你让旻旻置身在这么危险的环境里，合适吗？"

刚才见女人突然对宁灼抡刀，在场所有人的心都提到了嗓子眼里。

可如今听来，她非要等到主事人到来才肯开口的理由，居然是兴师问罪——一张嘴就是"我家旻旻很危险你要怎么给我一个交代"的家长式口吻。

不过这位家长动辄舞刀，也算是新奇。

宁灼面不改色地答道："她是知情且同意的，她也是成年人。"

女人摇摇头，放下刀来，提到"旻旻"，目光变得柔和了几分："她？傻大胆，还是个孩子，从来不知道什么叫害怕。"

宁灼不再去动她的刀，语气平和地询问这次她意外现身的理由："你这次没打招呼就出来，是因为看到哥伦布音乐厅了？"

女人遥遥地望向空中的某点，语气中逐渐掺杂了一点怀念和温柔："那个图标，和我们那年设计的船徽一模一样。我还以为自己还在船上，砍人，又被人砍，一时混乱了，就出来了。"

宁灼了然地点点头，并无意再深挖她的伤疤："有什么要跟闵旻说的吗？"

女人说道："没什么。帮我转达一句对不住吧。因为我，她又要被人说成是怪胎了。"

宁灼说道："她不介意。"

女人像大姐姐一样，推了一把宁灼的脑袋："你话真多。"说罢，她探手到脑后，摸到了一个细小的脑机接口，用拇指温柔地摩挲片刻，随即轻轻一碰。

下一秒钟，女人像是断电了一样，头向下垂了下来，身体不受控制地向前一冲。在身体彻底失去平衡之前，她的右脚猛然一动，稳住了重心。闵旻像是刚刚结束一场午间的小睡，迷茫地抬起头来。她看清了眼前的宁灼，不由得一怔："你怎么回来了？"她一开口，手就松开了。长刀向旁边倒去，被宁灼一把握在手里。

闵旻注意到不知何时出现的长刀，神情中出现了一丝波动："她来了？"

宁灼将刀靠在一侧墙壁上，一只手搭在她的肩上，并不正面回应她："好好休息。"

事件的"罪魁祸首"实际上相当无辜。

于是非攥着那两张哥伦布音乐厅的票，小声道："我只是想请渡鸦先生看个戏。他在十六层，我来找他。"

单飞白拿过他手里的戏票，指尖触摸着右上角。那是刚才神秘女人提到的很像船徽的哥伦布音乐厅的标志，外围是一个圆形的木质船舱。

汹涌的波涛上，托举着一艘船，船身是赤红的，一半浸没在海浪中，几乎要和海浪一起化成一团熊熊烈火，充满野性的朝气和美。

单飞白细心端详，露出若有所思的表情，将票揣进了自己的口袋："没收了。"说完，他就头也不回地去追大踏步而去的宁灼了。

小闻扶着闵旻去休息室休息，金雪深见事态并没有发展到不可收拾的地步，一颗怦怦乱跳的心也回归原位。他走到于是非旁边，冷嘲道："惹祸了吧。弄了两张票，不够你嘚瑟的。"

"是，对不起。"于是非一本正经地说道，"我其实不想问完所有人再把票给你，但我考虑了一下，你是一个羞涩的人，我如果把票给你，是否太直接了，你会不会接受不了。"

金雪深迟疑了一会儿，才明白于是非是什么意思："票是……给我的？"

于是非严肃地点点头："嗯。我已经吸取到教训了。以后有什么东西会直接给你的。请你及时接我的电话，好让我知道你在哪里。"

金雪深觉得莫名其妙之余，不免有些羞涩。生怕被他看出来，金雪深转身就走，一路上嘀嘀咕咕地说道:"回去就把你拉黑,可别死在我通信器里。"

凤凰笑着望着金雪深的背影,说道:"于哥,你别老逗他。"

于是非客观地回复:"我没有逗他。我只是想和他交流。"

凤凰挑眉,觉得于是非这个态度很是古怪:"你怎么不跟我交流?"

于是非据实以答:"因为你不会脸红。"

凤凰隐隐听出来了不对劲:"因为他会脸红,你才逗他?"

于是非缜密地纠正她的错误:"因为他会脸红,我才想和他交流。"说完,于是非往回走去,打算去向磐桥的众人解释。

凤凰站在原地,觉得于是非的思路很有问题。

在凤凰忧心忡忡时,宁灼和单飞白一前一后地回到了宁灼的居住地。

关上门后,宁灼倦怠地长出了一口气,抬手抚摸了一下颈侧,那里还残留着刀刃的冰凉的触感。

单飞白突然问出了自己心中的猜测:"旻姐是双重人格?"

出乎单飞白的意料,宁灼摇了摇头:"不是。"说着,他脱下了外套,给出了正确答案,"闵旻自从加入海娜,一直就是'两个人'。"

单飞白大概明白,为什么宁灼会说,闵旻是"我们里面最疯狂的改造人"。

果然,宁灼给出了答案:"刚才你看到的是闵秋,闵旻的双胞胎姐姐。她活在闵旻的脑机接口里,平时不怎么出来,但工作的时候,或者需要保护的时候,闵旻会把她放出来。她们永远活在一起……也永远不相见。"


机械师闵秋和妹妹闵旻一起在豆腐寨长大。豆腐寨名字脆弱,却坚如磐石。

占地 0.5 平方公里的寨楼里,挤了足足 94 万人。

这里混乱得像是一座迷宫,外来人进入必然会迷路,从早到晚充斥着孩童的哭声、夫妻的吵架声、粗野的骂声、暧昧的调情声,充满人间烟火气。

这是黑市的管辖范围,是连白盾的警察都懒得踏足的"三不管"地带。

她们是双胞胎,然而长得并不像。她们的生母不知所终,父亲也说不好是不是亲生的。

闵旻是在长大后听邻居嚼舌根,才知道自己的身世。

她们的"父亲"是一个脾气暴躁的黑市医生。十几年前,一个女人抱着两个尚在襁褓中的孩子,把他堵在了门口,蛮横地要求他认下这两个孩子,理由是十个月前他"光顾"过她的生意。

"父亲"当然不肯认,双方一通叫骂,最终女人胜出,径直撂下两个孩子,趾高气扬地走了。

女人在她那群糟糕的客人中，穷尽智慧，选择了一个条件最好的。

而医生骂骂咧咧之余，弯下腰，打量着两个哭得脸颊通红的孩子。

有限的慈善心，让他一开始决定只抱走一个。可这两个姐妹似乎心有灵犀，抱起谁，那个被放弃的孩子就会马上号啕大哭。

最后，医生烦了，骂了一声，索性把两个都抱了起来，把一腔怨气全撒在门上，"嘭"的一声，震得门框簌簌往下掉木屑。

闵旻、闵秋跟了暴躁医生的姓，姓闵。闵医生把她们当学徒，当朋友，当倾诉吐槽的对象，当打发无聊时光的工具，就是不当女儿。所以她们不算有父母，有的只有彼此。

闵旻对学医有兴趣，还没有桌子高的时候，就踮着脚面不改色地观察闵医生是怎么娴熟地给一身鲜血的病人的血管打结的。

闵秋则跟着邻居——一个烫着爆炸头的女机械师，当她的学徒，为她打下手。

闵旻十六岁的时候就正式接过了父亲的衣钵。他一生不抽烟，作息规律，饮食健康，却不幸罹患肺癌。

闵医生知道治不好，就和豆腐寨里其他得了不治之症的人一样，放心大胆地任由自己病下去。在生命的最后时刻，他一边戴着自制的氧气设备，一边坐在闵旻身边，看她诊病，偶尔替她指点一二。

在某天，闵旻独立完成一项手术后，一转身，就发现闵医生已经坐在那里，无声无息地去世了。

闵医生为人暴躁，严肃，一生没有对她们露出过笑容，她们要是犯错，惹祸，他也从不看在她们是女孩的分上有所宽容，直接是劈头盖脸一顿臭骂，半点都不留情。但他也从未短过两姐妹的生活用度，还把吃饭的手艺教给了她们，临死前也将这一间面积并不算小的小屋留给了她们，留作傍身之所。

年轻女孩做经营，总会遇到一些想捏软柿子的流氓。但这姐妹俩双剑合璧，硬是把日子过得红火，热闹。

闵秋沉默寡言，却相当凶悍能打，下手狠辣，镇得住场子。

闵旻嘴皮子利索，讲的是和气生财，一张嘴上能广结善缘，下能百无禁忌，再加上"医生"实在是这样的聚居区中必不可少的职业，因此她在这豆腐寨里相当吃得开。

闵旻白天把自己伪装成特殊职业者，以躲避便衣的突然抽查，晚上则关上门，哼着歌炒菜做饭，把小日子过得有滋有味。

闵秋则很少着家，从早到晚帮着邻里修电器。她每天背着一个巨大的工具箱，穿着一身耐脏的工装，在这 0.5 平方公里的土地上下穿梭。

闵秋的工作性质和闵旻完全不同。每天天不亮，她就要去找生意，往往到了深夜才披星而归。

两姐妹少有能见面的时候。闵秋走的时候，闵旻还在睡；闵秋回来，闵旻就睡下了。

直到面颊被一双搓热了的手轻轻抚摸两下，睡梦中的闵旻才会有所感应，迷迷糊糊地说："饭在锅里……你热热吃。"

闵秋什么也不说，抱一抱她，就自行去弄吃的。

有时候，她们的生意不忙，也能在一起度过一些悠闲的时光。

家里实在是小，大部分的空间都摆放着各种各样的器械。两个人挤在同一张床上，各自冲了澡，只穿着短袖和热裤，皮肤贴在一起，会摩擦出静电。

闵旻记完账，大大咧咧地往闵秋的肚子上一躺，开始炫耀她这几个月的收入，像是一只吃得圆了肚子、心满意足地盘点余粮的仓鼠。

闵秋正用收集到的铁皮及废料拼出一艘船，被她一压，低头查看片刻，轻声提醒她说："头发没吹干。"

闵旻扭了扭脖子，不以为意："一会儿就干了。"

闵秋和闵旻不一样，她是个行动派，于是她取出一个老旧的吹风机。断裂处裹了好几层胶布，但凑合凑合还能用。

在呼呼吹动的、带有塑料气味的暖风中，闵旻暗自点点头，对自己说："好日子。"她提议道："姐，我们换个新的吹风机吧。"

闵秋言简意赅地道："别浪费。"

闵旻扬一扬手里的储蓄卡："我们都挣钱啦。"

闵秋却说："不够，还要再攒攒。"

闵旻笑嘻嘻地说："你和我一样财迷呀。"

闵秋说："攒钱给你用。我用不着。"

闵旻睁大眼睛："姐，你的物欲太低了吧？除了那些工具啊、零件啊，就没什么其他想要买的？"

这些年，自从她的机械师师父喝酒喝死了后，闵秋就越发活成了一道影子，不化妆、不买衣服，仿佛她活在这个世界上，只需要有阳光、空气、水就够了。

闵秋答："我没什么想要的。"

闵旻伸出修长的双臂，搂住了她的脖子："不行，你赶快想出一件想要的东西,我马上出去给你买。"

这回,闵秋思考了很久,答案却完全出乎闵旻的预料:"我想……出去看看。"

闵旻的性情开朗外向,却并没有走出去的想法。她好奇地歪着头:"出去干什么?"

闵秋不语,只是望着天际的一抹月辉——豆腐寨里每家的窗户,都只能捕捉到这小小的、稀薄的一片月光。

"我们的窗户太小了。"闵秋说,"我想自由自在地看月亮。"

闵旻闻言心脏微微一震,想了一会儿,一拍手,一骨碌爬起来,穿着人字拖向外面跑去,这一去就是一个小时。她再回来时,大半个身子在卧室外,先伸手进来,"啪"的一声关掉了灯。

正戴着护目镜、火花四溅地修着一台留声机的闵秋在黑暗中回过头。她看到她的妹妹举着一只纸扎的圆形灯笼,站在门口,整个人被近似月辉的柔和白光笼罩着。

闵旻笑得灿烂又开怀:"看,姐姐,我把月亮摘下来给你了!"

闵秋难得地抿着嘴笑了,闵旻也跟着笑了。可经过这一夜的交谈,她已经知道,姐姐和自己不是一样的人,她决不会一辈子留在这里。

果然,一年后,哥伦布计划启动。所谓"哥伦布计划",是由几名大学生发起的一项远航计划,面向全体银榫市民公开募捐。

本来,大公司以为这是青少年因为荷尔蒙过剩而冒出的奇思妙想,并没有放在心上,谁能想到,募捐筹得的钱款越来越多。

一个星期下来,已经够打造一艘真正的远航船了。

小小的岛屿,束缚了太多自由而躁动的灵魂。他们很愿意去远方或者托别人去远方看一看。尽管等待着他们的是未知,还有死亡。

闵秋报名了,闵旻并不意外。她在得知这个消息后,没有劝阻闵秋,只是彻夜未眠。在第二天凌晨,闵秋要起身时,她从身后抱住了闵秋,轻声叫道:"姐姐。"

闵秋一怔,声音还带着初醒的温柔:"嗯?"

"我好想知道你在想什么。"闵旻用发热的面颊贴住她的后背,"所以你不管走了多远,都要回来哦。我想看看你看到的世界,想看你看到的月亮。"

闵秋不语,用手轻而温柔地抚摸了她的头发。

此后,闵秋就很少回家了。身为机械师,她全程参与了"哥伦布号"的内部建设。

闵旻也是此时才知道,姐姐的才能,远不止修缮一些家用物品。她天生就是机械的情人,也是自由的追随者。

当哥伦布号成功下水那天,整个银榫市都为之欢呼雀跃,仿佛一个受所有人期待的孩子经历了千难万险，终于成功出生。就连《银槌晚间新闻》的主持人都为此激动落泪，一时间兴奋得语无伦次。

这种兴奋、向往和期待，弥漫在银槌市的角角落落。这个死气沉沉的都市，为了一艘船变得鲜活了起来。

哥伦布号共有船员三十五人，都是精挑细选出来的年轻人，其中就包括了闵秋。

出发那天，闵旻第一次离开了豆腐寨，去给姐姐送行，只是送行的人数远远超出了她的想象。

在距离哥伦布号一百米开外的外码头，她的前路就被挤得水泄不通的人群彻底封死，无论如何也挤不动了。

在欣喜万分的人群中，闵旻脱下了自己的外套，大喊着用力挥舞，努力让自己看上去醒目一些。她一边叫喊，一边落泪："姐姐，要回来啊！一定要回来！我还没见过整个的月亮！你要回来讲给我听啊！"

闵秋是抱着自己会死的觉悟踏上这场旅程的。因为在旅程开始后，她用一个自造的存储盒，把自己的个人意识上传备份。

这是银槌市早就有的技术，只是严重有悖伦理，等同变相的永生和克隆，因此只在黑市和高层间流传。

闵秋想得很简单。大洋危机四伏，即使不遇上风浪、漩涡、暗礁，他们也极有可能在耗尽所有食物、水源和能源前，仍然找不到有人存在的陆地。

在出发前，她知道，所有登船的人也都知道，这是一场向死之旅。可是只要她的意识不死，她就有机会让旻旻看到自己眼里的世界。

海上生明月，有朝一日，她们总能天涯共此时。

听到这里，单飞白稍稍扬起眉，直击重点："船到底是怎么沉的？"

宁灼冷笑一声。

官方说法是，哥伦布号是在一场突如其来的大风暴中倾覆的。

据五个经历了九死一生、逃回银槌市来的年轻人说，他们穷尽力气，也无法战胜自然之力。大部分人死在了滔天的巨浪里，而一小部分幸运儿搭乘救生艇，逃了回来。

这是一场令人扼腕的悲剧，让船员家属们痛彻心扉，也彻底打击了所有银槌市人远航的信心。从此以后，再也没有人提起要建一艘船，去进行新一轮的远洋航行。没有人能再一次承担得起这样强烈的失望和痛苦了。

然而，谁都不知道的是，比幸存者更早回来的，还有闵秋的记忆盒。她在临死前，把自己最后的记忆注入这块硬盘，通过一架自制的、带有太阳能和自动导航功能的无人机带了回来。

盒子躲过了暴风，躲过了海鸥，躲过了一切厄运，命中注定一般，飞进了豆腐寨的那间狭小的窗户，送到了闵旻的手里。

而在闵秋传回的她生前的记忆里，那些日子都是风和日丽的。事故发生的那天也是如此。

在这样一个艳阳天里，闵秋路过甲板，准备日常检修一下设备。她看见一个身强体壮的船员和另外一个身体稍弱的船员并肩站在船舷边，两个人正在一起吸烟，看起来关系不错。她的社交属性在胎里就被闵旻一点不剩地全数拿走，因此闵秋并没有和他们打招呼，保持着沉默、自顾自地路过。

前者吸完了一支烟，又叼出了一支新的，在身上摸索一番后，没有找到打火机，不由得发出了疑问："嗯？"

后者主动将手伸进口袋，似乎打算借火给他。

前者双手插兜，接受了他的好意，心情放松地站在那里等待。

下一秒钟，一把刀子从后者的口袋里抽出，准确地插入了前者的心脏。

这场攻击过于突然，前者甚至一点声息都没能发出。他的困惑远远大于疼痛，张了张嘴，嘴里的烟掉在了地上，烟丝被一滴滴落下的鲜血打湿。

那矮个子一脸抱歉地揉揉鼻子，俯下身，双手分别抓住了他的裤脚和腰带，猛地发力，把人干净利落地抛入了大海。

随即，他弯腰捡起被鲜血浸湿了的烟，叼在嘴里，步伐轻快地向远方走去。

就这样，一场血腥、恐怖又毫无预兆的大逃杀，在大洋深处、在这艘孤立无援的远航船上，正式拉开了序幕。

单飞白长久地沉默着。他发现，他越来越能感知到宁灼寂寞和冷淡的来由了。

在这个时代，在这座繁盛热闹的孤岛，宁灼知道得太多，心又太软，所以他无法让自己活得快乐。

单飞白在沉默中开口，稳稳地切中了问题的要害："船上到底混进了几个人？"

宁灼也在审视单飞白，他发现，单飞白对负面事物的接受度非常高。和他的开朗与没心没肺相对，他之所以如此，不是因为过于乐观，而是对人性人情毫无指望，日子对他来说并无谓好坏，所以他能过得有滋有味。

这样的人，到底有什么能让他在乎的？

宁灼平静地回答:"闵秋说,至少有七个。"

远航者们并不是亡命徒,只是一批向往新世界的年轻人,最大的不超过二十五岁,最小的只有二十一岁。

他们的确做好了死的准备,但这"死"应该是充满希望的,而不是这样阴湿、龌龊、莫名其妙地死去。

目前,船上已经失踪了三个人,剩下三十二个人。

目睹了甲板上的矮个子亲手杀人后,她强忍慌张,尾随其后,直到亲眼看到他回了自己的房间,她也没有离开,静静地窥视了他一夜。

这一夜,他规规矩矩的,再也没出来过,这也就意味着,船上起码还有两个杀手。

这些日子,他们与船上的人混熟、搞好了关系,挑在同一天,神不知鬼不觉地下手。

这样一来,闵秋就不好将自己的所见所闻公之于众了。

第一,她并没有证据。

第二,她只有一个人,没有朋友,而对方人多势众。

闵秋又去查看了通信设备,不出意料是"坏掉了,正在维修中"。她回到房间,对着墙壁,将自己的想法说了出来,一是为了给自己整理思路,二是为了把自己的想法说给还留在银槌市的妹妹听,给她一些参考。

闵秋的优点是性格孤僻,因为她相貌出色,想要和她做朋友的大有人在,可都被她的冷漠寡言给吓走了。这样,她至少不会死于亲近的人。

闵秋的缺点也是性格孤僻,想要调查,也无从查起。她还没有查出眉目,船上的人就闹了起来。

有人认为,无端失踪的三个人是因为航行时间太久,罹患了抑郁症,选择了跳海自杀。

可这个猜测很快被否定了。三个人为什么选在同一天自杀?

而且他们生前虽然关系不错,但并不算特别要好,即使是结伴自杀,也没挑选彼此的道理。

疑心生暗鬼。原本气氛和谐的远洋队成员间产生了嫌隙,在望着彼此时,有无尽的暗涌在彼此的眼底浮动。

有理智派第一时间提出了建议:返航。

他们这支队伍要前往的是希望和理想之地。在路上,他们对彼此产生了猜忌,已经都不是最合格的船员了。返航银槌市,到了陆地上,至少能保全大部分人,也能更方便地查出凶手。

可偏偏就是有人要让理想者死于最肮脏的猜忌。

决定返航的第三天，他们的净水设施被捣毁了。存储的几大桶淡水也被人凿穿了桶底，放了个一干二净。

闵秋和其他两名机械师马上动手修复，重新积蓄淡水。

然而，巨大且无形的焦虑已经如同一块积雨的乌云，快速笼罩了整艘船。船上的确有监控，却安排得很稀疏，存在大量死角。因为大家在出发前都天真地觉得，大家都是自己人。

愿意做这桩必死之事的人，多多少少有点天真，他们想的是怎么让船更坚固，怎么能够航行得更远，并没有将"抓内鬼"列入计划。

他们抓到了三四个在淡水储藏室附近的监控里路过的人。

每个人都有自己的道理，每个人都喊冤，并以极大的抵触情绪应对旁人的质问。

眼看着争执已经不可避免，闵秋冷眼旁观，提出了建议："大家坐在一起，每个人都心平气和地说一说自己的来历。"

做这件事的人不可能无缘无故的，必然是蓄谋已久。说得越多，越详细，越容易出差错。

可人心复杂，一旦产生波动，再想按捺下来就难了。

大家坐在一起，聊得口干舌燥，心情烦闷，对待提问的态度越来越恶劣，任何一句合理的质疑都会成为一场口角的导火索。

毕竟清白的人只能保证自己是清白的。

一个年轻气盛的大学生和一名负责后勤的人杠上了，理由是大学生毕业的高中院校早就改名了，大学生还用老校名称呼，显然是功课没做足，在撒谎。

口角很快升级为争吵，争吵又升级为了武斗。

大学生原本就情绪紧绷，一时愤怒，居然用防身的改锥公然刺穿了后勤人员的心脏。

大学生很快被绑了起来，被拖到了甲板上。被刺骨的海风一吹，他满腔沸腾的热血很快冷了，头脑也重归清醒。他冷汗淋漓地跪下来，"嘭嘭"地给大家磕头，说自己只是一时情绪失控，求大家相信他。

可所有人看他的眼神都变了。

大学生在这样鄙弃、嫌恶的目光中渐渐明白，即使回到陆地，等待着他的也只有审判和谴责。他的远大前程，他的美好理想，全部如同肥皂泡一般破灭了。

在极大的恐慌和绝望中，他在被押往下层甲板的路上，挣开两个看守者，跳海自杀。

船上还剩下三十人。

紧接着,大搜查开始了。

有人觉得,只要把所有人的武器归拢、收缴到一起,风险就能减小不少。

为着自己的清白着想,很多人即使百般不愿,还是任由其他人结伴将自己的住所搜了个底朝天。

从闵秋处搜到的武器有些特殊,她带来的是一把电锯,她痛快地交了上去。

还有一把长剑,尝试去搬的人居然没能一口气拿起来。

那人指着长剑,问道:"这是什么啊?"

闵秋答:"辟邪用的。"

对方打量了一下闵秋的身材,觉得别说她一个女人,这种武器,哪怕是个大老爷们儿用,都不会趁手。

如果这也能算武器,那他们应该没收所有的板凳、柜子和桌子。

于是,这把长剑被留下了。

然而,没收武器一点用都没有。当夜,年轻的大副死在了自己的岗位上,是被割喉而死,工具是一个被敲碎了的玻璃杯。

船上还剩余二十九个人。

有人扔在洗衣房的衣服领口被发现有血。尽管那人狂呼着自己无辜,却还是被打了个半死,囚禁了起来。

所有人都信自己、不信别人时,就是混乱的开端。

最后,当净水装置再次被捣毁,所有的螺丝钉都随着看守净水装置的人不翼而飞后,所有的人都在极端的不安中,陷入了疯狂。

为了自保,不少人吵嚷着要拿回自己的武器。如果一定要死,他们至少不要手无寸铁地被杀死!

可是也有相当一部分人反对。以现在大家的情绪浮躁,一言不合,就有可能引发一场严重的火并!到时候就一发不可收!

船长做出了决定,当着大家的面,把锁有武器的房间钥匙丢入大海,逼迫大家收起了动用武器的念头。

日子过去了两天。紧绷而窒息的气氛,也足足持续了两天。

第三天,夜晚。

三个人结伴巡夜的船员,看到一个人拖着一具尸体,在夜色的掩护下,打算将尸体投入海里!所有人在尖锐的示警声中惊慌失措地爬下床,再次集合。

被抓的人一脸惶恐,指着尸体急忙申辩:"是他潜进我住的地方,要杀我!"

大家看向他的目光是怀疑而冰冷的。

船长熬得两眼通红，嗓子也倒了，开口时显得沙哑异常："为什么不示警？要偷偷扔掉尸体？"

那人一脸绝望地坐在地上，指甲死死地嵌入甲板缝隙间，声音细若蚊蚋："我……我怕你们怀疑我——"

这样的说辞，是非常站不住脚的。

精神崩溃的男人已经无法靠自己的双腿行走，被人拽住双臂、强行拖走。同时被没收的还有他的凶器——一个质地坚硬的床头水杯。

有人在寒风中打了个寒战，问船长："尸体怎么办？"

船长面露不忍，亲手去搜了搜尸体，发现并没携带什么伤人的凶器。这两个人关系其实不错，极有可能只是一场可悲的误会。

船长低声说："扔到水里去吧。"

尸体等不到回到银樨市，就会腐烂发臭。

然而，此刻，闵秋走了出来。她的嘴里咬着一个小手电筒，沉默地制止了要动手弃尸的人，三下五除二，将尸体的衣服撕了下来。

刚睡醒的人，脑子还不清醒，船长要考虑的事情又远不止船上屡屡发生的杀人案，他的确是心力交瘁了，以至于无法清楚地思考。

好在闵秋头脑还算清楚。半夜时分，不打招呼，突然潜入朋友的屋子，实在很可疑。

果然，男人的肩窝处，有一处奇怪的蘑菇刺青。

船上风大，出发时又是冬季，每个人都裹得严严实实，露在外面的脸部、手部皮肤被风吹得皲裂，浴室又是私人的，谁也不会闲得没事，把对方扒干净了细看皮肤。

为了自证清白，闵秋动作利索，把自己也脱了个干干净净，只剩下内裤和一件白色的吊带背心，露出了一身布满了电火灼伤的旧疤的麦色皮肤。

在众人诧异的目光中，她神情冷淡地走向那个被她目击了杀人现场的矮个子，下令道："脱衣服。"

那人的眼珠微微转动，嘴唇也抿紧了："为什么是我？"

闵秋回答道："我看见过你杀人。"

矮个子的喉结猛地一动，发出了一声怪腔怪调的"哈"，似乎要极力表示出对闵秋指证的不屑。他抬手就要解外衣扣子，但当外套脱下来后，他动作利索地甩出外套，直接罩住了闵秋的头。旋即，他抽出一把刀子，朝着一旁头脑发热、正犯偏头疼的船长刺了过去。

一刀割喉！所有人都吓傻了。

濒死之际，船长死死地抓住了矮子的肩膀，将他的毛衣向下扯去，露出了一个鲜艳的蘑菇刺身。

大家如梦方醒，像羔羊一样，分散着、尖叫着逃跑了。他们要去寻找武器！

已经撕破脸皮，无须再装了。没收武器的行为，原本是出于谨慎。可是想要藏匿武器的人，哪里都能藏。

人群中，有人掀开了钉得松松的甲板，从里面取出了一把枪，径直打碎了船上最亮的一处照明灯。船上骤然陷入一片令人绝望的黑暗。

矮个子带着一手污血，狞笑着掉头去寻找揭穿了他的闵秋，却发现她不知道什么时候已经不见了踪影。

在这座漂浮于海上的孤岛各处，响起了绝望的哭叫。

有人死于枪击，防身武器只有一把磨尖了柄的牙刷。有人死在救生艇旁边，想要搭乘小船逃离这个人间地狱的愿望，也是不可能实现了；有人深陷绝望，不愿再面对昔日熟悉、如今已然面目全非的同伴，选择跳海。

两个小时过去，船上只剩下十七个人还存活。

结束了两场屠杀后，矮个子手持利刃，来到了闵秋的房间。大多数人缩回了自己最熟悉的地方，他想，闵秋也不会例外。

谁能想到，当他怀着满腔恶意推开门时，兜头泼来的，是一杯不明液体，疼痛刹那模糊了视线，让矮个子大张着嘴巴哀号起来。

可下一秒钟，矮个子就再也叫不出声来了。他的脖子被一样坚硬、冰冷的东西斫断了。他用模糊的视线，看到了自己跟跄着伏地以及闵秋手持一把漆黑的长剑。

闵秋将剑放在地上，喘了一口气，将另一杯腐蚀性液体放在了门上，轻手轻脚地从外虚掩后，抱着剑，沉默地消失在漆黑的夜色里。

天边是一轮孤独的毛月亮，被乌云遮蔽，显得孤寂而模糊。

在这个夜晚，闵秋放飞了自己的记忆盒子，将记忆断绝在这一刻。因为她知道，对方有枪。她的身体再也无法回家了，她不愿死在狭小的房间里。

在闵秋的记忆中，有两个身上带着蘑菇刺青的人死在船上的屠戮中。最后，只有五个人乘坐救生艇成功返航。

这是闵秋用生命带回的重要情报：船上混进去的是一支至少由七个人组成的杀戮小队，肩上的蘑菇刺青就是他们的统一标志。

一个月后，哥伦布号上的"幸存者"开始着手建设哥伦布号纪念音乐厅，工程由那五名"幸存者"主导。

　　这是一项重大的任务，完全是出于对这些经历了大劫大难却能"浴火重生"的"幸存者"的照顾。

　　而闵旻带着这份已经安装好的、属于姐姐的记忆备份，通过调律师的介绍，主动找到了海娜，要求加入。

　　时年二十二岁的闵旻站在宁灼的面前，神情平淡，语出惊人："给我和我姐姐一口饭吃。你会得到两个有用的人。"

　　彼时，听完闵旻对事件的简单介绍，宁灼沉默良久，知道闵旻不去求助白盾的原因。

　　那份记忆备份，说到底只是"记忆"，而并非可以播放的监控录像。而且这种记忆盒是违禁品，交给当局，只会落得个"当即销毁"的结果。

　　宁灼问她："为什么找我？"

　　闵旻答："海娜建立不久，会需要我。"

　　这话说得没错。

　　"是的，我需要医生，也需要机械师。"宁灼反问道，"那么，你需要我为你做些什么？"

　　闵旻抿了抿嘴。她是个乐天派，知道沉溺在忧愁痛苦里毫无用处。问题发生了，就要解决问题；解决不了，那就找到一个合适的地方，静静地蛰伏下来，等待解决问题的时机。

　　经过一番沉思后，闵旻给出了一个出乎宁灼意料的请求："我讨厌那个音乐厅、纪念堂——管它叫什么，我觉得太恶心了。我希望它有朝一日原地爆炸。可以吗？"

## 第十三章

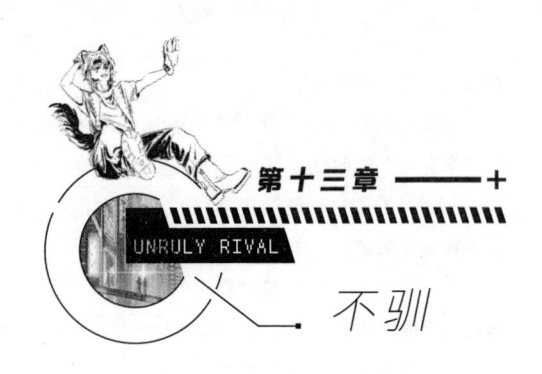

UNRULY RIVAL

## 不驯

十一年过去了,闵旻再也没提过这件事。她玩游戏,聊八卦,追剧,和他们嘻嘻哈哈地打成一片,仿佛那场痛苦的劫难没有在她的精神上留下任何痕迹。可是,那个代表着扬帆远航的标志,她仍然是看也不敢多看一眼。

宁灼既不同情她,也不怜悯她,因为那不是她需要的。

被这疯狂世界所抛弃的人,他来要,他来管。

听明白这次的任务后,单飞白若有所思地笑了。他从口袋里摸出两张票,轻快地扬起:"宁哥,听过音乐剧吗?……有空的话,我们去吧。"

票是两天后的。他们有充足的时间休整和准备一番。

经过这三个月的磨合,磐桥认命地将全副身家搬入了海娜。海娜专门为他们腾出了十三层,作为他们的宿舍。

刚开始,磐桥的人以为回归的单飞白会和大家一起住进十三层。可单飞白居然回来收拾东西了,说他要和宁灼住同一个房间。

匡鹤轩闻言,十分不服。他愤愤不平地说道:"老大,姓宁的这是信不过你啊!"

单飞白快乐地忙碌着,头也不回地玩笑道:"他同意也说不定啊。"

匡鹤轩沉思良久,攥一攥拳头,像是下定了什么决心一样,大步走了出去。

匡鹤轩且走且寻,在训练室里找到了宁灼。他听人说,只要不出任务,宁灼几乎每天都会雷打不动地来这里锻炼。当他走入训练室时,宁灼正在和一个木人对练。

木人是浇了桐油的,异常坚硬。

可宁灼面无表情地用他的血肉之躯和这死物抗衡,一招一式,既漂亮又凶悍,每一个动作都带着凌厉的疾风,丝毫不拖泥带水。

匡鹤轩甚至没感觉他怎么用力,就见他长腿一扫,那木人的脖子可怖地发出了一声"咔嚓"的断裂声。紧接着,那颗没有五官的头就歪向了一边。

匡鹤轩感觉一阵寒风吹过后颈,自己的脖子也跟着隐隐作痛起来。他心一横,硬着头皮迎上去:"哎,宁……宁灼。"

宁灼停下动作,冷冷地觑他一眼,那条腿也放了下来。

只被宁灼瞧了这一眼,匡鹤轩的心就虚了。可事到如今,他也没有打退堂鼓的理由,咬紧牙关,道明来意:"来打一场吧。"

匡鹤轩寻思着,他们作为单飞白的手下,不能总像老鼠躲猫一样躲着宁灼,越躲越完蛋。他们得给单飞白做脸,老大才能在姓宁的面前挺直腰杆做人。

说清自己的诉求后,匡鹤轩咽了口唾沫,暗暗决定,不管宁灼如何冷嘲热讽,他也要忍耐下来。

出乎他意料的是,宁灼相当平静地活动了手腕,言简意赅地道:"来。"

以前,宁灼也和匡鹤轩拳脚相见过,直接踹断了他的骨头。

可在不以命相搏的前提下,宁灼发现,匡鹤轩的拳脚功夫意外地出色。他比金虎手下的小弟像样得多,也有天赋得多,格外擅长快攻,身形灵活,且皮实扛揍,性情坚韧,受了攻击也毫无惧色,在地上一滚,马上能够面不改色地站起来。

见他打得颇有章法,宁灼也沉下心,一招一式地和他较量起来。在监狱里,他听单飞白说起过,匡鹤轩是磐桥里最能打的。

宁灼并不相信,并表示,如果匡鹤轩的那点本事就算能打,他不如趁年轻早点改行,说不定在卖红薯一事上会更有作为。

彼时,单飞白不置可否:"我们平时不和匡哥对练,他就只能和输入了固定程序的仿生人练习。他其实真的挺厉害,只是发挥不出来。"

宁灼问道:"你的意思是,他考六十分,是因为卷子只有六十分?"

单飞白煞有介事地点点头:"对啊。"

如今看来,单飞白倒的确有眼光。

匡鹤轩遇强则强,而且越打越灵活机变,只要在一招上吃了亏,下一次宁灼使出类似的招数时,他就马上能成功闪避,并做出极有针对性的回击。

五分钟后,两个人暂时停止了,默契地各自退回训练场的对角,稍事调整。

匡鹤轩不知道宁灼对自己原本低到了谷底的评价有所回升,他胡乱擦了一把流到下巴的热汗,喘息之余,满心懊恼。百十招下来,他只踹到了宁灼两下,还没能踹着实处。相比之下,他的胸口、肩胛、咽喉、大腿等要害纷纷中招。肾上腺素狂涌的时候,他没能察觉到,稍一停下来,他就觉得肌肉酸痛不已。他用光溜溜的左脚轻轻踩着右脚,低头生着自己的闷气。

正值匡鹤轩心情沮丧之际，宁灼开了口："你喜欢压低身子进攻，我防你只需要在中线，太简单了。"

匡鹤轩一愣，回嘴道："你当我没发现？我已经有意在改了！就是习惯而已！"他能如此作答，让宁灼越发确定，他打架也是讲章法、动脑子的。

宁灼轻轻点点头："那就抓紧时间习惯。"

这话说得古怪，让匡鹤轩几乎产生了"他是不是在教我"的幻觉。直到又酣畅淋漓地对打一场，匡鹤轩才意识到，宁灼是真的有意在教他。

第二场，他的动作放慢了不少，从野蛮凶狠的对抗变成了教学。饶是如此，匡鹤轩也硬是没能在宁灼手里讨到半点便宜。

匡鹤轩今天本来的目的，是想在宁灼面前给他家老大挣点面子。

当宁灼结束第二场对练，对他轻轻点点头，打算转身离去时，匡鹤轩竟然脱口而出："那个，我，我……这两天我还能来找你吗？"他望着宁灼，目光里含着前所未有的、连他本人也不曾察觉到的热忱。

宁灼停住脚步，想了想，说："后天有事。明天下午来吧。"

匡鹤轩愣在原地，直勾勾地望着宁灼离开的方向，满腔钦佩止不住地往外冒，满脑子只有一句粗俗的感叹：狂，厉害！

以前，他们都是生死相搏，匡鹤轩只有被他吊打的份儿。作为一个随时随地能被宁灼打死的人，匡鹤轩满脑子想的都是保命，哪里有心思欣赏宁灼暴揍自己时多么魅力四射。

回想着刚才的战局，匡鹤轩越琢磨越激动，双拳紧握，第一次明白了为什么宁灼的那些下属会那么崇拜他。

匡鹤轩的脑子只有在打架的时候格外管用，平时相当单纯。他想，如果自己是女的，要生孩子的话，就给这样的男人生。

过了好半天，匡鹤轩才反应过来自己这是鬼念头。他愣在了原地，半响后，狠狠地给了自己一个大耳光，扇得他自己浑身一激灵，发热的头脑才有所降温。

匡鹤轩捧着被扇得热乎乎的脸，心想，自己被捶傻了吧。


宁灼许久没有这样痛快地打架了。他出了一身大汗，索性就近在十二楼的公用盥洗室冲了个澡。

他披着一条雪白的毛巾，擦着湿漉漉的头发穿行在走廊上，打算去找金雪深聊聊钱的事情，省得金雪深总是牵肠挂肚。

宁灼正在心里编着借口，一转弯，和闷头打扫卫生的傅老大撞了个正着。

傅老大手握着扫帚，直起了腰："哟，回来啦？"他并不多嘴询问宁灼去了哪里。

宁灼点头应道："嗯。我走这些日子有什么单子吗？"

傅老大用指尖蹭了蹭鼻翼，不假思索地回答："小单子有，大单子就没了。咱们这边刚并派，不够稳定，很多人还在观望。"

宁灼并不以为意，他这三个月挣的钱，足够海娜和磐桥的人坐在家里白吃白喝半年。他又问："磐桥的人还安分？"

傅老大笑着答道："你们两个跑得没影没踪，他们没了主心骨，吵架倒是会吵，小摩擦不断，但掀不起大风浪。"

宁灼应了一声，他也不怎么担心这个。有傅老大在，他不怕磐桥能翻天。

在他沉默时，傅老大专注地上下打量了他一番。

一看傅老大的眼神，宁灼的视线就自动移到了一边，提前叹了一口气。他又要唠叨了。

果然，傅老大苦口婆心地说道："现在可是大冬天，屋里就算再暖和，洗完澡也别这么晾着胳膊腿儿在外面跑，老了会得关节炎的。"

宁灼深深吸了一口气，一脸冷峻地答道："不会。我老不了，我活不过十八岁。"说完，他就擦着头发，迈开长腿，继续快步向前走去。

傅老大一愣，才反应过来。

在宁灼还是孩子的时候，他就把自己的身体当柴火烧，丝毫不爱惜。

那个时候，傅老大怀着一腔好意，追在他的屁股后面唠唠叨叨，连哄带吓，说他这样"活不过十八岁"。

傅老大哭笑不得，自言自语地说道："怎么这么大了还记仇呢？"

傅老大摇着头转过身去，却意外地跟于是非近距离对上了视线。

于是非不知道在这里听了多久，紫色的眼睛带着探究和好奇的意味："傅老大，五天前的夜晚来过一个客人，渡鸦说是你接待的。特意选在这种时间来的客户，按照我的经验来说，不会是小单子。"

"啊，那个。"傅老大笑着微微耸肩，"价钱没谈妥，他就走了。"

于是非眨一眨眼睛，看不出傅老大有任何说谎的迹象，便乖巧又温顺地答道："明白了。"

傅老大却没有继续去忙自己手头的事情，而是握着扫帚，静静地望着他的脸。

于是非向来是有话就问，以谦逊的态度请教道："我记得，有一次，你也是用这样的眼神看着我。"说着，他低头打量了一番自己的衣着，"我哪里很奇怪吗？"

"没事。"傅老大收回了视线，继续打扫卫生，玩笑道，"看你长得帅啊。"

扫帚和地面摩擦出的细响,每一下都异常均匀有力。他说"没事",一根筋的于是非就信他是"没事"。

于是非客气地一鞠躬:"打扰了。"

在于是非转身离开后,傅老大继续他的清洁事业,似乎心无旁骛的样子。可忙碌一阵后,他突兀地对着空气开了口:"长得像你,说起话来就不像了。"

一个小时后,宁灼从金雪深处出来。

两个人不怎么投契,一个板着脸问,一个冷着脸答,倒算得上有商有量。

对于那一笔笔的异常进账,宁灼给出的解释依然是拿人钱财,替人坐牢。如果将来林檎非要从海娜内部打听消息,那么口供还是一致最好。

宁灼边走边想心事,刚回到自己的楼层,就看到单飞白步履轻快地尾随着一张雕花的大衣柜,往自己的房间方向走。

衣柜下方装着四个电动轱辘,自动行进,听话得像是一只受驯的宠物。单飞白腾出了双手,插在口袋里,哼哼唧唧地唱歌。

宁灼生平没见过这么巨大的衣柜,更没想到这张衣柜会和自己产生联系,一时无言以对。

单飞白机敏异常,几乎立刻就察觉了宁灼的存在。他未语先笑,快步走过来,抬手将一颗花生糖塞到宁灼的嘴里。他给出了简单的试吃评价:"好吃!"

和单飞白住了三个月,宁灼也习惯了他随时随地塞来的各种小吃。他们俩口味相近,他说好吃,那就不差。

花生糖让人唇齿留香,也让人的心情平和。

宁灼望着那张比自己还高大半头的衣柜,问道:"你要干什么?"

单飞白理直气壮地说道:"我看你的房间里没有衣柜,就把我的搬过来啦。"

宁灼皱起眉头:"木头做的那个就是。"

"那叫衣柜啊?"单飞白想要发表一番"大逆不道"的看法,但在宁灼的注视下,他老老实实地夹起尾巴,偃旗息鼓了,"还挺……挺迷你。"

宁灼被他喂了糖,也有心思和他讲点理:"你的这张移动房间,我的卧室放不下。"

单飞白一鸣惊人:"还行吧。我刚才把墙拆了,应该能放下了。"

宁灼一时疑心是自己听错了,但他断然没有未老先衰的道理。宁灼默不作声,抬脚便踹。

可单飞白的身子灵活,见势不妙,提前往旁边一躲,同时很有条理地解释:"不是承重墙！反正你隔壁的房间也是空着的嘛，打通了刚好是双人宿舍。"

宁灼见他上房揭瓦如此熟练，气得直笑："嫌小不要住，滚出去。"

单飞白非但没有滚的打算，还继续公然气人："我小时候就看你的房间不顺眼了，你住着喘得过气吗？"

宁灼一想到这小狗崽子小时候顶着一张天真无邪的小脸，凑到他身边百般讨好，心里居然敢挑三拣四，心里更加不平，抬手就按住了单飞白的头，打算押回去，看看单飞白把自己的屋子祸害成什么样子了。他冷冰冰地发出威胁："你要是把我的房间弄得一团乱，这张衣柜就是你的棺材。"

单飞白表示了抗议："不要啊。我还想之后和你葬在一起呢。"

宁灼瞧了他一眼："为什么要和我葬在一起？"

单飞白毫不犹豫地说道："我比你暖和啊，有我在，你就不会冷啦。"

这样不切实际的话，宁灼知道是假的，但听起来的确舒服悦耳。

宁灼想了千百次自己的死，也曾亲自在鬼门关前孤身转过几次，从没设想自己死后身边会跟着一只烦人的小狗。他随口道："我的棺材小，放不下两个人。"

单飞白自有他的一套强盗逻辑："那我就把棺材板打通，打到隔壁去。"

宁灼一愣，险些没忍住笑。

和单飞白一起把大衣柜遛狗一样遛到门口，宁灼看清了自己房间的全貌。房间里并没有他想象中的泥土横飞、砖瓦堆积的景象，灰土碎砖被单飞白利索地运走了。

在宁灼忙碌的时候，单飞白一分钟都没闲着。他用这半天时间，热热闹闹地构建出了一个新天地。墙上新铺了自动壁纸，整个房间焕然一新，变了色调，还像模像样地在墙上开出一面假窗。

新风系统将带有香气的暖风送入室内。那香气来源于一只新鲜的柚子，散发着清新芬芳的气息。

单飞白卖力地把大衣柜推到了他理想中的位置，叉着腰退后，想要一观全景，退了又退，膝盖却撞到了床，向后一翻，跌倒在地。他倒是很知足，在哪里摔倒，就在哪里躺下，就地一滚，轻轻松松地把自己裹成了一个细条条的被子卷。

宁灼瞧他快乐的模样，也不小心受了点感染，快步走到床边，寻着了他的脚，要把他拖下床来。

单飞白却灵活得像是条小白鱼，猛地抬起身，快乐得笑出了声，好像是完成了什么经年的心愿："我搬进宁哥家喽！"

宁灼觉得自己的思想被拉到了和单飞白一样幼稚的水准。

在宁灼回过神来前，单飞白乖巧地提议："要参观我的衣柜吗？"

宁灼正想看看这硕大无比的衣柜里到底内含什么乾坤,便松开了他,拉开了衣柜门。

先映入宁灼眼帘的,却是一个漂亮的粉色蛋糕,草莓口味,六寸左右,很漂亮。

单飞白裹着被子坐在床上,得意地炫耀:"小狗是不是心灵手巧惹人爱?"

宁灼小心地将蛋糕托出来,同时放开视线,发现单飞白的衣柜真可谓藏龙卧虎,每一个功能区都被无数的衣架、PVC架、分隔盒和挂架划分得泾渭分明。

看着角落里悬挂着的一百多条颜色各异的领带,宁灼一时哑然。单飞白哪怕长三个脖子,戴完这些也需要一个月。

至于款式不同的西装、大衣、毛衣、卫衣、运动服、羽绒服、长裤、短裤、内衣裤,将这移动的衣帽间装填得满满当当。

一眼看过去,头晕是宁灼最直观的体会。

对比之下,宁灼原本的衣柜,简直简陋。

单飞白盘着腿在后面适时补充:"我交代于哥了,有些款式过时了,就扔在磐桥,别带过来了。"

宁灼咬着后槽牙道:"这还不是全部?"

"不是啊。"单飞白理所当然地说,"我的鞋柜、配饰柜和帽柜都还没运过来呢。"他在屋里圈了一块空地,说道,"摆在这里刚刚好!"

宁灼心想,小少爷真难养。

单飞白从床上跳了下来,说道:"对了,明天我们去听音乐会,你穿什么和我配啊?"

宁灼拉开自己的衣柜,随手指了一件。

单飞白和那件陈旧的西服对峙半晌,语塞半晌,一把拉住宁灼的手:"买新的!走走走!"

宁灼说道:"这件还能穿。"

单飞白说道:"这款式是五年前的流行款了!"

宁灼翻了个白眼:"你怎么不说是你上辈子的流行款?"

单飞白振振有词地说道:"真是我上辈子的流行款就好了,说不定现在又流行了。你这件不行,像是从土里挖出来的,参加葬礼比较适合,我看着就想哭丧。"

宁灼一乐:"你还记得我上次穿这件衣服去找你爸吗?"

"哦,你给我爸哭丧我确实没什么意见。"他嘴皮子溜得让宁灼想掐死他。

宁灼从来没有给自己买衣服的习惯,他说一句,单飞白就顶他一句,更是让宁灼坚定了不遂人愿的打算。

最后，单飞白妥协了，出让了自己的一件新款西服。

上衣还好，稍大一些，裤子就有些拖地了。

宁灼决定换上自己的旧西服裤子。他不讲究这个，但单飞白不依。

单飞白硬是拿着宁灼的尺码，让于是非把自己一件没怎么穿过的西装裤临时修改成了合适宁灼的长度。

单飞白的态度是如此郑重其事，让宁灼心里也莫名添上了几分奇特的谨慎和期待。

两天后的晚上七点，是音乐剧开演的时间。

单飞白提前把自己洗得干干净净香喷喷，选好手表，配好领结，顺便在自己胸前别了一根伞形胸针，确保把自己打扮成了漂漂亮亮的小狼崽，才满意地出门去了。

考虑到他弄了两个小时的发型，单飞白坚决不肯坐摩托。

于是，宁灼和他找了一辆无人驾驶出租车，自行开往哥伦布纪念音乐厅。

距离目的地还有一公里时，那独属于音乐厅的柔和灯光就直撞入了他们的视线。

银槌市并不是完全规则的槌状，偶尔会有一小块冲积岛旁逸斜出。

船形的音乐厅便位于龙湾区的这样一处冲积岛上，灯火辉煌，人工的霓虹甚至将天边的月亮都衬得有一点黯淡。

今天晚上的演出剧目名叫《沉船》，是哥伦布纪念音乐厅的经典保留剧目，讲述的是一群满怀希望的年轻人登上船，与飓风、海怪和孤独战斗，最后大船不敌自然之力，最终沉没在大海深处，却仍存留下了希望火种的故事。

捏着两张贵宾票，宁灼和单飞白踏上昂贵的红色地毯，步入了这间气势恢宏的纪念音乐厅。

整个纪念音乐厅共分为两部分。

一部分是可以容纳两千名听众的表演大厅；另一部分是哥伦布号的纪念堂及博物馆，里面有哥伦布号的还原模型，被幸存者带回来的生活物品以及幸存者们搭乘的救生艇。

其中立有三十五块纪念碑，纪念着逝去的三十缕勇敢、高贵的英魂，赞美着那五名历经磨难归来的幸运儿。

剧院经理桑贾伊正是这五名幸运儿之一，他在门口接待今夜的观众。他形貌敦厚，皮肤微黑，因为多年的养尊处优，身材发福了不少，不过从眉宇间依稀可见年轻时的意气风发。

单飞白和宁灼咬耳朵："他就是这场音乐剧主角的原型。"

351

宁灼问道："他不是哥伦布号的厨师吗？"

"是吗？"单飞白翻了一下节目单，"设定他是哥伦布号的三副呢。"

宁灼冷笑一声。闵秋写下了哥伦布号上的所有人员信息以及她所知的详细屠杀过程。真正的三副，是那个差点被半夜潜进他的房间的"朋友"杀死、最后"反杀"成功的人。可他既不能接受朋友的背叛，也不能接受杀人的自己。他想不通，就疯了。

当然，观众们不知道当年这些肮脏的细节。他们恭谨地走上前来，和桑贾伊握手、合照，并索要他的签名。

桑贾伊相当平易近人，有求必应，面对每一位来宾，他的脸上始终挂着热情、真挚又甜蜜的微笑。

单飞白也露出激动的神情，主动上前和他握了手。除了桑贾伊的签名，他还带回来了一个重要情报："手上有枪茧。用枪老手了。"

宁灼一愣："确定？"

人手掌上的茧子成因各异，很难确定是枪造成的。单飞白"啧"了一声，张开了自己的右手，给宁灼看："你摸摸看嘛。"

宁灼握住，细细摩挲。

单飞白轻声向他解释："拇指、食指的夹缝里有茧，是握枪造成的；食指两侧有，是反复扣动扳机造成的。他绝对不是正常职业。当初桑贾伊的身份档案是怎么写的来着？"

在闵秋留下的记录里，当年的桑贾伊二十四岁，身家清白干净，是一名厨师学院的毕业生。

宁灼露出若有所思的表情。

而在他们身后不远处，正不远不近地尾随着两个人。

他们两个尽管西装革履，可一身腱子肉将服帖挺括的西服绷得紧紧的，撑出了格外明显的弧度。和前面的两个行走的衣服架子相比，他们两个看上去反倒和四周奢华的环境格格不入。

宁灼和单飞白在前方的一举一动，被他们尽收眼底。

"情报里不是说他们两个是仇人吗？"其中一个人提出了疑问，"我怎么看着不像呢？"

下一秒钟，他们就眼睁睁地看宁灼单手锁了单飞白的喉。

哦，那没事了。

门口的安检长廊设计成了一架深色舷梯的模样，一路向二楼延伸。

走廊里安装的高密度红外扫描仪，将所有经过此处的人扫了个一清二楚：皮肤、发丝、配饰，恨不得将他们的心肝脾胃都翻出来好好检阅一番。

温柔的机械女音反复播放着观众须知："请各位观众着装得体，衣着整洁，有序入场。本剧场禁烟，请勿携带任何打火装置入内。请勿携带任何食品和液体饮料入内。严禁携带尖锐物品、易燃易爆物品、压缩气体和液化气体、强氧化剂、毒害品和感染性物品、放射性物品、腐蚀品及其他任何可能影响到他人人身安全的物品入内。严禁携带长宽超过零点五米的物件及货品入内。进行过义体改造的观众，只能佩戴功能型义肢入场。感谢您的配合，祝您有一个美妙幸福的音乐之夜。"

这声明相当冗长，一个又一个"严禁"，叫人平白生出一股寒意，仿佛随时随地会有人甩出一枚炸弹，把这里夷为平地。

一般观众并不觉得有什么不对劲，各自谈笑着无视了提醒。

至于宁灼和单飞白，虽然心怀鬼胎，但因为此次的目的只是打探哥伦布的内部构造，因此十分坦荡。

在踏上最后一阶舷梯后，宁灼隔着一层玻璃，回头向斜下方望去。

在这里，他还能看见桑贾伊。现在暂时没有新观众入场了，他一个人孤零零地站在那里，掏出手绢，轻轻擦拭着手心。

这也是社交礼节的一种——擦去手汗，确保自己的手掌时刻干燥清洁。但桑贾伊擦得相当精细认真，连指甲缝都不放过，过分专注的神情，让他多了几分莫名的焦躁和神经质。

宁灼微微挑眉，旋即收回目光，迈步离去。

桑贾伊正在卖力地为自己做清洁时，就感觉身后十步开外来了人。他的肩头下意识地一动，在心里瞬间模拟出一套反击策略。

但他没扭头。

那个人也知道桑贾伊近些年来添了不少怪癖。他年轻的时候无所畏惧，如今却越活越谨慎，谨慎到几乎生了疑心病的地步。

于是那个人在三步开外就站定了脚步，遥遥地询问："今天有什么重要客人吗？"

桑贾伊将手帕折成一朵漂亮胸花，塞回右胸西服口袋："联合健康总经理奥斯汀的小女儿在VIP包间。李顿去招呼了，下次轮到你。"

来人是五名幸存者之一，叫哈丹，由于有四分之一外族血统，生得高大威猛，登船时是二管轮，如今年近不惑，看上去还是一个威武雄壮的大汉，毫无管理层人员的气质，更像个打手。

"啊。"哈丹耸耸肩，"下次也别叫我，我最讨厌和细皮嫩肉的少爷、小姐打交道，瞧着他们，我就想弄死一两个，听听他们临死的时候叫起来和其他人到底有什么不一样。"

桑贾伊闻言浑身一颤，警惕地四下看了一圈，确认无人，才用谴责的目光瞪了他一眼。

哈丹是他们中的异类。这么多年过去，大家都变成了体面的文明人，只有他一张嘴还是杀人狂的语调。

哈丹用大手拍了拍桑贾伊的肩膀："桑贾伊，我真不明白，你到底在怕什么？难不成怕鬼？"他爽朗地笑出了声来，分析道，"他们早死在海上啦，没有罗盘，没有导航，他们连漂都漂不回来，家门朝哪开都不知道！"说罢，他哈哈大笑起来，好像自己说了个非常精彩的笑话一样。

桑贾伊眼睛望着地面海浪状的精致浮雕，心情也如同波涛潮涌，起伏不定。他的年龄越来越大，却没有越活越通透。尤其是这一两年，桑贾伊总感觉，自己从来没能从哥伦布号上真正走下来。

桑贾伊的生活水平极好，好过银槌市里的百分之九十五的人。可他知道这是用什么换来的。

十一年前，他是联合健康的官方雇佣兵。

和其他雇佣兵不大一样的是，他是孤儿，从小就作为雇佣兵被培养长大，不见天日。说得直白一点，他是隐于暗处的杀手。

李顿、哈丹，其他两名幸存者，小林和詹森，再加上两个死在海上的同伴，他们的出身都是一模一样的。

他们全部是大公司养的雇佣兵，是孤儿，也是杀手。

就在哥伦布号计划正式敲定执行的三天后，桑贾伊破天荒地被联合健康的一名高管叫去，要进行"单独谈话"。

在惴惴不安间，他领到了这项奇怪的任务：作为小队的领头人，打入哥伦布号内部，在远洋船里完成屠杀任务。

那时候，哥伦布号连龙骨都还没有成型。桑贾伊没问为什么，他知道，知晓的秘密越多，死得越快。

幸运的是，他们在船上只死了两个人，后来更是交了大运，有惊无险地成功回到岛上。

联合健康的高层再没单独召见过他,他的身份就此成功洗白,摇身一变,变成了银槌市的英雄——尽管"事业未成",那也算是英雄。

平心而论,桑贾伊知道,大公司并不希望他们活着回来,巴不得他们死在路上。

可既然活着回来,他们也并没有过河拆桥的打算,大笔一挥,在这座岛上建了一座纪念音乐厅,把他们五个人塞了进去。

在桑贾伊看来,这简直是一座黄金做的监狱。他们作为英雄,人们自然而然对他们有了要求。他们要谦恭谨慎、得体优雅、不近女色、不慕富贵,因为英雄就该是这个样子的。

自从有了正式身份,他们也都懂事起来,除了受邀去参加演讲、剪彩、晚会等活动,绝不踏上岛屿外的土地半步。

桑贾伊就这样,在幸福而稳定的生活里,越活越分裂,越活越怕死,简直活成了一条阴暗的蛐蜒。

那些高层老而不死,他们活一天,他们拥有的一切都可能会被彻底收回。

当年,哥伦布号出海拓荒,面临各种危险,因此船上必须携带武器。

如今,桑贾伊再也用不着武器了,却恨不得将音乐厅修成一座华丽的堡垒,把一切可能的危险因素排除在外。但他知道,自己的一腔愁绪并不能对哈丹倾诉,哈丹是个动物一样的野人,活一天,算一天。他对哈丹胡乱摆了摆手,顺便揉了揉笑僵的嘴角。桑贾伊很爱惜自己的生命。好在,和那些大公司的老头子相比,他还算年轻。他务必要活到所有当事人都死去,到那时,他才能放心大胆地享受美好生活。


事实证明,宁灼和正常人不同。他的脑子里就没有长过"享受美好生活"的神经。

当舞台上的青年男女们唱着青春洋溢的昂扬调子、筹备起航事宜时,宁灼就已经睡熟了。他睡起来很安静,呼吸均匀而深长,睫毛垂下来,少了几分冷峻,眉目如画。

单飞白不打扰他,因为知道宁灼平时把自己当铁人用,能多睡一会儿是一会儿。他偷偷地去用指尖碰宁灼,力道掌握得恰到好处,并没有吵醒宁灼。

当碰到自己留下的那圈齿痕时,单飞白一颗心痒得厉害,野心勃勃地想对他发动突然袭击,咬上一口。不过想了又想,他还是忍住了。

单飞白捂住嘴,猫似的打了个哈欠,望向舞台上正在勇敢地和飓风搏斗的少男少女。

在他还是单家小少爷时,他曾看过这出音乐剧。现在他知道内情了,音乐剧就彻底沦为了一场不伦不类的闹剧。

他们背后的五排座位开外，有两双眼睛也没有在看舞台，正注视着他们的一举一动。单飞白对视线相当敏感，在察觉异常后，他第一时间扭过头去。

可惜，舞台上恰好在这时雨过天晴，出了"太阳"。在光芒万丈的背景下，所有观众都一齐眯起了眼睛。

单飞白丢失了他的目标。那两个人也由此心生警觉，再也没有向宁灼和单飞白投出一眼。

两个半小时后，在舞台灯光营造出的朝阳场景中，满身创伤的五个人摇摇晃晃地站在救生艇上，遥望着重新出现在地平线上的银槌市的边缘轮廓。

饰演"桑贾伊"的演员饱含热泪，说出了最后一句台词："到家了。我最亲爱的朋友们，你们看到了吗？我们到家了。"他的语气煽情，感情真挚，"可你们不在了，家又在哪里呢？"

落幕之后，桑贾伊第一个起身鼓掌。

随之响起的满堂喝彩，终于把难得进入深度睡眠的宁灼惊醒了。他茫然地看向四周。难得看到这样的宁灼，单飞白玩心大起，趁着灯光还未亮起，摸了摸他的额头："都睡热了。"

宁灼面无表情，实际上精神恍惚，并没有马上察觉到冒犯："我睡了多久？"他思考了一下自己失去意识的节点，自问自答道，"嗯，挺久。"紧接着，他又说，"你应该叫醒我。"

单飞白自然地起身，又望了一眼身后。观众纷纷离席，那道窥伺的视线再也没有出现过。他边想边答："睡着了挺好。这剧情看得人怪恶心的。"

晚间预报并没有雨，可当他们走出音乐厅时，外面已经淅淅沥沥地下起了酸雨。空气里弥漫着淡淡的酸苦味，像是变了质的盐卤。

私家车辆可以停在音乐厅自设的停车场内，但像无人驾驶出租车这类社会车辆，是不被允许上岛的。他们只能步行出岛。

眼看这雨一时半刻不会停，单飞白主动跑去找伞，路遇桑贾伊，毫不见外地管他要了一把特制雨伞。

桑贾伊作为"英雄"，这些年来居移气，养移体，已经养出了宽容友善的条件反射，当然无条件地把伞借给了单飞白，同时隐隐觉得他有些眼熟。桑贾伊神经过敏，对任何异常的细节都不肯放过。

桑贾伊笑着试探道："先生以前也来看过《沉船》吗？"

单飞白快乐地点点头，又补充道："这次带朋友来的！"

桑贾伊放下心来，对单飞白敦厚地一笑。单飞白跑了回来，炫耀地举起了伞，花孔雀似的转了一圈。

宁灼问道："只有一把？"

单飞白如乖巧的小狗一般点点头，诚恳地道："嗯，好不容易要过来的。走吗？"

天黑了，雨也是黑的，淅淅沥沥地落下，在被灯光晕染得一片辉煌的海面上编织出朦胧轻薄的雨雾。

宁灼和单飞白挤在同一把伞下。

宁灼突然问："你刚才为什么摸我的额头？"

单飞白露出了困惑的神情："啊？"

宁灼和他对视片刻，觉得他答得很不老实。

宁灼动作利索地揪住单飞白的耳朵，单飞白喊疼，手臂却仍然稳稳地高举着伞："疼！别别别，别拧！一会儿雨淋到你身上了！"

宁灼只是稍施惩罚，看单飞白一脸委屈地揉着疼痛泛红的耳朵，心情莫名地愉悦了不少。

返程时，依然是宁灼驾车。

行驶到一处中城区的十字路口时，宁灼意外地在商业广场的大屏幕上看到了林檎。他难得摘除了眼上的绷带，露出打了代表天秤标志的金瞳以及他完好的上半张脸。

他那张脸的确奇妙，极富特色。戴上绷带，他是个诡异的怪人。摘下绷带，他脸部的一切疤痕和缺陷就自动被消除，叫人看着他时只剩下无穷的怜悯和惋惜。

这是一场案件发布会。林檎作为"九三〇"专案组的组长，向公众宣布了他们的调查结果。

宁灼只听到了一句话："本部亮对本部武的行为表示不知情，并已主动辞去泰坦公司的 CTO 职务……"

下一秒钟，绿灯亮了。

宁灼毫不留恋地撤回视线，踩下油门。

单飞白好奇地问道："不继续听吗？"

宁灼头也不回："你别告诉我你没感觉到有人在跟着我们。"

单飞白用舌尖轻顶了顶腮帮子："从剧院的时候就有人跟着了。"他又问，"是谁？"

宁灼简明扼要地说道："不知道。"这是一句实话。他从暗处走到了明面，自然会成为多方势力瞩目的人物。情势复杂，所以他们的行事更要格外小心。

不过，刚才听到的只言片语，足够让宁灼了解到一项重要情报：失踪的本部武，在宁灼的移花接木下，成功成为夜潜白盾、杀死拉斯金的真凶。

这场高层之间的博弈，是本部亮技逊一筹，输得一败涂地。

与此同时，本部亮并没有实时收看这场与自己息息相关的发布会直播。他捏着一张深蓝色的虚拟名片，在下城区黑潮街的一处荒僻陋巷里，按出了一首忧伤的乐曲。

门应声而开。

等候着他的，却不是热情有礼的招待，而是一把瞬间抵上了他太阳穴的小手枪。

这段时间，本部亮饱受心理折磨，形销骨立，原本就瘦削的身材脱了水似的，越来越干瘪，几乎瘦成了一个鸠形鹄面的瘪嘴小老太太。他并不惊讶，麻木地嚅动了嘴唇，轻声道："调律师？"

今天的调律师是一名美目流盼的高挑御姐，一只手举枪，一只手托着细长的眼袋，眼角上扬，懒洋洋地望着他："本部亮先生，您知道我们不为上城区的人服务吧？上城区的人，进门会死呢。"

本部亮的态度异常坦然："我不是上城区的人了。我今天丢了工作，房子也被泰坦公司回收了，算是低等公民了。"

调律师笑了，她是调律师里比较喜欢搞恶作剧的人格。

要不是本部亮被儿子连累，骤然身败名裂，变成了银槌市的低等公民，且再无转圜余地，他根本连进入调律师房子的资格都拿不到。

本部亮低下头，神情堪称恭顺，内心却绝不平静，一下下宛如刀绞，痛彻心扉。他平平无奇的大儿子第一时间与他做了切割，他们那点父子之情，因为本部亮的偏心，早就被消耗得不剩下什么了。他也没从他父亲这里得到过什么好处，因此断得干干净净。

半生的努力付诸东流，一夜之间从 A 等公民变成无家可归的流民，这让本部亮几乎要痛恨起自己那宝贝了多年的小儿子来。

和儿子的放浪形骸不同，他一直着力保养自己，显然还能活很多年——在痛苦和潦倒中。

他不愿在外人面前展露出虚弱的模样，只能颤抖着手，从口袋里摸出治疗心脏的药物，"咕噜"一声干咽下去后，从喉咙里发出细微的声响："我想要你帮我做一件事。"

"找你儿子？"调律师一摊手，"那是你还是A级公民时候的事情了。相关事宜，概不受理。"

本部亮咬了咬牙，只好退而求其次："那我换一个。"他昂起了头，"你们知道磐桥的单飞白吗？"

调律师的神情一变，并没有说话。

本部亮灰败的眼睛里透出了一丝冷酷的光："我想要他那条脊椎的控制权。一次就好。"

调律师呼出一道长长的烟雾。

作为人格的综合体，她和其他人共享了情感，从理智上，她是知道宁灼和他们有交情的。但是，一来生意场上无交情，谈感情伤钱；二来，单飞白和他们并没有什么交情。非但不仅没有，宁灼还和单飞白有仇。

前不久，宁灼还委托过他们，给单飞白背上了一口堪称要命的"黑锅"。

不过，据他们所知，单飞白现在正和宁灼在一起。

如果本部亮的算盘，是想借了单飞白的手去害宁灼，他们帮还是不帮呢？

调律师之所以能自由，就是因为他们和其他人工智能不同，自行发展出了私心。

能够为宁灼做出这样一番权衡，对调律师而言已经是罕见的事情了。他们的忠诚作为服务项目之一，同样可以收买，但宁灼并没有出钱买断过。那实在太昂贵。

于是，调律师在云山雾罩中对着本部亮微笑着道："你能出多少钱？"

回家的路上，单飞白远远看到街边有人卖炸豆腐，顿时嘴馋，眼巴巴地看着宁灼："宁哥，你吃豆腐不？"

宁灼看了豆腐摊一眼，又看了身边人一眼，把他馋嘴的小心思看了个透，故意道："不吃。"

单飞白做可怜状："可是我饿了。"

宁灼有心逗逗这个衣冠楚楚的小少爷："路边摊怎么配得上您。小少爷还是回家将将就就，吃朵花吧。"

单飞白的心思相当灵巧，见宁灼的工作不好做，马上掉转目标，直接一个电话打给了认识的人："凤凰姐！我和宁哥出来了，你有想吃的东西吗？"

凤凰正和闵旻在一起。她没有吃夜宵的习惯，自然而然地放下通信器，对闵旻说："问你吃什么呢。"

闵旻熟练地报出了一大串小吃名，基本上把她认识的人都照顾到了。

宁灼觉得自己还是太仁慈了。喂他吃花便宜他了，应该塞他一嘴仙人掌。

那块酸雨云成功过境，雨已经停了。

要买的东西不少，停好车后，他们兵分了两路。

宁灼这一身西装，与混乱的街头夜市格格不入，于是他把外套系在腰间，用袖子在腰上打了个结，更将自己那一把腰身衬得细细的。

有个蹲在路边，把一头好头发染得花花绿绿的小混混，噘起嘴，不知死活地对宁灼吹了一声口哨。

宁灼今天穿得体面，不想打架，扫了他一眼，便收回了视线。

小混混同时看到了宁灼和单飞白。

单飞白有着剑眉星目、英俊潇洒的长相，是个贵公子，是人间的富贵花，也是一个神气活现的小神官。然而他的容貌却让其他男人下意识地拿自己和他相比，然后感到自己被比下去，接着就会感到不爽和嫉妒，觉得自己的眉眼再端正些、个头再高挑些、鼻梁再挺些，绝对不会比他差。

宁灼则完全不同。他穿上那一身铁锈灰的笔挺西装，更显得唇红齿白，像个修了千年道又冷若冰霜的狐仙。

总之，男人们不太容易把宁灼当作同性看待，看着他，总有一种天然的蔑视和好奇心。

小混混锲而不舍，居然上来拉拉扯扯："唉，别走啊，聊聊嘛。"

宁灼的耐心顿时见底，一脚把他踹进了路边的垃圾桶。

小摊贩们见惯了斗殴，脸色都没变，各自把自己的摊位挪远了点，并偷偷张望，打算看点热闹。

没想到这一脚直接终结了战斗，小混混头朝下栽在塞满厨余垃圾的垃圾桶里，连虚张声势的狠话都说不出来了。

宁灼这突如其来的一脚，倒把悄悄尾随在两个人身后的雇佣兵吓着了。

单飞白在剧院里的一回头，已经叫他们心里发怵。

如今宁灼又毫无预兆地当街发疯，他们实在不知道宁灼是不是在杀鸡给猴看。对视一眼，决定先打退堂鼓。

到了僻静处，其中一个人拨通了一个号码，恭敬地汇报了宁灼和单飞白的行程："先生，差不多是这样。"

通信器那头的查理曼从鼻子里哼出轻轻的一声，算是应答。

大约一周前，老管家去了一趟海娜，再也没能回来。他一觉睡醒，连第二天的早饭都没吃上。自此后，老管家就从银槌市彻底蒸发了。

老管家的身份证件没带,存款也一分未少。他的年纪这么大,家底这么厚,断没有携款潜逃的道理。

因为老管家是在前往海娜后失踪的,查理曼的心里再怀疑,也不愿背上身为白盾公职人员和雇佣兵私相勾连的罪名。

何况,本部武失踪,有宁灼的功劳。

在"九三〇"案件宣告侦破的重要节点,他决不能和海娜产生任何关系,让人联想到他们的交易。

思及此,查理曼装聋作哑,并马不停蹄地找了一个年轻管家,仿佛家里从来没有过老管家这个人。

"九三〇"案件的告破,大大解了查理曼的燃眉之急。可他细细回想,满心的苦楚一个字也说不出来。他的儿子洗脱了下毒的嫌疑,可还是死了。他在媒体面前应对失当,白盾上层没有任何将他官复原职的意思。

今天,他又在屏幕上看到了白盾新的发言人。查理曼做了这么多年媒体的宠儿,太知道他们喜欢捧什么样的人了。外貌出色、身世坎坷、优秀拔尖,三样都占了,才能吸引人的眼球。

查理曼的经历和背景故事乏善可陈,有三分之一的内容相当无聊,有三分之一的内容不可细说,大部分是媒体和自己绞尽脑汁编出来的。

林檎就大不一样了。查理曼查了他的履历,越查越嫉妒。

去年,在长安区已侦破的案件中,林檎的绩效占百分之七十二。至于他从垃圾桶里的孤儿,长成了品学兼优的好学生,又突逢家变,被养父划烂了脸,后来振奋精神,考上白盾的故事,更是称得上精彩纷呈、扣人心弦。他有实绩,有故事,有一张破碎却不失美感的脸,尽管他当初被提拔到这个位置是赶鸭子上架,可谁又在乎呢?

查理曼上火得厉害,长出了一嘴燎泡。他关闭了和雇佣兵的通信,坐在书房、望着天花板出神。

"咔嗒"一声,外间的大门有了动静。

高跟鞋尖细的鞋跟落在了地上,一步一响,像是踩在谁的心上。

近些日子,查理曼满心都是自己的事情。他也的确发现自家夫人总是早出晚归,几乎活成了家里的一缕孤魂,而且嘴角总是挂着淡淡的、阴恻恻的笑容,没人的时候也在对着空气微笑,笑得查理曼起了一身的鸡皮疙瘩。

之前的他焦头烂额,有心无力。现在,查理曼决定约一个大夫,替妻子看一看精神状况。

这样琢磨着，查理曼的屁股依然不动。他并不想去见妻子，一来是愧疚，二来是他觉得这件事其实并不能怪自己。他不想去承受和面对她的疯癫，最好是她自己调整过来后，来找自己主动和解。

查理曼正要打电话联系医生，一通意外的来电就打断了他的计划。他的嘴巴里都是燎泡，懒得发声，接通后，只"嗯"了一声。

一分钟后。

查理曼的眼睛渐渐睁大了，刚想张嘴，又牵扯到了伤口，面目堪称狰狞。

那边是白盾的人，声称他们在下城区的某处偏僻的临港悬崖旁发现了一处破损的护栏，还有一道笔直的车辙印，直通海里。

因为最近天气寒冷，雇佣打捞队要花更多的钱，又没有人上报失踪车辆或人员，所以本区的白盾警察统一地犯起了懒，隔了三四天才谈妥价钱。

打捞队姗姗来迟，三下五除二打捞上来一辆豪车。一查车牌，他们惊讶地发现，这辆车被登记在一名中城区居民的名下。

这件事情显然不好处理，他们仔细调查后发现，这个人竟然还和白盾前警督查理曼有些关联。

于是他们的负责人怀着忐忑之心，致电询问。

查理曼咽下口水，含混且愤怒地问道："车里的人呢？"

负责人吞吞吐吐地说："人……没找到。车窗开着，安全带的地方有插扣，也许是车落水的时候，人没系安全带，被甩出去了。"他斟酌了一番言辞，继续说，"我们这边调了监控录像，发现这辆车的车主……喝了不少酒，应该是酒后驾驶，所以掉进水里的时候连刹车都没踩……"

查理曼脸都白了。他记得，老管家年轻的时候陪他征战酒场，也算是酒中老饕。然而，自从喝伤胃后，他从此后就只喝茶了。

不喝酒的人，喝了酒，自己把车开进了大海，消失了？

查理曼觉察出了其中的古怪，当即拍板："把监控录像发给我。所有的。现在。"他紧锣密鼓地开始了忙碌，丝毫没注意到妻子来到了书房门口，站了一会儿。她的面颊上带着没擦干的血，只是查理曼忙得头也不抬，自然什么都没看见。

宁灼在一家摊位前买手撕烤兔时，单飞白拿着两份炸豆腐回来了。

单飞白的那份上涂抹着鲜艳漂亮的辣酱，宁灼这份则是干干净净的，只浇了一勺汤汁，冒着热气，香得让人心颤。

单飞白不由分说，风风火火地来到他身边，先挑起一块豆腐，吹了两下，轻巧地塞到宁灼嘴里。他一路跑来,豆腐已经没有刚出锅时那么烫了。要是再过半分钟,滋味就不好了。

宁灼从来不好好吃饭,所以单飞白总爱见缝插针地投喂他点什么,一来二去,喂出了技巧和心得。

豆腐含在嘴里,热腾腾的,几乎即化成了一汪水。

宁灼不在吃的上浪费时间,但不意味着他的味蕾有问题。

单飞白专注又热切地望着他:"好吃吗?"

宁灼"嗯"了一声,不由自主地说:"你也吃。"

单飞白很公平,自己吃一口,就喂宁灼一口,看得烤兔子的大婶暗笑不止,觉得这两人一冷一热,一动一静,倒真有意思。

他们分食完两盒豆腐后,单飞白又熟稔地撒起娇来:"我想吃橘子。可是我身上没带那么多钱。"

宁灼顺着他指的方向望去,微微皱了眉。

橘子品相实在不好,而且被酸雨劈头盖脸淋成了麻子,看着就叫人胃口全无。他走过去问了一句:"多少钱?"

摊主报了个价格。

宁灼原地向后转,回到了手撕兔肉的摊位前,冷酷地宣布:"不买。"

单飞白只能"望橘兴叹",同时给宁灼的嘴里又塞了一个热蛋挞。

两个人一路向回开去,照例是提前下车,大包小包地往家里搬运夜宵。

他们身后干净了,四周也清静了,说的话只有山风能听见。单飞白边走边转过头来,问了今天第一件正经事情:"宁哥,要炸音乐厅,得有炸药呢。"

对于单飞白的问题,宁灼很快给了他答案。

将夜宵分发完毕,换上轻便的衣服,宁灼又骑上阿布,带单飞白出了趟门。他们的目的地是五公里开外的一处荒山,是这座连绵群山中一处不大起眼的边角。它与其说是山,不如说是一座土包。土包临崖的一角,却别有洞天。

"薛副教授留在我这里的时候也没闲着。"

宁灼引他走到山间背阴处掀开枯黄的草皮,露出了底下的石板。他用右手食指按在石板一角,启动机关,石板便自动向上翻。

宁灼继续道:"帮了不少忙。"

单飞白环顾四周,发现有一根被做成树枝模样的避雷针,呈十四五度俯角,保护着地洞,悄无声息地避免了这里被雷击的可能。

地洞打开后,一阵带着轻微硫黄气味的冷风迎面吹来。

这里并不大,十平方米见方,内墙上严严实实地铺了一层黑色钢板,在防潮吸热的同时,郑重其事地守护着一个盛装了六百毫升半透明液体的瓶子。里面是第五代高能炸药,代号为CL-30。手表盘那么大,就能轻松炸毁一整座楼。

那个斯文的男人,不显山不露水,亲自制作出了能把一整座山轻松夷为平地的重磅武器。

不过,当初的薛副教授在听过宁灼的要求后,并没有马上答应这件事。他摸了摸鼻尖,不免有些紧张:"可以让我知道做这个的用途是什么吗?"

宁灼坦诚相告:"我将来会拿它去炸纪念音乐厅。"

薛副教授被吓了一跳,不由得问道:"炸那里做什么?"

宁灼答:"炸的是五个早该死但没死的人。"

薛副教授沉默良久,微微摇头。

宁灼问道:"不愿意?"

薛副教授扶了扶眼镜,慢吞吞地说道:"不是。我当初就觉得哥伦布号沉没是件奇怪的事——当初哥伦布号的建设,我们学校也参与了,我知道那艘船的一些具体参数,水密舱是民用船的几十倍,排量能达到六百吨,还有气象雷达,理论上,它能提前规避特大风暴,就算无处可避,也能撑上一阵子。那五个人说船是被海上的风暴掀翻的,但如果真是足以摧毁哥伦布号的风暴,他们的救生艇应该也一起被撕碎才对。"说罢,他自嘲地笑了一下,"大家都说这是奇迹,我还以为是我的心理阴暗。"

宁灼知道,薛副教授这是同意了。他又问薛副教授:"你不怕我骗你去做炸药,是别有所图?"

薛副教授的笑容温和如春风:"宁先生,你要是真的别有所图,就不会多问我这一句了。"

炸药的问题已经解决,接下来的问题就是怎么让它在合适的时候响起来。

跟宁灼一起回家的路上,单飞白坐在摩托车后座上,分析道:"去纪念音乐厅的安检程序太复杂了。"

他们的安检系统谨慎得像是一把笸子,能将任何风险隔离在外。

宁灼点头,并补充道:"监控是无死角覆盖的'群蜂'牌,和INTEREST公司常用的'雁阵'摄像头是同一家公司出产的,能够互相配合,完全隐形,没有办法规避。"

"会实时上传云端吧?"
"嗯。"

单飞白轻轻地"啧"了一声,这和他们在监狱里暗算本部武时的情况完全不同。他们在第一监狱高级监狱区活动时,内部没有任何监控,很方便他们动手脚。怎么安放炸药是个难题。除此之外,怎么对付五人组,也相当让人头疼。

宁灼委托调律师调查过他们,知道他们五个人的前身是雇佣兵中的杀手。想一口气将他们收拾干净,实在很难。只要打草,必定惊蛇。而且,和身犯重罪、声名狼藉的本部武、拉斯金不同,这五个人是形象正面的公众人物。

要对他们不利,可以说困难重重。

宁灼在深冬微冷的空气中轻叹一声。

之前,宁灼曾多次前往龙湾区附近散步,望着那艘恢宏的巨船,想他的心事。他没买过音乐厅的票,因为需要 B 级公民以上的身份 ID 才能购买。宁灼当然可以通过黑市代购,提前踩点。可他观察到,五人组的核心人物桑贾伊是个谨慎过度的人。

去得太频繁,成为音乐厅的熟客,必然会引起他的注意,更加麻烦。

好在哥伦布号博物馆的参观票是面向全体银槌市民售的。宁灼来参观过几次,其间碰上过几拨来参观的学生。

站在一帮还不及他腰高的孩子中,他望着哥伦布号的模型,隐隐出现了幻觉,总觉得那艘船大得无边无际,而在甲板上,正站着一个神色冷淡的女人。她的发梢被柔和的海风吹动,月色浮现在她的眼里。

画面很美,但那只是一个幻觉。

宁灼定定地站在那里,任身边人来人往。他听到有些孩子天真地对身旁的伙伴说:"等我长大了,也要像他们那样出海探险!"

但马上有童稚的声音道:

"出去送死啊?"

"这么好的船都翻了,傻子才要出去呢。"

"你家就你一个吧?你去了,你爸妈要伤心死了。"

"你去吧,去了以后也变成照片,挂在这里。"

原本雄心万丈的孩子哑了口,呆呆地站在那里,一腔刚沸腾的热血就此冷寂了下来。

银槌市里,连孩子都是异常现实的。长了一身浪漫骨头的,都葬身大海了。

这间博物馆，在经年累月中，在不知不觉中，已经变成了一个消极的图腾。它矗立在银槌市的一角，让人不可忽视，提醒着年轻一代，冒险是一件愚蠢的事情。最好老实地留在这里，乖乖地从冬到夏，从生到死。

想要抹去这个图腾，必须慢慢来。

二人各怀心事，一路无话。

宁灼擦着头发从浴室出来，一眼就看见单飞白正坐在床上。宁灼面露诧异之色，看向了那张闲置的沙发床。他觉得现在房间里有两张床了，他们理应一人一张。宁灼也不和他废话，自行改道，走到旧沙发床上躺下，打算闭目养神。

但是，不出十秒钟，他就听到了有人鬼鬼祟祟地踮着脚靠近他。宁灼一把抓住了单飞白的胳膊，在黑夜里，逼他和自己对视。

单飞白在自己面前表现得再听话、再乖巧，宁灼也总认为他这种人是不可驯服的。

这并非错觉，宁灼在他身上有过太多的经验和教训。单飞白我行我素，随心所欲，轻而易举地就能让宁灼变得……不那么像他自己。

在单飞白面前，向来冷静自持的宁灼像是一只野兽，总跃跃欲试地想要叼住他的要害，胜过他，让他俯首称臣，让他心悦诚服。

仿佛这样，宁灼才能安心，可安心了之后又要做什么呢？宁灼也不知道。

在对视中，单飞白异色的双瞳在夜色里闪烁着明亮的光："哎，宁哥。"

"什么？"

"之前不是说好这件事交给我吗？交给我吧。"

"你有计划了？"

"有啊，我想把事情闹大。"

"多大？"

"把天捅破，怎么样？"

单飞白用乖巧的神情，说出这样大胆的话来，形成了奇怪又魅力十足的反差。

与此同时，有一股热流从宁灼的心口升腾起来，他好像被单飞白的提议点燃了心里潜藏的情绪。他拍了拍单飞白的脸："捅破了，你收得回来？"

单飞白大大咧咧地说道："那就看宁哥能让闵秋姐提供给我多少情报了。"

宁灼轻轻"嗯"了一声。

闵秋身为机械师，在精通主要业务的同时，也很擅长观察生活。并且，她很懂事地不出来影响妹妹，在她的身体里静静地长眠。

因此，闵秋的记忆还无比清晰地停留在哥伦布号上。

接到任务后的单飞白则像个开心的大男孩，正要嗨起来的时候，被宁灼从后脑勺重重地拍了两巴掌，终于消停了，老老实实地睡在沙发床上。

宁灼在柔软的床上，安心装睡。装着装着，他就真的睡了过去。

一夜平静。

宁灼没有梦到鲜血、烈火、尸体和谴责的眼神，只有一只小狼，正围着他一圈又一圈地跑，好像是要把他圈起来。

最近，各个辖区内开始陆续出现奇怪的爆炸案。案发点主要集中在下城区和监控覆盖密度不高的中城区。

所有的炸药做得相当蹩脚，威力差不多等于一个大号鞭炮。爆炸发生的地点也都是无人的地方。

第一次爆炸发生在旧码头的一处生了锈的老集装箱内部，把看守的人吓得打了一个激灵。

第二次爆炸发生在三天后。一座待拆的居民楼里深夜里传出了一声爆炸，把两面本来就破碎不堪的窗户彻底震碎。附近的一个捡东西吃的小流浪汉以为是枪声，吓得叫了一声，落荒而逃。

第三次爆炸，终于在银槌市的网络上引发了一点水花。

炸弹客安放的简易炸弹，在深夜的公园里炸飞了一个垃圾桶。附近恰好有巡逻的白盾警察，闻声赶来，没能抓到炸弹客，倒是抓到了一对在公园小树林里公然办事的野鸳鸯。

鉴于炸弹客目前并没有什么了不得的作为，哗众取宠的成分居多，大部分银槌市民对此并不感到多么恐慌，只当作一桩逸闻津津乐道。

只有一两个人提出："说起来，第一个炸弹引爆的地点，不是当年哥伦布号出发的那个港口吗？"

只是他们的声音，被淹没在了炸弹客是不是又一个赛博精神病的讨论中，在洪流一样的声浪中，显得是那样不引人注目。

## 第十四章

UNRULY RIVAL

归来

银槌市的大多数学校位于中城区。

这里交通较为便利,地皮相对便宜,治安比上不算足,比下有余。伦茨堡大学位于银槌市东南方,是银槌市第一批筹建的学校。

当初,他们的教学点只是几顶帐篷。如今,他们已经开始筹备建校一百二十周年庆典。

庆典的环节之一,就是特邀哥伦布号幸存者、如今的哥伦布纪念音乐厅的外联经理小林和业务经理詹森参会,并发表简短的演讲,主题是鼓励青年激发斗志、敢于探索未知。

小林和詹森是哥伦布纪念音乐厅负责对外交流的人员。能言善道的李顿是礼宾部经理,主要负责招待大公司的贵客。

哈丹人高马大,是礼宾部副经理,但他总是三天打鱼、两天晒网,算得上是个闲人。

桑贾伊则坐镇岛屿、统领全局,总是笑眯眯的,在明面上把自己活成了一个吉祥物,在私底下过得则像个苦行僧。

庆典当日早晨,詹森开车,小林坐在副驾驶座,默诵着刚拿到手的讲稿。

"小林"其实是小林的姓,至于具体的名字,别人忘了,他也忘了。于是大家一齐默许了用"小林"来称呼他。

小林三十来岁,长脸、大眼睛,长相体面,就是眼睛实在太大了,乍一看上去满脸都是眼睛,笑起来还好,不笑的时候,给人的感觉阴森森的。

詹森听着小林抑扬顿挫地念着稿子,忍不住笑出了声。

小林斜眼看着他:"笑什么?"

詹森笑嘻嘻地说:"出去三十五个,回来五个,激发什么斗志啊,纯属赔本买卖。"

詹森的外貌也很端正,可惜天生一副哑嗓,不适合做演讲。小林的亲和力比他强很多,只要他想,就能挤出一双漂亮的笑眼。

然而,在和詹森相处时,小林面无笑容,一张脸是麻木的:"他们愿意出去就出去。命是自己的,不想活,谁也拦不住。"

詹森瞄了瞄他那张冷森森的小白脸,感觉挺倒胃口,便把车辆切换成自动驾驶模式,抱起双臂,看向窗外。

银槌市正在慢慢苏醒,有轻轨列车在他们的下方飞驰而过,上面已经满员。

人们的眼神疲惫麻木,眼珠僵在眼眶里,非得碰上一些刺激眼球的信息,才能干涩地转上一转。

"希望"和"空想"这样奢侈的东西,大家曾经有过,后来就和哥伦布号一起葬身大海了。

听着小林以没精打采的口气念着无聊的讲稿,詹森打了个大哈欠,感觉自己简直快睡过去了。他和草木皆兵的桑贾伊不一样,一颗心在英雄的皮囊之下蠢蠢欲动,总忍不住想要找点乐子。

詹森拿出通信器,将推送的娱乐信息从上翻到下,突然"哦"了一声。小林被他这猛地响起的老鸹嗓吓了一跳,忙里偷闲地看他一眼:"怎么?"

詹森饶有兴趣地说道:"那个炸弹客昨晚又行动了。"

小林翻了一个白眼:"你真无聊。"

詹森对这句扫兴的评语不予置评,感叹起来,语带嘉许:"嘿,他越弄越像样了,听说这次不是远程遥控引爆,而是做出定时装置来了!"

小林点头:"哦。有进步。"

詹森好奇地问道:"哎,他怎么还没被逮住?"

小林语调平平地一语中的:"因为他不炸人。"

詹森悻悻地一拍大腿:"多放一点炸药不就行啦!实在不行,放在公共厕所里,放在轻轨上——"他扯着嗓子,模拟了爆炸声,"轰——"

小林看他恨不得亲身上阵的样子,顺着他的话语想象了一下那个情景,也抿着嘴矜持地笑了一下。

尽管装了这么多年好人,他们还是喜欢暴力、血腥和混乱。


演讲很成功。

讲台上的小林情绪激昂,眼中甚至含了一点热泪,可惜下面的学生反应平淡。

在银楦市里长大的孩子们，早熟得异乎寻常。在他们心目中，一份稳定的工作才是最重要的。他们没法不这么想，不然家人们要怎么过上好日子？

外面的世界对他们而言实在过于遥远，几乎成了一个模糊的符号。

对于平民学生来说，他们几乎是吃家里的肉、喝家里的血供养出来的，他们的生命是珍贵的，他们只要有一点良心，就不该生出什么冒险的妄念来。

对于富贵人家的孩子来说，他们投了个好胎，连手指都不用动，就能够俯瞰整个银楦市，又为什么要为了那一点一文不值的好奇心，去换一个劈波斩浪，死无全尸呢？

台上的人知道自己在做戏，台下的人也知道。

大家互相心照不宣，配合做戏就成。

演讲潦草结束，场面撑足了，也算是皆大欢喜。

礼仪人员按照流程，向他们赠送了一捧花。

詹森微笑着接过，并强忍着那馥郁得过分的花香，举在胸前，与小林和校领导一起肩并肩拍了张合照。

按照两个人的本意，他们恨不得马上丢掉这一大捧累赘。可是他们是体面人，自然得带着一脸如沐春风的微笑，把花放在了车里，等回去再想办法处理。

他们收到过很多花，最后这些花无一例外都被丢进了垃圾处理器。奇怪的是，他们五个人在绞碎花的时候，都喜欢站在旁边看着。看着美好的东西被绞成粉末，就此消失，成了他们的一项隐秘爱好。

坐上车后，开出校门，两张笑容僵硬的脸一起垮了下来。

詹森搓了搓脸，龇牙咧嘴地说："哎呀。"

小林则是彻底地冷了脸，目光阴森地看向外界，似乎在和这个世界赌气。

詹森的心思活泛，已经开始琢磨回去后要玩什么游戏了。了却了一件艰难的差事，他把车开得又稳又快。

他们很快驶离了密集的人群和街道。

白天，龙湾区靠近音乐厅的地带可以说是寥无人烟。而且今天不是博物馆开放日，周围更是荒凉，半晌看不见一辆车影。

眼看着那座熟悉的音乐厅已经显现出了轮廓，副驾驶座上的小林难以忍受地皱了皱眉。他不喜欢哥伦布号。每次看到音乐厅的外形，他都不由自主地会想起那痛苦的海上岁月。他和那些人打交道时，足足微笑了好几个月。因此，当终于可以大开杀戒时，他下手异常狠辣。落在他手里的人，没有能落得个痛快的。

可现在他因为长得乖巧,声音动听,还要不定期地被派出去,去装好人。

在小林陷入自己的负面情绪中不能自拔时,他的通信器响了。他看了一眼屏幕,是陌生号码,他随手就挂掉了。小林对陌生号码向来是不接的。

然而,几乎是无缝衔接地,詹森的通信器跟着响了起来。来电也是一串陌生号码,和刚才的号码完全不同。

如今的世界,人们几乎可以说没有秘密,五人组又都是公众人物,经常有闲人打电话给他们,目的无外乎是骚扰和捣乱。

他们不断挑衅,无非是想让他们生气、恼怒,骂上一两句,然后他们就可以兴冲冲地把截好的语音发到网上,博人眼球。

小林怕麻烦,皱眉对詹森道:"挂掉。"

但詹森与小林的性情相反,最爱热闹。他毫不犹豫地接通了通信器,并眉飞色舞地冲小林抛了个媚眼,恶心得小林打了个哆嗦,又面无表情地挪开眼去。

通信器里沉默了片刻,传来一个年轻而活泼的声音:"詹森,你好呀。"

詹森用活泼的语调回道:"你好呀。请问你是谁?"

电话那边热情洋溢的人好像受了什么打击:"不记得我了吗?我是封学元呀。"

小林的心脏突然狂跳起来,原本懒洋洋地倚在座位上的身体也猛然坐直了。这个名字,他觉得耳熟,也眼熟。之所以"眼熟",是因为不用对方说"封学元"是哪几个字,他的眼前就自动出现了准确的字迹。

这足够让他感到不祥了。

詹森也愣住了。

车辆仍在自动行驶中,车速不减,朝着哥伦布号模样的纪念音乐厅一路驶去。还有一公里,就要到达登岛的哥伦布桥了。

詹森麻木地重复着这三个字:"封学元!"

"对啊,是我!"对方像是历经了千辛万苦,终于和旧日老友取得了联系,口吻异常亲昵,热情得简直有些诡异,"是你把我扔到水里的啊,你怎么能不记得我?"

车内的空调嗡嗡地运行,源源不断地吹出令人舒适的暖风。而小林和詹森在如此温暖的环境下,平白冒出了一身冷汗。

这么多年,他们以为早已经忘记了很多事情。可事到临头,他们才发现,他们记得比任何人都清楚。那边的声音,和年轻的封学元的声音非常像!

小林的反应极快,对詹森猛地摇头。

詹森心领神会,强忍住从心底涌上来的恐慌,严肃地说道:"请不要开这样的玩笑！封学元是我最好的朋友！不管你是谁，请你对逝者表示尊重！"

当初，封学元的确是詹森"最好的朋友"，也是他们在哥伦布号上，最先杀死的三个人中的其中之一。

他们动手前，经过了一番相当慎重的精挑细选。

封学元心灵手巧，思维灵活，什么事情都是一学就会。他能修理一切，能利用手头上有限的物资，将其彻底改头换面。他曾经用各种废弃零件做出一台发报机。他还当着船上所有人的面自信满满地表示，给他一盒心脏用药，他能弄出个炸弹来。

对于这样思维跳脱，能够利用手头上的一切物资的技术人才，及早解决才是合理的。

对方搬出了封学元，他们如果直接冷酷地挂掉电话，被人公布出来，也是一桩麻烦事。可如果继续和这个身份不明的人通话，似乎也是一个糟糕的选择。

在小林和詹森一起犹豫时，通信器那边的人轻快地笑了一声，并不和他们纠缠"朋友"的事情："我找了好久，终于找回来了。技术这么多年都不练，有点手生，所以提前练习了好几次，现在终于找回一点状态了。"

什么"技术"？什么"提前练习"？

小林想到了什么，心中猛然一震，调出车载的电子地图，点开最近那个蹩脚的炸弹客的相关新闻。

他的手指颤抖得厉害，但他已经不在乎这些了。


第一次爆炸发生在当年哥伦布号出发的旧码头。
第二次发生在旧居民楼。
第三次发生在公园。
第四次发生在一处废弃的轻轨站里。
…………
昨晚的爆炸点被标记后，小林惊骇地发现，六处爆炸点构成了一条穿越整张银槌市地图的斜线。

它歪歪斜斜，扭扭曲曲，直指哥伦布纪念音乐厅的方向。

仿佛有一个经年流浪的水鬼，湿淋淋地从海里爬了出来，带着满身火光，一步一步，向他们缓缓走来。

通信器那边的人轻声说："——大家很快就都回来了。你们两个，就先走一步吧。"

小林闻言眼睛睁大。随着那边话音落下，他眼角的余光清晰地捕捉到了一点刺眼且异常的红光，从后座端端正正地摆放着的那束花里亮起来。

小林的一声惨叫涌到了喉咙口。

等等！

没活够！

他们还没活够！

可是他连最后一声狂呼都没能发出，二人乘坐的车辆就在通向音乐厅的长桥前轰然爆炸。

在剧烈的爆炸声中，车辆和车里的两个人化为一大团燃烧着的橙红色火焰。

这震天的响动，把整个银槌市都震动了。

本来正在筹办哥伦布号出航十二周年纪念晚会的桑贾伊停下了手头所有的工作。哈丹找到他时，他正坐在办公桌前。

爆炸的余威巨大，把哥伦布纪念音乐厅的防弹玻璃震碎了大半。海风刮进来，把桑贾伊的脸皮都吹得硬了。

因为惜命，因为想要活得更长久，活到把那些知道他历史的老家伙熬死，桑贾伊连一支烟都不抽，小心翼翼地保养着自己的身体。

詹森活着的时候，笑话他是守着金山，非得过要饭的日子。小林私下里不爱说话，不过看着桑贾伊的样子，也不甚赞同。

但现在，詹森和小林都没了。

据说警方拼了半天，连具囫囵尸首也没能拼出来。他们五个人在一起这么多年，拱卫财宝似的共同守着一个秘密，早就活成了同一个人。

平时他们嫌詹森嘴贱，小林阴沉，现在人没了，再也回不来了，他们三个人就像是被人活活撕下来了一块肉。

但他们的感情到此为止。感情太充沛的人，干不了杀手这一行。

桑贾伊不停地转着念头，表面上不露分毫情绪："白盾怎么说？"

哈丹笑起来是个没心眼的大块头，不笑的时候就是一尊线条冷硬的金刚雕塑，眼睛深深地盛在眼窝和鼻梁构成的阴影间，被遮得密不透风。他给了个出人意料的答案："不知道。"

桑贾伊看向他，重复道："不知道？"

哈丹实事求是地说道："炸得太碎了，又烧得太干净了。车就那么点大，炸弹的威力又大，从哪儿炸起来的都不知道。车壳子和行车记录仪都被炸到海里去了，还在捞，但未必能捞出什么……"他的语言平实，用词简单，却让桑贾伊猛然从座位上站起来。

外面天色晦暗,屋里也没亮灯,因此桑贾伊一动,哈丹才发现,他不知什么时候已经一头的冷汗,顺着下巴滴了下来。

哈丹看他的眼睛直勾勾地盯着前方,气喘得厉害,几乎疑心他要疯了。

桑贾伊的确是快疯了,他本来就活得草木皆兵,小林和詹森的死,更是让他心里的暗鬼骤然间跳到了他面前。

桑贾伊现在还感觉爆炸声在自己的心里、耳朵里回荡,一声接着一声,震耳欲聋。找不到爆炸的源头,那就意味着处处都是源头,包括他现在坐的这张椅子。

现在的桑贾伊看哈丹,目光也像是在看着一枚大号炸弹。看他一脸疯相,哈丹简直不知道要不要继续说。那句话在哈丹的嘴里转了几圈,还是咽了下去,哈丹真怕把他给吓疯了。

自行掩住门离开后,哈丹看向了守在外面的李顿。

李顿的个子不高不矮,是很标准的长相。

当初,他们上船的七个人都是经过精心挑选的,个个看着面善,至少看上去都是利索周正的好小伙子。如今年纪大了,也是各有各的体面。

李顿的性情是他们中最平和的一个,也最有主意。他问:"告诉桑贾伊那通电话的事情了吗?"

龙湾区白盾的负责人贝尔平时和他们私交不错,音乐厅的票对贝尔及其亲眷朋友是免费发放的。

事到临头,贝尔犹犹豫豫,还是将一段录音发给了他们。

欲言又止一番后,贝尔并没对此事发表什么看法。

录音来自詹森的通信器——现在所有公开线路的通信,不管是拨出还是接打,都有实时录音。

这是贝尔他们手里唯一的线索。

然而这个线索实在鬼气森森的,而且话里话外的意思居然是十一年前的哥伦布号沉船事故中,有什么不为人知的隐情。

这件事太大了,贝尔都不知道该不该上报。

李顿和哈丹在听过那段录音后,态度非常坦然地表示,那个人不是已经承认了自己就是连续制造了这么多起爆炸事故的炸弹客吗?所以这不过又是一个想出名,就拿他们的性命做文章的人。

银槌市的人活得闭塞,无聊,每过一段时间就会出现一两个精神失常的变态。

他们问心无愧,对这样的污蔑并不在乎,因为他们身正不怕影子斜。

这一番正气凛然的说辞，贝尔相信了多少他们不知道，但现在还活着的三人组是绝不相信的。他们知道自己会混淆白盾的调查方向，可他们不得不如此。

当年的事情真相，都和当年的人一起沉入海底。

他们只要还想活着，就要管好自己的舌头。

"鬼？谁信呢？"哈丹不怕，不仅不怕，言语间反而隐隐有些兴奋，"我倒要看看是谁在装神弄鬼。"无聊了这么多年，他又闻到了鲜血和危险的味道。这让他的血脉隐隐有了偾张之势。

李顿却没他么乐观，沉着一张脸，不知道在想些什么。

哈丹笑嘻嘻地说道："愁什么？怕什么？八成是封学元的亲戚，不然谁闲得发慌，打着他的旗号来找我们的碴儿？"

李顿反问道："你忘了？封学元家就他一个孩子，他没了，沉船的第三年，封学元的父母也跟着先后病死了。咱们还去参加了葬礼。"

哈丹一愣，抓了抓脑袋。

作为幸存者，他们的一项重要的公众活动，就是"替死难者参加亲人的葬礼"。这么多年下来，参加的葬礼太多，他都不记得谁家的人死了。

李顿神色严峻，他的想法和哈丹的推测大相径庭："我担心动手的不是他的亲人……而是我们的'头儿'。"

他们把派给他们海上执行屠杀任务的人，统称为"头儿"。

哈丹虽然莽撞，但并非傻瓜。他眨巴着眼睛，觉得李顿的推测可怕，却不太靠谱："这么多年了，一直都好好的，他们为什么突然发疯要杀我们呢？"

李顿的眉头紧皱着："也许……正是因为过了这么多年。"

"当初我们九死一生地回来，如果刚上岸就死了，那就太显眼了。现在，他们终于可以动手了。"李顿说话声音越来越低，似乎害怕被听见，"……别忘了，当初我们活着回来的时候，他们可不太高兴。"

哈丹有些目瞪口呆，仔细一想，觉得李顿的想法也并非完全没有道理。

这么大威力的爆炸物，显然不是随随便便就能制造出来的。而且能模仿封学元的声音，也肯定是当年事件的亲历者。小林和詹森死了，这难道不是对他们出风头的警告吗？

哈丹下意识地扭头看向桑贾伊紧闭着的书房门，猜想，桑贾伊或许就是因为想到了这一点，才被吓破了胆。

哈丹也放低了声音："那我们该怎么办？"

"他们要动手，小林和詹森就只是个开始。"李顿说，"死人的名头好用，他们就会一直用下去。"

哈丹问道:"那怎么办?等死吗?"

李顿苦笑一声。这个问题,在得知小林和詹森因爆炸而死时,他就翻来覆去地想了好几遍。

"我们哪里也不去,就留在这里。"李顿将话说得缓慢且稳当,"他们把我们安顿在这里,要的就是我们安分守己。这里是我们的地盘,到处都是监控,他们还想要故技重施,就必须上岛来。"

哈丹心直口快地说道:"可是这不就是坐牢吗?"

李顿沉默不语。他们想活着,就必须坐牢。李顿解开了胸前的一颗纽扣,好让自己的呼吸能自由些:"还有……马上就到十二周年纪念日了。"

哥伦布号每年的出征日,他们都会在岛上举办周年纪念酒会,邀请银槌市的上流人士前来纪念。

表面上是为了纪念,实际上只是作为上层社交的借口之一。到时候,人多眼杂,是最好的下手时机。

如果他们想给小林和詹森报仇,那同样是最好的时机。

哥伦布号的人都是旧日里的英雄,虽然如今已经不怎么受欢迎了,这突然的一场爆炸,还是震惊了所有人。

伦茨堡大学作为小林和詹森车辆的经停地,第一时间被封锁了起来,所有前来参加庆典的人员都被通知暂时不要离开。

这个时代,几乎没有秘密可言。被封锁在学校的人很快得知,刚刚还在台上做了一场无聊的演讲的小林和詹森,现在已经被炸成了一段段焦炭。

有些人后怕不已,有些人则事不关己。比如伦茨堡大学的荣誉毕业生单飞白,正在和他的校队教练打网球。

一条深蓝色的发带简单地固定住了他那一头蓬松漂亮的头发。单飞白精力充沛,在这大冬天里只穿着一身薄薄的运动装,袖口向上卷着,露出一截线条漂亮的小臂,自得其乐地把自己活成了一轮小太阳。

结束一局后,他眼角的余光一瞥,在场边发现了一个人影。

单飞白向教练一挥手,示意暂停,随即迈开步伐,走到了场边。他的那个同父异母的大哥章行书伸手抹了一下鼻尖上的细汗,说道:"飞白,我找你好久了。"

单飞白望着这个大哥,点了点头,并毫不客气地说:"哥,你够倒霉的。"

章行书难堪地咧了咧嘴,也是认同自己的倒霉。他受父亲之托,想给单飞白送点东西,没想到出了意外,他这个外来客也被一起封锁在学校里。但这是没办法的事，章行书天生胆小，不敢去海娜公然登门拜访。

尤其是上次见到宁灼后，章行书把那个地方想成了阎王殿，尽管宁灼这个黑白无常一样的人物是个帅哥，他仍然害怕。

结果，伦茨堡大学一百二十周年校庆拯救了他。

章行书如蒙大赦，提前联系了单飞白，问他去不去参加自己母校的校庆。

电话那边的单飞白很痛快地答应了："去啊。"

"喏。"章行书把一张烫金的邀请函递给他，"爸爸让我送给你的。"

单飞白接过来，并不翻看，似笑非笑地说道："怎么，老头子发现他离不开我了？"

章行书摸了摸鼻尖，神情不太自然。

章荣恩为了这件事着急上火很久了。他给宁灼打了无数个电话，甚至试图登门拜访，结果吃了闭门羹。他发现，当他和宁灼签下公证协议，把单飞白送给宁灼后，他无法从棠棣公司旗下的任何一家企业的账上随心所欲地取出钱来了。

章荣恩赶忙去问，得到的答复却不亚于一声惊雷。母亲意外去世后，章荣恩接手公司还挺顺当。当时，他还为此得意了一阵，觉得母亲生前尽管表面上不大理自己，心里终究还是舍不得他这个唯一的儿子。可现在，那些母亲当年大力培养的青年才俊，已经成长成了一只只老狐狸。

他们面带和气的笑容告诉他："章先生，当初交接时有一项条款，您没看清的话，可以仔细回去看一看。"

章荣恩瞠目结舌，翻出陈年的交接协议，在字体细小如蚁的协议书中，真的发现了一条不起眼的条款。

简而言之，棠棣品牌及棠棣旗下的所有公司，都是单云华留给孙子的礼物。章荣恩当然是第一继承者，但是在"父子关系不再存续"后，这一切会自动转移给单飞白。

章荣恩当年也看到了这一条。但当时的他理所应当地以为，所谓"父子关系不再存续"，指的是自己死后。只要他慢慢掌握了棠棣的命脉，等董事会里那些母亲的拥趸死绝了，或者被他剔除出去后，他想怎么改都行。

后来，单飞白越来越不听话，给他丢人现眼，还招惹了一大堆麻烦，他早就有心一脚踹他出去。

章荣恩断断没想过，单云华会在这件事上算计他。章荣恩甚至怀疑，当初宁灼来和他签订协议，也是他们俩合谋演的一场戏。

可怀疑归怀疑，章荣恩也不得不想尽办法去修复他们破裂的父子关系了。

他们坐吃山空了许久，眼看着日子越来越不好过，他又不大愿意拉下脸来，跟儿子低声下气求和，索性派自己的另一个儿子出马。

说起来，章行书并不讨厌他的弟弟，甚至挺喜欢弟弟。可他同样知道，自己的身份绝不会让弟弟喜欢，他们注定做不成好兄弟。

章行书一腔兄友弟恭之情无法抒发，只能化作一抹不尴不尬的笑，说道："你能来吗？"

"来。"单飞白用请柬轻轻拍打着自己的手心，"对了，可以带人吗？"

身为资深记者的凯南觉得这起爆炸案颇具新闻价值，马不停蹄，亲自驱车前往龙湾区调查。

忙得焦头烂额的贝尔听说他来了，马上郑重其事地来到停车场迎接。

驾驶座上的凯南开门见山地说道："我晚上七点有一个访谈节目要上，能给我多少信息就给我多少。"

贝尔知道，当年的查理曼就是乘上凯南这股东风，成为白盾的形象代言人的。这种影响力极大的案件可遇而不可求。要是小林和詹森的死，能让他博取关注度，让他升职加薪，贝尔很愿意把一些机密的案件细节告诉他。他态度积极地说道："我们调查到，现场引爆的炸弹是CL-30，但不是正经的CL-30。"

闻言，凯南一挑眉。

然而，还没等贝尔继续泄密，凯南车子的后车窗就缓缓地摇了下来。

林檎还是双眼蒙着绷带的造型，双手攥着薄薄的一张纸，轻声问他："是自制的炸药吗？"

见到自己的同行，贝尔略感诧异："你？"

林檎微微点头，抖了抖手上的访谈提纲："他晚上访谈的人是我。"

与此同时，林檎平静地想，让拉斯金致死的毒药，也是自制的。银槌市还真是藏龙卧虎。

贝尔不动声色地气馁了，兴致大减，干巴巴地讲了一下他所知道的情报。至于那段录音的存在，他也如实告知了。

凯南果然对此很感兴趣。

而林檎更关心案件的细节："他们来的时候没爆炸，快回音乐厅的时候爆炸了，是吗？"

贝尔应道："是。"

林檎低头沉思。

犯人自己承认,他就是那个蹩脚的炸弹客。他层层铺垫,就是为了今日的这惊天一爆。

很显然,炸弹客就是冲着他们去的,并没有伤害其他人的打算。可如果说不想伤人,为什么不在他们早上出门的时候炸,而要等到他们进行完演讲的返程路上动手?所以,炸弹很有可能是在伦茨堡大学安装到他们车上的。

林檎问:"他们去演讲,学校送了什么纪念品?"

贝尔摇摇头:"没有送纪念品。"

林檎追问道:"学校是这么说的吗?"

贝尔感到有些不耐烦,他更想和凯南多聊两句,并不想和林檎说话。他敷衍地说道:"嗯。"

林檎拿出随身的便携电脑,低头操作起来。见他终于肯闭嘴了,贝尔微微松了一口气,和凯南就那段录音的新闻价值热络地攀谈起来。

可惜,二人还没能聊入佳境,林檎就从电脑屏幕的光芒中抬起头来。

"他们撒谎。"林檎将屏幕转向了贝尔,上面是詹森手捧花束,和小林与校领导的合照。

林檎轻声细语地陈述事实:"演讲后送的,还拍了照片,已经挂上学校网站了,爆炸发生后两分钟就撤掉了。"他重新垂下视线,不去看目瞪口呆的贝尔,"再查一查吧。"

面对登门拜访的贝尔,伦茨堡大学校长心乱如麻。明明是一件好事,怎么弄成了这样!

在校长心如火烧时,贝尔也在审视着面前的老者。

眼前的老人是身份尊贵的老牌 A 级公民,伦茨堡大学也并不在自己的辖区。

出身中城区的贝尔,在他面前拿出了十足的耐心和诚意,堪称和颜悦色:"我们想了解一下花的事情……就是你们在演讲后给小林和詹森送的那束花。"

校长身体前倾,摆出认真聆听的架势:"是。您问。"

贝尔喜欢和他这样的文人打交道。他们的特点是脸皮不够厚。

要是这起爆炸案的源头是某家大公司的年会,贝尔相信他们绝对能干出销毁所有监控以撇清自身干系的事情来。读书人有他们莫名其妙的清高,要不了这种无赖。

贝尔温和地问道:"花是从哪里买来的?"

房间里还站着学生会主席和教务处处长,都是活动的组织者。买花这种小事,是学生会负责。

学生会主席还是个在读的学生，难免感到局促、恐慌，老老实实地答道："是……我们买的。福斯花店，在五街中路。"

贝尔问道："只买了一束？"

"不是。一个星期前下的单，买了小花篮和花束，有用来装饰会场的，也有分发给参加校庆的荣誉校友的、分发给特邀来宾的。花店负责包装，我们再一趟趟地用车拉回来。"

贝尔闻言精神一振："花的款式都一样？"

主席望了校长一眼，犹犹豫豫地"嗯"了一声："送给荣誉校友用的是标准款，特邀来宾的花……用的是升级款。式样是统一的。"

贝尔问道："你们怎么知道哪捧花给谁？随便发吗？"

主席回答道："我们已经为来宾写好了祝福卡片，插在花束上——"

贝尔的眼睛骤然一亮。那段幽灵来电使用了特殊的技术手段，查不到来源，但电话内容明确交代，他就是冲着小林和詹森去的。祝福卡片上必定有名有姓，这进一步证明，这次爆炸就是针对他们两个人的！

安放炸弹的人一定还在学校里！

学校在出事后马上封锁了起来，并盘查了校门口和停车场的监控，将在这期间离开学校的人也都客客气气地请了回来。

蠢货！狐狸尾巴露出来了吧！

贝尔越想越觉得破案有望："监控室在哪里？"

处长起身，一副忧心忡忡的样子："请跟我来。"

伦茨堡大学所属的美格区白盾警察们正在汗流浃背地整饬秩序，安抚人心——来参加一百二十周年庆典的都是有头有脸的人物，想要控制住他们，着实要费一番口舌和精力。

他们的人手即使全员出动，仍是不够分配，贝尔便捷足先登，指挥起自己人，把乱七八糟的监控一一整理出来。

学校里安设的监控并不是"群蜂""雁阵"这样的移动型摄像头。

学校要花钱的地方多了去了，不会在监控上花费过多。

因此，没坐定前的贝尔颇有些惴惴不安，担心监控里有死角，让人钻了空子。

然而在看到下属们整理出来的监控后，他几乎要得意地放声大笑了。

就是这么巧，从拉着鲜花的车辆驶入学校开始，影像资料相当完整，从头到尾，就没断过！

当然，在手下整理监控时，贝尔带人迅速搜检了同批次的升级款花束，以防犯罪嫌疑人广撒网，在每一束花里都装了炸弹。还好，犯罪嫌疑人并没那么丧心病狂。

贝尔坐下来，全神贯注地盯紧屏幕，发誓要把风吹草动都看个一清二楚。

监控屏幕里，学生会的年轻人将花束抱出来，运进了活动准备室。

准备室里的桌子很多，东西杂乱，只安装了一个监控摄像头。

但摄像头居高临下，足以俯瞰全局。所有的祝福卡片都是现场写的。

一个女孩子用学校自制的硬质卡片，坐在桌边低头抄写，另一个男孩与她分工合作，吹干墨迹后，将一摞写好的卡片一张张斜插入花束中。

一共有十五个特邀来宾，三十名荣誉校友。

十五张卡片是按照邀请名单的顺序自上而下抄写的，但那个男生显然相当随意，东插一张，西插一张，没怎么按照顺序来。

贝尔把眼睛瞪得发酸，来回看了几遍，发现他的手脚挺干净，并没什么多余的动作。贝尔冷眼旁观，这两个人没有任何可疑之处，就是两个老老实实的学生，动作和神态坦然得要命，全然不是图谋不轨的材料。

完成了插花工作，他们便开始一捧一捧地搬运花束。

准备室距离会议厅不远。

特邀嘉宾往往不会停留，演讲完就走，所以他们要提前准备好，以便礼仪人员见缝插针地献上花。

为了方便礼仪人员取用，会议厅外用长桌临时拼凑出了一溜置物台，台面上用墨绿色的绒布套子罩着，花按照发言顺序一束束摆在上面，一字排开，形成了一个临时的小型花圃。

这两名工作人员搬运完毕，功成身退，临走前还不忘用小喷壶在花叶上喷了喷，好让花朵看起来新鲜可爱。

置物台对面是一面窗，窗户向外开着，一阵风吹来，花叶就窸窸窣窣地抖动一阵。

屏幕外的贝尔屏息凝神。

监控里每吹过一阵风，他的肩膀肌肉就跟着抖动一下，颇有规律。

在此期间，有几名闲人路过，但贝尔看得清楚，没有刻意接近花桌的可疑人员。

然后，礼仪人员出场，简单辨识了一下花上插着的卡片信息后，抱了花就走。

等到置物台上的花被搬空，监控转入会议厅。

贝尔眼睁睁地看着那束带着嫌疑的花朵被塞入詹森怀里，看着他们合影，看着他们捧着一大束花回到地下停车场。

目送着监控里的车绝尘而去,贝尔愣住了。他问:"没了?"

手下老实地回答:"没了。您不是要查花吗?和花相关的都在这里了。"

这时,美格区的白盾负责人焦头烂额地踏入监控室,正好听到了手下的话音。他是个直肠子,质问道:"查花干什么?查他们的车啊。"

贝尔吞了口口水,在心里大骂林檎和自己。误导他的调查方向!浪费他的宝贵时间!

然而,等他们查完车辆相关的监控,贝尔和美格区的负责人一起傻眼了。

自始至终,学校的监控里没有拍到任何可疑人员接近小林和詹森的车辆。

贝尔隐隐有种不妙的预感。而这种预感几乎在下一秒就成真了。

美格区负责人的眼睛瞟向了他:"哎,贝尔,我说——那个炸弹是不是在你们区装上的啊?"

贝尔觉得头皮一麻,这才回想起来,自己当时之所以那么积极地听取了林檎的建议,就是他下意识地想把炸药的"锅"从龙湾区甩到美格区这边。他脸色难看地打了个哈哈:"这也不好说,还得查啊。"

美格区负责人一挥手,大方地说道:"查,可以查。但来参加伦茨堡校庆的不只有学生,还有一些社会地位不低的名流,让他们留到这么晚,实在是不太像话。您看您能不能出面,安抚安抚他们?"

贝尔一咧嘴。他是脑子短路才去揽这费力不讨好的差事!但他的心里清楚,查花的事情,的确牵扯了他的大量精力。

现在天色已经很晚了,伦茨堡大学并没有供这些贵客、嘉宾住宿的条件。如果贝尔把安抚事宜交给美格区,他们必定会不遗余力地抹黑自己,说是"龙湾区负责人不让各位离开"。

贝尔出面,更是不妥。他又不是本地的警察,说话实在没有分量。

两个人面面相觑,知道他们两个在这里打嘴仗,毫无意义。

谁去办这件事,最后都会落个里外不是人的下场。

美格区负责人试探地问:"要不,向上级请示一下,把学校里的人先放了吧?"

贝尔如释重负,赶紧附和:"对对对,事要慢慢查,监控也都有,炸药来源、人际关系、犯罪动机都还没查呢?都扣着也不是个事儿,是吧?"

在美格区和龙湾区的负责人难得达成了共识时,远在 INTEREST 公司总部演播室的林檎打了个喷嚏。

凯南很关注他这棵新摇钱树的健康状况:"怎么,感冒了?"

"没事。"林檎温声细语地问他,"所以那段录音要播吗?"

"请示了领导。不播。"

"为什么?"

哥伦布号真正的沉没原因,整个银槌市知道的不超过十个人。这其中并不包括凯南。

凯南只知道他们五个人是过气的英雄,想榨一榨他们身上的新闻价值,却并不知道高层不想把录音公开、惹人猜忌的真实原因。他轻松地耸耸肩:"不知道。"

随后,凯南又问林檎:"你怎么看这个案子?"

林檎想了想,答道:"不好查。跨区案件,有得扯皮。"

凯南注视着他,问道:"交给你来查呢?"

林檎温和且坚定地摇摇头:"我这边的专案组解散,很快就要回长安区了。"

凯南笑了,觉得林檎很傻。他已经抛头露面过了,人气相当高。他就算想回长安区,白盾高层也不会舍得了。

林檎重新低下头,神情平静。他知道,自己不用特意去争取,凯南就会主动和高层沟通,让自己去查这件案子。

这件事从头到尾透着怪异,和拉斯金案、本部武案的风格全不一样。

听过那段录音,林檎觉得,他这个新对手很"邪",似乎透着股玩世不恭的野气。

——像年轻人犯的案。

在白盾上下一心忙得人仰马翻时,宁灼正在自己的房间里,接受单飞白的打扮。

单飞白兴冲冲地从外面回来,带回了一张邀请函,献宝似的在他面前转了一圈后,见宁灼没睡意,又拉着他去选衣服,为一周后的哥伦布纪念晚宴做准备。

宁灼放下手里的书,定定地望着花蝴蝶一样转来转去的单飞白,不知道他为什么对"打扮"这种事情这样热衷。

单飞白手脚利索,不出五分钟,又一次把宁灼打扮成了一个上流的体面人士。

这回的西装是白色的,从里到外透着洁净的感觉。宁灼的皮肤天生白,压得住这样大胆的颜色。

在单飞白翻箱倒柜地去找能和衣服相配的胸针和丝巾时,宁灼站在一边,望着不远处的落地镜,忽然觉得镜子中的人有些陌生。

宁灼走出两步,伸手轻轻去摸镜子中自己的眼睛。为什么要配合他做这样无聊的事情?为什么又带了一点笑?

在困惑之间，宁灼眼角的余光又看到了站在房间角落里、垂手站立、浑身浴血的父亲。

宁灼微微低下头去，不敢和他对视。从十三岁开始，只要他过得幸福一点，轻松一点，他就于心有愧。

单飞白一转身，就看见宁灼目光涣散地站在镜子前，一愣，心下顿时了然。他东张西望一番，问道："伯父又来了吗？"随即，他亮出嗓门，"伯父好！您跟伯母带个好！伯父伯母爱吃什么，下次我给你们做啊！"

尽管早就领教过了，宁灼还是为单飞白的厚脸皮叹服。

一转眼，单飞白发现"伯父"已经被他给吓跑了。

单飞白没发表别的看法，步伐轻快地来到宁灼身前："丝巾不好看，还是打领结。"他给宁灼端端正正地别好了胸针，同时对着那个大概并没远去的"伯父"说心里话。

"你们要对他好一点啊。"单飞白放低了声音，唠唠叨叨地说，"他活得很辛苦。"

宁灼的心怦然一跳，将双手插进西服口袋，装作没有听见。

宁灼知道，单飞白是个邪人。他在自己面前做听话的小狗状，跑上跑下，简直像是屁股上长了根尾巴，贱得浑然天成。然而，他野性不驯，放出去仍然是一只狡猾的猛兽，猫在角落里，静待时机，一击毙命。

宁灼对着眼前这张脸看来看去，始终看不穿他的心，只觉得他这副皮囊与他的心背道而驰，心有多野多狠，脸就有多俊多乖。

为了转移自己的思绪，宁灼问道："你用了什么办法？"

宁灼说把事情交给单飞白办，就是交给他办。

目前，白盾和INTEREST公司披露出来的信息有限，宁灼和普通银槌市民众一样，对发生了什么一无所知。

单飞白替他打出了个漂亮的领结，满意地弯了弯眼睛："你猜？"

单飞白从上到下、从头到脚看了宁灼一遍，嘀咕着道："帅死了。"单飞白觉得自己赚大了，他隐隐地想要撒一会儿娇，话到嘴边，却绅士地问，"宁哥，会跳舞吗？"

## 第十五章

UNRULY RIVAL

### 调查

宁灼认为"学习跳舞"是他业务范围之内的事情，挺痛快地应允了下来。不过，按照宁灼的本意，一周后的晚宴，他不应该去。

从前，海娜接过不少中城区小老板的保镖任务，宁灼也曾去到过那个浮华世界。他扮过侍者，扮过保安，看着衣香鬓影，看着觥筹交错，心里很平静，因为知道这一切和自己毫无关系。他永远不该属于那里。

但单飞白要宁灼去，理由很简单："我现在应该在你的控制下。我收到邀请函，你怎么会放心让我一个人出去？"他强调道，"你要监视我，要管着我！"单飞白这话说得也没错。

他们在外人的眼里，包括在宁灼的心里，都是经年的对手、死敌，只是因为利益才暂时忍让。

单飞白落到宁灼的手里，就该被他攥在手掌心里。但单飞白说这话的语气很怪，带着点可笑的骄傲和理直气壮，好像他挺乐意被宁灼管着一样。

宁灼说："你今天出去，我可没管着你。"

"我是偷跑出来的。所以你要管教我。"说着，他自然地抓起宁灼的手，往他脸颊上拍了一下，同时配音道，"啪。"他垂下眼睛，真诚地望着宁灼，"实在不行用鞭子抽吧。小时候你就用那个打过我。"

宁灼没笑，他知道单飞白不是在和他开玩笑。

按理说，单飞白身为雇佣兵，跑去参加自家学校的校庆，是一件不太正常的事情。

在过去的单家，现如今的章家，被单云华留下的一纸合同折腾得上蹿下跳，一直想找回单飞白，和他"谈谈"。

单飞白陪着宁灼，安安分分地在牢里蹲了三个月。这三个月时间里，他们找他快找疯了。

既然那边催得急,单飞白也爽快地答应下来:"正好最近我们学校一百二十周年校庆,有事到那里找我吧。不过我的自由时间不多,只能偷着跑出来,谈不深,也谈不长。另外找个'好时候'吧。"

章家那边急得已经快火烧眉毛了,单飞白说什么就是什么,丝毫没能察觉到他一席话的险恶用心。

上次,章荣恩面对面地领教了宁灼的凶恶,这辈子都不大想和他私下碰面。章行书更是软脚虾一只,胆子不比鸡大多少,看到弟弟都要腿软,更何况是宁灼。

所以,经过一番家庭会议讨论,他们决定将哥伦布号十二周年的纪念晚宴当作一家人重逢的舞台。

这正中了单飞白下怀。单飞白算准了,全家除自己之外满门软蛋,他们又和宁灼撕破了脸,不会答应私下会面。近期最受瞩目、最盛大,又能让他们面对面交谈的活动,就是那场纪念晚宴了。

果然,单飞白一句也没有提哥伦布纪念晚宴的事,他的便宜大哥就把请柬送了过来。自己既然是"私逃"出去的,回来后,再由宁灼补上一鞭子,情节就更自然了。

宁灼的目光在他的脸上停留片刻后,平静地挪开。他知道单飞白说得有道理,可并没有马上去取鞭子。

宁灼说:"跳完舞再说。"

单飞白应了一声,转过身去,想再次在镜子前确认一下自己的打扮。在抬手整理胸针的时候,单飞白反应过来,动作微妙地一顿:"他是不是舍不得打我了?"当他转过身来时,嘴角的笑容怎么压都压不下去,索性不管了。

这些年宁灼一直在忙,有时间杀人,没时间跳舞,但他在肢体协调上显然是有点天赋的。手忙脚乱了一阵,他就能在轻快的舞曲中跟上单飞白的步伐了。而且他的筋骨天然柔软,很适合学女步,单飞白就往女步的方向引导他。

宁灼对此一无所知,学得很认真。

单飞白得了空,在这样的近距离里,放肆地打量起宁灼来。

小时候,单飞白就对着宁灼的身材好奇:在他的印象里,打架输赢的决定因素是"吨位"和体型。

宁灼得是个虎背熊腰的好汉身量,才配得上他的实力。可是,宁灼始终瘦得让人心疼。

在单飞白回想过往时,一曲终了。

跳出了一身薄汗的宁灼不知道单飞白脑子里在想什么,笑得越发放肆。下意识地,他并不想任由单飞白在自己面前这样"放肆"。

宁灼的直觉类似于动物,他对"危险"向来敏锐。

只是他好奇,单飞白已经被自己断了后路,被自己逼成了共犯,磐桥和海娜的合并也已经完成,两者别别扭扭地逐渐有了利益联系,想要分开,已经不容易。

单飞白对他来说,究竟"危险"在哪里?

宁灼的心思再沉重、复杂,但从不表现在脸上。他评价道:"笑得厚颜无耻。"

不知道怎么回事,单飞白就喜欢听宁灼骂自己。他不仅不当真,不生气,还觉得好笑好玩,还想逗宁灼,让宁灼多骂两声。单飞白知道这样挺贱,但他控制不住,就是想要在宁灼面前摇头摆尾。他摸索来摸索去,觉得宁灼更喜欢这个性格的他——小时候那个黏人嘴甜的"小白"。

宁灼喜欢他乖,单飞白就真的把自己变成了那个样子。从十三岁开始,一个"小白"就活在了他的体内,和他一起茁壮成长。

但单飞白知道,仅仅那样是不够的。只有让他疼了,他才能记住自己,看到自己。他带着这股天不怕地不怕的浑劲儿,就这样蛮不讲理地在十八岁的年纪,又一次闯进了宁灼的生活。

那边,宁灼打开了一口旧日的藤箱,取出了一条明显陈旧的鞭子。

自从和十三岁的单飞白撕破脸,用鞭子把他的背带裤带抽断半副后,宁灼就再没用过鞭子。他说不出这是一种什么心情,只是后来每次握起鞭子,眼前就影影绰绰地浮现出小白的一双泪眼。宁灼感觉自己像是被小白魇住了,邪门得很。

他脱去白西服,用清水仔细冲洗陈年的鞭子时,竟然在鞭梢处找到了一小块暗沉的血迹。

宁灼的手稍稍一顿,用指腹在上面摩擦了两下。血液已经渗入了纹理,清理不干净了。宁灼没来由地觉得一阵烦躁,提着鞭子走了出来,迎面遇上了笑嘻嘻的、长大了的单飞白。他又觉得一阵别扭,用鞭梢抵上了单飞白的脸,示意单飞白转过去:"背过去。我不打你的脸。"

单飞白顺从地转过身去,小声提醒:"重一点哦。"

"脱衣服还是不脱衣服?"不脱的话,伤口会粘连在衣服上。

单飞白不假思索道:"不脱!你还想打我几鞭子啊?"他们做事永远追求周全,不会多余地问"会有人脱了你衣服验伤吗"这种问题。

抽人这件事也是讲逻辑、有学问的。没脱衣服,极有可能就是在盛怒之下,随手抽了一鞭。如果打人者要求被打的人把衣服脱了,那肯定不是一鞭子能解决的事情。

完事儿后，宁灼听着耳畔传来单飞白轻轻的吸气声，忍不住心软，回过神来后，面无表情地照自己的大腿捏了一把。这力度足够在他的腿上留下半个巴掌大的瘀青。

宁灼检讨自己，发现自己最近的心软得过于频繁，这不是个好兆头。

计划已经开始，就没有转圜的余地。他要时刻保持清醒，决不能有任何懈怠。

在疼痛中，他转头看向了单飞白，发现这小崽子倒是没心没肺，挨了鞭子，居然还能睡着。

宁灼也跟着他合上了眼皮。

不久后，他忽然感觉房间角落里的某处微妙地亮了一下。那一下亮得飘忽轻微，鬼火似的。像是领地被侵入的兽类，宁灼骤然翻身坐起来，四下打量。

可那亮光闪了一瞬后，便消弭无踪，再寻不着。

宁灼赤脚站在地上，警惕地环顾一阵，又轻捷无声地转到单飞白那边。

一番搜寻，他并没有找到光源的来源。

宁灼知道，自己的脑子里住着无数幻影，极有可能是自己又神经过敏了。

怀着一点若有若无的疑虑，宁灼睡下了。

两个小时后。

单飞白翻了个身，把半张脸压在枕头上，他眼底的电子横纹诡异地闪了一瞬，只是光芒细微，被枕头彻底遮挡，无人注意到。


远在百里之外的调律师对面前的主顾露出一张客套的热情的笑脸："这边已经成功对接上了。这是一次性控制器，请您收好，欢迎下次惠顾——"

几日过去，本部亮已经自内而外地呈现出了破败之相。家道中落，他再也没有"下次惠顾"的机会了。

本部亮握紧了手中的控制器。他不知道是谁害了本部武，据他所知，在本部武无端地从监狱消失前，宁灼距离他最近。

本部亮知道自己这叫迁怒，但那又怎么样呢？他的儿子生死不知，八成是已经死了。

阿武生前不是挺看重那个"宁灼"的吗？那自己借刀杀人，把宁灼杀了，给儿子送下去，倒也不坏。


宁灼和单飞白连着两天闭门不出，贝尔那边却忙疯了。

鉴于双方都不愿意承担混乱的责任，因此龙湾区和美格区的白盾各自铆足劲头，试图证明炸药是在对方的责任区被安装到小林与詹森的车上的。

这件事，其实有人宣称对此负责。

——封学元，一个十二年前就死在海里的人。按这只鬼的说法，他是不得好死，魂兮归来，来找五人组算账的。

可这个说法实在不适合做结案声明。

那个四处捣乱的炸弹客，不鸣则已，一鸣惊人，这惊天一爆，直接将事情闹到了不可收拾的地步。白盾务必要给惶惶不安的民众一个交代。

炸药的威力太大，什么有价值的线索都没给他们剩下，根本无法判断具体的起爆点位。

专家闷头研究一番，只能给出一个笼统的答案：起爆点不在引擎和后备厢，而是在人员乘坐室。至于到底是安装在轿车底下还是车厢内部，你们查去吧。

打捞工作也进行得不顺利。

随着调查的深入，白盾才意识到，对方对爆炸位置的挑选也颇有巧思。

桥底之下奔流的不是江流，而是海水。冬日的洋流，彻底地掩盖了一切。被寄予了深厚希望的行车记录仪，费尽千辛万苦，只捞回了一小半，还是一堆沉甸甸的废铁。

从车辆入手，是查不出什么来了。

美格区负责人哈迪只好带人前往哥伦布纪念音乐厅调查。

现场见识了音乐厅森严的监控系统，哈迪和几名调查人员的心就先凉了一半。

——正常来说，没有人胆子大到在这样高密度、无死角的监控下装炸弹。

哈迪打算将爆炸案前的监控都提取出来。

他的手下领命而去，却很快耷拉着一张脸回来了。他说："我们带的设备容量不够，存储不下。"

哈迪吃了一惊："这么多？"话一出口，他就明白了为什么"存储不下"，脑袋"嗡"的一声响。

炸弹客作案的时间拉得很长。

从第一次引爆旧码头集装箱开始，到哥伦布桥边的惊天一爆，时间前后足有大半个月。

谁知道他是提前多长时间在车里安装了炸药？一天，三天，还是早在第一起爆炸案之前就安装好了，静静地蛰伏，只待今日？

这下，他们想调查都无从着手了。想调查也行，得下百倍千倍的苦功夫。

针对监控，白盾现有一种辅助设备，叫智能犯罪分析软件，能够快速筛选出监控视频中的风险点和危险因素。

但是此处的监控密集得可怕，就算整个白盾的智能分析软件全部投入运转，也够它消化个三四天的。

现在，他们对那个炸弹客的相关信息可是一无所知。性别、年龄、高矮胖瘦，统统是个谜。炸弹客利用了爆炸时的地利，又打了个时间差，把他们的调查节奏硬生生地拖慢了下来。

哈迪骂了两句："心思够奸诈的！"他吩咐手下去向总部申请智能犯罪分析软件的使用权，并拍板决定，他们不将监控带走了，就地调查。

手下临走前，多了句嘴，嘀咕着道："好像从旧码头那里步行过来，差不多就需要大半个月。"

这一句话，说得哈迪起了一身鸡皮疙瘩。他结合爆炸案的时间线索，细细心算一遍，越算越是骇然：从第一起爆炸案开始，步行走到第二起案件发生的旧居民楼，按照人的正常步速，从白天走到黑夜，日夜不歇，差不多需要三天。

而到第三起案件的发生地公园，不多不少，也需要三天。

哈迪的脑海中忍不住出现了诡异的一幕。

一个海鬼从黑暗的大海中爬出来，不知疲倦、不分日夜地走在街上，一路上拾取各种物品，自制了从粗糙到精良的各色炸药，踌躇满志，昂首阔步，一路奔向音乐厅。

——他现在说不好就蹲在桥边，遥遥地望着自己呢。

哈迪被这样的想象吓得白日里打了个激灵，猛地甩头，想要把这怪力乱神的想法甩出去。

哈迪这边进展不顺，那边的贝尔也愁云惨雾。

和白盾的交管部门取得联络，将道路监控过筛子一样查过后，贝尔确定，不管去时还是来时，小林和詹森的车都没有在半路停留过。

没有加油，也没有购物，短暂的停留都是在红绿灯处。这样就排除了有人在半路动手脚的可能。

提供了庆典花束的花店内部并没有装设监控，是一处可疑的地点。然而，花店工作人员们的嫌疑很快洗清了。

一方面，经过调查，花店的全体人员及其亲属和哥伦布号上的任何人都没有亲朋关系，八竿子也打不着，社会关系相当干净，没有针对小林和詹森犯案的明确动机。

另一方面,他们中的任何人都没有化工背景。

此外,他们的购物记录相当干净,近期购入的东西除了园艺相关物品,都是生活用品,而且数量正常,不存在利用其他物品提炼炸药的可能。

再者,就算有人趁着人多手杂,真的在某束花里安装了炸药,借他们的手送了出去,可背后的人怎么能确定那束无主的花会准确无误地送到小林和詹森那里?

查来查去,查无实据。贝尔只得心不甘情不愿地转移了目标。

伦茨堡大学的周年庆典,是炸弹客的又一个下手时机。

然而,小林和詹森的车辆自从进入预定的停车位后,那辆车就静静地停在那里,没有一个活动的物体接近他们的车辆。

直到二人演讲结束,抱花而归,车辆四周没有任何风吹草动。

贝尔也申请了智能犯罪分析系统,试图运用在伦茨堡大学的监控里,其结果也令人大失所望。

一个"无异常"的提示框,打消了贝尔的所有期待。

车辆里唯一的外来物就是那束花。

贝尔振作精神,重新看了一遍监控,仍一无所获。

运花的过程中,并没有什么"热心人士"伸手帮助。

准备室里亲手写、插卡片的一男一女,都是本校学生会成员。按理说,他们是最好的"背锅"人选。

可是,能在伦茨堡大学的学生会里谋到重要职位的,家庭背景起码是 B 级公民以上。

贝尔有再多威逼利诱的手段,也不敢对着 B 级公民施展。

况且,这两个年轻人的人际关系网干净得很,和哥伦布号毫无瓜葛,同样没有针对小林和詹森的任何理由和动机。

等到他们二人把花搬运到置物台后,就更不可能有人动手了。那可是监控摄像头正对着的地方!

无计可施之下,贝尔甚至连二人随手摆放在置物台上的喷水瓶都检查了。

里面全是清水。

即使在监控中路过置物台的几个人,经过调查,也都是身家清白的好人。他们全是去借用楼内洗手间的。

贝尔觉得自己调查得十分仔细,日也愁,夜也愁,愁得生出了两个大燎泡。

犯罪嫌疑人不是在美格区安装炸弹的,难不成真的是在龙湾区动的手?

可是,这点担忧,在贝尔看到牙龈上火、腮帮子肿得宛如松鼠的哈迪时,就彻底烟消云散了。

查得头昏眼花却一无所获的两组白盾人员,最终不约而同地将目光投向了哥伦布号的其他三个幸存者。

其实,若不是英雄光环仍然存在,按照贝尔的想法,早该把桑贾伊他们三个控制起来。

原因很简单。

在那段秘而不宣的录音中,炸弹客明确提到了近十二年前的哥伦布号沉船事件,剑指五人组。

而他们五个人自从险死还生后,人际交往网说复杂也复杂,说简单也简单。

复杂的地方在于,他们负责哥伦布纪念音乐厅的运营工作,每天迎来送往,和不少银槌市的上流人士都熟悉。

简单的地方在于,他们与这些上流人士交往并不密切,好像有意地拿捏着分寸,只不远不近地维持着表面上的关系。

这也就意味着,他们五个彼此间的关系是最为紧密的,也是最容易出现内部问题的。

若论杀人动机,他们经营了十多年的音乐厅,利益上的冲突,总会有吧?而且他们近水楼台先得月,想什么时候安装炸弹都行。哪怕提前两个月把遥控炸弹放在小林和詹森的车上都有可能。

因为音乐厅那边的监控探头实在太多,云空间的保存上限只有一个月,旧的监控就会被新的内容覆盖。

他们中的桑贾伊行为最为怪异,近年来几乎不参加任何公开活动,更别提坐车出行了。难道是他和这两个人产生了什么不为人知的矛盾,动了杀心,借着死人的名义有意铲除他们?

两个负责人整理出了一份阶段调查报告,小心地对此次案件的总负责人,白盾副局长艾勒做了汇报。

银槌市的上一件大事,是由拉斯金导致的白盾信任危机。艾勒副局长刚刚牵头解决完不久,这一桩新的麻烦就又找上了他。

理由简单:能者多劳嘛。

艾勒气得犯了偏头痛,面对这样一份猜测成分占据百分之八十的报告,语气变差了:"这就是你们的调查结果?"

两个人唯唯诺诺,只能含混地表示,这是目前的调查方向。

"我不要听故事。我要真凭实据。"艾勒拨通了一个电话，开口就是，"林檎，到我办公室来一趟。"

林檎很快就来了。他安安静静地垂手而立，听完了目前的调查进度后，他看向贝尔，语气还是一如既往地温和："贝尔先生，调查过校庆当日所有的入校人员名单了吗？"

贝尔一愣。他急于找到安放炸弹的直接证据，这些日子以来，眼睛都死死地盯着监控，看得双眼迎风流泪。排查重点人员都已经忙不过来，谁还有空撒这么大的网？

但眼看着林檎是在怀疑这事和美格区相关，贝尔感觉甩"锅"有望，于是忙不迭地开口道："据我们了解，伦茨堡大学有五处校门，当天开了东南和西南方两处大门，还开放了地下停车场……不过人、车进入时都做了登记。因为那天是校庆，校方想用登记簿上的签名做一份五十米的签名长卷，作为纪念。"他感觉自己明白了林檎的意思，试探着问，"我们马上去排查形迹可疑的人员。"

思索片刻后，林檎缓缓地开口，向在场的所有人表明了立场："我还是怀疑那束花。提前安放炸药这种事的确可行，但是犯人不能排除有人清洗打扫车辆时，无意间发现炸药的可能，也不能排除意外误炸的可能。"

林檎确定，炸弹客就是冲着那五个人去的。所以，炸弹客要排除一切可能的风险要素，尽量缩短炸弹在车上停留的时间。送花就是一个最恰当的时机。

而威力如此大的炸弹，假手他人的可能性很低。计划往往就是这样，设计的环节越复杂、越精巧，越容易出纰漏。

要想安炸弹，炸弹客必然需要亲身上阵。

林檎说："我需要所有来宾的登记册以及几个出入口的监控。"

案发当天，伦茨堡大学的管理是相当宽松的。来参加建校一百二十周年庆典的校友横跨老、中、青三代，生面孔必然不少，门口的保安恐怕根本认不全。

想混进去，其实不难。这活不难做。只需要两边对照，结合人员登记系统，找出不属于伦茨堡大学的外来人员就行。

不过，还存在另外一种可能。一般而言，心怀不轨的人往往做贼心虚，完全有可能签署假名，以混淆视听。

林檎也想看看有没有这样的人存在。

听了林檎的要求，贝尔踊跃地道："登记簿是封存起来的证物之一，我们也带来了，就是一直没时间查！"

林檎明白他这么积极是为了什么。林檎一眼都不看旁边脸色苍白、面带愠色的哈迪，对贝尔温和地颔首道："有劳。"

　　贝尔很快从证物处带来了那份厚厚的、足有一百来页的登记簿。

　　林檎接过来，信手翻了几页，边翻边轻声嘱咐道："辛苦了，这只是我的一些想法，未必正确，但怎么也算一个调查方向，你们可以作为参考，按照这个方向查下去——"

　　说到这里，林檎的手不引人觉察地一顿。他看见了一个熟悉的名字，铁钩银画，张扬万分——单飞白。

　　林檎不动声色。如果排除同名的可能性，真的是林檎所认识的那个单飞白出现在学校里，也不能说明什么。因为单飞白并没有藏头露尾，大大方方地留了自己的本名，行事算得上光明正大。他只能怀疑，目前并无证据。

　　林檎抬起头的同时，合上了名册，简洁地做了个总结："后续还需要去一下现场。我的意见就这么多。"

　　艾勒满眼欣赏地望着这个起起之秀，盘算着将他扶持上位后自己能得到多少好处，越算越心喜："林檎，'九三〇'案件破了，你们长安区没什么事情，不急着叫你回去吧？"

　　林檎在来之前已经对此隐约有了猜想，因而毫不惊讶："听您的安排。"

　　和刚才的疾言厉色相比，现在的艾勒的笑容堪称和蔼："辛苦你来做一下这件案子的顾问，你不介意吧？"

　　听到命令，林檎还没什么反应，贝尔与哈迪先在心底齐刷刷地骂了一声。

　　"顾问"？说得好听！不就是给姓林的贴金吗？

　　案子没破，他们两个倒霉蛋必然要负主要责任。

　　案子破了，林檎这个"顾问"起到了多少作用，有多少功劳，那还不是上面说什么就是什么？

　　然而官大一级压死人。他们有再多的腹诽，也都得压在心里，纷纷起身同林檎握手，满面春风地表示"合作愉快"。

　　林檎一一同他们握手，心里却还记着单飞白的事情。单飞白于他而言，并不要紧。他担心的是宁灼会不会和这件事有牵连。

　　尽管这个担心看起来完全是多余的。要知道，本部武、拉斯金和哥伦布音乐厅的英雄，可以说一丁点儿关系都没有。

　　但如果有人雇宁灼做这样的事情呢？

一般来说，只要钱给得足够多，雇佣兵是什么样的活儿都会接的。

然而这其中的干系和风险太大，宁灼肯答应，除非是活得太久，不想活了。

林檎回忆起和宁灼上次见面的场景，想到他还有心思去削兔子形状的苹果，微微弯着嘴角笑了一下。他活得好像还挺有滋味的。

林檎和哈迪、贝尔一行自行驱车，来到了伦茨堡大学。

和几日前的热闹相比，这里的气氛冷寂了许多，来往的学生都低着头，行色匆匆，神情不豫。

但学校并未因此放假——他们试图维持着"一切正常"的假象，尽可能减少舆论对他们的影响。毕竟小林和詹森是在参加完他们的校庆活动后被炸上天的。

林檎没有急于进校，而是将五处校门挨个儿查看了一遍。

每个校门处都有一处监控探头。

走到西北角的校门时，林檎的眉头一蹙。

这里的摄像头和其他几处不同，是崭新的。他转头问："其他校门的监控探头都是旧的，这里怎么回事？"

哈迪马上致电校内后勤处，三言两语问清了情况，对林檎转述道："这里的监控探头三天两头地坏，本来隔三岔五修一修，凑合着还能用。出事后就赶快换了新的。"

林檎心一动。这就意味着，校门西北角是一个方便外人潜入的地方。

不过这也不足为奇，大学本来就不是什么固若金汤的地方。总有学生可以自行开发出各种通向外面世界的秘密小道，好在半夜出去游荡，享受打破规则的小小快乐。

外部人士可以通过观察校门西北角的监控，从这里进出；内部人士则可以走小道。

当林檎凭着两条腿走遍了伦茨堡大学的角落后，他越发确定：如果他是犯人，他也要选择在伦茨堡大学动手。

这里的监控存在大量死角，还有不少新更换上的监控——那么曾在此处的老监控，必然坏了。

这也就意味着，对于每个到访伦茨堡大学的人，林檎就算再有本事，也没办法拼凑出他们完整的行动线。每个人都没有完备的不在场证明，也就意味着每个人都是"清白"的。

贝尔和哈迪跟在林檎后面，在这寒冷的冬日里走出了一身大汗。

"实地走访"这种事情,因为对监控的依赖,他们已经很久不做了。

十之八九的案子,有监控就能破。剩下的那十之一二,大多数情况下也不是什么了不得的大案要案,随便找个可疑的人,把责任往他身上一推,就差不多了。

可在伦茨堡大学这种群英荟萃的地方,他们的老办法行不通了,只能效仿走地鸡,老老实实又苦不堪言地尾随在林檎后面。

他们来到了那日放置了鲜花的会议厅外。

林檎放眼望去,不免一怔:"桌子呢?"

"搬走了。"哈迪掏出手绢,苦着脸擦着满头满脸的汗,"不过没什么事,丢不了。学生会的人都把桌子推到仓库里去了。"

爆炸发生时,上午的庆典活动已经结束。为了避免庆典结束时人多手杂,与会人员出来时撞到空桌子,学生会的工作人员在散场前,就将搬空了花的桌子运到了仓库。

贝尔补充道:"我们初步查了一下,桌子上并没有火药残留。"

林檎察觉到了一个奇怪的动词:"推?"

哈迪点点头,"堆桌子的仓库离这儿挺远的,得出报告厅大楼的门。这么远,桌子下面没装轱辘,不好搬啊。"

林檎沉思片刻,又一次客客气气地下达了指令:"辛苦一下,请一些人把那些桌子推回来吧。"

哈迪和贝尔无奈地对视一眼,统一变成了苦瓜脸。姓林的可真能折腾!他们忙了这么久,午餐都还没吃呢。


海娜基地里。

单飞白和宁灼对于林檎紧锣密鼓的调查并不关心。

宁灼要出一趟门。

单飞白闲来无事,又在一旁替他的着装出谋划策:"宁哥,手表和领带的颜色不太搭,要不换一块手表吧。"

宁灼的领带是休闲款——那是单飞白的领带,带着一点孔雀绿的装饰花纹。他没觉得自己这块戴惯了的机械表有什么违和感,因此对单飞白递来的孔雀石绿的表看都不看一眼:"不需要。"

单飞白也不硬劝,拎着表带,转着圈对他左看右看。他一反常态地没有闹,反倒让宁灼多看了他几眼。

宁灼从网上看到了爆炸案的消息,上面分析得头头是道。

那样规模的爆炸案，时隔三天都没有查出眉目来。

白盾是废物这件事已经是许多人的共识了，但那个犯罪嫌疑人恐怕也是有些手段的，绝不是普通蠢贼。

宁灼不想让单飞白看见这些言论，他想都能想到单飞白转着圈绕着自己自夸"厉害吧"的小狗嘴脸。他低头整理领带，似乎不经意地问："你怎么做的？"

宁灼决定，单飞白要是再故作玄虚地说"你猜"，他就要打他的脖颈儿一下。他的皮肤装嵌了钢铁脊椎，软中带硬，拍上去手感不错。

没想到，单飞白没有让宁灼这跃跃欲试的一巴掌打出去，一本正经地说："小伎俩而已啦。"

宁灼从未见他这样自谦，知道他必有下文。果然，单飞白的掌心一翻，修长的指间出现了一枚蝴蝶胸针。他扔给宁灼："宁哥，接着。"

宁灼信手一接，摊开掌心一看，却发现蝴蝶胸针变成了一枚造型简洁的十字胸针。

惊愕之下，单飞白走近了他，捉住了他那只抓住了十字胸针的左手腕，高高地抬起，端到了和他胸口齐平的位置。

宁灼要往回抽手，单飞白却稳稳地抓住他的腕部，站在他的身边，语气轻快地说道："宁哥，蝴蝶在你的右肩上。"

宁灼向右望去，果然看见那枚银色的蝴蝶胸针落在他的右肩上。他取下蝴蝶，忽然听单飞白再次发问："宁哥今天要去见调律师？"

宁灼记得自己并未向单飞白汇报今天的行动。闻言，他转过头来，盯着单飞白看。

单飞白笑道："不要摸你的右裤兜，它已经去了你的左侧口袋。"

宁灼隐约猜到了单飞白的意图以及他想表达什么。他通过一系列小小的动作，分散自己的注意力，试图达成他真正的目的。

宁灼没去掏左侧口袋——他知道调律师的卡片肯定已经从右侧口袋跑到了左侧口袋。他反手擒住了单飞白的手，但单飞白已经完成了最初想要做的事情。

单飞白微笑着，用目光示意宁灼。

宁灼似有所感，松开了钳制住单飞白的手，单飞白松开手去。

从他的食指和拇指间，轻轻巧巧地滑下了原本戴在宁灼手腕上的黑色机械表。而那块精致的孔雀石绿腕表已经安稳地扣在了宁灼的手腕上。

宁灼的皮肤白，配这块小小的精致的手表，正如单飞白所想，漂亮得要命。

单飞白这一套连招仿佛是小把戏，完成得行云流水。最后，他对宁灼行了个夸张的礼，随即背起双手："真配。"

宁灼定定地望着他。

之前，他看单飞白，只觉得他浑身上下都勃勃生机，没心没肺，偶尔还会长出一副狼心狗肺，看着有趣，也可气。

可宁灼如今看他，发现他浑身上下散发着一股新鲜的气息，让宁灼莫名地想再走近一步，再看一看他。

宁灼并没放任这点异常蔓延，他点评道："小偷小摸小伎俩。"

单飞白深吸两口气，脸皮极厚，照单全收："管用就行啊。"

耍帅成功，单飞白体内那个撒娇精又开始探头探脑了："宁哥，算起来我和调律师也很久没见了，带我一起去呗——"

"你哪里都别去。"

据宁灼所知，林檎迟迟没有返回长安区的白盾。他刚破了"九三〇"案，白盾恐怕正捧着他。这件案子，大概还会和他有些牵扯。既然和他牵扯上了，敏锐如他，想必单飞白的痕迹很快就会暴露。

宁灼将皮带整理好，平静地道："很快就有人来找你了。"


林檎和一干警员、学校工作人员一起前往了仓库。

这间仓库背靠操场一角，小小的一间，内里却什么都有。

那一排桌子靠墙而立，上面的墨绿色丝绒罩布还没来得及撤下。在缺乏光线的仓库内，不仔细看，底色几乎是纯黑的。罩布把桌子从头到脚包得严严实实，把最普通的长课桌变成了高级的置物台。

林檎戴着手套，轻轻拉拽了罩布的边缘。弹性有些差，恐怕在各种庆典里使用了很多次。林檎默不作声地记住了这一点后，亲自动手，把底下装了滚轮的桌子推开。一推，他觉得有些费劲。掀开罩布，林檎发现每张桌子下面都横向并排焊接了两根钢条，上头压了两块看起来就重量不轻的石头。

林檎问后勤处处长："这些石头是？"

后勤处处长殷切地答道："您看，为了方便搬动，我们不是在桌脚上装了滚轮吗？可要是分量不够，被人随便一撞，这桌子不就歪了？"

林檎点点头。明白了。石头是压分量用的，确保桌子不乱跑。

随即，林檎将仓库好好打量了一通。仓库是一间独立的房屋，内部没有装设监控，正门外不远处倒是有一个监控，监控范围恰巧覆盖了仓库大门。

大门平常是落锁的，后勤部几乎人手一把钥匙，谁来取东西，监控都能看得清清楚楚。

仓库内除了一扇大门,就是一扇正对大门的气窗。

气窗外的一大片区域都是监控真空带,可是气窗外有一面黑铁檩条,细密结实。但凡是年龄超过十二岁、身体发育正常的人类,就无法从这里出入。监控显示,事发一周前,并没有行踪可疑、目的不明的人士从正门进入仓库。

等他们将桌子拉入教学楼时,天色已经转晴,明晃晃的日光透过敞开的窗户,洒在走廊上,将绒布上飞舞的细细的尘埃照得纤毫毕现。

林檎低头从桌边走了一遍,又走过一遍。

他闭上眼睛,把自己想象成那个犯人,耳畔也潮涌似的响起了人来人往的声音,从一墙之隔的报告厅里传来小林和詹森的演讲声,紧接着是如雷的掌声。

当天的伦茨堡大学,是犯罪的最好舞台。

监控不密集,人员管理混乱,包装精美的花束也便于掩藏炸弹。

问题在于,炸弹客要怎么在监控底下,公然安装炸弹?

林檎睁开眼睛,询问已经开始犯困的哈迪:"请问,那天摆花的两个学生在哪里?"

哈迪苦笑了一声。

那两个学生虽说年轻,但也不傻。小林和詹森的爆炸案可以说是惊天动地,想瞒也瞒不住。他们二人是在结束伦茨堡大学活动的返程路上出事的,这件事必然会追查到大学,而他们作为庆典工作的实际参与者,也必然要被警方问询。

其中的女学生第一时间联系了家人。她的父母都是法律行业从业者。

经过家人的指点,他们两个人都闭紧了嘴巴,不管警方问什么,都表示要等律师来处理。

现在连未出社会的学生都深谙明哲保身的道理。他们的举动也是绝对正确的。

尽管还不能百分之百地确认炸弹隐藏在花束里,但那束花的确显得很可疑。

两个学生作为直接参与花束分配的工作人员,很难洗脱与这件事的关联。要是他们自己不留个心眼,和白盾有什么说什么,必然会多说多错。到时候,他们是真的有可能被当作嫌疑人收押的。

现在,由于没有证据,他们被警方要求待在家里,轻易不得外出。

两个学生虽然害怕,却不心虚。

他们一来没有动机,二来行为坦荡,三来根本没有办法搞到CL-30这种级别的爆炸物。

林檎去看了监控,再次确认,两个学生的行动轨迹的确是无可挑剔的。

哈迪为了撇清这件事跟美格区的关系，全程在旁边做着监控解说，几乎有点喋喋不休："你看，他们的卡片都是随机插上去的。其他花可没炸弹，怎么能保证装了炸弹的那束花就那么巧地送到詹森他们手里……他们都是本本分分的学生，别说是炸弹，这辈子恐怕连枪都没摸过，没胆子，没动机，也没渠道……"

林檎点点头，似乎认同他的说法。

哈迪刚想笑，就见林檎指了指屏幕，指着一束升级款的花束，发表了一句莫名其妙的言论："这花看起来很大的一捧。"

哈迪一愣。心想，这个人的关注点真奇怪。他赔笑道："他们是特邀嘉宾，用的花束比荣誉校友的标准款要高级一些。"

说着，哈迪把镜头切换到了会议厅外，拖动进度条。

几十束花并排摆放，离门近的是升级款，都摆在一起，后面排着是普通款。

对比之下，升级款的花束显然要更华贵、精致一些，而且多了几种鲜花，外面包着层层叠叠的装饰用纱。一枝枝向日葵从边缘探出头来，几乎要让人看不清底下的包装纸。

做出回答的哈迪再次看向林檎，想听他有什么高见。

林檎问道："花怎么摆得那么稳？"

哈迪险些仰倒，他觉得纳闷，这姓林的关注点怎么这么奇怪？

这些问题，哈迪和贝尔都问过后勤处处长。因此早已回答了两三遍的处长对答如流："桌子上有凹槽。"

林檎闻言挑起眉头。他还没来得及彻底检查那些桌子。

处长老老实实地回答道："我们学校每年年庆、讲座、活动不少。赠送给嘉宾的东西就是宣传海报、小礼物，还有花。"

林檎颔首。

鲜花在这个年代，是一样风雅的礼品，的确适合送给那些教授、学者。自然的土地被挤占得越来越少，能有一束花摆在家里，就是难得的好风景了。

不过，如果"送花"是伦茨堡大学人人皆知的传统，而林檎是犯人的话，也会选择在花上动手脚。

一旦掌握了事情的某种规律，想要乘虚而入就简单了。

后勤处处长接着说："要是买一两束，那不打紧。万一碰到年庆，买的花多了，我们就会像这样——"他指一指屏幕，"把花摆在外面，算是装饰，拍出来的宣传照也好看。但有一个问题，花容易东倒西歪。后来大家商量出了个主意，把桌子往下挖出一个个浅一点的凹槽，把花插进去，就不会倒了。"

林檎的心里忽然一动,抿着嘴角,将监控来回倒着看了三四遍。他不看别的,只看两名学生如何来回搬运花朵。这活就他们两个做,并不困难。搬完后,他们拍了张照片,离开,没有多余的动作。

他们摆花的顺序看起来也没什么问题。给嘉宾的高级花束按顺序摆在离门近的位置。因为有些嘉宾在完成和自己相关的那一环节后,就会动身离开。

给荣誉校友的花束摆在离门稍远的位置,在会程结束的压轴环节统一颁发。属于小林和詹森的那束花,摆在第四个凹槽处,离会议厅前门很近。

林檎从芜杂的文件中拿出了此次的会程手册,他们果真要在第四项议程里发表演讲。

一切看起来是那么自然。

哈迪和贝尔这些天已经把监控看熟了,不怎么想陪着这个年轻的顾问在这里耗时间。

哈迪偷偷打了个哈欠。

没想到,一个哈欠还没打完,林檎就对着屏幕发了声:"这里。"

画面里是一个年轻女学生。她写完了卡片,主动抱着第一束花,来到了空荡荡的置物台前。她低下头,盯着置物台看了片刻,然后把怀里插着卡片的花稳稳地摆在了离门最近的第二个桌面的凹槽处。她往回走去,途中遇到了和她分工合作的男生。

男生捧着两大束花,腾不出空来。

女学生和他擦肩而过时,神情自然地对着他说了一句话。

那句话很短,监控又是居高临下拍的,看不清她的口型,但那个男生并没有露出讶异的神情,听过后,点点头,径直走了过去。

林檎问:"他们碰面的时候说了什么?"

哈迪和贝尔各自翻了个白眼。

早在看第一遍的时候,他们就发现了这个对话,用得着林檎这么颠来倒去地瞧吗?

这姓林的是眼神不好吗?

贝尔分别问过男、女学生请来的律师,他们碰面的时候说了什么。

在向双方律师分别求证后,两边给出了统一的答案。

贝尔复述了他们的答案:"女孩说,花按顺序摆。"

这是再普通不过的一句提示。

果然,当男学生抱着两束花走到会议厅外时,就分别将怀里的花放在了三号位和四号位。

看林檎露出若有所思的模样,哈迪生怕他再怀疑到伦茨堡大学头上,开口解释道:"我们也猜想过,犯人是提前把炸弹放在了四号位置上,他们把花一放进去,底部就沾上炸弹了——CL-30炸药威力大,纽扣那么大一点就能把一辆车炸上天了。可我们想了想,觉得不太可能。"

林檎问:"为什么不可能?"

哈迪指着屏幕道:"犯人不能未卜先知,提前预知他们会把花按顺序摆啊。万一这两个学生摆得稍微乱了点,不就放错炸弹、炸错人了?"

这话的确不错。

他们只需要把要颁发给嘉宾的高级花束拢作一堆,放在离门近的位置,分不分次序,其实无所谓。

礼仪人员出来取花时,按照卡片上的姓名找一找就行了,根本浪费不了他们多少时间。

大型典礼要忙的事情实在太多,送花其实是很小的一个环节,不可能事无巨细地交代。

因此怎么摆放花朵,完全取决于这两个学生的想法。犯人想赌运气,那可不是聪明的做法。

林檎凝神思考一番,动手将监控切换到了实时画面。

走廊上孤零零地摆放了一排桌子,阳光洒在墨绿色的丝绒质地的桌面上,将上面的一切都照得纤毫毕现。

林檎又切回了校庆当天的画面。

当天上午的气象条件不比今天,并不怎么好,是个有风的大阴天,墨绿色的丝绒桌布变成了一团沉沉的黑色,但四周并非毫无光源——桌子背靠着的报告厅内灯火通明,从窗户里透出来,把桌布的颜色衬托得越发暗沉。

桌面还没摆上花,和今天一样干干净净,并没有任何提示二人如何摆放的标志。

看起来,怎么摆放花朵,的确取决于那两个学生的心血来潮。

要知道,十五束花中只有一束里藏有炸弹。

因此,哈迪和贝尔根本不相信犯人会在桌子上动手脚。

林檎挺直了腰,轻轻地舒了口气:"那两个学生的律师呢?"

两通电话让两名西装革履的律师分别陪同他们的当事人来到了学校临时设立的问讯处。

两个学生还没见面,就被分开审讯了。

他们隔着一扇墙,脸色苍白,低着头像鹌鹑一样,一言不发。

贝尔和一名干警负责询问男学生,而林檎和哈迪则坐在那名女学生的对面。

林檎态度温和地说道:"您好,这次叫您和您的律师过来,是有几个小问题想问。"

律师清了清嗓子,全权代表女学生发言:"您好。我们能提供的信息有限,因为我的当事人的确不知道更多的情况了。"

"很小的问题,不会占用多少时间。"林檎轻轻地问道,"我想了解一下,你们是怎么摆放给嘉宾的花的?"

女学生低声对律师耳语了一番,律师很快做出了一番笼统的回应:"是按照顺序摆放的。"

"什么顺序?"

"当天的会程顺序。"

"谁要求你们这么摆放的呢?"

律师的态度软中带硬:"您好,请注意用词,我的当事人并没有受到任何人的指使。"

哈迪听得直皱眉头,觉得林檎的问话很不对头。听说姓林的是下城区出身,果然上不了台面。这些B级公民可不像下城区的那些小混混,个顶个精明,有手腕,有人脉,转过头就能告林檎诱供。到时候有他哭的!

没想到,对于律师的不配合,林檎微微欠了欠身,表示歉意:"不好意思,是我问得不好。我只想明确一点,当时,置物台上有没有什么提示,请你按照会程顺序摆放花朵?"

哈迪觉得林檎完全多此一问。他又不瞎,那桌面上明明什么都没有!

然而,在女学生和律师又耳语了一阵后,律师的神色开始变得古怪。他审慎地思考了一番,说:"有。"

哈迪满面诧异之色,脱口问道:"在哪里?"

"就在桌子上,写得很清楚。"律师说,"我的当事人也认为,按照会程顺序摆放并没有什么问题,就这样做了。"

哈迪瞠目结舌。

什么"写得很清楚"?他根本什么都没看见啊?

当初,既然没从监控里看见桌子上的东西,不管是哈迪还是贝尔,自然都不会去问这个问题。

而律师为了避免多说多错，自然也不会提供警方没问的信息，只坚持他们是"按顺序摆放"。

他们两方，居然就这么陷入一个诡异的盲区里，僵持了这么久？

在哈迪的一颗心震荡不已时，林檎双手交握，掌心里也沁满了汗水。

如果他没猜错的话，炸弹客当时就在那张桌子底下，在他们的眼皮底下，变了一场没有魔术师的魔术。

可一切如果真如林檎所想，那么这个炸弹客，胆子之大，心思之精密，对人的心理把握之深，可以说是闻所未闻。

## 番外 UNRULY RIVAL 飞扬

这是一年之中银槌市最冷的时候，山间冰冷的岩石都泛着铁青色，呼吸得狠了，仿佛连肺也会痛。

宁灼就在这样一个冰冷无雪的冬日下午，孤身靠着一块岩石，低头调试着手里的枪。由于睫毛上结了一层薄霜，他绿色的瞳仁越发显得森然。

一颗小脑袋好奇地从一旁探出来，被宁灼一巴掌推了回去。

宁灼的嘴里含着一块冰，没法说话，就瞪着他。

小白的脸皮的厚度却异常惊人，甜甜地一笑，把手从袖子里拿出来，捂住宁灼的脸。他的手掌是温热的，让人一直往心里暖过去，黑眼睛也亮晶晶的："宁哥，暖不暖和！"

宁灼用舌头把那块冰调整了一下位置，勉强含混着道："过去，趴好。"

小白一本正经地说道："要冷坏你啦。"

宁灼不再废话，抬腿抵住他的胸口，以一个看上去挺狠，但绝不至于伤人的动作把他一脚撩出了好几个跟头。

宁灼烦得很。本来就没打算带他来！

这些日子，小白明显是在基地里待得腻歪了，野性大发，一听宁灼伤好了打算接单，就马上说要跟自己出来历练。

照宁灼来看，他还是应该一天一杯牛奶，把全副心思都放在长个子和读书的年纪，历练个鬼。

他可不管自己十三岁时已经在跟傅老大练身手了。

反正小白不能干雇佣兵这行。

——他是那么的没有心事，也是那么的聪明，不能蹉跎在枪与火的烂泥潭里。

没想到小崽子不仅会缠人，还挺有主意，胆敢钻进他的后备厢，胆大得很。

宁灼人都出发了，车开到一半，听到有人在咣咣地敲后备厢，他才发现这小子藏在里面。

小白一头蓬松的头发都汗湿了，重见天日后，和宁灼冷冰冰的视线接触也不害怕，反倒委委屈屈地伸出了双手："宁哥，抱我出去，热死我了。"

宁灼磨了磨牙。

行动时间早就定好，现在再返程把他扔回海娜，必然要耽搁大事。

那么，把他留在这里？

宁灼只是想一想这个可能，就觉得脑仁生疼。

想也知道，他回去后必然是要满床打滚地闹个不休，或者可怜巴巴地用他那双狗狗眼装可怜，仿佛自己犯了什么天大的错。

为了回去后的清净，宁灼忍住打人的冲动，捏着鼻子把小崽子拎上了车。

好在这次的任务也不需要近身搏斗。宁灼的任务，是干掉一个近期在银槌市臭名昭著的狙击手仿生人，代号 S-880。

——S 是"snipe（狙击）"的缩写。

S-880 通过了共情测试，并没有自己的个人意志。这也就决定了，他一旦落在恶人手里，就成了一尊天然的杀人机器。

很不幸，S-880 碰到了一个以祸害世人取乐的东西。

——另一个仿生人，一个觉醒了个人意志，而且异常憎恶人类的仿生人。

这个仿生人在 S-880 的中枢里植入了一项特殊指令：他每天要随机狙掉三个人，不分善恶，不分阶级。

这个仿生人愿意看到这个世界上的人发出尖叫，到处都在燃烧，人们十分焦虑，并以此为乐。

正如他所愿，这段时间的银槌市内人心惶惶，乱成了一锅粥。

然而这种混乱只发生在下城区。

富人往往有着完备的保全队伍和安全系统，倒霉的只有无辜的穷苦人。

宁灼正在复健期，听闵旻他们聊到这件社会新闻，漠不关心地转过身后，就把 S-880 的行踪摸了个底儿掉。

S-880 已经被通缉，银槌市里的摄像头能够快速捕捉到他的行踪。

在不出外为祸的时间里，他只能在一座山里活动并藏身。

可巧，这座山距离海娜基地不算远。

搞废这台为非作歹的杀人机器，便成为宁灼的复健科目之一。

在把小白驱离到距离他十数米开外的一块足够安全的背风岩石下后，宁灼继续沉默地蹲守，把自己坐成一尊风中的雕像。

眼不见心不烦。

小白倒是闲不住，用一块捡到的白色石灰一笔笔描绘着宁灼坐在那儿的模样。

不知道过了多久，宁灼忽然一动，动作干脆地一个翻身，直接架好了枪。瞄准镜显示，在二百码开外，出现了一个身影。

没想到，宁灼刚刚瞄准他，那人便如有神助，骤然回身，行云流水似的抬手便是一枪。

在他做出起手动作时，宁灼便意识到情况不对，立即缩回了藏身处。

飞溅的石屑贴着他的眼角划过，一线猩红的热流如同眼泪，顺着他的面颊淌了下来。

然而，未等宁灼睁开眼睛，他的心脏便没来由地一悸。

——他对于危险的雷达强制启动了。

因此，不等恢复视线，宁灼便抽出腰间的匕首，凌空一挥。

来人没想到宁灼会这样快地发动攻击，只来得及把他怀抱的狙击枪踢到了十几米开外，便不得已后撤了数步。

宁灼心如电转：自己的狙击位置早已选好，位于峭壁之上，不可能有人偷偷地从后方接近他，而他一无所觉。

那么，现在近身袭击自己的人，只可能是从"不可能"的地方靠近他的。

——他是从峭壁之下，壁虎一样地游上来的。

这个唆使 S-880 为非作歹的，恐怕是一个带有潜行功能的杀手仿生人。

宁灼用肩头胡乱抹去了遮挡住他视线的血，心头有点懊恼。他还是太幼稚了，考虑得实在不周全。

但这丝毫没有影响他的行动力。宁灼打算去捡那把狙击枪，没想到自己只是刚刚离开了掩体一点，一发子弹就径直射来。

那颗子弹的威力极大，削去了他身后的一大片岩石，大小不一的石块滚落深冬的山谷，发出簌簌声。

——宁灼被这两个仿生人前后夹击，封死在了一块七十厘米高的掩体岩石下，完全起不得身。

宁灼面前的仿生人只是勉强具备"人"的模样。他长着一颗纯机械的脑袋，看到宁灼被狠狠地逼回死角，他歪了歪脑袋，露出一个夸张到有些畸形的笑。

没想到，宁灼毫无绝望之色，双腿一扫，旋即一绞，眼前的仿生人就不受控制地软了下来——作为仿生人，他的确不知道痛，但是他的生理结构也是可以被破坏的。

宁灼确实没有预料到他们会埋伏自己。那个仿生人也没有预料到宁灼的近身格斗水准，竟然能够直接将他的腿锁断！

战斗一开始，便直接进入了肉搏的白热化状态。

宁灼知道自己正处于劣势，必须速战速决。但他只能束手束脚地战斗，极为不痛快。原因很简单。只要宁灼的身体从他藏身的掩体边缘稍稍探出一点，等待着他的就是一发精准到可怕的狙击子弹。

眼前的仿生人也知道宁灼现在在顾虑些什么。要知道，他可没有被狙击的风险。因此，他像牛皮糖一样死死纠缠着宁灼，抓准每一个机会，尝试着将他推入S-880的射击视野。

他显然是享受这种"送人去死"的感觉，眼里满是狂热的光。

宁灼被活动空间所限，根本做不了大幅度的动作，一时间与他僵持不下。

好在，他越心急，越沉着，与他反复搏斗，在生死边缘争夺着一点点生存的机会，却完全忘了自己实际上是有一个帮手在的。

一只被冻得通红的手伸过来，无声无息地拾起了宁灼掉落在地的狙击枪。

十几秒后，宁灼的耳畔近处，响起了一声沉闷的枪声。

空谷回响，久久不绝。

好机会！小白开枪了。不管他有没有击中目标，那个仿生人至少会有躲藏动作。这一息的躲藏，就是他的机会！宁灼猛然发力，跳出了自己的藏身岩石，以强悍的腰力把那个纠缠着自己的仿生人硬生生地顶起，呈蹲踞式把他狠狠地抛向自己身后，旋即抱住他的脑袋，凌空一扭！下一秒钟，一颗眼里还残余着狂热的机械脑袋，就和他的身躯分离开来了。

在电光石火间结束了这场搏杀的宁灼马上闪身躲回岩石下，闭眼凝神，深吸几口气后，把薄薄的防风外套脱掉，裹在那颗脑袋上，从他的藏身点递了一点出去，权作诱饵。

山谷那边，没有再传来枪声。

宁灼微微侧身，从口袋里掏出一面小镜子，调整好角度后，照向了彼方。他看到一把狙击枪落在了对山的地上。而一只手软趴趴地扣在扳机上。一颗仿生人的机械脑袋从他的藏身点露出，上面多了一个细小的孔洞，汩汩地向外淌着黑色的机油。

宁灼的一颗心稳稳当当地落回了原处。他拎着一颗电火花乱溅的机械脑袋，站起身来，绕过几块嶙峋的石头，在那块他要求小白藏身的石壁下，找到了狙击枪和小白。

小白还蹲在岩石后头,还挺谨慎,生怕一狙不中,对方还击。

看到宁灼走过来,他才安了心,怀抱着比他矮不了多少的狙击枪兴高采烈、摇头摆尾地凑过来:"宁哥!"

小白满眼写着"夸我夸我",结果换来的是宁灼一记粗暴的拍头,枪也被毫不留情地没收了。没想到他不仅没有露出受挫的表情,面颊还浮上了浅浅的红晕,好像还被拍开心了。

小白追在宁灼身后,问:"搞定了?"

宁灼吐出了嘴里的冰:"嗯。"

小白邀功:"我打的!!"

宁灼瞟他一眼:"就我们两个,不是你打的,还是鬼打的?"

小白嗫嚅着道:"我是不是还挺有天赋的呀?"

宁灼坚持着不夸他,用瞄准镜遥遥检查了一下 S-880。他的侧颅确实被击穿了一个孔,双眼空洞地望着天空。

S-880恐怕直到和这个世界彻底断开连接的前一秒,都没有想清楚,到底是谁送走他的。

十几秒钟后,他体内的延时自爆系统启动——这是制造他的公司避免自己的技术外流而采取的自毁措施。他就在宁灼的瞄准镜里,炸成了一团熊熊燃烧的废铁。

宁灼放下瞄准镜,简洁扼要道:"事儿办完了,走。"

小白颠颠儿地跟在他身后,和他一起下山,一边走一边哼着欢快的小曲。

小白这副自得其乐的倒霉孩子模样,成功打消了宁灼夸奖他的心思。

直到两人抵达山下,坐上了车,宁灼才问他:"你怎么想的?"

小白没太听明白:"啊?"

"既然有枪,怎么不去偷袭那个和我打的人?那样距离更近,更有把握。"

小白拿起车上摆着的一个魔方,随手把玩起来,边扭边说:"我可没把握。我看狙击枪威力很大的,万一打他的时候把宁哥弄伤了,我要哭的。"

宁灼:"那你打对面的人就有把握了?"

小白抬起眼睛想了想:"嗯……我要是不打对面的人,打那个偷袭你的坏家伙,对面的人肯定就要警惕我们,到时候解决了一个,还要费心思解决他,多不划算呀,不如趁他没注意到我……"他比了一个扣扳机的姿势,"啪——干掉他算了。"

"再说,我是挺有把握的呀。"小白停顿了一下,又甜甜地笑起来,"他就在我的对面嘛,看起来不难打!"

宁灼从后视镜里看了一眼神采飞扬的小白,在心里叹了一口气。真该死。天生的雇佣兵的料子。

似乎是看穿了宁灼的心思,小白开始蹬鼻子上脸:"宁哥,我想和你一起做事,我可以的。"

对此,宁灼不置可否。他没有回海娜,而是驱车前往了附近的城区。

车子停在了一家饰品店前。

宁灼下车,把小白拖到了一面镜子前,挑了一条鹅黄色的运动发带,把他那一头天然卷又偏长的头发拢了拢,全部向后捋去,露出了光洁的额头。

小白一脸茫然地看宁灼折腾他的头发。

宁灼说:"以后想瞄得更准,先把你这一头杂毛打理好。"

小白终于后知后觉地理解了宁灼的意思。他越发雀跃起来,对着镜子左右照照,美滋滋地抬眼看着宁灼:"宁哥,我好帅啊!"

宁灼头也不回地走了,不忘撂下一句:"付账,走人。再臭美就把你扔了。"

他看不到,小白在他的身后认真地望了他许久,才露出一双小酒窝,迈开双腿,直直地追向宁灼:"宁哥,等等我啊!"